AN INTRODUCTION
TO WESTERN LITERATURE

插图珍藏修订版

西方文学之旅

AN INTRODUCTION TO WESTERN LITERATURE

徐葆耕　著

河北出版传媒集团
河北教育出版社

图书在版编目（CIP）数据

西方文学之旅 / 徐葆耕著. -- 石家庄 ：河北教育出版社，2022.2（2023.12重印）

ISBN 978-7-5545-6474-5

Ⅰ. ①西… Ⅱ. ①徐… Ⅲ. ①外国文学－文学评论 Ⅳ. ①I106

中国版本图书馆CIP数据核字(2021)第078602号

西方文学之旅

作　　者　徐葆耕

策　　划　董素山
责任编辑　王　磊　刘宇阳　姬璐璐
装帧设计　傳新BOOKsDESIGN
营销推广　符向阳　李　晨

出版发行　河北出版传媒集团
河北教育出版社
地址：石家庄市联盟路705号
网址：http://www.hbep.com
印　　制　石家庄名伦印刷有限公司
版　　次　2022年2月第1版
印　　次　2023年12月第3次印刷
开　　本　787mm×1092mm　1/16
字　　数　540千字
印　　张　35.25
书　　号　ISBN 978-7-5545-6474-5
定　　价　188.00元

读《西方文学之旅》有感（再版序一）

俄国大作家果戈理说：“旅行，是一件多么愉快的事情。”其实，对于读者而言，旅行，不仅是物质的，也是精神的。文学经典著作大多是文学家读万卷书、行万里路的心灵结晶。因此，我们常常也能感觉到，文学的阅读本身，就是一种审美的精神之旅，读者乘上文学名著的列车与航船，任由经典搭载着自己去漫游世界的诗与远方。可以说，阅读每一部经典都是跟着文学大师完成了一次获益颇丰的精神之旅、心灵之旅。

我记得在学生时代，就曾经跟吴承恩去“游历”幻想的大唐西域，随法兰西作家儒勒·凡尔纳去“遨游”神秘而浩瀚的大西洋，跟随普希金、果戈理、莱蒙托夫、屠格涅夫、契诃夫及高尔基去“漫游”宽广的俄罗斯……

而经典的文学史著作往往又充任了“文学导游”的角色。今天，摆在读者面前或被读者捧在手里的这本《西方文学之旅》就是这样一本浓缩西方千年文学精华的文学导游宝典。二十多年前，我就拜读并收藏了作家兼学者徐葆耕先生的这部鸿篇巨制。当时，它的书名叫《西方文学：心灵的历史》。现在，我非常高兴地向读者朋友竭诚推荐这部优秀的西方文学的解读经典。

本书的作者徐葆耕是我国著名的教育家、文学家，他创作过《邻居》《孤帆远影》等文学名篇。《邻居》还被拍摄成电影。在中国新时期影视文学创作上，特别是改革开放以来的世界文学教学园地里，徐先生占有重要地位。徐先生长期执教于著名的清华学府，他是在文学创作、文艺批评、文学史教学等方面均有卓越建树的大学者。

《西方文学之旅》，尽管也是以时间为经，以作品及思潮为纬，按照西方文学发展的历史时序，来介绍文学思潮与经典作品的文学史著作，但这部著作十分明显的特点之一，是重在突显文学史所关注的每一个历史时代主题：

“古希腊：自由和魔影”这一章，作者在人类儿童心智阳光下聚焦文学的母题，品味马克思赞誉的古希腊文学的永久之魅力；在中世纪的“原罪及其诱惑”中追问奥古斯丁“罪感的诗意”这个章节里，让读者体验阿伯拉尔“罪感与爱情的猛烈撞击”；在但丁和《神曲》的超越地狱的炼狱中展现“人智＋爱”的“天堂之路”；作者把欧洲文艺复兴概括为醒来的“狂欢与忧郁”，将莎士比亚的戏剧书写归结为对人心内宇宙的发现；启蒙主义时代被作者形容为击中了伪善的毒蛇的七寸，让情感冲破了牢笼；又将歌德与康德理解成“德国文化之谜”。

作者在“浪漫主义”运动中聚焦欧洲作家的自由和他们的世纪病态；在19世纪“金钱时代的心灵体系”里微观尊严的失落后诸种反应，烛照形形色色的“心灵辩证法”；在西方20世纪的文学探索中审视西方世界的心灵荒原，追问西方世界何以“异化”，又何以“反抗”，追思在后现代的20世纪中晚期“浮士德”如何成为可能。

阅读《西方文学之旅》，我感觉，这部著作的另一大特色就是将文学的书写与文学历程的学术解读融于一体，充分发挥了徐先生作为杰出文学家的创作才华。比如，在回答作为“人类儿童时代”的古希腊文学为何具有马克思所赞誉的“永久性魅力”这一问题时，作者除了娴熟地运用马克思主义的文学观解答这个经典问题外，还几乎以文学创作的书写方式给读者奉献了一个形象、丰满且生动的答案：

当你已经白发苍苍、行将走完人生旅程的时候，意外地在一张发黄的、模糊的照片上发现那个光着屁股、含着指头，眼睛亮晶晶的孩子正是童年时代的你！啊！你将怎样地狂喜！遥远的、仿佛已经从记忆中消失了的金色年代，那无穷无尽的童年趣事，突然从脑海的深处喷泉一样涌流出来：五彩缤纷的梦想，无所顾忌的率真，想哭便哭，想笑便笑，自由自在，纯洁无瑕的情感生活……

有关西方文学历程，如此生动的书写也时不时闪现在其他章节与段落中。例如，“贵族妇女们满脸通红而又爱不释手地读着《异教徒》”“在1848年革命的热浪里，诗人曾感到解脱忧郁的希望，他那苍白的两颊涌上病态的红晕”。这样的描写让读者仿佛身处19世纪初拜伦新书的热读现场，亲临象征主义初期波德莱尔诗歌创作的现场。每当读到这样的文学书写，一种阅读的快感油然而生。

20世纪80年代，在韦勒克《文学理论》的影响下，文学研究“向内转”成为一种新转型趋势。在“莎士比亚：人的内心是一个宇宙”这一节中，徐先生就以自己的方式应迎了这种研究新态势。作者“假如没有莎士比亚”的设问，更让读者进一步从欧洲乃至世界文学进化的高度感受到文艺复兴巨匠和泰斗莎士比亚对于整个世界文明的历史意义。在作者看来，后来，让包括苏联和中国文艺思想界耳熟能详的“文学是人学”的近现代文学功用观，其实是从莎士比亚超越了但丁、薄伽丘和拉伯雷仅仅构建单一和空幻人的理念而建立起来的。“如果文艺复兴止于薄伽丘，则西方历史比回到古罗马时代增加的东西并不多”“如果止于拉伯雷，情形也好不了多少，文艺运动犹如攀登一座陡山，攀到中间停下来的人们势必滑到谷底，只有登上顶峰才能站稳脚跟”。而莎士比亚就是完成最后这一接力棒的巨人，“他跑到了文艺复兴预期的终点”。作者更引用俄国革命民主主义美学大家杜勃罗留波夫的“莎学”名言来阐明莎士比亚的世界意义：莎士比亚“剧本中有许多东西，可以叫作人类心灵方面的新发现；他的文学活动把共同的认识推进了好几个阶段，在他之前没有一个人达到过这种阶段……这就是莎士比亚所以拥有全世界意义的原因”。作者更进一步明确指出，“莎士比亚捍卫了文艺复兴的成果，并且为后来的浪漫主义、现实主义乃至现代主义开路，近三个世纪的许多重要流派几乎都从莎翁的作品中寻找自己存在的根据，并用莎士比亚为自己张目”。作者这样“思接千载，视通万里”的莎士比亚意义阐释，远远超越了“说不尽的莎士比亚”（别林斯基语），已经达于“用之不竭的莎士比亚”的意涵层级了。作者在这一章里用了一个极富挑战意义的设问并给予精彩的回答，不仅使得读者深度地回顾了文艺复兴的全过程，更从一个较新的高度与广度重新认知了莎士比亚的世界文化意义。这在同类的欧洲或西方文学史的写作中是别具一格、颇具新意的。

文学思潮和流派的阐释自觉遵循唯物辩证史观和辩证方法论也是这部著作的方法论特色。这就是在古典作品中的解读中发现它们蕴含的现代意识的萌芽，在现代或后现代文学现象的溯源过程里洞悉其古典的文化基因与根源。比如，在对莎士比亚的意义的阐发上审视的焦点延伸到莎翁作品内蕴含着20世纪现代意识的早期萌芽；而在对现代派鼻祖之一卡夫卡经典作品《变形记》的介评中又敏锐地揭示其与19世纪欧洲写实传统的根连，作者更引用马克思主义文学批评家卢卡契的阐释，以佐证现代派创作与经典现实主义特点血脉关联，"'卡夫卡作品整体上的悖谬与荒诞是以细节描写的现实主义的基础为前提的。'这种真实性特别突出地表现在细节上"。在现代派的分析中，作者自觉秉承恩格斯关于艺术真实性和典型性的科学结论。这种对西方文学的历史而辩证的观照，在从容而委婉的叙述解读中充分彰显了作者文史思维的睿哲。

给我很深印象的还有，作者不是机械地重复前人对西方文学经典格言的赞美，而是在比较文学研究的语境中重新品味与新释名人名言。雪莱关于西风的名句，大家是耳熟能详的，徐先生则用恩格斯和另一个英国名家艾略特的哲学观来评析英国浪漫主义"海盗"类型的诗心：

> 在传统教科书中被划入"积极浪漫派"的诗人（如拜伦、雨果、济慈、席勒……）的作品大都带有雪莱诗的这种明晰性和内在的逻辑力量。它们的局限之处在于，社会活动远比自然运动（物理、化学运动）要复杂、高级，人的内心宇宙运动又比社会活动更复杂（恩格斯：《自然辩证法》）。以自然界运动规律喻社会的、人的活动，往往把复杂问题简单化。例如冬去春来是自然界的必然规律，但在艾略特眼中，对现实社会来说"冬"去"春"却未必来。"春天"可能是"最残忍的"。雪莱式诗歌的明朗和乐观气质，在当代西方诗人看来未免失之浅薄。

徐先生在辩证法意识和现代意识的对照语境中对雪莱的乐观主义诗心有了更多维的理解与领会。

当然，《西方文学之旅》这部著作的精彩远不止上述这些。我粗浅的阅读与感悟不过挂一漏万、管中窥豹而已。

我相信，任何推介文字，都代替不了读者自己的阅读与感受。我更深信，在用心阅读了徐先生这部关于西方文学的如此厚重而深邃的著作后，您在文学上会获益良多。

吴晓都

2021 年 10 月 15 日

（作者系中国社会科学院外国文学研究所研究员，

中国社会科学院大学特聘教授）

永伴清华前行的人（再版序二）

这是一个满天星斗、凉风习习的夜晚。像一个饱经风霜的旅人，我终于完成了从遥远的古希腊到现当代的艰难跋涉。当我写完本书的最后一章，偶然从堆积如山的书案上抬起疲惫而沉重的头颅时，惊奇地发现：在那遥远的暗蓝色的苍穹尽头，隐然出现了一座犹如但丁在《神曲》中所描绘的炼狱山。在它的入口处有两扇奇大无比的黑色拱门，门上清晰地镌刻着古希腊的箴言：

认识你自己。

这是徐葆耕所著的《西方文学之旅》结束语里的前两段话。当我们跟随作者丰盈饱满的思绪和跃然纸上的生花妙笔，沿着一位博学通透的中国学者倾力勾画的西方文学奔腾浩瀚的心灵之河，一路跋涉，接近终点之际，我们不禁由衷感叹：情真意切的美文华章沁香入魂，让我们不仅重新认识了自己，更近距离地认识了本书作者——徐葆耕老师。

我认识徐老师是在 20 世纪 90 年代中前期，其时清华大学开始加大复建文科的速度和力度。中文系和外文系是清华文科最早恢复建系的两个人文专业，我当时任外文系英语专业教研室主任和主管专业教学和学科发展的副系主任，因此在工作中和徐老师有了接触和交往。记得第一次和徐老师通话，是商议两系比较文学学位点的共建。电话那一头，徐老师谈吐机智优雅，声音爽朗富有磁性，没有一点儿长者或领导的架子。由于我们都从事外国文学的教学和研究，结识久了，时常交换一些学习和工作心得。徐老师无论授课或是撰文，抑或是开会讲话和平日闲谈，总是从容不迫，侃侃而谈，情深意切中夹带着大学者的深刻与风趣。他身上特有的才子气质和君子风范，深深地吸引并感染着周围的每一个人。在我看来，他是清华文科的一个历史坐标、一个不可替代的文化符号。

1998年春，我在外文系负责英语专业的人才培养和学科建设，徐老师邀我主持周六人文讲座“世界文学名著导读”，并请我担任该讲座文集的主编。不久，《永远的乌托邦》得以问世。1998年秋，我代表外文系和徐老师及中文系的几位教授一起进行“中外文化综合班”的实验，从中得到徐老师更多口头及书面的教诲与鼓励。他的率性睿智、热情坦诚乃至童真化解了很多工作中的困难和烦扰，今日想来恍如隔世，又仿佛就在昨天！

眨眼间，我在清华供职已有34个年头。徐葆耕老师是我在清华遇见的最有才华、最有情怀、最有人格魅力的大才子和大学者。这里的大，是他的大气、大度和大格局。无论是人才培养、学科建设，还是教书育人、著书立说，徐老师都给人一种视野远大、虚怀若谷、举重若轻、气度不凡的震撼。2010年3月，徐老师驾鹤西去，我们一家人沉浸在深深的惋惜和缅怀追忆之中。女儿墨湄评价说：“徐老师是国宝一样的人物，这世界上有些人就是‘珍稀物种’，谁也取代不了。”

“取代不了”不仅仅因为徐老师对振兴清华人文学科和人才培养的深谋远虑与突出贡献，也包括他生前所撰写的每一篇文章、每一部专著、每一本教材和每一次演讲。徐老师辞世的那年，清华大学人文学院集体编辑出版了一部集学校领导、校内外同行、学生、亲友共同撰写的纪念文集。文集的书名由时任清华大学校长的顾秉林教授拟定——永伴清华前行的人。偌大清华，从昔至今，有多少人能享有这样的荣耀和美誉？文如其人，《西方文学之旅》的丰富和不凡在于它与作者本人一样，是一部集文学史、文学阐释、文学批评和艺术审美之大成的长篇文史巨著，在同类著作中占有不可取代的地位。

徐葆耕老师在清华读大学时立志为中国的水利建设贡献青春和智慧，认真而浪漫地选择了水利工程专业。但语言文学、写作创作从童年开始就一直是他的最爱；“弃工从文”可谓瓜熟蒂落，水到渠成。几十年如一日的教书育人、笔耕不辍、勤于思考，练就了他犀利的思想、深邃的眼光、激越的情感和极富穿透力的文字。“头脑大于臂膀”，作为清华中文系在新时期的掌门人，徐老师深知大学与文学的天然联系——大学是文化传承的摇篮和重镇，文学凭借“意识”和“记忆”保持并负载着一个民族的文化传统和情感结构。文学作为个体情感、集体记忆、文化传统和人类经验的表达和载体，在大学这座巍峨挺立的知识殿堂和文化高地上，经由几代人的教学相长，传承接力，成为一个民族、一个文明的文化经典和思想宝库——经典的形成和发展很大程度上是在大学的讲堂上完成和实现的。

本序完稿时，我曾请清华大学原主管文科的党委副书记胡显章教授指正。胡老师在给我的一封邮件中写道：

徐葆耕在他于世纪之交面世的《紫色清华》中谈及清华传统和清华精神时，一再强调“会通”是清华学派的重要主张，也是清华传统中的重要方面。徐葆耕在生命的最后时刻所著的《清华精神生态史》中高度评价王国维、梁启超、陈寅恪、赵元任、吴宓、朱自清、闻一多、钱锺书、冯友兰、梅贻琦等对会通学术和教育的追求，以及杨振宁、李政道等达至会通的高境界，称“‘会通’，是一种王者的气度”。我与他共事时，对会通多有共识，他十分赞同我为人文社科学院制定的“中西融会，古今贯通，文理渗透，综合创新”的范式。他在主持中文系和后来推进中外文化实验班的工作中，都体现了他对继承和发展清华会通理念的追求。而编著和讲授《西方文学：心灵的历史》《西方文学十五讲》等更是体现了他实践会通理念的实际行动。这是他与清华同行的一种文化自觉。这一点对于身处大变局时代又肩负民族伟大复兴重任的青年一代应该具有怎样的文化自觉显得尤为重要。

大学教育与经典选编、经典研读具有密不可分的有机联系。法国社会学家，现代西方社会学学科奠基人之一涂尔干在谈到欧洲教育思想和教育体系的演进时说：“教育本身不过是对成熟的思想文化的一种选编。”一种语言和一个民族的经典与该民族的心理构成、情感结构和文化传统息息相关，大学之道、人文教育与经典研读的内在逻辑不言自明。东西方的伟大经典试图提出并回答关于人类自身和客观世界最深刻和最永恒的问题。了解和研读经典将助力实现人文教育的目标：开阔视野，启迪心智，激发思想，培养思辨能力、判断能力、表达能力、审美能力和终身学习的能力。徐老师设计的文学课程，在课程结构、教学内容、教学过程、教材设计等方面，无不围绕着经典的形成、影响以及经典的重读和阐释展开，传达了无尽的诗意和闪光的真理。

千淘万漉虽辛苦，吹尽狂沙始到金。徐葆耕老师的这部《西方文学之旅》历数西方文学数千年的发展历程，带领读者翻越崇山峻岭，高山大河，或艺海拾贝，或文山采果。其语言文字如风铃一般灵动轻盈，俊逸潇洒中不乏内敛和深刻，读来宛如听到了徐老师生前在大学讲堂上讲授的每一堂课，成熟学者特有的深刻和博学跃然纸上，栩栩如生。正如王佐良先生在阐述文学史撰写观时曾经说过的那样，“写外国文学史首先应该提供史实，以叙述而不是以议论为主”，要“有说有唱，说的是情节，唱的是作品引文”。《西方文学之旅》可谓“有说有唱、载歌载舞、文史交融、图文并茂”。在谈到外国文学的接受时，王佐良先生说：“一个国家对外国文学做出的反应，告诉我们更多的是这个国家本身，而不是外国的文学。”王公这里虽然说的是对外国文学的认知和接受，但外国文学的教学和研究又何尝不反映一个民族、一个国家和一个文明的成熟和高低？徐葆耕老师以深厚的学养和丰富的个人体验为铺垫，一路娓娓道来，夹叙夹议，时而交响，时而变奏，自信豪迈地带领每一位读者一路重新认识和理解西方文学漫长曲折的心灵之旅、思想之旅、文化之旅和创作之旅——徐老师不愧是当代中国学界的先贤和骄傲！

以开篇第一章“古希腊：自由和魔影”为例。本章思路宏阔，感情饱满，选材精湛，文笔绮丽。作者精选古希腊文学的重要瑰宝，将西方文学的两大源泉之一古希腊文明和希腊精神做了画龙点睛的阐述。自由是古希腊人的最高追求，也是拥有了自主意识的人类的最高追求。“生命诚可贵，爱情价更高，若为自由故，二者皆可抛”可以追溯至西方文明的起点。古希腊文明的异军突起，两河文明、古埃及文明、亚细亚文明对希腊文明的影响，中华文明的先行一步，中西文明的差异和巧合……都在作者笔下纵横捭阖，熠熠生辉。作者深邃的历史眼光和独到的比较视角，恰到好处地在不同文明、不同时空、不同文化之间穿越激荡。它们之间的跨度和张力进一步烘托出作为希腊文明和希腊精神的结晶和再现的古希腊史诗和悲喜剧，如何抵达马克思所称赞的“人类美丽的童年”，“是一种规范和高不可及的范本”，具有持久的魅力。

接下来的第二章“原罪及其诱惑”直至第八章“人的异化与文学的反抗”，每一章、每小节的标题与内容一样构思巧妙，论述精到。作者旁征博引，令人浮想联翩。“文艺复兴：醒来的狂欢与忧郁”“‘观念革命’：从新古典主义到启蒙文学”“浪漫主义运动：个体自由与世纪病”“金钱时代的心灵体系”“20世纪初：荒原和荒原狼”等。仅从每章标题，就能看出作者对欧洲文学各个发展阶段的精准把握和深刻洞见。在各章的铺陈和论述中，作者不仅兼顾中西文学的比较和参照，而且注意西方作家之间的对比。比如，第七章以“20世纪初：荒原和荒原狼”为题，将英美现代派诗人艾略特与德国现代派小说家黑塞并置，探讨了第一次世界大战后西方社会普遍存在的“荒原意识”和无所依归的“荒原狼”现象。在讨论黑塞的浪漫主义激情和批判现实主义精神时，又将黑塞与另一位诺贝尔文学奖获得者，法国作家罗曼·罗兰进行比照，资本主义社会和现代人的异化主题因此得到进一步挖掘和深化。多位作家的并置比较以及马克思主义历史观、文学观和20世纪西方文论恰到好处地引用，极大地拓宽了写作维度和论述视角。最后的“结束语：走向耶路撒冷”以“史诗时代”“戏剧时代”“散文时代”为题，重申全书开宗明义的“自由”主题：“文学的最高宗旨是实现人的精神与审美的自由、发展和解放”“文化上的每一个进步，都使人向自由迈进了一步”“人们只有在否定现存的资本主义秩序，才能走向心灵炼狱的出口，到达耶路撒冷——自由和美的王国”，与开篇形成完美呼应。“自由”和“美”是文学创作所追求的最高境界，也是人的灵魂所欲抵达的最高境界。徐葆耕老师用他的一生，以笔为剑，一次又一次生动鲜活地证明了这一点。

天道酬勤，玉汝于成。本书1990年首次问世，自出版以来，多次重印，几度成为畅销书。再版时，徐老师决定保持原作的“启示性”，不改一字。书中行云流水般激昂的文字蕴含着瑰丽的想象和深邃的思想，像夏日夜空中的闪电，一次又一次撞击着、震撼着千万个读者的心灵。我阅读着书中的文字，回想徐老师身前的音容笑貌、连珠妙语，不禁从心底深处轻轻地呼喊：这是一部流光溢彩、思想丰厚、不同寻常的文学讲稿！书中精湛的内容，深厚的学养，历时共时、西方东方、文学历史、文字思想持久有力地交叉共振，相激相荡。任何一个知情晓义的读者都会情不自禁跟随作者飞扬的思绪和横溢的才华为思想插上翅膀，在文学的浩瀚天空中搏击长空，自由翱翔！

短短四千余字的序言无法穷尽我对徐葆耕老师的崇高敬意和对这部文学讲稿丰富内涵和澎湃激情的感念。徐老师数十年如一日的日夜坚守，丰厚的学识和学术积淀，需要广大读者停下匆匆的脚步，选择一个阳光灿烂的日子，坐下来、静下来，像对待陈年佳酿一样，慢慢地饮、细细地品。

谨以此序献给尊敬的徐葆耕老师和亲爱的妈妈高明同志。

曹　莉

2021 年 11 月 15 日

（作者系剑桥大学博士，清华大学外文系教授、
博士生导师、欧美文学研究中心主任）

初版序

我愿意向每一位打开这本书的读者，特别是青少年读者，包括中学生、大学生，还有他们的父母，推荐这本书——我真希望你们每个人的书架上都有这本书，甚至希望你们连出外旅行的时候都不忘记带上这本书，虽然往旅行包里塞的时候会显得重了点儿。我相信，你无论什么时候翻开这本书，它都不会让你失望。

一

为什么？因为这是一本不但读起来让人觉得非常有意思，越读越高兴，越读越快乐的书，而且还是一本让人读了之后觉得自己有变化，内心更丰富了的一本书。这样的书今天可不多。

这本书的名字有点儿平常：《西方文学之旅》。我甚至曾经一度想劝作者把书名改一改，改得更有色彩，更吸引人一些。但是后来想，这也好，书名中的一个“旅”字，把书的宗旨点得清清楚楚：读这本书，不同于读别的书，是一次旅行，只不过这个“旅行”要走几千年。从希腊神话开始，到贝克特、索尔·贝娄、杜拉斯这些已经成为经典的现代作家结束。另外，这个“旅”字里可能还含有作者的另一层意思，就是不打算让人读这书的时候觉得很累，觉得烦，觉得吃力，而是相反，把几千年的西方文学历史演绎为一道连绵不断的美丽的风景，其中有连天芳草，有习习谷风，有霜天鼓角，也有电闪雷鸣，读者在其中可以随意徜徉流连，不但增长了知识，提高了修养，还可以享受在文学史中漫步的快乐。那么，作者的这个想法在书中实现了没有呢？我觉得是实现了。说起来，最近这些年有关文学史的书，或者是介绍文学知识的书，也出了不少，但是大多读起来不是过于严肃，板着脸说话，就是语言干瘪，既无颜色，也无音调，或如诵经，或如咒语。大约二十多年前，我在宁夏的沙漠里看到过一片旱死了的胡杨树林，由于河水干涸，大片的胡杨树都只剩下了枯枝死干。但是，这片森林所有的枝条，还都疯狂地一起伸向毒日高悬的天空，狰狞可怕。这给我留下非常深的印象。以致后来，每逢遇到那些在说文学，可没有一点儿文学味道的书的时候，我眼前就总会出现死去的胡杨树林，并且感叹：要从这种景象里看到原来的苍苍郁色，得有什么样的想象力才行啊！于是我常常想，什么时候能有一本文学史，特别是给青少年、大学生和文学爱好者们阅读的文学史，能够写得更文学一点儿呢？难道学习文学史就一定要到枯死的森林里去受罪吗？现在，这本《西方文学之旅》摆到了面前，我的喜悦真是难以形容，这是一本我期盼已久的书，一本“梦想成真”的书。

二

读书，特别是读文学书，的确像是迷人的旅行。随便找一个爱书的人，他的书架都是一个大千世界，其中的每一道门都通向无数的门，其中的每一个故事又都蕴含着无数的故事。有读书习惯的人，大概没有一个人没体验过这种旅行的快乐。这是一种特殊的快乐。看电视剧，听流行歌曲，唱卡拉OK，当然都能给人快乐，但是，比起能够让你从时间和空间禁锢中解放出来，享受自由思想的读书旅行，“乐”的水平可太不一样了，依我看，简直没法比。可是在最近十几年，在青少年里，爱读书的人正在迅速减少，MTV、漫画、电脑游戏正在越来越多地占据他们的空余时间。有人说这是不可避免的“进步”，可是有更多的老师、家长、教授为此忧心忡忡。我曾经在美国的一家报纸上看到一幅漫画：在课堂上，老师问班上的学生：“什么是古典音乐？”被问的一位美国孩子犹豫了一下，回答说：“就是电梯里放的音乐吧。”这漫画轻松，幽默，只是一笑之下，让人得到的信息可一点儿都不轻松。在美国，固然很多地方的电梯里都播放一些轻音乐（并不能算是古典音乐），可是在摇滚或是 RAP（说唱音乐）之外，听其他音乐，包括古典音乐的机会并不是很少，问题是千万只耳朵拒绝这种机会，拒绝生活、世界、心灵的丰富性。其实，由于“全球化”的缘故，在世界其他地方，包括中国，情况都差不多一样糟糕。怎么办？我想最简便的一个办法，就是发动更多的作家、学者为青年们多写一些好看的、能引起人阅读欲望的、起向导作用的文章和书籍。《西方文学之旅》正是这样一本好书。希望这本书不仅受到读者的欢迎，而且还能引起批评界、学术界的注意，都来关心如何吸引更多的青少年、大学生爱读书、读好书，并且写出本身就特别好读的帮助读书的入门书。

三

不过，我还愿意对读者说，这本书的好处，绝不只是因为它好读，文笔优美，能把一种对文学历史的介绍、描述、评价和分析本身也变成了文学；这本书还有个好处，也是对文学史写作、文学批评和文学理论的一个重要贡献，就是在言说文学的时候，特别强调文学的鉴赏，并且把鉴赏因素贯穿于此书写作的各个层面之中。我这么说，也许有人会觉得奇怪，文学批评也好，文学史写作也好，难道可以离开文学的鉴赏吗？没有鉴赏，还有文学吗？说的是，从道理上说是这样。可是，如果多看看实际情况，难道我们不是可以反过来问，现在涉及文学的各种言说又有多少是注意了鉴赏的呢？在我们的中学和小学，教育等同于死记硬背，语文和文学课程几乎成了对孩子们的折磨；在大学里，学生们重视的是对谋职谋生有用的课程，电脑技术和商业管理成了他们的最爱，至于文学课，实际成了食之无味，弃之可惜的鸡肋，不学白不学，学了也白学。本来，学校是培养人的文学趣味和文学鉴赏能力最重要的地方，可是，恰恰在这些地方，文学鉴赏就这样无形中被从教育课程表里排除了，做得一点儿不动声色。那么，在学校之外情况又如何？依我看，也不妙。本来中国是有文学鉴赏的传统的，从“五四”以来，不必说专门的文学刊物，就是一般的报刊，都有很多关于文学鉴赏的文章，形成人们日常阅读生活中不可缺少的内容。不仅如此，文学鉴赏的发达，还形成了一个非常重要也非常宝贵的传统，就是通过文学鉴赏“育人”——文学和人的关系不是简单的欣赏和被欣赏的关系，更不是单纯的消费和被消费的关系，而是让文学反客为主，让文学影响人的修养、情操和道德，耳濡目染，潜移默化。为这个，几十年中许许多多的学者、作家、批评家都为通俗的报刊写了大量有关文学鉴赏的文字，即使是一些相当专门的研究文章，也往往都带有一定的鉴赏性。年纪大些的人，大概还记得这些文章写得多么认真，多么精心，多么优雅，可惜现在轻易看不到了。至于近些年的情况，其实也不用我多说，大家都看得见，报刊上言说文学的文字，绝大多数都不涉及鉴赏，何况还有一部分是变相的广告，老王卖瓜，瞎吹瞎夸，不光是老王自己夸，还经常拉了关系花了钱，找人夸，雇人夸。

正是在这种形势下，《西方文学之旅》这样一本书的出版，叫人高兴。有心的读者，不妨拿这本书和我们当前所能看到的文学史著述比一比，但不是比高低，那不好比，不易说清，我的意思是比写的方法，这就比较容易看清这本书的优点：作者不是把文学史当作一堆死知识，然后板起脸来，用一种居高临下的权威声音说，这是你应该知道的，那是你必须记住的，他不是这个态度。我们读此书，不但懂得了很多文学知识，还能感受到作者的惊奇、喜悦、气愤、伤感等种种感情，甚至仿佛能听到他轻轻地叹息，看到他在扼腕难过。如果说作者是一个旅游向导，那么这位向导的态度也许有些人不赞成，认为感情色彩太浓，主观意图太强，有碍文学研究的学术性。但是我不赞成这意见，一来文学研究也好，文学史写作也好，方法、态度本来就不必千篇一律；其次，针对目前文学鉴赏的缺席，这样的写作就更显得珍贵。它让我们在言说文学的时候想起我们还有另一个传统，可以用另一种态度、方式去对待文学，可以不必那么教条，不必那么刻板，不必那么枯燥；原来，我们说文学的时候，可以动感情，可以用抒情的语言，可以让语言燃烧，可以让每一句话都烙上言说者的个性和立场。

四

说到这里，我还想就当前的文学批评说几句话。

近十年中国的文学批评发展很快，可也出了很大的偏差，这在目前的报刊上表现得最清楚。大致来说，文学批评可以分两种：一种是学院批评或者叫作学者批评，这种批评带有很强的研究性质，写作的对象基本上是一定学科领域里的专家和学者；另一种批评的对象是普通读者，文章多半发表在普通报刊上，可以把它叫作随笔式的批评，或是印象式批评。这两种批评泾渭分明，同时并存，无论在国内，还是国外，历来都是如此，不但受到学界和一般读者的认可，而且多年的实践证明，的确对发展文学有很大好处。但是近些年来，中国的文学批评的表现有点儿怪：许多报刊上发表的文学批评，多半都是应该刊载在专业杂志上的学院批评性质的文章，这些文章的作者，根本不管是谁在读这些报刊，也不管报刊上的文章应该怎么写，晦涩的大词儿，抽象的分析，绕来绕去的推理，越来越玄的说法，此起彼伏，争奇斗艳，好像在比赛，看看究竟谁在这理论"运动场"上跳得更高，跑得更快。可是，这比赛完全找错了观众，因为看热闹的人根本不明白他们比的是什么，只能莫名其妙，掉头而去。实际上，这样把两种不同的批评混淆了的做法，已经产生了严重的后果，那就是报刊上的文学批评不受欢迎，读者日少，威信日低，自己砸自己的牌子。最后，读者和批评家之间，鸡犬之声相闻，老死不相往来，彼此冷淡，相互疏远。为什么会出现这样的现象？要是细细追查，原因当然很多，不过其中一个相当重要的原因，我以为是对西方当代理论过于着迷所形成的理论泛滥。重视理论是个好事，可是变成时髦就成了坏事。如果不管是谁要做文学批评，不管批评是什么目的，也不管情愿不情愿，就一定要去"偷火"，扮演偷火的人，一定要偷西方理论的火来煮中国文学的肉，人云亦云，生搬硬套，那能不坏事吗？当然，这股理论热也不是完全没有好处，至少对促进学院派的文学研究和文学批评起了很大作用，但是，跑到学院的大墙之外大侃理论，不但对普通读者大为不敬，还带来了文学批评的生态灾难。特别是最近，在这种炫技式的批评进入媒体并且取得支配地位以后，人们不但忘记了，中国自己本来有一个和汉语现代文学一起成长起来的批评传统，而且还忘记了，在这个传统里，文学鉴赏，以及鉴赏式的批评一直有着非常重要的位置，在二十世纪中国历史中扮演了非常重要的角色。正是在这种批评传统里，一代人又一代人长大成人，不但终生喜爱文学，而且依照文学的指引，明是非，辨善恶，知道自己从哪里来，确定自己到哪里去。一百多年来，千千万万中国人投入了一场和历史命运进行的搏斗，演出过一场又一场悲壮的戏剧，最终证明，不管过程多么曲折，到底是人在创造生活和历史的意义，人可以成为历史的主体。在这过程中，文学批评对今天“中国”和“中国人”的形成，有着不可磨灭的功绩。可以设想，要是没有“五四”之后发展起来的新文学，要是没有和这新文学相伴相生的文学鉴赏批评，很可能就没有“中国”和“中国人”这回事。这样一段重要的历史，是绝不应该被忘记的。

可事实上，它正在被忘记。

五

现在，《西方文学之旅》提了个醒，使我们不能不重新记起这段历史。这本书讲的，是从古到今西方文学发展的大故事，也是一个被人讲了很多遍的老故事，因此，这故事本身并不新鲜。对今天的读者来说，新鲜的是故事的讲法：把对文学史的讲述变成对文学的鉴赏。但是，我想再重复一遍的是，这种写作态度绝不是只对爱好文学的青少年、中学生、大学生很重要，而且对一般的文学批评和文学史写作也很重要。看到这本书，我以为批评家和文学史家也应该有所触动，也应当琢磨一下，我们今天对西方文学理论及其方法的着迷，是不是缺少了一点儿批评意识？是不是现在已经到了这么一个时候，我们该结合自己的批评历史和批评经验，对西方文学理论来一次清理和批判，以决定今后的取舍？这些年我们对国外新理论看好的一面已经够多了，可是它们有没有毛病？有没有问题？就说得很少。拿文学鉴赏来说，依我看，本来就是对文学进行批评和阐释的一个必需的、最基本的层面，在一定程度上，甚至可以说是批评和阐释的基础。可是，西方当代文学理论（这里主要是指二十世纪后半期发展起来的诸多理论）的一大缺陷，就是完全忽略鉴赏的重要性，把它无形中化解在自己的理论框架里，大事化小，小事化了，最后了然无迹。认真检阅国外那些涉及文学批评的当代学院著述，我们不难发现这样一个现象：在这些著作里，批评对象只是一个冷冰冰的等待批评者去分析的“文本”，至于这个东西是不是一个感人的、有很高的鉴赏价值的作品，批评者可以对此漠不关心。说实在的，我经常看到一些颇有影响的著作，分析呀，解释呀，头头是道，但仔细一揣摩，发现其实这位研究者对文学根本是个外行，对他来说，分析一篇文学作品，还是分析一份菜单，其实没有什么区别。这当然和研究者个人是否有足够的文学修养，是否有感受艺术的天赋有关，但是，文学批评理论在近年的发展中越来越追求"科学性"，恐怕是更重要的原因。

自十九世纪以来，人文主义和科学主义之间的冲突构成近代知识发展的一个重要方面，自然科学的研究方法究竟是否适合人文领域，这个折磨人的问题更是这场冲突的核心。尽管许许多多的人文领域的学者、理论家对这个问题做出断然否定的回答，但是随着现代科学视野日趋狭隘，科学主义势力不断扩张，人文知识固有的那种对人的主体性和能动性的重视态度，也遭受到越来越大的压力。检阅二十世纪西方文学批评理论的发展，这一点表现得尤其明显。在英美"新批评"和俄国形式主义批评登场的那段时间里，试图让文学批评和文学研究甩开并且禁绝主观性，从而获得某种可以和自然科学研究相比拟的"科学方法"，已经成为文学批评理论变革的最重要的冲动和动力。而后来的符号学、精神分析、结构主义、后结构主义、意识形态批评等等发展，可以说也都是在这一冲动下被催生出来的。所以，尽管在不同程度上这些理论仍然非常坚持自己人文知识的身份、立场和方法，努力和自然科学划清界限，但是，这种努力必然和在它们内部的已经深深扎下根的"科学方法"形成紧张关系。这个内在于当代文学批评理论的矛盾，本来是需要研究者和批评家时时警惕和反省的，可惜实际情况往往相反，在批评实践里，很多人反而对"科学性"着迷，把文学当作和批评主体完全无关的客观对象来处理。文学作为批评对象，在他们那里不是一个能呼吸，能和人对话，有自己的品质和性格的活的生命，相反，是一个需要通过解剖来认识的东西，一个可以被人用科学理性的刀子、钳子、凿子，去任意切割、肢解、大卸八块的死尸。

我以为现在该是对这样的文学批评做些反省的时候了，反省的办法之一，就是重新回顾一下中国的文学鉴赏传统，特别是"五四"之后形成的鉴赏式文学批评的传统。这种批评有没有长处？有没有合理性？有没有办法恢复？

需要什么改进？怎么才能适合今天的读者？这都须要思考，不但须要思考，还须要去做，须要去尝试。

在我看来，《西方文学之旅》这本著作就是一个尝试，当然，这尝试是不是很成功，有没有什么问题，那都要靠读者去检验了。

六

我认识本书的作者徐葆耕先生很晚，是两三年前。

在初识的几次见面里，有一次给我印象很深。那段时间我正在清华小住，每天去教工食堂吃饭，“水木清华”是必经之地。沿着荷塘走，窄窄的石径并不长，几分钟就到头，再往前就是一条车来车往的大路。但是这短短几分钟的小径闲步，每天都给我带来喜悦，尖尖小荷，丝丝垂柳，白云的倒影，参差的堆石，每样东西都看不够，看了就不由自主地高兴。一天清晨，从食堂吃了早饭回来，又过“水木清华”，由于时间还早，园里寂寥无人，只有清风吹皱一池碧水，正以为自己可以独占这幽静，不料湖边长椅上还有一人。这人年纪不小了，两鬓花白，正在埋头读书。走近一看，原来是徐葆耕先生。当时还跟他不熟，寒暄了几句就分手了。走出不远，我回头看了一下，只见他头埋得更低了，而湖对面的朱自清先生的塑像却抬着头，仿佛在凝视读书人。当时我很感动，两位一先一后，都是清华大学中文系的系主任，相隔几十年，却在这里隔水而坐，两相不厌。

后来和徐葆耕先生熟了起来，常有机会一起聊天，内容当然还是以文学为主。聊得多了，我发现他不仅对国内外文学史有很深的研究，而且对当代文学批评十分关心，并且有很多洞见，只是述而不作，不轻易动笔。我觉得这太可惜了，就常劝他多写一些。但他更关心的还是清华中文系的发展和建设，经常为此殚精竭虑，发愁着急，至于个人的文章学术，总不大放在心上，似乎是可做可不做的小事。“生年不满百，常怀千岁忧”，这是中国读书人自古以来的传统，我能理解，特别在今天这样一个市侩主义肆虐横行的时代，还有人以这样的态度对待文学，我更为尊敬。不过我还是暗自惋惜，不由得想，这世界就是这么荒唐，该少写一点儿的人写得那么多，而该多写一点儿的人写得那么少！

现在徐葆耕先生这本《西方文学之旅》出版了，我为他高兴，还希望有更多的读者喜欢他这本书，大家一起高兴。

李　陀

2003 年 5 月

（作者系当代著名作家、文艺批评家）

目 录

AN INTRODUCTION TO

西方文学之旅

S T E R N L I T E R A T U R E

第一章　古希腊：自由和魔影

我爱回忆那毫无掩饰的时代。

——［法］波德莱尔

在希腊神话中，欧洲是天神之父宙斯以自己人间之妻欧罗巴命名的一块土地。但薄情的宙斯似乎很快就忘记了这个不幸的少女，对这块土地也没有给予额外的天恩。当中华大地已经进入尧舜的文明时代，埃及的金字塔已经熠熠生辉时，欧洲还像一头母狼，以自己褐色的乳房喂养着野蛮的希腊人。当时他们以游牧为生，流浪于多瑙河上游，过着半人半兽的生活，公元前20世纪左右，穿过荒芜的草原陆陆续续向着希腊半岛进发。到了公元前六七世纪，就像从地下突然涌出的喷泉，希腊文明在阳光下显出了虹彩缤纷的颜色。希腊文明的突然崛起成了一个难解的历史之谜。使罗素获得诺贝尔文学奖殊荣的《西方哲学史》开篇第一句话就是："在全部的历史里，最使人感到惊异或难于解说的莫过于希腊文明的突然兴起了。"（罗素：《西方哲学史》，何兆武、李约瑟译，商务印书馆，1982年版）

这不仅是哲学史上的难题，而且是艺术史上的难题。那本来是一个毫无掩饰的时代，是从肉体到灵魂都裸露着的时代，人们想哭便哭，想笑便笑，想杀人便杀人，想做爱就做爱，即使撒谎也带着几分坦率和天真。在那个时代了解人是毫无困难的。但是由于年深日久，当我们面对着古希腊遗址中发掘出来的头盖骨，试图知道他们想些什么的时候，不禁惘然了。《金枝》的作者弗雷泽（J.G.Frazer，1854—1941）以每天十二小时、风雨无阻地持续五十年攻读各种文献，探索原始初民的巫术和艺术，结果却感喟地说："我们永

雅典娜神庙，又名帕提侬神庙。“帕提侬”在希腊语中是“处女”的意思。因为传说中的智慧女神雅典娜是一位处女。这座神庙在建筑上多处运用黄金分割率，是古希腊建筑艺术的典范。

远也不能彻底了解他们的心灵，至多是凭我们今天的智慧做一些可以允许的推断而已。”

难道历史的风雨竟有如此大的摧毁力，把一个辉煌灿烂的时代变为枯木朽株吗？不！表现伟大时代的艺术是不会死亡的，它深藏在每一个人的心灵隐秘处，每个人的心里都沉睡着一部遥远而模糊的历史。当你面对爱神阿佛洛狄忒（维纳斯）充满诱惑的目光时，当你看到英雄阿喀琉斯倒在血泊中时，当你感受到酒神狄俄尼索斯那酩酊背后的清醒时，你的心灵能够不被震撼吗？那沉睡了几千年的种族无意识会突然苏醒过来，在心灵的荒原上奔跑着、吼叫着，一股淋漓酣畅的快感使你意识到了自己原来是他们中间的一个，酒神与爱神、原始的野蛮与人性的挚爱都活跃在你的心里。奥林匹斯山上的众神一起喊叫了：

来吧！这里就是你灵魂的故乡！

游人眼中的古希腊神殿。有幸瞻仰这一历史神迹，可以延伸我们的生命，仿佛在这座神殿辉煌的时候，我们就已经诞生。

一、希腊人是正常的儿童

古希腊雅典的立法家梭伦（Solon，约前 638—约前 559）旅行到埃及时，当地的一位神识者向他说："你们是些小孩子。"（阎宗临:《欧洲文化史论要》，转摘自《西方文化概论》，中国文化书院，1987 年版）

过了两千多年，近代伟大的思想家卡尔·马克思进一步发挥了神识者的箴言，指出:"有粗野的儿童和早熟的儿童。古代民族中有许多是属于这一类的。希腊人是正常的儿童。"（《政治经济学批判导言》，《马克思恩格斯选集》，第 2 卷，人民出版社，1972 年版）

每个民族都有自己的童年，自己的童年艺术。当我们从各民族的艺术反观他们的童年时，确实发现有"粗野的儿童"：是由于智力低下或是环境使然？他们仿佛永远长不大，身体喷发着过多的兽类气息；也有"早熟的儿童"：他们的童年艺术像是穿着礼服、正襟危坐的小大人儿，过于沉重而严肃的思考把儿童的天真活泼窒息了。

然而马克思说，"希腊人是正常的儿童"，因此，他们的神话和艺术反映了"人类美丽的童年"，"而且就某方面说还是一种规范和高不可及的范本"。（《政治经济学批判导言》）

欧罗巴：来自亚细亚的少女

希腊神话提示我们：欧罗巴是出生于亚细亚的少女，宙斯中了爱神之箭后化为牛把她诱骗到欧洲土地上并使她委身于自己。这则神话包含着一个隐喻，即欧洲文明同亚细亚文明有不可解的关系。这一点完全符合历史事实，只是还需要加上埃及文化的影响。远古的埃及或巴比伦都普遍流行着对生殖性能的崇拜，公牛通常被认为是阳性生殖性能的化身。宙斯化为牛，哄骗欧

被劫的欧罗巴。近代画家按照自己的审美观念将这一古老神话阐释得光彩照人。

罗巴骑在自己身上，这故事本身就带有浓厚的西亚文化或埃及文化色彩，欧罗巴与宙斯的结合象征着西亚文化、埃及文化与希腊原始文化的结合。

世界最古老的四大文明区都是属于大河文明，是在农耕基础上发展起来的。公元前2000年左右，埃及和巴比伦文明通过爱琴海进入欧洲。最早沐浴到文明甘霖的是爱琴海上的岛屿，特别是克里特岛。从地下发掘出来的资料证明，早在公元前15世纪以前，克里特人已经善制精美陶器、织物和金银玩物，并且建造起一座结构曲折的“米诺斯宫”。大约在公元前14世纪时，野蛮的希腊部族把花团锦簇的克里特岛毁坏成为一座荒烟蔓草的废墟。但是，正像后来的罗马人对待希腊文化一样：征服者被被征服的文明所征服，希腊人成了克里特岛的“米诺斯文化”的直接继承者，在继续接受埃及和西亚文化影响的同时，创造出自己的“迈锡尼文化”。

少女欧罗巴与幻化成公牛的宙斯。在古代，公牛常被视为阳性生殖性能的化身。

如前所述，埃及文化和西亚文化基本上属于农耕文化或曰大陆文化，而占领了希腊半岛的希腊部族则属于海洋部族，他们的原始文化属于海洋文化。欧罗巴姑娘与希腊天神之父的婚姻，象征着陆地与海洋两大文明潮流在人类历史上的第一次撞击和交汇。史学家对克里特岛的发掘发现：克里特艺术的遗物给人以一种欢愉的、几乎是奢靡的印象，与埃及神殿那种令人类恐怖的阴郁是迥然不同的。

对弗雷泽在《金枝》中提供的大量神话材料做些分析，也会发现埃及文化和西亚文化传到希腊以后发生的转换。例如关于对“阿都尼”的崇拜最早流行于巴比伦，是原始初民对自然界的一年四季和植物由生长到死亡、转到来年复苏的神秘思考。对于依赖自然界和植物而生存的农耕民族来说，“阿都尼”的死亡意味着自然界和植物的死亡，因此充满哀伤的情调。在后来人写的诗歌中依然保持着这种哀伤：

她的哀歌唱给一条大河，
那里柳树不再生长；
她的哀歌唱给一块土地，

那里谷物不再生长；

…………

然而经过希腊神话的加工，这位东方的神（阿都尼）作为爱神阿佛洛狄忒钟爱的一位美少年出现了。象征植物每年死亡一次的“阿都尼之死”成了爱神与死神两位女神争夺美少年的激烈冲突。最后宙斯裁决：阿都尼每年在阴间过一半时间，在阳世过一半时间。后来，阿都尼的死亡是在一次打猎中被装扮成野猪的战神阿瑞斯所暗算，原因是阿瑞斯是阿都尼的情敌。阿佛洛狄忒为了痛悼死去的情人，把他死去的地方长出的鲜花带回塞浦路斯。莎士比亚以此为题材写了一部情焰如火的长诗《维纳斯与阿都尼》。

在西亚的“阿都尼”是原始初民“从单纯的共在关系中发现因果关系”，即以自然界喻人而给予万物的象征性符号；希腊人在接受这个象征性符号的同时渗进了人的强烈的生命意识，它不是单纯地伤感自然界对人的命运的支

波提切利作品《维纳斯的诞生》。作为爱与美的女神，维纳斯最受画家的青睐。

花团锦簇的克里特岛。早在公元前 1000 年，这里就创造出了彩虹般绚丽的文化。

配力量，而是表现出人同自然抗争的意识（阿佛洛狄忒要从阴间抢回阿都尼），它不仅表现人试图以巫术影响自然界的企图，而且表现了人与人之间的情欲冲突。因此，英国学者简·艾伦·哈里森认为，早期的巫术和神话，不只是对自然界的象征模仿，而且是一种“人性的冲动”，这一点在希腊的神话中表现得远比它的老师——古埃及和西亚神话强烈而鲜明。

马克思说过：“相同的经济基础——按主要条件来说相同——可以由于无数不同的经验的事实，自然条件，种族关系，各种从外部发生作用的历史影响等等，而在现象上显示出无穷无尽的变异和程度差别，这些变异和程度差别只有通过对这些经验所提供的事实进行分析才可以理解。”（《马克思恩格斯全集》，第 25 卷，人民出版社，1974 年版）看来，要揭示埃及和西亚神话传播到了希腊以后所发生的这种令人惊异的变形，还是要从希腊区别于埃及、巴比伦的自然条件、生活方式……中间去寻找。

希腊半岛是多山地区，但大部分土地荒瘠不毛，只有山谷里土地肥沃，这就迫使希腊人到海上去谋生：或经商，或做海盗，或到海外其他地方去开辟殖民地。这种生活，造成了自由奔放、躁动不安的性格，孤独的幽思和奇丽的梦想，思绪有如天空的云彩随风飘荡、变幻无常；造成了他们与农耕民族不同的心态：不希图靠勤劳去取得收获，而是靠冒险、武力和狡黠去攫获财富，不是靠劳动去“创造”，而是去“征服”。他们顶礼膜拜的不是“丰产之神”，而是力量和智慧。

“大多数民族的神都自命曾经创造过世界，奥林匹斯的神并不自命如此。他们所做的，主要是征服世界。……他们都是些嗜好征服的首领，是些海盗之王。他们既打仗，又宴饮，又游玩，又作乐；他们开怀痛饮，并大声嘲笑

提香作品《酒神巴库斯与阿丽亚德尼公主》

那伺候着他们的瘸铁匠。他们只知怕自己的王，从来不知惧怕别的。除了在恋爱和战争中以外，他们从来不说谎。”（吉尔伯特·穆莱：《希腊宗教的五个阶段》，转引自罗素《西方哲学史》，商务印书馆，1982 年版）

所有这些都远不能概括希腊民族的性格，但却提供了海洋民族与内陆民族之间在远古时代的某些重要的区别，意识到了希腊部族较之内陆人，他们的原始情欲表现得更为充分，想象力更为丰富，思维的视野更加广阔。所有这些，恰恰是成为“正常儿童”的必要条件，也是创造丰富多彩、雄大活泼的神话艺术的土壤。

罗素说：“构成文明的大部分东西已经在埃及和美索不达米亚存在了好几千年，又从那里传播到了四邻的国家。但是其中却始终缺少着某些因素，直等到希腊人才把它们提供出来。”（《西方哲学史》）来自西亚的美丽少女欧罗巴如果不同宙斯（“缺少的某些因素”）结婚，则不可能产下神奇的宁馨儿——古希腊的全部神话艺术。

奥林匹斯山上的众神与人间的英雄

神话艺术是上古时代社会、文化系统诸因素综合作用的产物。从社会学的角度来看，它是“人民的幻想用一种不自觉的艺术方式加工过的自然和社会形态本身”（马克思语）。从人类文化学的角度，它起源于巫术和宗教的祭祀、礼仪（弗雷泽：《金枝》）；从哲学的角度，它是人类最古老的认识论——泛灵论以及最古老的思维方法——比拟类推的产物（维柯：《新科学》）；心理学家认为它是人类最伟大的天赋——想象力开出的最绚丽的花朵；古希腊伟大的哲人柏拉图把这种想象力展开翅膀翱翔时的心态称为“迷狂”，并认为只有处于“迷狂”的状态下才能产生真正的诗。古希腊的神话与英雄传说是上述诸因素综合作用下所产生的最为绚丽多姿、雄大活泼的艺术品。其他民族也许有过同希腊神话并驾齐驱的神话体系，但没有能够如此完整地保存下来。

现代瑞士心理学家荣格（1875—1961）认为，原始人并不是在“发明”神话，而是“体验”神话。也就是说，神话对于原始初民来说，不是审美产物，而是生活中的实在：各个神祇就生活在他们周围，主宰他们的命运，而一旦叫出这些神祇的名字，就可以反过来设法支配这些神祇。这种原始思维可以叫作“人神互渗”（列维－斯特劳斯：《野性的思维》，李幼蒸译，商务印书馆，1987 年版）。

瑞士心理学家荣格。他提出的“集体无意识”理论，为神话与文学的起源提供了一种饶有趣味的阐释。

设想一下：远古时代蒙昧而野蛮的希腊人，清晨起来看见风和日丽，便欣喜非常，群出狩猎。倏忽之间，乌云密布，狂风大作，电闪雷鸣，倾盆暴雨汇成滔滔洪流，卷走了巨石、树木、野兽和人……那个躲在山巅、树顶上侥幸活下来的人，面对这一切他想些什么？他只感到神秘莫测、恐惧万端……

然而，人终究与动物不同，他们有意识。那个时代处在蒙昧中的可怜的希腊人还不会像现代人这样使用概念和逻辑，但他们却会“从单纯的共在关系中直接发现因果关系”（《野性的思维》）。也就是用比拟类推的方法认识和解释自然，而自然万物的共在就是人，以人推及自然界就成为当时人类的主要认识方法。

大概最初是在梦中获得启示吧，狩猎归来的人们疲惫至极，进入梦乡：他意外地一箭穿透了三头野猪，为庆祝胜利，人们围着他跳舞，把野兽的血涂抹在这位英雄的身上，而后他同一个女人野合，双双展翅，在万里蓝天上翱翔……一梦醒来，发现自己仍然栖息在潮湿阴暗的山洞里，既没有野猪，也没有狂舞和女人，洞外是漆黑的夜。这是怎么回事呢？比拟类推的方法使他们认为：在自己体内一定栖息着另一个同自己类似的东西，他乘自己睡着的时候出游了。这个东西就是灵魂。灵魂逃走了，人便会死去。

这种在今天看来十分荒唐的想法，却是希腊人对自身认识的第一个飞跃，即把人分解为两部分：肉体与灵魂，灵魂寓于肉体而又可以脱离肉体独立存在。意识到灵魂的存在是人类精神文明史的发端。

蒙昧时代的欧洲人按比拟类推的思维方法：人有灵魂，万物就都该有灵魂，但可能比人类的灵魂更强大和不可捉摸。神话学家安德烈·兰称这种思维方式为“泛灵论”，即万物有灵。泛灵论像一把钥匙打开了人类祖先的想象力之门，使这种“十分强烈地促进人类发展的伟大天赋”（马克思语）展开了它的双翼，给本无感觉的事物赋予感觉和情欲。惊奇的对象越大，惊奇的程度也越大，想象力也越发显得灿烂多姿。意大利学者维柯（1668—1744）在他的名著《新科学》

中认为，在神话时代，原始人“还没有推理力，浑身都是强旺的感觉力和生动的想象力……把自己感觉到而对之惊奇的那些事物的原因都想象为神”（维柯：《新科学》，朱光潜译，商务印书馆，1986年版）。于是，关于自然界个别现象的神（如雷神、雨神、河神、海神……）产生了，而后又有了开天辟地的神话，人类起源的神话以及反映人和自然斗争的某些社会历史现象的神话，经过几百年甚至上千年的艺术加工，终于构成了宏大而完整的体系。作为文学的体现则是更晚的事了。赫西俄德的《神谱》与荷马的史诗《伊利亚特》与《奥德赛》就是希腊神话与传说的文字总汇。

希腊神话与传说由于来自不同的部族，也由于年代久远，有许多相互矛盾、其说不一的地方。大体上可以分为神的故事与英雄传说两大部分。属于神的部分又有旧神谱系与新神谱系（奥林匹斯神谱系）。旧神谱记载了天地的起源，据说最初的宇宙一片混沌，只有混沌大神（哈俄斯）居其间，从混沌中最先生出了大地（地神盖娅），接着在大地底层出现了“黑暗”与“黑夜”，两者结合生出“光明”与“白昼”。大地又生出了“天空”（天神乌拉诺斯）。地神盖娅与她的儿子天神乌拉诺斯结合，生下十二个提坦巨神（六男六女）。这些巨神彼此结合，又生出了日、月、星辰。在提坦巨神中，普罗米修斯团泥做人，创造了人类并把天火盗给人们。乌拉诺斯是第一个统治宇宙的天神，后被他和盖娅所生的最小的儿子克罗诺斯所推翻，克罗诺斯与其妹莉娅结合，生下六个儿女。克罗诺斯担心自己的统治被子女所推翻，把儿女一一吞食，母亲瑞亚把最小的儿子宙斯藏了起来，宙斯终于推翻了自己的父亲成为宇宙

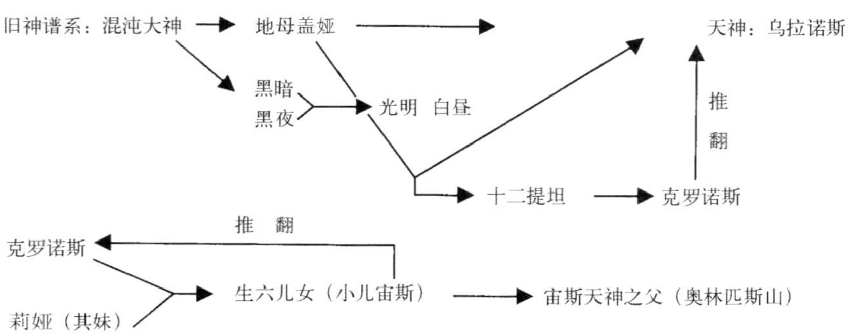

的统治者。旧神谱系保存了远古社会人吃人和杂婚制的野蛮风习。父子相残、弑父娶母成为后来西方文学中绵延不断的母题。华夏民族的蒙昧时代一定也有这类野蛮风习，但却没有能够在神话传说中保存下来。

远古希腊人对天地和人类起源的直觉猜测带有某种惊人的成分。例如关于宇宙之初一片混沌，而后天地始分的说法同中国《太平御览》中所记“盘古开天地”的故事（“天地混沌如鸡子，盘古坐其中……”）异曲同工，都包含有“天地始于一”的思想。这种朴素的系统观被现代系统论科学视为自己的鼻祖，它尽管肤浅，较之十六七世纪关于宇宙的机械论形而上学观点（如牛顿）却更为接近宇宙起源的历史真貌。又如普罗米修斯利用泥土与河水造人，也与中国女娲造人的传说非常相似。近年美国科学家提出科学报告，论证生命起源于泥土，尽管仍属一家之言，但也使我们不能不惊骇于远古人类的洞察力。按照辩证法的观点，生命与无生命之间没有也不应该有一条无法逾越的鸿沟。无生命（如泥土之类）完全有可能转化为生命，关键在于，如希腊神话所云，需要智慧女神雅典娜为普罗米修斯的泥人吹入灵魂，也就是说要靠智慧来予以转化。普罗米修斯造人时从动物身上摄取善恶，封闭在人的胸膛里。这表明远古人认为人和动物界是有密切联系的，可以互相转化的。古罗马诗人奥维德搜集、整理了二百多个人、兽、神和植物互变的故事，写成了著名的《变形记》。从前科学家曾把它们视为荒诞不经，但达尔文的进化论及现代生物科学的发展又雄辩地揭示了它们之间的某种内在联系及转化的可能。古希腊人对自然的解释是蒙昧的，但蒙昧中蕴涵着真理，它们是人类童年时期撷取的第一批智慧果，值得我们珍惜。

西方神话中关于天地的起源与中国〞盘古开天地〞等神话惊人地相似，它们都认为，〞天地始于一〞。

补天的女娲

从宙斯成为众神之父开始，希腊神话进入新神谱系。新旧神谱的历史分野大体相当于从母权社会进入父权社会，从杂婚和群婚制过渡到一夫多妻制。这一过渡，正如恩格斯所说：是妇女的一次具有历史意义的失败。

新神谱系中的诸神都居于奥林匹斯山上，一般认为有十二主神，但谁为主神却其说不一，大体上有：

1. 宙斯：天神之父，地上万物的最高统治者。他控制天气，雷电是他的信号。他强劲而淫荡，有七个妻子和无数情人，经常利用权力和法术迫使美女委身于他，因此儿女也不可计数。在蒙昧时代，生殖能力强旺是人们期待的，进入文明社会后淫荡才带有了贬义。

2. 赫拉：宙斯的正妻。如果说宙斯代表男性，她则代表女性，掌管婚姻和生育。性格的主要特征是忌妒。

3. 雅典娜：是从宙斯的头脑里生出来的，起初被视为女战神，后来逐渐变为智慧女神和雅典城的守护女神，她又被看作文学、艺术和科学中希腊天才的卓越代表。

4. 阿波罗：在诗与艺术中表现为光明、青春和音乐之神，又是太阳神。

5. 阿耳忒弥斯：与阿波罗相对的月神，又是狩猎之神、妇女之神，是女性纯洁的化身。

6. 狄俄尼索斯：在诗体神话中是酒神与狂饮欢乐之神。在古老的仪式和风习中，他又是被当作植物生长之神来崇拜的。

7. 阿佛洛狄忒：爱情女神，传至罗马时代改称维纳斯。她的忠实随从（一说是她的幼子）小爱神厄洛斯手持弓箭，被射中者即坠入情网。

8. 波塞冬：海神。

9. 哈得斯：冥王。

10. 赫菲斯托斯：火神。

11. 阿瑞斯：战神，有时是瘟疫神，是爱神阿佛洛狄忒的配偶。

…………

古希腊除了关于神的故事以外，还有许多由神与人交媾而生的半人半神式的“英雄”。关于英雄的传说，最为有名的是阿喀琉斯的故事、赫拉克勒斯立十二大功的故事和伊阿宋率领众英雄夺取金羊毛的故事等等。

奥林匹亚宙斯神庙

天神之父宙斯与天后赫拉。这是两双爱和恨交织在一起的眼睛。他（她）的眼神令我们联想到很多极富现代感的爱情故事。

左上图：月神阿耳忒弥斯：纯洁与爱的象征。
右上图：宙斯神庙。
左下图：《米洛斯的维纳斯》，相传为公元前2世纪的希腊作品。该雕刻于19世纪出土时，两臂完好，但至今人们仍以断臂的维纳斯为美。她成为"残缺之美"的最好例证。
右下图：爱神阿佛洛狄忒及小爱神厄洛斯。据闻一多考证，在中国的神话传说中，也曾有过类似于爱神的角色，但却随着文明的进步而逐渐消失了。

阿波罗与达芙妮

海神波塞冬，大海的守望者与支配者。

太阳神阿波罗，理性和光明的象征，同时又是音乐之神。

上左图：酒神狄俄尼索斯。尼采说，他是情绪的总激发和总释放的象征。
上中图：冥王哈得斯。
上右图：战神阿瑞斯。在希腊神话中，阿瑞斯以性格残暴著称。他是爱神阿佛洛狄忒的配偶，暴力与爱欲的形影相随，似可作为人类历史的一个本体性隐喻。
下图：火神赫菲斯托斯神庙。

酒神与爱神：欲望的喜剧和悲剧

如果我们考察希腊神统与东方神统的区别，最引人注目的莫过于酒神狄俄尼索斯和爱神阿佛洛狄忒了。

中国的圣人讲“食色性也”，但却把远古时代专司“男女野合”的女神高禖贬为伺候襄王睡觉的“神女”（妓女）；中国也有相当于狄俄尼索斯掌管植物生长的神，曰神农氏，但他并不饮酒也不作乐，是为人类寻找可吃的东西而尝遍百草、把自己弄得死去活来的献身者。于是华夏部族的情欲失去了它的艺术象征。在古希腊则相反，据说爱神阿佛洛狄忒原是神殿卖淫的“神女”，后来升格为女神；掌管植物生长的狄俄尼索斯则是个饕餮、豪饮、狂欢的作乐者，象征着“情绪的总激发与总释放”（尼采语）。每逢酒神祀典，人们打破一切禁忌，狂饮滥醉，放纵性欲。爱神与酒神在希腊神话中的重要地位，表明了人们对食与色两大情欲的崇拜。以宙斯为中心的奥林匹斯众神中，男的大多贪杯好色，女的则忌妒同性、追求虚荣。他们为了欲望的满足可以奋不顾身，犹如飞蛾扑火，一旦获得就欣喜若狂；失落了，又如孩子般丧魂落魄、号啕大哭。为了争夺一个名叫海伦的美女，两个国家（联邦）拼得你死我活，众神参战打了十年战争，死伤无数。这样的神话或传说在中国是无论如何也找不到的。

天后赫拉、智慧女神雅典娜、爱神阿佛洛狄忒在争夺金苹果时各不相让，原因在于金苹果上写着：“给最美……”

希腊神话认为，人类的不幸是由两方面原因造成的：一谓天灾，二谓人祸。所谓天灾是指普罗米修斯盗火给人类后，天神之父宙斯为了惩罚人类，派美女潘多拉带礼品盒子下到人间，打开盒子从中放出各种灾祸，使数不清的形形色色的悲惨充满大地，唯独把“希望”关闭在盒子里面。所谓人祸则是人

潘多拉宝盒是诱惑的象征，它一旦被开启，便是灾祸的降临。但是，人类还是经常地、情不自禁地打开它……

类的各种情欲。潘多拉所以降灾人间，也是因为人类被她的美色所惑而接纳了她，所以情欲实在是“万恶之源”；但另一方面，人活着就要追求各种情感和欲望的满足，所以它又是“万乐之源”。幸福与罪恶、快乐与灾祸就这样相伴相随，构成希腊神话中的悲剧意识与喜剧精神。这方面的一个典型故事就是“争夺金苹果”：希腊密尔弥多涅斯的首领珀琉斯与海神之女忒提斯举行盛大婚礼之日，邀请了奥林匹斯山上众神参加，却忘记了邀请争吵女神厄里斯。望着宴会上狂欢痛饮的神和人们，厄里斯妒火燃胸，向宴席中间丢下一个金苹果，上写“献给最美的女神”。这只金光灿灿的苹果应该属于谁？在座的三位女神——天后赫拉、女战神雅典娜、爱神阿佛洛狄忒发生了争吵，互不相让。宙斯让她们找特洛伊王子帕里斯裁决。三女神找到帕里斯，各自向他许诺优厚的奖赏。赫拉说，如果把金苹果判给她，她将赋予帕里斯人间最多的财富和最大的权力；雅典娜则表示给他战场上的胜利与荣誉；阿佛洛狄忒保证让他得到世界上最美女子的爱情。在三位女神的贿赂面前，帕里斯选择了阿佛洛狄忒，把金苹果判给了爱神。阿佛洛狄忒则帮助帕里斯赢得了希腊斯巴达王之妻海伦的爱情。倾国倾城的美女海伦是希腊人的骄傲，她被特洛伊人帕里斯拐走的消息震怒了整个希腊联邦，从而导致了长达十年之久、死伤无数的特洛伊战争。

特洛伊王子帕里斯在为三女神的争吵做裁决时，经受不住爱神的诱惑，从而为特洛伊城带来了十年之久的战争灾难。

上古时代，部落之间、民族之间、国家之间战争频仍，战祸连绵。对于战祸起因的思考在各国神话中普遍有所反映。例如，在中国神话中：炎帝与黄帝之战起因于黄帝“尚土”，炎帝“尚火”，可谓是信仰与政见之不同；黄帝与蚩尤的战争则是部落间争夺权力的结果；至于“刑天舞干戚”则是部族上层专横招致下层的反抗。所有这些都是华夏上古时代社会矛盾的艺术写照，故事虽带有虚诳成分，社会内涵的指向性却具有明确性和单一性，即信仰、政见、权力与权利的矛盾。相比之下，希腊神话中对历史上有名的特洛伊战争祸因的思考却带有某种形而上的味道。金苹果是一个象征物，它不仅象征

美丽的海伦

着财富，而且象征着荣誉（“献给最美的女神”）。把这一幸福果种抛到人世间的本意却是酿造不幸。三女神的互不相让源于她们各自追求财富虚荣的私欲。帕里斯接受阿佛洛狄忒的贿赂则出于色欲的追求。总之，私欲酿成了战争与灾难。

恩格斯指出，自从私有财产出现以来，人的私欲就成为历史发展的杠杆。在“消灭私有制”的共产主义革命没有实现以前，“人与人的战争”就不可能结束，“争夺金苹果”的故事就会以不同形式上演。从这个意义上说，“争夺金苹果”的故事较之中国神话中关于战争原因的探讨具有更高的历史概括性和更深一层的人生思考。

人类自结成群体以后就生活在两种对立的心态中间，一是追求私欲，一是害怕孤独，因为孤独会导致个体的消灭。反映在伦理观念上则出现利己与利他两种互相对立又互相依存的原则。放纵私欲导致的灾祸使人们呼唤节制情欲的理智和献身精神。以为民除害而著称的赫拉克勒斯曾在十字路口遇到两位女神：一个“美丽、高贵而有礼貌”，她是美德女神；另一个“艳丽动人，雪白的皮肤擦了香粉和香水”，是享乐女神。后者许诺赫拉克勒斯以“丰盛的饮食和美酒及身体和肉感的满足……利用任何人或任何物来满足自己的享受”。而美德女神则严肃地对他说：“人类不经过努力和辛苦，神祇是不会让他们有所收获的。……假使你愿意全城对你尊敬，你必须为它服务；假使你愿意全希腊都赞美你的美德，你必须成为全希腊的恩人。”美德女神还驳斥享乐女神说：“你从来没有听过最悦耳的声音——真实的赞美！你从来没有见过最悦目的事物——你自己的良好的工作！”

故事中两位女神论辩，笔者怀疑是后来的哲人所加。因为无论在旧神谱还是新神谱，乃至《荷马史诗》中间，都没有这样带有明显伦理色彩的女神。享乐女神的主张接近于公元4世纪的伊壁鸠鲁，而美德女神的观点则源于亚里士多德的利他主义哲学。赫拉克勒斯可算是亚里士多德的信徒。他拒绝了享乐女神的引诱，不贪美食，不近女色，把为民除害当作是人生最大的幸福。在他随同阿尔戈号远航去寻找金羊毛的过程中，在楞诺斯岛，众英雄都沉湎于酒色，不思进取，全靠他保持清醒，力逼众人继续向着伟大目标进发。但是即使在这个伟大英雄的身上，情欲也是一种不可抗拒的力量。在征服俄利卡斯之后，他悄悄地带回了自己喜爱的女人，由此招致妻子的嫉恨，对他使用了毒药。中了毒的英雄痛苦地呼喊着自己的儿子：“你在哪里？拔出你的宝剑，用它来杀死你的父亲吧！割下我的首级，并治好你的不信神的母亲用以坑害我的癫狂吧！”

希腊神话中众神的飨宴

远航英雄伊阿宋被私欲毁得更惨。他率众夺取金羊毛的故事与中国的《西游记》类似。唐僧等中国英雄的目的是求取佛经，普度众生，而伊阿宋等希腊英雄则是夺取象征幸福的金羊毛以换取本应属于他的王位。两支队伍历尽千难万险，不同的是，一个在陆地上翻山越岭，另一个在大海上踏浪兴波，这大概因为中国是大陆国家，古希腊则是海洋国家。唐僧一行，除了八戒略有风流韵事外，其他人都是任女性万般勾引而不动尘念的。伊阿宋一行则不然，他们也经过了“女儿国”（楞诺斯岛），女王一旦提出要求，众英雄乐得从命。伊阿宋与女王共度良宵，众英雄一一寻找情侣。用中国传统观念看，除赫拉

被劫的海伦

大力神赫拉克勒斯与美德女神、享乐女神。被高尔基赞之为人类最早的“劳动模范”的赫拉克勒斯努力使自己成为美德的典范，但最终仍毁于享乐。

克勒斯外，都算不得英雄好汉。伊阿宋与美狄亚的故事，有点像中国的《秦香莲》。伊阿宋这位远航英雄靠了美狄亚的有力帮助才取得金羊毛，美狄亚对伊可谓恩重如山，两人海誓山盟结为夫妻。但十年之后美狄亚年迈色衰，伊阿宋贪图克瑞翁国王的财富竟然想停妻再娶，充当克瑞翁的倒插门女婿，喜新厌旧、忘恩负义，与陈世美无二。但美狄亚却不是一个秦香莲，她不想靠宙斯来裁判，自己动手先杀死了伊阿宋的新妻及岳丈，继而杀害了自己同伊阿宋生下的两个孩子。伊阿宋意识到这场惨祸全由自己的贪欲造成，自惭形秽，一世英雄便拔剑自刎了。

情欲毁灭英雄，情欲毁灭理智，明知毁灭仍执意追求，犹如飞蛾扑火，这就是希腊人悲剧性的性格和悲剧性的命运。

盲诗人荷马是一个传说中的伟大创造者。唯其瞽目，才能穿透世俗的迷雾，洞察人的心灵。

阿喀琉斯：希腊民族性格的丰富性和整体性

在古希腊早期神话里，神的塑造往往比较呆板，不具有鲜明的、稳定的个性。如赫西俄德《神谱》中混沌大神、地母盖娅都不过是自然界的象征符号。稍后出现的奥林匹斯新神谱系，每个神往往是单一情欲或理想的象征性符号，如普罗米修斯是献身人类、反抗天神的典型，宙斯是权力的代表，赫拉的单一性格就是忌妒……这种情形说明，当时的神话创造者们虽然会用朴素的系统观念观察自然界，但却不会用系统观念考察单个的人，原始思维的单一性限制了他们对人的考察。

公元前 800 年左右出现的《伊利亚特》和《奥德赛》是西方文学史上的一座高耸的界碑。这部作品中的主要人物都具有性格的鲜明性和丰富性。《伊利亚特》中的主人公阿喀琉斯就是其中的一个杰出典型。

阿喀琉斯，史诗《伊利亚特》的主人公，希腊民族精神的充分代表。

据传，阿喀琉斯是人间国王珀琉斯与海神之女忒提斯结婚生下的儿子，具有健美的肌体、无敌的武艺和忘我战斗的冒险性格。神谕他有两种命运：或者默默无闻而长寿，或者在战场上光荣地死亡。忒提斯爱子心切，将他乔装打扮置于女孩子群中，但智者奥德修斯终于识出了他。阿喀琉斯毫不犹豫地、愉快地走上了同特洛伊人作战的战场，攻城略地，建立无数功勋。他的马预言他的末日正在临近，他自己也清楚，他将葬身于特洛伊城下，但他依然挺身参战。特别是在他的挚友帕特洛克罗斯被特洛伊王子赫克托耳杀死以后，他痛不欲生。母亲警告他，为朋友复仇将导致他在战场上丧生。阿喀琉斯愤怒地叫道："如果命运女神不让我保护我被杀的朋友，我宁愿死去！他远在异乡丧命，我没有援救他，现在我的短促生命对于阿耳戈斯人还有什么用呢？让宙斯和神祇们所规定的命运降临到我头上来吧！"冲天的愤怒使他变成了嗜杀的恶魔，见了特洛伊人，不分男女老幼便杀便砍，使他们的尸体堵塞了克珊托斯河的河道。河神出面阻止，他竟然同河神厮杀起来。在同杀死帕特洛克罗斯的赫克托耳决战时，赫克托耳曾哀告说，当决战的一方死亡时，不要凌辱他的尸体。而阿喀琉斯根本不睬，残暴地将赫克托耳的尸体拴在马后倒拖着围绕自己挚友的灵柩跑了三圈儿，并以十二个被俘的特洛伊青年为帕特洛克罗斯陪葬。

在战斗中奋不顾身乃至残暴鲁莽只是阿喀琉斯性格的一个重要侧面。他的残暴是出于对朋友的挚爱，《伊利亚特》生动地描写了阿喀琉斯与帕特洛克罗斯之间情同手足的友谊。珍视友谊，把对朋友承担义务看得高于一切，反映了阿喀琉斯性格中温和善良的一面。这种温厚善良的本性还表现在当阿波罗把瘟疫射给希腊人并危及许多人的生命时，阿喀琉斯首先站出来召集众人商量挽救同胞的对策。当赫克托耳的父亲跪在他面前，吻着那双杀死自己儿子的手，泪流满面地哀求允许他赎回自己儿子的尸体时，阿喀琉斯忽然想到自己那年迈的父亲是多么珍爱自己，推己及人，竟激动得大哭起来，不仅将赫克托耳的尸体交还给普里阿摩斯，而且答应休战十一天，让老国王从容地为赫克托耳举行葬礼。

如果说忘我战斗与温厚善良构成了阿喀琉斯性格中两个对立的侧面的话，支配这两个侧面的内核则是对于个人荣誉的理解与追求。阿喀琉斯不畏死亡走上战场，是因为他把勇敢视为最高荣誉，怯弱者是"人间无价值的赘物"。他热爱着自己的民族，但如果个人的荣誉与尊严受到伤害时，维护这种荣誉和尊严就上升到第一位。当希腊主帅阿伽门农声言要从阿喀琉斯帐下抢走他心爱的女奴时，阿喀琉斯感到自己的荣誉和尊严受到了重创，他怒气冲冲地说："我不想让人看不起，留在这儿为你增加财富！"阿伽门农淡然地回答说："我

《荷马史诗·伊利亚特》插图：希腊联军中的将领们为争夺俘获物而爆发激烈的争吵。

要亲自到你营帐里，把给你的奖赏、美丽的布里塞伊斯（阿喀琉斯心爱的女奴——本书作者注）带走，让你清楚地知道，我比你强多少，也使其他人小心，不要显得和我一样，当面给我顶撞。”阿喀琉斯义愤填膺，如果不是智慧女神雅典娜的制止，他将杀死自己的主帅。从此，他既不出战，也不参与议事，任凭自己的同胞成批地死于特洛伊人的刀箭之下，即使阿伽门农后来登门谢罪，他也无动于衷。显然，阿喀琉斯所争的主要不是财物和女奴，而是要让阿伽门农等人再也不敢侵犯他个人的尊严与荣誉，承认他是最伟大的英雄。

可见，阿喀琉斯的多侧面，并非各种单一性格的简单叠加，而是凝聚成为一个有机的整体。他既天真又固执，既残暴凶狠又温厚善良，既有年轻人的任性无礼又尊重老人。在一种情境下，他的性格的某一侧面鲜明地凸现出来，在另一种情境下，性格的另一侧面又凸现出来，像一块旋转的蛋白石，既绚丽多彩又浑然一体。忘我的战斗精神、温厚善良的情感和捍卫个人尊严的敏感意识作为三个顶点构成阿喀琉斯的性格三角形，其中对于荣誉的捍卫与追求则是这个三角形的核心。

阿喀琉斯形象的出现是人类自我认识的漫长里程上的一个光辉的路标。

黑格尔曾热情洋溢地写道：

关于阿喀琉斯，我们可以说："这是一个人！高贵的人格的多方面性在这个人身上显出了它的全部丰富性。"荷马所写的其他人物性格也是如此，例如俄底修斯，第阿默德，阿雅斯，阿伽门农，赫克忒，安竺罗玛克，每一个人都是一个整体，本身就是一个世界，每个人都是一个完整的有生气的人，而不是某种孤立的性格特征的寓言式的抽象品。

（黑格尔：《美学》，朱光潜译，商务印书馆，1979年版）

因此，《荷马史诗》的创造者有理由骄傲地宣布：在西方文学的史册上，我们创造了第一个"人"！

阿喀琉斯的脚后跟：对希腊精神的自我省察

别林斯基在《诗歌的分类和分科》中指出："长篇史诗的登场人物必须是民族精神的十足的代表；可是，主人公主要必须是通过自己的个性来表现出民族的全部充沛的力量，它的实质精神的全部诗意。荷马笔下的阿喀琉斯便是这样的。"（《别林斯基选集》，满涛译，上海译文出版社，1980年版）

处于大体相同的社会发展阶段的不同民族可以具有各不相同的民族精神。冯友兰先生借用孔子的一段话来形象地比喻海洋国家希腊与大陆国家中国的民族性格方面的差别："我们还可以套用孔子的话，说海洋国家的人是知者，大陆国家的人是仁者，孔子曰：'知者乐水，仁者乐山；知者动，仁者静；知者乐，仁者寿。'"（冯友兰：《中国哲学简史》，北京大学出版社，1985年版）也就是说，古希腊人崇尚知识和智慧（知），而中国古人崇尚伦理（仁）；古希腊人热爱海洋，具有大海般汹涌澎湃的性格，而中国古人向往高山，具有深沉、稳重的气质；古希腊人信仰"动"的哲学，崇尚力量、勇敢和冒险，而中国古人则喜"静"，崇尚和谐、稳定和恬静；古希腊人追求现世的欢愉，赞美肉体的和粗犷的声色之乐，而中国古人则节制情欲，追求长寿。需要补充的是，这东西两大古老民族的核心差别乃在于一个追求利己，一个崇尚利他。

整个一部希腊神话，除少数神祇和传说（如普罗米修斯及其故事）外，行为的动机都不是为了民族集体利益，而是满足个人对生命价值的追求：或为爱情、或为王位、或为财产、或为复仇。他们的冒险，是为了显示自己的健美、勇敢、技艺和智慧，是为了得到权力、利益、爱情和荣誉。在他们看来，与其默默无闻而长寿，不如在光荣的冒险中获得巨大而短促的欢乐。正是基于这种观念，珀罗普斯甘冒成为第十四个被杀死的求婚者的巨大的危险向着自己心爱的女郎走去。他对他的保护神海神波塞冬说："总有一天我要死的，那么为什么愁苦地坐着，等待默默无闻的暮年到来而不参加光荣的冒险呢？我要去从事这种竞赛。请你保佑我成功。"

阿喀琉斯正是这种民族精神的最充分的代表。史诗作者把自己民族的全部理想和诗情熔铸在这个具有太阳神般鬈发的健美躯体之中，他那丰厚热烈的情感、无敌无畏的战斗精神，特别是明知战场上等待他的是死神也绝不肯消极躲避的人生价值观念都是典型希腊式的。

然而，有一个细节很值得我们品味：阿喀琉斯的母亲海神之女忒提斯出于疼爱儿子，曾倒提着阿喀琉斯的双足将他浸入冥河以使其身体能够刀枪不入。但是，是母亲的疏忽，还是命运使然？在交战中间，敌人的暗箭恰恰射中了阿喀琉斯的脚后跟，那是他全身唯一没有被浸泡过的……

神话故事的特点是隐喻。古希腊神话中有许多天才的臆测和机智的隐喻。这里，值得深思的是，为什么古希腊人在自己"民族精神的充分代表"、无敌无畏的英雄身上留下一个致命弱点？无畏的性格与致命的弱点相统一，这是否体现了古希腊人对自己民族英雄的辩证认识？神话创造者们给阿喀琉斯安排的悲剧命运中是否包含着对自己民族未来的某种隐忧？

这种推测不是没有根据的。《伊利亚特》的开篇就唱道：

> 女神啊，歌唱珀琉斯之子阿喀琉斯致命的愤怒吧！它给阿凯亚人（指希腊人——本书作者注）带来无穷痛苦，把许多英雄的魂灵抛向哈得斯（冥府的代称——本书作者注），躯体留做狗和飞禽的猎物。
>
> （可参见陈中梅译《伊利亚特》，花城出版社，1994年版。译文略有不同）

美少年那喀索斯，最早的自恋者。他爱恋自己在水中的倒影，最终憔悴而死。

整个一部《伊利亚特》就是围绕“阿喀琉斯的愤怒”展开的，即由于阿伽门农侵害阿喀琉斯的财产、女奴和个人尊严引起阿喀琉斯的冲天愤怒，拒绝出城，使希腊联军遭到重大伤亡。

在《荷马史诗》所反映的时代，战利品或猎获物的分配是涉及部族利益的首要问题，常常成为冲突的焦点。作为部落首领之一的阿喀琉斯和主帅阿伽门农之间的冲突具有典型意义。过错当然在阿伽门农身上，但阿喀琉斯为了个人的荣誉和自尊，竟然置整个希腊民族的利益于不顾，不仅因愤而退出战斗，而且祈求宙斯让希腊人流血牺牲。他闲坐在帐篷里眼看着自己的同胞一批批死去而无动于衷。这种以民族集体的不必要牺牲来换取他们对自己的尊重，使希腊联军中以智慧著称的老将涅斯托尔也感到痛心，名将埃阿斯尖锐地指责阿喀琉斯“不想再要那种超于整个大军之上的荣誉”，即民族的集体荣誉。所有这些都表现出希腊人对正在萌发的个人意识的深重忧虑。如果说脚后跟是阿喀琉斯肉体上的致命处，那么，这种把个人荣誉和自尊置于民族集体利益之上的意识就是他思想上的致命处。阿喀琉斯的悲剧性与其说在脚后跟，不如说在他的头脑里。

在上古时代，从原始氏族社会中萌发出个人意识，这是生产力发展的必然。“阿喀琉斯的愤怒”表现了西方古典文化的一个重要特征，即重视生命对于个人的价值。这种思想曾极大地促进了西方社会的发展，但阿喀琉斯式的自由放任，漫无矩度的个人主义也给西方社会带来难以治愈的社会痼疾。面对现代西方的社会病，我们不禁想起两千多年前的盲诗人荷马那忧戚的面容，并且惊服于古希腊人对自己民族精神的深沉思考与自我省察。

在希腊神话中还有一个美少年那喀索斯，他只钟爱自己，且蔑视周围的一切。爱神阿佛洛狄忒为惩罚他，使他爱恋自己水中的倒影，最后憔悴而死。这则神话作为一隐喻，同样表现了对狭隘的自我中心主义的批判。

稍微浏览一下西方文化史就会发现：一切真正的思想家和艺术家都不是民族自大狂，他们总能站在他们那个时代的思想峰巅上，超越民族的狭隘意识，在自己的作品中渗入对本民族的批评与自审。这种传统，应该说从古希腊的荷马时代就开始了。

综合以上几个方面，我们可以大略地触摸到希腊民族的丰满而活泼的心灵特征：它本身既是民族的，又包含着普遍的人性内容；民族的特征展现得越充分，它所显示的人性内容也越发深刻。因此，希腊神话不仅是构成希腊艺术的土壤，而且为世界文学的发展提供了若干重要的母题，后来的许多优秀文学作品都是在不同时代不同条件下讲述古希腊讲述过的一些故事。

女诗人萨福。在希腊神话中有九位司文艺的女神（缪斯），柏拉图称萨福为“第十位缪斯”。她的爱情诗在当时被视为有伤风化而被查禁、销毁，于今很少保存下来。她死后两千多年，波德莱尔以萨福为题材写的《累斯博斯》等诗再次被查禁。

二、人的文学母题

公元前 8 世纪到公元前 4 世纪，这是希腊艺术最为繁荣的时期。这个时期的主要成就是以神话和英雄传说为题材的悲剧，最有成就的悲剧诗人是埃斯库罗斯（约前 525—前 456）、索福克勒斯（约前 496—前 406）和欧里庇得斯（约前 480—约前 406）。此外，还有被柏拉图称之为“第十个缪斯”的女诗人萨福的爱情诗、伊索寓言和“喜剧之父”阿里斯托芬的作品。这一时期的艺术家们，在希腊神话和《荷马史诗》的基础上，对于人和人的命运作了进一步的哲理性思考。为了说明这一点，还要从一个古老的神话故事——斯芬克斯之谜谈起。

斯芬克斯之谜：人的觉醒

狮身人面像在古埃及神话中是埃及民族精神的象征，但与其同名同形者（多了一对翅膀）在古希腊神话中却是个又凶残又聪明的女妖。它雄踞于忒拜国城外一座悬岩之上，凭借智慧女神雅典娜教给它的各种谜语拦考路人，猜不中者就会成为它的口中物。这个绿林女妖最为得意的一个谜语是：在早晨用四只脚走路，当午用两只脚走路，晚间用三只脚走路，在一切生物中这是唯一的用不同数目的脚走路的生物。脚最多的时候，正是速度和力量最小的时候。杰出的英雄俄狄浦斯为这个谜语找到了答案，那就是“人”。“在生命的早晨，人是软弱无助的孩子，他用两脚两手爬行。在生命的当午，他成为壮年，用两脚走路。但到了老年，临到生命的迟暮，他需要扶持，因此拄着拐杖，作为第三只脚。”俄狄浦斯胜利了。斯芬克斯因失败而羞愧，它气极了，从悬岩上跳下，摔死了。

古希腊神话传说中的斯芬克斯

黑格尔高度评价这一古老的神话传说。他认为：“这个象征谜语的解释就在于显示一种自在自为的意义，在于向精神呼吁说：‘认识你自己！’就像著名的希腊谚语向人呼吁的一样。”（黑格尔：《美学》，朱光潜译，商务印书馆，1979 年版）

斯芬克斯之谜和写在阿波罗神殿上的箴言，表明人类在认识自然的同时提出了认识人本身的要求。这种自我省察意识是西方人从蒙昧走向觉醒、从自在走向自为的一个重要标志。

正像我们在前面已经指出的：最初的人类要全力对付的是神秘的自然界，而解释自然界的目的又在于消灾避祸、保护和延续人类自身。他们真诚地认为，自然诸神（日月

狮身人面像的巨型雕刻矗立于埃及的金字塔旁，在古埃及，斯芬克斯是太阳神的象征。黑格尔对它在人类精神史上的地位有极高的评价，但在希腊神话的忒拜城故事中，斯芬克斯成了为祸作乱的角色。

普罗米修斯，希腊神话中造福人类的神。他把天火盗给人类，为此被宙斯捆绑在高加索山上，忍受无涯的苦难。

雷电等）和某些生物（鸟兽虫鱼）都具有不可思议的超人的力量，因此就认定它们是全族的祖先或保护神，这就是现代术语中的“图腾”。凡属于某一种图腾族的分子，必在自己身体上和日常用具上刻画着该图腾的形状，以强化自己和图腾间的联系，而便于获得图腾的保护。对天神或图腾的祀典日及各种象征性的仪式、魔法，他们都做得很认真很热烈，真诚地以为可依此达到支配自然、护佑自己的目的。闻一多先生说：“这一切，表面上虽然热闹，骨子里却只是在一副战栗的心情下，吁求着生命的保障，所以以冷眼旁观者看来，实在是很可悲的。”（《闻一多全集》，第 2 卷，开明书店版）

随着时间的推移，人开始学会制造和利用各种工具和武器，并且开始征服自己的崇拜对象，实现“自然的人化”。对火的掌握从根本上改变了人的生活方式，“第一次使人支配了一种自然力，从而最终把人同动物界分开”。（恩格斯语，见《马克思恩格斯选集》，第 2 卷，人民出版社，1972 年版）原始人类用盗火者普罗米修斯的形象，表现自身在同大自然的千年斗争中取得的伟大胜利，这一传奇人物成为希望、反抗、苦难和不屈的象征。他与诸神相反，按照自己的思想动机决定行动，在世界文学史上第一个提出了“自由”这一伟大命题。半人半神的赫拉克勒斯扼死猛狮、捕捉三头犬、赶走食肉大鸟……的故事，生动地再现着人类对毒蛇猛兽乃至整个自然界战而胜之的豪情壮志。它向人类宣告，爱琴海域的古希腊人已经从自我意识中把自己从动物界中剥离出来了，人开始有了尊严感。

但差不多与此同时，人类清楚地感觉到，除了自然界以外，自己还面临着第二个敌人——是人类自身。随着私有财产的出现，人吃人的风习逐渐消失，但部落与部落之间、个人与个人之间乃至父母子女夫妻之间的火并频仍不断，猎物的分配、俘虏的归属、火种的争夺、情欲的勃发，都可以酿成一场尸横遍野的战争。面对这种情景，刚刚在对自然的胜利中产生了自豪感的人类同时也产生了困惑，在胜利的狂喜中夹杂着自相残杀的痛苦，终于迸发出一个不朽的命题：

人是什么？

他们庄严地把“认识你自己”这一箴言写在太阳神阿波罗神殿的大门上，同时在自己创造的神话里，展开了对于人这一世间“最奇异的事物”（索福克勒斯语）的思考与探索。“人是度量一切的标准”（毕达哥拉斯语）。古希腊诸神没有中国神祇那种高高在上的神圣性和凛然不可侵犯的威严，却极富人类的个性。人间所有的七情六欲：爱和恨、忌妒与虚荣、纯真与欺骗、鲁莽与软弱……几乎都在希腊神话及以此为题材的作品中得到生动的表现，并以隐喻的方式表达出某种哲理，因而希腊神话艺术显得多姿多彩、雄大活泼。

索福克勒斯（约前 496—前 406）：古希腊三大悲剧诗人之一，代表作《俄狄浦斯王》叩响了人对命运的质询。他的作品对希腊悲剧艺术的完善和发展做出了巨大的贡献。

俄狄浦斯：人和命运

法国启蒙学者说，人是生而自由的。其实恰恰相反，人是生而不自由的。由于生产力低下，远古时代的人类处处受到自然的制约，当人处于自在状态时并无感觉；一旦进入自为状态，也就是说人类在从必然王国开始向自由王国进发时，他们就发现自己实际上处于无所不在的罗网之中。这种使他们无法解释的支配着自己的神秘力量，是一个比任何神祇都更令人敬畏的神，她的名字叫“命运女神”。

在探索人与命运的神话中，最震撼心灵的莫过于俄狄浦斯的故事。著名的希腊悲剧作家索福克勒斯据此写了《俄狄浦斯王》等多部悲剧。俄狄浦斯原为忒拜王拉伊俄斯之子。他出生前，珀罗普斯就向忒拜王预言说：“你儿子将要杀父娶母。”为了逃避这一噩运，拉伊俄斯在俄狄浦斯刚一出生时就命手下人将他放逐到喀泰戎山上，供野兽撕食。执行这一任务的牧人出于怜

俄狄浦斯制服了女妖斯芬克斯，但他做梦也没有想到，拯救即作恶。一个追求正义的人同时就是一个制造邪恶的人，纯洁就意味着污浊。

悯把婴儿交给了另一国王波吕波斯的牧人，俄狄浦斯因此被波吕波斯所收养，成长为科任托斯国的青年王子。当他得知自己将“杀父娶母”时，便毅然离开了波吕波斯及王后，因为他把这两位善良的老人视为自己的生身父母。就在他出外远游时，在一个十字路口与一群人发生冲突，暴怒中打死一个不知名的老人。这个老人便是他的生身父亲。来到忒拜城时，时值斯芬克斯为祸作乱，代理国王克瑞翁张榜招贤：谁能制服女妖，便可做忒拜国王并娶前王后为妻。俄狄浦斯由于猜中了斯芬克斯之谜致使其自杀而成为忒拜王，并与前王后伊俄卡斯忒——他的母亲结了婚。此后，忒拜城瘟疫流行。神谕：祸因在于有人杀父娶母。正直善良的俄狄浦斯决心捕捉元凶，拯救黎民百姓于水火之中。但严酷的事实是：坚决追查凶犯的人正是凶犯自己，拯救忒拜城的恩主正是毁灭忒拜城的祸主，高尚的正是卑鄙的，正义的就是邪恶的，聪明的就是愚蠢的，天使同时又是魔鬼。

俄狄浦斯的悲剧揭示出这样一个深刻的命题：一个追求纯洁的人，可能变成一个污浊的人。命运是如此地捉弄人，把人变成一种不能掌握自己的莫名其妙的东西。俄狄浦斯看起来是猜中斯芬克斯之谜的胜利者，实际上，他却是一个失败者。他对于谜底这个“人”字并不理解。如果在俄狄浦斯回答了“谜底是人”之后，斯芬克斯继续提问“人是什么”，那么跌入深渊的将不是斯芬克斯，而是俄狄浦斯了。

古希腊悲剧作家索福克勒斯，他的《俄狄浦斯王》奏响了人和命运的悲歌。

究竟是谁主宰着俄狄浦斯的命运，使他难逃这一悲剧性的结局？神话中说是命运女神。她象征着某种外在的神秘力量，在远古时代就是初民们尚无法控制的自然与社会。关于俄狄浦斯的神话及同一题材的著名悲剧杰出地表现了俄狄浦斯对命运的反抗，这是人类试图摆脱支配自己的异己力量而走向自由王国的最初的努力。俄狄浦斯的悲剧结局又向人们揭示了人类从必然走向自由是一个艰险多难的历程。

有美国现代学者认为，俄狄浦斯的故事源于古代“替罪羊”仪式。常在“赎罪日”向旷野放逐大批羊群，这些羊称为“罪羊”。这种仪式流传开来，有些地方或部族当自然运行或社会生活发生反常并危及人的生活时，往往将国王或神作为替罪羊杀死或放逐，以求天神宽恕，祈求恢复正常的自然与社会秩序。中国的“河伯娶妇”传说与此类似，被抛入河中的妇女实际上也是替罪羊，人们希图用她的牺牲换取“河伯”不要兴风作浪。索福克勒斯将传说改写为剧本时，有意强化了这一点。他不是从俄狄浦斯出生写起，而差不多从故事结束时写起：忒拜城的处境——瘟疫突发、庄稼毁灭、牲畜夭亡、妇女神秘地失去生育能力——神的震怒把忒拜城置于生死攸关的险境，解救的唯一办法就是寻找一个替罪羊。俄狄浦斯就其内心来说是清白无辜的。他的杀父娶母完全是神明捉弄的结果，罪责在神；但受到惩罚——被刺瞎双目、四处行乞的却是俄狄浦斯。在当代社会里，“替罪羊”这种古老的仪式已成为历史的陈迹，但是，险象环生的社会斗争旋涡依然时时需要替罪羊充当缓解社会矛盾的牺牲品。“替罪羊”这一名词依然在世界各个角落里活跃着。

欧里庇得斯（约前 480—约前 406）：古希腊三大悲剧作家之一。代表作《美狄亚》《希波吕托斯》等。他的剧作风格华美，擅长人物心理刻画。在三大悲剧作家中他的艺术成就最高。

像俄狄浦斯这种内心清白、纯洁无辜却被某种莫名的力量捉去充当替罪羊的人依旧是有的，这也许是《俄狄浦斯王》至今仍然具有震撼心灵力量的奥秘所在吧。

美狄亚：女人和爱

恩格斯说："现代的性爱，同单纯的性欲，同古代的爱，是根本不同的。"（《家庭、私有制和国家的起源》，《马克思恩格斯选集》，第 4 卷）

在古希腊的旧神谱系中，父妻女，兄妻妹，子妻母，反映了当时两性关系上的杂交与血缘家庭关系，蒙昧时代的人类只有性欲而无所谓现代意义上的爱情。两性关系的直接目的是繁殖后代，不具有排他性，也不存在忌妒这种情感。在血缘家庭发生危机（如父吃子）时，总是女性站出来号召反抗，表明当时属于女性为中心的母系社会。

到了以宙斯为中心的新神谱系，一个明显的改变是男性成为主宰。这是由于生产力的发展，剩余财产（猎获物、俘虏等）出现了，于是产生财产继承权的问题。负责狩猎与作战的男人要求确切地知道谁是自己的后代，这就对女子提出了忠贞的要求，"母权制的被推翻，是妇女的一次具有历史意义的失败"。妇女沦为男子的奴隶或奴隶总管。对丈夫的忠贞成为女子最好的品格。《荷马史诗·奥德赛》中描写的奥德修斯的妻子在丈夫出征的二十年间，坚决拒绝一系列求婚者，成为女子忠贞的表征，而男人却无须承担忠贞的义务，一夫多妻制成为普遍形式。如众神之主宙斯有七个妻子，还有数不清的外遇。《荷马史诗》中描写的征战英雄都有若干帐下女奴与自己同床。天神或英雄看中了某个女子，无须征得她本人的同意，在发生了性关系之后又可以不负责任地扬长而去。例如天神宙斯从云端看见美丽的伊俄便降到人间向她求爱，忌妒成性的天后赫拉发现后赶来，宙斯为掩饰自己的淫欲竟将伊俄变成一头牛。从此伊俄就成为一头牲畜，见了亲爱的父亲也不

被求婚者所环绕的奥德修斯的妻子

会讲话，只能垂泪哀鸣，用蹄子在沙地上写字说明自己的不幸遭遇。这一时代的两性关系也是同现代意义上的爱情完全不同，即使像阿喀琉斯对女奴布里塞伊斯的爱情也没有什么深刻的东西，因为布里塞伊斯终归只是一个女俘，她只能服从主人的意志，而没选择的自由。阿喀琉斯对她的爱也无异于对一匹心爱的马的爱。但随着文明的进步，男女之间的关系产生了排他性，忌妒的情感几乎为女神的情感特征，赫拉的形象则是这种情感的集中体现。就女人而言，两性关系上的忌妒心理，实际上是争取男女平等的先声，它包含着现代爱情的萌芽。

黑格尔在论及浪漫型艺术中的爱情概念时指出，双方各自愿为对方献身的忘我精神是爱情的重要表征。他说："在这种情况下，对方就只在我身上生活着，我也就只在对方身上生活着；双方在这个充实的统一体里才实现各自的自为存在，双方都把各自的整个灵魂和世界纳入这种同一里。"（黑格尔：《美学》，商务印书馆，1979 年版）这里的重点在于：双方以互爱为前提，女人同男人处于平等地位，并且这种性爱达到了如此强烈的程度，如果不能结合对双方来说即使不是最大的不幸，也是一个大不幸。他们之间的性关系不仅建立在生理的性欲上，而且建立在爱情的基础上。所有这些，恩格斯认为，正是“现代性爱”与“古代性爱”相区别之处。性欲成为爱情，自然的关系成为人的关系，人的情欲升华为美的情感，所有这一切，在古代的两性关系及艺术作品中是很难找到的。

然而也有例外，经过著名悲剧作家欧里庇得斯加工过的美狄亚的故事就值得我们研究。最早把这一传说整理成为艺术作品的是古希腊诗人——罗得岛的阿波罗尼奥斯。这部史诗题名《阿尔戈英雄纪》。美狄亚是拥有金羊毛的科尔喀斯国王埃厄忒斯的爱女，她被爱神的箭射中，爱上了前来夺取金羊毛的远航英雄伊阿宋。斯威布的《希腊神话和传说》中对他们的爱情有一段优美的描写：

好一会儿，这个英雄和国王的女儿面对面地无言地望着。他们好像在山头上深深扎下了根的两棵互相挨近的笔直的橡树，周围宁静得没有一丝儿风声。但忽然一阵暴风雨来到，所有枝干上的叶子都在颤抖，震动，摇摆。他们两人也正是这样，由于爱的感触，突然热情活泼地交谈起来。

（斯威布：《希腊神话和传说》，人民文学出版社）

美狄亚对伊阿宋的爱具有强烈的忘我的献身精神，她不仅献上处女的贞操，而且千方百计帮助伊阿宋战胜自己的父亲夺得金羊毛，在被科尔喀斯军队追赶得走投无路时，她又设计杀死了自己国家军队的首领——自己的亲兄弟。对美狄亚来说，伊阿宋就是她的一切、她的生命，“由于忘我，爱情的主体不是为自己而存在和生活，不是为自己而操心，而是在另一个人身上找到自己存在的根源，同时也只有在这另一个人身上才能完全享受他自己”。（黑格尔：《美学》，商务印书馆，1979 年版）

在希腊神话里，女人为其所爱的男人献身，并非美狄亚所独有。美狄亚的爱情观念之独特，在于她要求这种献身是相互的。当她自己的身体与灵魂全部生活于一个男人的身体中间时，她要求那个男人也应生活于自己的身体中间。所以，当伊阿宋背叛她时，她不像当时的众多女人那样逆来顺受，她不接受“女人是男人的奴隶”这种观念，而向当时流行的一夫多妻制度和风习进行挑战。在欧里庇得斯所写的著名悲剧《美狄亚》中，美狄亚一出场，就痛苦地说：

夺取金羊毛的英雄伊阿宋与美狄亚。在斯威布所著《希腊神话和传说》中对他们的一见钟情有相当动人的描写。但是，伊阿宋的背叛与美狄亚的报复更加震撼心灵。美狄亚说：“爱情真是人间莫大的祸害！”

> 在一切有理智、有灵性的生物中间，我们女人算是最不幸的。首先我们得用重金争购一个丈夫，他反会变成我们的主人。……而最重要的后果还要看我们得到的，是一个好丈夫，还是一个坏家伙。因为离婚对于我们女子是不名誉的事……一个男人同家里的人住得烦恼了，可以到外面去散散他的积郁，可是我们女人就只能靠一个人。
>
> （《欧里庇得斯悲剧集》，人民文学出版社）

美狄亚的这段话，对母权制被推翻以后妇女的奴隶地位发出了强烈的控诉，是女权运动在历史上的第一篇宣言。

黑格尔曾说过：“爱情在女子身上显得最美，因为女子把全部的精神生活和现实生活都集中在爱情里和推广成为爱情，她只有在爱情里才能找到生命的支持力；如果她在爱情方面遭遇不幸，她就会像一道火焰被第一阵风吹熄掉。”在古代，事业属于男人，而女人代表爱。唯其如此，美狄亚说：“女人总是什么都害怕，走上战场，看见刀兵，总是心惊胆战；可是受了丈夫欺侮的时候，就没有别的心比她更毒辣！”美狄亚甚至以杀子来报复，带有原始人的残忍特点。但唯有如此，才具有格外强烈震撼心灵的力量，使美狄亚的故事得以流传，并具有强烈的警世意义。

在美狄亚遭逢心爱的人背叛的不幸后，曾痛切地说：“爱情真是人间莫大的祸害！”从《美狄亚》开始，“痴情女子负心汉”“爱而不能终其所爱”就成为西方文学乃至世界文学的一个母题。这一母题在历史的每一个阶段都诞生出她的儿女，繁衍出千千万万关于女人和爱的悲剧故事。

三、永久性魅力之谜

两三千年的历史长河，滔滔汩汩，淘尽了多少文采风流、艳句华章。然而，爱琴海所哺育的这一簇稚拙的文明花朵却依然在傲岸怒放，在地球的每一个角落里都有她的欣赏者。当前，西方文化界正在兴起一股“返回神话”的潮流：神话思维重新渗入文学，原始主义盛行于绘画界，“神话原型批评”在文坛上崛起。希腊神话何以具有如此永久性的魅力？这是一个值得探索的问题。

在评估希腊神话的价值时，我国学者撰写的外国文学教科书中大都注意到马克思关于神话是“通过人民的幻想用一种不自觉的艺术方式加工过的自然和社会形式本身”这一论断，并正确地指出，希腊神话（特别是《荷马史诗》）所反映的当时社会经济、政治和人民的生活习俗等，具有重大的认识价值，以致西方史学家把《荷马史诗》所反映的时代称为“荷马时代”。这是希腊神话不朽的重要原因。

但是，构成希腊神话之永久性魅力的根本原因却不在于此。纯然的认识价值，不能给人以审美愉快，因此不能构成艺术魅力。

那么，构成永久性魅力的美学奥秘究竟在哪里呢？马克思把古希腊的神话艺术视为“人类的童年时代”的诗。这一论断给我们提供了宝贵的启示，即从研究童年时代对一个成年人所独具的魅力入手，可以解开上述之谜。

人们从童年步入成年，就是从幼稚走向成熟，从蒙昧走向文明，并且形成相对稳定的思想、性格、气质。这个成长的过程，是一个不断吸收知识、积蓄经验、从单纯走向复杂的获取过程；但与此同时，还有一个逆向过程，即抛弃、失落、退化的过程。童贞的纯洁被复合的社会意识所取代，奔放的情感被冷静的理性所控制，自然的欲望被道德伦理所压抑，神的想象力被科学的现实所摧毁，童年的乐观被人生的酸楚所销蚀：人的心理结构由单纯变为复杂。弗洛伊德在心理学史上第一次指出人的心理结构不是平面的，而是划分为层次的立体结构。人的理性、道德、文明修养，一方面升华着孩提式的蒙昧，一方面压抑着童年时代对快乐的自由追求、对现实的奇幻想象、对情感的恣意表达，那种想哭便哭、想笑便笑、想爱便不顾一切地爱、想恨便直截了当地恨的自由被囚禁了。理性生活带来了秩序，也带来了精神上的贫困寂寞、孤独和无聊。

人类从远古走向现代的过程，也是包含着进步与失落的双向过程。理性驾驭和升华着情感，而情感总想摆脱理性的控制，一旦理性露出破绽，情感便如脱缰野马奔腾而出。文艺复兴以来科学的发现，曾使近代人坚定不移地认为整个宇宙是按照一些简洁公式、定理来运转的。因此，理所当然地，人的生活（包括内心生活）都应当遵循某种理性的秩序，就像地球必然围绕太阳旋转一样。文艺复兴时期的人文主义思想体系同自然科学相结合筑起了理性的审判台，维护着从自然到社会乃至内心生活的秩序。但是，古典人文主义的虚幻性很快就被社会矛盾所戳破，两次世界大战的无情现实，摧垮了理性的堤坝。西方人发现自己被现代科学所异化，失去了自己。在这种情况下，希腊神话所反映的古代人自由奔放的感情生活犹如一束强光重新照亮了现代人贫乏苍白的内心世界。他们发现：希腊神祇或英雄的那种为所欲为的自由人性，都是人类欲望的隐喻表现。现实主义文学近似现实生活的描写，使得人们被压抑的欲望远不如在神话中表现得集中和强烈。因此，神话艺术“恰恰为现代的畸形与片面化提供了最好的补偿”（荣格语）。人们在贫乏的现实生活中得不到的情感和欲望的满足，在神话艺术世界中得到宣泄和满足。中国的情况与西方有所不同，但传统的封建理性观念同样导致灵魂的分裂。王充说：“世俗之性好虚妄之言。”中国人对传奇作品的强烈爱好正是对单调生活的情感补偿。

随着文明的发展，人们的道德伦理观念逐渐强化，这是人类进步的表现。

但是，道德与情感在许多情况下是互相抵牾的。人们为了获取道德的高尚，常常不得不忍受情感上的痛苦；这种高尚的痛苦同样要求宣泄，不能在现实中宣泄，就希求在艺术享受中宣泄。例如，我们前面提到的“痴情女子负心汉”这一主题，在上古时代，美狄亚以杀子行为向伊阿宋报复，这种手段带有原始人的残忍习性；到了封建时代，这种报复手段已为伦理观念所不容，秦香莲只能求助于清官包公，把陈世美铡死；到了现代，社会给了女人以选择自由，同时也就给了男人离弃的自由，所以安娜遭到渥伦斯基厌弃时只有以自己的死向他报复了。人们从艺术中寻求感情宣泄时有两道屏障，一为理性，一为道德。如果一个描写当代生活的作品，写女人杀子以向负心丈夫报仇，则在理性和道德上都通不过。但对于《美狄亚》，人们会说：这是写远古的生活，那时候的人还没有理性和道德观念。于是美狄亚那种残忍的复仇行为得以进入观赏者的内心，较之《秦香莲》或《安娜·卡列尼娜》，它具有一种不同的古拙而强烈的撞击心灵的力量。

瑞士心理学家荣格认为，人的无意识区储有“种族记忆”，这种说法带有神秘色彩。截至现在，科学还无法证明人有这种遗传本能。但是毫无疑问，人类的今天是人类昨天的扬弃和发展。正如俄国生理学权威谢切诺夫所说：“各种心理活动，不管怎样简单，它总是人的全部过去和现在的发展结果。”（转引自曹日昌：《普通心理学》，人民教育出版社）因此，现代人的心灵与人类童年时代的心灵不是截然割裂的。例如，古代的性爱发展为现代的爱情，无疑是一种升华，但并没有摒弃性欲这一重要基础。对于古代希腊神话中的性爱故事，作为原始意象，依然使我们感兴趣。远古艺术在现代人的意识深处唤起一种亲切感是不足为奇的。

马克思在指出希腊的神话艺术表现了人类美丽的童年时，曾热情澎湃地讲了如下一段话：

一个成人不能再变成儿童，否则就变得稚气了。但是，儿童的天真不使他感到愉快吗？他自己不该努力在一个更高的阶梯上把自己的真实再现出来吗？在每一个时代，它的固有的性格不是在儿童的天性中纯真地复活着吗？为什么历史上的人类童年时代，在它发展得最完美的地方，不该作为永不复返的阶段而显示出永久的魅力呢?

（《马克思恩格斯选集》，第 2 卷，人民出版社，1972 年版）

当你已经白发苍苍、行将走完人生旅程的时候，意外地在一张发黄的、模糊的照片上发现那光着屁股、含着手指、眼睛亮晶晶的孩子正是童年时代的你！啊！你将怎样地狂喜！遥远的、仿佛已经从记忆中消失了的那个金色年代，那无穷无尽的童年趣事，突然从脑海的深处喷泉一样涌流出来：五彩缤纷的梦想，无所顾忌的率真，想哭便哭，想笑便笑，自由自在，纯洁无瑕的情感生活……所有这一切都从那双亮晶晶的、充满稚气的眼睛里闪耀出来，泛着迷人的光彩。你面对着这双本来属于你的眼睛，狂喜的心情突然被惘然所取代。你发现，当你沿着时间的阶梯逐步长大、阅历丰富、理性成熟的时候，却可悲地失落了童年时代那些最宝贵的东西。

当你展读古希腊的艺术作品时，出现在你面前的正是使你狂喜而又惘然的那双亮晶晶、充满稚气的眼睛。

第二章　原罪及其诱惑

人生是一个长久的诱惑。

——《阿伯拉尔与爱洛依丝的情书》

欧洲中世纪是基督教的世纪。这一时期长达千年之久（约从公元5世纪到公元15世纪），基督教的传播对文学的影响至为深远。我国著名美学家朱光潜先生讲过如下一段话：“诗虽不是讨论哲学和宣传宗教的工具，但是它的后面如果没有哲学和宗教，就不易达到深广的境界。诗好比一株花，哲学和宗教好比土壤，土壤不肥沃，根就不能深，花就不能茂。西方诗比中国诗深广，就因为它有较深广的哲学和宗教培养它的根干。”西方文学的深广，不仅得益于古希腊的哲学，而且从基督教文化中获得了丰富的营养。

基督精神对文学的渗入，是人欲的升华与压抑的交互作用，是对异文化接受与反抗的双向历史。它充满着一种相激相荡、相融相汇的博大的痛苦。

一、希腊诸神与希伯来苦行僧之间

那个时候，沙漠里住着大队的隐士。……那种隐遁的修士们和修道者们是非常节食的，每天到太阳落山之后才吃他们的面包（那时有面包否？），夹着一点儿食盐和牛膝草叶子。这便算他们一天的食料了。……他们都谨守着禁欲主义，穿戴着惩戒自己的带子和罩满眼睛的肩挂。长夜的默想之后，便去睡在光秃秃的地上，祈祷、唱圣歌。总之，他们每天完成那伟大的忏悔的苦行。为了思想到人类生来的罪孽，他们不仅拒绝了肉体的快乐和满足，而且拒绝了那时候的人以为人生所必需的调养。他们以肉体的疾病惩戒灵魂的卑污，以为身体的溃烂和创伤正是最光荣的装饰。

古罗马时代遗留下来的罗马角斗场。六十排座位，可容纳六万名观众。除中心表演区外，还有多个休息室、排练厅、餐厅等。如此气势恢宏的娱乐场馆，可令我们想象出罗马贵族的奢靡。

如果把上述画面同希腊神话中大神们恣情纵欲的欢乐画面相比，就会惊奇地感到：这是两种多么截然不同的生活！上述描写虽出自19世纪末的一位作家，但却翔实地绘出了中世纪最受尊敬的一种生活。

以“神”为本的基督精神取代以“人”为本的希腊精神，上帝、耶稣取代宙斯、朱庇特，信仰和忏悔取代冒险与享乐，来世取代现世，圣·奥古斯丁取代荷马……欧洲文化史上的这一巨大转折是怎么发生的？希腊的金发少女同希伯来的苦行僧之间的结合既是强迫的、痛苦的，又是具有深刻的社会必然性的。许多专著都从当时欧洲社会的经济、政治方面的变化阐述了这种必然性。笔者只想从社会心理背景方面做一些补充性探讨。

“神”取代“人”的社会心理背景

人类在认识自己的过程中，总是不断为自己设置对立面，在同对立面的斗争与转化中，获得新的自我意识。

希腊人是耽于逸乐、机智敏捷、喜欢冒险、善于经营、对一切欲望都毫无忌惮的人。这种民族性格早就引起本民族先哲们的隐忧（如前面一章所提到的荷马的面容），从柏拉图、亚里士多德直到伊壁鸠鲁，都从不同的角度主张有节制地享乐，试图寻找理性、道德和伦理的社会规范，探索比欲望满足更高一级的精神生活。然而，古希腊终于被他们鄙视的古罗马人所灭亡了。

古罗马人是一个耕牧民族，具有上古农民与牧民的勤劳、勇敢、粗鄙和愚昧的性格特点，他们凭借自己的军事技术和社会团结力创造了横跨欧、亚、非三大洲的罗马帝国。武力与政治上的辉煌业绩，严格的法律，集权的政府，牺牲与实践精神，对社会与国家完美的追求，都不意味着文化的繁荣，他们在征服希腊后，却在文化上为被征服者所征服，成了古希腊文化的直接继承者。希腊诸神几乎都成了罗马神，但却大都改了名字。罗马人把自己视为特洛伊后裔。在维吉尔的史诗《伊尼德》中，渗透着一种与希腊精神迥异的责任战胜爱情的主题。对于力的崇拜，演化成对战功显赫的帝王的崇拜（如恺撒大帝）和“霸道”意识，使古罗马文学具有一种比希腊文学更加庄严、崇高的气质。但总的来说，罗马人缺少希腊人生动活泼的文化创造灵感。正像黑格尔指出的：“罗马世界的精神特点是抽象概念和死板法律的统治，是美和爽朗的道德生活的毁灭，作为直接的道德发源地的家庭遭到了轻视，个性一般遭到了牺牲，完全听从国家政权摆布，只能在服从抽象的法律之中才能见到冰冷的尊严和知解力方面的满足。”更不幸的是，这种精神世界的贫乏同导致希腊灭亡的柔靡之风结为姊妹。随着帝国版图的不断扩大和稳定，罗马贵族的奢华腐化日甚一日。据古罗马诗人马提雅尔（约 40—约 104）描绘贵族们的飨宴如下：

维吉尔（前 70—前 19）：古罗马伟大的诗人。

穿着绿色上衣的贵族，躺在卧台中央，倚着丝绸制的垫子。侍从们站在身旁，当他示意要呕吐的时候，就赶紧为他递上红色的羽毛及乳香树制的牙签。爱妾仰卧在侧，当他觉得热的时候，就轻摇绿色团扇，扇起一阵凉爽的风。此外，少年奴隶用桃金镶小枝挥赶苍蝇，女按摩师施展敏捷的技术为他推拿全身。去势的奴隶，小心翼翼地注视他弹指的信号，适时地将他的小便吞下，并且专注地凝视着烂醉如泥的主人……

罗马人把爱神维纳斯视为先祖特洛伊王子伊尼亚斯之母。每到“维纳斯节”（每年 4 月 26 日到 5 月 23 日），罗马城都举行盛大庆典。“二十万娼妓同时在街头涌现，为男人提供免费的‘维纳斯之服务’使罗马城显得春色无边。”（引自《世界风俗》）

到了公元 3 世纪，贵族社会的脓疮溃烂，内忧外患同时袭来，军队视金钱报酬之多寡决定推戴或杀害皇帝以出售帝国，边境防御削弱，日耳曼人从北方、波斯人从东方大举入侵，战争和疫病减少了罗马帝国人口的三分之一，赋税的增加与财源的骤减造成财政崩溃，文化颓毁，道德荡然，整个罗马帝国笼罩在多灾多难的灰色气氛里。

法国的启蒙学者伏尔泰说过：“人类最可宝贵的财富是希望。希望减轻了我们的苦恼，为我们在享受当前的乐趣中描绘出来日的乐趣的远景。如果人类不幸到目光只限于考虑当前，那么人就不会再去播种，不再去建筑，不再去种植，人对什么也不准备了：从而在这尘世的享受中，人就会缺少一切。”

公元 3 世纪时的罗马人，比伏尔泰描绘的悲惨情景还要恓惶，辗转于压迫奴役之下的下层人民被剥夺了希望和未来；陷于苦闷失望的文化人看不到希

罗马时代的城市建筑大多是以广场为中心。一市的精华，如国王宫殿、剧场、神庙，都会聚在广场周围，形成这个城市的心脏。

罗马贵族的奢华腐化加上外患不断，造成财政崩溃，文化颓毁，道德荡然。基督教文化正是在断然否定罗马贵族腐败风习的前提下发展起来的。

望和未来，即便那些沉湎于奢侈的贵族们也感到迷惘了。当时的一位作家说：“世界只是一个残暴与淫乱的魔窟。”（转引自丹纳《艺术哲学》）

物欲的极致是厌烦。这种心态在《泰绮思》中有真切的描绘，享受了豪华富贵的高级妓女泰绮思毅然决定烧毁自己的一切财产，追随僧正巴甫努斯去苦修时，她这样对巴甫努斯说：“我愿相信你。我老实对你说，我在这世上找不到幸福。我的命运比女皇还要美好，但是生命却给我很多忧伤、很多的苦楚，现在我真的无限地疲倦。一切妇女都羡慕我，我却有时羡慕那没牙齿的老婆婆……啊，什么是生命呢？”泰绮思还对油头粉面的伊壁鸠鲁式享乐主义者倪西亚说：“倪西亚，像你这种人，常常微笑着、香喷喷的、亲切的而又自私的人，我和这种人生活真的已经疲倦了。我所认识的一切，我都疲倦了。我要找出我没有认识的东西来，我所感到的欢乐，原来并不是欢乐。”

当人们感到需要一个上帝时，他们会创造出来。对现实世界的绝望迫使人们到虚幻的世界中去寻找需要；对物欲生活的厌腻导致对精神生活的追求，一度辉煌灿烂的希腊精神走向自己的反面。泰绮思跟着苦行僧走了。这是人性的失落，但又是人类自身追求至善至美的一次努力，表现了人不满足于物欲和情欲，他们要追求更高的精神生活。一种与希腊精神迥然不同的学说在这个多灾多难的世纪里出现了，这就是普罗提诺的新柏拉图主义。

在普罗提诺的著作中看不到现实世界中悲惨与毁灭、人欲横流与道德沦丧的景象，他所观照的是一个善与美的永恒世界。它就是柏拉图所说的永恒的理念世界，一个与虚幻的表象世界（在这个表象世界里只有悲惨、灾祸与沦落）相对立的真实世界。在这位哲学家看来，表象世界是微不足道的，唯有这个善与美的永恒世界才是值得献身的。它正像后来但丁在《神曲》中所描绘的那样：

在我们的精妙的幻想里传来了，
那首宁静的纯净悠扬的歌声。
永远在绿玉的宝座之前歌唱吧，
向着那坐在宝座之上的人歌唱。

（《神曲·天堂篇》）

普罗提诺的这一理想世界，显然与希腊人的奥林匹斯神界不同，前者是圣化的，后者是世俗的。普罗提诺的学说引导人们观照的是内心而不是外界，是强调天人感应而不是征服宇宙。正如罗素所说：“普罗提诺既是一个终结又是一个开端，就希腊而言是一个终结，就基督教世界而言则是一个开端。”

对来世天国的信仰，不只是靠理性来论证的，它还体现在大批信徒坚定不移的行为上。如《泰绮思》中所描绘的那些苦修士们，他们抛弃自己的财产、家庭、亲人，穿上粗羊皮衣，吃劣等饭食，四处漂泊，饱尝艰辛，孜孜不倦地宣传基督教义，信徒之间衣食互济，患难相恤，对富人权贵鄙视，对声色逸乐不屑一顾，虽受打击、迫害、讥讽、嘲骂，甚至像他们的主一样被钉死在十字架上，依然死而不悔，面不改色，并嘲笑那些行刑的刽子手。（《神曲·天堂篇》）他们坚信末日审判时正义必胜，救世主行将降临人间。这种倔强的、狂热的宗教情感比数篇说教更使耽于享乐的罗马人震撼，而在被压迫被奴役的底

罗马城的五次被毁，归结于罗马人的淫荡与不洁……

层燃起兴奋的希望之火。

公元476年，一向自视为不可战胜的罗马帝国灭亡。在此前后，“永恒之城”罗马五次遭到劫掠，毁于蛮族人放的大火之中，朱庇特等罗马诸神同他们的子孙一起遭到了毁灭性的打击。基督教神学家圣·奥古斯丁明确指出，罗马的被毁应归结于罗马人的淫荡与不洁，归罪于活跃在古罗马艺术中的诸神：“你们的那些舞台剧，那些不洁的展览，那些淫荡的异教神，并非由于人们的败坏而孕育于罗马，它们之所以被育成正是由于受到了你们这些神的直接命令。”（转引自罗素《西方哲学史》，商务印书馆，1982年版）罗马的毁灭意味着基督教的胜利。在圣·奥古斯丁所著《上帝之城》中指出，所有的人都将接受末日审判。被神所预先选定的得救者将进入上帝之城——天国，而被神厌弃的邪恶者将被贬谪而下地狱。

但丁在《神曲》中写下地狱之门上的“可畏的铭文”：

从我，是进入悲惨之城的道路；
从我，是进入永恒的痛苦的道路；
从我，是走进永劫的人群的道路。

正义感动了我的“至高的造物主”；
“神圣的权力”“至尊的智慧”，
以及“本初的爱”把我造成。
在我之前，
没有创造的东西，
只有永恒的事物；
而我永存：
你们走进这里的，把一切希望捐弃吧。

在但丁看来，上帝的第一个创造物就是维护正义、惩罚不义的地狱。活在世上的人如不信仰上帝、赎洗罪恶，他（她）必将永堕地狱之苦。

对天堂的向往与对地狱的恐惧构成了基督教赖以统治中世纪的社会心理基础。人是罪恶的，人活着不是为了现世，而是为了来世，不是为了享乐，而是为了赎罪。原罪意识及其救赎成为人们精神生活中的两大支柱。

“神”取代“人”、“灵”取代“肉”是人性的压抑，但同时又是人性的升华；是人性的失落，同时又是人性的寻觅。人类向着自身的高级阶段所作的尝试和努力，其追求的目标是虚幻的，但是虚幻之中又包含着某些实在的渴望和道德伦理内容。

《圣经》与希腊文化的对立和互补

《圣经》是一个苦难民族饱尝艰辛的心灵记录，它反映了未被科学所武装时人的自尊与自卑、自强与自慰、智慧与愚蒙。马克思曾指出：《圣经·旧约》中的语言、热情和幻想在近代仍然有动人的魅力（马克思：《路易·波拿巴的雾月十八日》）。许多学者也都正确地指出，对《圣经》中的许多章节（如亚当、夏娃偷吃禁果的故事）均可作双向解释。这就是说，既可以引出基督教的教义，也可以引出与教义完全相左的结论。对《圣经》的解释问题是西方文化史上一个经常发生的冲突甚至导致流血的重大问题。但不可否认的是，《圣经》依然有着它相当稳定的文化倾向，这是一种同古希腊文化不同的另一种文

十字架上的耶稣揭示了基督教的真谛，即对于肉体的痛苦、诱惑与死亡的超越。走向十字架就是走向上帝。

化。以《圣经》为主轴的宗教文学也是同希腊文学迥异其趣的。

在《旧约》开篇的《创世记》之后，紧接着就是叙述以色列人摆脱埃及人的奴役走向“流着奶与蜜”的美地迦南的传说，这是以色列民族史上有记载的第一次远征，它表现了以色列人反抗压迫、顽强不屈、坚忍不拔的精神和毅力。就其规模与气魄而言，完全可以同希腊传说中的特洛伊战争媲美。作为这次斗争的领导人、传说中的古代领袖摩西则是以色列人引为骄傲的英雄与先知，其地位不让于阿喀琉斯之于希腊民族。然而，这两个英雄所体现的精神、气质和性格却是很不相同的。

阿喀琉斯的生母是海神之女（海洋女神），因此，他的血统中有一半是神的。然而如上一章所介绍，他的内心世界却全然是人的，七情六欲皆备于一身。相比之阿喀琉斯，摩西的父母都是平凡的利未人、埃及人统治下的奴隶。摩西的身上没有神的血统。在被法老收为义子的四十年里全然过着富贵荣华、庸庸碌碌的生活，流亡的四十年里也依然是个凡人。只有到了八十岁时耶和华传授他三个神迹（手杖变成蛇，水可以变血，传播或治愈麻风病）之后，他才摇身一变而为神的代理人了。自此之后，他的英雄业绩，如施给埃及人的十大灾祸、横渡红海时以杖分水、穿越沙漠时天降玛那（小圆面包）、同亚玛力人作战时举手即胜等等，都是靠上帝耶和华施法，摩西不过是上帝施法的中介而已。人们在这一艰苦卓绝的远征中看到的英雄不是作为人的摩西，而是上帝本身。在涉及摩西事迹的《出埃及记》《利未记》《民数记》和《申命记》中，摩西的形象是相当单一的。在受命拯救以色列人以后，他的行为就是代神施法，一旦擅自行事（如以色列人干渴难耐时，他曾以神杖敲击地面获取清泉），就会受到上帝惩罚，变成同一个普通以色列人一样的毫无价值。《圣经》中记载的其他先知，如约书亚、亚伯拉罕等也无不是如此（雅各同神摔跤是个与此相左的例证）。总之，人离开了上帝是无意义的，即使英雄也是如此。正如圣·奥古斯丁所说："把希望寄托于人是可诅咒的。严格说来，任何人都不会达到享用其自身的程度，因为他的责任不是为自身而自爱，而是为他应当享用的上帝而自爱。"也就是说，世界上除了上帝以外没有任何事物值得人们为这一事物本身而爱，包括人间的英雄在内。古希腊人把人本身当作享用对象，他们颂神是因为神体现着人的欲望。相反，《圣经》则认为世界唯一可供享用的是上帝，人只是上帝垂怜的对象。当他们表示对一个人的敬仰时仅因为在他身上有上帝形象的某种折光。

摩西，《圣经》记载的一位谦卑的英雄。当他带领苦难的以色列犹太人走出埃及，到达"流着奶与蜜"的迦南后，他认为，一切功劳均归于上帝。他独自登上尼波山顶，在那里孤独地死去。

摩西的发现

但是，摩西的形象也还有另一面，在他的身上有着希腊英雄们所不具备的一些品质：主要是强烈的民族忧患意识、坚忍不拔的毅力和为拯救民族脱离苦难的献身精神。摩西之所以为上帝选中做代理人，就是因为他虽身为法老义子、衣食豪奢，但念念不忘本民族的苦难，耳边常响着以色列人哭泣和求救的声音。他用剑刺死了污辱以色列人的埃及监工，为此流亡四十年全然无悔，反复思念着拯救苦难同胞的伟大计划。他率领本族同胞历尽艰辛，长

关于亚当和夏娃的故事，可以从两个方向阐释：他们既是人类永无解脱的原罪制造者，又是反抗上帝的造反者。

途跋涉，到了一百二十岁行将就木时，依然在为以色列人加强团结、避免内讧而思虑。在为民族的生存做完了一生中的最后几件事情后，独自登上尼波山顶，在那里孤独地死去。

这种为拯救民族而献身的精神是从以色列饱受屈辱、屡遭挫折的苦难命运中孕育出来的。深重而几乎不能自拔的民族灾难培育了强烈的民族自卫意识和软弱自欺心理。公元前586年发生的新巴比伦王国摧毁耶路撒冷、灭亡犹太国，大批犹太人沦为“巴比伦之囚”的耻辱遭遇强化了以色列的宗教意识，他们把上帝耶和华视为促进民族团结、摆脱异族奴役的希望所在。强烈的民族意识化为忠贞不屈的信仰。而民族苦难的深重烙印又使这种信仰染上忍受痛苦、坚忍不拔、勇于牺牲的悲剧色彩。摩西是如此，其他弥赛亚也是如此：

> 我们所传的，有谁信呢？耶和华的臂膀向谁显露呢？……他（指弥赛亚）无佳形美容。我们看见他的时候，也无美貌使我们羡慕他。他被藐视，被人厌弃，多受痛苦，常经忧患。……耶和华使我们的罪孽都归在他身上……耶和华以他为赎罪祭……他将命倾倒，以至于死。

基督教去掉了以色列人的狭隘民族意识，把它扩展为为拯救人类脱离苦难而献身的精神，但与此同时又泯灭了民族自卫中蕴含着的反抗斗争精神，鼓吹“爱你的仇敌”“别人打你左脸的时候，你把右脸给他”。（《新约·马太福音》）《旧约》中那种坚忍精神在失去了民族自救的目标后，变成一种纯然自省、赎洗个人罪恶的“自我和谐”的行为，关于耶稣受难的故事强烈地表现了由否定肉体生活而达到肯定精神生活的恢宏境界。关于圣徒们殉道与忏悔的文学作品中表现了超越世俗生活、追求更高精神境界的强烈情感。他们希望在这种追求中，消除个人与社会、自然及一切现实事物之中的冲突因素，使精神达到更高的自由以及自己与自己的和解。这是希腊人所不曾知道、也不可理解的一种自由和幸福的境界。但现实的冲突不可能靠非现实的方法去泯灭。这就决定这种自由与幸福的境界是脆弱的。

参孙：民族意识与个人情欲的二元对立

《圣经·旧约》中不乏表现个人情欲的章节，其中的《雅歌》就是优美迷人的爱情诗集汇。例如：

我夜间躺在床上，/寻找我心所爱的。/我寻找他，却寻不见。/我说，我要起来，/游行城中，在街市上，在宽阔处/寻找我心所爱的。/我寻找他，却寻不见。/城中巡逻看守的人遇见我，/我问他们：你们看见我心所爱的没有？/我刚离开他们，就遇见我心所爱的。/我拉住他，领他走入我母家/到怀我者的内室。

但把《圣经·旧约》同希腊文学相比，表现情欲的部分显得少而单薄，并且从总的倾向上说，它对情欲是采取限制和贬斥态度，认为情欲的放纵会使上帝动怒，导致犹太人的灭亡。关于参孙的故事是这方面的一个典型。

据《圣经·士师记》，参孙的故事发生于以色列人受非利士人奴役的时代。非利士是沿海民族，生性好战，并把性欲视为人生主要表现。他们崇拜的巴力神就是后来希腊人心目中的神猎手阿都尼，他们崇拜的司生育女神阿斯他录同维纳斯相近。因此，非利士人的气质与希腊人相近，非利士文化与希腊文化同属一流。当时非利士文化高于以色列，非利士的神也较以色列的耶和华更为亲切可爱，因此，不少以色列人不拜耶和华转而信奉巴力和阿斯他录。这种心理转移，实质上是犹太人宗教文化同希腊型文化之间的一次较量，也是信仰意识同个人情欲的较量，它关系到以色列民族可能会被非利士所融合的重大危机。所谓参孙的故事，就是这场斗争的形象化表现。

参孙是一个被耶和华授予神力的巨人，曾用双手撕碎巨狮。但他具有被

参孙，一个《圣经》中记载的悲剧英雄。他的悲剧意义在于：把个人的欲望享受同民族的生死存亡勾连起来，从而否定了个体的独立自足性。

后来希腊人视为可以宽容的弱点，即贪恋美色。在他担任士师（执政官）的二十年间，遭受了两次严重挫折，最后被非利士人剜去双眼，皆因中了美人之计。第一次是受到非利士人的威胁，新婚妻子向他施计，使他泄露了谜语的谜底，他为此杀了三十个非利士人作为报复。后来他又迷上了一个妓女，险些为此遭到暗算。在此之后，他曾一度被本族人出卖，但凭借神力挣断锁链，用驴腮骨杀死一千非利士人。在他爱上美女大利拉以后，大利拉接受贿赂哄他说出自己具有神力的秘密。他明知大利拉不可靠，但禁不住她的美色诱惑，仍然吐露真情，在美人的怀里被剃去了七绺头发，从而失去了神力，被剜去了双眼，在暗牢中推磨，当驴做马或供人取笑。参孙的巨人神力、贪恋美色与个人复仇的品格与行为都具有希腊人的气质，但不同之点是，故事的创造者把参孙同民族斗争紧密联系起来。参孙的过错不在于贪恋美色，而在于迷上一个异族（非利士）女子，这女子不可能不忠于本族。因此，参孙的第一次婚姻的悲剧实质上反映着压迫民族与被压迫民族之间的不可调和性。后来本族人出卖参孙和大利拉的卑劣行为也都是非利士人为镇压以色列的反抗而进行威逼利诱的结果。参孙故事的作者把个人情欲放在民族斗争的背景下考察，从而在文学史上第一次提出民族责任与个人爱情之间的关系这一庄严主题。参孙的故事以主人公施展神力推倒大衮神庙与非利士人同归于尽作为结局，这是有重要意义的。大衮乃是非利士人所崇拜的巴力神之父亲。推倒大衮神庙意味着摧毁非利士人的神。它标志着《圣经》中的神（上帝耶和华）对异都神（希腊型的巴力神）的胜利，也是民族反抗意识战胜个人情欲的结果。

《旧约》中对性关系的谴责限于贪色和奸淫。但在基督教的《新约》里，这种谴责又向前跨进了一步："凡看见妇女就动淫念的，这是人心里已与他犯奸淫了。"（《新约·马太福音》）罗马帝国灭亡的教训，使教父把色欲视为人类原始罪恶中最主要的罪恶，从而把对情欲的限制推到极端——禁欲主义。

圣·奥古斯丁：罪感的诗意和自我受虐的幸福

据弗雷泽的《金枝》等著作所载，人类在蒙昧时代就产生了罪感。它的产生渊源可能是由于大自然对人类生存条件的无情摧毁，包括风雨雷电、洪水野火、疾病死亡等等，这一切似乎都是天神对人类掠夺自然界的无情报复。这种罪感导致各种赎罪仪式（如上节讲俄狄浦斯时提到的替罪羊等）的产生和广泛流行。《圣经》中关于人类原始罪恶的故事（诸如亚当、夏娃偷吃禁果等）经过基督教父加以阐释逐渐成为一种深入人心的观念。这种观念中，不仅包含着支配着原始初民的那种恐惧感，而且孕育着对一个诗意葱茏的理想世界的追求。"想到自己是罪人，是基督徒的一项革新……基督责备文士和法利赛人时，曾经把想到自己是罪人一事当作美德来宣讲。"（罗素：《西方哲学史》）

这是一种新的道德观念和美学观念。普罗提诺说："世间事物之所以美，是由于分享了那导源于神的理型。"这个神的理型乃导源于至善的、完美的太一。公元 4 世纪时最有影响的教父圣·奥古斯丁接受了普罗提诺的观念，把这一理想世界称为"神之都"，并且提出：通往至善至美的神之都的道路便是憎恶世俗享受，实行禁欲主义。这位杰出的神学家不是靠说教来宣传他的主张，而是现身说法，以赤诚坦白的态度写出自身追求情欲的罪恶和战胜罪恶的心灵历程。这部题名为《忏悔录》的著作，其影响远甚于他的其他神学著作。作品中表现出来的真诚和忏悔精神构成一种诗意葱茏的美德，对后来的西方作家乃至民族性格都有巨大影响，争而效仿者甚众。其中，最杰出者是法国启蒙学者卢梭和俄国文学大师列夫·托尔斯泰。

但中世纪的宗教文学艺术作品远不如圣·奥古斯丁的《忏悔录》那般动人。当时影响最大的是戏剧。首先是宗教剧，它起始于教堂里的唱诗与合唱。这种唱和方式本身就包含戏剧对话因素，稍加发展即成为戏剧的雏形。最早的宗教剧只演耶稣的诞生与复活，充溢着受难者的崇高感和幸福感。后来几乎把全部《圣经》内容都化为戏剧，因而也就渗进了越来越多的尘世生活。《圣经》中的情欲暗流越来越强烈地表现出自己的诱惑力。终于，神父们发现，这种宗教剧于教堂的庄严有碍，遂将其逐出教堂之外，只能在广场上演出了。其中最著名的宗教剧有法国的《亚当》。继宗教剧之后又有以表现上帝赐予的奇迹为内容的奇迹剧和充满神秘色彩的神秘剧。奇迹剧和神秘剧在五光十色的巫术和荒诞不经的奇迹框架中也渗进了某些人性的内容。如《德奥菲勒的奇迹》表现了灵魂与欲望的冲突：德奥菲勒与魔鬼订约，如果魔鬼帮他获取财物，他便将灵魂赋予魔鬼。待践约时，德奥菲勒向圣母祈祷，使灵魂得救。但是，总起来说，宗教文学都笼罩着一种沉重的窒息感，强大的原罪主义和禁欲主义使它们变得单调而苍白。当一种文学成为窒息人性的桎梏时，文学就异化为非文学，从而失去它的审美价值。许多文学作品（主要是圣徒行传）把禁欲和自找苦吃当作显示精神崇高的手段，把痛苦本身当作目的，人忍受的痛苦越可怕，他的精神就越崇高，成为一种自我受虐的变态心理。这方面的文学作品很多，如叙事诗《圣徒阿列克西斯行传》叙说富裕贵族青年阿列克西斯决心把自己献给上帝，在新婚之夜离家出走，散尽钱财，过着乞丐的生活。数年之后飘零回乡，衣衫褴褛，其父母已无法辨出这是自己的儿子。但出于怜悯收留了他，让他住在楼梯下一小块地方。阿列克西斯如此寄居家中的二十年，千百次见母亲和妻子为自己的失踪而哭泣，不为所动，忍受着奴仆们的诟骂。他欣然自慰，死后灵魂得以升入天国。这种把世间一切自然的东西（物质的、情感的、伦理的）都当作自己的仇敌而加以割舍、抛弃、毁坏，并且割舍得越彻底，心灵就越崇高的做法，结果只能导致个体与现实世界的悖谬。对肉体和自然人性、人情的无端摧残是不能构成审美愉悦的，由此而获得的沐神福祉的喜悦也是一种畸形的心理病态。

阿伯拉尔：罪感与爱情的猛烈撞击

(21)

ELOISA
TO
ABELARD.

In these deep solitudes and awful cells,
Where heav'nly-pensive contemplation dwells,
And ever-musing melancholy reigns;
What means this tumult in a Vestal's veins;
Why rove my thoughts beyond this last retreat?
Why feels my heart its long-forgotten heat?
Yet, yet I love!—From Abelard it came,
And Eloïsa yet must kiss the name.
Dear fatal name! rest ever unreveal'd,
Nor pass these lips in holy silence seal'd:
Hide it, my heart, within that close disguise,
Where mix'd with God's, his lov'd idea lies:
O write it not my hand—the name appears
Already written—wash it out, my tears!
In vain lost Eloïsa weeps and prays,
Her heart still dictates, and her hand obeys.
Relentless walls! whose darksome round contains
Repentant sighs, and voluntary pains:
Ye rugged rocks! which holy knees have worn;
Ye grots and caverns shagg'd with horrid thorn!
B 3

阿伯拉尔："没有爱过的人，我嫉羡他们的幸福。"

禁欲主义与自然情欲之间的冲突终究是不可避免的。在中世纪的一次最为震撼心灵的爆发，就是《阿伯拉尔与爱洛依丝的情书》。

阿伯拉尔（1072—1142）是中世纪法国著名的哲学家、神学家。在三十七岁以前他一直笃信上帝，过着理智的生活。在设帐教学期间，充当教士福尔伯特的侄女、十九岁的爱洛依丝的私人教师。爱洛依丝才貌双绝，师生之间一见倾心。阿伯拉尔感到："终日冥想，方寸紊乱，感情猛烈得不容节制。"他对自己的情人表白说："从前我以为哲学是我们所有的情感的主宰，脆弱的人们在疾风暴雨中横被驰骤毁碎的都把哲学当作隐藏的地方；但是你把我的安全毁灭了，你破坏了我哲学的勇气。"这位基督教的虔诚牧师终于自沉情海，将理想与宗教都抛到九霄云外。爱洛依丝为他生下一个孩子。阿伯拉尔坚持要和她秘密结婚，但爱洛依丝情爱纯洁无私，她知道婚姻会毁灭所爱者的名誉与前程，终于拒绝，很荣耀地愿做他的秘密情人。这位牧师哀叹道："假如人间世上真有所谓幸福，我相信那必是两个自由恋爱的人的结合。""上天惩罚我，一方面既不准我满足我的欲望，一方面又使得我的有罪的欲望燃烧得狂炽。"爱洛依丝的叔父（她的保护人）大为震怒，雇用杀手，夜闯阿伯拉尔卧房，对他实行了残忍的阉割。受此奇耻大辱之后，阿伯拉尔隐遁巴黎附近之圣丹尼寺院为修士，爱洛依丝则在阿根特伊舍身为修女。在此期间，阿伯拉尔继续研究哲学与神学，并与爱洛依丝之间互有情书往来，当年抑制未发之情一泄无遗，狂热与哀怨交织，情爱与忏悔并在，成为抒写"甜蜜的罪恶"的范本。无情不似多情苦。阿伯拉尔长叹道：

"从来没有爱过的人，我嫉羡他们的幸福。"阿伯拉尔对爱洛依丝最后的嘱咐是："你已脱离尘世，那里还有什么配使你留恋？永远张眼望着上帝，你的残生已经献奉了他。"这是解脱的幸福还是痛苦的呐喊？罪感与爱悦水乳交融，构成了这部情书的不朽魅力。

阿伯拉尔死于 1142 年。二十年之后爱洛依丝去世，葬在他的墓旁，后又迁葬于拉舍斯礼拜堂，至今犹供人凭吊。

二、骑士浪漫主义及其他

罗素认为，中世纪与古希腊时代在文化上的不同点是"二元对立"的普遍存在："有僧侣与世俗人的二元对立，拉丁与条顿的二元对立，天国与地上王国的二元对立，灵魂与肉体的二元对立，等等。"（罗素：《西方哲学史》）在文学上，与宗教文学形成对立的是骑士文学、英雄史诗和市井文学。当然，这种对立并不是决然的，互渗是不可避免的。

宗教阴影下的骑士浪漫主义

罗素在上一段引文下面还接着说："所有这一切（二元对立）都可以在教皇与国王的二元对立中表现出来。"中世纪是封建社会。封建贵族阶级是在剑与火中，在民族、国家之间频仍的分裂、并吞、冲突和战争中创立自己的基业的。处于进取、开拓状态的政治势力不可避免地要同基督教处于二元对立状态：基督教主张出世，而封建贵族要入世；基督教讲忍让，而贵族们要斗争；基督教要禁欲，而贵族们却需要享乐。在中世纪初期（5 世纪—11 世纪），基督教与封建政权之间的关系若即若离，贵族政权打击、迫害基督教徒的事件时有发生。但到了 11 世纪以后，各封建国家获得了相对的稳定（内忧外患仍然不时发生），封建君主意识到基督教是维护现存秩序的稳定因素，它的忍让精神和禁欲主义都有助于消弭内部纷争、软化农民起义、巩固封建政权、平息人们在几百年杀戮中亢奋起来的神经，在对来世天国的梦幻中找到心灵的宁静。于是，基督教获得了在整个欧洲的统治地位。但是，掌握政权的封建贵族们在参拜罗马教皇的同时绝不愿意放弃政权为自己提供的果实，他们还有自己的政治需要、精神需要和审美需要。他们需要“上帝之城”作为心灵的别墅、未来的栖息之所，也需要“魔鬼之城”来享受世俗的欢乐。连年的残酷战争，使得骑士们也感到难以忍受，于是在幻想中编织着甜蜜、热烈和无限温柔的境界，一种为刚强沉着的古人所不知道的爱情出现了，这就是极度夸张和神秘的骑士爱情。安分平静的夫妇之爱变做附属品，婚姻之外的狂乱与销魂的爱成为主体。他们认为“配偶之间不能有真正的爱情”，“真正相爱的人彼此什么都不能拒绝”，女子不是和男子同样的肉身，而是仙体，男人能够崇拜她，服侍她，为她献身是最大的光荣。这种观念同尚武、行侠、忠君、护教的骑士精神相结合，于是，在宗教裁判所的火刑架下，反映新兴封建贵族审美情趣的文学——骑士文学发展起来。

骑士文学是同欧洲的骑士制度密切相关的。最早的骑士源于中小地主和富裕农民，后来大贵族的一些子弟也参加进来。他们为大封建主服役，建立功勋后可得到土地封赏甚至授予爵位，渐渐形成了固定的骑士阶层。11 世纪末的十字军东征，大大提高了骑士阶层的社会声誉和地位，并在同东方文化的接触中，逐步形成了“忠君、护教、尚武”的骑士信条以及对贵妇人的崇拜和爱慕并视其游侠冒险为骑士最高荣誉。反映这种骑士理想和精神的文学就是骑士文学。当时较为流行的是骑士抒情诗和骑士传奇。抒情诗的中心是法国南部的普罗旺斯；骑士传奇则分为三个系统，即古代系统（模仿古希腊、罗马文学）、不列颠系统和拜占庭系统，其中以不列颠的《亚瑟王和圆桌骑士》为最。

中国封建时代也有游侠传奇，即武侠小说。就传奇性而言，两者类似，都以冒险、离奇、神秘为特色，故事中充满了超群的武艺、诡秘的魔法和出其不意的转

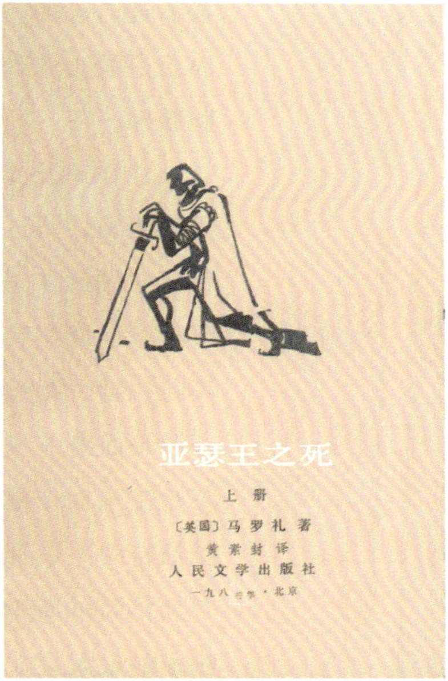

欧洲中世纪的骑士与中国小说中的侠客有天壤之别。

折。但也有不同。

中国武侠小说，大多保清官、反贪官、忠于皇帝，如《三侠五义》《包公案》《施公案》《彭公案》《于公案》……其中的包、施、彭、于都是伸张正义、铁面无私、为民除害的清官，对皇帝都是赤胆忠心的。欧洲的骑士文学也大都有忠君内容，但他们更重视个人的荣誉，忠君不过是个人荣誉的内容之一。亚瑟王的王室里有一个奇大无比的圆桌，可坐一百五十人，每个骑士到来都要叙述自己的行侠事迹，然后大家判定其是否可以在圆桌旁占一席位。圆桌席位是骑士荣誉的标志，而判别的标准不在于忠君程度如何，而是勇敢、冒险精神。

中国武侠小说与骑士文学的第二个区别是对爱情的态度。中国的剑侠或不娶妻室、不近女色，或虽有妻室但不恋女色。照中国传统来看，西方骑士都是中国武侠里边的“采花淫贼”，为剑侠所不耻。亚瑟王的圆桌骑士中最显赫者兰斯洛特，先同自己国王的妻子吉尼维尔恋爱并幽会，后来又接受阿斯特拉特少女赠给他的纪念物。为了寻找王后，兰斯洛特不惜牺牲骑士的荣誉，不骑马而坐小车，随后又冒生命危险爬过一座像剑一样锋利的桥。在比武场上，不论王后命令他退让或还击，他都唯命是听、绝对忠诚。当有人把王后同兰斯洛特的关系泄露给亚瑟王以后，兰斯洛特竟然将王后拐到自己的城堡中去。兰斯洛特的所为集中体现了骑士的爱情观念：他们把博得贵妇人的欢心当作骑士的最大荣誉。

骑士对比自己地位高的贵妇人的崇拜和恋爱，可以追溯到恋人关系中对封建主义政治的模仿（男人通常把自己视为“仆人”，而把钟爱的女子称为“我的主人”），也可视为对处女玛利亚的崇拜。这种“优雅的爱情”被中世纪西方人视为除了对上帝的感情以外的最高尚的感情。这种普罗旺斯抒情诗所创造的爱情观念深深地影响着西方世界的文学、思想感情和行为方式，影响了整个19世纪，甚至在性解放流行的年代里，它在西方世界对待女性态度上的影响仍是十分明显的。

骑士对女主人的爱恋包含着很大的荣誉成分，与其说是爱情不如说是更近于一种虚荣心理。但是，人的真情实感总是顽强地向各种框架中渗透。他们在基督教苍白的教义中找到了富于人性的玛利亚，而在虚矫的骑士风中渗进了真实动人的爱情。在德、法民间流行的《特里斯丹和绮瑟殉情记》就是一例。故事说的是国王马克的侄儿特里斯丹——一个勇敢美貌的青年骑士，航海去为他的叔父迎接新娘——邻国的金发公主绮瑟。在归途船上，特里斯丹误饮了为马克与绮瑟结婚时用的一种神秘饮料，于是和金发绮瑟之间发生了强烈的、永远不变的爱情。这种特制饮料的神秘性恰好可以象征男女之间一见钟情的神秘冲动。所有处于恋爱狂热中的青年男子都是像饮了某种迷魂药一样地脱离了常人的心态。但是，两人的爱情泄露了，马克把他们双双逐出宫外。后来马克又把绮瑟接回，特里斯丹远走他乡，在那里同一个也叫绮瑟的女子结了婚。她长有一双洁白的手，称为“白手绮瑟”。有一次，特里斯丹被毒刀刃刺伤，生命危在旦夕。他知道只有金发绮瑟能够救他的命，于是派人航海去请金发绮瑟。约定接到金发绮瑟后，船过港口就挂上白帆，否则就挂黑帆。可是白手绮瑟出于妒忌，一见船已回港，而且挂了白帆，就去告诉病床上的特里斯丹，说船已挂着黑帆回来。等到金发绮瑟赶到特里斯丹床边，他已经绝望而死，悲痛的绮瑟也倒在她情人身旁死去。金发绮瑟的死，不是爱情的死亡，恰恰相反，是爱情的不可抵抗性。黑格尔说，爱情就是一个人主体意识抛舍给另一个性别不同的个体，即“对方就只在我身上生活着，我也就只在对方身上生活着，双方在这个充实的统一体里才实现各自的自为存在”。（黑格尔：《美学》，朱光潜译，商务印书馆，1984 年版）因此，特里斯丹的死亡，就使金发绮瑟的身心失去了安息之所，她的死亡也就成为不可避免的了。

西方至今流行的骑士风习中包含着很大的虚骄成分，但也有真实动人的爱情故事，《特里斯丹和绮瑟殉情记》就是一例。

在最好的骑士文学中，古代英雄的情欲第一次升华为现代情爱。恩格斯说：“骑士的爱是历史上出现的第一次个人之爱，它破坏了封建主夫妇之间的忠诚，是对禁欲主义的挑战。”（《马克思恩格斯选集》，第 4 卷，人民文学出版社，1972 年版）在基督教占统治地位的年代，圭多・圭尼泽利巧妙地用宗教为这种爱情辩护说：

正如太阳般宝石放射灿烂的光辉，
女子使男子高尚的心灵产生爱情，
假如有朝一日上帝质问我的灵魂：
“你怎敢？怎敢将我同世俗女子相比，
将我同爱情相比？”
尊贵的主——我将回答说——
她像天使一样，我怎么能不爱她？
这绝不是罪过。

俄国著名评论家别林斯基对骑士浪漫主义有一段出色的概括。他说：“骑士诗歌的浪漫主义特点：对个人的人格的爱护和尊重，为被压迫者和被迫害者牺牲全部力量甚至自己生命的勇敢精神；把女子作为爱和美在尘世的代表及作为和谐、和平与安慰的光辉之神而加以理想化的崇拜；向无穷遥远的阴森中追求一切秘密的和神秘的惶惑不安的欲望——构成中古时期丰富生活的浪漫主义成分就是如此。”

英雄史诗：寻找人间的上帝

在基督教引导人们的精神世界向着天国提升时，流传于民间的英雄史诗却表现出对精神世界的另一种渴望：寻找人间的上帝，即拯救本民族的英雄。

英雄史诗是荷马、维吉尔诗歌传统的直接继承和发展，早期的作品表现氏族社会末期蛮族部落的生活，歌颂的多为部落贵族的英雄。具有代表性的英雄史诗是日耳曼人的《希尔德布兰特之歌》和盎格鲁－撒克逊人的《贝奥武甫》。前者只保存下片段，而《贝奥武甫》却是一部保存得相当完整的三千余行的史诗。主人公贝奥武甫力大无穷，见义勇为，徒手杀死巨妖。他当上国王以后，为杀死焚毁人民房屋的火龙而英勇牺牲。12 世纪以后出现的英雄史诗，是高度封建化后的产物，英雄形象从狭小范围的部落复仇提升到为国尽忠、抵御外侮、维护国家统一。在这些具有进步意义的行为中，主人公开始超越自我，显示出更为广博的胸怀和宽阔的目光。他们没有阿喀琉斯那种个人的放纵，也不像摩西那样苍白，而是具有献身精神的活生生的人。如法国的《罗兰之歌》，它以查理大帝统一法国的历史伟业为背景，塑造了一个既是查理的忠臣又是热爱法兰西的民族英雄的形象。但他不是一个完美无缺的“神”。他有自己的个性：刚强勇敢而过于自信，既捍卫民族利益又重视个人的荣誉，在被叛徒出卖而受到敌人包围时，不肯立即向查理大帝求援，而欲孤军奋战，导致最后的失败。阵亡时，他把脸朝向敌人，以示其仇恨和不屈。

欧洲中世纪形成的英雄史诗反映了欧洲近代国家初创时期的历史。史诗中的英雄形象一定程度上折射出人民中间的民族英雄主义精神。

同法国的罗兰相比，德国的《尼伯龙根之歌》的主人公具有更丰富、健全的性格。他坚强勇敢，曾杀死巨龙，并在巨龙的鲜血中沐浴；但他并不是一介莽夫，当对方向他表示谦恭友好时，他也显得谦逊有礼。他虽身为王子，却不安富居荣。他云游四方，干了许多惊人的冒险事业。他对朋友满腔热忱，但却从不袒护知己的弱点，包括心爱的妻子在内；他心地善良，胸襟坦荡，绝不猜忌同僚们会暗算他，结果悲惨地死于阴险的哈根之手。

英雄史诗（包括某些骑士传奇）虽然也表现人物性格的若干侧面或性格矛盾，但总的来说，在对人物内心世界的揭示方面是流于简单的，人物关系往往采取正反对比，构成正、反、中的三角形：

正面人物：如罗兰（《罗兰之歌》）、齐格弗里德（《尼伯龙根之歌》）、熙德（《熙德之歌》）。

反面人物：如甘尼伦（《罗兰之歌》）、哈根（《尼伯龙根之歌》）、熙德之政敌（《熙德之歌》）。

中间人物（褊狭、自私、怯懦）：如布伦希尔德、恭太（《尼伯龙根之歌》）、熙德的二女婿（《熙德之歌》）。

市井文学：狡黠第一次成为审美对象

在英雄史诗中，狡猾、奸诈总是被贬斥的品质，但在不同时期的另外一些作品中，它们却构成了审美对象。反映市民审美情趣的市井文学，包括所谓“粗俗故事”都不是以传统的史诗为范本，也不以传统的道德范畴，如崇高与渺小、忠诚与背叛、诚实与阴险作为判断价值的标准。它代表一种新的价值观念，脍炙人口的列那狐就是这类作品中最富于典型性的形象，它的主要品质是机智与狡猾。在面对伊桑格兰狼、狮王诺勃勒等代表封建统治者的形象面前，它是弱小的，但它从不畏惧，总能凭借自己的机智捉弄它们、嘲弄它们、击败它们，使这些强者狼狈不堪。当它面对比自己弱小的动物时，也绝无怜悯之情，不客气地把它们骗入自己的口中。做了坏事，它也“忏悔”，并且认为“应该爱上帝超乎一切，爱同胞如自己”，但一旦面对世界上无数美好的东西，它就会失去自己的一切“善念”。“我听见那班教士、牧师们所说的，全与他们所想、所做的不同，于是我也学会说谎。谎话在国王的宫中最流行，爵爷、贵妇、教士、文人都在说谎，我必须也哄骗说谎。……永

左图：列那狐为商业资产阶级的艺术象征。在《列那狐的故事》中，狡黠第一次成为审美对象。在中国的传统文化中，狐狸常沦为被贬损的形象，《聊斋志异》是个例外。
右图：流放中的但丁。巴勒斯坦的文学理论家萨义德说：“流亡是最悲惨的命运之一。”但唯有流亡，才能使人获得双重视角。没有流亡生活，便没有《神曲》的诞生。

远说真话的人，在现在的世界上是不能通行的。”作者对列那狐的狡猾半是同情、半是讥讽，半是赞赏、半是嘲笑，极富喜剧性和讽刺性。这种对待狡猾的新观念预兆着一个新阶级的诞生，即商业资产阶级的诞生。正是列那狐所预示的这个阶级，在《列那狐的故事》出现的若干世纪以后，推翻了封建贵族统治而成为西方世界的新的主人。在公元12世纪兴起的这种城市文学反映了市民阶层的利益、愿望和审美情趣，它是同宗教文学、骑士文学、英雄史诗迥然不同的第四种文学。在艺术上它承袭了《伊索寓言》那种以动物喻人的传统，但思想内容与法国社会紧密相连，场景宏大，寓意丰富，大大开拓了动物故事的深度和广度。

三、但丁和《神曲》：融会两希（希伯来、希腊）文化的伟大尝试

在中世纪，占统治地位的宗教文学同民间的英雄史诗、市井文学、骑士文学虽然互相影响，但基本上是两种不同的文化。前者是基督教文化、古希伯来文化的文学反映，后者是世俗文化，实质上含希腊文化的特质。两希文化有如两条河流，时有渗透，但基本上泾渭分明。然而到了十四五世纪，由于社会条件的变化（主要是资本主义生产关系的发展和资产阶级的勃兴），两股文化河流出现某种既对抗又融合的趋势。这种趋势要求一个伟大的人物来实现它。意大利人但丁作为站立在旧世纪终结、新世纪开端的门槛上的巨人，具有深刻的情感经历、复杂的政治经历和博大精深的知识结构，使他有可能在某种程度上超越时代和自我的局限，站在远比同时代人高的峰巅上，对两希文化的合流做出伟大的尝试，从而预见新文化（即文艺复兴）新时代的到来。

中世纪的意大利民族以火焰般的热情而著称，古希腊、罗马文化在这里从来没有死亡。由于地理位置等原因，资本主义首先在这里产生、发展。商人的大批出现，助长着世俗欲望的燃烧。在但丁生活的时代（1265—1321），教皇势力虽很强大，但已捆绑不住一般市民，特别是佛罗伦萨、威尼斯、热那亚这样一些发达城市的百姓。从现有材料看，出身贵族的但丁是一个充满各种世俗欲望的人，他九岁的时候就爱上了一位同龄女子，在发高热时不断念着她的名字，

但　丁（1265—1321）刚直的鼻子与坚强的下巴，是他精神不屈的象征。

青年时写诗赞美佛罗伦萨城的六十个美丽的女子（《六十个》）。他还用精巧修饰的俗语写诗攻击他青年时代的朋友，怀着诗人般的热情投入佛罗伦萨的政治斗争，在流放期间也无时无刻不为这种热情所炙烤。所有这些，都表明但丁缺少基督徒的一个最基本的品质——忍耐和节制。他本质上是一个诗人，一个燃烧的人，而不是一个禁欲主义者，但是，爱情上的不幸、家庭生活的烦扰、政治上的被诬陷和被迫害，以至于长期的流亡生活，都造成了对诗人生命活力的深重压抑。他多次试图用现世的办法反抗这种压抑，包括使用武装暴力来伸张正义，实现统一。但诗人只是诗人，政治上一次又一次的惨败，使他积郁太多的愤懑只有在另一个世界中宣泄，这就是基督教所提供的世界。他把他的全部崇仰和诗人的热情交付给上帝。然而这却不意味着生命的捐弃，而差不多是相反的：他笃信上帝是因为上帝可以对人世间的一切给予严厉公正的判决。他按照自己的善恶标准，却以上帝的名义来实行奖惩。出面的是上帝，上帝的背后却是但丁。他以自己博大精深的知识和对西方历史的精邃洞察，代上帝宣判。我们在《神曲》中看到的上帝，已经渗透着但丁意识，即基督教文化与古希腊人文意识的融合。

需要指出的是，但丁的这种尝试既不是从文化哲学的角度，也不是从政治角度。他作为一个思想家并不高明，作为一个政治家甚至可以说是蹩脚的。当代表新的历史方向的资产阶级已经活跃起来的时候，他不能预见一种新的政治制度的诞生。他只是从一个诗人的角度、从对人类巨大的忧患意识出发，探索人的命运和前途。他没有什么政治上、哲学上的卓越见解，但对民族命运的关切、对整个人类的深沉之爱，使他对人的理解达到了即使是当时伟大的思想家也未曾达到的深度，并且在这个基点上对两希文化做了某种融会的尝试。虽然这种尝试远不是融会贯通，但确实把西方人提到了一个新的文化层次，一个既高于古希腊、也高于基督教的层次。后来欧洲的文艺复兴正是在但丁开辟的这条道路上前进的。因此，但丁和他的《神曲》在欧洲文学史上成为一座巍然耸立的丰碑。

天堂之路 = 人智 + 爱

《神曲》通篇是用寓意写成的。开篇第一歌，就叙述但丁在 1300 年，即人生旅途的一半时，“迷失在一个黑暗的森林之中”。这里，“黑暗的森林”象征着人生迷误。当他正准备向晚霞的余晖奔去时，不料前面突然出现三只猛兽拦住去路。这三只猛兽是代表淫邪的豹、野心的狮和贪欲的狼，而贪欲的狼又是由“忌妒”把它放出来的。也就是说，淫邪、野心、贪欲和忌妒这四种丑恶的情欲阻挡着人类走向光明之路。这是但丁对当时佛罗伦萨乃至整个意大利政治局面的理解。他认为：整个意大利频仍的战乱与灾祸，归根结底是由于这四种丑恶的情欲在作乱。这一开篇反映诗人出手不凡、开门见山地把作品提到了一个超越个人、超越佛罗伦萨的高度，提出关于人类的灾难与人类自身的关系，提出了人类改造自身以达到至善至美的道路问题。这一问题的提出，看似同基督教相同，但实质上又有不同。但丁提出的四大丑欲是同当时佛罗伦萨的现实生活紧密相连的，他的主要矛头是指向那些腐败的教皇和贵族的，因此，这是一种同现实紧密相连的超越。

按照基督教的一般说法，人类要上天堂，唯一的桥梁是教会。教会是代行上帝职权的组织，它有权判决人间的功罪，而且是唯一者。但是《神曲》中则不然，引导但丁游历地狱、炼狱、天堂的，分别是古罗马的大诗人维吉尔和但丁挚爱的情人贝亚特里切。在这里，维吉尔代表人智，贝亚特里切则代表爱。这样我们就清楚地看到了但丁的一个公式：

天堂之路＝人智＋爱

但丁撇开教会，有一个具体原因，即当时的罗马教皇卜尼法斯八世是一个野心勃勃、阴险毒辣的家伙，为了达到统治佛罗伦萨的卑鄙目的，他多次挑起祸端，制造战乱。他本人还贪污腐化，买卖圣职。但丁是一个虔诚的基督徒，对于败坏教会名声的教皇尤其痛恨。卜尼法斯还是迫害但丁的罪魁祸首。但丁在《神曲·地狱篇》中把他当作主要的攻击对象，又怎么可能让他及其统治的教会来引渡呢?

让维吉尔带领他游历地狱和炼狱，反映了但丁对古希腊、罗马的学者们的崇拜。按照教义，所有异教徒都是要下地狱、受苦刑的。但是但丁把古希腊、罗马的先哲都安置在第一圈儿——候判所（菩提狱）。这里有宏伟的城堡、美丽的溪流和青翠的草地，根本没有什么刑罚。诗人为这些古希腊、罗马的先哲们辩解说：他们生在耶稣降生以前，世上尚无基督教，因此来不及入教，罪过不在他们。诗人安排在这一圈儿里的，不仅有被他恭称为“智者的大师”的哲学家和思想家，如柏拉图、亚里士多德、德谟克利特、苏格拉底等人，而且有大诗人荷马、贺拉斯等，盛赞“他们崇高的歌声，像巨鹰一般高翔于余者之上”。此外，还有公元前的医学家、植物学家、天文学家、著名的医师等等，表现了但丁对于知识的崇仰。这种崇仰同基督教推行的蒙昧主义是相对立的。基督教把一切科学都变成了“神学的婢女”，许多科学家因其学说被视为异端而受到宗教裁判所审判。而但丁却把“知识”作为消灭四大丑欲、通向至善至美的天堂之路的向导，也就是把知识作为改造世界和改造人类自身的重要手段和必要手段。这种思想既是古希腊理性精神的继承，也是它的发展。

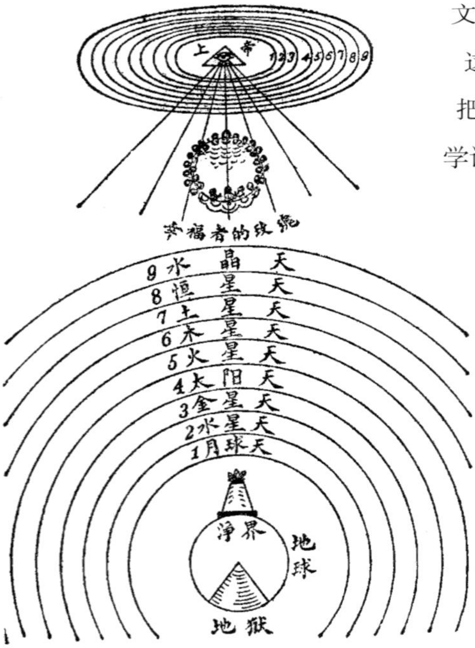

天 堂 图

但丁有着强烈的民族意识，自视为高贵的罗马后裔，而罗马人认为自己的祖先是特洛伊人。那么，但丁把用木马赚开特洛伊城的尤利西斯打入地狱是理所当然的。但书中描写尤利西斯追求知识的自叙中充满了壮志豪情，从中不难感受到作者对这个“恶谋士”的钦慕之意。这种钦慕之情也是来源于对智慧与知识的崇仰。

然而，维吉尔只能引导他游历地狱和炼狱，不能上天堂。也就是说，知识的作用是有限的，要走到至善至美的境界还需借助于另一位向导，即爱。

但丁心目中的爱是值得玩味的。无疑，这个爱不是简单的性爱，而是一种更为博大的爱，即上帝之爱，圣母玛利亚之爱，圣女琉喜霞之爱。然而所有这些爱又集中通过一个凡女、即但丁少年时所钟情的贝亚特里切来体现的，是贝亚特里切受命于圣母来引导但丁游历天堂的。

但丁在九岁时第一次钟情贝亚特里切，无疑这是少男少女之间的世俗情欲。而后，但丁只见过她一次，为她写过整整一部风格清新、温柔的诗集《新生》。但丁在生活中并不是一个禁欲主义者，他写的诗《六十个》，热情赞美了佛罗伦萨城内六十名最迷人的女子。他三十岁的时候结了婚。此后，在单身流亡期间又曾不止一次地堕入情网。然而，第一次恋爱往往是终生难忘的，没有任何一个女人能够取代他少年时代对贝亚特里切的倾心。也许因为这是一次没有开花结果的恋情，因而就更加诱人、更加神秘、更加强烈。随着岁月的流逝，但丁对贝亚特里切的爱情愈益升华，使这位凡间女子成了他精神上的崇拜偶像，世俗的情感升华为宗教式的爱。

当但丁面对被猛兽侵袭的危险同死亡搏斗时，已成为天使的贝亚特里切竟然哭了。她说："爱推动了我，爱使我说话。"从宗教的观点看，死亡是一种解脱。贝亚特里切的"哭"，证明这是一种世俗情感的自然流露。

然而，这种爱，确乎已升华为一种远比个人性爱更为博大的爱。

那引我谒见上帝的夫人（指贝亚特里切）
说道：
"变换一下你的思路；
你要想到，
我在靠近使人类释去一切
重负的'他'。"

（但丁：《神曲·天堂篇》，朱维基译，上海译文出版社，1984年版。以下《神曲》引文皆出于此版本）

但丁对贝亚特里切的本初之爱是对一人间美貌女子的爱，但正是这种爱引导他接近了“他”，即上帝，使他把个人的性爱升华成对上帝、圣母之爱，升华成那种上帝对全人类的爱。性爱被罩上了宗教的崇高的光晕，而宗教苍白的脸也因性爱的充实而呈现出生命的血色。古希腊人所追求的东西在这里得到了升华，而基督教文化对人性的压抑却被人世间美丽的爱情所消弭。

但丁的爱，无疑染有浓厚的虚无缥缈的宗教色彩，不是纯然出世的。他对上帝的爱没有像圣徒们那样归结于自我苦修以求得自我超度。不，他把这种对上帝之爱同佛罗伦萨、整个意大利民族乃至全人类的悲欢苦乐相共而成为另一种超自我的、超血缘的、超宗教的、超国界的博大之爱。它并不抽象，也不缥缈，因为它同当时火热的现实斗争紧密相连。这种博大的爱，正是一个大诗人的本色。中国的朱熹说过：“仁者如水，有一杯水，有一溪水，有一江水，圣人便是大海水。”（《朱子语类》）鲁迅在批评某些肤浅渺小的学者时说：“他们精细地研钻着一点有限的视野，便决不能和博大的诗人的感得全部人间世，而同时又领会天国之极乐和地狱之大苦恼的精神相通。”（《集外集拾遗·诗歌之敌》）但丁之爱正是足以领会人间、地狱、天堂之大爱。

由于诗人自己在政治旋涡中屡遭挫折，饱尝苦难，因而加深了他对祖国土地的血肉联系。古代罗马辉煌的历史沉积在诗人的心灵深处，诗人同时也瞩目于现实。民族的忧患意识常常迸发出痛彻肺腑的呼喊，使《神曲》中渗透着诗人带血的情感。

德拉克罗瓦作品《但丁之筏》。画中，站立举臂的维吉尔，引导但丁渡过黑暗地狱的冥河。

唉，奴隶般的意大利，
你哀痛之逆旅，
你这暴风雨中没有舵手的孤舟，
你不再是各省的主妇，
而是妓院！

当他看到意大利诗人孛得罗在炼狱中同维吉尔致问的热烈情景，又感喟道：

……而你的活着的人民
住在你里面，
没有一天不发生战争，
为一座城墙和一条城壕
围住的人却自相残杀。
你这可怜虫啊！
你向四下里看看
你国土的海岸，
然后再望你的腹地，
有没有一块安享和平
幸福的土地。

（《神曲·炼狱篇》）

他甚至几次呼喊：自己的充满罪恶的热土何以不从地球上毁灭：

唉，热那亚人！
丧尽了道德
并充满着一切腐败的人们呀，
为什么你们
不从大地上消除？

（《神曲·地狱篇》）

唉，比萨！你真是可以听到
说“Sì”（意大利语：是）的美丽地方
的人民的耻辱啊。
既然你的邻人们不迅速责罚你，
让喀普拉拉和戈刚挪两岛移动，
并把阿诺河的入海口堵住，
来把住在你里面的每个活人都淹死。

（《神曲·地狱篇》）

爱之极致表现为恨。这种“把住在你里面的每个活人都淹死”的呼喊，正是出于对“每个活人”的爱。卢梭说过：“爱我们的同类，与其说是由于我们感到了他们的快乐，不如说由于我们感到了他们的痛苦。”（卢梭：《爱弥儿》，商务印书馆，1978 年版）

但丁的那个公式为后代的思想家们所不断重复，只是逐渐淘尽它的宗教色彩。罗素说：“高尚的生活是受爱的激励并且由知识引导的生活。”也就是“高尚的生活＝知识＋爱。”就象征的意义说，每个人都需要一个“贝亚特里切”和一个“维吉尔”。

地狱：化恐惧为崇高和崇高中的软弱

痛彻肺腑的忧患之情使但丁把自己看成钉在十字架上的耶稣，整个民族的苦难都加在自己的身上。但是，他并不是一个坚忍的苦修士，只知一味受苦。他把自己当成人间的上帝，庄严地对一切恶人进行审判：

他把吸食血汗的饕餮之徒打入地狱第三层，让塞比猡恶犬撕咬他们。

他把那些好勇斗狠血腥之徒打入地狱第五层，终年浸没在黑水污泥之中。

他把那些暴君、不孝和破坏人伦的同类相残者打入第七层，让他们浸没在血泊里，由许多人首马身的怪物拿弓箭向他们发射；让重利盘剥之徒处于火雨与热沙之间。

第八层是一切欺诈者的受刑之处，他们是淫媒和诱奸者、阿谀者、买卖圣职者、虚伪的先知、贪官污吏、伪君子、窃贼、劝人作恶者、挑拨离间者、伪造和诬告者。他们分别被打入十个深谷里，备尝各种可怕的刑罚。

第九层是永久的冰湖，这是那些谋杀亲族、卖主负恩、背信弃义、叛党叛国的一切叛徒们的受刑所。这些鬼魂身体冻浴在湖中，外面只露出头颅。冰湖正中是地狱之王琉西斐，他的三张脸血泪模糊，三张嘴各咬住一个叛徒：出卖耶稣的犹大、谋杀罗马帝国缔造者恺撒的勃鲁多和卡修斯。

但丁在代替上帝对恶者实行判决时，表现了诗人刚直不阿的品行与勇敢无畏的精神。在但丁所生活的时代，教皇是比皇帝更有威严的统治者。但诗人把贪图钱财、买卖圣职的尼古拉三世打入地狱中受刑最酷的一层，一个倒栽葱把他的头和上半身插在石洞里，又用烈火烧烤他的双脚。在火舌的舔炙下，教皇的两条腿不停地抖动，并痛苦地说：“我在人世装进了钱财，在这里装进了自己。”见但丁到来，他以为是接替他受刑的卜尼法斯八世到来了，迫不及待地喊道：

你已经站在那里了么？
你已经站在那里了么，
卜尼法斯？
…………
难道你那么快就餍足了
那些财富？
为了这些财富你不怕用
欺诈手段
夺去美丽的“圣女”，
然后蹂躏她。

（《神曲·地狱篇》）

书中所叙但丁游地狱的时间（1300年），卜尼法斯还活在世上，占据着罗马教皇的宝座，不可一世地蹂躏着他用欺诈手段夺来的教皇职位（“圣女”），

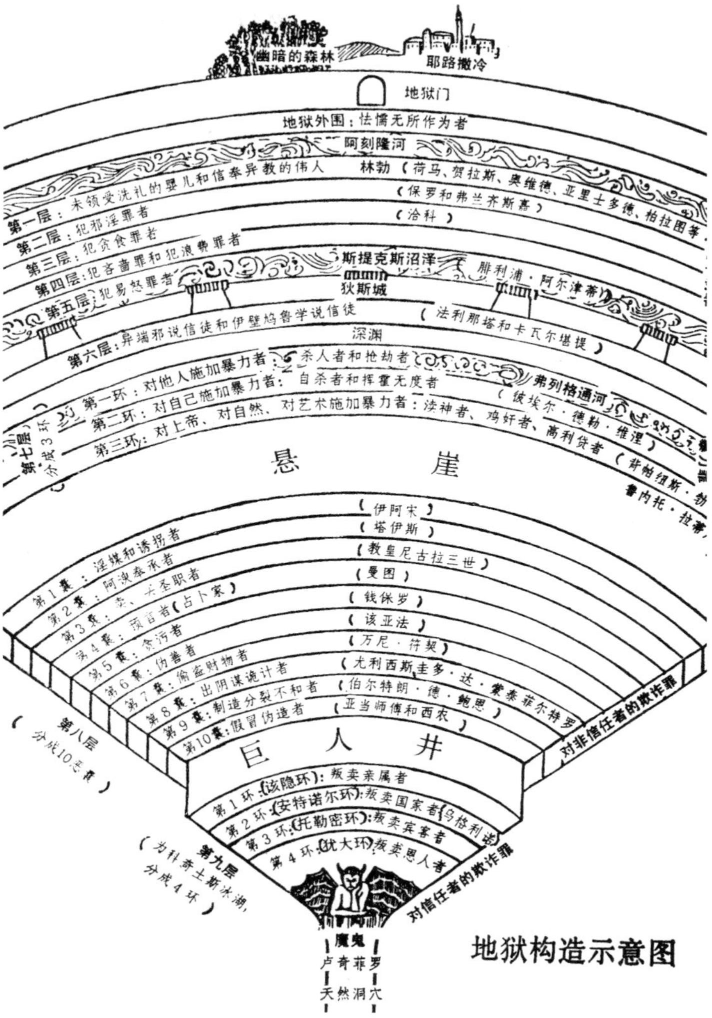

地狱构造示意图

制造了无数战乱与灾祸。但丁预言，他死后将来接替尼古拉三世，而接替卜尼法斯的则是教皇克雷门特五世。

中世纪教会宣传的地狱是阴森可怖的，它是压在人心灵上的一块沉重无比的石头，使人想起它就恐惧得战栗不已。人们在虚幻的地狱形象面前失去了自己的主体性，而一切听命于上帝及其人间使者——教会。

但丁笔下的地狱同样是阴森可怖的。一进门，就可看见令人畏悚的铭文：“你们走进这里的，把一切希望捐弃吧！”地狱中有阴风、冰湖、血河、烈焰、沸腾的沥青大锅、燃烧着的烤人火架、咬嚼吞食人体的猛兽、种种形状怪异的魔鬼……但由于这些令人畏惧的刑罚大多用以惩罚人世间那些使人们欲饮其血、啖其肉的压迫者与恶人，使人感到地狱不是压在主体身上的石板，而变成主体力量战胜丑恶势力的武器。在人世间无法执行的判决在想象的地狱中获得淋漓尽致的实现。此时的上帝也不是君临于人之上的精神统治者，而成为人间的公正法官，成为人的主观精神自身。畏惧感转化为崇高感，丑转化为美，转化成一种强烈的审美感受。用康德的话说，这是一种“偷换”，即把教会用以统治人民的外在力量（地狱）偷换为人实现自己愿望的主观精神自身。据说但丁的《地狱篇》尚未写完，

《神曲·地狱篇》插图。“……一个无头的躯干也在行走。他提着那割下来的头颅，头在他手中像一只灯笼般摇动着……”

其片段已在酒馆、咖啡店里广泛流传，引起人们的欣喜和议论。这种欣喜是人们看到正义战胜邪恶，从而唤醒了失落的人的尊严感而产生的愉快。但丁是一个伟大的“窃贼”，犹如普罗米修斯在天神的严密监视下偷火给人类一般，但丁从上帝教会的严酷统治下，偷出被教会窃取的“灵魂”，把它还给人们。他曾明白地宣告：“人的高贵，就其许许多多的成果而言，超过了天使的高贵。”这种尊严感使得但丁在教皇及其走狗们的种种迫害面前始终昂起那颗高贵的头颅。正像《但丁传》的作者马里奥·托比诺所说：“一个茕茕孑立、穷困潦倒、没有祖国的人，居然不甘趋炎附势，公开讥诮了依然在世的权贵们，将那些属于以复仇为快、杀人为乐的贵族之家的罪人，钉在耻辱柱上，成为正义的卫护士。”

然而，这只是但丁的一面。他没有也不可能把人的一切自然本性都从宗教桎梏下偷窃出来交还给人。因为他本人也还处在宗教的桎梏当中。《马太福音》登山训众中“不可杀人”是重要戒条，鉴于两党纷争给佛罗伦萨人带来的灾难，他把两党的主要人物几乎都打入了地狱。但深处于政治旋涡中的但丁知道，这些政治人物远非都是邪恶的。面对复杂的政治斗争，宗教的律法显得多么简单而贫弱，它远不能公平地处置人世间复杂纷繁的斗争。因此，但丁对于地狱中受苦的政治家们，分别以诅咒、同情、赞美等不同态度来对待。此时的但丁与上帝的地狱产生了离异，特别是写到法利那太时，其人原属但丁的反对派，但在他的党人几乎一致要毁灭佛罗伦萨城时，法利那太却力排众议，保住了这座伟大的城市，使生灵免遭涂炭。但丁怀着极大的崇敬描绘受刑时的法利那太：

> 他把胸膛和脸孔昂挺起来，
> 似乎对地狱表示极大的轻蔑。
>
> （《神曲·地狱篇》）

这一形象令人想起中国神话中的刑天。“民不畏死，奈何以死惧之。”那种连地狱也蔑视的人，上帝对他也就无可奈何了。

在对待性爱的问题上，但丁的困惑与软弱就更加明显了。按照圣芳济教派的观念，但丁把一批好色者关入地狱第二层，任阴风雨雪吹来吹去。其中的受难者可分为下面几类：

荒淫者：尼尼微帝国王后塞密拉密斯；

由于爱而违背誓言者：如狄多曾矢志为夫守节，但却爱上了伊尼亚斯；

由于爱而毁灭了罗马英雄者：如埃及女皇克莉奥佩特拉；

由于爱而导致了民族的灾难：帕里斯和海伦、阿喀琉斯。

但是诗人面对这些天生丽质者，不禁从内心里涌出一股异样的感情：

在我听到我的老师历数
古代英雄美人的名字以后，
我心中生出怜悯，
仿佛又迷惑起来。

（《神曲·地狱篇》）

爱情的力量竟然如此强大，即使是死亡也无法把它战胜，到了地狱中也无法把两个人分离：

爱，不允许任何受到
爱的人不爱，
这样强烈地使我欢喜他，
以致，
像你看到的，
就是现在他也不离开我。

（《神曲·地狱篇》）

波提切利作品《神曲·地狱篇》

这是弗兰采斯加向但丁倾诉的一段肺腑之言。这个美丽的少女由于政治上的原因被迫嫁给跛子祈安启托。兰斯洛特与归内维尔王后的浪漫故事启开了她和保禄的爱情之门，使得两个人发生了热烈的恋情，结果被祈安启托发现，将他们双双杀死。面对这一对在地狱中仍互相缠绕在一起的灵魂，但丁激动得难以抑制，竟然“因怜悯而昏晕，似乎我将濒于死亡；我倒下，如同一个尸首倒下一样”。

但丁何以激动到如此难以自制的地步？是不是这段恋情触动了他内心深处的隐痛？他对贝亚特里切的爱由于种种原因，成为一段不能开花结果的精神之恋、圣母之恋。而他那被压抑的在内心深处的对贝亚特里切的含有肉欲的性爱像突然从地下涌出的喷泉使他难以自制了。此时的但丁自己抛掉了自己身上的圣洁灵光，而显示出世俗情感的本体。但同时，他又发现自己是被捆绑在宗教的绳索之中，“不许奸淫”四个字使他面对弗兰采斯加和保禄、面对特里斯丹和绮瑟、面对自己赤裸裸的心默无一言。他的那种居高临下、裁决一切的威严姿态不见了，站在我们面前的是一颗软弱的灵魂。

炼狱：通往个人完美的痛苦道路

但丁以前，基督教义中虽有炼狱，但每与地狱相混。但丁把它们严格区别开来：地狱为恶人所居，炼狱为有罪世人赎罪的场所；地狱为恶，炼狱却是人由恶向善的通途。由此，勾画出一条个人走向完美的道路。

维吉尔领但丁走入炼狱之前，炼狱的守门人伽图指令但丁腰间束一根灯芯草。灯芯草象征谦卑。束灯芯草即意味着但丁的主要罪恶是骄傲。但丁的骄傲表现为“想坐第一把交椅的野心”。基督教把“骄傲”视为人的最大缺陷。圣·奥古斯丁在《忏悔录》中说：“一个人，受造物中渺小的一分子，愿意赞颂你；这人遍体带着死亡，遍体带着罪恶的证据，遍体证明‘你拒绝骄傲的人’。”（圣·奥古斯丁：《忏悔录》，商务印书馆，1963年版）在炼狱的第一层，维吉尔特别训诫他说：

人世的盛名不过是一阵风而已，
一会向这里吹来，
一会向那里吹去，
因为变换方向也就变换名字。
假如你到老年时摆脱了肉躯，
难道你的名声在千载以后
就会比你在乳臭未干时死了更盛大吗？
而一千年又能算是什么呢：
对永恒说来，
要比眼睛的一瞬之于天空中
运行最慢的天体更短暂。
…………
你们的所谓声誉像草的颜色，
生生灭灭，
使它变黄的也就是使它青青地
从地里长出的太阳。

（《神曲·炼狱篇》）

《神曲·地狱篇》插图。他（法利那太）把胸膛和脸孔昂挺起来，似乎对地狱表示极大的轻蔑。

但丁听了导师的话，曾表示：

你的实在话使我的心充满圣洁的谦卑，
减少我的骄气。

（《神曲·炼狱篇》）

但事实上，这种所谓的骄气还是不时地从字里行间流溢出来，直到登上天堂后，在圣雅各考他关于希望的问题时，由于圣彼得在他额上绕了三圈，便情不自禁地燃起了戴桂冠的欲望：

若是这首使天地都参预其事，

我也因之消瘦了好多年的神圣的诗篇，（指《神曲》——本书作者注）
竟然战胜了那摒我在那美丽的羊栏之外的残酷行为
（我曾睡在那里像头羔羊，为对之作战的狼群所仇恨）；
我将带着另一种声音，
披着另一种羊毛，
作为一个诗人归去，
在我受洗的泉边戴上我的桂冠。

（《神曲·天堂篇》）

在《地狱篇》中，但丁所遇之堕落的灵魂曾多次恳求但丁在现世使人们保持对他们的记忆，并保住他们的声誉。这也从一个侧面反映了但丁本人对于声誉的重视。他希望用自己的全部力量争取诗人的桂冠，他所做的一切不仅是出类拔萃的，而且渴望得到别人的承认。在《论俗语》中他说，他论述君主政体的观念不只因为它有用于世，而且也“为使我首先赢得这么大的优胜的奖赏，以为我的光荣”。

所谓荣誉，是个人对自身主体性的认识，是一种渴望别人尊重自己的愿望。这种个人荣誉感从本质上是非宗教的。因为按照基督教教义，世上唯一可以崇拜的是上帝，它反对崇拜任何其他的神，反对崇拜偶像。至于人，都是有罪的。人只应谦卑，不应该要求别人崇拜自己。对个人荣耀的追求，是一种世俗的追求。而但丁对荣誉的概念与骑士的荣誉又不同。他重视的不是忠君或贵夫人的钟爱，而是在于个人的完美与高贵，仁爱与博学，理性与节制。应该说，但丁这种对于个人荣誉的理解与追求是超越了中世纪的，带有某种新兴的个人完美的观念。

薄伽丘在《但丁传》中指出：“他十分追求荣誉和荣华，但不以侥幸，而以自己的令德来求得它们。”但丁认为荣誉的获得、个人的完美需要经过一个苦修的过程。因为人的内心存在着两种性质不同的情欲。

在游览炼狱时，但丁曾同维吉尔讨论关于爱的问题。诗中写道：

心灵生来就对爱是敏感的，

只要欢乐唤醒了它，
使它活动起来，
它对一切令人喜悦的事起反应。

（《神曲·炼狱篇》）

他还说，这种爱：

正如火由于它所具的本质
向上行动，
它的本性就是上升，
上升到它的物质历时最久的地方。

（《神曲·炼狱篇》）

他在这里讲的爱，实际是人的本能欲望。它可能同善相联系，也可能同恶相联系，因此，有真正的爱和邪恶的爱。应该使理性在“允从的门槛前有所警惕”（《神曲·炼狱篇》），即由理性来守卫、取舍，“燃烧的爱是从必然性中产生的，但取舍的权力还在于你自己。”他还说：

人类从这个原则里就取得了是功是过的依据，
看他如何贮藏真正的爱或如何簸去邪恶的爱。

（《神曲·炼狱篇》）

但丁在这里提出的人的善恶两重性及人性改造的思想，与古希腊文学及基督教文学中显示的思想既有联系又有区别。我们在古希腊的文学艺术中看到的人的原欲大都是利己的。许多神话都是表现这种“恶之美”；然而利己原欲导致的悲剧结局又力图告诫人们要节制自己的原欲。正如德谟克利特所说：“如果你打开你的内心，你将看到里面是一大堆各种各样坏的情欲。”因此，他和亚里士多德都强调用理性精神约束自己。发泄人的原始情欲的酒神精神与高扬知识和美德的理性精神相结合构成古希腊文化，但其核心是人的自我本性的实现。而基督教文化则相反，它把人们的原欲全部视为罪恶，而美德只有由上帝赐予。但丁认为，对人性中的恶必须加以剔除，但这种剔除不是靠上帝来完成，因为人的本性并非都恶，还有真正的爱，人能依靠自身的爱去克服自身的恶，从而走向至善至美。在要不要剔除恶的问题上，又与基督教文化不同。基督教把人的命运全部交给了上帝，人失落了自己。但丁却把这种命运的支配权重新交还给了人，人依靠自己对自己的忏悔与改造，可以使自己成为一个完美的人。

但丁强调，人的灵魂改造过程是一个痛苦的过程，这一点与基督教相同，即靠自我苦修。请看《炼狱》：

骄傲者身受重压，
不能抬头；
忌妒者被铁丝网锁眼，
不能睁视；
善怒者受到烟熏，
怠惰者终日奔走不停；
贪婪浪费者伏地哀泣，
口腹之徒忍饥耐渴；
好色之徒在烈火中洗涤身心。

（《神曲·炼狱篇》）

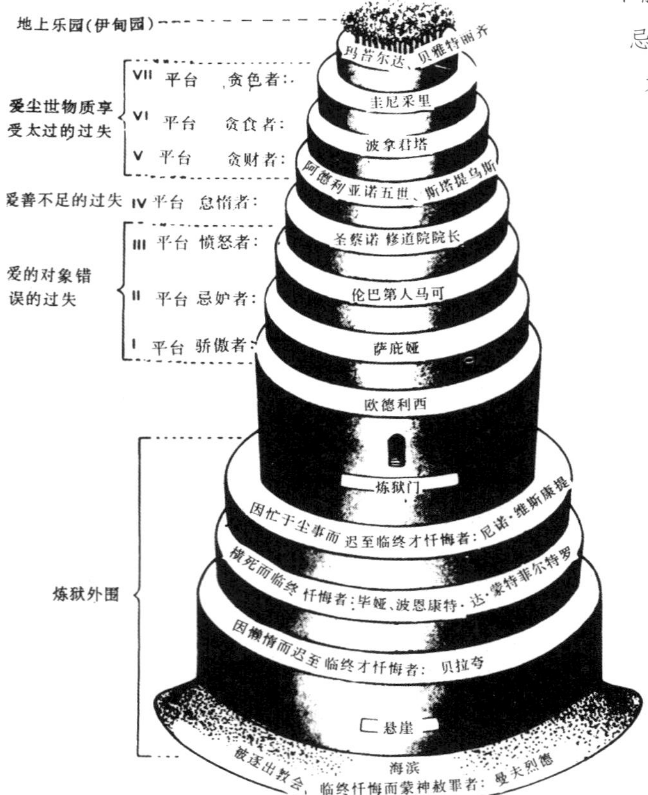

炼狱示意图

这种脱离现实的肉体苦修无疑是为我们所不取的，但它揭示出人的灵魂改造是一个内省的痛苦的过程，对后世颇有启迪。

人类的自我改造能够使自己达到何种境界呢？但丁在《神曲·天堂篇》的最后一歌中写道：

你（指圣母）使人类的天性
变得那么高贵，
甚至连那创造人类的上帝
也愿意成为他自己的创造物。

（《神曲·天堂篇》）

连造物主上帝也愿意成为人了，难道还有什么能比人更高贵吗?

但丁对人类前途是充满信心的，然而通向至善至美的道路又是痛苦的。

但丁在西方文学史上是第一个试图描绘出人类理想世界——天堂之美的人，他追求超越狭隘现实世界的广阔的美。但是当但丁历尽地狱、炼狱而到理想境界——天堂时，诗人的笔变得苍白而无力了。正像一切试图展开描绘某种人们向往已久而把它神秘化为高不可及的境界时所得到的结果一样，尽管他调动了声、光、色，结果仍只能令人失望。《神曲·天堂篇》除了一些并不出色的教义训诫、哲理议论及对历史、现实的描绘外，能给人们留下深刻印象的东西是比较少的。

《神曲》与《红楼梦》：人神互补与色空互补

为了进一步领会这部作品，我们把它同《红楼梦》做一个简单的比较。

《神曲》与《红楼梦》诞生的年代相差四百多年，但就时代背景而言，却都是处于封建社会衰落、资本主义关系开始形成的历史时期，也就是说，两位作者（但丁和曹雪芹）同处于封建社会行将被取代的转折时期。而《神曲》与《红楼梦》都以杰出地反映封建世纪衰亡的历史现实而成为矗立在欧、亚两大洲走向新世纪的文学里程碑。但由于欧洲与中国的封建社会特点不同：就上层统治阶层而言，欧洲封建社会的衰亡征兆主要表现为封建贵族政权的内争与基督教教会的腐败；而中国封建贵族的衰亡主要表现为维持社会稳定的封建伦理道德的瓦解与沦落。因此，两部作品在取材上迥然不同。但丁以史诗的手笔，从过去写到未来，从地狱写到天堂，成为中世纪的百科全书，而《红楼梦》却以封建贵族家庭的兴衰透视封建社会无可挽回的颓势。《神曲》的结构框架是浪漫的，而在浪漫的框架中嵌入生动活泼的现实斗争；《红楼梦》的框架是现实主义的，而在现实的框架中嵌进若干的浪漫之梦。两书大量采用象征手法，并都有游历幻境之描写。《神曲》以其为主线，《红楼梦》以其为点睛之笔。但丁的领路人是维吉尔和贝亚特里切，贾宝玉的领路人为警幻仙姑。前者的象征意义是人智与爱；而后者的象征意义是色即是空。

《神曲》中的人神互补与《红楼梦》中的色空互补，本质上都是解决人的原欲如何顺应社会的必然性，也就是情感自由与社会必然相统一的问题。如上所述，在《神曲》中，但丁对人的原欲采取的办法不只是基督教的禁欲主义，而且把肉欲升华为精神，把性爱升华为圣母之爱。在宗教的光环下，人的情欲得到宣泄和升华，得到一个隐蔽的栖息之所。它比基督教那种以地狱的恐怖来压制原欲的做法要高明。但诗人在弗兰采斯加的陈述面前所表现的激情又暴露了这种升华存在着某种虚伪性，因为它不是谋求到情欲与社会必然性的真正统一，而是在主观虚幻世界中的统一，因而是脆弱的。《红楼梦》中对情欲与社会必然性之间的矛盾采取的办法与基督教的压抑不同，与但丁的“升华”也不同。它借助于自然界的无意识、无目的和无限性来化掉人的有限情欲，即以空化色，使人由色入空。贾宝玉是红楼情种，然其本原不过是块自然界的无欲无求的石头，而其归宿也不过是一个土馒头。身前与死后的贾宝玉（石头、土馒头）都是无限无欲，因而也是自由的。人在宇宙中的循环不过是“因空见色，由色生情，传情入色，自色悟空”。有限的色乃是无限的空之短暂一瞬，

但丁《神曲·天堂篇》插图。但丁：“我发现我和我的夫人，两人都已登到更高的幸福境界。”

是“失去幽灵真境界，幻来亲就臭皮囊”“荣华富贵无限好，终须一个土馒头”，因此“好便是了，了便是好”，“假作真时真亦假，无为有处有还无”，世上的一切情感和欲望都是无所谓的了。简单地说，对于情，基督教教义采取一个“压”字，但丁取“升”字，而曹雪芹取“化”字。但三者又有共同之处，都是让人的情欲屈就于自然（客观），由此达到统一，而不是在改造自然的同时改造自己，因而这种统一都是消极的、虚幻的。《红楼梦》的现实主义力量恰恰在于它对现实生活的真实反映，有力地揭示了人对现实生活的热烈向往，控诉了封建关系毁灭人的美好情愫的罪恶，从而激起人对美好生活的追求，在血肉丰满的现世生活面前，以空化色的说教显出了它的苍白。

《神曲》与《红楼梦》诞生的年代相差四百多年，但就时代背景而言，都处于封建社会衰落、资本主义关系开始形成的时期，由于历史、传统文化的不同，两个史诗型作品在内容与手法上迥然不同，做一番比较是颇为有趣的。

综上所述，《神曲》中的两希文化对立与融会表现为如下方面：

1. 宗教之爱与人间智慧相结合。（通往天国之路，靠爱来推动、知识来导引）

2. 天国审判与人间审判相结合。（依靠上帝权威，进行人间审判，以人间审判填充上帝观念的空虚）

3. 禁欲意识与升华意识相结合。（一抑一扬，相辅相成）

4. 赎罪意识与追求完美人性相结合。（赎罪是为了个人的完美，个人的完美必须靠忏悔）

5. 神秘主义与写实主义相结合。（神秘主义为写实主义增加力度、厚度，写实主义为神秘主义提供血肉基础）

因此，但丁成为西方文学史上继荷马之后的第二座里程碑。他像遥远天边的一颗启明星，预示着黑夜即将逝去，黎明即将来临。

第三章　文艺复兴：醒来的狂欢与忧郁

谁能告诉我：
我是谁？

——[英] 莎士比亚《李尔王》

如果想描绘文艺复兴时期人们从基督教禁欲主义桎梏中解放出来的热情，最鲜明不过的是荷兰人爱拉斯谟写的《愚神颂》。作者以“疯狂”象征泛滥的热情、无拘束的行动、直率的言谈和无忧无虑的狂欢。他写道：

的确，如果你们把生活中的欢乐去掉，那么生活成了什么？他还配得上称为生活吗？……你们鼓掌了，朋友们！啊！我早就知道你们大家都很疯狂，也就是说都很明智，不会不赞成我的意见。……斯多噶派哲学家们自己也喜爱欢乐，他们不憎恨欢乐。他们徒然遮遮掩掩，徒然想在凡夫俗子面前诽谤肉欲享受，最恶毒地咒骂它，纯粹是装腔作势！他们设法让别人远离肉欲享受，为了自己更痛快地享受。但是神明在上，请他们告诉我，如果没有欢乐，也就是说没有疯狂来调剂，生活中哪时哪刻不是悲哀的、烦闷的、不愉快的、无聊的、不可忍受的？在这儿我只要引证索福克勒斯的话来作证就行了。他说：“最愉快的生活就是毫无节制的生活。”

（转摘自《从文艺复兴到 19 世纪资产阶级文学家艺术家有关人道主义人性论言论选辑》，商务印书馆，1973 年版）

但是，如果你把文艺复兴大约三百年的历史都看作是人性解放的狂欢节，那就完全错了。截至目前，表述这一辉煌时期的文学史（文化史）著作所留给人们的印象常是彼此不同、相互矛盾的。当我们把英国、法国或意大利人写的以及苏联或我国的一些研究文艺复兴的著作摆在一起时，就不禁感到手足无措而惶惶然。有的著作把这一时期描绘为热情而混乱，由信仰断裂而导致道德解体、人欲横流（如布克哈特：《意大利文艺复兴时期的文化》）；而另一些书中却勾勒出一幅赞美人的尊严、追求美与自由的黄金般灿烂的时代图画（如《英国百科全书》，1964 年版）；苏联的百科全书则凸显了人文主义者反对封建制度、教会统治的战斗精神及其历史局限性。如果试图涉足于当时作品的海洋，你会发现自己陷入了一个更加错综迷离的世界：对人类的热情赞美与恶毒诅咒同在，近乎疯狂的欢乐与同样近乎疯狂的悲哀并存，对人间伊甸园的精心构建与对人间地狱的冷酷描绘交织，对教会神圣的亵渎与诚挚的忏悔融会，“唯物主义的始祖”同时是狂热的基督教徒，猛烈抨击教会丑恶的战斗者临终大都接受涂油礼，“第一个近代人”把中世纪的教父引为知己，思想上的巨人是道德上的侏儒，文化上的智者是品德上的败类，有的悲观主义者被历史证明为时代的先知，而当时赫赫有名的大家却又被捉弄似的成为浅薄之徒，高尚与卑鄙、文雅与粗俗、亮节与猥亵、深沉与浅陋，赤裸裸的人的本能世界与趋于成熟的观念世界，野蛮人强烈而持久的幻想与文明人尖锐而细致的求知欲，

拉斐尔的名作《西斯廷圣母》。著名的“圣母画家”拉斐尔改变了中世纪圣母形象，在宗教画中融入了文艺复兴时期对女性之温存、善良和美丽的激赏，以及对伟大的母爱的赞颂。《西斯廷圣母》是其中最著名的一幅，整个画面优雅轻快，圣母抱着婴儿耶稣，踏祥云自天而降。

纵横交错在一起，展开了一幅七彩缤纷的社会与人的图画。这是在信仰断裂时期——旧的信仰在衰落、新的建立在自然科学充分发展基础上的理性尚未成熟——人性的全景式展开。精力横溢是这一时代的特征。莎士比亚说："我就是我。"每个人都是一个丰满的个体。从文艺复兴时期的绘画、雕塑、诗歌、戏剧、小说中，我们看到了一个个如宇宙般广阔、丰富、深邃和神秘的世界。个体意识的觉醒及其多姿多彩的艺术展开，渗透着新兴资产阶级的阶级精神，但又超越了它的局限。它是古希腊文化的再生，又闪烁着近代理性的异彩；它放肆地抨击教会文化，却又强有力地吸收基督教精神；它所展示的人的内心活动是当时处于萌芽阶段的心理科学远未触及的；它凭天才的感觉、以形象揭示的许多深刻的人生哲理，具有时代的超前性，一二百年以后哲学家们才加以思考和论述。现代人有理由嘲笑文艺复兴时期的稚拙，但却无法否认，现当代西方人所遇到的种种社会问题和心灵困惑，早在三百年前，文艺巨人们就已经敏锐地感觉到了，并且艺术地揭示出来了。现代艺术的流派，包括"反传统"的现代主义的基本观念和梦幻、奇谲的艺术技巧，在那个时期亦已初现端倪。文艺复兴是西方近现代文艺的胚胎，从这一时期开始，文学成为真正近代意义的人学。

一、背景：历史的变革与道德的转型

卢卡契在论及莎士比亚戏剧的巨大历史真实性时，讲过下面一段极重要的话：

莎士比亚从来不把这个过程（资本主义取代封建主义的历史过程—— 本书作者注）简单化为一种机械式的"旧人"与"新人"之间的对立。他看到了新生世界走向胜利的人文主义倾向，同时也认识到这个新世界都促使在人类道德的某些方面比较好的，与人民的利益关系比较密切的家长制社会的崩溃。莎士比亚既看到了人文主义的胜利，同时也看到，这个正在前进中的世界将会是个金钱统治的世界，压迫和剥削群众的世界，大力放纵个人主义，充满贪婪等的一个世界。……正由于莎士比亚对这种在巨大的历史转换时期出现的社会道德的特点具有敏锐的观察力，就使他能创造出具有极大历史真实性和忠实性的历史戏剧。

（转引自《莎士比亚评论汇编》，
中国社会科学出版社，1981 年版）

遗憾的是，我们在不少叙述文艺复兴历史的著作中，看到的却只是“新人”与“旧人”的矛盾，人文主义者高擎古希腊、罗马文化的旗帜同封建、教会统治作斗争的光辉业绩。这种简单化的历史观念使我们无法接近莎士比亚等文化巨人，无法理解他们的作品所包容的巨大历史内涵。

文艺复兴的发源地意大利是一个美丽的滨海国家。意大利民族是古罗马的后裔、大希腊的一个组成部分，历来有重视古典文化的传统，而对宗教和道德却比较轻视。炎热的气候、频繁的地震和发达的海上贸易养成了意大利人躁动不安的性格、不顾一切的冒险精神和非凡的想象力。早在 11 世纪、12 世纪时，当法兰西、英格兰、西班牙和德意志都还处于非常有组织的封建制度统治下时，意大利的封建皇帝已经不再得到人们的尊敬和承认。意大利国土分裂成为许多小的共和国或君主国，各自依靠自己的实力维持存在。掌握政权的家族相互之间由于利益的冲突、捍卫荣誉的激情、肆无忌惮的利己主义，经常发生仇杀。族间仇杀同党派之争、教派之争纠结在一起。有时由于某种偶然的误会就能导致数以百计的死亡。这种动荡不宁的局面对经济、文化是一种摧残，同时又为它们的发展提供空隙和可能。

水城威尼斯

得天独厚的地理位置使意大利成为世界上第一个资本主义民族。位于亚得里亚海北岸的威尼斯，早在 9 世纪、10 世纪就在地中海进行商业活动了，到 10 世纪末已成为一个富庶的商业共和国。15 世纪时，威尼斯拥有商船三千艘和大批军舰。它从东方购买珠宝、丝绸、胡椒、肉桂、丁香等运往西欧高价销售，又从罪恶的奴隶贸易中牟取暴利。佛罗伦萨则是意大利北部最大的手工业中心，先后发展了呢绒工业和丝织工业，到 14 世纪已拥有二百多家从事呢绒生产的工场，产量为八万匹左右。它的银钱业也很发达，一些贵族以百分之二十五的高息向外贷款，在欧洲货币市场上具有支配地位。商人贵族不仅在经济上纵横捭阖、操纵一切，而且掌握政权。早在 12 世纪，威尼斯的政权已由商人贵族所把持。到 14 世纪，佛罗伦萨的政权也由工商业行会代表所组成的长老会议所操纵，商人贵族成了“无冕之王”。

工商业的蓬勃发展和资产阶级的壮大，不仅在经济、政治方面排挤、打击封建统治和教会势力，而且改变着社会心态。“上帝的羔羊们”眼睁睁地看到那些本应下地狱的狡猾欺诈之徒——商人们一个个荣享富贵、恣意妄为，上帝却也奈何不得。人们可以凭着自己的狡猾和冒险精神，在一夜之间从乞丐变为富翁。暴发户们的乐观进取精神感染着整个社会，使发财致富的欲望变得更加炽热。不仅世俗的人们，就连教会也受到了金钱的冲击。14 世纪上半叶，克雷门斯六世提出“免罪令”理论，即用金钱可向教皇购买“免罪令”以避免来世的炼狱之苦。到 16 世纪初，教皇利奥十世以建造圣彼得大教堂为名大肆兜售赎罪券。金钱变成了上帝权力的等价物，教皇成了专利者。这件事标志着把财富视为罪恶的基督教观念开始瓦解，神、人开始易位，人从神的统治之下脱颖而出，变为自己的主人。这种社会心态的变化，随着资本主义关系在欧洲的扩展，逐步波及法国、西班牙、英国及德国，构成文艺复兴的社会基础。

被欲望激活了的人们总要创造自己的文化。在新的文化体系还没有构建起来之前，欧洲其他国家的人首先惊讶地在古希腊、罗马文化中发现了自己。本来就把古典文化视为自己母体文化的意大利人，在 13 世纪、14 世纪以前还没有对古希腊、罗马表现出普遍的热情。但从 13 世纪、14 世纪以降，工商经济和市民生活的蓬勃发展，刺激出巨大的文化热情，一些著名的大学开设了研究拉丁语的修辞学、研究古典文化的哲学及天文学。意大利文艺复兴中最著名的文学家彼特拉克和薄伽丘在当时都不是以他们的诗歌或小说闻名，而是以精通拉丁语的古典文化学者享誉全国。1453 年，东罗马帝国首都拜占庭被土耳其人攻陷，那里的大批学者携带着古希腊文明流入西欧，逃到意大利讲学。同中世纪宗教的灰暗生活相比，古希腊的文化、艺术无疑展开了一个崭新的世界，成为自由与美的象征。它使得许多青年人离开自己的爱人和欢乐的家庭，教士放弃了祈祷书，纷纷挤进语言学家和修辞学家的课堂，学习古代的语言和文化。当时流行的一个口号是："我去！我去把死人唤醒！"这种对于亡灵的热情呼唤，并不是要退回上古，而是将抛舍给上帝的主体重新索回，从封建专制与教会的桎梏下解放自己。

莎士比亚曾写道：

当我从那湮远的古代的纪年
发现那绝代风流人物的写真，
艳色使得古老的歌咏也香艳，
颂赞着多情骑士和绝命佳人，
…………
他们的赞美无非是预言
我们这时代，一切都预告着你。
（《莎士比亚全集》，朱生豪译，
人民文学出版社，1994 年版）

意大利卢卡

当头脑从蒙昧主义的枷锁下被释放出来时，漫无边际的好奇心便增长了，并且从书本上转向对现实世界的观察，从文学性转向科学性，中世纪的思想体系受到怀疑，亚里士多德的物理学、托勒密的天文学、盖伦的医学再勉强扩展也不能包括已有的种种科学发现。自然科学的蓬勃兴起给文艺复兴注入了新的生命。哥伦布发现新大陆，哥白尼发现了一个新天体，随之而来的各个科学技术领域都开始突飞猛进。这些成就不仅替新兴资产阶级带来巨大的财富，也大大扩充了人们的精神视野。他们开始认识自然界的丰富宝藏和无限潜能，也开始认识到人自身的巨大威力和无限光明的前途。因为他们亲眼看到一千年的酣梦醒来之后人们竟然创造了那么多的奇迹。这就激发了他们向四面八方去探险的雄心壮志。但丁、彼特拉克和达·芬奇所醉心的“荣誉”就表现出当时人对尊严感的追求。这种物质条件和精神气氛，造就了数以百计的文化巨人，形成一个巨人的时代。正如恩格斯所说：“当时几乎没有一个有价值的人不曾远涉重洋旅行过，不说四五种语言，不精通百艺。”人发现没有什么东西能束缚自己，人要求全面发展自己，“完全人”的理想就是这样形成的。布克哈特在《意大利文艺复兴时期的文化》一书中这样概括西方意识上的转变：

在中世纪，人类意识的两方面——内心自省和外界观察都一样——一直是在一层共同的纱幕之下，处于睡眠或者半醒状态。这层纱幕是由信仰、幻想和幼稚的偏见织成的。透过它向外看，世界和历史都罩上了一层奇怪的色彩。人类只是作为一个种族、民族、党派、家族或社团的一员，只是通过某些一般的范畴，而意识到自己。在意大利，这层纱幕最先烟消云散，对于国家和这个世界上的一切事物做客观的处理和考虑成为可能的了。同时，主观方面也相应地强调表现了它自己，人成了精神的个体，并且也这样来认识自己。

对世界做客观的考察和对人的主观强调，亦即科学与自由成为新世纪的时代精神。前者表现在哥白尼、伽利略、布鲁诺等一大批科学家的身上，他们为了坚持自然界的客观性而饱尝苦难，甚至有的在宗教裁判所和火刑架上献出了生命。而对人的主观强调则更多地表现于彼特拉克、薄伽丘、拉伯雷、塞万提斯和莎士比亚。他们在自己的作品中显示了人的尊严和权利，展开了精神个体的无限多样性。

从“人是实现某种目的的工具”转变到“人应成为独立的精神个体”，这是西方文化史上极为重要的转变，它标志着中世纪文化的终结、近现代资本主义文化的开端。

任何一种新文化的诞生，不可能不是对神圣的亵渎。从原始积累的血污中昂起头来的资产阶级天生具有魔鬼撒旦的一切品德，它最初用以摧毁中世纪教会统治的武器也不过是情欲的狂飙，在理性的审判台没有高筑之前，必然出现信仰的空白。人们一时感到精神无所遵循、无所服膺，于是思想活跃、情欲泛滥、道德沉沦，人的种种自然本能恣意妄为，痛快淋漓地宣泄出来了。可以说，在文艺复兴时期，信仰破灭，道德沉沦，乃是一种严重的时代病。

信仰的瓦解总是从它的组织核心开始。在当时，表现为教会组织本身的腐化。意大利著名政治家马基雅维利说："我们意大利人较之其他国家的人更不信奉宗教，更腐败。""因为教会和它的代表们给我们树立了最坏的榜样。" 14世纪、15世纪时，在意大利关于教廷奢侈靡费、教士贪污腐化的传闻特别多、流传特别广。其中有一半是真实的，另一半则是世俗人的欲望投射。为自己的欲望辩护的最强有力的理由，莫过于"神职人员也是如此"。如果上帝派到人间来的使者们都在放荡，世俗人等还何罪之有呢？如果我们读了薄伽丘的《十日谈》、弗朗奇、萨克蒂的小说以及马苏奇奥所写的故事，便会清楚地看到教皇们如何买卖圣职、攫取权力、钩心斗角、谋财害命；修士们怎样诈骗钱财、污人妻女、吹牛撒谎、腐化堕落。以致马苏奇奥说："唯愿大地裂开，把这些坏东西和保护他们的一切生吞下去！"在社会上，发财致富、享受现世欢乐的无节制的贪欲同意大利民族强有力的性格结合起来，导致通奸、仇杀、劫掠、豪赌蔚成风气。"一切激情都被用在已婚妇女身上"，"男子随着自己个性的全面发展，而感到自己被一个由于结婚而成熟的妇女最强烈地吸引着"。（布克哈特：《意大利文艺复兴时期的文化》）通奸成为小说家们醉心的主题，他们用巧妙有趣的情节来表示对私通者的同情和赞许。凶杀成风，赌场林立，"盗窃、破坏家宅、无耻的道德丧行，公开的行刺和谋杀，特别是凶杀犹太人，是每天发生的事情"。"……当发生一件凶杀案时，在案情没有大白之前，人们的同情本能地是在凶手那一边。"（引文同上）同属拉丁语系的法兰西在道德风尚方面与意大利几无二致。尼

英国诗人乔叟（约1343—1400）和他的《坎特伯雷故事集》。他说："真诚是人所能够保持的最高尚的东西。"

德兰由于民族传统的牢固影响，情形要好得多。至于英格兰，只要略翻一翻乔叟的《坎特伯雷故事集》，想一想“福斯塔夫”所提供的“背景”，便可知人欲的恣意放荡也是相当普遍的。

这种社会风尚和时代心理形成了文艺上的双重性。丹纳在谈到文艺复兴时期的意大利、法国等拉丁语系国家的文学时说：“感官的诱惑太强，幻想的波动太迅速；精神上先构成一个甜蜜的、销魂的、热情汹涌的梦境，至少先编好一个肉感又强又有变化的故事；一有机会，平时积聚的浪潮便一涌而出，把一切由责任和法律筑成的堤岸全部冲倒。”（丹纳：《艺术哲学》，傅雷译，人民文学出版社）然而也还有另一方面：“当我们更仔细地去研究文艺复兴时期的恋爱道德的时候，我们不能不为一个鲜明的对比而吃惊。小说家们和喜剧诗人们使我们了解到爱情只是在于肉欲享受……但是，如果我们转向那些最好的抒情诗人和对话体作家，我们在他们的作品上又看到了另一种最高贵的深挚纯洁的感情，他的最后的和最高的表现是人灵原来与神合一的这一古代信念的复活。两种感情都是真实的并且能够并存于同一个人身上。”（引文同上）

同时包容生活的两极：一极是世俗的肉欲享乐，乃至通奸、凶杀、猥亵；另一极是优雅的骑士风度、圣母的仁爱和高贵的罗马精神。这两者的结合构成文艺复兴的主要特征，形成了这一时期作品的巨大魅力。弗洛伊德在论述文艺复兴时期的一幅代表性绘画作品——《蒙娜丽莎》时说：“冲突在于节制与诱惑之间，在于最诚挚的温情与最无情的贪婪的情欲之间。”他认为这幅作品的魅力之神秘性全在于此。弗洛伊德还引用意大利作家安格罗孔蒂的话说：“这位夫人在庄严的宁静中微笑着。她的征服的本能、邪恶的本能、女性的种种遗传、诱惑和俘获其他人的意志、欺骗的魅力、隐藏着残酷目的的仁慈，所有这些依次隐现于微笑的面纱后面，埋藏在她的微笑的诗中……好的和坏的、残忍的和同情的、优美的和奸诈的，她笑着……”（《弗洛伊德论美文选》，知识出版社）蒙娜丽莎的微笑，是整个文艺复兴时代的意象。她向我们揭示了这一历史时期永恒性魅力之谜的底蕴。

历史的进步往往伴随着混乱，新旧两种势力的斗争是文艺发展的沃土。现代哲学家罗素说：“蒙台涅和莎士比亚满足于混乱，从事新发现其乐无穷，

达·芬奇的名作《蒙娜丽莎》。蒙娜丽莎的微笑——女性的永恒魅力之谜。隐藏在节制与诱惑之间的这种魅力是文艺复兴时代艺术作品最富有光彩的东西。

而体系乃是从事新发现的死敌。”他还说：“文艺复兴时期的政治条件利于个人发展，然而不稳定；也像在古希腊一样，不稳定和个性表露是密切相连的。有稳定的社会制度是必要的，但是迄今想出来的一切稳定制度都妨害了艺术上或才智上的特殊价值的发展。为获得文艺复兴时期的那种伟大成就，我们准备忍受多少凶杀和混乱？以往，情愿大量忍受；在现代，要少得多。尽管随着社会组织的扩大，这问题正不断地紧要起来，到今天还没找到一个解决办法。”（罗素：《西方哲学史》，商务印书馆，1982 年版）

二、个体觉醒的最初历程

文艺复兴作为一场思想解放运动，主题是把作为个体的人从神的束缚中解放出来。由于基督教的统治已有千年之久，这一解放的过程也必然不是轻而易举的。纵观这一时期的文艺作品，我们便会颇有兴味地发现人们审美观念中神、人易位和个体觉醒的曲折过程。

近代爱情诗始祖彼特拉克及其奇喻

人性与神灵的合一，最早表现于但丁的诗集《新生》与《神曲》。继之而起的是桂冠诗人彼特拉克（1304—1374）。但丁已明白地宣称："并非家族使个人高贵，而是个人使家族高贵。"把个人的价值看作是世界上最重要的东西。在但丁时期，人的解放还只是一线曙光。但丁仍以仰窥上帝为自己的最高幸福。而彼特拉克却坦率地说："我不想变成上帝……属于人的那种光荣对我就够了。这是我所祈求的一切。我自己是凡人，我只要求凡人的幸福。"

由此，在人文主义文学上，彼特拉克被誉为"第一个近代人"。

彼特拉克（1304—1374）：人文主义先驱之一，"第一个近代人"。

彼特拉克的生活道路较之但丁要平坦，他未像但丁那样饱经沧桑，诗作也不似《神曲》那般宏阔神奇。敏感和多愁的天性使他描写人的情感领域时细致入微、优美秀逸。

同但丁相似，彼特拉克也有自己的"贝亚特里切"，她叫劳拉。二十三岁时，他与劳拉在阿维农的一座教堂内邂逅，爱慕之情蓦然而生，赤诚之爱从此成为诗人精神世界的支柱、创作的源泉和生活的动力。他的主要作品《歌集》就是献给劳拉的。但是，彼特拉克对劳拉之爱与但丁对贝亚特里切之爱不同。但丁将贝亚特里切升华为圣母，为他们的爱情披上一层神秘、圣洁的面纱；彼特拉克虽然也把劳拉冠以“圣母劳拉”之名，但却恳求劳拉除去她的面纱，让他享受那娇美的面容：

我忍心的美人呀，
你说吧，
为什么总不肯揭开你的面纱？

然而，他又害怕看到那双美丽的眼睛：

我那爱挑衅的心上人儿，
我千百次恳求你别闪动美丽的眼睛。
我已把心奉献给你，
可你毫不动情；
……这种痛彻的爱情使得：
每天我死亡一千次，
也诞生一千次。

他在《我心中的隐秘》一书中虚拟与教父圣·奥古斯丁的对话，就禁欲主义和肉欲爱情的冲突等展开了坦诚的讨论。圣人向他指出：贝亚特里切可以引但丁进入天堂，而你对劳拉的欲念“只会把你投入更坏的罪恶”。彼特拉克承认自己没有勇气割舍对劳拉的爱。他说：“我看出来了，你要把我逼到哪儿去。你要使我和奥维德一起说，‘我同时爱她的肉体和灵魂。’”

“同时爱她的肉体和灵魂”，这是区别于基督教禁欲主义，区别于但丁式的爱情，也区别于古希腊的那种肉欲享乐的近代爱情，是一种建立在人的自然本性基础上的美的追求：

彼特拉克的《歌集》收集了他四十多年间所写的三百多首十四行诗，这些诗抒发了对少女劳拉的挚爱和对幸福生活的向往。诗中时常出现奇丽的比喻，被称之为“彼特拉克奇喻”。

黛安娜为了讨好情人，
曾让他有这样的机会，
使他看见：
她在冰冷的水中露体赤身，
可是山上粗犷的姑娘更叫我喜欢，
她在那里浣洗一条美丽的面纱，
它盖住一头金发，
不让微风吹散，
因而当此刻天际有红霞出现，
我不禁浑身为爱情而震颤。

然而，笼罩在中世纪神学灵光之下的彼特拉克不能不为自己的欢愉蒙上一层罪感的灰色。圣·奥古斯丁在《忏悔录》中陈述自己如何抛却世俗欢乐一步一步向上帝靠近的艰难历程把诗人征服了。在这位教父面前，他感到自己是渺小的、有罪的。他为自己的虚度年华嗟悔不已，但又不可抑制地追求诗人的桂冠和爱情的欢乐。在喜悦与羞愧中徘徊的诗人时常产生一种逃避人类的欲望：

我跨着缓慢而沉重的脚步，
在荒漠的田野踽踽独行，
沉思默想，
凡是人类足迹印上沙子的地方，
我总是十分注意，
尽量避而不去。
…………
如今我相信，
不论山峦或海滩、河流和树林，
都知道我的生活的气质；

人们对此却一无所知。

这是一个“近代人”由于意识超越了他的同时代人而感到了孤独。他觉得在人群中不能求得理解，而在山峦、海滩、河流和树林中找到了知音。而：

世俗浮华
宛若一瞬即逝的光束。

这种人生如梦的喟叹，返归自然的向往，与中国古代许多诗人同调。但中国诗人的归隐思想出于超越人生的道家意识，显得更加悠然、轻灵或奔放，而彼特拉克却浸染着基督教沉重的忏悔情绪。

彼特拉克的主要作品有《我心中的隐秘》《凯旋》和《歌集》。后者是一部包括三百六十六首诗的“诗体日记”，赞美诗人对劳拉的爱情、抒发对于大自然的感受和渴望祖国统一的理想。全书分为“圣母劳拉之生”和“圣母劳拉之死”两部分。第一部分宣泄了诗人失恋的苦痛，描绘了劳拉充满柔情抚慰诗人的梦境。这部诗集，是中世纪以来第一部展现世俗生活的欢乐和痛苦、把爱情描绘为有血有肉的情感的佳作。其时轰动阿维农，许多人读诗后从远地纷至沓来以一睹劳拉芳容为快。诗人在艺术上呕心沥血、精益求精，在继承普罗旺斯抒情诗和柔美新诗体的基础上，去其晦涩，贴近现实，善于以夸张的比喻表现处于单恋狂热中男子的悲哀与绝望。在这样男子的心目中，他所爱恋的女子往往既美丽迷人又骄横冷酷：

满脑子甜蜜的幻想，
使我与别人全部疏远，
因而我独自浪迹天涯，
经常神思恍惚，
忘乎所以，
寻找我避而不该见的她。
我见她如此娇美而凶狠地走过，

我的灵魂战栗，
而不敢飞向她。
她，发出阵阵的叹息，
像在保卫自己，
她是爱情之敌，
也是我的冤家。

（《满脑子甜蜜的幻想》）

…………

我观望、思索、燃烧、哭泣，
毁我的人常在我前，
给我甜蜜的伤悲。
战斗是我的本分，
我又愤怒又心碎，
只有想到她
心里才获得少许慰藉。

（《此刻万籁俱寂》）

我那爱挑衅的心上人儿，
我千百次恳求你别闪动美丽的眼睛，
我已把心奉献给你，
可你毫不动情，
傲气十足地向下俯视，
…………
这样对我俩都是一种严重的罪行，
你的罪更重，
因为这颗心爱你更深。

（《爱挑衅的心上人》）

“爱情”这个美妙的字眼儿，按常理似乎与“凶横”“骄横”“罪行”“毁坏”是无缘的，然而，品尝过单恋之痛苦的人都会认为，恰恰是这些字眼才能勾画出他们那颗被爱火煎熬的不幸灵魂。它证明人的心态之两极具有同一性，爱恋发展到极致就将化为恨，化为罪，化为毁灭。彼特拉克在描写这种复杂心态时所用的比喻常常是诡谲大胆的，被称为“彼特拉克奇喻”。如表现受相思折磨的恋人内心狂热与冰冷的矛盾：

我没有得到和平，
我的一切战争都已结束；
我既害怕又希望，
我既燃烧又在冰窟中冻僵。

（《彼特拉克十四行诗》，第 3 首）

任何新颖的比喻，第一次使用它的人是奇才，第二次使用它的则是庸人，第三次使用它的只能称为蠢材了。彼特拉克用来描写对劳拉之恋情的一些比喻在 17 世纪竟然发展成为公式：被爱的女子往往是美丽、高贵、冷酷、骄傲，有着“金”一般的发，“阳光”“星星”般的眼睛，“牛乳”一般的皮肤，“花瓣”一般的面颊，等等，令人生厌。莎士比亚在自己的十四行诗和剧作中曾力矫此弊，他反对把生活中无所关联的事物生拉硬扯地拼凑在一起：

我情妇的眼睛一点不像太阳；
珊瑚比她的嘴唇还要红得多；
雪若算白，
她的胸就暗褐无光；
发若是铁丝，
她头上铁丝婆娑。

（《十四行诗》，第 130 首。见《莎士比亚全集》，
朱生豪译，人民文学出版社，1994 年版）

薄伽丘（1313—1375）：意大利文艺复兴的先驱之一。这张图片没有显示出他那泼皮般的进攻精神。

薄伽丘的优越意识和泼皮精神

然而，彼特拉克的内心还是充满矛盾的。他在与圣·奥古斯丁的对话中，时常流露出一种负罪感。与他的挚友薄伽丘（1313—1375）相比，彼特拉克的诗风缠绵悱恻、温柔清新，而薄伽丘的诗却显得更为明快泼辣、轻捷有力。彼特拉克与薄伽丘代表两种风格：高雅与粗鄙，但彼特拉克的高雅已不同于但丁，而薄伽丘的粗鄙也不同于古罗马末期的堕落。

从教会的观点看，薄伽丘是双重邪恶的产物，因为他的父亲是个商人，而他本人又是私生子。薄伽丘也真的长成为他那个时代的逆子。在他的代表作《十日谈》中大量有关通奸、仇杀、抢劫的故事，反映了当时意大利的社会现实，而主要锋芒是向教会僧侣发动了猛烈的抨击。嬉笑怒骂，活画出一幅圣徒不圣、修士不修、神父昏庸、教会腐臭的嘴脸，甚至罗马教皇都在他的攻击之列：

> 从上到下，没有一个不是寡廉鲜耻，犯着“贪色”的罪恶，甚至违反人道，耽溺男风，连一点点顾忌、羞耻之心都不存了。因此竟至于妓女和娈童当道，有什么事向教廷请求，反而要走他们的门路……

薄伽丘在攻击教会时的玩世不恭口吻与泼皮般的流氓精神，反映了他对人自身的优越意识。这种优越意识是主体觉醒的表现，它标志着神、人已经易位，人已经摆脱教会的羁绊而取得独立意识。他的主要武器就是人欲的天然合理性。在“第四天”的开头，作者叙述了这样一个故事：一心信奉天主的腓力·巴杜奇，在丧偶之后带着不满两岁的幼儿上山修行，过着与世隔绝的生活。他的儿子除了父亲以外，没见过第二个人。到他十八岁的时候，腓力见他平时侍奉天主十分勤谨，料想带他到浮华世界走一遭，大致也不会迷失本性。于是父子俩下山来到佛罗伦萨，可巧遇上一群衣着华丽、年轻漂亮的姑娘。儿子立即就问父亲：“这些个是什么东西？”

“我的孩子，”腓力回答，“快低下头，眼睛盯着地面，别去看它们，它们全都是祸水。”“它们叫作‘绿鹅’。”

说也奇怪，这个十八岁的小伙子生平还没有看见过女人，眼前许许多多新鲜事物，像王宫、宅邸、母牛、马匹、金钱，他都不曾留意，却冷不防地对他老子说：“亲爸爸，让我带一只‘绿鹅’回去吧！”

一个连“女人”这个名词都没有接触过的青年男子，却本能地认为，他进城这一天所接触的许多新鲜事物中，最美、最迷人的就是“绿鹅”。腓力恍然大悟：原来自然的力量比他的教诫要强得多。他深悔自己不该把儿子带到佛罗伦萨来……

《十日谈》插图。绮思梦达公主手捧浸泡着情人心脏的金杯，注入毒汁，和泪饮下而死。（见“第四天”菲亚美达的故事）

接着，作者议论说：“谁要是想阻挡人类的天性，那可得好好儿拿点儿本领出来呢。如果你非要跟它作对不可，那只怕不但枉费心机，到头来还要弄得头破血流。”

在“第四天”菲亚美达的故事中，绮思梦达公主手捧浸泡着情人心脏的金杯，注入毒汁，和泪饮下而死。这不仅是对专横君主的强烈控诉，而且是

薄伽丘最著名的作品《十日谈》，欧洲文学史上第一部现实主义巨著，开创了欧洲短篇小说的独特艺术形式。语言生动、幽默、泼辣，写人状物，淋漓尽致。

一曲震撼心灵的爱情赞歌，它标志着薄伽丘创造生活之美所达到的高度。然而，仅用人欲为武器，势必有它的局限性。正像当时许多作品一样，薄伽丘常用粗俗的语言描绘两性关系。这种粗鄙本身也是对宗教的亵渎，是一种反抗形式。但是作品中流露出来的纵欲主义及用欺骗手段谋求爱情，也反映了作者未能完全摆脱当时资产阶级及小市民的流行趣味。

拉伯雷的巨人意识和庞大固埃主义

到了 16 世纪，文艺复兴的兴奋点转到法国，情况便不同了。自然科学的赫赫成果，已经强烈地影响到文艺界，从而把文艺复兴运动提升到新的高度。人们对封建专制与教会统治的批判获得了新的强有力的武器，那就是知识。一种新人的理想开始形成，所有这些都集中表现在弗朗索瓦·拉伯雷的《巨人传》中。

拉伯雷本人就是位文化巨人，他通晓哲学、神学、数学、医学、法学、音乐、地质学、天文学、植物学、建筑学和文学等诸多学科，在写作《巨人传》时使用了十三种语言。渊博的科学知识使他形成了一套与宗教盲从相悖谬的宇宙观。这种宇宙观不承认天下有绝对的权威，只承认知识的权威；不为某些固定的教义所左右，而要求理性的裁决。这是一种与中世纪教义学者的心理气质截然不同的心理气质。英国诗人蒲柏（1688—1744）为牛顿写的墓志铭：

自然和自然律隐没在黑暗中。
神说“要有牛顿”，

万物俱成光明。

（转引自罗素《西方哲学史》，商务印书馆，1982年版）

拉伯雷虽然生在牛顿之前，但在这位文艺巨人身上已经表现出这种对科学的自信。这种自信使他在教会前保持谦卑已成为不可能。知识的富有，使拉伯雷傲视现实，同流行的愚昧、腐化作不屈斗争。为了《巨人传》，他四次受到教皇迫害，坚持写完，流亡到国外，穷困潦倒，死时一点儿财富也没有。他在遗嘱中说："戏演完了，该拉幕了。"他把人生看作演戏，表现他的超俗，但他又确实是有声有色地演完了这场戏，为后人留下了宝贵的文化财富。

拉伯雷是一位知识巨人，代表着当时法国的文化高峰，但《巨人传》却是以粗俗的形式出现的。他自称这部作品"酒味大于油味"（即作品是在酒后写成而不是在油灯下正襟危坐写出的成果）。但他的"粗俗"并不使人感到文化低下，而是对某种神圣东西的亵渎。例如：小说第十三章卡冈都亚专论擦屁股的方法。这实在是一个粗俗不堪的题目，一般作家是不屑于问津也不敢于问津的。但拉伯雷洋洋洒洒写来，讲这个五岁的孩子如何用宫女的帽子、围巾、丝绒护面来擦屁股，试用丹参、茴香、牛膝草、玫瑰、白菜、萝卜、莴苣、菠菜叶来代替手纸。此外，他还用过床单、被子、窗帘、地毯、台毡做替代品。背诵长篇的有关的诗歌，用三段论法证明了擦屁股的必要性，最后得出结论说：天堂之所以美好，不在于百合花、仙丹或花蜜，而在于天使们可以用小天鹅来擦屁股。这一段今天读来，仍有某种不舒服的感觉，但在当时，上帝的神圣光环还笼罩在人世间，蒙昧主义和禁欲主义还像紧箍咒一样套在人身上，这一段文章的惊世骇俗是可想而知的。它出自一个五岁小孩儿之口，就不是单纯的恶作剧而是表现了人的好奇和探索精神，更重要的是，它表现了对于神圣事物的亵渎和反叛，它嘲弄了伦理哲学家们脱离现实玩弄三段论法的愚蠢，嘲弄了天使们的神圣，嘲弄了世俗人的物质追求。作者曾自称他的书是"西勒纳斯"，

拉伯雷（约1494—1553）：法国文艺复兴时期的巨匠，小说家，通晓十一门学科，在小说中使用了十三种语言，是名副其实的文艺巨人。他的《巨人传》气势磅礴，风趣幽默，因而拉伯雷又被称为"伟大的笑匠"。

即在表面上涂绘了许多滑稽怪象、里面装着珍宝的小盒子。他又以苏格拉底自诩。据说苏格拉底相貌猥琐，没有一个女人爱他，但却有一个广阔的前额，里面装着“超人的悟性，神奇的品德，百折不挠的勇气，无比的节操，沉静的涵养，十足的镇定，对于人们梦寐以求的、劳碌奔波的、苦苦经营的、远渡重洋追求的、甚至为之发动战争的一切，更是蔑视到令人难以相信的地步”。拉伯雷的粗俗，实际上是对现存的神圣和庸俗的世界的反抗，一种“令人难以置信的蔑视”。因此，这种粗俗实际上是超俗。

粗俗，一般来说，不能构成审美对象，除非两种情况：一是对粗俗的鞭挞和嘲讽；二是在粗俗背后包容着更高的文化内涵，用以亵渎某些貌似神圣的东西。前者易于理解，后者较难。拉伯雷就属于后者。《三国演义》中祢衡在曹操面前脱光了衣服也是一例。一个人当众赤身裸体，谓之不知羞耻。但祢衡却是用以嘲笑曹操的贪心和奸诈，因而具有更高的文化意义，即一个文人不畏权势、以自身的洁白昭示于天下的高风亮节，因而具有了审美价值。

拉伯雷把那些“油味”大于“酒味”的东西呼之为“又腥又臭的围裙”，而把自己的作品视为“奶酪型脑汁”做成的笑料。

下面我们分析一下《巨人传》在粗俗形式下反映的一些思想（脑汁）：

《巨人传》以夸张的手法赞美人的力量与信心。故事开篇就讲乌托邦国国王高朗古杰的妻子从耳朵里生出一个孩子，取名卡冈都亚，身躯巨大无比。他每天要吃一万七千九百一十三头奶牛的奶，一件紧身上装要用白缎八百一十三奥纳（每奥纳折合 1.88 米），狗皮一千五百零九张半。力大惊人，而且喜欢大吃大喝大笑大闹。他聪颖过人，四岁能诗。这种巨人形象令我们想起古希腊神话中

巨人卡冈都亚在打败进犯者后，建立德廉美修道院。院规只有一条，就是“你愿意干什么，就干什么”。

的大力神赫拉克勒斯，但有不同。赫拉克勒斯的力气和智慧都是与生俱来的，而拉伯雷却强调后天教育的影响。高朗古杰给儿子请了诡辩大师，按经院哲学的学习方法死记硬背。十几年下来，儿子变得呆头呆脑，疯疯傻傻，见人连话也说不出来。父亲赶忙改换教师，采用人文主义的方法学习：有读书，有讨论，有运动，有实验，有音乐，玩纸牌的时候结合学数学，吃饭的时候结合讲动植物。结果卡冈都亚百艺皆通，又恢复了原来的活泼性格。

薄伽丘对教会的嘲讽主要表现为揭露他们的道德败坏。这种嘲讽尚未完全脱出教会的框架，它的标准还是宗教教规，而拉伯雷却从一个新的角度，即知识的角度嘲笑神父、教士的愚蠢。以知识和神学对立，这是近代人的角度，比薄伽丘要高一招。当卡冈都亚摘下巴黎圣母院的大钟挂在马脖子下当作铃铛时，圣母院派神学大师卜拉格玛陀来向卡冈都亚讨还大钟。这位大师的一篇演说词貌似旁征博引，其实颠三倒四、荒唐无稽，活画出一副自以为高明的愚蠢之相。对于封建官吏的嘲讽，拉伯雷也是从智慧与愚蠢的角度。譬如，写到巴黎的一个案子，请了许多法官，引经据典，使用各种逻辑证法，越弄越糊涂，审了多年不能判决。而请了卡冈都亚的儿子——巨人庞大固埃，三下五除二，不到几分钟就解决了。众法官惊呆了，三个钟头说不出一句话，后来用醋才把他们熏醒过来。

《巨人传》中还描写了巨人卡冈都亚热爱和平、主持正义的高贵品质。邻国国王霹雳火为了几车糕饼的事，进攻乌托邦，高朗古杰紧急从巴黎召回儿子御敌。卡冈都亚在阵前先礼后兵，对霹雳火表示：为了和平，愿加倍赔偿他那五车糕饼。但霹雳火把卡冈都亚的真诚视为软弱可欺，继续进犯。卡冈都亚一怒之下拔起千年大树猛扫敌兵，把高塔、炮台统统打翻，连同藏在其中的敌兵被一起压死。敌兵惊愕之时，卡冈都亚的战马撒了一泡尿，形成滚滚巨流，把敌兵冲出好几里，赢得了胜利。

胜利之后，庆功封赏，卡冈都亚建议开设德廉美修道院。这个修道院与中世纪的其他修道院完全不同：没有围墙，自由出入；男女都要劳动，有男必须有女；每个人都可以结婚，发财致富；只有一条院规："你愿意干什么就干什么"，只有一条禁令："不许伪善者、讼棍、守财奴进入"。这个德廉美修道院实质上是资产阶级的理想国，它反映了资产阶级要求摆脱一切封建束缚获得发财致富的自由、结婚恋爱的自由，具有极大的鲜明性和战斗性。

《巨人传》的第二、三、四部，是写卡冈都亚的儿子庞大固埃寻找神壶的经历。在这个过程中，拉伯雷用离奇的手法广泛地描写了当时法国的现实，尖锐讽刺了封建官吏和教会僧侣的腐化与昏庸。譬如，作品描写到骗人岛上穿皮袍的猫王（暗指当时法国的法官）长了三个头：怒吼的狮头（对百姓），奉承的狗头（对上司），打哈欠的狼头（无用而狠心），满手是血，爪子那么厉害，任何东西都逃不出它的魔掌。这就生动地反映了当时法官对人民的血腥统治，对他们的昏庸也是极尽嘲讽。

庞大固埃等人经历各种曲折终于找到神壶，并且得到启示："请你们畅饮。"法朗士归结为："畅饮知识，畅饮真理，畅饮爱情。"这正是文艺复兴时期的中心，叫作"庞大固埃主义"。

综合以上我们可以看到，拉伯雷嬉笑怒骂之中，给我们描绘了一个新人和世界的理想。这种新人的构架就是知识、真理、爱情，即真、善、美。而世界的理想是正义和自由。"你愿意干什么就干什么"，后来写在法国资产阶级大革命的旗帜上，成为人类为之奋斗的进步理想。但历史也显示了它的幼稚性。拉伯雷怎么也没有想到"你愿意干什么就干什么"会演化成"人与人的战争"。这部作品在艺术上使用惊人的夸张手法，但并没有损害历史的真实性，反而使它更加突出，至今放射着新鲜的光彩。作品的缺点，如人物性格单调、结构松散、语言芜杂及语种与典故过多导致的阅读困难等等，在一般外国文学教科书上都有批评，这里就不再论及了。

蒙田：人类是低能的

当《巨人传》奏出的关于人类智慧与力量的凯歌还在法国上空回旋的时候，著名的散文家蒙田（1533—1592）却唱出了一曲怀疑主义的低调：

我相信人类一定承认：如果他们说的是良心话，他们长期以来所进行的探索的全部结果，无非是学会了认识自己的低能。

这位先哲教人不要说“我懂得”，而应该扪心自问“我懂得什么呢？”蒙田认为，这种自省精神才是人类走向成熟的结果：

人类经过了一切的尝试和探索，在这纷纭复杂的知识和各种各类的事物中，除了空虚之外，找不到任何坚实可靠的东西，因此就抛弃了自命不凡的心理，承认了自己本来的地位。

（《散文集》，第 2 部，第十二章）

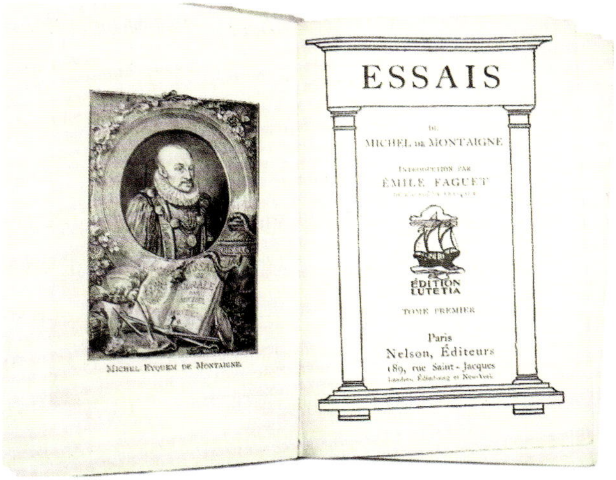

蒙田（1533—1592）：法国文艺复兴时期的知识权威和批评家，人类情感的冷峻观察者。在他的《随笔》中写道：“人类是低能的。”

面对神对人的压抑与统治，思想巨人高唱人的颂歌，呼唤个体觉醒，弘扬个体价值。当他们把视线从神的身上转向人自身时，又发现个人对于宇宙的渺小，无信仰的丑恶，人与人的陌生、隔阂与孤独，对人自身的怀疑和否定随之产生，这是文艺复兴时代末期的新发现。社会上那些令人不可置信的暴行使蒙田想起了古罗马哲学家塞内加的话：

不因愤怒，也并非出于恐惧，人杀人只是为了欣赏死亡。

蒙田断言说：

看来是大自然将违反人道的本性赋予了人。见到动物在一起玩耍，彼此亲热，没有谁感到高兴，可是看着野兽彼此厮打、互相残杀，大家总有快乐之感哩。

（《蒙田随笔》，梁宗岱、黄建华译，湖南人民出版社，1987 年版）

看来，20 世纪西方现代派对于人性的看法并不是没有历史渊源的。早在文艺复兴高唱人的赞美歌时，它已在当时最有远见卓识的思想家头脑里微露端倪了。只是他们都没有看到这种互相残杀并非纯然是大自然的赋予，而是私有财产制度结下的苦果。

蒙田并不是一个悲观主义者，面对世界的丑恶，他不像莎士比亚那样做狮子吼。他劝告人们换一种活法，叫作“要生活得惬意些”。有些人总认为：人生在世应该建立殊勋，如果一事无成，就是虚度春秋了。蒙田反对这种观念。他说：“怎么！你不是生活过来了吗？这不仅是最基本的活动，而且也是我们的诸活动中最有光彩的。”“我们最豪迈、最光荣的事业乃是生活得惬意，一切其他事情：执政、致富、建造产业，充其量也只不过是这事业的点缀和从属品。”他还说：“堂堂正正地享受人生，这是至高的甚而是至圣的完美品德。”

把享受自身当作至高至上的完美品德，这种关于人生的价值观念是同中世纪那种只有上帝才能构成享用对象，而人只能把自己奉献给自己的身外之物（如上帝、理想、事业、荣誉、财富）的价值观念是完全对立的。蒙田的人生价值观念后来被卢梭及其他浪漫诗人大大地发展了。

塞万提斯：信仰主义的衰落

塞万提斯（1547—1616）：西班牙作家。他说自己“与其说多才，不如说多灾”。在他生前，虽然《堂吉诃德》大受欢迎，但作家本人却备遭冷落，坎坷多灾，无人会给他画像。下图究竟在多大程度上符合塞万提斯的真容，亦无可考。

到了16世纪末、17世纪初，文艺复兴的高潮冲击着西班牙和英国。它在西班牙培育了一位伟大的天才，这就是米格尔·德·塞万提斯·萨韦德拉（1547—1616）。他的代表作品就是闻名世界的《堂吉诃德》。

塞万提斯的一生是伟大而倒霉的。他生于1547年。父亲是个穷愁潦倒的外科医生。他自幼好学，梦想成为一名为国立功的骑士。1570年从军，次年参加抗击土耳其的勒班多海战，英勇冲上敌舰，身负重伤，左手残废。1572年又参加纳瓦里诺海战和占领突尼斯战役。1575年携带总督和元帅保荐信回国途中遭到土耳其海盗袭击，被俘后被卖到阿尔及尔当奴隶。期间三次谋逃未成，直到1580年由神父搭救回国。但西班牙已经忘却这位荣誉战士，塞万提斯遭到冷遇。1587 年他上书请求差务，被委派担任无敌舰队的军需。在负责采购粮油工作中，受乡绅诬陷。1593 年被控非法征收谷物入狱。获释后，改任税吏。1597 年，因储存税款的银行倒闭，无力赔偿欠款，又被革职入狱。1602 年开始写作《堂吉诃德》。他住的是下等公寓，楼下是酒馆，楼上是妓院。在这等恶劣环境中完成了不朽名著的第一卷。1605 年《堂吉诃德》出版，大为轰动，一年之内再版六次。上至宫廷，下至市井，街谈巷议，到处传诵。但本书的赢利全部落入出版商的口袋，塞万提斯依然贫穷如故，而且屡遭不幸。一天早晨，塞万提斯开门发现门前躺着一个受伤的人，出于善心，把他拉进房间，没想到——死了，因此塞万提斯涉嫌凶杀下狱。他之后又为女儿陪嫁事被传讯，出庭受审。1613 年，有人冒名伪造《堂吉诃德》第二卷，他怒不可遏，发愤写出了第二卷，于 1615 年出版。1616 年因贫病交加，患水肿病而死。他死时连墓碑都没有立一个。西班牙就这样埋葬了他们最伟大的文学家。直到现在，在西班牙文学史上也还没有一个西班牙人的名字能同塞万提斯并列。

骑士堂吉诃德与他的侍从桑丘·潘沙。

堂吉诃德无比英勇地与风车激战。

《堂吉诃德》原名《奇情异想的绅士堂吉诃德·拉·曼却》，也有的版本叫《拉·曼却的瘦脸爵爷》。作者在序言中申明说，“这部书只不过是对于骑士文学的一种讽刺”，目的在于“把骑士文学的地盘完全摧毁”。但实际上，这部作品的社会意义超过了作者的主观意图。在这将近一百万言的作品中，出现了西班牙在16世纪和17世纪初的整个社会，公爵、公爵夫人、封建地主、僧侣、牧师、兵士、手艺工人、牧羊人、农民，不同阶级的男男女女约七百个人物，它尖锐地、全面地批判了这一时期封建西班牙的政治、法律、道德、宗教、文学、艺术以及私有财产制度，这使它成为一部“行将灭亡的骑士阶级的史诗”，一部伟大的现实主义文学名著。

作品主人公堂吉诃德是一个不朽的典型人物。书中写道，这个瘦削的、面带愁容的小贵族，由于爱读骑士文学，入了迷，竟然骑上一匹瘦弱的老马洛稷南提，找到了一柄生了锈的长矛，戴着破了洞的头盔，要去当游侠，锄强扶弱，为人民打抱不平。他雇了附近的农民桑丘·潘沙做侍从，骑了驴儿跟在后面。堂吉诃德又把邻村的一个挤奶姑娘想象为他的女恩主，给她取了名字叫托波索之达辛尼娅。于是他以一个未受正式封号的骑士身份出去找寻冒险事业。他完全失掉对现实的感觉而沉入了漫无边际的幻想中，唯心地对待一切，处理一切，因此一路闯了许多祸，吃了许多亏，闹了许多笑话，然而一直执迷不悟。他把乡村客店当作城堡，把老板当作寨主，硬要老板封他为骑士。店老板乐得捉弄他一番，拿记马料账的本子当《圣经》，用堂吉诃德的刀背在他肩膀上着实打了两下，然后叫一个补鞋匠的女儿替他挂刀。受了封的骑士堂吉诃德走出客店把旋转的风车当作巨人，冲上去和它大战一场，弄得遍体鳞伤。他把羊群当作军队，冲上去厮杀，被牧童用石子打肿了脸，打落了牙齿。桑丘·潘沙一再纠正他，他总不信。他又把一个理发匠当作武士，给予迎头痛击，把胜利取得的铜盆当作有名的曼布里诺头盔。他把一群罪犯当作受迫害的绅士，杀散了押役救了他们，要他们到村子里找女恩主去道谢，结果反被他们打成重伤。他的朋友想了许多办法才把他弄回家去。在第二卷中，他继续去冒险，又吃了许多苦头，弄得一身病。他的一位朋友参孙·卡拉斯科假装成武士把他打翻了，罚他停止游侠活动一年。堂吉诃德到死前才悔悟。

 堂吉诃德夜里思念情人达辛尼娅。

这个人物的性格具有两重性：一方面他是神志不清的，疯狂而可笑的；但又正是他代表着高度的道德原则、无畏的精神、英雄的行为、对正义的坚信以及对爱情的忠贞等。他越疯疯癫癫，造成的灾难就越大，几乎谁碰上他都会遭到一场灾难，但他的优秀品德也越鲜明。桑丘·潘沙本来为当“总督”而追随堂吉诃德，后看无望，仍不舍离去也正为此。堂吉诃德是可笑的，但又始终是一个理想主义的化身。他对于被压迫者和弱小者寄予无限的同情。从许多章节中，我们都可以找到他以热情的语言歌颂自由，反对人压迫人、人奴役人。也正是通过这一典型，塞万提斯怀着悲哀的心情宣告了信仰主义的终结。这一点恰恰反映了文艺复兴时期旧的信仰解体、新的信仰（资产阶级的）尚未提出的信仰断裂时期的社会心态。

堂吉诃德的侍从桑丘·潘沙也是一个典型形象。他是作为反衬堂吉诃德先生的形象而创造出来的。他的形象从反面烘托了信仰主义的衰落这一主题。堂吉诃德充满幻想，桑丘·潘沙则事事从实际出发；堂吉诃德是禁欲主义的苦行僧，而桑丘·潘沙则是伊壁鸠鲁式的享乐派；堂吉诃德有丰富的学识，而桑丘·潘沙是文盲；堂吉诃德瘦而高，桑丘·潘沙胖而矮。他，桑丘·潘沙是一个农民，有小私有者的缺点，然而到真正把他放在治理海岛（实际上是一个村）的位置上时，他又能够秉公办事，不徇私情，不贪污受贿。后来由于受不了贵族们的捉弄离了职。他说：“我赤条条来，又赤条条去，既没有吃亏，也没有占便宜，这是我同其他总督不同的地方。”朱光潜先生在评价堂吉诃德与桑丘·潘沙这两个人物时说：“一个是满脑子虚幻理想、持长矛来和风车搏斗，以显出骑士威风的堂吉诃德本人；另一个是要从美酒佳肴和高官厚禄中享受人生滋味的桑丘·潘沙。他们一个是可笑的理想主义者，一个是可笑的实用主义者。但是堂吉诃德属于过去，桑丘·潘沙却属于未来。随着资产阶级势力的日渐上升，理想的人就不是堂吉诃德，而是桑丘·潘沙了。”

在创作方法上，塞万提斯善于运用典型化的语言、行动刻画主角的性格，反复运用夸张的手法强调人物的个性，大胆地把一些对立的艺术表现形式交替使用，既有发人深思的悲剧因素，也有滑稽夸张的喜剧成分。尽管小说的结构不够严密，有些细节前后矛盾，但不论在反映现实的深度和广度上，还

桑丘总督倦于政务，对驴抒怀。

是塑造人物的典型性上，都比欧洲在此以前的小说前进了一大步，标志着欧洲长篇小说创作跨入了一个新的阶段。欧洲许多著名作家都对塞万提斯有很高的评价，如：

歌德：“我感到塞万提斯的小说，真是一个令人愉快又使人深受教益的宝库。”

拜伦：“《堂吉诃德》是一个令人伤感的故事。它越是令人发笑，则越使人感到难过。这位英雄是主持正义的，制伏坏人是他的唯一宗旨。正是那些美德使他发了疯。”

海涅：“塞万提斯、莎士比亚、歌德成了三大统治，在叙事、戏剧、抒情这三类创作里分别达到登峰造极的地步。”

雨果：“塞万提斯的创作是如此巧妙，可谓天衣无缝；主角与桑丘，骑着各自的牲口，浑然一体，可笑又可悲，感人至极……”

别林斯基：“在欧洲所有一切著名文学作品中，把严肃和滑稽，悲剧性和喜剧性，生活中的琐屑和庸俗与伟大和美丽如此水乳交融……这样的范例仅见于塞万提斯的《堂吉诃德》。”

（《中国大百科全书·外国文学》，
中国大百科全书出版社，1982 年版）

三、 莎士比亚：人的内心是一个宇宙

在西方文学史上，只有很个别的作家有资格被这样评价：如果没有他，整个文学将变成另外一个样子。在莎士比亚之前，有两个作家有这样的资格，那就是荷马与但丁。莎士比亚（1564—1616）的地位显得比他们更重要一些：这不仅因为他独自占领了文艺复兴运动的最高峰，而且因为这一运动本身开辟了西方文学的新世纪。文艺复兴以降的各个重要的文学流派都渴望把自己同莎士比亚联系起来，这是一种令人惊讶不止的文学现象：莎士比亚像一口涌流不尽的井，近三百年有影响的文学流派仿佛都是从这口井里流出来的，只是在其初始为涓涓细流，后来才发展为滔滔巨浪。

莎士比亚和大作家们的人生三乐章

莎士比亚的诗歌和剧作不仅标志出欧洲文艺复兴的顶峰，而且深刻地影响了近四百年来的西方戏剧史和文学史。就其历史作用而言，很少有作家能够同他相比。

莎士比亚生前没有想到他身后会享有如此之盛名，否则，他大概会留一本自传。关于这位旷世奇才的生平，确切材料很少。他虽然有一个矜然自夸的名字（Shakespeare是“震撼长矛”之意），但除了创作以外几乎没有其他第一手资料可考。有不少人喜欢把他描绘成一个浪荡的少年、偷情的能手，而另外一些人则认为莎翁青年时代贫穷、温和、生活严肃甚至拘谨。较为确切的是，我们知道他出生在伦敦附近的斯特拉特福镇，父亲是商人，经营羊毛、谷物，还制造皮革，家境优裕。莎士比亚小时候进过学校，受过较好的教育。但在十四岁的时候，父亲破产，家道中落，莎士比亚不得不中途辍学帮助父亲料理商务。年轻的莎士比亚虽然生活困窘，但依然保持着乐观、不羁的性格。他不乐于做一个奉行中世纪礼法的典范，而希望在喝酒的数量上享有盛誉，喜欢跳舞、赌博、打闹。他十八岁结婚，第二年就有了孩子，接着妻子又连生两个，家境愈益艰难。1584年他离开家乡去伦敦谋生，有人说是因为他偷了路西爵士的鹿而被逐出小镇的。这一偶然性的

《恋爱中的莎士比亚》，20 世纪 90 年代上座率很高的一部故事片。

莎士比亚的出生地，位于伦敦附近的斯特拉特福小镇。莎士比亚生于此，长于此，大约在二十岁的时候出外谋生，到了晚年又重归故里，在这里悄然辞世。

事件改变了莎士比亚的命运。到伦敦后他干过多种卑贱的职业，包括在剧院门口为看戏的绅士看守马匹和担任三流喜剧演员。当时的三流丑角是极悲惨的职业，观众以把石子丢在他们身上来取乐，长官盛怒时可以随便割下他们的耳朵。莎士比亚曾满怀辛酸地写道：

唉，这竟是真的，
我曾经走遍各地，
让自己在世人面前穿上彩衣，
割裂自己的思想，
廉价出卖最贵重的东西。

（《莎士比亚研究》，张可译，上海译文出版社，1982 年版）

这里讲的“最贵重的东西”就是指人格。

在《哈姆雷特》中我们也看到了类似的感叹：

谁愿意忍受人世的鞭挞和讥嘲、
压迫者的凌辱、
傲慢者的冷眼、
被轻蔑的爱情的惨痛、
法律的迁延、
官吏的横暴和费尽辛勤所换来的小人的鄙视，

要是他只要用一柄小小的刀子，
就可以清算他自己的一生？

（《莎士比亚全集》，朱生豪译，人民文学出版社，1994 年版）

他大约在二十四岁的时候开始写作，并在剧坛上崭露头角。1592 年“大学才子”之一的格林就撰文攻击莎士比亚，说他是“用我们的羽毛来装饰自己的骄傲的乌鸦……自诩为唯一轰动全国剧坛的替人打杂的差役”。可见当时的莎士比亚已经相当有名。后来他成了宫廷剧团的负责人。到 1613 年他归隐故乡，置了房地产，过了三年安静的晚年生活，1616 年死于斯特拉特福。

正像许多著名作家一样，莎士比亚在初期的作品是浪漫的、激情的、乐观的；而在中期常表现为现实的、深沉的、忧愤的；到了晚年，又会带上对来世彼岸的神秘性思考，作品表现为悠远的、宗教的、虚无的。这是他们的人生三部曲，恰好构成交响乐的三个乐章，只要稍微研究一下但丁、歌德、列夫・托尔斯泰就不难发现这个规律。有些人的生命交响乐不完全是因为某些特殊的外界因素的干扰或因为去世过早。还需要补充的是：凡是伟大的作家，他在青年时代的乐观、奔放的作品底层总是有对世界本体的忧郁。这种潜流为人生的喜悦增加了沉郁、丰厚的底蕴，而在中期的忧愤之中掺进某些超然的、嘲讽的因素。他们那些最优秀的作品从来都是复调的。

莎士比亚的创作时期有两种分法。德国学者盖尔维努斯把莎剧分为三个时期（1590—1600，1601—1607，1608—1613）。1870 年英国学者道邓和弗尼弗尔根据诗歌技巧和作品情调把莎剧分为四个时期，即把第一时期又分为 1590—1596 年早期抒情诗时期；1596—1600 年历史剧和喜剧时期。他共为后人留下三十七部戏剧、两首长诗和一百多首十四行诗。这些作品包容的社会、历史、生活如此之广泛，人物形象之丰富多姿与作品风格之迥然相异，使人们几乎无法相信它们出自一个作家之手，更不相信出自一个没有受过中等以上教育的戏子之手，由此导致了关于莎士比亚著作权之争论。然而莎士比亚时代终究不同于上古时代，在他还活着的时候就有许多同代人从正、反两方面证明莎翁的存在，除少数作品的著作权有疑点外，绝大多数都是出自这位奇才之手。面对这一事实，人们只能惊讶这个留着两撇儿高高翘起的小胡子的戏

提香作品《维纳斯与阿都尼》

剧家本就是一个广阔的、深邃的、神秘的“宇宙”。他不仅是伊丽莎白时代英国社会的百科全书，而且集中代表了整个欧洲文艺复兴的成就。他是站立在文艺复兴顶峰上高吻苍穹的雄鹰。在他站立的地方，没有另外一个巨人能够和他比肩。时至今日，每两年在莎翁家乡所举行的学术讨论会上依然不断有新的研究成果被提出。

近代伊甸园和爱情的高峰体验

莎士比亚第一时期的诗和喜剧洋溢着春天和生命的气息，涌动着友谊与爱情的暖流，渗透着开朗的反封建、反禁欲的色彩。他塑造了一系列具有温柔、美丽、善良、机智、热情、高雅等不同性格侧面的妇女形象，依照审美规律探讨了爱情感受的多样性。如一见钟情时神秘的触电感，男女之间的神秘感，接触中的喜悦、羞怯、误会、摩擦和性格撞击，思念的甜蜜和痛苦，爱情高峰时火焰般的狂烈，月亮式的爱与太阳式的爱，失恋的感伤和绝望，自我牺牲的骑士风度，等等。马克思说，根据人们对待爱情的态度“可以判断人的整个文明程度”。莎翁的作品（包括中、后期的爱情作品）使人确认，性爱已经升华进入审美领域，人的情感已经变为美的情感。在读者与观众面前展现了一个充满近代意识的爱的伊甸园。

长诗《维纳斯与阿都尼》写的是爱神维纳斯追求美貌猎手阿都尼的故事。诗中抒写爱神追求的烈欲“像一只空腹的鹰用尖利的长嘴去攫取”，显示了女性之爱的不可抗拒性。这首长诗文字华丽多彩，

出版后风行一时。据说“在伦敦没有一个美貌纤弱的女子不在自己桌上放一本《维纳斯与阿都尼》”。（《莎士比亚研究》）

他的第二首长诗《露克丽丝遭强暴记》的格调完全不同。它取材于奥维德的《岁时记》，写罗马王执政时期最后一个国王塔昆的儿子塞克斯特斯从战场奔回，奸污了同族柯拉廷纳斯的妻子露克丽丝。露克丽丝召回出征的丈夫，嘱咐他要报仇雪耻之后举刀自杀。最后王朝被推翻，建立贵族共和国。这首诗写了妇女的忠贞、热情而有节制。两首长诗已经表明莎士比亚有广阔的灵魂，可以同时去拥抱事物的两极。

他的十四行诗，有一半是写给一个青年贵族的，另一半是写给一个深肤色女子的。这些诗歌颂友谊和爱情，诗人把它们看作是人与人之间和谐关系的表征，特别强调心灵的结合、忠诚和谅解这些人文主义理想；热情而有节制，富于哲理性和音乐性，每首诗的最后两行往往出现警句。

露克丽丝遭强暴记

The Rape of Lucrece

第一时期的十部喜剧，其主题可以用古罗马诗人维吉尔的一句诗来概括：“爱可以征服一切。”故事的发展和结局可以用莎翁一部作品的剧名概括，叫作“第十二夜”。最早写成的《错误的喜剧》《驯悍记》《维洛那二绅士》带有某些模仿痕迹，《仲夏夜之梦》则标志着莎士比亚喜剧艺术的成熟。戏剧的冲突是一个常见的矛盾：伊吉斯老人专横地要拆散女儿赫米娅与青年拉山德的爱情，强令她嫁给狄米特律斯，并威胁说，如不服从就诉之雅典的法律将女儿处死。为此，赫米娅与拉山德相约于仲夏之夜逃婚。这一冲突的发展一般都容易把它当作悲剧处理，可男女主人公分别经过折磨，最后终得团圆。莎翁不然，情人们双双逃进仲夏夜的大森林之后，封建思想（以伊吉斯老人为代表）与争取爱情自由的冲突消

左图：莎士比亚早期剧作《维洛那二绅士》。
右图：《仲夏夜之梦》是莎士比亚剧作走向成熟的标记。这出"绿色喜剧"直到今天在全世界还是最受欢迎的剧目之一。

失了，代之以赫米娅、拉山德与狄米特律斯及海伦娜两对男女之间错综复杂的冲突。这种冲突包括喜新厌旧（狄米特律斯）、单恋（海伦娜）、友谊（赫米娅与海伦娜）和爱情，还有其他说不清的情感原因。总之，这是爱情生活中那种永远存在的不和谐，某种永恒的苦恼。作者在解决这些一团乱麻的纠葛时，采取了举重若轻的办法——"爱汁"。这种中世纪惯用的魔术方法，在此不是为了证明上帝之爱，而是为了理顺人间之爱，因此，奇迹被赋予了人性。尽管连十岁的小孩子都知道人世间不存在神奇的"爱汁"，但由于它符合人们对幸福的追求，由于全剧中神话幻景与人间情景的水乳交融，由于以绿色大森林为背景构成的神仙节日的绚丽色彩，使"爱汁"这一象征性符号充满了魅力，浓郁的诗情画意融化了石头般的心灵，爱情终于征服了一切，包括来追赶女儿的顽固老人伊吉斯。这部喜剧作品一出现就震撼了舞台，至今盛演不衰。在《第十二夜》中，这种充满神奇力量的"爱汁"被一位人间的女子所取代了，她叫薇奥拉。由于她女扮男装同时赢得了两个人的爱，不仅消除了奥西诺单相思的痛苦，也使沉湎于悲苦中的奥丽维

《仲夏夜之梦》的全剧以绿色大森林为背景，神话幻景与人间情景水乳交融，充满诗情画意。

娅重新获得了爱情。

在莎翁看来，爱可以给人以智慧（《威尼斯商人》中的鲍西娅）、给人以勇敢（罗密欧与朱丽叶）、给人以无私（《第十二夜》中的薇奥拉），爱可以使女人变得更加温柔和美丽。总之，爱可以征服一切，给予一切。莎翁的喜剧中也抨击封建或宗教顽固势力，但并不尖刻。在《皆大欢喜》中，是封建权势把罗瑟琳与奥兰多分开，《一报还一报》（中期作品）是摄政的安哲鲁把依莎贝拉置于困难境地，对于这种顽固、邪恶势力（强奸犯塔昆的儿子除外）大都采取宽容态度。即使那个奸诈狠毒的夏洛克，莎士比亚也对他抱有一半同情（夏是犹太人，受歧视），鲍西娅在判决时留了一半财产给他，让他可以继续活下去。鲍西娅说："仁慈是人间的上帝。"（《威尼斯商人》，《莎士比亚全集》，朱生豪译，人民文学出版社，1994 年版）

莎士比亚早期的诗和喜剧中的爱情是超世俗的。他认为权势和金钱都不应该主宰爱情：

在《第十二夜》中，美丽女子薇奥拉女扮男装，同时赢得了两个人的爱——既消除了奥西诺单相思的痛苦，也使沉湎于悲苦中的奥丽维娅重新获得爱情。

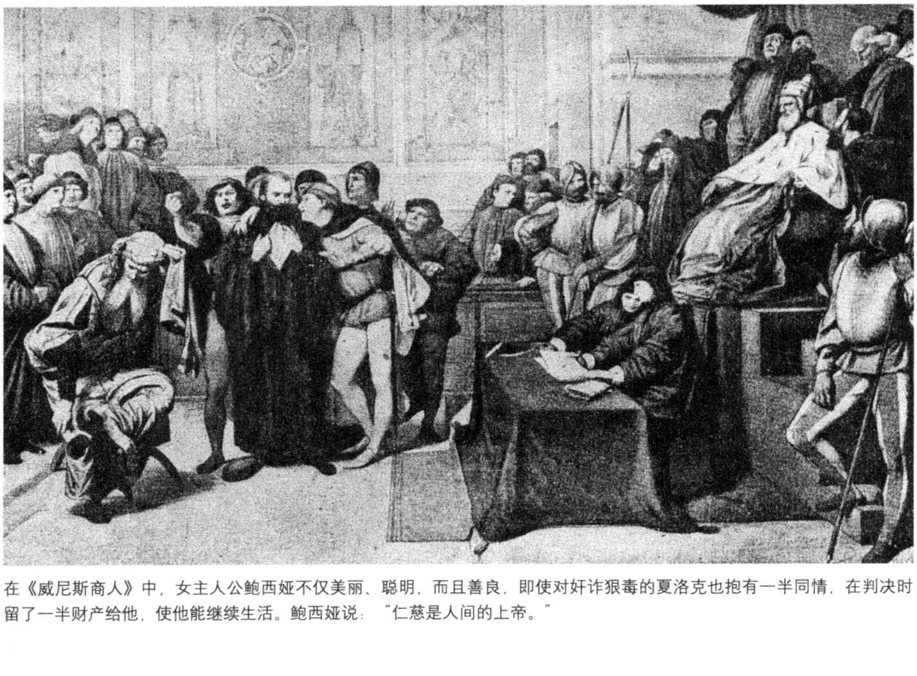

在《威尼斯商人》中，女主人公鲍西娅不仅美丽、聪明，而且善良，即使对奸诈狠毒的夏洛克也抱有一半同情，在判决时留了一半财产给他，使他能继续生活。鲍西娅说：“仁慈是人间的上帝。”

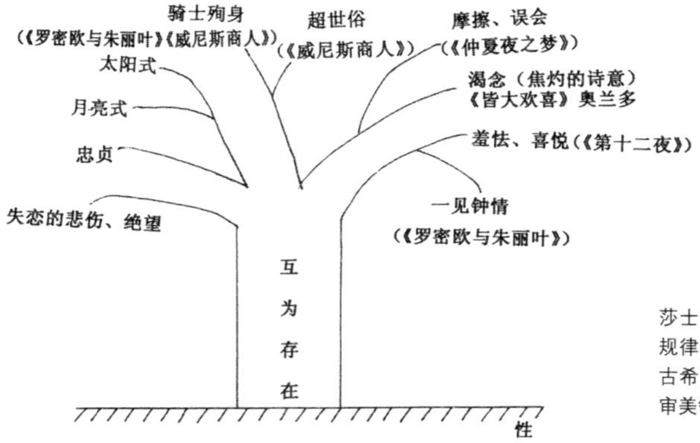

莎士比亚在自己的诗歌和剧作中依照审美规律探讨了爱情感受的多样性，使人确认古希腊作品中描写的性爱，已经升华进入审美领域，人的爱情已经变为美的情感。

假如我的爱只是权势的嫡种，
它就会是命运的无父的私生子。
（《莎士比亚全集》，朱生豪译，人民文学出版社，1994 年版）

在《威尼斯商人》中，鲍西娅在选择丈夫时有意不把自己的玉器置于金匣或银匣中，也是因为金银会玷污爱情的纯洁。结果，选择金匣或银匣的贵族都失败了，只有弃金银而选铅匣的巴萨尼奥赢得了爱情。

西方现代心理学家马斯洛等都认为，人生的幸福在于获得情感的高峰体验。这种高峰体验可能发生于父母子女的天伦情感之中，也可能在事业获得成功或为正义而献身的时刻，又或许在饱览自然、浪迹山水的那种天人合一的刹那。宗教学者布伯认为，这种体验只存在于人和上帝之间。总之，这是一种个体与他（她）周围的人、社会、自然融合为一的自由感。情感的高峰体验可能是炽热的，也可能是虚静的（如苏轼的《水调歌头·明月几时有》），也可能是一种广阔而虚幻的哀愁，如一个人仰望星空，感受宇宙的虚无缥缈……然而，更多的高峰体验是在两情缱绻的爱情之中。莎士比亚在西方文学史上第一次杰出地、细腻地描绘了这种爱情的高峰体验，这就是被誉为爱情之最美好象征的《罗密欧与朱丽叶》。

“爱情是盲目的。”有谁能够把那种如闪电撞击心灵般的一见钟情分析清楚呢？在你的幻觉中也许早已有了他（她），他（她）已经成为你对人生的美好憧憬中的月亮，然而你在现实生活中却不知道他（或她）在何方。于是你寻找，在大街上川流不息的人群中寻找，在校园里来来往往的男女中寻找，在五彩缤纷的舞会上寻找……仿佛完全在无意之中，在没有任何思想准备的情况下，那美妙的一瞬间突然降临了，他（她）在你的面前出现了。你的内心狂喜地反复地呼唤着一句话，“就是他（她）！”在这一瞬间，你感觉的不是具体的美，你甚至说不清他（她）的眼睛、鼻子、嘴唇及脸庞的样子，而只记得一些光线和色彩组成的幻影。罗密欧说：

啊！火炬远不及她的明亮；
她皎然悬在暮天的颊上，
像黑奴耳边璀璨的珠环；
她是天上明珠降落人间！
瞧她随着女伴进退周旋，
像鸦群中一头白鸽蹁跹。

（《莎士比亚全集》，朱生豪译，人民文学出版社，1994 年版）

这使我们想起俄国诗人普希金初遇凯恩时的爱情绝唱：

我记得那美妙的一瞬：
在我的面前出现了你，
有如昙花一现的幻影，
有如纯洁之美的精灵。
…………

（许自强：《欧洲名诗人抒情诗选析》，戈宝权译，
北京出版社，1985 年版）

一见钟情是爱情生活中的神秘体验，但并不是高峰体验，甚至可能不是通向高峰的入口，随着一见钟情而来的有时会是某种失望。然而在另外一些情况下，它却可以使两颗心迅速敞开门扉，以常人难以想象的速度接近、融合，于是那种爱情的高峰体验出现了。

高峰体验是一种痴迷状态。那个把情书挂满整片森林的奥兰多（《皆大

在西方文学史上，莎士比亚第一次杰出地、细腻地写出了爱情的高峰体验及其心理过程。《罗密欧与朱丽叶》中的男女主人公已成为世界性的爱情忠贞的典范。人们习惯于把最美好的爱情感受称之为"罗密欧与朱丽叶式"的。

欢喜》）、那个为了爱人而女扮男装的薇奥拉（《第十二夜》）、那个为了寻找爱情而只身渡海的巴萨尼奥（《威尼斯商人》）都是陷入了痴迷。罗密欧忘记了朱丽叶的父亲正是时刻准备杀死自己的凯普莱特。说他"冒着生命危险"跳进围墙去幽会是不确切的，而应该说"忘记"，"忘记生命危险"，只求见到恋人的一面。当他看到月光下朱丽叶的那双眼睛时，叹道：

天上两颗最灿烂的星，因为有事他去，请求她的眼睛替代它们在空中闪耀。要是她的眼睛变成了天上的星，天上的星变成了她的眼睛，那便怎样呢？……在天上的她的眼睛，会在太空中大放光明，使鸟儿误认为黑夜已经过去而唱出它们的歌声。

（《莎士比亚全集》，朱生豪译，人民文学出版社，1994 年版。以下引文皆出于此版本）

朱丽叶并不比罗密欧冷静些。尽管她在暗夜中的爱情表白为罗密欧听到，与其说自责轻狂，不如说恰遂心愿；与其说羞怯，不如说狂喜。当罗密欧要对着皎洁的月光起誓时，朱丽叶说：

啊！不要指着月亮起誓，它是变化无常的，每个月都有盈亏圆缺；不用起誓吧；或者要是你愿意的话，就凭着你优美的自身起誓，那是我所崇拜的偶像，我一定会相信你的。

《圣经》也曾告诫说"不要起誓"，那是说不要亵渎神明。对热恋中的情人来说，上帝是不存在的，自然界的万物（包括月亮）也是不可靠的，值得信赖的只是对方的自身。冷静的逻辑学家会说，自身凭着自身起誓，这是一个可笑的悖论。这种说法恰好证明：世界上有逻辑学家管不着的地方，那就是热恋中的情人，他们讲的话常常是无逻辑的、颠三倒四的。情感的高峰从来是不容理性和逻辑插足的。

两个人从肉体到灵魂融合为一的感觉在离别时变得更加强烈。当朱丽叶的奶妈频频呼唤，朱丽叶不得不催促罗密欧离去时，又禁不住呼唤着这可爱的名字。罗密欧听到朱丽叶的呼唤，惊喜若狂：

> 那是我的灵魂在叫喊着我的名字。

但当罗密欧回转来时，朱丽叶说：

> 我记不起为什么要叫你回来了。

罗密欧说：

> 让我站在这儿，等你记起了告诉我。

朱丽叶回答说：

> 一定永远记不起来了。

罗密欧说：

> 那么我就永远等在这儿，让你永远记不起来。

朱丽叶不由得又担心恋人死在自己的爱抚里，她说：

> 天快要亮了，我希望你快去；可是我就好比一个淘气的女孩子，像放松

《罗密欧与朱丽叶》：朱丽叶与奶妈

一个囚犯似的让她心爱的鸟儿暂时跳出她的掌心，又用一根丝线把它拉了回来，爱的私心使她不愿意给它自由。

罗密欧狂喜地回答：

我但愿我是你的鸟儿。

处于情感高峰上的恋人都心甘情愿地失去自我，把自己完全地融进对方的身体中去。这种融合不是自由的丧失，而是获得最大的自由。朱丽叶表示要把自己的一切奉献给罗密欧时说：

我的慷慨像海一样的浩渺，我的爱情也像海一样深沉；我给你的越多，我自己也越是富有，因为这两者都是没有穷尽的。

又一个数学上的真理在情感领域失效：1 加 1 不再等于 2，而是趋向于无穷。

这种高峰体验不仅寄寓着莎士比亚的爱情理想，从更广泛的意义上说，也是他对人与人之间的一种和谐亲密关系的追求，它是莎士比亚的人间伊甸园的象征性符号。

伊甸园的另一面：粗鄙与冷诮

对于爱情高峰体验的痴迷状态的描绘似乎不能视为莎士比亚的发现。它同骑士浪漫主义的关系是明显的，只不过莎翁把这种体验的艺术描绘推向了高峰。但莎翁爱情喜剧中另外一些因素却是骑士文学中没有的，那就是粗鄙与冷诮。

仿佛让人无法理解：在《仲夏夜之梦》如此优雅和诗意的喜剧中竟有仙后捧着驴头亲吻并要同它“同床共枕”的粗俗场面。就在罗密欧与朱丽叶月下幽会时，院墙外罗密欧的两个朋友就在用猥亵不堪的语言说到两位情人。那些对话明显地让人联想到男性和女性的生殖器。那个对朱丽叶体贴入微、唠唠叨叨的乳母也时常口吐粗俗的话，并且自我陶醉在这种话语煽起的欲火情焰之中。甚至莎翁笔下的一些富于文明教养的绅士淑女在言谈之间也使用粗俗的讽喻（如《亨利八世》第二幕，第二场）。这类的例子可以举出很多。丹纳说：“莎士比亚所用的字汇倘若详加说明，则未免过于下流。”（《莎士比亚研究》，张可译，上海译文出版社，1982 年版）

莎士比亚这样写，是不是为了迎合粗俗的观众？若如此，保护莎士比亚的最好办法莫过于删掉这些粗鄙的部分。这种“洁本”一旦出版，你就会惊愕地发现莎士比亚已经不复是莎士比亚。中国有的评论家说，《红楼梦》中的性意识和性行为描写是这本巨著的“白璧微瑕”，属于“糟粕”之列。但请君把这些“糟粕”删去试试看，保留下来的精华不仅不会变得更光彩，反而会受到损伤。

莎士比亚作品中的粗鄙和冷诮在许多情况下（当然不是全部）是作品中不可分割的部分。正是因为有了它们的存在，才使作品显得更丰满、更深刻。我们在读莎翁的喜剧时，常有这样一种感觉：在作者用生花妙笔描绘的玫瑰色图画的深处隐藏着一双眼睛，一双对这种陷于痴迷的男女的善意嘲讽和对生活的冷峻态度。仿佛他并不希望观众随着他的主人公陶醉于玫瑰梦里，反而时时警告着他们。这双冷峻和嘲讽的眼睛才是莎士比亚自己，才使他高于他的同时代抒写爱情的圣手，甚至高于他的时代。威廉·席勒格在《莎士比亚研究》中写道：“尽管诗人的力量激起了最热烈的感情，在他自身里面却具有某种冷静的淡漠，这是属于最卓越心灵的淡漠，它贯串在人类生活和残存感情的全部领域之内。”

也许是饱经沧桑的缘故，莎士比亚从进入创作后，就在抒写人类高尚情感的同时流露出对生活的冷嘲和玩世主义态度。在《十四行诗》中时而流露出他不相信有忠贞的爱情：

我爱人赌咒说
她浑身是忠实，
我相信她，
虽然明知她在撒谎。

（《十四行诗》，第138首，见《莎士比亚全集》，朱生豪译，人民文学出版社，1994年版）

……不能出自你的嘴唇，
因为它们亵渎过自己的口红，
劫夺过别人床第应得的租金，
和我一样屡次偷订爱的假盟。
我爱你，你爱他们，
都一样正当，
尽管你追求他们而我讨厌你。

（《十四行诗集》，第142首）

莎士比亚对世界的冷嘲态度往往是由一些最不重要的角色——如小丑——来表述的，这就使得莎剧中的小丑不同于其他戏剧那样只是插科打诨、制造笑料，而是在某种意义上成为哲学家。那些经常说出一些玩世不恭的话、机智而幽默地表述哲理的小丑就是莎士比亚自己。有的评论家（如丹纳）认为，莎翁创造的最杰出的丑角形象福斯塔夫同莎翁本人的心灵是和谐一致的。

福斯塔夫是历史剧《亨利四世》和喜剧《温莎的风流娘儿们》中的重要角色。他是一个玩世主义者，破落骑士，流氓首领。在战场上，他保持一种有分寸的

《温莎的风流娘儿们》：福特夫人戏弄前来约会的福斯塔夫

亨利五世向凯瑟琳公主求婚。

勇敢，在日常生活里是个酒色之徒。他身体肥胖，像座肉山，自己看不见自己的膝盖；他肥得流油，走过的地方都像涂了一层猪油；他喜欢吹嘘自己的骑士身份，吹嘘自己是国王的远亲；他手指破了，就说："又流了一些国王的血。"别人不懂，他摘下帽子解释道："我是国王的不肖侄子，阁下。"但他却毫无骑士精神。骑士视同生命的荣誉，他却弃之如敝屣，说："荣誉不过是一阵空气，一面破旗。"他的谋生本领就是吹牛、欺骗、诡辩、见风使舵、趁火打劫、浑水摸鱼；但是他又机智、诙谐，即使在作恶和撒谎的时候也带有几分坦率和天真。因此，人们觉得他可笑而不那么可恨，甚至有几分可怜和可爱。到了《温莎的风流娘儿们》中，福斯塔夫那点儿徒有其表的骑士派头被剥得一干二净，完全变成了一个被平民妇女随意捉弄的愚蠢而可爱的"猪"。一个骑士居然沦落到如此地步，同中世纪的骑士形象相比，可以看出一个历史性变化：封建贵族阶级的衰颓。通过一些浪荡于下层的人物写出社会的重大变化，称之为"福斯塔夫式的背景"。没有人像莎士比亚那样真实地描绘出福斯塔夫那种"毫不费力的自欺，有意无意地对待自己的伪善，这是器宇高贵的人也用来掩饰人类天性中的自私动机的不可避免的影响的。这种塑造人物的隐秘讥讽蕴涵着深不可测的睿智激起了我们的赞赏"（《莎士比亚研究》）。福斯塔夫这个人物性格的生动性和复杂性直到今日仍是莎剧研究中令人兴味盎然的话题。

看来，莎士比亚并不把玩世主义当成一种罪过，福斯塔夫成为生活中的丑角主要是因为他怯懦和低能。亨利五世是莎翁笔下的一位英明君主。但他在登基前，却是福斯塔夫的知己，一个放荡不羁的哈尔太子。他喜欢在小酒馆里和流氓们酗酒作乐，喜欢化装成侠盗去抢劫旅客，喜欢捉弄大肚子的福斯塔夫。他还在父亲尚未气绝之时迫不及待地把王冠戴在自己头上，恰在此时，弥留的亨利四世又睁开了眼睛，看到了儿子那戴上王冠的头颅。此时愤怒的亨利四世只需一句话就可以把哈尔的继承权废掉。在这千钧一发的时刻，哈尔却能机敏而巧妙地为自己辩护，安然渡过险关，亨利四世终于安然地闭上了眼睛。坐上王位的哈尔太子仿佛变成了另外一个人：曾把哈尔重责下狱的公正法官本以为自己会被新国王处死，哈尔却对他委以重任，“愿你继续保持你的勇敢公正而无私的精神，正像你过去对待我一样。”福斯塔夫满以为凭着自己过去同哈尔的亲密关系会荣获升迁，结果哈尔把他赶出了都城，并且永远不准回来。如果从纯道德的角度判断亨利五世，这个人物就变得前后矛盾、判若两人。但在莎士比亚看来，能否成为英明君主，并不在于他天性是否纯良，是否有博大的忧患意识，重要的在于决断和机敏。这种高超的素质在哈尔没有登基以前同玩世主义混合在一起、洋溢于嬉笑怒骂之间。他登基后，这种决断、机敏同治国的雄心（或野心）相结合，就成为英明君主。亨利五世巧妙地利用对外战争来消弭内患，在莎士比亚看来，同他捉弄福斯塔夫或欺骗垂死的父王时表现出来的机智是一脉相承的，这中间不存在着什么性格的突转，即使是开明君主，他的头上也没有崇高的道德光环。至于亨利六世或理查三世那类昏聩或阴毒的帝王自不待说。他在早期写出的九部历史剧系统地探讨了英国二三百年的历史。波兰评论家杨·柯特认为“这是一部帝王们争相爬上历史阶梯、又互相把别人推下去的演义史”，“在这种赤裸裸的权力斗争中，唯一有价值的是‘憎恨、贪欲、暴行’”。它集中表现为《亨利四世》中的一句台词：“戴王冠的头颅是不能安于枕席的。”读莎士比亚的历史剧，使我们想起恩格斯关于“历史是靠贪婪的恶欲来推动的”那句名言。

莎士比亚第一时期的诗和剧作，对于善良美好的追求与对西方世界恶的本体的冷峻体察构成了不可分割的两个方面。法国作家雨果在论及莎士比亚的天才时说：“天才与红宝石同样都具有双重的反光或双重的折射。”“这种双重反光现象把修辞学家称之为对称法的那种东西提升到最高境界，也就

早在1900年，电影还处在无声片时代，《哈姆雷特》就被搬上银幕。此后，莎剧被摄制成影片的不下四百部，其中被改编次数最多的还是《哈姆雷特》。

是从正反两方面去观察一切事物的那种至高无上的才能。”（转摘自《文学评论》，1984年第3期）

《哈姆雷特》与哈姆雷特命题

17世纪的第一个年头（1601年），无论对莎士比亚，还是对整个西方文学都是极其重要的。这一年，《哈姆雷特》诞生了。

《哈姆雷特》被公认为是莎士比亚的代表作，是西方戏剧史上的奇观。从1877年以来，在欧洲平均每隔十二天就有一部（篇）研究该剧的论作问世，历久不衰。直到近年召开的学术讨论会上，哈姆雷特依然是一个常被提到的名字。研究该剧的论文、专著叠加起来其篇幅已经几千倍地超过了剧本本身。

《哈姆雷特》的剧本与塞万提斯的《堂吉诃德》第一卷几乎是同时出版的。俄国作家屠格涅夫认为这是一个值得注意的巧合。“我觉得，这两个典型体现着人类天性中的两个根本对立的特性，就是人类天性赖以旋转的轴的两极。我觉得，所有的人都或多或少地属于这两个典型中的一个，我们几乎每一个人或者接近堂吉诃德，或者接近哈姆雷特。”（引自《莎士比亚评论汇编》，上册，中国社会科学出版社，1979年版）堂吉诃德是一个战斗的理想主义者，而哈姆雷特经常想到的是自己；堂吉诃德关心的是改造外部世界，勇于行动，而哈姆雷特却更多地转向内心；一个外向，一个内向；一个属于过去，一个却代表未来。屠格涅夫承认：堂吉诃德式的人越来越少，而由外部世界转向对人类本体的思考却成为西方文学的一种趋向。

哈姆雷特的故事取材于1200年丹麦史。在莎翁之前，这个故事不止一次地被人改编为流行的复仇剧。《哈姆雷特》用旧瓶装新酒，化腐朽为神奇。

在该剧问世之后，再无人尝试改编，因为人们没有希望比莎士比亚写得更好。剧情的梗概是：年轻的丹麦王子哈姆雷特在威登堡的大学读书时，突然接到父王猝死的消息，赶回王宫又目睹丧夫不到两个月的母亲就要改嫁给叔父克劳狄斯了，克劳狄斯也就因此攫取了本来应属于哈姆雷特的王位。连续遭到生活打击的青年王子得到父王亡魂的昭示：他是被兄弟克劳狄斯用毒药害死的。由于宫廷里到处都是奸王克劳狄斯的耳目，决心为父报仇和重整国家的哈姆雷特不得不装疯，并用“戏中戏”试探鬼魂的昭示是否属实。在一次克劳狄斯单独祈祷时，哈姆雷特本来有机会杀掉他，但哈姆雷特放弃了这个机会；在同母亲谈话时，他又误杀了躲在窗帘后面偷听的老臣波格涅斯。波格涅斯是克劳狄斯的帮凶，但又是哈姆雷特的情人奥菲利娅的生父。波格涅斯的死导致奥菲利娅的疯和死。克劳狄斯也察觉了侄子的企图，便决定把他送往英国，借英王之手除掉他。哈姆雷特中途用计逃脱，返回丹麦后恰遇奥菲利娅的哥哥雷欧提斯。父亲和妹妹的惨死使被激怒的雷欧提斯向哈姆雷特提出决斗。克劳狄斯乘机设下毒剑毒酒之计，准备在决斗过程中除掉哈姆雷特。但结果，最先被毒死的却是自己的爱妻、哈姆雷特的母亲乔特鲁德。雷欧提斯自己也中了毒剑，在死前和盘托出奸王的阴谋，被毒剑刺伤的哈姆雷特拼出自己最后一点儿力气杀死了奸王，为父王报了仇，并立下遗嘱把国事托付给年轻有为的挪威王子小福丁布拉斯。全剧以六个主要人物全部死亡而告终。

《哈姆雷特》使人感兴趣的不是故事本身，而是哈姆雷特拖延复仇的问题，该剧的深刻性和复杂性大都是由此引发出来的。关于哈姆雷特为何拖延复仇的理论性阐释多达十余种。最著名的有歌德说（行动力量被充分发达的智力所麻痹）、丹纳说（激情杀害了理智）、别林斯基说（巨人的雄心与婴儿的意志）和弗洛伊德说（杀父娶母的潜意识使哈姆雷特把自己和叔父视为同道），还有的人则简单地归结为哈姆雷特性格上的优柔寡断，等等。

在该剧中，哈姆雷特一出场就不具备中世纪复仇骑士的品质。而对父王猝死、母叔成婚和奸王篡位这三道冲击波，哈姆雷特的第一段独白的第一句话是想自杀：

啊，但愿这一个太坚实的肉体会融解、消散，化成一堆露水！或者那永生的真神未曾制定禁止自杀的律法！

（《莎士比亚全集》，人民文学出版社，1994 年版。
以下引文皆出于此版本）

在生活的巨大打击面前想到自杀，这是可以理解的，意志薄弱者常以自杀逃避人生。但从全剧来看，哈姆雷特并不是一个庸俗的怯懦者，他曾多次表现出自己的勇敢。他的自杀念头起因于上述的三道冲击波，但却不止于此，他认为：

人世间的一切在我看来是多么可厌、陈腐、乏味而无聊！哼！哼！那是一个荒芜不治的花园，长满了恶毒的莠草。

把世界看作"荒芜不治的花园"，使我们想起 20 世纪初西方现代派的经典作品《荒原》。哈姆雷特在第二幕还说，世界是"一所很大的牢狱"。看来是对世界的这种总看法，使哈姆雷特感到人生无意义。

哈姆雷特的这种悲观意义显然产生于父王惨死之后，但给他刺激最大的不是父死，甚至不是叔父的篡位，而是母亲与叔叔的婚配。在第一段独白中，在"……恶毒的莠草"之后，他用了一个"想不到……"，不是想不到父亲的猝死，也不是想不到叔叔的继位，而是：

想不到居然会有这种事情！刚死了两个月！不，两个月还不满！……她那流着虚伪之泪的眼睛还没有消去红肿，她就嫁了人了。啊！罪恶的匆促，这样迫不及待地钻进了乱伦的衾被！那不是好事，也不会有好结果。

在当时的社会条件下，叔嫂结婚被视为乱伦，但把哈姆雷特那种亟欲求死才能解脱的愤怒解释为对一种封建伦理的信奉显然是不妥的。第一段独白中也明确地说，他的悲哀不仅来自乱伦，而是因为新婚的叔父与死去的父亲无法相比，"好比那大力神与妖头羊"，在以后的台词里哈姆雷特还轻蔑地称克劳狄斯为"霉烂的禾穗"。母亲在天神般的父亲去世还不到两个月就轻易委身于这样一个猥琐丑陋的浊物，使哈姆雷特心目中关于人的理想陨落了。联系到第二幕中在讲到人是“宇宙的精华，万物的灵长”之后的那个“可是，这一个泥土塑成的生命算得了什么？人类不能使我发生兴趣”便可以认为，哈姆雷特的悲哀是对整个人类的绝望，是建筑在对人类本体的悲观认识上的情感。

但是，单从字面上解释哈姆雷特是不够的。《哈姆雷特》中有一句值得我们注意的话：

这一种无意识的话，比正言危论还要有力得多。

这是雷欧提斯对疯癫了的妹妹奥菲利娅说的。这句话表明，莎士比亚认为人存在着无意识，而这种无意识比正言危论强有力得多。由此得到启发，我们有理由怀疑克劳狄斯是否如哈姆雷特所说丑陋如“妖头羊”“霉烂的禾穗”。克劳狄斯如此这般丑陋，何以美丽的王后如此轻易地委身于他？有些

哈姆雷特利用演戏的机会观察克劳狄斯。

人把乔特鲁德的速嫁解释为屈服于克劳狄斯的权势，“脆弱啊，你的名字是女人！”这句名言中的“脆弱”也就成了“怯懦”的同义词，其实这不是很准确的。哈姆雷特明确谴责母亲的脆弱在于屈服于自己的情焰（见《哈姆雷特》剧第三幕），王后并未辩白，反而忏悔说：“你的眼睛看进了我自己灵魂的深处，看见我灵魂里那洗拭不下去的黑色的污点。”由此，我们就可以发问：如果克劳狄斯丑陋如斯，何以会煽起美丽的王后如此旺炽的情欲呢？我认为，这是哈姆雷特（包括作者）在激愤之情的支配下，把克劳狄斯丑化了。罗素说过：“情感的联结很少能够和外界的秩序相符合，它使我们用自身状态做镜子去看宇宙，忽而光明，忽而黑暗，全视心态而定。”（《哲学大纲》，正中书局，1948 年版）在强烈的激愤之下，克劳狄斯的形象被扭曲了。

那么，我们就需要进一步问：这是一种什么样的激情呢？弗洛伊德和厄内斯特·琼斯认为是哈姆雷特的潜意识中有杀父娶母的俄狄浦斯情结，而被叔父捷足先登了。这种说法基于一个前提：每个男儿都有俄狄浦斯情结，而这个前提本身就是站不住脚的，所以整个的心理分析都显得牵强。但如果以为弗洛伊德的看法不值一哂，那就错了。起码我们应该承认这样一点：孩子与母亲之间存在着某种尚未完全洗清的血缘情感，人们形象地称之为“脐带联系”。这种感情使孩子认为母亲是属于自己的。对于哈姆雷特来说，父亲意味着理想，而理想并不意味着血缘联想，所以哈姆雷特对父亲多有敬仰之词，而对其死并无刻骨的悲痛。母亲与父亲的性关系是爱与理想的结合，是天经地义的，但一想到母亲居然要同克劳狄斯这样一个人结合时，他就感到无法忍受，一想到母亲钻进叔叔的衾被，就有一种自己被强奸了的感觉。所以，他对母亲的谴责和规劝最后落实到“不要上我叔父的床”。

在上面剖析的剧中第一段有名的独白道出时，哈姆雷特还不知道父亲的死因，因此复仇的任务也未提出。很快，父亲亡魂与他见了面，道出被毒死的实情。一个震骇人心的阴谋展示在哈姆雷特面前：杀兄娶嫂。这就像神话剧《俄狄浦斯王》中展示的杀父娶母的同等罪恶，于是就像索福克勒斯在戏剧中描写的那样，丹麦的天地也为之震怒了。《哈姆雷特》一开场，哈姆雷特的好友霍拉旭就叙述了种种不祥之兆：

……披着殓衾的死人都从坟墓里出来，在街道上啾啾鬼语，星辰拖着火尾，露水带血，太阳变色，支配潮汐的月亮被吞蚀得像一个没有起色的病人；这一类预报重大变故的朕兆，在我们国内的天上地下也已经屡次出现了。

所以哈姆雷特说："那么世界末日到了。"

就像所有的骑士那样，哈姆雷特向父王表示要复仇，同时还要"重整乾坤"，但原话是这样说的：

这是一个颠倒混乱的时代，唉，倒霉的我却要负起重整乾坤的责任！

"唉，倒霉的……"包含着一种和骑士精神或人文主义战士绝不相容的无可奈何。别林斯基的解释是"巨人的雄心与婴儿的意志"的矛盾，是由于对历史任务之艰巨性的深刻认识而发出的慨叹。作为一种社会学观点的解释无疑是有道理的，但并不充分。哈姆雷特并非天生意志薄弱，还有更深刻、更隐秘的原因在。

哈姆雷特确实意识到宫廷里到处都是奸王的耳目，自己必须装疯以掩饰自己，伺机复仇。但当观众希图看到这个身单力薄的年轻人如何在疯癫的外衣下实施自己的复仇计划时，却又失望地看到他神思恍惚、忽冷忽热，不仅没有复仇的行动，甚至连计划都没有，看上去整个像只精神失常的可怜虫。丹纳解释说，由强烈打击导致的激愤像风暴一样把哈姆雷特的理智给毁了，使得他无法思考。整个人像一扇在狂风中摇曳的破门，理智只能像枢纽一样勉强把门固定在门框上不致随风而去。（《莎士比亚研究》）激情压缩理智，这一心理学的道理在第二幕中得到生动的显示。歌德则认为是充分发达的智力麻痹了哈姆雷特的行动本能。哈姆雷特在本质上是一个思想家而不是行动家。哈姆雷特自己也承认"审慎的思维给赤热的决心蒙上一层灰色"。这种思考围绕着如下的命题：

"To be, or not to be, that is the question（存在还是毁灭，这是一个值得考虑的问题）."

这就是著名的哈姆雷特命题。

这一命题是理解哈姆雷特的一把钥匙，也是贯串哈姆雷特全部戏剧动作的思想线。事实上，如前所述，从哈姆雷特在舞台上一露面，他所提出的就是人生有无意义的问题。从中国传统文化的角度是比较难理解哈姆雷特命题的。儒家不思考身后之事，而认为人活着总是有意义的，上为君王、国家、民族，下为父母、妻女、儿孙，伦理之网把人生视为尽义务。佛道两家主张厌世脱凡，目的是追求仙境和长生不老，本质上也是乐观的。中世纪基督教文化从悲观的角度视人生为赎罪，人属于上帝，无权考虑活与不活的问题，《圣经》明确规定禁止自杀。只有到了文艺复兴时代，人从上帝那里索回自己才产生活与不活的问题。所以，哈姆雷特命题的提出，是个体觉醒的标志。

文艺复兴初起，人们对自身充满信心，不大考虑不活的问题，而更多想的是如何活得快乐、活得长久。莎士比亚早期十四行诗中劝那个贵族青年结婚的绝妙理由是结婚生子、子又生子，可以使个体的美无限地延续下去。但到了文艺复兴末期，黑暗的社会现实使人们对实现自身解放的可能性发生怀疑，于是又有了不活的问题。哈姆雷特感到人生无意义，而死后所去的天国也是神秘可怖的：

谁愿意负着这样的重担，在烦劳的生命的压迫下呻吟流汗，倘不是因为惧怕不可知的死后，惧怕那从来不曾有一个旅人回来过的神秘之国，是它迷惑了我们的意志，使我们宁愿忍受目前的折磨，不敢向我们所不知道的痛苦飞去？

生不得生，死不得死，人变得无家可归。这就是哈姆雷特所道出的窘境。

如上所述，哈姆雷特视人生无意义的根本点在于人类本体是丑恶的。这种丑恶，不仅包括克劳狄斯、波格涅斯、吉尔登斯吞、罗森格兰兹，而且包括王后乔特鲁德，甚至自己钟爱的情人奥菲利娅。

哈姆雷特辱骂奥菲利娅的一段戏也是颇为难解的。弗洛伊德说哈姆雷特对奥菲利娅表现了性冷淡，这种说法是不确切的。剧中交代哈姆雷特在父王死前对奥菲利娅是非常热爱的。是由于乔特鲁德的改嫁叔父，从根本上改变了他对女人的看法，“美丽使贞洁变成淫荡”云云全系由乔特鲁德引发而来，导致他

疯了的奥菲利娅唱着歌跌落在小河里，全身盖满花瓣，慢慢地沉落下去。

对全体女人的否定，可见母亲委身于奸王这件事对哈姆雷特的伤害有多深。

在哈姆雷特辱骂奥菲利娅的一段中，他有一段自我剖白值得注意：

> 我自己还不算是一个顶坏的人，可是我可以指出我的许多过失，一个人有了那些过失，他的母亲还是不要生下他来的好。我很骄傲，有仇必报，富于野心，我的罪恶是那么多，连我的思想也容纳不下，我的想象也不能给他们形象，甚至于我都没有充分的时间可以把它们实行出来。像我这样的家伙，匍匐于天地之间，有什么用处呢？我们都是些十足的坏人；一个也不要相信我们。

这不是疯话。他还说，“美德不能熏陶我们罪恶的本性”。看来，哈姆雷特对于人类的否定是包括自己在内的。这种深刻的悲观主义在文艺复兴时期是罕见的；但过了三百年，到了20世纪初，却成为西方的一股强大的思想潮流。

莎士比亚关于人性丑恶的观点，不同于中世纪，这是一种无可救赎的丑恶。哈姆雷特虽然在克劳狄斯忏悔时因不愿送他上天堂而未杀他，但论及人生处，哈姆雷特表现出浓重的死后无天堂的思想。特别是在为奥菲利娅下葬时，他对着死人头骨说的那些话。这是一种更为深刻的绝望和虚无。

在《哈姆雷特》里，哈姆雷特并非全无作为，他终究运用机谋把那个充当帮凶的同学送上了刑场，并且手刃奸王克劳狄斯。但在总体上他始终被人生是一场虚无的观念所支配，从戏剧的开始直到生命终结以前，他面对死亡的那种平静也不是骑士的勇敢，而是对生命的冷淡。作者借霍拉旭和小福丁布拉斯这两个形象为观众留下些许光明和温暖。但这点儿光和热怎么也掩饰不住内涵之真正所在。

哈姆雷特命题是振聋发聩的。直到今日，西方的哲学家和艺术家们还被它所纠缠，梦魇般地问着自己："存在还是毁灭，这是一个值得考虑的问题。"

李尔王及其他疯狂形象的启示

莎士比亚爱情喜剧的情感高峰是"痴迷"，而悲剧的情感高峰是"疯狂"。莎士比亚在第二创作期的主要作品："四大悲剧"（《哈姆雷特》《李尔王》《麦克白》《奥赛罗》）和《雅典的泰门》《安东尼与克莉奥佩特拉》中的主要人物几乎都是以疯狂→死亡结局的。

《李尔王》是一个杰出统治者的悲剧。关于他的青年时代，作者没有回叙，但由他所统治的偌大国土、显赫自信的气概以及直到年迈仍然稳居王位来看，他曾经是杰出的。但人到晚年，成功者就几乎无法逃避一种居功自傲的偏执。这种偏执使一个人只愿听颂歌，不喜欢微词，大女儿和二女儿那种关于爱父情感的过分表达，在常人眼中，全然带有虚夸的性质，而三女儿也不过只是讲了一句实话——在她结婚之后将拿出一半的爱去爱父亲，另一半给她的丈夫——竟然惹起李尔王的勃然大怒，将考狄利娅逐出宫门。这种骄矜使李尔王失去了常人的理智，把爱当作恨，把恨当作爱。当他为此遭到无情的报复——被大女儿与二女儿逼出宫门、流落荒原后，他疯了。然而，人们在这个疯子身上却看到了理智，看到了常人的理智的复归。这就揭示出一个令人深思的真理：权力不等于智慧，权力不是智慧的源泉；如果你以为智慧是随着权力而增长的，结果却是恰恰相反——愚蠢是随着权力而增长的。权力可以使你

面对饱受磨难的父亲，考狄利娅伤痛不已。

在失去智慧的同时失去爱。权力越高，失去的爱越多——如果你把权力等同于智慧的话。从这个意义上说，李尔王的悲剧并没有结束，它仍在不同的现实条件下重演。

《奥赛罗》的悲剧是另一种类型。有人说他的悲剧是男主人公的忌妒；有人说是女主人公的大意，提醒女人不要丢掉自己的手绢。但更深刻的意义却是揭示人类一个重要的弱点：轻信。奥赛罗是一个战功显赫的英雄，在战场上是一个杀人魔王，但在战友中间却天真得像个孩子。他丝毫没有想到过伊阿古竟然要置他于死地，特别是苔丝德蒙娜——一个白皮肤的美丽女子毫无保留地献身于他这个黑皮肤的摩尔人，使他更加确信世界上人和人的关系是美好的。苔丝德蒙娜这个温柔、善良的美丽女子在对人的态度上比奥赛罗显得更加轻信。纯洁遇上罪恶，就像羊遇上狼一样，道义上的优势在这里毫无用处。就在奥赛罗已经怀疑她同凯西奥之间有感情时，她还浑然不觉，那么不顾一切地为凯西

苔丝德蒙娜聚精会神地倾听奥赛罗的冒险经历。

奥说好话，使观众恨不能从座位上站起来大喊一声：“小心你脚下的陷阱！”奥赛罗把他同苔丝德蒙娜的爱情视为人类的本体象征。奥赛罗全部的信念，关于人生的赌注都押在这个美丽、温柔的少女身上了。他说：“可爱的女人，要是我不爱你，愿我的灵魂永堕地狱！当我不爱你的时候，世界也要复归于混沌了。”越是轻信的人，在轻信破灭之后的报复往往显得越强烈。他杀死苔丝德蒙娜不是由于生性冷酷，恰是因为爱得太深。他把这件事看作是“出于荣誉的观念而不是出于猜嫌和嫉恨”。苔丝德蒙娜的毁灭，就是爱的毁灭，世界的毁灭。

《雅典的泰门》在某种意义上也可以说是轻信的悲剧，但它更深刻的意义是金钱对人性的异化。金钱支配一切、取代一切的魔力把泰门逼疯了。在他变成野人而又意外掘出黄金时的那一段“黄金咒”，被马克思赞誉为对资本主义条件下货币作用的最杰出的描绘。莎士比亚是资本主义发展初期最早发现金钱秘密并予以形象揭示的诗人。

哈姆雷特、奥赛罗、李尔王和泰门在遇到罪恶的侵袭时，他们采取的态度都是憎恶和反抗，只有一个英雄例外，这就是麦克白。当女巫向他预言自己将成为君主时，当麦克白夫人怂恿他杀害邓肯王时，他开始去适应恶的环境，雄心变成了野心。悲剧《麦克白》相当细致地揭示了一个人是怎样从善良变为嗜恶的。然而麦克白的悲剧在于他终于没有变成彻底的恶棍，如伊阿古。尚未泯灭的良心仍然顽强地抵抗，善与恶的搏斗在他内心的交织扼杀了他的睡眠，使他眼前不断出现死去的邓肯与班柯的形象，使他觉得眼前的每一个人都窥透了他内心的罪恶的秘密，这种恐惧使得他继续地、不停地杀人，直到他自己被杀。在这个滑向深渊的痛苦过程中他痛切地感到生命的无意义：

我们所有的昨天，不过替傻子们照亮了到死亡的土壤中去的路。熄灭了吧，熄灭了吧，短促的烛光！人生不过是一个行走的影子，一个在舞台上指手画脚的拙劣的伶人，登场片刻，就在无声无臭中悄然退下；它是一个愚人所讲的故事，充满着喧哗和骚动，却找不到一点儿意义。

麦克白：“雄心”如何演化为“野心”？也许这本来就是一回事。

“生命充满着喧哗与骚动，却找不到一点儿意义”，这也成为西方现代派颇为重视的一句名言。意识流小说的代表作家、诺贝尔文学奖获得者福克纳的代表作题名《喧哗与骚动》就是由此而来。

《麦克白》是野心吞噬英雄的悲剧，但野心有时会遇到一个更强大的敌人，那就是色欲。《安东尼与克莉奥佩特拉》就是色欲吞噬了野心的悲剧。

莎士比亚早期有些作品赞美情欲，如《维纳斯与阿都尼》，但从总的倾向上看，他主张对情欲应加以适当的节制。他认为，单纯的动物性的欲望是空虚而乏味的：

麦克白："熄灭了吧！短促的烛光！人生不过是一个行走的影子……充满了喧哗与骚动，却找不到一点儿意义。"

把精力消耗在耻辱的沙漠里，
就是色欲在行动；而在行动前，
色欲赌假咒、嗜血、好杀、满身是罪恶、凶残、粗野、不可靠、走极端；
欢乐尚未央，马上就感觉无味：
毫不讲理地追求；
可是一到手，又毫不讲理地厌恶，
像是专为引上钩者发狂而设下的钓钩；
在追求时疯狂，占有时也疯狂；
不管已有、现有、未有，全不放松；
感受时，幸福；感受完，无上灾殃；
事前，巴望着的欢乐；事后，一场梦。
这一切人共知，
但谁也不知怎样
逃避这个引人下地狱的天堂。

（莎士比亚：《十四行诗》，第129首，见《莎士比亚全集》，朱生豪译，人民文学出版社，1994年版）

《安东尼与克莉奥佩特拉》是探讨情欲与事业、女人与男人的一出悲剧。古罗马执政官之一、伟大的英雄安东尼历来不为女色动真情，但却跌入埃及女王的情网之中，竟然要求罗马帝国把自己的国土分给这个“女花蛇”辖理，待罗马陈兵讨伐时，克莉奥佩特拉执意要随安东尼出战，两阵对圆，她又掉转船头回逃，安东尼也竟然“像一只发情的公鸭”尾随而逃，一世英名付诸

《安东尼与克莉奥佩特拉》：罗马狼与埃及蛇的炽热爱情，他们拥抱着沉入死亡。

东流。在自杀之前，这位英雄自省道：

你（指克莉奥佩特拉——本书作者注）一向就是个水性杨花的人；可是，不幸啊！当我们沉溺在我们的罪恶中间的时候，聪明的天神就封住了我们的眼睛，把我们明白的理智丢弃在我们自己的污泥里，使我们崇拜我们的错误，看着我们一步步陷入迷途而暗笑。

（《安东尼与克莉奥佩特拉》，第三幕，第十一场，
见《莎士比亚全集》，人民文学出版社，1994 年版）

这是一个情欲毁灭理智、女人毁灭英雄的故事，但作者没有把克莉奥佩特拉写成中国古代的妲己或杨贵妃。海涅写道：

……每当古老的尼罗河的蛇对罗马的狼耍了一次卑鄙手段之后，每当罗马的狼为此而嗥叫出一顿臭骂之后，他们两个的舌头相互舐得更加恩爱了；他临死时还在她的嘴唇上印下了那么多吻中最后的一吻……

而她，埃及的蛇，她也是多么爱她罗马的狼啊！她的背叛只是她的蛇性的外在表现……而在灵魂的深处，却潜藏着对于安东尼的至死不渝的爱。

（《海涅选集》，人民文学出版社，1983 年版）

因此，这不是一个淫妇毁灭帝王的浮浅故事，而是两个至爱的人拥抱着投入情欲的烈焰，这是人类常见的悲剧。当一个人不能战胜自己时，他便是一个安东尼。

“莎士比亚化”：人物、情节和语言

人类要求在审美对象中认识自己、肯定自己，但很少有文艺作品能够使读者（观众）获得这方面的充分满足。现代生物医学的出色成果表明：人的大脑相当于 1015 开关的计算机，如此复杂的计算机人们至今还难以想象，也无法制造。也就是说，直到现在，人最高的创造物还是人自身，人的头脑。

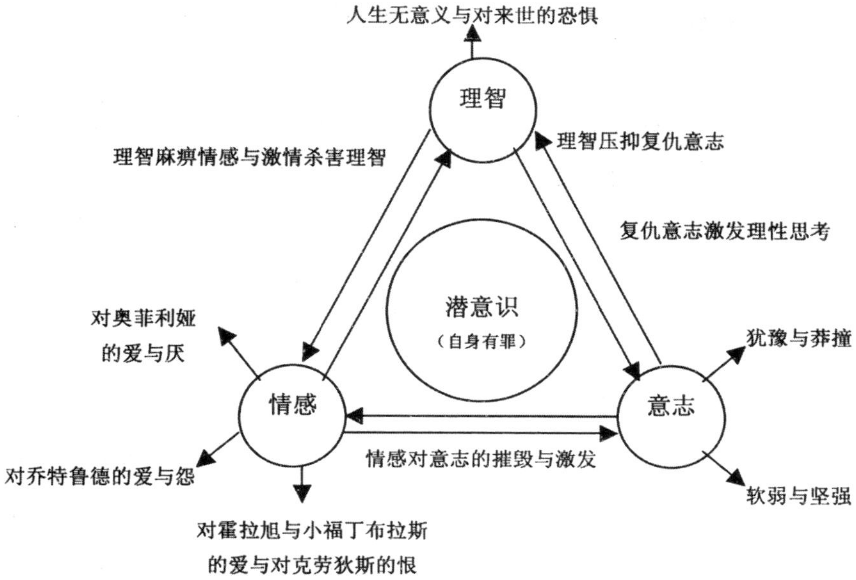

哈姆雷特（第二、三幕）的内心世界模型图

现代心理学提供的大量资料证明，人的心理活动是宇宙间最复杂的、含有多因素、多层次的一个系统。它像宇宙一样丰富、深邃、浩渺无边。人类对自己的秘密知之甚少，却又渴望在对象中获得自己，只有少数的作家凭着他们天才的知性、悟性和丰富的常识、高超的艺术才华，使他们的作品满足这种人们自己也不很清楚的感情饥渴。

西方文学的发展历程中，古希腊时期虽然创造了丰富多彩的神话艺术，但由于古代人的头脑本身还处于幼稚阶段，使得人物（神的形象）往往是某种情欲的符号。在中世纪的宗教文学中，人被视为微不足道的，人物（上帝、天使、圣徒）又往往成为道德的符号。直到文艺复兴的初期、中期（如薄伽丘、拉伯雷），虽然高扬人的旗帜，但还没有来得及创造出同人类自身发展阶段相适应的人物，没有能写出人复杂的内心世界。第一个把人的内心世界展现得如此丰富灿烂，人类自己都感到为自己惊喜的作家是威廉·莎士比亚。俄国著名的文学批评家赫尔岑说：“对莎士比亚来说，人的内心世界就是宇宙，他用天才而有力的画笔描绘出了这个宇宙。”（转摘自《莎士比亚评论汇编》，中国社会科学出版社）。仅《哈姆雷特》第二、三幕中描绘的哈姆雷特内心世界就可以看到如上图的复杂矛盾。

对比剧本中描绘的哈姆雷特，这个模型图显得太简略了。当我们真正进入哈姆雷特的内心世界时，确如进入浩渺的宇宙，广阔、复杂、深邃，充满谜一般的神秘感。尽管这是一个悲剧性人物，但他的内心是丰满而壮丽的，他使我们惊喜地意识到人是壮丽的。人的自豪感正是由此而生。莎士比亚以他众多作品展示的人的内心宇宙，使我们从对人的外部世界的崇拜转向对人的内部世界的崇拜，即转向对人自身的崇拜。

莎士比亚善于以艺术的手法展示人的内心宇宙，他精于捕捉那些最善于揭示人物内心的戏剧情节，使人物性格的发展变化同生动丰富的情节有机地扭结在一起，丰富的情感、深邃的哲理都是随着故事的发展极其自然地展示在观众面前，不带说教气味。作者仿佛无意于告诉你什么，只是给你讲一个颇为有趣的或骇人听闻的故事。但稍加分析就会发现，作者始终把人物作为中心，把展示人物的内心世界作为核心。这是莎翁戏剧与他同时代流行的“复仇剧”之重要区别之处，也是莎翁比同时代作家高明之处。他为了服从揭示人物内心的需要，不惜牺牲一些很强的戏剧悬念和情节，例如，《哈姆雷特》开场时鬼魂的出现是一个很强的悬念，但戏剧进行不到十分钟，作者就让王子同鬼魂见了面，挑明了老哈姆雷特惨死的秘密。鬼魂的悬念没有了。有人认为从戏剧结构上讲，如此轻易地丢弃悬念是一个遗憾。照他们的想法，不应该让鬼魂过早暴露身份，死去的秘密也不要那么快揭露，而是让观众蒙在鼓里，让他们去猜，吊着观众的胃口……可以不可以呢？作为一种写法不能说绝对不可以，但这样做，就把观众的注意力引到了不该去的地方，纷纷猜测鬼魂是谁？凶手是谁？而哈姆雷特当时的思想反而不被注意。戏本身变成了一场智力测验，它的社会价值、思想意义就大大降低了。莎翁伟大之处，在于他毫不可惜地解开了鬼魂之谜，从而把哈姆雷特推向复仇的战场，哈姆雷特的命运如何成了一个更强的悬念，好似长江后浪推前浪，一浪更比一浪高，而每一个悬念都紧紧围绕着人物的命运，服务于展示人物的性格。他不向观众保密，较量的双方想干什么，他都事先向观众交代清楚，让观众不把注意力放在猜谜上，而放在对人物命运的关注上。

在莎士比亚那些最好的作品中，叙述故事时一分钟也不忘记人物的内心活动，即使在外部冲突极端紧张激烈时（如比武），他也坚持以揭示人物的内心世界为中心。请看《哈姆雷特》第五幕中的比武。这一场很短，打得很激烈，但人物内心的矛盾冲突更激烈：

这场比武表面上是由雷欧提斯挑起的，实际上是克劳狄斯一手策划的阴谋。雷欧提斯出于父亲被哈姆雷特所杀，妹妹之死也与他有关，所以要复仇。克劳狄斯乘机策划了毒剑、毒酒之计，表面上还做出把赌注押在哈姆雷特的一方，似乎是站在哈姆雷特的一边，实际上准备把哈姆雷特置于死地。

比武的另一方是哈姆雷特，他也是要复仇的，杀克劳狄斯之决心已定，但出于道德感和正义感，他不愿使用阴谋手段。他参加比武纯粹出于对雷欧提斯的内疚。他不想比，但觉得对不起雷欧提斯，准备给他这种荣誉——也就是准备让雷欧提斯赢、自己输。

双方的中间，还夹着一个人，这就是王后乔特鲁德。她既不知阴谋，也不了解哈姆雷特的心境，“劝母”之戏后，她有忏悔，也更爱哈姆雷特。她完全是抱着母亲对儿子的深沉的爱来观看这场比武的。

比武一开始，哈姆雷特就向雷欧提斯道了歉，非常真挚地说明自己误杀波格涅斯的过失，请雷欧提斯原谅。

哈姆雷特的这种态度打动了雷欧提斯，雷欧提斯也未尝不知他杀父是误杀，况且第一场还表明雷欧提斯对其父并不尊重，感情也不深，这次比武完全是一时冲动加上克劳狄斯的挑拨。哈姆雷特的道歉使雷欧提斯变得犹豫，觉得自己用阴谋来杀人是违反骑士道德的。但是，他像是箭在弦上不得不发，不能不拿起事先准备好的毒剑。观众从一开始就把注意力放在了雷欧提斯会怎么办，而不是谁的武艺高强上。

前两个回合，雷欧提斯好像变成了完全不会舞剑的人。哈姆雷特本来想输，结果还是赢了，为什么？台上人没有说，但观众明白：雷欧提斯的内心在激烈地斗争。他觉得，在哈姆雷特已道歉的情况下，再用毒剑砍他更是不道德的。此时，台上只有一个人看出了雷欧提斯的犹豫，这就是克劳狄斯。他觉得大事不妙，赶忙施展第二计，迫不及待地为哈姆雷特庆功，举酒让他喝。此时克劳狄斯与雷欧提斯两人的性格、思想之不同完全显露出来了。

毒酒举起来了，仿佛是非常偶然地毒死了一个无辜者，这就是王后。其实也不偶然。此时王后经过“劝母”后，更加爱着儿子，像一个真正的母亲那样关怀着儿子。她发现哈气喘吁吁，不能喝酒，便自愿代儿子饮了这杯酒。克劳狄斯想拦已经来不及了，弄巧成拙，杀害了自己的爱妻。当时，台上人除了克劳狄斯和雷欧提斯外，其他人都不知酒中有毒，谁也没有注意这件事，但观众却不能不为乔特鲁德即将到来的惨死而痛心。

接着，第三个回合开始，不知内情的哈姆雷特说了一句：“雷欧提斯，你怎么一点不起劲？……我怕你在开我的玩笑哩。”这话说得无意，或者是想激雷欧提斯来赢，而雷欧提斯是个心胸褊狭的青年，在众多王公大臣面前连输两个回合已经感到面上无光，再加上哈姆雷特的话的刺激，雷欧提斯猛地刺向哈姆雷特，哈姆雷特没有防备，被一剑刺中，鲜血直流，这下子，雷欧提斯也一惊，尽管是预料之中，但仍然有点惊悚，观众的心也随之紧缩，因为大家知道，哈姆雷特被谋杀了。

哈姆雷特见流血，也一怔，此时才知道对方使用的不是钝剑而是利剑，这种不光彩的行为反过来激怒了他。在拼搏中，哈姆雷特夺到雷欧提斯的剑，一剑刺中了他，观众明白，这个善良的王子又误杀了一个不该杀的人，因为他不知道这是毒剑。

就在这时，毒酒发作，乔特鲁德倒地而死。雷欧提斯也知道自己要死了，这时他才感到后悔，说：“正像一只自投罗网的山鹬，我用诡计害人，反而害了自己，这也是我应得的报应。”接着向哈姆雷特揭出了克劳狄斯的全部阴谋，请求原谅。

哈姆雷特这时不能再犹豫了，以剑刺王；在克劳狄斯受伤后又逼他喝下毒酒，除掉了这个丹麦的大祸害。接着哈姆雷特也不行了，四个人全部死亡，比武结束。

请看，短短的一场比武，几个主人公的内心发生了多么激烈的冲突：

雷欧提斯：恨不得一剑刺死哈姆雷特→犹豫→被哈姆雷特激怒刺杀哈姆雷特→后悔→揭出真情；

哈姆雷特：出于真心向雷欧提斯道歉→反激雷欧提斯想让他赢→发现对方用毒剑后怒伤雷欧提斯→了解阴谋后力杀奸王→立下遗嘱；

乔特鲁德：爱子之情→误饮毒酒→死前的忏悔和痛苦；

克劳狄斯：表面倾向哈姆雷特，暗中想谋杀→一计不成再施毒计→阴谋被揭露后的恐慌。

各人有各人的心灵轨迹，相互之间的心灵联系与冲突也非常明确。

莎士比亚在揭示人物内心世界方面另一个杰出的艺术特点是语言的生动性和丰富性。莎士比亚是一位修辞学大师。根据计算机统计，与莎翁同时代的作家作品中一般拥有四千至五千个词汇，而莎翁是一万五千多个词汇，他善于运用比喻（明喻、暗喻）、替代和矛盾的拼合、错位、夸张、突降等法以求取新鲜的艺术效果。有时候用一句话就能勾画出一个人物的性格轮廓，如写麦克白夫人的恶毒："当婴儿含着我的乳头对我微笑时，我会毫不犹豫地把他摔在地下，让他脑浆迸裂。"又如《哈姆雷特》中写谄媚侍臣奥斯里克："他在母亲怀抱里的时候，也要先把他母亲的奶头恭维几句，然后吮吸。"

人物内心世界的生动性与丰富性、戏剧情节的生动性和丰富性、语言的生动性和丰富性构成了莎士比亚戏剧的主要艺术特点。马克思和恩格斯提倡戏剧的"莎士比亚化"，就其根本意义上说，就是保卫艺术本身形象思维的特点，不要使艺术变为思想的传声筒。所有这些，对于今天无疑仍具有重要的意义。

四、假如没有莎士比亚

没有人怀疑文艺复兴对西方文化发展的重要性。这种重要性集中表现为一句话：没有文艺复兴运动，就没有整个近现代的西方文化。即使是当代最时髦的后现代派，也是文艺复兴这个母亲的儿子。但我们还是可以问：假若有文艺复兴而没有莎士比亚呢?

历史上每一种文化，都需要有自己的巨人。文艺复兴伊始，它所面对的敌人是统治千年之久的神本位文化，它犹如一扇沉重的铁门把人禁锢在黑暗里。是但丁首先将铁门推开一条缝隙，透进一束黎明的光线。向中世纪神学冲击最猛烈、旗帜最鲜明的是意大利人薄伽丘和法国人拉伯雷，前者以人性为武器，后者又加上理性精神。人对于神的优越意识构成他们的共同特色，到了拉伯雷时代，我们已经可以说，人站起来了，人已经意识到了自己是宇宙的精华，万物的灵长，人可以成为无所不能的“巨人”。

但是，文艺复兴到了拉伯雷的水平，还缺少某些重要因素，那就是人对于自身的认识，薄伽丘或拉伯雷作品中的人都只是原欲的或理想的象征符号，具有单一性和空幻性。至此，教会虽然受到了重创，但“人学”尚未建立起来。如果文艺复兴止于薄伽丘，则西方历史比回到古罗马时代增加的东西并不多，纵欲主义的腐朽性曾导致古罗马的文化被基督教文化所取代，文艺复兴也将在纵欲主义中夭亡。如果止于拉伯雷，情形也好不了多少，文艺运动犹如攀登一座陡山，攀到中间停下来的人们势必滑到谷底，只有登上顶峰才能站稳脚跟。

莎士比亚作为接力赛的最后一棒，他跑到了文艺复兴预期的终点。在他的作品中，没有薄伽丘或拉伯雷那种对中世纪教会和政权的猛烈抨击，这是因为先驱者已经完成了这一任务——到莎士比亚时代，他的周围教会势力已经大不如但丁时代了。也正是在前驱者的基础上，他有可能从容地将中世纪文化中所有值得保存的精神营养保留下来，并转换成丰富新兴的资产阶级文化。正像我们在阐述但丁时已经提到的那样，一种新文化的稳固性有赖于它把自己否定的文化中一切富有营养的乳汁统统吸食到自己的身体里来。从但丁开始的这一伟大工作，在薄伽丘和拉伯雷时期没有多大进展，莎士比亚时代终于获得了辉煌的成果。基督文化中的奉献精神、忏悔精神、博爱精神在充分尊重个体的近代意识基础上重放光华，人把对自己的认识和追求都提高到了一个新的阶段：情感与理性、原欲和道德、个体与群体、自尊与谦卑，所有关于人生的重要问题几乎没有不被莎士比亚探讨过，以至于近三百年的所有新兴哲学都能从他的作品中找到某些端倪。甚至关于人的显意识和隐意识的冲突他也触及了。每个作家都不可能完全脱离他所处的阶级地位与时代局限，莎士比亚也是如此，但他却是同时代的艺术家中站得最高、看得最远的。他不是凭借逻辑思维而是靠感觉所获得的许多东西是哲学家们过了二三百年才加以阐释的，而莎翁却在当时就把它形象地揭示出来了。正如杜勃罗留波夫所说：

但是，在文学，到现在却出现了几个这样的活动家，他们在宣传中站得这样高，不论（致力人类幸福的）实际活动家，不论从事纯科学的人，都不能超越过他们。这些作家是得天独厚的，他们能够凭着天性去接近他们同时代的哲学家要靠严格的科学之助才能找到的自然的见解和追求。更有甚者，哲学家还只是在理论上预料到的真理，那些天才作家却能够从生活中把它把握住，动手把它描写出来。因此，正因为他们是某一时代人类认识最高阶段的最充分代表，从这一高处来观察人们和自然的生活，把这种生活描写给我们看，他们就能够高出于文学的服务作用之上，而跻身于一群能够促进人类彻底认识自己的活跃的力量和自然倾向的历史活动家的队伍。莎士比亚就是这样的。他的剧本中有许多东西，可以叫作人类心灵方面的新发现；他的文学活动把共同的认识推进了好几个阶段，在他之前没有一个人达到过这种阶段，而且只有几个哲学家能够从老远地方把它指出来。这就是莎士比亚所以拥有全世界意义的原因：……但丁、歌德、拜伦的名字常常和他的名字结合在一起，可是很难说，他们每个人都是像莎士比亚似的这样充分地标示全人类发展的新阶段。

（《黑暗王国的一线光明》，转引自《莎士比亚评论汇编》，
中国社会科学出版社）

文化的发展历史也是曲折的。一种新的文化诞生后总不免还要遭到冲击和否定。17 世纪兴起的新古典主义的立法者，在许多方面都企图对文艺复兴实行否定，它所锻造的一些严正而崇高的艺术品，单靠薄伽丘或拉伯雷是难于抵御的。然而，当他们试图推倒莎士比亚这座里程碑时，新古典主义显出了自己的无力和苍白。浪漫派在击溃古典主义时，他们高举着的正是莎士比亚的旗帜。莎士比亚捍卫了文艺复兴的成果，并且为后来的浪漫主义、现实主义乃至现代主义开路，近三个世纪的许多重要的流派几乎都从莎翁的作品中寻找自己存在的根据，并用莎士比亚为自己张目。

从一般意义上说，每个民族都需要有自己的“文艺复兴”，同时需要有自己的“莎士比亚”。这个“莎士比亚”可能是一个人，也可能是一群人。“莎士比亚”标志着民族文化的成熟。当“莎士比亚”还没有诞生的时候，他们的“文艺复兴”也就还处在初级阶段，并且随时有夭折的危险。

第四章 “观念革命”：从新古典主义到启蒙文学

让我们放浪形骸，
给我深刻的幸福和酸辛，
还有恨的力量、爱的权能，
都还给我吧，
我的青春！

——歌德《浮士德》

本章试图对17世纪初到19世纪初这二百年间西方文学中人的心灵成长的历程作一个粗疏的描述。

19世纪以前西方文学史上的四大里程碑作品（《荷马史诗》《神曲》《哈姆雷特》《浮士德》），除《荷马史诗》的问世年代无从确证外，其他三部都分别诞生于某一世纪初：但丁的《神曲》从1307年开始陆续问世；莎士比亚的《哈姆雷特》于1601年公演，1605年剧本出版；歌德的《浮士德》（第一部）出版于1806年。《神曲》与《哈姆雷特》可分别视为文艺复兴的肇始和终结，其间几乎整整三百年；而《哈姆雷特》到《浮士德》（第一部）之间又几乎是二百年。这二百年是西方文学的一个历史性转折点，是文学观念革命时期，它的重要性绝不低于文艺复兴的三百年。在这二百年里，人的心灵历程之起讫点也可用《哈姆雷特》与《浮士德》中的两段台词来概括。哈姆雷特说：

像我这种人爬行于天地间所为何事？

“爬行”一词用得极好，它最为确切地描绘了文艺复兴末期人对自身发展阶段的认识。他知道自己还处在婴儿阶段，还只能像婴儿般地爬行。

但二百年后的浮士德则不同：

他要索取天上最美丽的星辰，
又要求地上极端的放浪，
不管是在人间或天上，
总不能满足他深深激动的心肠。

如果说，哈姆雷特已意识到自己是一个人，而又为只能“爬行”而苦闷的话，浮士德却已直立于天地之间而苦闷于个体的无可餍足了。哈姆雷特时代的人是和资本主义发展同步的，他只是一个婴儿，这个婴儿经过这二百年，特别是启蒙运动和法国大革命的哺育，他已经成长为朝气蓬勃的青年了。哈姆雷特对于上帝的恐惧，对国家负有责任的沉重感以及原罪意识的羁绊，在浮士德身上都不见了，取而代之的是个体独立后的无限扩张欲，是情感亟欲挣脱封建思想的束缚并在改造天地的伟大事业中获得自我实现的信心。“哈姆雷特式的忧郁”是个体独立意识刚苏醒并意识到自身的软弱的标记，而“浮士德难题”则是对人类刚走向成熟时对情感与理智、自然欲望和精神追求、个人发展与社会改造等矛盾的严峻思考。几乎把哈姆雷特压垮的那些思想、感情重负，在浮士德身上显得微不足道了。

这是人类发展史上的一个深刻变化。马克思在揭示人类从未然人走向自由人的艰难历程时，曾指出它不可避免的三个阶段：

人的依赖关系（起初完全是自然发生的），是最初的社会形态，在这种形态下，人的生产能力只是在狭窄的范围内和孤立的地点上发展着。以物的依赖性为基础的人的独立性，是第二大形态，在这种形态下，才形成普遍的社会物质变换，全面的关系，多方面的需求以及全面的能力的体系。建立在个人全面发展和他们共同的社会生产能力成为他们的社会财富这一基础上的自由个性，是第三个阶段。

（《政治经济学批判（草稿）》，《马克思恩格斯全集》，第46卷）

也就是说，人类必须经历：

1. 对人的依赖（家长制关系、古代共同体、封建制度和行会制度）阶段，包括对神、对部落、对国家实体、对民族、对血缘家族的依赖。与这种依赖相应的便是人的义务：对上帝、国家、民族、家庭的义务。这一时期，个体的人是卑微的，只有对上帝的崇拜，为国家、民族、家长献身才是崇高的。

2. 以对物的依赖为基础的人的独立性。这种对物的依赖大量地直接表现为对货币的依赖。与上一阶段不同处在于人终于取得了某种独立性，个性的自由发展被提到首位，而对上帝、国家、民族与家庭的责任只有在它有利于人类个性的自由发展这一前提时才被认为是崇高的。

3. 自由人阶段（高级共产主义社会）。

从《哈姆雷特》到《浮士德》，即从17世纪初到19世纪初的二百年间，正是西方人从马克思所揭示的第一阶段向第二阶段的转变。

人类心灵历程中第一阶段向第二阶段的转变，体现在文学观念上的革命就是古典主义文学观念的衰落与浪漫主义文学观念的崛起，以古罗马为代表的古典主义文学观念是以赞美为国家、民族、家族献身的崇高精神为题旨；到了中世纪，上帝取代一切，宗教文学以为上帝献身、赎洗自身罪恶为题旨。从古罗马到中世纪，占统治地位的文学观念是把文学当作道德劝善的工具，以超验性的追求和实现封建伦理道德规范为崇高。而新浪漫主义文学观念把个体作为独立自足的存在，把个性的自由发展提到首位，把人的解放作为审美的最终追求，文学不应成为某种功利的工具，而是具有自身规律和目的的独立存在。

古典文学观念与浪漫文学观念的斗争是漫长而曲折的。历史进入17世纪以后，支配文艺复兴的那生机勃勃的乐观主义逐渐被一种奇特的矛盾心态所代替，如人文意识与宗教意识的混杂、灵与肉的冲突、现实与幻象的混淆、及时行乐与人生虚无的交汇……与这种心态相适应的是巴洛克文学，这是一种心态失去平衡与和谐而产生的怪谲、华丽和形式上破碎的文学。17世纪中叶英国率先发动资产阶级革命，这场革命哺育了盲诗人弥尔顿，但对全欧产生影响的文学潮流却不在英国，而在路易十三、十四统治下的强盛、繁荣的法国。这股称为“新古典主义”的文学浪潮，是古罗马古典主义的回光返照。它以崇高的精神、严正的艺术形式和高度发展的修辞学，一度征服了欧洲，并对法国的民族气质产生了重要影响。但在经历了文艺复兴洗礼的法国，个人自由发展的欲望伴随着资产阶级势力的增长而不可遏止了；因此，以赞美个人幸福、服从国家义务作为最高美德的新古典主义艺术，便不可避免地成为社会上流行的伪善道德的遮羞布。把新古典主义艺术推向高峰的莫里哀，同时又是它的亵渎者。莫里哀以《伪君子》对伪善这条多头毒蛇的揭露，使他成为伟大的人；但莫里哀没有敢离开上帝和皇帝的框架，这使得他对伪善的抨击本身也还带着某些伪善的色彩。只有当伟大的启蒙学者相继出现时，情况才发生根本变化。伏尔泰是古典主义艺术形式的崇拜者，但在思想观念上却是它的天敌。狄德罗既是一位坚强的理性主义者又是情感的热烈弘扬者，他最早揭示出善良道德与美之间存在的内在冲突。但真正扯起浪漫主义文学观念大旗的是卢梭。《新爱洛漪丝》《忏悔录》和《漫步遐想录》揭示着一种新的观念：真正的幸福不是源于上帝或国家，而是源于自身，人应该钟爱自己。卢梭因此而成为浪漫主义文学之父。为这种新观念孕育了第一部文学作品的是歌德，他的《少年维特之烦恼》是预告浪漫主义春天到来的第一只燕子。歌德把自己的《浮士德》（第一部）称之为“古典主义”的，其实他是追求更为健康的情感与理性的结合。他所关注的依然是个人的全面发展，而其艺术形式也是浪漫的。古典主义与浪漫主义并存的情况由于法国大革命的影响终于走向决战，不过这已经是19世纪30年代——下一章将要叙述的内容了。

一、莫里哀：击中伪善这条毒蛇的人是伟大的

新古典主义：带着锁链跳舞的文学

路易十三、十四王朝历来被视为法国历史上的伟大世纪，实际上，它是

个繁荣、稳定而平庸的时代。已经老态龙钟、行将就木的封建君主制，依靠新兴资产阶级这支龙头拐杖，创造了自己的最后一次繁荣。而此时的法国资产者，由于还没有强大到推翻自己的敌人，因此也乐于充当拐杖，而换得自己进一步发展的条件。封建贵族和资产阶级两雄对峙，王朝则凌驾于两大对抗势力之上扮演“调停人”的角色。这是历史发展链条中的一个妥协环节。这一妥协环节的出现，不仅同两派力量对比有关，而且有着深刻的社会心理基础：16 世纪和 17 世纪上半叶的法、英、德等国频仍地发生宗教战争和内战，由于饱尝战争之苦和长期动荡不安的生活，使人们深感混乱扰攘的危险，意识到一切偏激和狂热都是极为有害的，因此，他们情愿为了安宁的生活而作出必要的让步和牺牲。这一时期牛顿、哥白尼、莱布尼茨等人相继取得了自然科学成果，使人们认为“世界是有序的”。牛顿等人则提供了这种自然秩序的清晰图景。

热爱文学艺术的法国国王路易十四。路易十四统治期间的法国，达到了封建王朝的巅峰。

罗素这样描述当时人们的心态：“谨慎被看成是最高美德；理智被尊为对付破坏性的狂热之辈顶有力的武器；优雅的礼貌被歌颂成抵挡蛮风的一道屏障。牛顿的宇宙井然有序，各行星沿着合乎定则的轨道一成不变地绕日回转，这成了贤良政治的富于想象性的象征。表现热情有克制是教育的主要目的，是上流人最确实的标记。”（罗素：《西方哲学史》，商务印书馆，1982 年版）与这种社会心理相适应的文学，必然是一种接受理性和现存秩序束缚的文学，是一种有克制的文学。

在西方的历史上，文学主流大半都与统治者处于间离或对抗的地位上。新古典主义文学可算是一个相反的例子，它的形成同路易十四的扶持有关。在这位成就显赫的国王君临法国之前，帝王们虽然也干预文艺，但没有专门的机构和法律、政策。路易十四给文艺家以优厚的薪俸和很高的礼遇，鼓励他们写作拥护王室的优秀作品。首相黎塞留还从风行于法国的贵妇人主持的沙龙中遴选四十名学者（号称四十“不朽者”）组成法兰西学士院。学士院既照管文艺家的生活，同时又担负检查作品的责任。它的决议具有法律效力，因此，它既是一个最高学术团体，又是一个权力机关，在古典主义文学的发展中扮演着一个既是保姆又是警察的角色。

当理性一旦以自己的力量把文学攫住的时候，文学是显得相当谦卑的；它们自以为从理性那里找到了文学的生命。古典主义文学理论的权威和立法者布瓦洛说：

> 因此，首须爱理性：愿你的文章永远只凭着理性获得价值和光芒。
>
> （《论诗艺》第一章，中译本《西方文论选》，
>
> 上海译文出版社，1979 年版）

因此，这一时期的大师大都表现理性与情感、责任与利己的冲突，让人物在战胜个人、牺牲情感的结局中显出理性的高贵。甚至作为启蒙大师的伏尔泰在他撰写的悲剧里也是如此，只是他的理性不再是拥护王权，而是鼓吹启蒙思想，故事的格局则是同一的。这一点，只要读一读高乃依的《熙德》、拉辛的《安德罗玛克》和伏尔泰的《中国孤儿》，就可以看得很清楚了。

他们甚至甘愿为自己戴上镣铐：

> 诗人是这样的一个人：人们要求他戴了脚镣，步子还要走得很优美；应该允许他有时轻微地摇摆一下。
>
> （达明伯：《诗的感想·续编》）

古典主义者们所甘愿给自己套上的镣铐——“理性”是什么呢？就是某种永恒不变的绝对的普遍的观念，它的最高典范则是古罗马时代。“古典（意指古罗马时代的文学——本文作者注）就是自然，模仿古典，就是运用人类心智所曾找到的最好手段，去把自然表现得完美。”（朗生：《法国文学史》）古典主义悲剧的盟主拉辛，把自己的一切成就都归功于对古典的学习：

法国悲剧大师高乃依的《熙德》是新古典主义的典范作品，它宣扬了这样一种人生理念：个人情感应该服从于理性，爱情、婚姻应接受国家的政治调节。

我很高兴地从我们法国舞台上所产生的效果中看到群众所赞赏的尽是我从荷马或庇得斯那里模仿来的，从此我看到良知和理性在一切时代都是一样的。

（转引自朱光潜《西方美学史》）

对于亘古不变的真理的发现使他们何等喜悦和自豪！这种发现不仅使他们的作品当时受到欢迎，而且此后受到千秋万代的喜爱。真理的亘古不变保证了他们自身的不朽。这种对古代的崇拜甚至发展到艺术形式上也要模仿古希腊、古罗马。“三一律”就这样成了戏剧的法律：

……理性使我们服从它的规则，
我们就要求按艺术去安排情节，
要求舞台上表演的自始至终，
只有一件事在一日一地里完成。

（《论诗艺》）

法国古典主义者对古罗马的崇拜其实是有着感情原因的。他们把古罗马视为自己的祖先，而罗马大帝国则是民族史上的最大骄傲。这种民族的自豪感使他们那些以古代英雄故事为题材的悲剧获得了优美崇高的生命。结构的考究，语言的锤炼，又赋予了它典雅的艺术形式。

脚镣对于人是一种限制，但同时又能激活人的生命力与创造力。有这样一个故事：一个囚犯，从监狱里逃出来，怎么也打不开自己脚上的镣。为了糊口，在随同一个马戏团四处流浪时，竟然学会了戴着脚镣跳出各种姿态优美的舞蹈，大受观众青睐。那时候他常不无惋惜地想：如果除去镣铐，我将跳得更好。然而当这一天终于来到时，除去了镣铐的他竟然什么精彩的舞姿也不会了，观众认为他毫无高明之处，没有人再喜欢看他的舞蹈了。古典主义文学也是如此。它在形式上的苛求，束缚了文学，也激活了文学。它逼迫艺术家们"戴着镣铐跳出了舞蹈"，创作出了严整、崇高、典雅的悲剧和喜剧作品。想一想中国古诗在格律方面的严格要求所带给诗歌的成就和束缚，就容易理解法国古典主义立法者们的功过了。

可以设想，不论戴镣的囚犯在跳舞时如何受到欢迎，他依然是痛苦的、不自由的。布瓦洛说："理性在前进时往往只有一条路。"（《论诗艺》）理性以自己对世界的解释单一性见长，而单一性对于艺术来说却是致命的死敌。真正的艺术家总是具有个性的，不管他在清醒时对理性如何崇拜，当炽热的灵感袭来时，就不能不感到理性束缚的痛苦，就如那戴着镣铐的舞囚一样。作为古典主义的第一位大师高乃依创作《熙德》时的感受就是如此。

悲剧《熙德》：限制即否定

悲剧《熙德》的主人公是一对西班牙贵族青年。男青年名罗杰克，女青年名施曼娜，两人相爱。因罗杰克的父亲唐·杰葛挨过贵族唐·哥尔马的一记耳光，成为家族的奇耻，因此，唐·杰葛死前嘱咐儿子一定要复仇。但仇人唐·哥尔马恰是恋人施曼娜的父亲，这就不能不使罗杰克内心产生激烈的斗争。斗争的结果是家族荣誉战胜了个人的爱情。罗杰克在决斗中杀死了施曼娜的父亲。施曼娜看到罗杰克勇于维护家族荣誉因而更加爱他，但他杀死的恰是自己的父亲。出于维护家族的荣誉她又不能不请求国王处死杀父凶手，即自己的情人罗杰克。罗杰克本人在报仇之后也自动到施曼娜面前请求一死。此时，恰值摩尔人进犯，民族岌岌可危。罗杰克率兵赶走敌人，使西班牙转危为安，民众呼罗杰克为“罗德”（即民族英雄）。施曼娜更加爱他，但家仇未报，她不能不坚持让国王处死罗杰克。她在矛盾的痛苦中煎熬：

> 呀！对一个情人的心灵，
> 这是多么残酷！
> 我越知道他功劳大，
> 我对他的爱情更越有加，
> 但是，
> 我的责任感永远高于一切，
> 无论我的爱情多么浓，
> 我也要请求判他死刑。

后来，是国王英明，指令在罗杰克扫平摩尔以后两人一定要结婚。

这一悲剧的古典主义特色是明显的：它以宫廷贵族生活为题材，主人公的爱情服从于家族和国家荣誉，富于理性，并在结局处赞美了国王的英明。我们可以模仿裴多菲《爱情·生命·自由》（殷夫译）一诗的格局，把《熙德》的主题概括为：“爱情诚可贵，爸爸价更高，若为国家故，两者皆可抛。”但连高乃依也未想到，剧本上演时受到法兰西学士院的主持人、首相黎塞留的指责，认为施曼娜的行为“不成体统，假如不是淫荡”，对于剧中把公主对罗杰克的爱慕作为副线也表示异议。至于这出戏不符合“三一律”就更是遭到贬斥的不容争议的罪名了。今天我们重读这部剧本，发现它的动人之处恰恰在于描写罗杰克、施曼娜辗转于爱情与家仇的冲突时的那种痛彻肺腑的心境。个人情感与家族义务的搏斗，是典型的人生悲剧，而古典主义的立法者竟然连这种感情搏斗的痛苦也不准畅快地表达，可见它给艺术家留下的创作天地是一个多么狭小的囚笼。斯宾诺莎说：“限制即否定”——既否定了艺术也否定了这些“法则”本身。高乃依被迫不得不接受学士院的裁决。此后，他连《熙德》这样的悲剧也写不出了。《熙德》成了他的艺术顶峰。

莫里哀和他的“弃儿意识”

据说路易十四曾问布瓦洛，在他统治期间，谁在文学上为他带来最大光荣？布瓦洛回答：“陛下，是莫里哀。”莫里哀（1622—1673）以自己的喜剧作品从积极的方面发挥了古典主义，同时他又是那些神圣法规的亵渎者。他的大部分作品流畅而又新颖，严整而又活泼，遵守“三一律”，又不露窘迫雕琢的痕迹，为近代讽刺喜剧之丰碑。但他的喜剧精神从本质上说是对古典主义的反叛。

当时法国的古典主义戏剧是受宫廷的保护和干预的。当时有资格欣赏这种艺术的只有三千人左右，其中那些主持文艺沙龙的贵妇人占有举足轻重的地位。贵族的贵夫人们所喜爱的是描写古代伟大人物的伟大事迹，堂皇典丽的排场，灿烂耀眼的服装，表现上层阶级的文化教养，高贵的语言，优雅精妙的笔调，彬彬有礼的文雅风度，等等。倘若稍涉粗俗、古怪离奇，或缺乏斯文风雅，就可能使贵妇人震惊恼怒。触怒了她们的作家和艺术家会失宠，变得倒霉。莫里哀就是这样一位失宠的作家。

狄德罗笔下的拉摩的侄儿——这个聪明的无赖，曾道出过一个辛辣的真理：“我以为事物的最好秩序就是需要有我在里面的一个秩序。如果我不在里面，即令最完美的世界，也是毫不足取的。”迄今为止，还只有很少的人能够超越这一真理。路易十四时代的古典主义作家们，是被网罗于王朝之内的，是在金丝笼里唱歌的鸟儿，偶有反叛意识也如闪电瞬息即逝。而莫里哀不同，从本质上讲他是朝廷的弃儿，尽管他也曾一度受宠。他不是贵族，父亲是宫廷

MOLIÈRE
Né le 15 Janvier 1622.
Mort le 21 Février 1673.

莫里哀（1622—1673）：法国现实主义喜剧的首创者，无法模仿的才子。歌德说：“他是一个独来独往的人，他的喜剧接近悲剧，戏写得那样聪明，没有人有胆量想模仿他。”

莫里哀的喜剧重视生活的自然本身，矛盾尖锐，人物性格鲜明，无论什么样的人物，都有合乎各自地位的语言，《达尔杜弗》（一译《伪君子》）等剧表现出作家无与伦比的战斗勇气与独特的战斗风格。

陈设商，用钱买了个贵族称号，并希望莫里哀能继承他的事业。这使莫里哀从小就有机会在宫中行走，二十岁时还曾有幸去南方为路易十三布置行宫。但二十一岁的莫里哀对戏剧艺术与一位漂亮姑娘的迷恋，使他走出了温饱的家庭，从事上了一个当时被认为是卑贱的职业——喜剧演员。他正式使用“莫里哀”这个艺名表示他已同那个皇帝侍从的家庭决裂了。演出营业上的失败，使他负债累累，一度入狱，而后又过了十二年流浪汉生活。在戏班子里，他既是领班，又是演员；既是导演，又是编剧。十多年里，他走遍了法国各地，广泛接触民间生活， 孕育出了高乃依、拉辛都没有的弃儿意识：“当人家需要我们这班可怜人的时候，人家就爱我们，把我们认为天下最好的人；但是，当人家稍微生气的时候，我们就变成该吃棍子的坏蛋了。”（《冒失鬼》）“这就叫世道！原来爱我们的人，一见我们有一点点小不幸，就看不起我们。……此地爱的只是虚荣浮华，决不看重赤裸裸的品德。”但正像当时的每一个艺术家一样，他必须投靠一位显赫贵族。在这方面，莫里哀表现出的卑躬屈膝也不下于高乃依。他多次上书奉承路易十四。说“服从圣上，在我只有快活，这比服从阿波罗和全体缪斯好多了”。（《莫里哀喜剧》，李健吾译，湖南人民出版社，1982 年版）但一个“常吃棍子的坏蛋”同金丝笼里的鸟儿唱出的歌儿是绝不会相同的。无可救药的卑贱意识渗入了这个曾经出入宫廷的青年的血液，他本能地憎恨贵族和僧侣们在典雅外衣下掩盖着的堕落、谦恭外衣下掩盖着的奸猾和崇高外衣下掩盖着的卑鄙。如果说拉辛与高乃依悲剧的文化渊源于古罗马，那么莫里哀喜剧的文化渊源却是中世纪的市民闹剧。

《可笑的女才子》：向社会矫情的第一次进攻

莫里哀生活的是一个规范的时代。从政治见解、生活习俗、礼仪谈吐都规范化了。对于这个按规范化生活的“风雅社会”（贵族圈子），戏子莫里哀不能不依附于它。但这种规范不能不是个性自由的天敌，同卑贱的人们一起过惯了自由生活的莫里哀从戏剧活动的起始就表现出同这种悖逆自然人性的矫情是不相容的。从本质上说，这种反对矫情的斗争是个性解

《可笑的女才子》（1659 年）

《达尔杜弗》（1664 年）

放的先导，是后来发展成为自由浪漫主义的时代酵母。从这个意义上说，莫里哀远在资产阶级革命一百多年以前，就点起了资产阶级革命思想之火。

他对社会矫情的进攻，应从那个引起轩然大波的独幕喜剧《可笑的女才子》算起。那是 1659 年，莫里哀已经得到路易十四的宠幸，但只演了一场，就由于贵族的阻挠基本上遭禁。经过疏通再次上演时，票价提高一倍，观众依然踊跃。演出结束时，曾有老军人在池座里大叫："勇敢！勇敢！莫里哀，这出戏剧真棒！"

在这出戏里，可笑的女才子玛德隆（这个角色的扮演者就是莫里哀当时热恋的对象玛德隆・白雅尔）不仅把椅子叫作"谈话之利器"，把镜子叫作"美的顾问"，把小提琴叫作"足之灵魂"，而且认为恋爱求婚都应该具有不可更迭的"顺序"。

圣・艾如尔孟说："莫里哀的《可笑的女才子》，在和家长讨论婚姻的严肃问题时，不愿'从订婚之后开始'；可是这样一来，让一位情人等候她的许可，以后逐步按照求婚的方式进行，就变成一种虚情假意了。"按照上述的规律，玛德隆和妹妹喀豆把进门张口就谈婚姻的两名贵族逐出门外，却把他们的两个善于附庸风雅的男仆误当作有教养的子爵和侯爵，甚至把他们话语中的类似"他妈的"等粗俗语句都认为别有深意，对他们越发敬而爱之了。待两位主人到来将恶作剧的仆人痛打一顿时，两位女才子就像鞭子抽到自己身上一样，羞愧得无地自容。全戏用我们前面已经引用过的那句男仆的话作为结尾：

我看得出来，此地爱的只是虚荣浮华，决不看重赤裸裸的品德。

苏联教育专家苏霍姆林斯基认为：“一切徒有其表的东西都在人身上培植虚伪的性格。”在一个个性日益觉醒的社会里，一切在生活习俗方面的规格化都必然培植虚伪。可笑的女才子的虚伪是趋附时尚的人性扭曲，是一种不自觉的虚伪，它不包含某种自觉的恶的目的，属于伪善的初级阶段。而在《达尔杜弗》中莫里哀所揭露的伪善包含有自觉的恶，是伪善的高级表现。达尔杜弗这一形象的鲜明性与生动性，使得“骗子”成了伪善的同义语。

《伪君子》：对多头毒蛇的有力一击

《达尔杜弗》（1664—1669，一译《伪君子》）是莫里哀的代表作。中心人物达尔杜弗原是个贵族，家道败落后摇身一变成为虔诚的宗教信徒。他的性格特征是无论虚伪还是狠毒都已深入骨髓成为“无意识”。当他撒出弥天大谎时，常表现出极动人的真挚，他确信他所说的谎言都不是谎言而是确有其事。这些谎言总是首先把他自己打动了，然后很自然地打动了别人。同样，当他的伪善被揭穿时，他所表现的狠毒也是毫不犹豫的。《达尔杜弗》中最令人叫绝的两个突转，其一是在达尔杜弗调戏奥尔恭的续妻艾耳弥尔，被奥尔恭的儿子达密斯发现时，达密斯早已对父亲收留这个形迹可疑的家伙有所不满，此时挺身而出当面锣对面鼓地向奥尔恭揭露达尔杜弗的丑行，艾耳弥尔出于忠厚没有说出实情，但她的无言其实就是给儿子的话当了佐证。面对儿子与爱妻的告发，奥尔恭再崇拜达尔杜弗也不能不对他起疑。眼看骗子的嘴脸就要被揭穿，达尔杜弗是如何应对的呢?

这里有若干选择，譬如，达尔杜弗可以对苍天发誓，他没有对艾耳弥尔动手动脚，直言厉色地声称这是诬陷。这样做，最多打个平手，奥尔恭不能完全不信儿子，当然也不会贸然指斥达尔杜弗，那么在此之后，奥尔恭会对达尔杜弗留个心眼儿，达尔杜弗在他心目中的高大形象在事实上减弱了。这个阴影也许要过很久才能消失，甚至也可能随着新的蛛丝马迹被发现而不断扩大。因此，这种矢口否认的办法并非上策。

达尔杜弗的反攻是高妙的，甚至是出其不意的，他以退为进，以守为攻，以柔对刚。当达密斯告发后，奥尔恭说：“天哪！我方才听到的话是真的吗？”达尔杜弗回答说：

是的，道友，我是一个坏人，一个罪人，一个可恨的败类，无法无天，自古以来最大的无赖。我的生命只是一堆罪行和粪污，没有一分一秒不是肮脏的。我看上天有意惩罚我，才借这个机会考验我一番。别人加我的罪，罪名即使再大，我也不敢高傲自大，有所申辩。相信人家告诉你的话吧，大发雷霆吧！把我当作罪犯，赶出你的家门吧。我应当受到更多的羞辱。这一点点，根本算不了什么。

（《莫里哀喜剧》，李健吾译，湖南人民出版社，1982 年版。以下引文皆出于此版本）

达尔杜弗的意思是：你说我调戏妇女，这罪名还远远不够。我的罪过比你说的要大得多。我的生命没有一分一秒不是肮脏的。但是在这一堆大帽子的下面，却轻轻地否认了事实本身，也就是说我该受各种惩罚，但调戏艾耳弥尔的事是没有的。这只是上天为了惩罚我，把不属于我的罪加在我身上，来考验我。他让奥尔恭甚至让达密斯“把我当作罪犯”“把我当作背信的东西、无耻的东西、恶人、强盗、凶手看待吧！”请注意，他用的是“当作”，而不是一个简单的“是”。这种辩驳，既抹掉了罪恶，又显出高耸入云的圣徒姿态。奥尔恭联想到他的往事，就觉得他所加给自己的那些大帽子也不过是一些捏死跳蚤之类微不足道的事。所以，达尔杜弗尽管给自己泼上那么多污水，在奥尔恭看来却是圣水，达尔杜弗的形象在他心目中更高大了，于是怒不可遏地放逐儿子，把财产继承权转移给达尔杜弗，并且让他和艾耳弥尔“要更加亲近”——达尔杜弗打了一个精彩的大胜仗。

达尔杜弗的胜利，表面看来只是本人的机智与奸诈，其实是基督教对人本主义的胜利。达尔杜弗唬住奥尔恭的过程几乎是基督教胜利历史的重演。这一点，大概是莫里哀自己也始料不及的（他竭力想把真诚的教徒与虚伪的教徒分开）。大家回想一下古罗马末期那些苦修士们征服凡夫俗子的过程就可以清楚这一点。基督教义的特长就是忍耐，对别人横加给你的一切打击、诬陷、侮辱都要“宽恕”，

“不要动怒”，“别人打你左脸，你把右脸伸给他”。这种巨大的超人的忍受力折服了众多的凡夫俗子，使被他们侮辱嘲笑的对象变得高大起来，而自己反而渺小可怜了。这是基督教历史上的光荣。但是，自尊之心人皆有之，违反常情的忍耐本身就是一种矫情，带有做作的意味。达尔杜弗却又明明白白地告诉人们，这种忍耐力的背后潜藏着人性中并未毁弃的贪婪和庸俗。在这个伪君子那里，真诚的忍耐和宽恕已经堕落为贪婪与色欲的攻防武器了。

任何超人的品质，当它顺乎历史潮流而出现时，都曾以强大的光芒征服过许多人，支配过历史。但它既然是违犯人的自然本性的，就不可能在巅峰上维持很久，一旦跌下来就将化成可憎的虚伪了。

“伪善”的历史作用和扁平人物

在善与恶的交战中，伪善是一个不可缺少的中介。从这个意义上说，只要存在着善与恶的斗争，就有伪善存在，就有达尔杜弗式的人物。在同伪善人物的斗争中，人们意识到，达密斯那种直来直去、当面揭穿的办法在道德上是伟大的，从策略意义上说却是愚蠢的，往往把自己置于尴尬境地。对付伪善的办法还是伪善——这是人们在长期斗争中积累的宝贵经验。当全家人都被置于达尔杜弗奸诈的鹰爪之下时，奥尔恭的年轻妻子终于想出了一个反败为胜的办法，即剧本第二个令人叫绝的突转，这是一个圈套。艾耳弥尔约达尔杜弗来幽会，而让愚蠢的丈夫钻在桌子底下偷听。这回达尔杜弗果然中了圈套，居然厚颜无耻地让艾耳弥尔用“实实在在的好处”来满足他的情欲。当艾耳弥尔假意说这样做会得罪上帝时，达尔杜弗竟说：

如果您只有上天和我的爱情作对，去掉这样一种障碍，在我并不费事，您大可不必畏缩不前。

……不要害怕，满足我的欲望吧！

在艾耳弥尔假意担心被丈夫看见时，这个无耻的骗子竟然放肆地嘲笑起自己的恩主了：

他是一个我牵着鼻子走路的人。他以我们的全部谈话为荣，我已经把他摆布到这步田地：看见什么，不信什么。

眼见为实，耳听为虚，奥尔恭终于醒悟了。这个圈套是戳穿骗子的决定一环。这种手法就戏剧技巧而言是常用的，也就是“请君入瓮”。在中国传统戏曲乃至现代舞台、银幕上依然是百用不厌。过去是把人藏在柜子里、桌子下，现代则使用录音机、录像机录下实情，以戳穿伪善者的假面。

“以伪善对付伪善”不仅是莫里哀的艺术技巧，而且是他所不能不取的生活哲学。他深知写作《伪君子》鞭挞圣体会的奸诈之徒是一件多么危险的事，因此，他是极其小心慎重的，努力表明他绝不是反对教士，而只是反对伪教士：“材料需要慎重，我竭尽所能，仔细从事；为了保持人对真信士应有的尊重和崇敬，我尽量把真信士和我要刻画的性格区别开来；我没有留下模棱两可的东西，我去掉可能混淆善恶的东西；我描画的时候，也只用鲜明的颜色和主要的特征，人一接触，立时认出他是一个真正、地道的伪君子来。”剧本中特设一个人物克莱昂特（奥尔恭的妻兄）多次出场正面阐明真教士与伪君子的区别。显然，莫里哀为自己定下的这一条界限，也许是出于道德上的真诚，更多的可能是防范圣体会的攻击。无论出于什么动机，这种界限把人物性格单一化、表面化了。正如我们前面所指出的，伪善源于基督教义的悖逆自然人性，伪善的产生同基督教义有着不可分割的联系。谨守着真教士的界限，表明莫里哀不认识或不敢正视伪善与基督教的必然联系，而只能把它当作一种“恶德”来加以鞭挞。为了不让圣体会的恶徒抓住辫子，唯恐人们把真假混淆，他“没有留下模棱两可的东西”，“只用鲜明的颜色”。这种内含恐惧的对单一性的追求，使达尔杜弗的性格更加趋于单一和浮浅。

莫里哀在戏剧冲突已经解决（用骗局使奥尔恭认清了达尔杜弗的丑恶嘴脸）后，又突起波澜，让达尔杜弗以“秘密文件”相要挟。在危急万分之时，由于国王明察，使奥尔恭一家获救，骗子伏法。从戏剧艺术的内在发展来看，这是一个“蛇足”，但作者这一安排的用意是良苦的：他需要路易十四的保护和恩宠，特别是在他预感到这部作品将会受到圣体会的抨击时。

事情果如莫里哀所料。《伪君子》刚试演了前三场，圣体会就敏感地意识到这是指向他们的，便怂恿路易十四的母亲出面禁演。路易十四不得不以“圣上对宗教一向特别情重”为由，下令《伪君子》暂时不要公演。莫里哀也不能不说“达尔杜弗之流，暗中施展伎俩，赢去圣上的恩意”。“他（指攻击莫里哀的教堂堂长卢莱）看也不看我的喜剧就把它说成魔鬼的制作，把我的脑壳说成魔鬼的脑壳，我是一个装扮成人，有肉身子的魔鬼，一个自由思想分子，一个应该作为借镜、处以极刑的不信教的人。拿火把我烧死赎罪，还太便宜了我。”“他不愿意我得到上帝的赦免，一心一意要把我打入地狱，而且毫不犹豫。”为了争取上演，莫里哀不得不改头换面，剧名改为《骗子》，主人公改名巴女耳弗，着交际家而不是教士的装束。

在如此众多的敌人围攻之下坚持对伪善的斗争是非常感人的。但莫里哀不可能超越他的时代。众多的法规也有形无形地影响着他。他不可能逃脱道德说教和劝善性艺术的窠臼，在人物塑造上也不可避免地遵循着古典主义的类型说或定型说。他的全部艺术才华不是集中运用于发掘人物的深度，而是歌颂美德、鞭挞恶德，人物常常成为某一种品德的形象载体。例如达尔杜弗是“伪善”的同义语，而阿巴贡（《悭吝人》的主人公）则是“吝啬”的代名词。英国小说家福斯特（1879—1970）称这种围绕着单一概念或品质塑造出来的人物为“扁平人物”“象征人物”或“两度人物”。莫里哀笔下的这类人物易辨、易记，具有惊人的鲜明性和生动性，然而与此相关的缺点就是浮浅和单调。俄国著名批评家别林斯基赞美莫里哀的《伪君子》有针砭现实的勇气，却批评他笔下人物的浅薄：“一个能够在伪善的社会面前狠狠地击中虚伪这条多头毒蛇的人，就是伟大的人物！《伪君子》的创作者是不会被遗忘的。”但是，“达尔杜弗这个人那么缺少计谋，他只能欺骗一个人，而那还是因为这个人是一个蠢货，真的，要是和莎士比亚《奥赛罗》中的伊阿古相比，那就‘小巫见大巫’了。”（《论话剧与剧院》，转摘自石璞《欧洲文学史》）普希金也曾把莎士比亚笔下的人物同莫里哀的相比较：“莎士比亚创造的人物不是莫里哀笔下的只有某种热情或恶行的典型，而是具有多种热情、多处恶行的活生生的人物；环境把他们形形色色的多方面的性格展现在观众面前。莫里哀笔下的悭吝人只是悭吝而已；莎士比亚笔下的夏洛克却悭吝、敏捷，怀复仇之念，抱舐犊之情而又机智灵活。莫里哀笔下的伪君子追逐自己恩人的妻子是假仁假义的，接受财产的继承权是假仁假义的，要一杯水是假仁假义的。莎士比亚笔下的伪君子以虚假的严厉态度宣读判决书，但他却是公正的，他处心积虑地借对一名绅士的判决来为自己的残忍辩解；他用强有力的引人入胜的诡辩而不用杂以虔诚和殷勤的可笑态度勾引童贞少女。安哲鲁（莎剧《一报还一报》中的人物——本书作者注）是一个伪君子——因为他的公开行动与他的秘密欲望是相矛盾的啊！这个性格是多么深刻啊。”（摘自《普希金论文学》，漓江出版社，1983年版）

还需要说明的一点是：悲剧、正剧、喜剧对人物塑造的要求是不同的，悲剧人物往往是复杂型，而喜剧人物宜为单一型。我们可以效法普希金，将中国文学中的伪善人物如《三国演义》中的曹操同达尔杜弗比较，也会认为曹操更为深刻有力，但曹操属正剧人物。在喜剧范畴里则不能如此塑造。从这个意义上说，扁平人物也可以不朽。

《恨世者》：喜剧家的悲剧心理

莫里哀在《伪君子》中对伪善的鞭挞是绝妙的，然而他的《恨世者》则表现了这位杰出喜剧家内心的悲剧底蕴。我们可以把《恨世者》当作《伪君子》的姊妹篇来读。前者是揭露伪善者的可憎，而后者却道出真诚者的孤独。主人公阿尔塞斯特是一个愤世嫉俗并且喜欢直言不讳地指责别人的人。他痛斥自己的朋友菲兰德见了什么人都同他们拥抱，信誓旦旦地表示友情，但过后却连对方的姓名都说不上来。他看不惯虚伪的礼节以及对好人与恶人一概加以吹捧的“娼妓式的尊敬”，声称“一个人下流到言行不符的地步，实在恶劣、卑鄙、无耻”。但菲兰德却回答他说：“我的上帝，我们就少为时下风俗担忧，多原谅一点儿人性吧！”他认为对别人的热情应该报之以殷勤，对人类的缺点应该放宽度量。对于许多必须改弦易辙才能顺理成章的事，他也从不大发雷霆，他已把自己的心灵锻炼得惯于忍受。菲兰德劝阿尔塞斯特去巴结审判官，以便在一件诉讼案中取胜。阿尔塞斯特拒绝了这个建议，认为自己有理就必能取胜，结果刚好相反，让一个臭名远扬的坏蛋赢得了官司。阿尔塞斯特痛恨时俗却又热恋上对时俗有万分好感的寡妇色里曼纳。色里曼纳任人追求，轻于许诺，背后又说三道四。阿尔塞斯特认为可以用自己的爱情战胜她的恶习。但他的努力又遭到惨败，色里曼纳朝三暮四，在给别人的一封情书里把她的所有追求者骂得一钱不值，包括阿尔塞斯特也被称为“世上顶讨厌的人”。阿尔塞斯特发现到处“全是卑鄙的阿谀，全是不正义、自私自利、奸佞和欺诈”，因此，“打定了主意要和全人类翻脸”。伤痛之余，阿尔塞斯特依然表示愿意原谅她，只要她痛改前非，并与他一同退隐。色里曼纳一方面嘲弄着她所生活的社会，一方面却又舍不得它，她不能想象自己还可以过另外一种生活。阿尔塞斯特绝望之余，决心跳出“人欲横流的是非之地，找一个远离尘嚣的偏僻之乡隐居”。这个社会是属于菲兰德和色里曼纳的。菲兰德是那个时代的哲学良心：“今天只有耍诡计才能踌躇满志，人不洗心革面就好不了。不过因为他们心地败坏，就可作为理由退出他们的社会？人的种种缺点，正好给我们在生活上运用我们哲学的机会。这是道德的最好锻炼……”作为一个真诚的追求者，是与这个社会不兼容的。阿尔塞斯特的喜剧色彩，有如堂吉诃德，他的被嘲弄

《恨世者》（1666 年）

内含着悲剧的底蕴。这部喜剧在当时莫里哀的主要剧目里是上座率最低的，这件事本身也恰恰说明了那个贵族观赏圈子的庸俗和浅薄。莫里哀对此做何感想，不得而知。他马上停演了这出戏，向沙龙贵妇们献上了另一出浅薄得多的戏——《屈打成医》，这出戏的上演记录仅次于《达尔杜弗》。

莫里哀曾经受宠，但因《可笑的女才子》《太太学堂》特别是《达尔杜弗》，使他终被遗弃。他本质上不属于那个社会，他生不逢时。1673年，他在《没病找病》中扮演的角色曾经装死：

> 骨灰瓶里放着莫里哀，我们的罗齐屋斯，对他来说，扮演人类就是他的演技，他取笑死神，死神一怒之下把他带走，而且惨无人道，禁止他写喜剧。

然而在演出结束后，他真的死了。死前他对自己的夫人说："我这一辈子，只要苦、乐都品尝过，我就认为幸福了。"

他死去的这一天是2月17日。

他死后，天主教不给他行终敷礼，也不给他坟地。莫里哀夫人只得向国王请求。在路易十四的干预下，大主教勉强批准了出殡，限制在天黑以后葬在一个小孩儿的墓地。据说，葬礼后教会随即派人挖掘了他的墓地，把他那可怜的骸骨不知抛到哪里去了，坟头也找不到了。达尔杜弗们欣喜地吐了一口气，他们从肉体上消灭了自己的敌人。但是，莫里哀没有死，时至今日依然活在舞台上，达尔杜弗们也就命里注定永远地被钉在耻辱柱上了。

> 莫里哀是本世纪的妙手，
> 法兰西人一直在想念，
> 也将永远想念，
> 对他所模仿的那些古人来说，
> 假如他们能起死回生的话，
> 他会是不可模拟的。
>
> （圣·艾如尔孟：《关于古今之争》）

二、卢梭：把被囚禁的情感解放出来

启蒙思想的闪电射进了文学园地

1715年，路易十四去世时，时年二十一的伏尔泰亲眼看见“巴黎人在热望自由的气氛里舒了一口气”。（莫洛亚：《伏尔泰传》，第三节）在路易十四的葬礼那天，他亲眼看到沿途乡间小酒店里群众欢庆痛饮的情景。作为创造了一个繁荣、稳定王朝的君主，在他死去时人们竟然额手称庆，这表明历史已经翻到了新的一页；我们前面所提到的那种人们拥戴王权、渴望秩序的时代已经终结，路易十四成为众人心目中难于忍受的暴君，对自由的狂热追求使整个社会的心理变得骚动不安了，有历史材料证明，18世纪初的法国，阶级矛盾已开始白热化：占全国总人口百分之一的第一、二等级（贵族、僧侣）霸占了土地的百分之六十，农民收入的四分之三被剥夺，迫使农民不断举行起义以反抗残酷的压迫和掠夺。更重要的是，资产阶级已经足够强大，它已不再甘心充当君主专制的龙头拐杖，英国光荣革命的启示使他们要演出一幕比英国资产阶级的所作所为更加威武雄壮的戏剧。作为这场革命暴风雨的前奏，启蒙思想的闪电划过了法国的上空，照亮了整个大地，于是文学成了思想的武器。

“启蒙”这个词的原意是“照亮”，是用知识这把钥匙打开人们的眼界，“照亮”人们的头脑。法国人自己不常使用“启蒙”这个词，而是用“L’encyclopédie”，即“百科全书派”。恩格斯曾指出：“在法国为行将到来的革命启发过人们头脑的那些伟大人物，本身都是非常革命的。”（《反杜林论·引论》，《马克思恩格斯选集》第3卷，人民出版社，1972年版）这一时期的法国四大启蒙学者都在不同程度上使用文学的武器：在路易十四死后的第六年，孟德斯鸠发表了他的《波斯人信札》，

法国启蒙运动的先驱孟德斯鸠（1689—1755）和他的《波斯人信札》。《信札》清新明快，嬉笑怒骂皆成文章，对法国散文的发展具有重要影响。

伏尔泰（1694—1778）：法国最重要的启蒙学者之一。在文学方面，他开创了“哲理小说”这一新体裁，用戏谑的笔调讲述荒诞不经的故事，影射和讽刺现实，阐明深刻的哲理。

透过两个波斯青年的眼睛揭示封建专制的法国已“百病缠身”，对这种制度“永存”的观念投出有力的一枪。还有几部分直接抨击暴君路易十四。伏尔泰是一位精力充沛、才华横溢的作家。“17 世纪是路易十四的世纪，18 世纪是伏尔泰的世纪”，著名传记作家莫洛亚如是说。在狄德罗的《拉摩的侄儿》中，也表述了同样的意思，“咱们一说起诗人来，只有一个，那就是伏尔泰。还有谁呢？伏尔泰。第三名是谁呢？伏尔泰。第四名呢？伏尔泰。”但公正地说，他的作用不及狄德罗和卢梭，在文学上也是如此。他拘守古典主义的法则，推崇法国的古典主义大师，声称希腊的悲剧不如高乃依，小丑阿里斯托芬远不如莫里哀，攻击莎士比亚是“烂醉的野蛮人”。他一方面承认人不是一个简单的物体，有无限的差别性，但又把人物性格归类，认为“在人性中至多只有十二种人物性格才真正具有喜剧性”。他按照古典主义法规写出的悲剧、喜剧没有一部是成功的，形式扼杀内容，在他的悲剧里显得十分突出。相反，他那些信手写来的哲理小说却完全不同。在这些哲理小说中，他没有去有意挫伤古典主义的僵化模式，而是以活泼的叙述、滑稽的语调、出奇的联想、绝妙的机智勾画出当时整个社会的荒诞图景，否定了腐朽的贵族阶级、反动教会和全部国家机器的存在价值。伏尔泰的思想锋芒是指向王权的，但在艺术上却是古典主义的囚徒，只有当他从这个囚笼里走出来的时候，他的思想才华才放射出耀眼的光芒。

在西方文学史上有两个时期哲学的影响显得特别强有力，一是 20 世纪现代主义哲学对现代主义文学的影响，一是本节论及的启蒙思想对于文学的影响，它使文学真正走向解放，成为自觉的“人学”。

狄德罗：善良与诗意的对立

哲学思想的闪电射入文学园地，带来的可能是两种结果：泛出新的异彩或导致艺术的毁灭。这里的关键是：这种哲学是有利于人的解放还是相反。18 世纪的启蒙思想属于前者。这不仅因为他们的理性精神具有振聋发聩的思想力量，而且在于它尊重人，重视人的理性，也重视人的情感，重视人生，重视人的现实生活体验。这样，它就为浪漫主义、现实主义两股潮流同时打开了闸门。

启蒙思想解放人的情感。在戏剧形式上受着古典主义囚禁的伏尔泰认为，热情和勇敢是一切伟大人物的标志，“没有一点热情，什么也不能诞生出来。”（伏尔泰：《通讯集》）他强调人不仅应有共同遵循的悟性，而且应该有个性，个性比悟性更重要。“造就政治家的不是他的悟性，而是他的个性。心灵中的热情澎湃的力量可以把人造成英雄，也可以使人成为罪犯。桀骜不驯的激情可以把人导向两个结局：伟大的英雄或千古的罪人。理性的作用仅在于节制这种激情以使其做出于社会和人类有益的事”。孟德斯鸠也说过：“人有野心并非不幸，而被野心吞噬了，那才是不幸。”所以在法文中，“野心”和“雄心”历来是不区别的。

狄德罗（1713—1784）：法国启蒙运动中的战斗唯物主义者。他在三十三岁时写成的第一部著作《哲学思想录》因批评宗教和教会，被法院判决焚毁，而后入狱。他获释后，长期主持《百科全书》的编纂工作，还曾是俄国女皇叶卡捷琳娜二世的座上宾。他的小说《拉摩的侄儿》是辩证法的杰作。

在启蒙学者中，狄德罗对情感在创作中的作用有杰出的论述。他是一个唯理主义者，但在认识论上接受洛克的感觉主义，非常强调人的感觉作用，强调人的感受能力。从这点出发，他十分推崇感情的魅力与想象的作用，认为这是文学创作中绝不可少的。作为文学天才，思想要纵横无羁，想象要丰富多彩，感情要充沛饱满。正像狄德罗本人的性格一样，他常常把人的感情强调到超越理性的地步，强调天才要敢于冲破清规戒律，而古典主义迎合上流社会的种种审美趣味都和天才是不相容的。

狄德罗鲜明而强烈地反抗这种上层社会矫饰的审美趣味的倾向。他大力提倡不尚雕饰的、近乎原始的、粗犷的自然美。他说：

诗人需要的是什么？是未经雕琢的自然，还是加工过的自然？是平静的自然，还是动荡的自然？他喜欢晴明宁静的白昼的美，还是狂风阵阵呼啸，远方传来低沉而连续的雷声，电光闪亮了头顶的天空的黑夜的恐怖？他喜欢波平如镜的海景，还是汹涌的波涛？他喜欢面对一座冷落无声的宫殿，还是在废墟中做一回散步？一幢人工建筑的大厦和一块人手栽种的园地，还是一座深密的古森林和在一座没有生物的岩石间的无名洞穴？一湾流水、几片池塘和数股清泉，还是一挂在下泻时通过岩石折成数股、发出直达远处的咆哮，使正在山上放牧的童子闻而惊骇的奔腾澎湃的瀑布？诗需要一些壮大的、野蛮的、粗犷的气魄。

自然在什么时候为艺术提供范本呢？是在这样一些时候：当孩子们在临死的父亲的榻侧撕发哀号；当母亲敞开胸怀，用喂养他的乳头向儿子哀告……当女人死了丈夫，披头散发用指甲抓破自己的脸皮……当人们看到一个人头缠布条跪在祭坛前，一个女巫把双手在他头上伸开，向天起誓，举行着赎罪和受洗的仪式；当那些被魔鬼附体、受着魔鬼折磨的女预言家口吐白沫、目光迷乱，坐在三足凳上，呼号着预言性咒语，从魔窟的阴森森的底里发出悲鸣；当神祇渴欲一饮人类的血，必待这血流畅了才安定下来；当淫乱的女巫手持魔杖在森林里徜徉，引起在路上所遇到的异教徒的恐怖；当别的一些淫妇毫不害臊地剥光了衣服，看到随便哪个男人走来，就伸开两臂把他抱住，满足淫欲，等等。

我不说这些是善良的风尚，可是我认为这是富有诗意的。

（《论戏剧艺术》，转引自《西方文论选》，上海译文出版社，1979 年版。以下引文皆出于此版本）

这种对于人类远古时代野蛮、粗犷之美的强烈呼唤，是任何一次大革命暴风雨到来的先兆，是闪电在阴云中燃烧而弥漫在宇宙中的闷热气息，是人类要挣脱强加在身上的文明枷锁而发出的咆哮。文明的进步使人类升华，但每一种新的文明又注定成为人类进步的枷锁；每当这时，人类就渴望回到远古，回到那蛮荒时代去寻找被近代文明阉割了的原始的力量和美。狄德罗说："一般讲来，一个民族愈是文明，愈是彬彬有礼，他们的风尚就愈少诗意；一切在温和化的过程中失掉了力量。"（《论戏剧艺术》）

什么时代能够产生伟大的诗和诗人？狄德罗说：

> 正是内战猖獗狂热的情绪使人们拿起刀枪。血流遍野的时候，阿波罗诗神的月桂树才复活而发青，它需要以血滋润。在和平时期，在安闲时期，它就要萎谢了。……
>
> 什么时代产生诗人？那是在经历了大灾难和大忧患以后，当困乏的人民开始喘息的时候。那时想象力被伤心惨目的景象所激动，就会描绘出那些后世未曾亲身经历的人所不认识的事物。

相反，"如果一个民族的风尚萎靡、琐屑、做作，谈吐纯粹是鹦鹉学舌"，是决然产生不出伟大的诗和诗人的。

还有一点值得强调的是，狄德罗在满怀激情地高扬粗犷、野蛮的自然之美时说：

> 我不说这些是善良的风尚，可是我认为这是富有诗意的。

按照古典主义美学，只有善的，才可能是美的。狄德罗在美学史上第一次如此明确地把"善"和"富有诗意"（即美）看作两回事。这是艺术摆脱劝善的道德窠臼而独立的舆论开端，是一种新的美学观念的诞生。没有这种美学观念就不可能有整个的浪漫主义运动。因为浪漫主义运动的主旨就在于宣告艺术跳出道德训诫的框框而独立，美成为浪漫主义者的出发点和归宿。

两部《忏悔录》：人的价值观念的历史性转折

如果没有《忏悔录》，卢梭照样会成为法国大革命中最激进的精神导师。雅各宾派所看重的是《社会契约论》，这本著作成了激进民主主义者的“圣经”。然而，如果没有《忏悔录》，卢梭在西方文学史上的地位将大为降低，他不可能被人们尊为“浪漫主义文学之父”。

时至今日，这本书还是惊世骇俗的。当各种诬蔑、诽谤如雨般落在身上时，有几个人敢于在自己撰写的传记中坦然地承认自己有偷窃的习惯：“直到现在，我有时还偷一点儿我所心爱的小玩意儿。”当自己已成为名噪全国的学者时，有几个人敢于披露自己曾经撒过谎、诬陷过善良的女仆？有几个男人乐于把那种最难堪的事情——手淫的恶习自供出来让世人嘲骂？又有谁愿意把自己私生活中和女人之间的肉欲关系和情感关系一一加以剖析？对于一个名噪整个法兰西的思想家来说，主动地披露自己的卑鄙龌龊，带来的后果将是何等可怕？甚至连一个五岁的孩子都懂得，要保护自己就不要轻易承认自己的过失。几乎所有历史上的伟大人物，他们也只是承认一些对自己有利的缺点，或者起码是无关宏旨的污斑。只有两种人——傻瓜和疯子才会赤身裸体地冲进道貌岸然的人群中供他们耻笑与诟骂。卢梭写《忏悔录》时正处在腹背受敌的艰难处境中，哲学家休谟说：“他好像这样一个人，这人不仅被剥掉了衣服，而且被剥掉了皮肤，在这种情况下被赶出去和猛烈的狂风暴雨进行搏斗。”（转引自罗素《西方哲学史》，商务印书馆，1982年版）

卢梭像。德国诗人海涅说，同卢梭比起来，雅各宾党人的领袖罗伯斯庇尔不过是听命于卢梭的一只手。

在卢梭的《忏悔录》之前还有过一部影响至广的《忏悔录》，它的作者是著名的教父圣·奥古斯丁。关于这本书我们在前面论及过。两相比较，圣·奥古斯丁的坦诚远不如卢梭的十分之一。更为重要的是，教父的坦诚是为了证明人是有原始罪恶的。人本身不值得爱，只有“上帝”才是唯一的“享用”对象：

> 关键要懂得人应当为其本身而被爱，还是为别的东西。如果是为其本身，那我们在享用，如果是为别的东西，我们在使用。在我看来，人应当为别的东西而被爱，因为幸福存在于上帝的身上，上帝本身才值得人爱。……把希望寄托于人是可诅咒的。
>
> （转引自托多罗夫《批评的批评》，法国舍耶出版社，1984 年版）

而卢梭的《忏悔录》向人们宣布了另一种与奥古斯丁全然对立的观念：人的本性是美好的，人的一切自然要求，如对自由的向往、对异性的追求、对精美物品的爱好，都是正常的、合理的。正是社会环境的恶浊“使我染上了自己痛恨的一些恶习，诸如撒谎、怠惰、偷窃等等”。当我们面对这颗揭去一切面纱的心灵时，首先看到的是孩提时代的卢梭怎样抢读一本书，以至于通宵达旦，听到燕子呢喃之时才难为情地睡去。这种对于知识的渴求不正是人之所以为人的美好之处吗？当他出于维护面子而不肯承认自己偷了丝带反而诬陷是女仆玛丽之后，他竟被自己的罪过折磨达四十年之久，直至把它披露于世才获得些许良心上的安慰。这种对于过失的忏悔精神不正是人类追求善良的纯真之情吗？他也曾被肉欲所俘虏，但一种崇高的道德追求使他更重视感情纯洁、深挚和持久。在他的爱情生活中，特别是同华伦夫人之间那种看似奇特的关系中有着一种近乎天真无邪、纯洁透明、丰富而热烈的感情。这种对女性的尊重、保护、温柔和体贴，犹如一股新鲜的春风，在 18 世纪充满淫靡习气的上流社会中是非常罕见的。那一群群道貌岸然的贵族与学者有几个人不喜欢耽于肉欲的享乐生活，他们有什么资格来嘲笑卢梭呢？这位直到老年当他用颤巍巍的嗓音哼起歌曲还会感动得流泪的诗人，始终保持着对整个人类的博大深沉之爱。当他从一个姑娘手里买下苹果分给那些渴望得到苹果的小伙子们时，他意识到自己内心的快乐不是来源于恩赐，而在于看到了人们的笑脸。正像在《社会契约论》中所说的：每一个人的幸福产生于所有人的幸福。《忏悔录》是一个普通人内心世界的全景式展现，在这块心灵的明镜上溅有种种社会的污斑，也显示出明镜自身的纯洁。它有卑鄙龌龊，也有善良高尚。那些道貌岸然而对自身卑污讳莫如深的贵族、学者有什么资格来嘲笑这样一颗灵魂呢？当今那些高挂革命大旗、背后蝇营狗苟的道德君子们有谁能够同这样一颗坦诚的心相比呢？卢梭在《忏悔录》的第一章写下了如下这段话：

不管末日审判的号角什么时候吹响，我都敢拿着这本书走到至高无上的审判者面前，果敢地大声说："请看！这就是我所做过的，这就是我所想过的，我当时就是那样的人。不论善和恶，我都同样坦率地写了出来。我既没有隐瞒丝毫坏事，也没有增添任何好事；假如在某些地方作了一些无关紧要的修饰，那也只是用来填补我记性不好而留下的空白。其中可能把自己以为是真的东西当真的说了，但绝没有把明知是假的硬说成真的。当时我是什么样的人，我就写成什么样的人：当时我是卑鄙龌龊的，就写我的卑鄙龌龊；当时我是善良忠厚、道德高尚的，就写我的善良忠厚和道德高尚。万能的上帝啊！我的内心完全暴露出来了，和你亲自看到的完全一样，请你把那无数的众生叫到我跟前来！让他们听听我的忏悔，让他们为我的种种堕落而叹息，让他们为我的种种恶行而羞愧。然后，让我们每一个人在您的宝座前面，同样真诚地披露自己的心灵，看看有谁敢于对您说：'我比这个人好！'"

（《忏悔录》，第一部，人民文学出版社，1980年版）

这种袒露自己的勇气，来源于对人的自尊。他坚信人的本性是善的，每一个个体都不应是匍匐于上帝祭坛下的奴隶，而是一个保有自身价值的崇高生灵，人应该崇拜的不是某种传统观念和道德法则，而是他自身。卢梭在人类文化史上第一个把个人的尊严和价值提到如此高度，宣告了一种新的人生观念、文学观念的诞生。这种与圣·奥古斯丁完全对立的新观念，可以用一位德国人 K.P.Moritz（1757—1793）的话来概括：

人应当重新认识到他是为自身而存在，他应当体会到对于所有能思维的人来说，整体是为每个个人而存在，就如同每个个人是为整体而存在一样。

永远不应当把个体的人仅仅当作一个有用的生物，而应当把他看作一个自身具有特殊价值的崇高的生灵。人的精神就是一个自足自在的整体。

（转引自《比较文学讲演录》，陕西师范大学出版社，1987年版）

众所周知，卢梭写作《忏悔录》的外部动因是回答来自教会、官方和启蒙学者（伏尔泰、狄德罗）对他的诽谤和攻击。用这种使人惊骇的方式为自己辩护，使卢梭的人格不仅没有受到贬损反而成为一个超乎伏尔泰等人之上的伟大人格典范。产生这种始料不及的后果仅仅是由于惊人的坦诚吗？不！这部书的震撼心灵的力量在于人们阅读它的时候会惊喜地发现：人最值得珍贵的东西就是他们自己。

卢梭的善感性和情感的诗化

卢梭（1712—1778）像。康德说，卢梭是另一个牛顿。他是一个具有诗人气质的思想家。

德国的哲学大师康德在论及卢梭时说："卢梭是另一个牛顿。牛顿完成了外界自然的科学，卢梭完成了人的内在宇宙的科学，正如牛顿揭示了外在世界的秩序与规律一样，卢梭则发现了人的内在本性。必须恢复人的真实观念。哲学不是别的，只是关于人的实践知识。"恰如文艺复兴时期的哥白尼与莎士比亚一样，哥白尼提出了一个新的天体学说，而莎士比亚揭开了一个新的心灵世界。牛顿继承了哥白尼的事业，形成了一整套关于外界自然的严整科学，而卢梭则发展了莎士比亚，成为解放被囚禁的内心情感的先驱。

西方自古罗马以来，人的情感和欲望就常处于被囚禁的境遇中。自文艺复兴始，薄伽丘捍卫原欲的合理性主要针对教会；拉伯雷提出"您愿意干什么"，主要也是针对教会的种种法规戒律。在牛顿建立了自然科学体系后，理性与情感的相互关系与地位总是日益突出，理性王国升华了人，但又是自由情感的束缚，启蒙学者大多尊重人的情感，但又认为理性的品格高于情感，人不应做情感和欲望的奴隶。然而卢梭不同，尽管他的理论著作具有清晰而出色的逻辑论辩，总的来说，他重情感甚于理性。休谟说："他（指卢梭——本书作者注）在整个一生中只是有所感觉，在这方面他的敏感性达到我从未见过任何先例的高度，然而这种敏感性给予他的，还是一种痛苦甚于快乐的尖锐的感觉。"（罗素：《西方哲学史》，商务印书馆，1982 年版）卢梭认为，人应该完全凭着自己的天性、凭着感情的驱使去生活：

> 只要我的义务与我的感情相冲突……则前者很少会占上风，那时，我常常是忍耐的，但我却不能逆本性而行事。当我的心没有向我呼唤，我的意志充耳不闻，不管是别人，还是义务，或是什么必然性，都无法叫我唯命是从。我看见这样做会导致的祸害威胁，但我宁可任其降临，也不愿意为防范它而过虑不已。
>
> （《一个孤独的散步者的遐想》）

"我先有感觉后有思考，这本是人类共同的命运。但这一点我比别人体会得更深。"（《忏悔录》，第一部，人民文学出版社，1980 年版）卢梭的这种善感性除了先天因素外，应首先归于他幼年时代的读书习惯。通宵达旦、兴味盎然地阅读各种作品，使不满十岁的卢梭在对事物缺乏理解的时候就已经了解所有的情感了。"我接二连三感受到这种混乱的激情，一点儿也没有败坏我的理智，因为我那时还没有理智，但却给我造成了一种特型的理智，使我对于人生产生了荒诞而奇特的想法，以后不管是生活经验或反省，都没能把我彻底纠正过来。"（同上书）虽然幼年的生活很贫苦，但他的遐想习惯却很少受到拂逆，于是，高傲而又非常温柔的心灵、优柔怯懦而又不受约束的性格开始形成了。还在八岁的时候，他已经感受到被一只女人的手体罚的快意了，这种早熟的肉欲使他在女人面前格外羞怯。

最能说明"感觉"在卢梭心目中的至高地位的例子，莫过于他同华伦夫人的奇特关系了。这对情人初次会面的地点如今已用铁栏围起，成为巴黎人的骄傲供外人观赏了。初次会面时，华伦夫人二十八岁，而卢梭只有十六岁多。

卢梭称这次会面改变了他整个一生的命运，把他从走向恶人的边缘拯救过来重新变得善良。“在她的教导和榜样的帮助下，终于使我这淳朴得如同一张白纸的心灵最好地体现它的本质，而且从此就永远保持下去。”（《漫步遐想录》，人民文学出版社，1986 年版）他还说，同华伦夫人同居的四五年时间相当于他的生命的全部。“在四五年间，我饱享了一个世纪的生活，饱享了纯真而充分的幸福。”但直到他去世前夕，他都无法用清晰的语言陈述出对他一生具有如此决定性作用的究竟是一种什么力量。他把它称之为神秘的“心灵感应”。

在他从事那些伟大著作的撰述时，这种善感性同理智之间经常发生冲突，而理智却很难占据上风：

有两种几乎绝对不相容的东西，在我身上居然结合在一起，我很难想象这是怎么一回事：一方面是非常炽热的气质，热烈而好冲动的激情；另一方面却是迟钝而又混乱的思想，差不多总是事后才明白过来。简直可以说，我的心和我的头脑不是属于同一个人的。感情比闪电还快，立刻充满了我的心，但是它不仅不能照亮我的心，反而使我激动，使我发昏。我什么都感到，却什么也看不清。我非常兴奋但却动作迟钝，我必须冷静下来才能思考。令人奇怪的是，只要给我时间，我也是足智多谋，既能深入分析，甚至还很细致……

这种模糊而强大的情感冲动，在许多情况下并没有摧毁他的理智，反而帮助他透视到某些只能意会而尚无法说清的内在隐秘。这是一种直觉。虽然现代科学还无法解释这种能力，但却承认它的存在和它在某些条件下对洞察宇宙的奇特穿透力。在为卢梭奠定了崇高思想地位的《论人类不平等的起源和基础》和《社会契约论》中间，人们也可以感觉到在那具有雷霆般摧毁性逻辑力量的背后有一种更为强大的直觉的冲动，这种模糊不清的隐秘的生命力正是卢梭的天才所在。人们不会忘记被法国大革命的领袖们誉为“圣经”的《社会契约论》开头第一句话：“人是生而自由的，却无处不在枷锁之中。”许多哲学家都无情地嘲弄这句话的实在性。但又谁都无法否认它是怎样强有力地点燃了人类争取自由的熊熊烈火。卢梭确信："心自有理性所不知的理。"

卢梭全部理论的一个重要基石——人类在进入文明时代以前是自由、善良、纯洁的，原始社会是一充满仁爱无邪的集合体，现代文明使人陷入邪恶——是缺乏论证的。18世纪影响最大的启蒙学者伏尔泰曾嘲弄卢梭说：

读尊著，人一心想望四脚走路。但是，由于我已经把那种习惯丢了六十多年，我很不幸，感到不可能再把它捡回来了。

（转引自罗素《西方哲学史》，商务印书馆，1982年版）

但狄德罗同卢梭持相同观点，后来的哲学家们也在不断地补充和论证这一点。恩格斯在他的《家庭、私有制和国家的起源》中指出，人类从野蛮的原始社会过渡到文明社会，无疑是历史的巨大进步，但同时又是"一种堕落，一种离开古代氏族社会的淳朴道德高峰的堕落"，"最卑下的利益——庸俗的贪欲、粗暴的情欲、卑下的物欲、对公共财产的自私自利的掠夺——揭开了新的、文明的阶级社会；最卑鄙的手段——偷窃、暴力、欺诈、背信——毁坏了古老的没有阶级的氏族制度，把它引向崩溃。"（《马克思恩格斯选集》）

恩格斯还指出，在原始公社的氏族社会中，群体的存在是个人存在的前提，个人离开氏族集体必将被强大的自然力（包括野兽）所吞没，因此，每个氏族成员，把氏族公共利益和爱护氏族其他成员当作自己的本分和天职，不存在强人所难的义务观念，也没有强制性的道德法规。正是进入文明社会（阶级社会），私有观念的污水，迫使社会不得不制定各种强制性的道德、法律、义务等。人开始失去自由，失去人的本质。在卢梭所处的时代，法规是维护封建王朝的法律，道德是贵族阶级的道德，人的天性和本能受到压抑，人被异化为非人。在这种情况下，卢梭鼓吹心灵的自由，高昂个人的情感意志，它的革命意义是显然的。嘲笑卢梭的伏尔泰，在这一点上显出了他的平庸。

卢梭说："人们难免相信自己所热切希望的事情。"他对于原始社会美好图景的描绘，与其说是"事实如此"，不如说他"希望如此"。他不是用理论家的考证与逻辑获得结论，而是凭着心灵的期望。作为考证家，他是低能的。就特点而言，与其说他是理论家，不如说他是诗人。与其说他在探索逝去的历史，不如说在描绘一个美好的未来，一个心灵完全处于自由的状态，这种状态恰是美学所追求的极致。

关于“上帝是否存在”的争论使卢梭同当时最有威望的唯物论者狄德罗分道扬镳了。道理似乎全然在狄德罗方面，他那强有力的逻辑论理常把卢梭驳得无话可说，但卢梭内心却有一个模糊而强大的声音在反抗狄德罗。卢梭的内心叫道：这些巧舌如簧的辩论家们，你们热心宣扬的见解真的是你们自己的见解吗？你们那过于激动的热情使人捉摸不透你们内心究竟信仰什么。卢梭在这种论争中败北时，总说：“我怨我太无能，而不是怨我有错误。就我对他们的论点进行抗辩的能力来说，我的感情要比我的理性强些。”他下决心独自去探索。但越是探索，越感到自己处于迷宫之中，在思想的旅途中“到处都是障碍、困难、异议、曲折和黑暗”，“就等于是在风雨交加的大海上，驾着一只既没有舵也没有罗盘的小船向几乎无法接近的灯塔驶去，而这灯塔又不会把我领向任何港口。”（《漫步遐想录》，人民文学出版社，1986 年版）

上帝是不存在的，但卢梭内心的这种迷宫般的感觉却绝不是愚昧，相反，这是对人的内心宇宙的洞察。他把人引向情感诗化的道路。卢梭心目中那种“上帝存在”的“感觉”，使他的心灵同宇宙万物相通。他那无比敏锐的感觉使他能够与山川对语，与花鸟共笑，从而获得一种“充分的、完全的、圆满的幸福”。但这种善感性给他带来的更多的是包容整个人类的巨大而深沉的痛苦，正是这种痛苦使他“在巴黎成为专制君主政体的反对者和坚定的共和派”，宁肯过清贫生活而拒绝接受国王赐给的年金。

《忏悔录》的魅力首先在于所列史实的确切性，在这方面它不是无可指摘的。作为一个艺术家的回忆，它绝不是逝去的生活的简单复现，而是对往昔生活的诗化。回忆本身必然产生变形，史学家往往视回忆录的史料价值甚低，但对于文学家来说，《忏悔录》是使被逻辑思维污染了的思维得到救助的天使。卢梭从对往事的回忆中涌出的东西远比靠逻辑所洞悉的东西要多。因为回忆使人从逻辑空间回到心灵的内在空间，而心灵的内在空间才是人的深隐之维。正如前面所述，深隐之维（如对华伦夫人的情感）是无法用逻辑推出的，它在本质上是非逻辑的。

卢梭：自由情感的悲剧性命运

《忏悔录》展现了情感自由创造的新天地，它以无比的魅力呼唤人们听从情感的呼喊去生活。但社会的现实却给这种生活态度以无情的粉碎性打击。

卢梭的童年时代是清苦的，但他那属于自己的幻想天地并未受到侵害。一旦走上生活就全然不同。“强者”的暴虐摧残着他的温柔多情、天真活泼的性格，逼着他堕落为卑鄙的市井无赖。第一篇论文《科学与艺术》对现存文明的否定招致了来自多方面的打击和嘲笑。《论人类不平等的起源和基础》《社会契约论》导致统治者和教会对他施以严酷迫害。然而，正像直到现今世界许多奸险的统治者都喜欢使用的手段那样，他们不从理论上同卢梭论战，却从私人生活上寻找空隙。可怜的卢梭在这方面供人利用的东西太多了。小说《新爱洛漪丝》的出版就被舆论界指责为伤风败俗，因为小说中淋漓酣畅地描绘了贫穷乐师圣普乐与贵族女子之间那种纯洁热烈的爱情，描绘了两双热烈嘴唇第一次接触时那种被闪电击中似的晕厥，这种描写被古典主义视为鼓吹淫荡。按照他们的法则，骑士即使在吻他的情人时也应注意保持优美的姿势。卢梭对华伦夫人之间那种既做情妇又称她为“妈妈”的奇特感情也被上层社会所诟骂。到了《爱弥儿》出版时，情况就更加不妙了。大理院下令焚烧这部触怒了封建统治阶级的作品，并要求逮捕作者。卢梭在众人心目中成了“疯子和野蛮人”，他不得不逃往瑞士。瑞士当局也下令烧他的书，他又逃到普鲁士的属地莫蒂亚。教会发表文告宣布他是上帝的敌人，他只好又流亡到圣彼得岛。不只官方和教会对他穷追不舍地迫害，友军的箭又从背后射来。1765年伏尔泰写了题名为《公民们的感情》的小册子，指责卢梭将自己的孩子送进了育婴堂，声称这位曾发表过著名教育论文的道德学者是“一个够不上尽自己起码义务的坏蛋”。

关于被大狗撞倒受伤一事所引起的外界反应是令人胆寒的，特别是伏尔泰——这位启蒙运动的坛主竟然说“卢梭死得其所”。消息传给卢梭，他所受到的精神打击使他的反应像是谵妄症患者：一切都被夸大了，扭曲了。秘书的来访、多穆瓦夫人的来访都经过卢梭的丰富想象力加工变成了一个巨大的阴谋迫害之网，因而他果断地认为，“他们那类似奇迹的协同一致使我无法怀疑这阴谋的彻底成功是早就写在神谕上了。无论是过去还是现在看到的大量事实，都使我的这种想法得到证实，使我不能不从此把我原来认为是人的歹意的产物看成是人的理性所无法识透的上天的秘密。”事情诚然不像他所想象的那样，但诗人对于人类丑处的惊人敏感，使我们悲哀地意识到，如此敏感的心灵是不可能同他的周围相协调的，这是一切诗人的共同命运。卢梭说：“我很早就意识到，我天生就不是在这个世界上生活的。”

卢梭的悲剧首先应归罪于那黑暗的社会现实。但同时也要看到，“人的本质并不是单个人所固有的抽象物，在其现实性上，它是一切社会关系的总和。”（马克思语）因此，实现人的个性自由发展，需要许多的社会物质和精神条件，它只有在同其他人的自由发展取得高度和谐时才能圆满实现。到达这一理想境界，是一个漫长的历程，人类还需做许多艰巨的努力。不顾社会条件，“一任兴之所至”，是必然要碰得头破血流的。今天，一切关注人类幸福的思想家，包括马克思主义者都把全人类的个性的全面发展作为最终的奋斗目标。“人的幸福源于人自身”，已经成为人类共同的坚定不移的信念。

《新爱洛漪丝》出版时曾被指责为“伤风败俗”。今天回过头来看，觉得“伤风败俗”四个字真是要慎用。

三、 浮士德难题：个体的无限追求与两难处境

当衰老的卢梭在重重打击下隐居乡村度着孤苦的晚年时，邻国德意志的一位身着青衫黄裤的青年成了他的同路人，尽管他们彼此并不相识。这个名叫“维特”的青年如寒秋挂在枝头的枯叶，即使些许微风也使他战栗不已。善感的心灵简直就是卢梭的孩子。在追求情感自由的路上他发现所谓理想不过是画在墙上的图画，当你向它走去的时候，便碰得头破血流。当他明白了

这一点后，便用一颗子弹解脱了自己。维特的形象风靡欧洲许多地方。他的多愁善感，甚至他的自杀姿势都成为许多青年的榜样。这本《少年维特之烦恼》大部分是作者的切身经历，但不同的是他没有自杀。作者在用精致的短剑于自己胸前比画了一番后，决定活下去，沿着卢梭和他自己青年时代的追求向前走去，他终于跨越过维特阶段，超过了卢梭，熔铸出汇聚了启蒙运动全部精华的艺术形象——浮士德。他所提出的浮士德难题把卢梭对人生的思考大大向前推进了一步。

《浮士德》在西方文化史上的地位

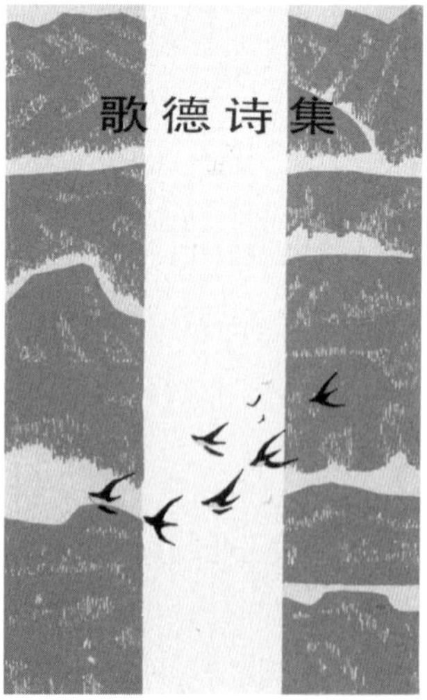

歌德作品中的中文版本

即使最杰出的作家也常常不一定理解自己的作品，不一定理解它对于时代意味着什么。在进入19世纪的第六年(1806年)，歌德完成了他的《浮士德》(上)，这部书引起的轰动不低于《少年维特之烦恼》。作者停顿了二十年，而后继续挥笔，呕心沥血，于他去世的前一年完成了《浮士德》(下)。然而，他却没有付印，用绳子捆好，盖上自己带有金星的印章，束之高阁了。他说：“我们现实生活如此荒诞，无法理解。我早就相信，为了熬好这锅稀奇古怪的热汤而付出的这样虔诚而长久的劳动，其结果是不好的，无人问津的。”他至死也没有料到，“这锅稀奇古怪的热汤”后来被许多人视为“近代人的《圣经》”。它同荷马的史诗、但丁的《神曲》、莎士比亚的悲剧并列为西方文学史长河上的四座具有划时代意义的雄伟的里程碑。荷马的作品所标志的是人类童年时代的幻美与悲哀；《神曲》展示了中世纪文化心灵的崇高和痛苦；莎士比亚揭示了文艺复兴时代人们的主体意识刚刚苏醒时的内心宇宙；而《浮士德》展示出了近代人在启蒙精神照耀下那广阔而奇丽的内心矛盾。宗白华先生在谈到歌德及《浮士德》的意义时这样说：

近代人失去了希腊文化中人与宇宙的谐和，又失去了基督教对一超越上帝虔诚的信仰，人类精神上，获得了解放，得着了自由，但也就同时失所依傍、彷徨、摸索、苦闷、追求，欲在生活本身的努力中寻得人生的意义与价值。歌德是这时代精神伟大的代表。他的主著《浮士德》，是人生全部的反映与其他问题的解决（现代哲学家斯宾格勒在他名著《西土沉沦论》中，名近代文化为浮士德文化）。歌德与其替身浮士德一生生活的内容，就是尽量体验这近代人生特殊的精神意义，了解其悲剧而努力，以解决其问题，指出解救之道。所以，有人称他的《浮士德》是近代人的圣经。

歌德在罗马郊外的坎帕尼亚。歌德把这次游历称作"自我放逐"。他从罗马写信给母亲说："我将变成一个新人回来。"事实上，这次出游成了他一生的转折点。

（转摘自《美学与意境》，人民出版社，1987 年版）

西方人从摆脱神性到高扬主体意识经历了一个漫长而艰难的过程：但丁时代，主体意识仅是黑暗地狱里的一线曙光，薄伽丘、拉伯雷则为这一光辉所鼓舞，而实际上还不理解主体意识的高扬对于人意味着什么。莎士比亚的深刻在于敏锐地揭示了主体意识刚刚觉醒时的惶悚。拉辛和莫里哀从悲喜剧两极试图把主体限制在一个"圣性"的框架之内。启蒙精神的闪电毁了这个框架，卢梭像一只勇敢的燕子脱逸而出，但他把人生过于诗化，在铁的现实面前碰得头破血流。而浮士德是一只成熟的鹰，它时而冲上云天，时而擦地盘旋，时而向着暴风雨冲击，时而在百花丛中嘤啭。他没有那么多的哈姆雷特式的惶惑悚惧，也不像拜伦那样蔑视一切。他的格言是：

我有敢于入世的胆量，下界的苦乐我要一概担当。

逝世前两个月，歌德依旧神采奕奕。

歌德所热恋的施泰因夫人的自画像，他曾给魏玛宫中这位红颜知己写过大量的诗歌和书信。

浮士德是从但丁到歌德——长达五百年间人性发展的一个缩影，同时又是19世纪文学精神的象征。

德国文化之谜：歌德与康德

《浮士德》的博大精深以及它所反映出来的包罗万象的宇宙图像，归根结底是社会历史的产物。然而，如果没有一颗广阔到足以容纳这一切的心灵来孕育它，它的诞生也是不可能的。

这颗心灵就是歌德。

歌德1749年出生于法兰克福。这座城市是名存实亡的德意志民族神圣罗马帝国的直辖市。歌德的外祖父曾是这个城市的终身市长、首席官员。父亲当过皇家顾问，知识渊博，生活闲逸，而母亲精明活泼，富于幻想。歌德从父亲那里承袭了知识和智慧，从母亲那里获得了汹涌澎湃的爱之圣泉。上流社会“错综复杂的迷津暗道”和德国庸俗市民的习俗赋予他魔鬼的气质，使他的天才过早地成熟了。

德意志是一个奇怪的谜，作为日耳曼民族从中世纪以来就以野蛮、嗜杀、残忍、愚昧而闻名。到18世纪初，德国版图分裂为三百多个小公国，犹如破碎的蛛网，巴掌大的公国中盛行着18世纪所谓的开明的专制、猥琐而僵化的社会关系。小邦之间相互争战，嗜杀如狂，人口锐减到只剩四分之一。占统治地位的容克贵族地主，在骄奢淫逸与愚昧无耻方面可谓旗鼓相当；颇为发达的市民阶层苟且偷安、自私自利。当法国的资产阶级像鹰隼般翱翔时，德国资产阶级还如后院粪堆上的鸡，趴在封建朝廷的粪便上感到温暖而舒服。在《浮士德》的“瓦卜吉司之夜”和

"皇城"中对于当时的德国有极生动的描绘，令我们想起德国有名的民间史诗《列那狐》。专横跋扈的"狮王"、贪婪愚蠢的"伊格蓝狼"和狡猾残忍的"列那狐"依然盘踞在这片土地上：

非法行为穿上合法伪装，
一个颠倒的世界在跋扈飞扬。
（首相语）
眼睁睁地看匪徒到处横行，
一半天下已弄得民不聊生；
（兵部大臣语）
人人都在搜括、聚敛和储藏，
而国库却已耗得精光。
（财政大臣语）

而市民们呢？

我这片铺面里的存品，
真可以说是旷世无匹，
铺内没有不危害世界和荼毒
人民的东西。
没有不曾饮过人血的匕首，
没有不曾下过毒药的酒卮，
没有不曾引诱过淑女的首饰，
没有不曾陷害盟友的刀剑。
（卖旧货的魔女）

歌德在法兰克福的故居，已经成为人们瞻仰的圣地。

裸体的魔女、淫荡的妇人、浅俗的"臀部见鬼者"、贪婪的暴发户、骚臭难闻的羊屁、奇蠢无比的母猪：

列那狐谎称藏有财宝，诱骗狮王，死里逃生。

拥挤、冲撞、滑落、喧嚣！
啾唧、旋转、拉扯、唠叨！
发光、喷火、发臭、燃烧！
…………

这就是德国。

把它同当时圣火熊熊的法国相比是多么令人沮丧啊！

真正的思想家和诗人从来就是庸俗现实的反抗者和超越者。正如象征“恶”的靡非斯陀可以激发“善”一样，德国的庸俗造就了歌德的非凡。现实生活之庸俗难耐与无法改变，逼使着大批智者从形而下走进形而上，从地面飞向云端，这是德国文化界的怯懦性也是他们的超越性。当法国启蒙学者们忙于对付现实、勇敢地解决人间的一个个恼人的难题时，德国的巨人们却站在奥林匹斯山上俯瞰人生。不只巨人们如此，在一些相当平凡的作品中都常常能表现出一个完整的人生观。这种人生观不是凭空产生的，而是由生命的经历和沉思所酝酿和发展起来的，这种经验和沉思包含着一个民族出众的全部修养的印记。人们常常感到惊异：在如此野蛮、愚昧，以梅特涅和希特勒作为显著特征的国度里，何以会出现灿若群星的思想文化巨人？歌德说过，“德意志民族的任务是在精神领域里征服世界”，这话也许是针对当时德国一度被拿破仑所占领的屈辱状态而言。然而历史证明，日耳曼企图以武力统治世界的幻梦没有实现，而歌德的预言却实现了大半，只要想一想康德、费希特、黑格尔、马克思、恩格斯、歌德、席勒、贝多芬、巴赫……这一连串名字就够了。

仅从德国本身试图揭破文化巨星升起之谜，是过于狭隘了。我们不能否认德国自身的文化传统（它产生过《尼伯龙根之歌》《列那狐》和马丁·路德）

狮王即将处死列那狐。

和那些思想活跃的大学所起的重要作用。但我们论及的时代，西欧差不多已经成为一个整体，文艺复兴的后果、启蒙思想的传播和德国人厌恶的法国大革命是最值得重视的原因。孩子未必认识自己的母亲，但局外人却可以从相貌和性格上一眼认出他们的血缘关系。恩格斯准确地把康德的思想体系称为“法国革命的德国理论”，我们同样可以说《浮士德》是“法国革命的德国艺术”。法国的启蒙运动没有孕育出与它的思想丰富性足以匹配的艺术婴儿，正像它没有结出哲学硕果一样。法国启蒙运动的哲学与艺术最高成果都在德国。有如在法国爆发的火山都映红了德国的天空。

就歌德而言，德国及欧洲文化对他的启示是多方面的。如“狂飙突进”运动的领袖赫尔德，是他为觉醒的天才打开了荷马与莎士比亚之门；席勒给予歌德的合作和友谊成了歌德创作上的巨大推动力。人们还常常谈到歌德与黑格尔的辩证法的关系，甚至认为黑格尔生于 8 月 27 日，歌德生于 8 月 28 日都是“意义重大的巧合”，表明两人之间存在着某种神秘的联系。《浮士德》中确实处处充满辩证法的光辉，但这种思想主要来源于法国。1805 年歌德翻译了《拉摩的侄儿》这部辩证法的杰作。通过对自然科学的潜心研究，他意识到整个世界是二元对立的（参见《浮士德》，董问樵译本）。我们稍微注意一下历史，歌德发表《浮士德》片段时，黑格尔才二十岁。当黑格尔以《精神现象学》开始享誉德国时，歌德的《浮士德》第一部已经出版了，黑格尔公开承认他从这部史诗中汲取了精神营养，还说他的精神成长完全仰赖于歌德。而歌德本能地排斥那种把活生生的人纳入某种客观理性符号中去的哲学，所以他对黑格尔哲学的评价并不高（见歌德与艾克曼的对话录）。在德国哲学巨人中有一个从未理会歌德的人，歌德却公开承认自己深受他的影响。这个哲学家就是伊曼努尔·康德（1724—1804）。歌德说：“康德从未注意到我，我却走着与康德类似的道路。”

歌德与康德，把这两个人联系在一起多少是有些奇怪的。一个是诗人，一个是哲学家。诗人与哲学家被认为是人类的两个极端：诗人把哲学家视为感情冰冷的思维机器；哲学家把诗人看作智能低下的疯子。康德在哲学家中又是一个极端：一辈子足不出户，以思考和著述、教学为全部生活，一辈子打光棍儿，见了女人就心慌意乱。歌德在诗人里也差不多是个极端，他从大学时代就不安心于书斋，学法律、学植物、写诗、旅游、做官、研究炼金术和颜色学，一生恋爱无数次，正儿八经、见诸文字的就至少有八次，年近七十还给女人写含情脉脉的诗。康德完全生活在一个形而上的空灵世界里；而歌德却全身心地淹没在纷繁扰怀的世俗社会中。然而，就在这两个迥然相异的性格中间，我们发现了某种文化上的血缘关系。

难道我们不能在某种意义上把康德视为勇敢的“浮士德”吗？他几乎足不出户，似乎只有书斋生活。然而他的书斋与中世纪的书斋是何等的不同啊！那里绝不是拘守于陈旧的中世纪“四大学科”，而是浮士德一生经历的全部风雨和全部宇宙。康德说：“我渴望知识，不断地要前进，有所发明才快乐。”这不是浮士德精神的真谛吗？浮士德的勇气表现为既要享尽一切苦乐，又要追求超验的道德本体；康德的巨大勇气则表现为在哲学领域里既同莱布尼兹唯理论作战，又同经验作战，以期接近人的文化心理之谜，调和二律背反的困惑，揭示人的这一目的本身。他反对论证上帝、灵魂的存在，因而受到教会的严厉抨击，但同时他又反对论证上帝的不存在，因而受到唯物论者的攻击。这种两难处境何等尴尬！但历史的发展证明，康德所选择的这种两难处境，恰恰反映他超越了他的同时代人。时至今日，两种绝对都被证明为浅薄时，人们惊异地发现康德在夹缝中坎坷而行的卓越之处：上帝是不存在的，但广大的未知世界、冥冥之中为人们所不了解的力量却太多了。透过康德先验论命题，我们感觉到了这位哲学巨人内心的苦恼。他对人的内心世界的理解超过洛克、休谟，也超过后来的黑格尔。“回到康德”的口号尽管包含着许多荒谬，但康德对人们内心宇宙的揭示，他关于“人是自由的又是不自由的”等二律背反的论点，至今依然保持着魔力却是事实。人们清楚地看到，在这个哲学巨人的头脑里意识到，人内心世界绝不是简单的静观反映论可以涵盖的。他隐约感觉到人的内心是一个系统，诸多因素互相联系、互相制约。当时的社会、文化、科学水平使他无法确认这一点，但他模糊地感到了，他不能放弃这一点。这就使得他的

康德（1724—1804）：德国最伟大的哲学家之一。他的《纯粹理性批判》《实践理性批判》《判断力批判》曾在哲学领域中掀起过一场革命，影响深远。

哲学体系失去了人们习惯的那种纯性、明确性而变得复杂、模糊，甚至自相矛盾。为此，他的在天之灵忍受了一个多世纪的非难和嘲笑。但是，现代西方已经发现，正是在他的复杂、模糊和自相矛盾的论断里，显示出了人自身的全部复杂性。用现代人的观点指责康德，还要说他对这种复杂性的认识过于简单。

正是康德对于人的内心宇宙全部复杂性的探索强烈地吸引着歌德。因为歌德本人就是一个性格丰富到了难以捉摸程度的天才，或者叫魔鬼。

先举一个简单的例子：就在《少年维特之烦恼》引起无数青年的疯狂热情时，歌德写过一个叫《小丑的疯狂》的歌剧，其中有一段歌词大意如下：

这位可爱而热情的维特
是我自己试探性的化身，
让他去和我的姑娘一道散步，
让她在谈话时血液沸腾，
接着就该由我来关灯……

这首用轻浮的、近乎流氓式的口吻写出的诗竟然出自《维特》的作者吗？但这令人难以置信的沮丧的事实毕竟是凿凿有据的。《小丑的疯狂》上演前，歌德自己又把这一段抽去了。

《歌德传》的作者埃米尔·路德维希曾这样概括歌德青年时代的性格：“既感情丰富又十分理智，既疯狂又智慧超群，既凶恶阴险又幼稚天真，既过于自信又逆来顺受。在他的身上有多么错综复杂而又不可遏止的情感！”

因此，不能因为上述那首轻浮的诗歌就认为《维特》是不真诚之作。歌德所亲历的那段爱情曾使他陷于疯狂，被夏洛蒂拒绝以后，对生活的渴望与厌弃在他心中展开了激烈的搏斗。然而他没有像维特那样自杀。他曾在自己床头放置一把价格昂贵的短剑，“吹灭蜡烛之前，我总是想试试，自己能不能把这把锋利的剑戳进自己胸膛的几英寸深处。可哪一回也没有做到，最后终

《少年维特之烦恼》女主人公原型夏洛蒂的水粉画肖像

《少年维特之烦恼》维特初识绿蒂

于自己嘲笑自己，抛掉了这种疑病式的装腔作势，决定活下去。”这是对于生活的怯懦还是坚强？他从绝望的深渊里逃出来，开始寻找新的生活。在这以后他多次遇到爱情与自由的矛盾。特别是当他深深被封·施泰因夫人（一个比他大七岁的女人）所俘虏时，他感到自己失去了自由，爱情成为负担，“我越来越成为失去个性、失去独立性的人。我把自己的全部弱点都袒露给你……我的爱情，我对你的感情，这已经不是一种情欲，而是一种我把它看得比最有益的健康更加宝贵而我也不想加以治疗的病症。”一些轻易委身于他的女人，他很快对其丧失兴趣；而从不就范却又用情感的笼头把歌德牢牢套住的施泰因夫人，成了歌德的诗歌创作的灵感和源泉。他们的关系保持达十年之久，但歌德终于还是从这种感情中挣脱出来了。他说“最要紧的是不要失去自己”。爱情是最高点意味着自由的丧失，因此他常常在这个最高点上突然逃走，但这种负心的行为对于他的女人的伤害又使他异常痛苦，这种痛苦全部注入到《浮士德》中玛嘉丽特、葛丽卿的悲剧中去了。葛丽卿的悲剧是歌德爱情生活的忏悔录。

在同自己的青春时代告别时，歌德对于包括《维特》等在内的创作、科学研究与个人生活作了如下反思：“我安详地审视着过去的生活，审视着那骚动、纷扰和对知识的渴望，审视着自己的那个到处营营逐逐，好使自己的欲望得到满足的青春。一些秘密状况给我带来一种特殊的、不明确的、想象中的满足。我是怎样皮相地接触一些科学上的问题，然后又扔掉它们！那段时期我所写的一切又是渗透着一种什么样的卑下的自我满足！在所有神的和人的事业中，我表现得有多么目光短浅！多少时光被我虚掷！——这时光不是用于有益的思考和创作，而是用于情感和那只能劫夺韶光的虚幻的热情。”（转摘自《歌德传》，埃米尔·路德维希著，甘木等译，天津人民出版社，1982年版）

这是歌德同自己的青年时代告别、走向成熟的标志。但这种成熟并不意味着灵魂的净化，而是在本来就很复杂的性格中间又添加进新的因素，诚如恩格斯所指出的：“在他心中经常进行着天才诗人和法兰克福市议员的谨慎的儿子、可敬的魏玛的枢密顾问之间的斗争。前者厌恶周围环境的鄙俗气，而后者却不得不对这种鄙俗气妥协、迁就。因此，歌德有时非常伟大，有时极为渺小；有时是叛逆的、爱嘲笑的、鄙视世界的天才，有时则是谨小慎微、事事知足，胸襟狭隘的庸人。”透过这个诗人的内心世界，我们几乎可以看到当时的整个德国，各种相互对立的因素集中在一个人的身上，它们相互角逐，彼此照映，形成了一个错综缤纷的内心宇宙。

歌德在年青时代就认为，能把无数的个别联结成为一个有机的整体，是天才的特征。他说：

……对于天才来说，原则比其他范例更有害。在他之前，各个魔法师只是沉湎于个别部位，而他是在自己的心灵里把这些个别部位联结成一个整体的第一个人。

在哲学的王国里，莱布尼兹与洛克都是各执一端的“魔法师”，而试图把这一切个别部位联结到一起的第一个人就是康德。康德是一个在形而上世界里的巨人。他对于人的内心世界复杂性的探讨恰好符合歌德本人的体验，如果没有康德哲学和同代其他哲学家的启示，歌德不可能完成维特到浮士德的飞跃。这一飞跃的核心即在于对人类主体世界所潜在的无限丰富性的乐观主义理解。关于浮士德与靡非斯陀两个对立形象的设计、关于浮士德内心中原人的无止境欲望追求与对理性无限性的把握的二元对立，都体现了康德式的二律背反，它是关于人的主体性的辩证法，而不是黑格尔式的。歌德让浮士德最后在开拓疆土、改造自然、造福百姓的事业展开之前倒下去，曾被屠格涅夫批评为“不自然”，理由是浮士德始终是一个自我中心主义者，不可能达到如许精神境界。但是，只要认真研究一下全部浮士德，就会发现他的内心始终隐存着康德式的“绝对律令”，正是这种“律令”使他在侵害别人（如葛丽卿……）时感到自责。这种“绝对律令”如果说它苍白，那也是来自康德伦理学本身的颜色，反映着康德对“善”的空幻追求。总之，歌德与康德，是18世纪分别在日耳曼思想高山上站立着的两位巨人，一个站在日神阿波罗的肩上，一个站在诗人缪斯的肩上，而他们的心灵是相通的。

浮士德：渴望获得生命最高价值的痛苦

《浮士德》是一本相当难读的书，但是，浮士德并不是不可理解的神秘物。当你在晚上准备进入梦乡的时候，突然从内心中涌出一股感伤：这一天过得是那么贫乏、单调而无聊，没有激动人心的欢乐，也没有刺痛肺腑的哀伤，想不出一点儿有价值的成绩和温暖心房的享受，一天就这么过去了；更可怕的是明天还会如此，日日月月，岁岁年年，似乎都笼罩着一种灰色。你望着灰暗模糊的屋顶，望着无边的黑夜，会提出一个问题：人活着有什么意思？一种强烈的要改变你的生命的欲望猛烈地撞击着你的心房，眼泪被欲火烧干了，一种没有明确目的的决心在你的内心凝固下来，你几乎抱着“如果这样活，毋宁死”的想法准备重新生活……朋友，当你这样想的时候，我就可以说：“你已经接近浮士德了。”

长期困守在书斋里的浮士德有着同你类似的感受，不过是在早晨醒来之时：

我早晨蓦然惊醒，
禁不住泣下沾襟，
白白度过一日的时光，
不让我实现任何希望，
连每种欢乐的预感
也被顽固的批评损伤。
而且用千百种丑恶的人生现实，
阻碍我活泼心胸的创造兴致。
到了黑夜降临，
我们不得不忧心忡忡地就寝；
这时我还是不得安宁，
常常被噩梦相侵。
…………
所以我觉得生存是种累赘，
宁愿死而不愿生。

德拉克罗瓦作品《靡非斯陀再访浮士德》

（《浮士德》，董问樵译，复旦大学出版社，1983年版）

这种对于生命的不满足，是人区别于动物的一种本能，是人的创造力与破坏欲的源泉。对于这种不满足而引起的追求欲，历来有各种不同的态度。我们随便举一首李白的《古风·其十八》看一看：

…………

香风引赵舞，清管随齐讴。
七十紫鸳鸯，双双戏庭幽。
行乐争昼夜，自言度千秋。
功成身不退，自古多愆尤。
黄犬空叹息，绿珠成衅雠。
何如鸱夷子，散发棹扁舟。

（《李太白全集》，北京图书馆出版社，1998年版）

这首古风的意思很明显：欢乐和功名后面隐伏着灾祸。人的追求欲不可无节制，莫学石崇与李斯，要像范蠡那样功成之后，急流勇退，才可避祸消灾。

颇有意思的是美国意象派首领、著名现代诗人庞德，把李白这首诗译成英语时，完全变成了另一个样子：

…………

有香风舞女／有悠笛
清歌／有七十对男女共舞
／有庭院内疯狂的追逐／
整日整夜都赋予享乐／他
们以为这享乐会持续一千
个秋／一千个不知疲倦的
秋天／一群黄狗狂吠着／
对他们说来绿珠姑娘只引来仇

恨 / 他们当中有一人叫范
蠡 / 独自携情妇离去 / 他
驾起轻舟 / 身旁的姑娘长
发披肩

含意与李白全反，消解人的追求欲之内涵全无，绿珠姑娘成了祸及全体的美人海伦，整个诗歌充满了欲望的骚动，连范蠡的归隐也变成了“携情妇离去”“姑娘长发披肩”了。

这种曲解中透露出中西两种不同的文化精神。近代西方文化是反对消解情欲的。它只是追求欲望与理性的和谐发展，并且认为这种追求应该是无限的、无止境的。浮士德精神的出发点就在于寻求生命的最高限值和全部奥秘。即使明知“有限永远不能成为无限的伙伴”，也“依然要走向生命毁灭的终点”。（谢林：《艺术哲学》，转摘自阿尼克斯特著《歌德与〈浮士德〉》，三联书店版）

《浮士德》的第一部，开始就是主人公深夜在书斋中抒发自己的苦闷：

唉！我到而今已把哲学，
医学和法律，
可惜还有神学，
都彻底地发奋攻读。
到头来还是个可怜的愚人！
不见得比从前聪明进步；
夸称什么硕士，更叫什么博士，
差不多已经有了十年，
我牵着学生们的鼻子
横冲直撞地团团转——
其实看来，我并不知道什么事情！
…………
别妄想有什么真知灼见，
别妄想有什么可以教人，

使人们幡然改邪归正。
我既无财产和金钱，
又无尘世盛名和威权；
就是狗也不愿意这样苟延残喘！

开头讲的哲学、医学、法律、神学是中世纪的所谓“四大学科”。浮士德为什么厌倦这些东西？是因为它脱离了生命本原。文明的创造，本意在于生命的升华，但升华的结果往往造成对生命的压抑，这是文明的悲剧。不仅中世纪文明如此，启蒙学者的思想中也有压抑生命本原的东西。浮士德的强烈欲望：“观察一切活力和种源。”他认为离开生命本原的学术研究“连狗都不如”。书斋对心灵的禁锢使他身心分裂，他渴望沐浴在月光之下，走出犹如监牢般的幽墙暗穴，“涤除一切知识的浊雾浓烟，沐浴在你的清露中而身心康健！”这是一种生命力渴望获得释放而不得的苦痛。为此他乞灵于“灵学”（魔术），但“宇宙符记”所给他的是一片虚无，一片幻景，倒是地灵使他“饮新酒而觉振奋”（地灵在这里象征着生生不息、充满活跃力量的大地），浮士德自诩为与地灵亲近，但又嫌它丑陋。地灵向他揭示自己的奥秘：

在生命的浪潮里，
事业的狂涛里，
涛上复涛下，
浮来又浮去，
生而死，死而葬，
一个永恒的大洋，
一个连续的波浪，
一个光辉的生长，
我架起时辰的机杼，
替神祇制造生动的衣裳。

（《浮士德》，郭沫若译）

浮士德与少女玛嘉丽特调情。

可浮士德并不理解，因此受到地灵的轻蔑，离他而去。他的弟子瓦格纳讲来了，浮士德继续发挥他的思想，即枯竭的书本不能激发人的灵魂，只有“原人的快感才能震荡听众的心胸”。这里，“原人的快感”（董问樵译作“从心灵深处迸发出强烈的乐趣”），近似于后来荣格提出的“无意识领域”。荣格认为，文学作品只有深触到人们千万年积淀下来的无意识领域，人们才会感到“淋漓酣畅”。18 世纪末，歌德已经觉到在表层情感之下潜流着一种更加强烈的生命力量，只有这股力量才能“打动一切听众的肺腑”。被地灵申斥的浮士德，反过来训责他的弟子瓦格纳。庸人瓦格纳把古代哲人的书典当作历史的精神，浮士德告诉他：过去的时代对我们是“七重封印”（《新约·启示录》），而典籍不过是“一箱臭垃圾，一库破烂品”。瓦格纳总是像土拨鼠一样在故纸堆里寻找，即使挖出一条蚯蚓，也沾沾自喜。浮士德说：

难道说，羊皮古书是喝了一口便永远止渴的圣泉？
醍醐若不从你自己的心中涌现，
你便不会自得悠然。

（《浮士德》，董问樵译，复旦大学出版社，1983 年版。以下引文皆出于此版本）

启蒙学者认为，把《圣经》上所说的古老的羊皮书当作人生之谜的最后解答是一种愚昧。人生的快乐之源不在羊皮书里，而在你自己的心里。然而浮士德也不满足于在主观幻境中翱翔，或如维特那样的浪漫派，一旦幻想绝望即转入消沉。他说：

如果幻想在平时以勇敢地飞翔，
满怀希望地直到永恒的境界，
但等到幸福在时代的旋涡中相继破灭，
它就满足于窄小的天地。
忧愁立即潜伏在心底，
引起了种种隐痛无比。

他痛苦地感到自己过的是一种猥琐的、爬虫式的生活：

我不像神！
这使我感受至深！
我像虫蚁在尘土中钻营，
以尘土为粮而苟延生命……

意识到自己：

曾经迷惘地寻找光明而陷入模糊的困境，
快活地追求真理而悲惨地迷误终身。

当他在迷惘中找不到生命的意义时，便转而歌颂死亡，歌颂那使他摆脱困境的毒药。他是那么迫不及待地要走向死亡：

快向那条通路毅然前趋，
尽管全地狱的火焰在那窄口施威；
撒手一笑便踏上征途，
哪怕是冒危险坠入虚无。

“如果寻找不到生命的意义，就应该去寻找死亡”，这反映了启蒙时代人们对生命价值的强烈追求。

复活节的钟声复活了他内心的生命欲望。魔鬼的到来点燃了他近似于疯狂的热情。明知追随魔鬼，有堕入地狱的危险，他依然是那么兴奋：

思想的线索而今业已寸断，
一切的学问久已使我恶心，
让我在这感官的世界的深处，

疗慰我这燃烧着的一片热情！

在那颠扑不破的魔术被覆之中，
我希望有奇妙的光景已经预定，
我要跳身进时代的奔波，
我要跳身进事变的车轮，
苦痛、欢乐、失败、成功，我都不问，
男儿的事业原本要昼夜不停。
…………
你听呀！
快乐不是我所贪图，
我要献身于酩酊，
于最苦的欢情，
于失恋的憎恨，
于爽心的沉沦。
我的胸心，
已经解除了智的烦闷，
无论有怎样的苦痛它都欢迎。
我要在内心，在自我中深深领略，
领略尽全人类所赋有的精神，
至崇高的、至深远的，
我都要了解，
要把全人类的苦乐堆积在我寸心，
我的小我更扩大成为全人类的大我，
我便和全人类一起最终消磨！

他那颗在书斋中被麻木了的心与其说追求欢乐，不如说追求一种强烈的苦痛，因为没有苦痛的欢乐是肤浅的欢乐，是转瞬即逝的昙花。浮士德所追求的还是“全人类的一切苦乐”。那个时代的人认为自己是一颗微不足道的“原子”，但在这颗原子中又可以囊括宇宙的一切。在歌德看来，“把全人类的苦乐堆积在我胸中”便获得了人生的最高限值。

浮士德较之哈姆雷特，没有那么多的孤独、软弱和犹豫。他确信“整个奥林匹斯山上的众神都在我胸中”。因为牛顿等人的科学成就使当时的学者有一种普遍的信心，即：人能够掌握这个世界并且依人的意志去改造它。在这一点上，启蒙学者把人的力量提到了应有的高度，但对于实现它的艰辛却远远认识不足。

天使与魔鬼争夺浮士德遗骸。

浮士德与魔鬼打的赌，在中国人的眼睛看来，是颇为奇怪的。靡非斯陀充当浮士德的仆人，引诱他去历览人生，一旦浮士德感到欣然自满，对某一瞬间说：“请停留一下，你真美呀！”浮士德便把自己的灵魂输给了魔鬼，变成了魔鬼的奴仆。

马洛的《浮士德博士的悲剧》中，浮士德与魔鬼订约的内容不同：魔鬼引导浮士德享受二十四年酒色逸乐、荣华富贵的现世生活，而后浮士德把灵魂交给魔鬼。马洛的浮士德是一个蔑视天堂生活的现世主义者，他反映文艺复兴时期的人生追求。从马洛到歌德，历史又走过了二百多年。这段时间西欧最大的变化是生产力的飞跃与科学的突进。

人们不仅从精神奴役状态

下摆脱出来，而且确信人有无限的潜力可以重建这个世界。作为个体，不过是浩渺宇宙中的一粒尘埃，但由于这粒尘埃会思想，于是它便可以囊括整个宇宙。书中瓦格纳在烧瓶里创造世人的生命，使人想到现代的试管婴儿。这类细节都反映出当时启蒙学者对于创造世界（包括创造人）的无限信心。这种信心把人的主体意识提到了历史上前所未有的水平。就歌德而言，他的浮士德早已不满足于人世的酒色享乐，而是要寻找一个远比马洛的浮士德更为广阔的生命价值。歌德本人就是一位杰出的科学工作者，他对植物学有出色的贡献。一种"整个宇宙都在我的掌握之中"的饱满信念使歌德确信宇宙是无限的，人的发展也是无限的。人生的美酒犹如奔腾不息的莱茵河，痛饮不尽；人生的追求好似哈尔茨山的宝藏，取之不竭。停滞在人生旅程的某一瞬间，就意味着幸福的终止、毁灭的到来。

歌德在浮士德身上体现的不断追求，已与卢梭时代不同。他的追求不是一任主观欲望驰骋，还包括对先验灵境——人的道德本体的追求。自然欲望与道德本体的和谐，是人与社会、人与人自由和谐发展的前提。浮士德的追求，既是对维特式浪漫主义追求的否定，又是它的继承和发展。

浮士德的两难境地

但是，歌德对浮士德提出的两方面要求，经常是对立的。这使得浮士德的内心经常处于两难境地。这种两难境地是瓦格纳式的冬烘们所不能理解的：

在我的心中啊，
盘踞着两种精神，
这一个想和那一个离分！
一个沉溺在强烈的爱欲当中，
以固执的官能贴紧凡尘；
一个则强要脱离尘世，
飞向崇高的先人的灵境。
哦，如果空中真有精灵，

上天入地纵横飞行，
就请从祥云瑞霭中降临，
引我向那新鲜而绚烂的生命！

这就是西方文学中有名的“浮士德难题”：怎样使个人欲望的自由发展同接受为求得社会和个人道德所必需的控制和约束协调一致起来——怎样谋取个人幸福而不出卖个人的灵魂，从哲学上讲，就是康德所探讨的自然欲求与道德律令之间的矛盾。法国百科全书派把道德视为协调个人幸福和他人幸福之关系的产物，卢梭把道德看作良知、良能的自然人，而康德认为，这些道德没有脱离人的动物本能（去苦求乐），因而不是道德本身。道德必须诉诸超人性的纯粹理性。在康德看来，道德的崇高是在扼制人的情欲中实现的。道德与情欲的冲突是绝对的。歌德的浮士德面临的正是这种两难心态，即“紧贴凡尘爱欲”与“先人的灵境”之矛盾，他的追求就是两者结合的“新鲜而绚烂的生命”。

在法国大革命前夕，康德发表的《从世界公民角度看的普遍历史理念》中有如下一段话：

魔鬼靡非斯陀。谁的生命因满足而陷入停顿，他便会成为魔鬼的俘获物。

……人有一种社会化的倾向，因为在这种状态中他感到自己不仅仅是人，即比发展他的自然才能要更多一点什么。但是，他又有一种个体化自身的强烈倾向，因为他同时有要求事物都按自己的心愿摆布的非社会的本性，于是这在所有方面都发现对抗。……正是这种对抗唤醒他的全部能力，驱使他去克服他的懒惰，使他通过渴望荣誉、权力和财富，去追求地位……从野蛮到文明的第一步就这样开始了。……没有这种产生对抗的不可爱的非社会性的本性——人在其自私要求中便可发现这一特征——所有才能均将在一种和谐、安逸、满足和彼此友爱的阿迦底亚的牧歌式的生活中，一开始就被埋没掉。人们如果像他们所畜牧的羊群那样脾气好，就不能达到比他们的畜类有更高价值的存在……这种无情的名利争逐，这种渴望占有和权力的贪婪欲望，没有它们，人类的一切优秀的自然才能将永远沉睡，得不到发展。人希望和谐，自然知道什么对种族更有利，它发展不谐和……

（转摘自李泽厚《批判哲学的批判——康德述评》，
人民出版社，1984 年，第 2 版）

这种两难境地，预示着探索的结局可能是一无所获。

靡非斯陀在同浮士德打赌时就曾预言：

你是什么，
到头来还是什么。
即使你穿上几尺高的靴子，
即使你戴的假发卷起千百层绉波，
还是什么，永远还是什么。

浮士德承认魔鬼说得对：

我也感到，只是徒然，
把人类精神的瑰宝搜集在身边，
等到我最后坐下来的时候，
仍无新的力量从内心涌现；
我没有增高丝毫，
而对无垠的存在未曾接近半点。

这是歌德较其他启蒙学者的高明之处，他意识到把握无限的宇宙并非容易。《浮士德》以他尚未实现自己的理想就已双目失明、并说出了那句“真美呀！”便倒在地上险被魔鬼劫走为结局。这个结局不像中国古代的“愚公移山”那样乐观。这种悲剧意识反映了歌德的深刻性，反映了不断进取的奋斗者们共同的历史命运。

前面提到，浮士德驳斥他那平庸弟子瓦格纳时说过，古老的羊皮书不是永远止渴的圣泉，他决心抛掉羊皮书，走向新世界。从那时候起，过了一个半世纪，一个拉丁美洲作家马尔克斯写出一部《百年孤独》。这部书以魔幻现实主义手法写一个家族六代人所走过的百年路程，到了第六代人才发现他们家族所有的经历都写在那本看不懂的古老的羊皮书上。这本书写的是封闭落后的哥伦比亚，但今日先进的欧洲就已经走出了古老的羊皮书吗？冥冥之中的不可知的命运不是依然在捉弄着被先进科学武装着的人们吗？

浮士德意识到了这个悲剧性的结局，然而，他依然头也不回地追随魔鬼而去。就像那个明知巨石还要从山上滚下来，却绝不停息，毅然把它推上山，如此往复，终日不息的那个西西弗斯。西西弗斯和浮士德属于同一家族，代表同一种精神。浮士德显得乐观些，西西弗斯则更深沉些。

第五章　浪漫主义运动：个体自由与世纪病

我宁愿永远孤独，
也不愿用我的自由思想
去换一个国王的宝座。

——［英］拜伦《恰尔德·哈洛尔德游记》

自己成为自己的地狱。

——［英］拜伦《曼弗雷德》

卢梭的晚年是在凄苦中度过的。如果他多活十一年，情况就会完全不同，1789 年的巴黎市民会把他抬在肩膀上去参加攻打巴士底狱的伟大战斗，他们会用堆积如山的鲜花为他构筑坟墓。如果他能活得再久一些，能够有幸跨入 19 世纪，他就会欣喜地发现，自己关于情感自由的追求已经发展成为一场汹涌澎湃的浪漫主义运动。

从 18 世纪下半叶开始到 19 世纪上半叶达到高潮的浪漫主义文学运动，是西方文学史上炽热的一页。它的源头自可追溯到古希腊、罗马那些富于天才想象的神话艺术，也可以从运动本身找出浓重的中世纪色彩。但就根本上说，它是其时影响整个欧洲的法国大革命的回声。这场大革命吹响了个性解放的号角。《人权宣言》对于个人权利的尊重和弘扬，康德、费希特、黑格尔等高扬精神力量的哲学，鼓荡起感情上的热流，有如火山爆发后的岩浆四溢。各种各样的梦想：金钱梦、权力梦、爱情梦……纠缠着狂热的头脑，人们热望一个早晨醒来便从乞丐变为富翁、从平民登上皇位、占有人间最美的女子、成为被鲜花与欢呼所环绕的闻人……然而大革命开始后的严峻现实，又像一座巍然屹立的冰山，无情地压碎各种梦想，让它们化为无形的泡沫和可怜的眼泪。狂热的梦想与严峻的现实、幸福的追求与绝望的痛苦、自由的快乐与孤独的感伤……形形色色、五彩缤纷的情感，形成一股自我崇拜、自我怜爱、自我表现的浪潮。人类还从来没有意识到自我的情感世界原来是如此扑朔迷离，如此复杂羁绊。它有如夏夜的星空，广阔、深邃而迷人。这一时期的先驱者、青年歌德曾放声歌唱：

快用情感注满你的心灵，
如果你从中感觉出幸福，
——呼唤它！只要你愿意：
爱情、欢乐、上帝，
它没有名字！
感情把一切融合为一！

如果你随手翻阅一下 18 世纪末到 19 世纪上半叶那些被称之为浪漫主义的作品，譬如卢梭的小说，青年歌德、席勒的作品以及夏多布里昂、诺瓦利斯和霍夫曼、青年雨果、乔治·桑和缪塞、拜伦和雪莱、济慈以及普希金、莱蒙托夫、裴多菲……你就会觉得这些作家一个个犹如发着高烧的孩子，他们的眼睛亢奋、明亮、带着明显的病态。“为什么我睡着、醒着都想到疯狂呢？”霍夫曼用这句精练的话语道出了他们共同的心愿。也许正是由于燃烧得过于强烈，最有影响的诗人大多不能持久——拜伦活了三十四岁，雪莱三十岁，诺瓦利斯二十九岁，普希金和莱蒙托夫都活了三十七岁，裴多菲二十六岁，济慈只有二十五岁。比较长寿的歌德和雨果也在中年以后转向了冷静的文学流派。大体上可以这样说：浪漫派是属于青年的。

西方文学史上还从来没有一个时期像浪漫派那样崇拜人的主观性，他们蔑视现实、蔑视理性、蔑视法律、蔑视秩序、蔑视道德，唯一遵奉的是个人的情感自由。“人的精神就是一个自足自在的整体”，每个诗人和作家都把自己视为具有特殊价值的生灵；文学语言也不应成为摹写自然的工具，而应“具有属于自身的规律和目的”（F. 施莱格尔）。总之，“我们已不再生活于一个被普遍接受的观念形态所控制的时代”（诺瓦利斯）。

一、向单一型文化模式的冲击

这是一场真正的战斗。如此众多的诗人、思想家、小说家以迥然不同的风格和方式，向着一个共同的目标轰击，不仅用他们的笔，而且用他们的名誉、鲜血乃至生命去战斗。这样的文学运动，仅见于19世纪的浪漫派。

他们所轰击的共同目标就是上一章所陈述的新古典主义。它在欧洲不仅是一个文学流派，而且是一种思维定式、道德礼仪和社会习俗。它虽然也涂抹着某些资产阶级的色彩，但本质上是同没落时期的封建君主政体相匹配。对新古典主义的进攻，是法国大革命在文化领域中的继续。包括那些政治上反对这场大革命的诗人，只要他们举起了情感自由的旗帜，他们就成了文化战场上的友军。浪漫主义运动有很多片面性，但没有浪漫派的决定性冲击，法国大革命就是不完整的，美学意义上的新世纪也无从开始。

浪漫运动的早产儿：《狂飙突进》

当浪漫主义运动在法、英等国还躁动于母胎中时，它在落后的德国却呱呱坠地了。

18世纪70年代，是德国历史上的可耻年代。其封建、落后、分裂和愚昧使觉醒的贵族青年不堪忍受，尤其同邻国（法国）相比。分外感到孤独的文学青年，以赫尔德（1744—1803）为首，几乎要发狂了。克林格写了《狂飙突进》的剧本，主人公维尔德不满德国落后、粗野、呆头呆脑的生活，感到英雄无用武之地，于是到美国去参加反抗英人的斗争。剧中狂唤道：

让我们发狂大闹，使感情冲动，好像狂风中屋顶的风标。在粗暴的吵闹中我不止一次地感到畅快，心中仿佛觉得轻松。

一个以该剧名为主题的运动在德国文坛旋风般地起来了。而这一运动最精练的口号是一个字：“不！”

他们对现存的德国现实采取激烈的反叛态度，高歌自由：

只有自由的宝剑是捍卫祖国的宝剑！

为自由而举起的宝剑，在战争的喧声中发亮，好像夜间暴风雨中的闪电一样！倒下吧，宫殿！死亡吧暴君，上帝的罪人！

（斯托尔布格：《自由颂》）

这一时期最富战斗性的作品是席勒的《强盗》和《阴谋和爱情》。《强盗》的强烈反抗精神使观众几乎疯狂了。有人记叙了演出该剧时的剧场情景：

剧院活像一座疯人院。观众席里的人一个个瞪着眼，紧握着拳头，顿足踏地，喊得声嘶力竭。并无一面之识的人也呜咽着彼此拥抱起来，妇女们几乎要晕厥地踉跄着奔向门外。……仿佛在这乱纷纷中一个新宇宙诞生了。

席勒（1759—1805）：德国诗人、剧作家。代表作品有《阴谋和爱情》《威廉·退尔》等。他在自己的剧作《强盗》的扉页上写道：“打倒暴君！”他的名诗《欢乐颂》构成贝多芬第九交响曲的灵感源泉。他与歌德两大文化巨人的深厚友谊成为世界文坛佳话。

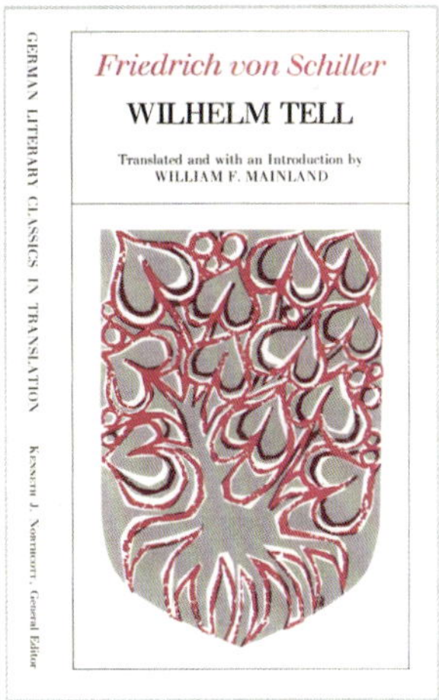

席勒的两大名作：《阴谋和爱情》和《威廉·退尔》。前者是一出市民悲剧，写宰相之子斐迪南爱上了穷乐师的女儿路易丝。宰相和秘书阴谋破坏两人的爱情。斐迪南中计，毒死了自己和路易丝。两个歹徒也暴露了他们的凶残面目。

依然穿着军服的年轻的席勒向朋友们朗读《强盗》。为了参加曼海顿首演，他擅自离开军医的岗位，另外，还因为政府不满该剧的主题，席勒不得不离开部队。图为C.A. 封·海德洛夫所作（1855），根据参加朗诵会的他的父亲的一张画作成。

（转摘自《欧美文学史》，石璞著，四川人民出版社，1980年版）

然而，《狂飙突进》终究是个早产婴儿，落后的德国不具备使其健康发展的条件。狂热的青年，在压迫与冷漠的夹击中，感到极度孤独。由孤独而带来的软弱和感伤色彩成为贯串整个运动的副调。在文坛上热闹了一阵后，这个早产婴儿又过早地离开了世界。感伤主义和神秘主义弥漫了德国的文学界。

英国：砍倒布瓦洛的破旗

英国的浪漫主义运动是从湖畔派诗人华兹华斯（1770—1850）开始的。他所发动的语言和文体革命，矛头指向古典主义虚浮华丽的所谓“诗的语言”。济慈（1795—1821）登上诗坛后，对古典主义者和他们的立法者布瓦洛发动了猛烈轰击：

难道这一切竟会被忘记？是的，一个由浮华和蒙昧主义
培育出的派系（指古典派——本书作者注），
使伟大的阿波罗都为这一片领地羞惭不已。
那不解诗神之荣耀为何物者，竟被誉为才高多艺；
他们像一个啼泣的婴孩，使尽了吃奶的力气，
骑在一匹木马上摇来摇去，还以为那是
诗神胯下的骏骑！
啊，你们的灵魂何其阴郁！
天空的风在劲吹，
凝聚的海涛在翻滚而一望无际，
但你们却视而不见，毫不留意。
碧空如洗
袒露着它永恒的胸怀，
夏夜的露滴
在静悄悄地凝结，

为了使清晨更显得珍奇；
“美”都苏醒了！何以你们仍在睡梦中双目紧闭？
……不，他们正在招摇过市，
举着一杆以最浅薄的口号为标记、
并用大字写着一个布瓦洛的名字的老朽的破旗！

（转摘自勃兰克斯《十九世纪文学主流》，第四分册，
徐式谷、江枫、张自谋译，人民文学出版社，1984 年版）

布瓦洛是新古典主义的理论鼻祖。就是在法国，他也没有受到如此猛烈的抨击。

在守旧诗人们的恶意攻讦下，济慈的肺病加重，正值二十五岁的灿烂年华便骤然逝去。

真正把整个英国诗坛乃至整个上流社会搅得翻江倒海的，是恶魔派诗人拜伦，他不限于轰击古典派，而且指向整个英国贵族阶级。他成了整个欧洲的精神拿破仑。关于他，我们将有专节评述。

法国：浪漫派对古典派的决战

法国是新古典主义的大本营。它在这里势力之深广，使得像伏尔泰这样的启蒙学者都对它俯首称臣。因此，反古典主义的斗争在法国姗姗来迟。然而，一旦爆发，高卢人的祖先遗传下来的热情就变为一种拿破仑式的征服与破坏的热狂。他们必须找到对手，必须在肉搏中发泄自己旺盛的精力，甚至从教堂顶上呼喊着投入熊熊燃烧的柴堆。他们找到了对手，就是在法国盛极一时、以高乃依和拉辛为自己的骄傲的新古典主义。

第一个跳上去搏斗的就是那个拿破仑的崇拜狂司汤达。在参与意大利革命组织烧炭党人的叛乱活动被逐回法国后，他撰写了《拉辛与莎士比亚》，被伏尔泰贬为“烂醉如泥的粗汉”的莎士比亚成为浪漫派对古典派宣战的一面旗帜。继续扑上来的是年轻健壮、富于才华的维克多·雨果。他所写的《克伦威尔》根本无法上演，但该剧的序言却成了浪漫派的宣言。在驾驭语言的

才气方面远高于司汤达的青年雨果猛烈抨击古典戏剧的“三一律”，并且提出了著名的美丑对照原则。

“……丑就在美的旁边，畸形靠近着优美，粗俗藏在崇高的背后，恶与善并存，黑暗与光明相共。”（《〈克伦威尔〉序言》）另外一段论述艺术对照原则的话使我们想起他的《巴黎圣母院》中的丑八怪卡西莫多和阴险的副主教：“取一个体形上畸形得最可厌、最可怕、最完全的人物，把他安置在最能突出的地位，在社会组织的最低下的底层，最被人轻蔑的一级上；用阴森的对照光线从各方面照射这个可怜的东西，然后给他一颗灵魂，并且在这灵魂中赋予男人所具有的一种最纯净的感情，结果，这种高尚的感情根据不同条件而炽热化，在你眼前使这卑下的造物变换了形状，渺小变成了伟大，畸形变成了美的。相反，取一个道德上最畸形的人物加以体态的美和雍华的风度，使其罪过更加突出。”（摘自《〈克留莱斯·波日雅〉序言》）

雨果对新古典主义美学原则的亵渎，由于一件事而大大激化了，这就是《欧那尼》的演出。

看起来这是一个普通的传奇故事：贵族青年欧那尼的父亲被国王所杀，为给父亲报仇，欧那尼落草为寇成了山大王。他的情人莎儿落在了老公爵哥麦手里，欧那尼夜入公爵府同情人幽会时，被公爵所发现。国王领兵来捉时，公爵竟没有出卖欧那尼。待国王兵退，公爵又提出与欧那尼决斗。欧那尼感谢公爵救命之恩，

雨果（1802—1885）：法国著名作家。青年时期曾同情保皇党，1827 年转向自由主义，成为法国浪漫派旗手，《巴黎圣母院》是他的浪漫主义代表作。中年以后，更加瞩目现实。《悲惨世界》《九三年》《笑面人》等作品，大气磅礴、情节曲折、惊险动人。在他去世时，法兰西举国为他志哀。

晚年雨果。当他得知英法联军焚掠圆明园的强盗行径后，曾撰文怒斥自己国家的军队。这篇激情迸发的短文应镌刻在石碑上，伫立于圆明园的门口。

雨果雕像

不与之决斗，并把自己的角号给他，允诺公爵令其死，只需吹起角号。待欧那尼与国王和解，国王同意欧那尼与莎儿结婚的大喜时刻，公爵吹起了角号，欧那尼立即自杀，莎儿也自尽了。这个剧何以触动了古典派的神经？第一，古典派认为戏剧主人公应是高贵的贵族或君主，而欧那尼是个绿林好汉，并且与国王为敌；第二，古典派主张服从理性、节制情感，而《欧那尼》以爱情为主线，充满感情奔放的对话，主人公不惜为爱情牺牲生命；第三，剧本完全无视“三一律”，并充满毒药、毒剑、密室和诸多“反自然”的离奇情节。古典派们亟欲把《欧那尼》扼杀在摇篮里是不足为奇的了。他们采取了一个很不光明磊落的做法：把首场《欧那尼》演出的入场券大部分购到手而又不准备去看，以造成首场演出冷落难以为继的尴尬局面。

雨果的《欧那尼》在法兰西剧院的演出，变成了浪漫派对古典派的一场名副其实的战争。

古典派的反对大大刺激了青年浪漫派的热情。他们早就渴望着一场战斗了。首演那天，维克多·雨果的拥护者们把“维克多·雨果万岁”的口号写满了剧场两边的墙，他们蓄着长发和小胡子，穿着古代的紧身羊毛上衣、西班牙斗篷、罗伯斯庇尔式背心，戴亨利三世的帽子……各种奇装异服五光十色，狂放不羁，占领了剧场的多半座位。

新古典派也不示弱，他们除了纠集人马准备随时喝倒彩和起哄外，还在剧场屋顶天窗附近堆上垃圾，准备在适当时候推进剧场作为演出结束前最精彩的一幕。

在这种令雨果紧张得喘不过气来的气氛中，演出开始。还是《欧那尼》救了雨果。饱满的激情和离奇的情节把双方的观众都牢牢吸引住了。浪漫主义显示出神奇的魅力。大放异彩的《欧那尼》使已经衰颓的古典主义戏剧黯然失色。《欧那尼》的演出成了浪漫派胜利和古典派失败的标志，而青年雨果则成了法国浪漫派共同拥戴的旗手和领袖。

同新古典主义的斗争，是同以等级性、凝固性和单一性文化为特征的模式的斗争。它的目的绝不是用新的单一型模式取代旧的单一型，而是用一种多样化的文化模式来取代它。事实也正是如此，在反对古典主义束缚的斗争中发展起来的浪漫主义流派异彩纷呈，展现了多彩多姿的情感的星空。

二、远离尘世的神秘天地

朱光潜先生在论及中西方诗歌的区别时，讲过这样一段话："诗虽不是讨论哲学和宣传宗教的工具，但是它的后面如果没有哲学和宗教，就不易达到深广的境界。诗好比一株花，哲学和宗教好比土壤，土壤不肥沃，根就不能深，花就不能茂。西方诗比中国诗深广，就因为它有较深广的哲学和宗教在培养它的根干。没有柏拉图和斯宾诺莎就没有歌德、华兹华斯和雪莱诸人所表现的理想主义和泛神主义；没有宗教就没有希腊的悲剧、但丁的《神曲》和弥尔顿的《失乐园》。中国诗在荒瘦的土壤中居然现出奇葩异彩，固然是一种可喜的成绩，但是比较西方诗，终嫌美中有不足。我爱中国诗，我觉得在神韵微妙、格调高雅方面往往非西方诗所能及，但是说到深广伟大，我终无法为它护短。"（《中西诗在情趣上的比较》，《申报月刊》，1934 年 1 月）

《失乐园》及《复乐园》的作者，英国盲诗人弥尔顿（1608—1674），向家人讲述诗歌中的故事。

领悟西方诗歌中的宗教影响，对宗教观念淡薄的中国人来说，是一个极大的困难。话剧

《天下第一楼》中有一句台词，大意是：“世界越乱就越要吃。”用旺盛的食欲来对抗世界的混乱，这可算清朝没落贵族的遗风，至今在老百姓中仍有影响。而西方的贵族，面对法国大革命后情欲横流的世界，他们的第一个口号是“返回中世纪”，也就是寻找上帝，隐遁天国。远离尘世的英国湖畔派诗人也是寻找上帝，只不过这个“上帝”是泛神主义的神，包括革命诗人雪莱等都是泛神主义者。需要指出的是，这些浪漫诗人并非中世纪的虔诚教徒，他们所崇拜的上帝实质上是他们自己。他们笔下的中世纪无非是个人情狂热任意流溢的自由天地。

德国：霍夫曼对异化的叩询和死亡诗人诺瓦利斯

具有“穿裙子的风暴”之雅称的法国浪漫主义先驱史达尔夫人曾两度造访德国，她的《德意志论》中一些篇章可视为比较文化的滥觞。其中对德、法、英三个民族在文化上的不同追求所做的比较分析是颇有意思的：

> 在法国，清晰被认为是作家首要的长处之一。……但德国人都知道：清晰只能是一种相对的长处……他们觉得晦暗是一种乐趣；他们常常要把本来已在光天化日之下的东西，重新送进黑夜，而绝不愿意走别人走过的路：他们对一般平庸见解深恶痛绝，而当他们不得不复述此类见解时，总要镀上抽象的纯哲理色彩，使人误以为是什么新鲜思想，直到识破之日为止。
>
> （《论德国的文学和艺术》，人民文学出版社，1981 年版）

只有富于幽默感的人才能从史达尔夫人的这段话中理解她对德国文学的敬意。德国人对世界提供的理论营养是最多的，也正因为如此，造成了德国文学的晦涩难读。鹭鸶不会在盘中就餐，狐狸无法从瓶中取食，对于缺乏兴趣的异国人来说，德国的文学显得并不那么可爱。然而，理论滋育灵感。如果没有康德和黑格尔，没有费希特和施莱格尔兄弟，也不可能有席卷欧洲的浪漫主义运动。德国人的思维是浪漫主义的美学源泉。

如果说每个德国人都喜欢“把光天化日下的东西送进黑夜”，是不确切的。

霍夫曼自画像

德国神秘小说作者霍夫曼（1776—1822）的作品：他笔下人物常受一种幽灵般的力量支配，无法主宰自己。他善于用离奇怪诞的情节反映现实，发展成为一种别具一格的轻快的讽刺文字。

哲学大师黑格尔恰恰反对一切晦暗、模糊的东西。他说：“在艺术领域里没有什么是幽暗的，一切都是清晰透明的，而这种不可知的力量只能是精神病的表现，而描写它的诗也只能是晦涩的、琐屑的、空洞的。”这种指斥表现了对于人类理性力量的信心，同时也流露出自认为创造了“绝对观念”、自视为精神上帝的狂妄。由于这种狂妄，他以为人类无比复杂、深不可测的灵魂全部终结于他的哲学体系之中了。“一切都是清晰透明的”，再没有比这句话更为浅薄和无知的论断了。

黑格尔的这段话是针对一大群敌人的，这里面至少包括康德、费希特、席勒、施莱格尔兄弟和神秘小说作者霍夫曼。后者曾招致从黑格尔到日丹诺夫的猛烈抨击，日丹诺夫称霍夫曼为“颓废主义祖宗”。

霍夫曼没想到身后将获如此“美誉”，他只关心人的情绪，他把人生分解为各种情绪：“浪漫的宗教情绪；紧张到使我经常产生疯狂思想的、兴奋的幽默情绪；幽默的愤慨情绪；音乐般的激昂情绪；荒诞的情绪；发展到极端浪漫、极端反复无常的最愤慨的情绪；坦白地说吧，还有完全莫名其妙的恶劣情绪，非常兴奋、但像诗一样纯洁、十分舒适、粗鄙、嘲讽、紧张而又乖张的情绪，以及十分颓丧、异样而又糟糕的‘灰溜溜的情绪’。”（转摘自勃兰克斯《十九世纪文学主流》，第二分册，刘半九译，人民文学出版社，1981年版）所有这些情绪都在他的小说中扇面似的展开了，只不过是用一双梦游者的眼睛来捕捉的。

当一个人处于梦游般状态时，理智和道德的铁箍松散了，于是隐遁在内心深处的魔鬼开始嬉戏游荡。在《魔鬼的药酒》中，饮了万灵酒的教友梅达杜斯，仿佛偶然地把维克多林伯爵推下悬崖。于是大家便把他当作伯爵，伯爵的情人便成了他的情人。所有的女人都爱他，他纵情地淫荡并为此而犯下种种罪行，包括谋杀，而这一切又仿佛是不由自主的。他说：“我的自我，由于成为一种残酷而任性的偶然玩物，被分解成奇形怪状的形体，便无止无休地漂浮在意外事端的大海上，那些事端像汹涌的波涛一样冲击着我。我再也找不着我自己了！”由于犯罪事发，他被捕入狱，被他杀害的人变成鬼魂终日嬉戏捉弄梅达杜斯，一个梅达杜斯宣称自己被判死刑，而另一个梅达杜斯却被释放。在他准备结婚时，他的化身坐在囚车上经过，他恨不能立即扼死自己的另一个“自我”，于是在树林里展开了凶恶的搏斗。“罪犯”的自我用可怕的目光盯着“新郎”的自我，冷笑着宣布：“我将永远，永远和你在一起……”这种自我的解裂不同于浮士德，它不是把自我分解为善与恶，而是与被某种神秘力量所控制的恶魔之间的厮打。最可怖之处不在魔鬼本身，而是那股神秘的力量使人浑身战栗：“我是我表面上的那个人，我表面上却不是我真正的自己，我认为我自己是一个解不开的谜，我竟同我的自我发生了龃龉！”

探究“自我”的分裂和向“非我”的转化成为当时德国哲学家和艺术家的共同兴趣。哲学命题是费希特提出的，席勒提醒人们注意这种异化（“脱节”）同资本主义近代文明之间的关系，而霍夫曼小说中却有更多的神学因素和宿命色彩。神学对于德国人的影响是深入骨髓的。但奇怪的是，神学没有使德国哲学家变得愚昧，反而引导他们步入人类心灵中更加深邃的领域。

另一位深受神学影响的浪漫诗人是诺瓦利斯（1772—1801）。情人苏菲的早逝，把诺瓦利斯投入了绝望的深渊，在谈到爱人之死时，他说：“这也是我的坟墓，我全部的欢乐和希望，我的生命和爱情也一起埋葬在这里了。”“我们漫无边际地四处寻找无条件的东西，然而我们总是只找到物。”对无限的追求与生命的短暂和有限（“物”）之间的矛盾是无可解脱的。诺瓦利斯在自己的诗歌里给它以浪漫的解决，即对死亡所获得的永恒性予以热烈的歌颂，他把献身于死亡升华到诗意盎然的境界：

我宽恕忌妒，
但不宽恕悲哀。

——啊，我说不出我怎样
沉湎于变形的狂喜，
沉湎于美丽的
献身死亡的感觉！
——啊，我的兄弟！
可不是吗？人人认识死亡
——欣然把它拥抱的时日已经来临，
那时人人会觉得，
生不过是爱的预兆，
死则是新婚之吻，
而肉体的腐烂是爱喷出的炽浆，
它以一个丈夫的深情在婚房里脱掉我们的衣裳。

（转摘自勃兰兑斯《十九世纪文学主流》，第二分册，
刘半九译，人民文学出版社，1981 年版）

诺瓦利斯把人生视如白昼与黑夜的统一，即一半是生命（白昼），一半是死亡（黑夜）。人生正是因为有这两部分，即有对于生命和死亡两种不同的令人心灵震颤的体验，才变得有滋有味。喜悦只有与痛苦相伴时才会发生。爱的激情只有遇到阻挠时，渴望获得的欲望才会燃烧。同样，生命只有遇到死亡的挑战时，才会显出光辉。面对死亡的神秘，一个人或者屈服于死的痛苦，并以毁灭自身的存在为结束，或者以对死亡的认知反过来激活对所爱者的欲望。死亡由此获得一种令人陶醉的体验。他在《夜之颂歌》中写道："我漫游进死亡 / 那天，每一种痛苦都会成为 / 激动的喜悦 / 一瞬间，我自由了 / 沉醉在爱的源头 / 无限的生命，在我心中有力地生长 /……啊，耗尽我吧，我的爱侣 / 我要最猛烈地去沉睡和爱 / 我想到了死亡更新万物的潮水 / 我的血液 / 变成柔软的香脂和苍天 / 因为生活于白昼之时 / 我充满体会和勇气 / 当黑夜降临 / 我死于神灵之火。"他把自己的情人苏菲视为基督，并写道："用精神的炽焰焚化我的肉体吧，我好更轻快、更亲切地和你结合在一起，永远过着新婚之夜。"

在诺瓦利斯看来，“生活是精神的一种疾病”。正像人只有在生病时才意识到自己的身体一样，生活也是在病态下才意识到生活。他觉得疾病或痛苦本身就是一种人生的享乐：“人只要开始爱好疾病或痛苦，他在那一刹那也许可以体验到最诱人的逸乐，可以浑身充满最高度的积极的喜悦。”

海涅称诺瓦利斯为“死亡诗人”，因为他歌颂死亡，但他绝不同于中世纪的厌世主义者。恰恰相反，由于对个体生命的积极热爱而导致对死亡的极度恐惧。为了消泯这种恐惧，于是他赞美死亡。

自然神：英国浪漫派的三种类型

正像德国的浪漫派具有歌德、席勒与霍夫曼、诺瓦利斯这两极一样，英国浪漫派也有它的两极：湖畔派（华兹华斯、柯勒律治、骚塞）和拜伦、雪莱。不同的是，德国人具有浓重的思辨色彩，而英国诗人具有浓重的自然色彩；德国人喜欢晦暗、神秘的风格，英国人崇尚丰富、细腻的情感。这种情感在湖畔派诗人那里表现为田园式的空灵，在拜伦、雪莱那里则表现为海盗式的暴烈。关于后者，我们将另辟一节陈述。

华兹华斯（1770—1850）：一只被大革命吓折了翅膀的天鹅。他的诗歌理论与诗风影响深远。

咏自然的抒情诗是西方文学中的弱项。中国早在孔子时代就把“与天地参”（《中庸》）的“天人合一”作为人生的最高境界，两汉、魏晋以降许多物我不分或物我两忘的抒情诗便出现了。西方的情形有所不同，自古希腊神话中就显示出人与自然相对抗的趋向，许多优秀的悲剧都产生于人在反抗自然力（“命运”）遭到毁灭，或人屈服于自然力的痛苦。直到莎士比亚时代，自然景色依然只是作为背景来描写，咏自然的抒情诗稀如凤毛麟角。从卢梭开始，他提出“还归自然”的理想，在《忏悔录》和《漫步遐想录》中，抒写了对自然万物的细腻感受，并把这种感受视为“圆满的、绝对的幸福”。由卢梭兴起的这一传统在法国获得的成就并不突出，

英国湖畔派诗人之一柯勒律治（1772—1834）：大自然的神秘歌者。

而在英国却开出了绚烂的花朵。丹麦的大评论家勃兰兑斯在他的《十九世纪文学主流》中称英国浪漫主义为“自然主义”（即寄意于自然之意），是颇有见地的。

英国的浪漫主义运动是从几个“隐士”般的人物开始的，他们逃离城市、隐居于索默塞特郡海岸的一个村庄，自称湖畔派。为首的华兹华斯（1770—1850）在1800年，于他与另一湖畔派诗人柯勒律治合著的《抒情歌谣集》之“序”中发表了自己的浪漫主义宣言，公开表示厌恶资本主义的工业文明，认为只有远离工业文明的乡村是纯洁和饶有诗意的，“他们表达情感与观念的方式，显得单纯与不虚骄。源于这类一再重复的情感的正常语言，较一般诗人所用的语言更有永恒性，且富于哲理性。”（引自梁实秋译文，见《英国文学选》，1985年版）

华兹华斯所提出的，表面看来是一场关于诗歌语言的革命，实质却是要解决资本主义工业文明带来的异化问题。关于这个问题的尖锐性，早在卢梭的著作中已经提出，康德、席勒把它上升到哲学高度：

（近代社会）变为一种精巧的钟表机构，其中由无限众多的但却无生命的部分组成一种机械生活的整体。现在，国家与教会、法律与习俗都分裂开来，享受与劳动脱节、手段与目的脱节、努力和报酬脱节。永远束缚在整体中一个孤零零的断片上，人也就把自己变成一个断片了。耳朵里所听到的永远是由他推动的机器轮盘的那种单调乏味的嘈杂声，人就无法发展他生存的和谐，他不是把人性印刻到他的自然（本性）中去，而是把自己仅仅变成他的职业和科学知识的一种标志。就连把个体联系到整体上去的那个细微断片也不是取决于人性所自发选择的形式……而是由一个公式无情地，严格地规定出来的，这种公式就把人的自由智力捆得死死的。死的字母代替了活生生的知性，熟练的记忆比天才和感觉更能起到可靠的指导作用。

（席勒：《美育书简·第六封信》，徐恒醇译，
中国文联出版公司，1984 年版）

诗人诺瓦利斯比席勒说得更为尖锐：

科学把宇宙的无限的创造的音乐，化为一个庞大单调的捶打之声；被机会主义的蒸汽所推动，而漂浮在阵阵捶打噪声之上的，只是一部机器，没有建筑师，也没有厂主，只让机器一直把它自己滚压成为碎片，事实上，这只是一个“永远的骚动”。

（转摘自《西洋文学批评史》，中国人民大学出版社，1987 年版）

在科学、理性、文明的压迫下，他们关注“自我转化为非我”（费希特）的心灵历程。为了解决这种异化的痛苦，席勒的药方是审美教育，诺瓦利斯的药方是爱情和死亡。英国的诗人们主张隐遁田园，也可以认为是席勒药方的一种转换；冀图在自然界中获得“天人合一”的自由感，这其实是一种审美的自由。

自然主义确乎是来自湖畔山野的一股春风。那些最有才华的诗人对于自然界的感受都是细腻而独特的。试读华兹华斯的《致杜鹃》：

啊，欢乐的客人，
我听见了
听见了你的歌声，
我真欢欣。
啊，杜鹃，
我该称你作鸟儿呢！
还是称你为飘荡的声音？

当我躺在草场上，

听到你那重叠的声音，
似乎从这山传过那山，
一会儿远，一会儿近。

对着充满阳光和鲜花的山谷，
你细语频频，
你向我倾诉着
一个梦幻中的事情。

十二分地欢迎你，
春天的宠儿，
对于我你不是鸟儿，
你只是一个看不见的东西，
一个声音，一个谜。

这声音，我听过，
那时我还是学童，
这声音，
曾使我到处寻觅，
在林中，在天空。

为了找你，
我到处游荡，
穿过树林和草场：
你仍是一个憧憬，
一种爱恋，
引人悬念，却无法看见。

我却能听见你的歌声，

我能躺在草地上倾听，
我听着，
直到那黄金的时光，
重新回到我的身旁。

啊，幸福的鸟儿，
我们漫游的大地上，
似乎再现缥缈的仙境，
那正是你向往的地方。

（邵劈西译，见许自强《欧洲名诗人抒情诗选析》，
北京出版社，1985年版）

全诗没有去描摹杜鹃的具体形象，而是如沉醉在梦中般地去捕捉那飘荡的无所不在的声音，这种声音织成了一个美好的幻象，一个憧憬，一种爱恋，一个无比甜美的金色童年。诗的前面两句："啊，杜鹃，我该称你作鸟儿呢，还是称你为飘荡的声音？"看似悖理，其实合情，极妙地写出了春天里杜鹃的四处啼叫在诗人内心造成的幻觉；杜鹃不再作为肉体存在而化为一种充满诗意的声音。诗人的主体完全融化在杜鹃啼叫所造成的幻境之中了。

台湾学者叶希濂先生认为，英国自然主义诗歌在"天人合一"方面远不如中国山水诗那样了无痕迹。中国诗人能把自我藏得很深，真个做到"无自我"，如"蝉噪林逾静，鸟鸣山更幽"（南朝梁·王籍）。看似写景，其实一种动中求静、在喧哗与骚动中追求闲适的心态尽在其中了。西方人却仿佛怎么也做不到，如华兹华斯的《汀潭寺》："五年已经过去；五个夏天/五个长的冬季！我再次听到/这些流水，自山泉泻下/带着柔和的内陆的潺潺，我再次/看到这些高矗巍峨的悬崖/在荒野隐幽的景色中感印/更深的隐幽的思想，而把/风景接连天堑的寂静/终于今日我能休憩/在此黑梧桐下面，观看/农舍的田地和果园的丛树/我再次看到……圈圈炊烟/从树木上静静的升起/若隐若现，好比/浪游的过客在无房舍的林中/我好比隐士的岩穴，在炉火旁边/隐士一个人独坐着。"请看，华兹华斯也是借自然景色写一种

归隐的思想，他从外部赋予景色某种意义，譬如说炊烟像个隐士坐在那里。用了五个“隐”字，结果还是并不“隐”，较之中国的隐士风要直露得多。华氏自己曾说过：“可见的景象会不知不觉进入脑中，以其全然庄严的意象。”可是好像做不到。“不知不觉”“浑然一体”“不露主观行迹”，这是一种天人合一的境界。叶希濂打比方说，读王维的诗如浪里白条张顺泅水，人下去无踪无影，看到的只是水纹轻轻波动，但华氏不然，像李逵泅水，功夫不到，总要钻出头来。

天人合一达到了无痕迹的境界固然是美事，但人自从把自己从自然界中提升出来后就有了人与自然的对抗。个体的有限性同自然界的无限性之间的冲突导致诗人在美好的自然界面前对人生短暂的喟叹具有格外感人的力量，如陈子昂的“念天地之悠悠，独怆然而涕下”之句。西方浪漫主义诗人特别钟爱自己，因此对“青山不老人易老”的感受更苍凉。寿命最短的英国诗人济慈（1795—1821）在爱情的幸福降临而死神的阴影也接踵而来的时候，对身外自然界的眷恋和忌妒几乎是同时并生的。发而为诗虽不似《致杜鹃》那般空灵，但却有一种更加令人激动的力量，如《夜莺颂》：

1

我的心在痛，困盹和麻木
刺进了感官，有如饮过毒鸩，
又像是刚刚把鸦片吞服，
于是向着列斯忘川下沉：
并不是我忌妒你的好运，
而是你的快乐使我太欢欣——
因为在林间嘹亮的天地里，
你啊，轻翅的仙灵，
你躲进山毛榉的葱绿和阴影，
放开了歌喉，歌唱着夏季。

2

唉，要是有一口酒！

那冷藏在地下多年的清醇饮料，

一尝就令人想起绿色之邦，

想起花神，恋歌，阳光和舞蹈！

要是有一杯南国的温暖

充满了鲜红的灵感之泉，

杯沿明灭着珍珠的泡沫，

给嘴唇染上紫斑；

哦，我要一饮而悄然离开尘寰，

和你同去幽暗的林中隐没。

3

远远地、远远隐没，

让我忘掉

你在树叶间从不知道的一切，

忘记这疲劳、热病和焦躁，

这使人对坐而悲叹的世界；

在这里，青春苍白、消瘦、死亡，

而“瘫痪”有几根白发在摇摆；

在这里，稍一思索就充满了

忧伤和灰眼的绝望，

而“美”保持不住明眸的光彩，

新生的爱情活不到明天就枯凋。

4

去吧！去吧！我要朝你飞去，

不用和酒神坐文豹的车驾，

我要展开诗歌的无形羽翼，

尽管这头脑已经困顿、疲乏；
去了！啊，我已经和你同往！
夜这般温柔，月后已登上宝座，
周围是侍卫她的一群星星；
但这儿却不甚明亮，
除了有一线天光，
被微风带过葱绿的幽暗，
和苔藓的曲径。

5

我看不出是哪种花草在脚旁，
什么清香的花挂在树枝上；
在温馨的幽暗里，
我只能猜想
这个时令该把哪种芬芳
赋予这果树，林莽和草丛，
这白枳花，和田野的玫瑰，
这绿叶堆中易谢的紫罗兰，
还有五月中旬的骄宠，
这缀满了露酒的麝香蔷薇，
它成了夏夜蚊蚋的嗡嘤的港湾。

6

我在黑暗里倾听；
啊，多少次
我几乎爱上了静谧的死亡，
我在诗思里用尽了好的言辞，
求他把我的一息散入空茫；
而现在，哦，死更是多么富丽：

在午夜里溘然魂离人间，
当你正倾泻着你的心怀发出这般的狂喜！
你仍将歌唱，但我却不再见
你的葬歌只能唱给泥草一块。

7

永生的鸟啊，你不会死去！
饥饿的世代无法将你蹂躏；
今夜，我偶然听到的歌曲
曾使古代的帝王和村夫喜悦；
或许这同样的歌也曾激荡
露丝忧郁的心，使她不禁落泪，
站在异邦的谷田里想着家；
就是这声音常常
在失掉了的仙域里引动窗扉：
一个美女望着大海险恶的浪花。

8

啊，失掉了！
这句话好比一声钟
使我猛省到我站脚的地方！
别了！幻想，这骗人的妖童，
不能老耍弄它盛传的伎俩。
别了！别了！你怨诉的歌声
流过草坪，越过幽静的溪水，
溜上山坡；而此时，它正深深
埋在附近的溪谷中：
噫，这是个幻觉，还是梦寐？
那歌声去了：——我是睡？是醒？

（查良铮译，见许自强《欧洲名诗人抒情诗选析》，
北京出版社，1985年版）

据说年轻的济慈把自己的诗念给老前辈华兹华斯听时，华兹华斯表现冷淡。但事实上，华兹华斯如果是一株老树，济慈则是回旋于树顶之上的夜莺。

这是两种不同的自然观，反映着人和自然关系的不同历史阶段。许多思想家都指出：蒙昧时期的人类，是和自然界相统一的。但这是人类屈服于自然的奴隶式统一，是由于人的屈服而实现的主仆统一。步入文明时代后，人和自然的关系进入第二阶段，即人和自然又统一又对抗，人对自然的征服与自然对人的报复形成历史的双向过程，它的趋向是人向自然的生成和自然向人生成，从而达到人和自然的重新融合。作为第三阶段的人和自然的统一，是一个只能趋近而不能到达的理想境界，它与第一阶段有继承关系，但有本质的不同，它是以人为主体的人与自然的统一。人不再是自然的奴隶，而是它的主人。在华兹华斯的《致杜鹃》中，我们体悟到人与自然合一的审美自由感，但却缺乏人作为主体应有的那种生气勃勃的创造力量。在湖畔派的另一位诗人柯勒律治的《老水手之歌》中我们却感到另一种力量：大自然对人的威慑力量与老水手在自然面前的卑屈，诗人把这种卑屈当作美来歌颂，反映了上述人与自然三个阶段中第一阶段的那种主仆式的“合一”。而《夜莺颂》的作者却不愿像华兹华斯那样沉迷于幻象。他直面人生的痛苦，并强烈追求个体精神的永恒，应属上述的第二阶段。而对人类占有自然的高昂追求则突出地表现在革命预言家雪莱的作品中。

雪莱认为，同是咏自然的作品，对自然的态度有不同。在《白山》中，他认为华兹华斯的自然观念虽然庄重肃穆，但属“自然崇拜”，应予废除，代之以“与自然和谐”，华氏的“自然崇拜”实际上同他的人生态度有关。被雅各宾党专政吓坏了的华兹华斯，对英国贵族政府卑躬屈膝，他之“隐遁”有“翩然一只云鹤，飞来飞去宰相衙”之嫌；后来，为了五百英镑的年金，他当了英政府的税吏。柯勒律治接受了政府的“桂冠诗人”称号，这是当时任何一个正直的诗人（如司各特）都耻于接受的。湖畔诗人在现实生活中怯懦，在自然面前也不可能表现出勇气。雪莱则相反，在他的诗歌里没有湖畔诗人

的卑琐，也少有济慈式的感伤，在《西风颂》《致云雀》等作品中唱出了吞吐雷电、叱咤风云的革命气势。就像《致杜鹃》或《夜莺颂》一样，诗的开头也否认云雀肉体的存在而专注于声音：

你好啊，欢乐的精灵！
你似乎从不是飞禽，
从天堂或天堂的邻近，
以酣畅淋漓的乐音，
不事雕琢的艺术
倾吐你的衷心。

英国诗人雪莱(1792—1822)：一只高翔于宇宙万物之上的云雀。他认为，“生命的形象表达在永恒的真理之中的是诗”，“灵感之不可解者，诗人是解释者”。

但诗人心目中的云雀，却不似杜鹃那般轻灵，也没有《夜莺颂》中的凄清，它的基调是欢跃的：

向上，再向高处飞翔，
从地面你一跃而上，
像一片烈火的轻云，
掠过蔚蓝的天心
永远歌唱着飞翔，
飞翔着歌唱。

在诗人的笔下，云雀的歌声如彩虹的“云间滴雨”、少女的“楼里抒怀”、萤虫的“轻盈流光”，玫瑰的“暖风飘香”、春日里的“雨洒花草”，诗中也谈到济慈的“醒来或睡去”，但他赞美云雀对死亡的豁然达观：

是醒来或是睡去，
你对死的理解一定比
我们凡人梦想到的

更加深刻真切，否则
你的乐曲音流，怎能像
液态的水晶涌泻？

如果说华兹华斯是自然囚笼中的一只美丽的杜鹃，济慈是栖息于花野上的一只凄婉的夜莺，雪莱则是高翔于宇宙万物之上的云雀。他的心灵之博大与大自然之博大相等、相通。他写道：

像一个精灵
我在他（指自然）心田的
最深处寄居蜷隐，
思他之所思，
感受着他的感情，
谛听他内心最隐秘的独白——
悄然无声，
而只存在于静默的血液之中，
随千万次脉搏的起伏扬抑，
仿佛夏日海洋宁静的颤动，
我犹如用万能钥匙把锁儿开启，
从他灵魂深处放出一股金色的乐曲，
我浸没于这股波流内任意浮沉，
似隆隆雷声和密密雨雾里的一只鹰，
以电闪洗镀羽翎。

然而这只高翔的鹰却在一次从莱杭返回勒瑞奇的航海中，被突起的风暴夺去了生命，雪莱的妻子花了好几个漫长的日夜才在沙滩上找到那难以辨认的尸体。一个叱咤自然的歌者最终葬身于自然，这是不是万能的自然之神对一个高傲者的复仇？人类对于自然的占有欲总要遭到自然的报复。这是人生的悲剧。

法国：蛮荒之美与神秘之美

夏多布里昂（1768—1848）：在蛮荒的密林中寻找神秘的彼岸。

作为启蒙学者的主战场和1789年大革命的策源地，法国具有远比德、英浓重的唯物主义色彩。法国诗人缺乏德国人的思辨癖与英国人的空灵，热情是高卢人的主要特征，即使厌世者也具有掩饰不住的热情。它的浪漫主义运动是从一位基督徒开始的。担任过波旁王朝外交大臣的夏多布里昂，在政治上反动多变，他说他一生中唯一认真的事情是宗教。他的主要作品是《基督教真谛》（1802年）。这部书把基督教描绘为最人道和最富于诗意的宗教。他成为法国浪漫主义运动的始作俑者就是由于这部书中的两个片段：小说《阿达拉》和《勒内》。

肯塔基在夏多布里昂的笔下，是一个具有蛮荒之美的王国。人类对于这样的生活已经遗忘很久了。一切都呈原始色彩。被近代资本主义文明困扰的人们所向往的是静谧的山野、小溪和森林，如卢梭或华兹华斯笔下的自然界。夏多布里昂所展现的蛮荒之美是别具一格的：

造物主亲手在这个幽深的环境里放置了各色各样的禽兽，使这儿洋溢着生机诱人的气息。在树廊的一端，吃醉了葡萄的熊趔趄在榆树的枝杈上，驯鹿在湖里沐浴；黑松鼠在茂密的叶丛里欢跃；反舌鸟和麻雀般大小的维珍尼亚鸽降落在让杨梅染红了的草地上。黄头的绿鹦鹉、微带紫红的黄绿色啄木鸟和红色的高髻冠鸟盘着丝柏，爬上树顶；蜂鸟群在佛罗里达茉莉花丛上空闪动；从树林圆拱吊下来的捕鸟蛇咝咝发响，像蔓藤般摇曳着。

（夏多布里昂：《阿达拉》，引自《法国浪漫派作品选》，
文笑尘译，天津人民出版社，1983年版。
以下有关《阿达拉》的引文皆出于此版本。）

夏多布里昂笔下的自然界从来是两极对立的。如果说上面描述的草原基

调是宁谧和安详的话，大河彼岸则充满动作和悄语："软弱的呻吟声、重浊的哞哞声和甜蜜的咕咕声交织成一片既柔和又粗犷的谐音，弥漫于这片荒野里。""河中间的水流，挟带着松树和橡树的残骸，奔驰入海；大薸和睡莲的浮岛，沿着两边的侧流倒溯而上，它们黄色的蓓蕾像小巧的楼台般耸立着。青蛇、苍鹭、红鹤和稚鳄登上这些花舫——它们金黄色的船帆迎风招展，无声无息地驶往僻静的水隈。""伸展着一望无垠的草原，起伏的翠浪向远方奔腾，似乎隐没在蔚蓝的天空中。只见三四千头野牛漫无目的地在这片无尽的荒野上游荡。"

一个在法国谒见过路易十四、享受过凡尔赛宫的美味、看过拉辛悲剧的青年终于厌倦了城市生活，独自漂泊到荒野上来了。他本是印第安人，肯塔基壮丽的原始森林就是他的家乡。从显赫的地位上观察了巴黎的生活之后，他期求在这里获得安逸，他的名字叫夏克达斯。

然而荒野并不意味着静谧。"倘若你害怕心灵中有困扰的话，那么小心提防荒野吧：激烈的情热却跟孤独结下了不解之缘。一旦重回荒野，情热就找到一个自由自在的发展天地。"落入慕斯柯居日蛮族手中的夏克达斯，就在即将被投入火堆成为祭奠的牺牲品时，爱神降临了。部落首领的女儿阿达拉解救了他。"她的面孔端秀美好，人们可以觉察出一种无法抗拒的，不知是贞洁的还是热情的魅力。"

爱情与宗教的冲突由此展开。阿达拉冒着生命危险救出英俊的夏克达斯以后，他的爱情犹如密西西比河的急流日见汹涌，但她在母亲病榻前许下的将童贞献给基督的誓言像一道堤坝困扼着情感的洪水。肯塔基原野上的一切景象：狂烈的暴风雨、滚滚的闪电甚至草木发出的呻吟都成了少女内心搏斗的象征。

爱情是一种比死还要强的力量。阿达拉终于投入了夏克达斯的怀抱。"我（即夏克达斯）早一把抓着她，陶醉在她的娇喘微微中，并在她的嘴唇上狂饮着爱情的魔泉。在闪电的光芒底下，在这个永恒世界之前，我双目仰望天空，拥抱着我的爱侣。……壮观的树林以摇晃着的蔓藤及穹顶做我们婚床的帷幔及华盖……我触摸到幸福的时刻到了。"

然而就在一瞬间，"突然间霹雳一声，迅电一闪，划破了幢幢黑影。一株树在我们脚下被殛倒了，林间充满了硝烟和光雾。我们拔腿就跑。”

灾难就在这一刻降临。阿达拉惊悚地意识到这是上帝的警告，她吞下了早已准备好的毒药：“在暴风雨来临时……当我行将毁约背誓，当我行将把母亲投入火焰的深坑之中……她的诅咒已经降临到我身上……”

以迅疾的闪电和殛倒的树木为象征的那股阴森神秘的力量毁灭了一个美丽的少女，毁灭了人间的爱情。这股阴森专横、神秘莫测的力量早在远古时代有了人类的时候起就覆盖在人们的头顶上，直到 20 世纪它依然如影随形地困扰着人类，如果我们没有忘记曹禺著《雷雨》中鲁妈审问四凤时室外的闪电和雷声，我们就会意识到它的存在，正是鲁侍萍厉声地说：“你听，外面打着雷！可怜你的妈，我的女儿在这些事上不能再骗我！”屋外迅电一闪，四凤扑倒在母亲脚下道出了可怕的实情。《阿达拉》出色地描绘了这股神秘的力量，使我们今天读着它，心灵还要微微战栗。

面对吞食毒药的少女，一位林间隐士曾说，这是不必要的：“宗教并不苛求人性以外的牺牲”，魁北克主教有权代上帝解除誓约。但阿达拉并未后悔，母亲死前给她灌注的思想比誓约更有力量：

> 我的女儿，你是否惋惜你爱情的失落呢？请像凭吊梦幻的破灭那样地哭泣吧。你摸得准情人的心吗？你参得透他变化莫测的欲念吗？还不如去计算一下暴风雨降临时多少个海浪在翻滚吧！阿达拉……终于有一天，欲壑饱填，厌倦亦随之而来，过去的恩爱都成了泡影，婚姻之可悲与弊端便一览无遗了。

同那股外在的阴森神秘的力量相比，这种潜藏在人们内心的丑恶不是更加有力吗？人类的灾难在于人自身。夏多布里昂的悲观主义在于此。他那用蛮荒之美装点过的基督教也无法使人获得解脱。

拉马丁（1790—1869）直接承袭了夏多布里昂式的宗教迷狂。充满田园牧歌色彩的家乡和被柔情所包围的童年生活给他的头脑编织了许多圣洁的梦。他不喜欢拉封丹，认为他的寓言展示了人的丑处太多了。在他来说，人世间一切丑恶、粗鄙的东西都是不存在的。1817 年，他所热恋着的贵妇人查理夫人之死使他的感情受到重大创伤。这种创伤并没有使他转向现实，反而带着

拉马丁的诗像一缕轻风带来的纯洁的叹息。

浓重的伤感沉湎于宗教。《沉思集》是晶莹的泪滴和迷茫的梦，他抒写死亡，人生的痛苦，只有在未来的天界或死亡了的爱情或缥缈的自然界本身才能给人以安慰，人间一切美好色彩都是天国光辉的反射。自然科学家居维埃尔在1830年接受拉马丁入法兰西学士院时，把拉马丁与拜伦对比，认为拜伦在宇宙间只留下罪恶之神的庙堂，赞扬拉马丁是一位带来希望的诗人（转摘自勃兰兑斯《十九世纪文学主流》，第三分册）。作为长篇史诗的两个片段，《约瑟兰》（1836年）写了一个类似《阿达拉》的故事，只是女主角换成了男主角，约瑟兰为宗教而牺牲爱情的精神与阿达拉是一脉相通的；《天使的堕落》写了使赛达尔因犯错误被贬入凡尘，历尽人生苦难后，全家自焚得以重返天堂。这个故事虽表现了典型的涤罪精神，但含有对丑恶现实的揭露与鞭挞。他的天使派风格更多地表现在他的抒情诗中。这些诗飘逸、轻灵，像一缕微风带来的一声纯洁的叹息。

三、恶魔诗派的自由批判精神

当华兹华斯与夏多布里昂以优美而神秘的梦幻抚慰大革命中的受伤心灵时，浪漫派诗歌的另一极崛起了。它的强劲、凌厉和惊世骇俗，有如划破阴霾的闪电，使那甜美的宗教小说和田园诗歌骤然变得苍白。

雨果称前者为天使，后者为撒旦。天使的使命是构建天堂，而撒旦则拆掉它。“一个好像以马内利（救世主）温存而强壮，坐在一轮霹雳和光明的车上周游他的王国；另一个则像倨傲的撒旦，当他从天国被谪贬的时候，拖带了一大群星星坠落而去。”（雨果：《论拜伦》，转摘自《外国文学评论选》，湖南人民出版社，1982 年版）

恶魔派宗主乔治·戈登·拜伦在《该隐》中公开申明“恶”的伟大历史作用：

谁会为了恶本身带来的悲苦而一心去追求恶呢？
没有一个人——决不会这样，之所以追求恶，
那是因为恶乃一切生物与非生物借以生产之酵母！

蒲鲁东在他所写的《革命与教会中的正义》中大呼：

撒旦哟！你这位被教士和国王们痛恨的恶魔，让我拥抱你，让我把你紧紧地按在我的心上！你这位被祝福者啊，你所做的事并不总是光明正大和善良的，但是只有你的业绩才使宇宙具有意义。如果没有你，正义将是什么呢？将是一种本能。理性呢？将是一种习惯。人呢？将是一种动物。

在蒲鲁东笔下，撒旦成为自由批判精神的象征。

拜伦：精神世界的拿破仑

“恶魔诗人”之称谓起于拜伦。为了五百英镑的年金而接受了“桂冠诗人”称号的骚塞，对攻击他的拜伦，名之曰“恶魔”。在当时英国上流社会中，拜伦被不少人视同魔鬼。据说，在某沙龙里当仆役报告“拜伦勋爵到”时，有位贵族老太太当场吓晕过去。

在 19 世纪初的欧洲，有两个知名人物就其对欧洲的影响而言，他们是势均力敌的，这就是拿破仑和拜伦。当拜伦死的时候，法国“许多报纸上讲，本世纪两个伟人：拿破仑和拜伦同时弃世了”。正是这种重要性，使罗素在他的《西方哲学史》中为拜伦单列一章——尽管拜伦本人没有为哲学写过一个字。罗素认为，拜伦的情感和人生观是影响整个欧洲的重大因素。拜伦的

拜伦（1788—1824）：恶魔诗派的坛主。图中的拜伦身着希腊民族服装。他正是在援助希腊独立的战争中捐弃了自己年轻的生命。

诗歌不是最精美的，然而却没有一个诗人像拜伦那样掀起“拜伦热”。诗人拜伦在西方代表着一个时代，构成一种社会现象，一种关于人的新观念。这种新观念被高雅的欧洲视同毒药和动乱的因子。然而它像大海的波涛冲击着欧洲古老的基石，许多才华卓著的诗人竞相追随，包括许多并非献身文学的青年也狂热地效法拜伦，希望像他那样获得一个放荡不羁的生命和辉煌灿烂的毁灭。

我们怎样来描绘这个名噪世界的诗人呢？——这是一个用中国传统观念看来不可理喻的狂人。他相貌英俊迷人，可惜是个瘸子；他身体柔弱、皮肤白皙有如少女，内心却如沸腾的大海；他才华盖世，放荡张狂，是才子又是流氓；渴望荣誉而又认为荣誉于人毫无意义；他自称是利己主义者，为了爱犬之死而写诗咒骂整个人类，但又深切同情饥饿的工人，他的第一篇演说就是为破坏机器的工人呼吁。他自称有一百多个情人，“天下女人一张嘴，从南吻到北”。他用老修士的头颅骨磨成骷髅酒杯开怀畅饮。他在十九岁的时候就对生活、对人生绝望但又终生没有停止战斗，并在最后将生命献给了被压迫的希腊人。他的最后的遗嘱是把尸体运回故乡，而把心脏埋在希腊国土。卡莱尔说，19 世纪初，只有一个人能同拿破仑相比，这就是拜伦。

拜伦 1788 年 1 月 22 日生于伦敦。父亲是个仪表堂堂而行为堕落的贵族，被称为“疯子杰克”。拜伦三岁时，父亲离家出走，浪迹天涯，死的时候身上连衬衫都没有。母亲凯瑟琳·戈登出于情爱，同疯子杰克结婚，而杰克只爱她的财产。她长得矮肥、鼻长、脸红，祖先第一代是溺死的，第二代是被害死的，第三、四代因杀人被绞死。凯瑟琳的血液里带有某种疯狂暴虐的因素。丈夫出走后，这种因素被激发了，她时而把跛足的拜伦视同掌上珠，时而又抄起菜盘向拜伦的头上掷去。

弗洛伊德的门生阿德勒认为，人的潜本能不是性，而是追求优越。这种本能植根于人的深层自卑心理，而这种自卑情结往往又源于儿童时代的生理缺陷。

阿德勒的理论，在拜伦身上得到了一个有利于他的证明。

“啊，多么漂亮的孩子！可惜是个瘸子！”人们的这类议论在美少年的心头形成了严重的创伤。同学们对他瘸腿的冷嘲和对他的欺侮，使这个天性狂乱的孩子心头经常激起自尊的反抗和自卑的伤感。他在少年时代常想自杀或杀人。十岁时，意外地得以承袭勋爵称号的拜伦竟然激动地在课堂上哭了起来。但爵位并没有医好心灵的伤痛。他喜欢带着手枪去散步，尽管那是一把玩具手枪，他用它来体验犯谋杀罪后的快感。十五岁的时候，他发生了第一次初恋。但被他奉为纯洁天使的玛丽·安·查沃思却对侍女说：“你以为我会喜欢那个瘸子吗？”这句话犹如一把尖利的刀刺进拜伦的心脏。当时天色已经很晚，他还是冲出了屋子，昏昏晕晕地一口气跑回纽斯台德，直到十二年后他还流着泪写出《梦》来追怀这段初恋的痛苦。

自尊与自卑的内心较量可能有两种选择：一种是用玩世不恭、吹牛撒谎、颓唐堕落来掩盖内心的自卑，如阿Q、拉摩的侄儿；而另一种则是激起更加狂烈的病态的自尊。对于拜伦来说，就是把爱转化为狂烈的恨，不是对查沃思，而是对几乎所有的女性，对整个世界，他的报复就是“征服她们”；尔后他所写的作品中，男主人公几乎都是英俊潇洒，而女主人公则甘心委身。

时候到了。1812年，《恰尔德·哈洛尔德游记》第一、二章的成功给拜伦带来巨大的声誉：“一夜醒来，我发现自己已经成了名人。”拜伦兴奋得两眼发亮、面色苍白。贵族妇女们惊讶地注视着他的白皙的皮肤、金色的卷发、长长的下垂的睫毛下掩盖着的那双忧郁的蓝眼睛。他成了伦敦妇女崇拜的偶像。她们惊讶，他那么纤弱，但胸膛里却装着来自西班牙、葡萄牙、阿尔巴尼亚、土耳其和希腊的异域奇情，装着笼罩在神秘色彩中的遥不可及的东方世界。那个似乎已经体验了人生一切罪孽的多愁善感的哈洛尔德公子就是站在眼前的美少年吗？拜伦的神秘性格和灿烂才华成了贵族妇女聚会时最迷人的话题。卡罗琳·兰夫人甚至穿上仆人的号衣充作侍童去给拜伦送信，或是扮成马车夫冒着大雨鹄望在拜伦赴宴的人家门口，以期见到拜伦一面。

拜伦接连写出了一批传奇与抒情相结合的诗。《海盗》的主人公康拉德是个杀戮成性、憎恨人类的匪徒，然而他又那么深挚地爱着自己的梅朵拉。故事的构架令人想起中世纪传奇（如《兰斯洛特》），但康拉德反抗人生的侠盗心情却是地道拜伦式的：

我对你的爱就是对人们的恨，
因为爱上了人类，就不能专心地爱你。

这是一种极端强烈的爱。这种爱导致的排他性，不是排斥垂青于梅朵拉的男人，而是排斥整个人类。因为在康拉德看来，他的爱是专注的，像被放大镜聚集起来的全部阳光和热力，因此留给她以外世界的就只有冰冷与黑暗了。也可以反过来说，由于他仇恨整个人类，因此他的所有的爱就只能交给梅朵拉一个人。梅朵拉是一个象征：她是拜伦在这个令人齿冷的世界上所追求的目标，就是他的理想，就是他为之献身的海伦（希腊）。

在《海盗》中，拜伦抒发了一种与湖畔派迥然不同的胸怀：

在暗蓝色的海上，海水在欢快地泼溅，
我们的心是自由的，我们的思想不受限，
…………
那狂喜的感觉——那脉搏畅快的欢跳，
可不只有“无路之路”的游荡者才能知道？
是这个使我们去追寻那迎头的斗争，
是这个把别人看作危险的变为欢情；
凡是懦夫躲避的，我们反而热烈地寻找，
那使衰弱的人晕厥的，我们反而感到——
感到在我们鼓胀的胸中最深的地方

它的希望在苏醒，它的精灵在翱翔。

（《拜伦诗选》，查良铮译，上海译文出版社，1982年版）

“湖畔”和“大海”，“杜鹃”与“海盗”。这不仅是两种风格，而且是对人生的两种不同的领悟。

贵族妇女们满脸通红而又爱不释手地读着《异教徒》（1813年）中男女私通的故事。《阿比多斯的新娘》中，朱丽佳同亲弟弟的恋爱故事使她们怦然心跳。在沉溺于有罪的愉快中读完后又不能不装作愤怒的样子把它抛开。拜伦在这些诗中所显示的将叙事与抒情结合起来，恣意放荡、潇洒自如的风格，引人入胜的情节和流利通达的文字，震动了整个英国文坛。当时最著名的传奇诗歌的作者司各特，在读了拜伦的诗作之后，立即决定改用散文来写历史小说了。

然而，拜伦绝不是贵族社会精神筵席上的美味佳肴。《恰尔德·哈洛尔德游记》中那种不顾一切反抗暴君、争取自由的精神已经显示了这个跛足美少年是个不折不扣的叛逆分子。孤傲剽悍的康拉德不过是哈洛尔德的兄弟。早在1812年，拜伦在上议院发表演说反对处死破坏机器的工人时，托利党人就把他视为眼中钉了。然而，当你要将某人置于死地时，正面进攻未为有利，流言蜚语、飞短流长倒可能成为利器。当拜伦写《阿比多斯的新娘》时，他恰同异母姐姐奥古斯塔住在一起，——简直再没有比这更好的口实了。

拜伦时代的英国是一个什么样的国家？它是“光荣革命”的发源地，最早举起了自由的旗帜，但又是最不自由的欧洲岛国。它一边举着“平等、博爱”之旗，一边几乎全体一致地反对法国的大革命——因为法国发生的是一场真正摧毁贵族统治的风暴。这场风暴无情地反照出所谓“日不落”帝国的海盗本质，“它吞食全世界殖民地以肥自己，它压迫爱尔兰，它号称自由，但三千万人民只有一百万人有选举权，而一百万人中事实上又是由四千个贵族来主宰。”他们奢侈、腐化、堕落，但却又把这一切包裹在所谓“gentle”（绅士）的风度里，不许任何人戳穿它。只要有一个人稍稍流露出这种企图，几千张口就一齐向你张开，用诽谤、造谣乃至法律、军队将你置于死地，而且还要在你的墓碑上刻下永远洗刷不掉的罪名！生活在这样一个虚伪而残忍的国度里，你有什么选择呢？你最好是颂扬它，或者只写些风花雪月、传奇故事，发出貌似深刻的感慨，写些扑朔迷离的“真理”。这样，你就会得到鲜花和桂冠。司各特聪明，他谢绝了“桂冠诗人”的称号以避免后世的唾骂。骚塞把它接过来了，戴在头顶上摇头摆尾地为政府大唱颂歌。这是一种何等致命的伪善哪！

一种万能的力量——它的帷幕以黑暗笼罩了大地，
直到正义与罪恶变得难分彼此，
于是人们都愕然失色。
唯恐自己的见解放射出过多的光华，
担心自己的自由思想会变成罪状，
而这个世界也委实过于明亮。

这种伪善如此沉重，由于它深入骨髓，没有一种强大如闪电般的力量，将无法把它击穿，没有恶魔般的勇气，将不敢同它宣战。它需要一种极度的热情，这种热情只有一个字眼可以形容，这便是疯狂。

对于来自四面八方的攻击不可能辩解和反驳，1816 年拜伦悄然离开自己的国土。他写道：“假如人们叽叽喳喳地议论着和咕哝着的一切全是真话，我就不配住在英国；假如这些全是造谣中伤的话，英国就不配让我居住。”（转引自勃兰兑斯《十九世纪文学主流》，第四分册，徐式谷、江枫、张自谋译，人民文学出版社，1984 年版）

流亡国外的拜伦一度陷入深深的忧郁。这种忧郁使他对人生的困境有了新的体悟。《曼弗雷德》（1817 年）的主人公就像歌德笔下的浮士德一样学识渊博，并能通过新掌握的知识调遣天地间的大小神灵来满足他的种种愿望，然而他越来越对科学感到失望，认为知识不过是由一种无知转向另一种无知：

知识是悲苦：
知道得最多的人，
必定最深地悲叹一条不祥的真理——

知识的树不是生命的树。

曼弗雷德厌恶人生，渴望与世隔绝。他调动诸神，希图获得“遗忘”。但神说：

你身上仿佛包着一件尸衣，使你永远不得安宁；

你得不到夜的静谧，又要憎恶白天的太阳；在已知的毒素里，最毒的毒素就是你，我要求你啊，迫使自己成为自己的地狱！

拜伦的众多作品都是抨击上流社会的，但《曼弗雷德》却带有某种忏悔与反思的内涵：极端放任个人的欲求将把自己导向地狱。“自由＝地狱”，这个看来荒谬的命题，揭露了那种蔑视理性、蔑视道德的极端自由恰恰是自身的囚笼。“自己成为自己的地狱”，可视为荷马的“阿喀琉斯脚后跟”之隐喻的哲学表达。当我们读到这句话时，还感到它仿佛是20世纪写成的，因为它表述了现代主义一再重复的关于自由追求的困境。

然而，饱尝痛苦折磨的曼弗雷德并没有屈服，在死亡之前，他拒绝修道院长的超度，喝退了向他发号施令的魔鬼。当死亡之手轻轻抚摩他的躯体时，他平静地说：“啊，死亡并不是什么困难的事！”

即使是陷入绝望的拜伦，也绝不向他周围的世界屈服。

在无家可归的年月里，拜伦还完成了充满反叛精神的诗剧《该隐》和《恰尔德·哈洛尔德游记》的第三、四章。后者集中表现了作者的忧郁、孤独感和对自由的热爱。他悲哀地声称：

我没有爱过这世界，
它对我也一样；
我没有阿谀过它腐臭
的呼吸，也不曾
忍从地屈膝，
膜拜它的各种偶像；

我没有在脸上堆着笑，
更没有高声
叫嚷着，崇拜一种回音；
纷纭的世人
不能把我看作他们一伙；
我站在人群中
却不属于他们；
也没有把头脑放进
那并非而又算作他们
的思想的尸衣中，
一齐列队行进，
因此才被压抑而致温顺。

（《拜伦诗选》，查良铮译，上海译文出版社，1982 年）

他热烈向往着自由：

但是自由啊，
你的旗帜虽破而仍飘扬空中，
招展着，就像大雷雨一般
勇敢地顶逆狂风；
你的号角虽已中断，
余音逐渐消亡，
仍然是暴风雨过后
最嘹亮的声响；
你树上的花朵
虽凋零殆尽，
树皮也饱受斧钺摧残，
看起来那样伤痕遍体，
真个是粗陋不堪，

但是树浆依然保存——
而且种子深深地埋入了
土壤，
甚至已经深深地播入
北国的胸膛；
因此，一个更加美好的
春天
将会把
更加甜美的果实献上。

（转摘自勃兰兑斯《十九世纪文学主流》，第四分册，
徐式谷、江枫、张自谋译，人民文学出版社，1984年版）

在他的传世名作《唐璜》中，他用辛辣的笔触鞭挞那些毫无气节的诗人，例如，在谈到华兹华斯在英国政府中任职时写道：“在那儿，这个诗坛的江湖骗子和政界的寄生虫敏捷而精练地舐食着面包渣。这个变节的雅各宾派早已变成了一个小丑般的阿谀者，不惜把贵族的最恶劣的偏见加以赞扬。”他大声宣布说：

我宁愿永远孤独，
也不愿用我的自由思想
去换一个国王的宝座。

拜伦还声称：

某些比较客气的诡辩家
喜欢指责——在匿名文章里——
我没有对神的信仰……
而我的祭坛是山岳、海洋、
大地、天空和星光，

是一个灵魂由它而生
并以它为归宿的
伟大的“整体”所生成的宇宙万象。

1823年，他所一贯关注的希腊争取自由的战争遇到了挫折。自由之火终于突破了孤独和忧郁。他中断了《唐璜》的写作，于1824年初抵达希腊。希腊人用欢迎国家元首的隆重礼仪欢迎他，并请他担任征利杜潘远征军总司令。同年4月9日遇雨受寒，拜伦躺在担架上指挥军务，十天后逝世。去世前，拜伦对他的医生说：“死，我并不悲伤，我正是为了结束这无聊的生命才到希腊来的。我的财产，我的精力都献给了希腊的独立事业；现在，连生命也一并送上吧！……”他的死使希腊人民深感悲痛，全国志哀二十一天，机关、法院和商店停止活动。

拜伦之死，震动了整个欧洲。正如诗人坎贝尔所说：“拜伦勋爵的诗是伟大的，但是他这次壮举比他的诗更伟大！”噩耗传到法国，许多青年的帽子上挂着志哀的标志。菲度街上挂着的拜伦大幅画像前面，数千民众川流不息地参拜着。雨果在他纪念拜伦的长文中指出，拜伦在英伦本土只为少数人理解，然而在天南海北之间他凭借自己的诗歌和最广大的人群建立起一条拧不断的情感纽带。自拜伦开始，为反对压迫、争取自由而献身成为诗人们为自己争得的最美“桂冠”。多少才华卓著的名字沿着这条路追随拜伦而去。这就是文学史上的“拜伦热”。

拜伦在《海盗》中写了如下两句诗：

他遗留下一个名字
给后来的千秋万世，
只具有一种美德
而却有一千种罪孽。

让英国的贵族们去诅咒拜伦的“一千种罪孽”吧，他的一种美德——对自由的向往与对人类的挚爱则永垂后世。

讽刺史诗《唐璜》：人类情感的历险

拜伦后期转向讽刺诗的创作，写出了《别波》《审判的幻景》和《唐璜》。由于这部分作品的尖锐性，它们得到的毁和誉都是狂烈的。文雅的华兹华斯骂《唐璜》是一本“无耻的书”。从《唐璜》的部分章节开始发表时起，英国一些报刊就开始攻击这部书是“对体面、善良感情和维护社会所必需的行为准则的讥讽”，“是在拙劣的韵律中关于可耻的淫乱行为的叙述”。但对《唐璜》的赞扬也是充满激情的：“我认为《唐璜》是我所见到的你的最好的作品。它是远远超过一切的最生气勃勃、最率直、最有趣和最有诗意的，每个人都和我有同感，不过他们不敢说出来罢了。”历史小说家司各特称《唐璜》“像莎士比亚一样地包罗万象，它囊括了人生的每一个题目，拨动了神圣的琴上的每一根琴弦，弹出最细小以至最强烈最震动心灵的调子”。歌德认为：“《唐璜》是彻底的天才的作品——愤世到了不顾一切的辛辣程度，温柔到了优美感情的最纤细动人的地步……我们感到英国诗歌拥有了德国人从未取得的东西：一个古典的文雅而喜剧的风格。”

拜伦在波扎瑞斯墓前。1823年希腊英雄波扎瑞斯抵抗土耳其入侵身亡，1824年拜伦也死在这个地方。希腊人像崇敬本民族英雄一样，热爱这位英国诗人。

这部史诗的主要成就当然在讽刺方面。许多教科书中都正确地谈到这一点。笔者想换一个角度来阐释这本书，即雪莱的评价：《唐璜》

是用“人类感觉的永恒色彩涂抹出来的人性图画”——这一点也许是理解这部史诗之永久性魅力的重要所在。

唐璜其人是古老传说中的人物。17 世纪西班牙作家盖布里尔·代叶斯用他的故事写剧本，后来这个人物又出现于莫里哀、莫扎特和萧伯纳的笔下。传说中的唐璜是个放荡公子，好色贪杯，无恶不作，他勾引了西班牙塞维尔驻军司令的女儿，司令上门质问又被这位登徒子一剑刺死。后来，司令的鬼魂来复仇终将唐璜下了地狱。在上述作家的笔下，唐璜是被鞭挞的对象，是社会恶德的象征。但拜伦却把他当作自己史诗的主人公，开篇即说：

说来新鲜，
我苦于没有英雄可写，
尽管当今之世，
英雄是迭出不穷；
年年有，月月有，
报刊上连篇累牍，
而后才又发现：
他算不得真英雄；
因此，
对这些
我就不人云亦云了，
而想把我们的
老友唐璜来传诵——

在他的笔下，唐璜是一张白纸，社会上各种势力在他的情感世界里印下自己的痕迹。唐璜像一张尚未感光的底版，拜伦用“人类感觉的永恒色彩在它上面印出了一幅人类情感的历程图”。

（一）戳穿虚伪道德，情欲苏醒了

史诗从唐璜的家庭讲起。唐璜有一个风流的母亲，又有一个风流的父亲。较量的结果，是女性获胜，唐璜的父亲被逼死了。母亲独自担负起严格管教唐璜的责任。她声称：“早熟是万恶之源。”她对教师讲授的每一种功课都要细细查考，“看看在道德上是否够严”，不准看裸体图画，不准看接吻，不准雇用年轻婢女。要多念圣徒们的嘉言懿行，于是：

凡与实用没有关系的一切，
他都已饱览无余，深入钻研，
只有邪书却没有翻看过一页；
凡是不雅的，
或涉及生殖的叙述，
都绝对禁止，
——生怕他误入歧途。

（《唐璜》，查良铮译，人民文学出版社，1980 年版。
以下引文皆出于此版本）

但是，她终不能把儿子与世隔绝。唐璜十六岁时长成了翩翩美少年，遇到了母亲精心选择的一位品德高贵的妇人朱丽亚。这位比唐璜大七岁的贞洁妇人开始向小唐璜调情。这种调情是隐约而又富于诱惑力的：

但朱丽亚的冷淡
却含有温情，
她的纤手总是微颤而
柔缓地脱开他的掌握，
而在脱开以前
却轻轻地一捏，
甜得透人心脾：
那是如此轻，
轻得给脑子留下
恍惚惚的疑团；
啊，在唐璜心里，

无论阿尔米达（女巫师）
施展多少魔法，
怎及这一捏
引起的千变万化！

她遇见他时，
虽然不再微笑了，
可是她的沉郁比微笑更甜蜜，
仿佛她怀有无限委婉的衷情
难于启齿，
但由于在火热的心底压抑过久，
反而更为她所珍惜；
…………
热情力图伪装，
但因深加掩藏
反而暴露了自己；
…………
何况还有叹息，
越压抑越深，
还有偷偷一瞥，
越偷得巧越甜，
还有莫名其妙的火热的脸红，
相见时的颤抖，
离别后的不安：
这一切都是“占有”的小小前奏，
是初生的热情少不了的序言。

这一切都不能简单地归结为一个荡妇玩弄的机巧，而是一个嫁了年老而无用的丈夫的青春少妇的下意识行为。朱丽亚也曾决心保持自己的美德和尊严，甚至想效法柏拉图的“精神恋爱”，能够“爱得不越轨”。仿佛完全是出于偶然，一个夏季的黄昏（诗人说夏季是情欲燃烧最烈的时刻），朱丽亚和唐璜坐在凉亭里，脸靠得那么近，朱丽亚的手似乎是无意地落入唐璜的手掌中，接着另一只压了上去：

朱丽亚坐着，
半似被唐璜拥抱，
半似要从他热烈的臂抱脱开，
他的手和他所摸的胸同样激动，
尽管如此，
她必觉得这也无害，
不然她会很容易抽回她的腰，
不过
像现在这样确实也可爱。

仿佛报复那个偷别人丈夫的女人，唐璜母亲小心看管的儿子被别人偷了。拜伦慨叹人总是逃不脱情欲的支配：

爱情啊！
连恺撒大帝都向你乞求，
安东尼受你摆布，
泰塔斯是圣手，
贺拉斯、凯塔拉斯做了你的学生，
奥维德把你传授，
还有个女学生莎弗，
凡冷感的人都不妨学她，
（柳卡狄亚山岩等你们往下投）
哦，爱情！
你真是万恶之神，

 德拉克罗瓦作品《唐璜遭遇海难》

因为毕竟我们不便把你称为
魔鬼。

这段诗中列举的均为古希腊、罗马时代的佼佼者，或毁于爱情（安东尼、莎弗），或拜倒于爱神裙下。连如此伟人和智者都逃不脱爱情之神之支配并为它做出种种不智的行为，她还不是个“万恶之神”吗？拜伦认为，这种不智的热情给女子带来的痛苦特别深重，他们的事情终于败露。朱丽亚年老的丈夫举着火把、带上剑到卧室捉奸，少年气盛的唐璜打掉了她丈夫手中的剑逃出门外，被迫乘船出海，开始了他的流浪生活。

陷于丈夫的压迫与对情人渴念的痛苦之中的朱丽亚，在给唐璜的情书中写道：

我爱过你，
现在还爱着，为了这
我丧失了天堂、名誉、自尊、
地位，
但这一切损失
我都不以为惜，
因为那场春梦对我是太可贵。
…………

爱情对男子不过是身外之物，
对女人却是整个生命；
男人可以献身
宫廷、军营、教堂、海船、市场，
有剑和袍，财富和光荣不断更替；
骄傲、声名、雄图，充满了他的心，
更有谁能永远占有他的记忆？
男人门路很多，
但女人只有一法：
那就是爱了再爱，
然后再受惩罚。
还有多少欢娱和荣华等待你，
还有多少人要爱你，
并使你钟情；
我这一生是完了，
只剩下余年
来把耻辱和悲哀埋进我深心。
…………

整个史诗的第一章，写了原始情欲的苏醒和禁欲主义及虚伪理性的破产。少年唐璜挣脱一切束缚，开始了灵魂自由的生活。

（二）现代文明外衣下的狼性

获得了人类本初情欲的唐璜在漂流中体验到了人类的另一种基本感受：饥饿感，食的欲望。这种饥饿感是在死亡的悬崖前产生的一种生存欲望。这种生存需要，按照当代心理学家马斯洛的分类，属于最低级的需要，但它又是压倒一切的需要。当饥饿危及人的生命时，一切精神享受都成为不必要。

唐璜所乘的船遇到风暴，漂到一个荒凉小岛，一切可供食用的东西吃光了。人们不客气地把唐璜心爱的小狗杀掉分食了。接下去怎么办？

他们面面相觑，
眼睛闪着凶光，
那是豺狼的眼啊，
其中透露着吃人的欲望，
虽然谁也不明说。
终于有人向同伴小声叽咕着，
同伴又传同伴，
如此话就传开
最后变成七嘴八舌的议论，
绝望而激动
顾不得任何危害，
…………
大家一致叫嚷要抽签决定，
谁该死掉以充当同伴的食品。

做阄时没有纸，人们迫使唐璜交出朱丽亚的情书。爱情的珍贵表白充当了书写死亡判决的用纸。拜伦用冷嘲的笔揭示了死亡远比爱情更强有力。诗人们用生花妙笔写出的爱情诗篇、情人们在热恋中立下的山盟海誓，在死亡面前变得一钱不值了。

在拜伦的笔下，中了头彩的竟是唐璜的老师、那位令人尊敬的硕士彼得利娄。老头子请求用一种较少痛苦的办法死去。现代科学提供了这种方法。在场的一位外科医生用抽血的针筒一点点地抽去了他的生命。这位 19 世纪的硕士死前还虔诚地吻了十字架。由于没有手术费付给医生，大家同意让医生先挑一块可口的肉。医生因为口渴，宁愿喝鲜血。其余的人分食了老头子身上全部可食的部分。唐璜终不忍食老师的肉——这挽救了他。吃了人肉的，都害起了癫狂症。

在这第二章里，拜伦揭露了一个可怕的现实：在欲望面前，人的本质是狼，西方现代文明所创造的一切不过掩盖了人的这种狼性或为它提供更精巧的工具而已。

（三）返归自然的欢欣

由于唐璜的善良，在经历了那场人吃人的情感体验后，他终于获得了人生的短暂欢乐，这就是与海黛之间的纯洁爱情。

同行的人几乎都死去了，唐璜却幸运地被海盗王的女儿所救，并且相爱了。这是一种远离人寰、纯洁如玉的爱：

他们远离了世界，
但不像斗室中一个人所感到的那种孤独滋味，
海是静默的，
海湾上闪出星星，
红色的晚霞暗了，
天越来越黑，
四周无声的沙石，
滴水的岩洞
使他们不由得更紧紧地依偎，
好像普天之下再也没有生命，
只有他们两人，
而他们将永生。

这种爱情是不需要山盟海誓的。海黛是如此纯洁，“她没有听过一个钟情少女会被欺骗，或必须有种种诺言才能结合。她纯真而无知得像一只小鸟，在飞奔向自己的伴侣时只有快乐。”

这种爱情是两颗灵魂的交融为一：

她爱着，也被别人热爱；
她崇拜，也被别人崇拜；
他们本诸天性，
让炽热的灵魂向着彼此倾注，

如果灵魂能死，
它已死于热情！
但他们的神智又渐渐清醒，
不过使感情复燃，
又一次迷沉，
海黛把急跳的心紧贴他的胸，
似乎它再也不能离开它而跳动。

从宗教的观点来说，这种结合是“野合”，是羞耻和罪孽。恰恰是这种罪感为他们的“野合”增添了震颤心灵的快乐。不带罪感的快乐，不是最美妙的快乐。

在拜伦看来。海黛是自然神的女儿，是大自然的象征。唐璜与海黛的结合就是人与自然的结合，就是摆脱社会和现代文明，返归远古，返归自然，实现“天人合一”。拜伦衷心赞美这两个青年人相结合的瞬间，那个瞬间是圣洁的：

福哉马利亚！
祝福那一个角落
那一刻和那地方吧，
它使我常常感到
整个大地已深深浸沉于
这如此优美、
如此温柔的时光，
晚祷的歌正冉冉上升而消失，
远处的钟楼传出低沉的音响，
玫瑰色的天空静得没有一丝风，
而树叶仿佛为祈祷声所颤动。

福哉马利亚！

这是祈祷的时辰！
福哉马利亚！
这是爱情的良宵！
…………

西方人的两大情感高峰：性爱情感与宗教情感在此融合为一、互为表里，达到了人与人、人与自然、人与上帝的和谐无间之美妙境地。

但拜伦认为，这种美妙时刻是不能维持长久的，人们总是要从这感情高峰上跌落下来，唯其如此，莫如在高峰状态死去：

既然是互相拥抱着，
两心交融——
唉，他们为什么不在那时候死去？
活得太长了，
难保没有生离之时，
岁月会带来灾患或残酷的境遇；
这世界不是他们的，
世人的奸巧
只凭莎弗这般的热情也无法对敌，
爱情在他们是生命，
它如此之浓不是感觉
而是整个精神内容。
他们该住在森林中，
像夜莺似的
歌唱自娱而隐居；
他们原不宜在所谓“社会”这繁华的孤寂中，
和“憎恨”“罪恶”“忧患”呼吸在一起；
…………

好景的确不长。海黛的父亲、那个杀人不眨眼的海盗归来了。刀光剑影之中，海黛死去，唐璜被卖为奴。史诗从仙境跌回人间，从纯洁落入污浊。

（四）在欲海与血海中保持贞洁

唐璜被卖到苏丹，这个多妻制国家“把婚床变为通铺”。美丽的苏丹女皇看上了唐璜，她满以为女皇的青睐会使奴隶受宠若惊，对她曲意迎合，没想到遭到唐璜的严词拒绝：

囚笼里的鹰都不肯配对，
我怎么侍候
一个女苏丹的色情的梦？

这与其说是男人的自尊，莫如说自由高于一切。身为奴隶绝不与主人谈什么“爱情”。女皇遭到严厉拒绝后的表现是颇带戏剧性的：

她第一个思想是砍唐璜的头，
第二个思想是和他一刀两断，
第三个思想是送他回老家，
第四个思想：叫他悔过和道歉，
第五个思想：叫侍女准备就寝，
第六个思想：自杀，
第七个：用皮鞭抽巴巴一顿，
——但她最出色的办法
是重新坐下来，
当然还要哭一下。

从苏丹女皇那里逃出来后，唐璜又被卷入俄国与土耳其的战争。拜伦对这场战争的揭露不是写尸骨成山、血流成河……悲愤的极致不表现为咒骂，而是一种令人毛骨悚然的赞美。如把连珠发射的炮弹比喻为“葡萄园里的葡萄，一落就是一大片”。

拜伦善于把两个极不相称的词语拼接在一起，如电影蒙太奇一样产生黑色幽默的效果：

上帝说：
“要有光！”于是有了光；
人说：
“要流血！”于是血海汹涌；
…………

又如：

小伙子，争取光荣吧！
苏沃洛夫用最典雅的俄文辞藻，
训一通话，
直到每颗高贵的心，
都为金钱和征服而熊熊燃烧。

“典雅”与“金钱”“高贵”与“征服”相互映照，具有强烈的揭露效果。这类修辞手法为拜伦的诗增添了新的风格。

拜伦对贵族统治者的本质洞若观火。他认为，海盗比国家宰相还要强些。海盗“不过是在抽税 / 他和宰相所做的差不了许多；不过他比宰相谦虚，宁处身于 / 较低阶层，职业也更光明磊落”。对统治者之间的血腥战争，他较雨果看得透彻，从不寄希望于米里哀主教（《悲惨世界》）式的慈悲。他认为：“唯有革命才能把地狱的污垢 / 从大地扫除干净！”

正如鲁迅在《摩罗诗力说》中所云，恶魔派的实质是要破坏现存的一切，是要用革命的手段扫荡大地。

唐璜自始至终有一颗善良的心。这不仅表现于对海黛的忠诚，而且他从战争中救出小女孩儿，细心保护，绝不玷污她的贞洁。

“创作总根于爱。”（鲁迅语）拜伦在《唐璜》里所表现的爱是极其深广的：他爱山川大海，爱纯洁的女人，爱被压迫和被凌辱者，爱整个的人类。憎恨是对付整个丑恶世界的一个坚硬外壳，外壳破裂了，溢出来的是滔滔不已的爱之河。读一读《唐璜》中的《哀希腊》吧，你就会领悟到诗人宣称“我从来没有爱过这个世界”时，他明明是说，我太爱这个世界了。爱之至极就会对丑类的统治感到一种刻骨铭心的悲哀，以至于渴望早日离开这个世界。

罗素称拜伦为“唯我主义者”，这很有点像。在拜伦看来，没有比个人自由更重要的东西。但推己及人，每个个体的自由都具有同等意义。拜伦对个体自由的崇拜，不是单纯的自我崇拜，而是一种社会理想，为了这种理想可以牺牲个人。他在《唐璜》里批判贝克莱主教的“唯我主义”，认为大主教的“天庭仙酒”自己不敢领受。

拜伦对自己祖国的情感也是矛盾的。作为一个被祖国驱逐的流亡者，他对英国过去的美名和文化深为景仰，但对它在现世界充当的镇压自由的宪兵角色又深感憎恶。人类的自由高于民族意识。从这个意义上说，拜伦是他的祖国的叛徒。

《唐璜》把时间转换为空间，把历史变为地理。他在空间上的游历其实是在历史的长河中游泳，经过漫长的情感体验，在《哀希腊》这一名篇中将思想与情感升华到最高点。拜伦没有把《唐璜》写完，但可以认为，它是以自己献身于希腊自由事业的行动把这部史诗完成的。

拜伦认为自己这部作品的寓意是“不智的热情给人们内心注满了应得的痛苦”（《唐璜》，第六章，第八十七节）。这种不智的热情包括食（酒）欲、色欲、征服欲乃至对被压迫者的同情和爱。爱欲的燃烧，必然给人带来痛苦。这种爱欲，犹如白兰地酒，“那火焰之河的迷人的女神，为什么你要残害我们的肝脾？也学别的仙女，折磨爱你的人？”被白兰地所苦时，拜伦就去饮清淡饮料，就是“中国的绿茶”。这种饮料没有那种火焰的灼痛却让人感伤，拜伦称中国绿茶为“泪之仙女”。“绿茶”与“白兰地”——清淡的感喟与不智的热情——是否可以作为中国文化与西方文化的不同象征？喝多了白兰地的人想换点儿绿茶；而整天喝绿茶的人又想尝尝白兰地？作为人，对两种“饮料”的需要是否又隐喻着两种文化的某种互补关系呢？

四、法国的恶魔派：司汤达与梅里美

人们常说拜伦是卢梭的后代。拜伦确实从卢梭那里继承了许多东西，但卢梭在敌人的恶意中伤面前那种近乎软弱的善良却是拜伦所不能接受的。拜伦对敌人有一种钢铁般强韧的、深入骨髓的憎恨，而这种憎恨恰好构成恶魔派的主要特色。

法国浪漫派的旗手雨果也曾被目为恶魔派，但他的气质更近于卢梭而不是拜伦。他的作品无论早期的《巴黎圣母院》还是晚期的《悲惨世界》《九三年》，洋溢其间的都是广大无边的爱。照雨果的想法，这种仁慈的爱情能够消解一切仇恨和丑欲，冉・阿让就是由此而消解了“为害欲”立志为善的。这种“泛爱”较之拜伦要苍白得多。

还有一位女性作家，如果把她列入恶魔派实在同她的美丽不相容，然而她关于爱情与婚姻的观点及其私生活都是惊世骇俗的。这位女作家便是乔治・桑（1804—1876）。

下左图：法国浪漫主义小说的经典《巴黎圣母院》剧照。这部小说体现了雨果提出的“美丑对照原则”。这一原则至今仍然是好莱坞电影征服人心的法宝之一。
下右图：艺术家笔下的巴黎圣母院。

伫立于巴黎街头的巴黎圣母院，并不像雨果小说里描写的那样神秘和阴森。

法国女作家乔治·桑。她认为，促使女性堕落的是说谎。构成奸情的不是她答应她情人的时刻，而是她后来睡在她丈夫怀抱里的夜晚。

乔治·桑：动摇了婚姻永久性的基础

乔治·桑的小说《安吉堡磨工》和《木工小史》等都表现了对下层人民的强烈同情和社会主义的乌托邦思想。在《贺拉斯》中，她赞美圣西门主义并且在1848年革命中为临时政府写过《致人民的信》，参加过巴黎的五月游行。但作为一个作家，她本质上是女性的。在她那飘洒的男装之下，跳动着一颗充满爱情的心。其作品的杰出之处在于对爱情的探索。这位1804年生于诺昂镇庄园的乡下姑娘，曾一度热烈地信仰过宗教，进过修女学校，但很快就转向了文学；莎士比亚、拜伦和夏多布里昂使她心醉神迷，唤醒了她的无比丰富美丽的想象力和热烈的情感追求。她同丈夫分离后，过着独立不羁的生活，曾被当时的舆论所诟骂。然而，从她早期的作品如《安迪娴娜》《莱莉亚》，我们却窥见一颗天真无邪、温柔可爱的灵魂。她的重要作品几乎都是写爱情与离异的。勃兰兑斯说："她所描写的主要是一些强烈的情感，或者说唯一的情感，变化无穷的情感——爱情，她指出了这种情感的规律是如何永远和社会规律发生冲突的。虽然她毫不怀疑在我们当代里，婚姻是必要的，也是不可缺少的，但是她却动摇了婚姻的永久持续性的信仰的根基。"

乔治·桑在《贺拉斯》中写道：

我相信，那种用美好的感情和思想使我们升华并赋予我们力量的爱情，才能算是一种高尚的热情；而使我们自私自利，胆小怯弱，使我们流于盲目本能的下流行为的爱情，应该算是一种邪恶的热情。因之，每一种热情究竟是合法的还是犯罪的，要看它产生的是这一种结果，还是那一种结果。官吏社会并不是人类的最高法庭，它有时会把恶行合法化，并对善良的热情施加惩罚，这是无关紧要的事。

在《雅克》中，乔治·桑写下了如下的一段话：

没有人能够控制爱情；没有人会因为他爱或不再爱而有罪。促使女性堕落的是说谎；构成奸情的不是她答应她情人的时刻，而是她后来睡在她丈夫怀抱里的夜晚。

有一些男子按照东方的方式，行若无事地杀死了不忠实的妻子，因为他们把妻子看作是自己的合法财产。另一些人向自己的情敌挑战，把他杀死或者把他排挤出去，然后向他们宣称热爱着的女人要求亲吻和爱抚。她要么加以拒绝，要么就绝望地让他亲吻和爱抚。这些都是夫妻之爱中十分平常的过程。在我看来，猪猡之间的动情也没有比这样的爱情更下流，更粗野了。

（转摘自勃兰兑斯《十九世纪文学主流》，第五分册）

乔治·桑的这些观点受到时尚的抨击，与她同时代的一些作家（如左拉、巴尔扎克）认为，乔治·桑的小说里超越约束个人界限的持续不断的渴望，不断表现出对于更大的知识自由和感情自由的追求，其中正潜伏着家庭和社会的危机，他们坚持对爱情作道德的约束，鞭挞所谓不道德的爱情。然而，恩格斯却说："没有爱情的婚姻是不道德的。"

相比之下，恩格斯的话显然有利于乔治·桑而不是巴尔扎克和左拉，尽管恩格斯对巴尔扎克和左拉的总评价要比对这位女性高得多。无论作品的社会性与哲理深度，乔治·桑都无法与巴尔扎克相比。

乔治·桑不是社会现实的冷酷记录者和深刻揭露者。在守旧的贵族看来，她是个魔女，而乔治·桑却认为自己只是在编织着关于人类的美丽的梦。她说："我相信艺术的使命就是感情和爱情的使命，我们当代的小说应该取代远古幼稚时代的比喻和寓言。艺术家的使命应该是唤醒人们对她所表现的对象的热爱，要是他把它稍加美化，就我而言，我是不会责怪他的，艺术并不检验已知的现实而是追求理想的真理。"

司汤达。他的《红与黑》在中国的命运颇为奇特。在 20 世纪的五六十年代，不少人认为这部书渲染色情；其实，它是一部政治小说。

司汤达：征服意识与自卑情结

前面介绍拜伦时，曾提及他的跛足所造成的自卑情结如何反激成为一种变态的自尊和施虐心理，司汤达征服意识的生理原因则在于才华的超群与相貌的奇丑。他自称是“意大利的屠夫”，在恋爱方面所遭受的冷遇、讥讽和挫折，反过来成为他塑造奇俊男子如何征服女人的灵感源泉。现实中受的心灵创伤，在想象中加以报复，从而获得快乐。

然而，仅仅从这一角度说明司汤达的征服意识是远远不够的。最重要的是，他生活在拿破仑时代。被卢梭主义燃烧着的青年人，特别憎恨复辟王朝等级森严的晋阶制度。像司汤达这样的律师的儿子，几乎是无路可走；那些平庸、愚懦的贵族后代，油头粉面的纨绔子弟，可以凭借自己的贵族老子而稳做高官、坐享荣华。是拿破仑打破了这个似乎永远不可改变的现实，平民子弟可以依靠自己手里的剑，获得将军的职位。于是，十六岁的亨利·贝尔（司汤达）加入拿破仑的军队，参加了对意大利的远征。他成了拿破仑的狂热崇拜者。后来又两次参加拿破仑的军队，对外作战。1812 年攻打俄国遭到惨败，两年后拿破仑被囚于圣赫勒拿岛。司汤达说：“1814 年 4 月，拿破仑和我一块垮台了。”波旁王朝复辟了，司汤达流亡意大利，他在这个南方国家里找到了新的希望，同烧炭党人发生联系。1821 年，烧炭党人被镇压，司汤达被迫离开了意大利，回到巴黎，参加了当时文艺界反对古典主义的斗争，发表了《拉辛与莎士比亚》，贬低古典主义大师拉辛，热烈推崇莎士比亚。这部论著没有受到应有的重视。被波旁复辟王朝所控制的巴黎社会使他窒息得难以忍受，他先后十四次起过自杀的念头，留下了十四篇遗嘱。

然而他终于没有自杀，当夏多布里昂出任反动王朝的外交大臣，用神秘的色彩描绘失去的天堂时，当德·麦斯特出任驻莫斯科大使，用富丽堂皇的词句号召人们统一于“一个教皇、一个国王之下”的时候，当拉马丁唱着对天使的赞美、劝人们忍受苦难的时候，当雨果高擎着革命的旗帜，企图用爱丝米拉达式的美来照耀世界、改造人心的时候，司汤达却毅然宣布：爱是不存在的。他拒绝看《阿达拉》，骂德·麦斯特是坏蛋。他的全身心洋溢着憎恨，公开表明：“我以为罗马天主教是一切罪恶的源泉”，“贵族和神父是一切文明的大敌”。梅里美在他的匿名小册子《H.B》中讲到司汤达时说：“他从来不相信世上有真正的信徒：一个神父和一个保王党对他永远是伪君子。”“他是一个极不信教的人，一个病入膏肓的唯物主义者，或者说正确些，上帝本人的仇敌……他否认上帝，恨起他来，就像恨一个主子一样。”他甚至仇恨他的国家法兰西。1840年法兰西政府接受了有辱民族尊严的《伦敦条约》后，他声称：“把自己叫作法兰西人，我现在害臊。”从此他称自己为意大利人。

1834年司汤达在意大利见到一批旧写本，他从中发现了意大利人的那种生气勃勃的带有罪恶色彩的力量，而这种力量在英国、德国、法国却被种种媚俗所阉割，在年轻的美洲则被金钱所吞没。

照司汤达看来，不仅上帝的文明是愚昧，古典主义也只是一种矫情和虚荣心，古典主义文学是“提供给人民一种尽可能使他们的祖先得到最大快感的文字”，应把他们那些歌颂古代英雄的杰作归入“哈欠类”。他把那个时代流行的荣誉观念归结为：

> 一个人生下来就是子民，所以应该牺牲生命，为主效忠；还有就是讨贵妇人欢心。

而在意大利，情形则不同：

> 在意大利，一个男人可以靠各种才能成名：舞剑、发现古代写本，都能使他出人头地。

在司汤达看来，法兰西精神就是献媚：“精神献媚就是以一种周到的姿态说出媚话。”“献媚中最少的就是爱。”

向人献媚，这是人身依附阶段的必然产物，是人自身缺少独立性的必然表现。马克思关于人性发展三阶段的理论指出：人对人的依赖待商品经济充分发展后，将过渡到对物的依赖基础上人的独立阶段。这种过渡，不可避免地提出人的个人尊严和独立存在的问题，与此相关，反对媚俗也就成为实现这种过渡的不可缺少的一环。这种历史任务应该说早在拉伯雷时代就已经鲜明地提出来了。但巨人卡冈都亚只是一个漫画式的形象，读者们还无法从这部杰作中体察到这场斗争全部的深度和巨大的内涵。歌德本人性格上的弱点使他无法承担这个任务，浮士德这一形象本身就带有市民的庸俗气质。真正揭示出“反对媚俗”这一斗争的艰难、复杂及其深刻痛苦的，在英国是拜伦，在法国是卢梭和司汤达。作为一个孤单的个人，反对媚俗的结果往往是个人的身败名裂。

反对媚俗，必须从已有的文化中寻找力量，而司汤达却从意大利文艺复兴时期的手写本里找到了。他说：“我们在这期间，看见的是激情，不是向妇女献媚的习惯。”“意大利人想到邻居，只为了恨他或疑心他。”

司汤达认为，要了解民族历史，最重要的是不相信正统的“钦定本”。“……你要想知道意大利历史，第一件要做的事，就是不读那些被人同声赞美的作家的著作”，而应该在那些强盗们的历史中寻找这个民族的生命，“由于中世纪意大利这些小封建主的残暴而又必需的报仇行径，人心反而向着强盗。强盗偷马、偷麦子、偷钱，一句话，偷一切生活上的必需品，大家是恨他们的；然而事实上，人心却向着他们。年轻的男孩子，鲁莽灭裂，惹下什么乱子，一辈子有这么一回，不得不落草，就是说，逃进树林子，受强盗庇护，村里的姑娘们看上眼的是他，并不是别人。”司汤达在那些杀人流血的故事中窥见了最原始、最基本、最粗野的反抗情绪，他说：“除去意大利……我不知道能否找到一个比里卡拉斯人更有兴趣的相当有文化的时代，而且相当没有虚荣心的时代，可以让人看到几乎赤裸裸的人心。”他用这些手写本的材料写作了收入《意大利遗事》中的大部分作品。他在意大利度过了寂寞的晚年，死在巴黎，墓碑是用意大利文写的：“米兰人，生活过、写作过、爱过，膜拜契马洛萨·莫扎尔和莎士比亚。”

司汤达与拜伦不同，拜伦笔下的英雄在庸俗面前只有两种情感：狂暴的反抗欲和孤独的感伤。而司汤达却把他的人物置于社会解剖的手术台上，细致入微地揭示出他们内心狂妄的自尊与奴仆式的自卑的冲突。这种冲突是19世纪青年的典型心理现象，是向一种旧的人与人的关系告别时不可避免的内心冲突。《红与黑》中的于连正是在这个意义上成了最有深度的典型形象之一。这位意大利的屠夫虽然在恋爱上失意，却对恋爱中的妇女的心理有透彻的观察，他写出的《爱情论》使他获得了心理分析专家的美誉，即使最看不起司汤达的人也承认他是一位心理学家。当司汤达在法国游历时，一个外省人问他是干什么的，他摆出严肃的模样回答："人心的观察者。"那个外省人几乎吓晕过去，以为他在暗示他是警察局的情报员。

司汤达活得颇为不顺。他因为参与意大利革命组织烧炭党人的秘密活动，于烧炭党人失败后被迫回到法兰西。1823年发表《拉辛与莎士比亚》，率先开始对伪古典主义的进攻，但反响寥寥。从历史的眼光看，司汤达的这部著作比雨果的《〈克伦威尔〉序》绝不差，但后者成了浪漫派的旗手。1831年出版的《红与黑》，至今被世人视为了解法国现代气质的教科书，而当时反响也并不热烈。司汤达只有耸耸肩说："三十年后人们将要读我的作品。"在此之后，司汤达只活了十一年，于1842年中风去世。

他的传世之作还有《巴马修道院》和《红与白》。他还写了自传性作品《自我崇拜回忆录》。

于连：无信仰的现代个人主义者

《红与黑》被视为具有超前意识的作品。主人公于连是一个摆脱了信仰主义的现代个人主义者和相对主义者。从这个人物身上，人们最早看到了支配现代西方人的那种精神气质。

作者第一次把于连介绍给我们的时候是这样描绘他的："他两腮红红的，两目低垂着。他是一个十八岁到十九岁间的少年，表面看来，文弱、清秀，面貌不同寻常，他的鼻子好像鹰嘴，两眼又大又黑。在宁静的时候，眼中射出火一般的光辉，又好像熟思和探寻的样子，但是在一转瞬间，他的眼睛又流露出可怕的仇恨。"这里引人注意的有三点：秀美、深思、仇恨。"秀美"指的是他的躯体，"深思"表现了他的智力，而"仇恨"则是他的内心情感。

大卫作品《波拿巴将军横越圣伯纳山》。横刀立马的拿破仑，成为当时青年人的偶像。

如果说哈姆雷特的情感特征是忧郁的话，于连的情感特征就是仇恨。这种仇恨不仅是对于经常凌辱殴打他的父兄，更是对整个时代。他聪明过人，才华横溢，拿破仑的《圣赫勒拿岛回忆录》给他灌注了狂热的功名进取之心。在拿破仑时代，一个像他这样出身卑贱的人，完全可以凭借他的聪明和勇敢而成为一名显赫的将军。但是，波旁王朝的复辟，却使他只能一辈子当个木匠。“生不逢时”“怀才不遇”都足以表达他的愤懑。从德·瑞那市长、哇列诺直到他的父兄的种种平庸之辈，像重重大山压得他透不过气，他的内心不能不像一个火药桶，眼神里时时要爆出强烈的刻骨的仇恨的火花。

处在1830年7月革命前夕的这种仇恨，是一种神圣的情感，它完全可以引导于连成为7月巴黎街垒战斗中的英勇一员。但是于连没有走上这条路，原因就在于，他虽然有拿破仑的野心，却没有拿破仑的政治头脑。拿破仑是以他在巩固法国的资产阶级所有制并为资本主义发展开辟广阔道路的贡献而载入史册的，也因此而被法国及整个欧洲的反动封建势力视为眼中钉，将他囚入圣赫勒拿岛。于连把《圣赫勒拿岛回忆录》当作人生教科书，但他却没有读懂这本书。从本质上说，于连是一个无信仰主义者，或者说，只信仰功名利禄。在这一点上，我们在于连身上看到了老索黑尔的影子，尽管于连十分蔑视这个嗜钱如命的父亲。当他看到资历和声望都很高的裁判官却斗不过一个少年神父时，他被一个强有力的思想攫住了：“如今我们眼见四十岁左右的神父们，能拿到十万法郎的薪俸。这就是说，他们的家资，三倍于拿破仑当时手下的著名大将的收入，并且这些大将还要有人来为他撑腰。瞧瞧这个裁判官，他的头脑如此清楚，为人这样清廉，年纪又是这样高迈了，然而他害怕得罪一个三十岁的小小的神父。这样看来，我应该做神父了。”于是，他投靠在西朗神父门下，靠他的绝顶聪明，把《圣经》倒背如流，拉丁文也学得很出色，成了这个小城里一个有学问的人。

但是，于连终归和老索黑尔不同，他绝不愿意为一个金币而向大人们弯腰，他认阿谀奉承为奇耻大辱，他要凭自己的才干赢得人们向他脱帽致敬，他最重视的是个人的尊严。由于他自认为出身卑贱，他对捍卫个人尊严更有过人的敏感。当德·瑞那市长准备聘他做家庭教师时，老索黑尔关心的是报酬，为增加每一个法郎而准备拼命，但于连关心的却是另一个问题：和谁一起吃饭？“让我和奴仆一起吃饭，我宁可死掉。”当德·瑞那夫人出于好心想送给他一笔买衣服的钱时，于连认为这是对他的侮辱，眼睛里射出愤怒的火花：“夫人，我出身低微，可是我绝不卑鄙。”并且说：“假如我隐瞒着德·瑞那先生做了与我薪金有关的任何事情，那么我比一个仆人还不如啦！”结果，德·瑞那夫人吓得说不出话来了。在这两个细节中，我们嗅出了卢梭的气味，也就是法国启蒙学者把“人格”看得高于一切的品质。于连不是像某些小私有者那样，靠阿谀奉承、卑躬屈膝来赢得主人的欢心，在同上流社会的冲突中总是要扬起那颗高傲的头颅。正如高尔基所说，这类青年“他们开始生活的时候，相信高度的精神发展完全能保证他们有相应的和独立的社会地位，保证思想和意志的自由”。但是，敏感的读者也不难发现，这种高傲的自尊背后隐藏着对自己出身的自卑，对劳动者阶级的鄙视。“让我和奴仆一起吃饭，我宁可死掉”这句话，表明于连的反抗不是为了推翻王公贵族的筵席，而是在筵席旁为自己加一张凳子，让那些奴仆像伺候主人一样地伺候他自己。这种自卑，不是卢梭给他的，而是他的小私有者家庭打上的烙印。高傲的自尊与奴性的自卑相统一，构成了于连性格的一个重要特征。

在于连的心理活动过程中，经常出现这样一种来复线：瞬间的自卑→对这种自卑感到的羞耻，从而激起自尊的反抗→胜利的满足，然后又是瞬间的自卑……在他被聘为家庭教师后，第一天走到市长的大门前，竟然不敢举手去按门铃。但当他发现不敢按门铃的胆怯样子被德·瑞那夫人发现时，就激起了这种对自己的憎恨，而自尊心反抗的目标就是看见他不敢按门铃的德·瑞那夫人。在考虑德·瑞那夫人与德薇夫人之间究竟应该追求谁的时候，这件事竟成了决定因素：“他忽然觉得钟情于德薇夫人还好些。这并不是说德薇夫人更动人，实在是因为她一看见他，他就是一个光荣的教师，很有学问，没有看见他是木厂工人，如像德·瑞那夫人初次看见他的那样，胳臂下夹着一件叠好的绉布短衣。……停留在府第的门外，不敢伸手按门铃，于连以为这是他的莫大的耻辱。”（《红与黑》，罗玉君译，上海译文出版社，1979年版。以下引文皆出于此版本）正是这种对出身的自卑心理，他一直以为德·瑞那夫人是看不起他的（其实他早已成为这个贵夫人的意中人了）。这种虚幻的被蔑视感，激起了真实的自尊反抗。一次在花园里谈话时，于连无意中碰到了德·瑞那夫人的胳膊，德·瑞那夫人立即把胳膊缩回去了。这个动作，也许完全出于一个贵夫人的教养，也许是出于某种更加暧昧的潜意识，但绝没有任何蔑视的想法。想不到，又触动了于连的自卑心理，“变成他自卑的情感的创伤”，以至于下决心要报复：一定要把德·瑞那夫人的手抓在自己的手里。经过痛苦的思想斗争后他终于做了，“他的浸润在幸福里，并不是他爱着德·瑞那夫人，而是一个可怕的苦难已经完结了。”而后就酣酣入睡，到次日清晨，已把德·瑞那夫人忘得一干二净，“他只记得昨晚已经尽了他的责任，一个英雄的责任。为了这个观念，他才完全幸福了。”也就是说，他对德·瑞那夫人的追求主要地不是出于爱，而是出于自卑情感的伤痛，出于自尊的反抗。他是为雪耻感到幸福，而不是因为得到了爱情。在确信德·瑞那夫人已经被他俘虏之后，他的心境是这样的：

《红与黑》在世界各地广为流传。这是它的英文版本。

于连站在最大的岩石上，双目仰视苍穹……他还瞧见几只老鹰，从他头顶上的绝壁间飞出，他望着它们在天空中静悄悄地画了无数的大圆圈。于连的眼睛机械地随着鹫鹰转动。这猛禽飞翔起来，那种有力的安闲谧静的活动，在于连心里留下深刻的印象。他羡慕这种力量，他羡慕这种孤独。

这是拿破仑的命运。难道有一天，这也会是他自己的命运吗？

可见，他把这次征服德·瑞那夫人的胜利看作是自我力量的显示，是自己的抱负有可能实现的证明。他的幸福在于从自己身上看到了拿破仑式的力量、希望和信心。

由于于连的反抗是为了改善个人的地位，所以，随着反动统治阶级给他的某种满足，他对封建贵族的态度也从仇恨转向顺从，由高傲转向卑微。于连的社会地位使他对德·瑞那、哇列诺统治者以及教会有深刻的憎恶。他把《圣

《红与黑》剧照：于连与德·瑞那夫人第一次见面。

经》倒背如流，但不相信。他崇拜的还是拿破仑，只是在当时的恐怖统治下不能不把这种崇拜深深地隐藏起来，甚至为此而忍痛折磨自己的胳膊。他憎恨哇列诺的残酷剥削：有一次他到哇列诺家去赴宴，亲眼看到贫民寄养所里的人们吃着劣等饭食，还禁止他们唱歌。于连的良心凄苦地说道："啊！污秽的财富啊，你将会得到的！只能在这样的境况下和这样的伴侣里，你才能享受它！也许你将来会获得两万法郎的位置，可是当你大吃大嚼的时候，你须阻止可怜的囚徒歌唱；你从那些可怜的口粮里，剥削来的金钱，用来宴饮宾客，而且在你大开筵席的时候，他们还更倒霉呀！……人们从战场的危险里才能取得富贵，而不从贫贱人的痛苦里卑污地去从事掠夺！"在这里，我们看到了于连对下层贫苦人民的同情，看到他对封建王朝的强烈不满。但是在另外的场合里，他好像变成另外一个人：当皇帝与主教驾临维立叶尔的时候，根本不信教的于连完全被主教那种显赫的地位和雍容华贵的风度所折服，他为自己能当上迎皇帝的仪仗队员而兴奋至极，为自己有机会给主教拿帽子而骄傲得很。"他捧着这顶帽子，慢慢地从大厅走过，心中骄傲得很。他很恭敬在用两只手捧着。"当他看见这位年轻的主教跪在教堂里，四周围着娇媚的年轻姑娘们，她们都在啧啧称赞他那漂亮的饰带和超凡入圣的风采以及他那温文尔雅的面孔时，"我们主人公最后剩下来的一点儿理智也消失干净了，在那一刹那，他会诚心诚意为宗教裁判所的事业而奋战"。这里"诚心诚意"四个字很重要。仇恨怎么变成了爱戴？就是因为功名地位。作者在这里又提到拿破仑，当炮手们施放礼炮时，"这种可以赞美的声响不再对于连有什么影响了，因为这时候他已不再想到拿破仑和军队的光荣了，他心里的思想是：'这么年轻，就做了安地主教！可是安地在哪里？这能赚好多钱吗？也许二三十万法郎吧。'"可见，于连原来崇拜的是拿破仑的国名，而不是他的事业，他有拿破仑式的野心，但没有他的政治头脑，他本质上是一个无信仰主义者。

待到德·拉·木尔家以后，情形更是如此。当他第一次跨进这个法兰西大臣的府第时，眼看着富丽堂皇的客厅，产生的第一个念头就是："住在这样华丽的地方的人，怎么会不快乐呢？"华丽＝快乐，在这个公式里我们再一次看到了老索黑尔的贪婪的影子，小私有者馋涎欲滴的心理状态。当德·拉·木尔同他谈话，使用"我们"这个词时，使他觉得德·拉·木尔非常可爱。当德·拉·木尔声称每天晚上把他当作肖伦公爵的私生子加以接待时，他更加感到侯爵可爱了。德·拉·木尔把一枚十字勋章佩在他的胸前，于连想到："我当遵照给我这个勋章的政府的意旨而行动。"事实正是如此，当德·拉·木尔侯爵勾结欧洲神圣同盟准备发动政变以对付即将到来的革命时，于连以他卓越的记忆力完成的侯爵交给的送信任务，并为此甘冒生命危险。此时的于连，不仅不是拿破仑事业上的继承者，而是人民革命事业的一个敌人了。

对于连这种品质的刻画，还表现在于连和玛特儿的关系上。在莎士比亚笔下，爱情是一种最美好的情感，情人之间在相互探索对方的灵魂时，也会有猜疑、误解、痛苦，但基调总是欢乐的。但在《红与黑》里，爱情关系也被社会扭曲了。如果说，于连在追求德·瑞那夫人时，还曾经有过某种可称爱情的情感的话，那么，在同玛特儿的关系上，简直就连这一点也很难找到了。他和玛特儿从相识到结婚，自始至终是一个钩心斗角的过程，是一个充满了猜疑、恐惧、憎恨的过程。玛特儿是位具有某些现代气质的富家小姐，她有丰裕社会里资产阶级的特性，就是一切可以享的豪华富贵她都有，唯独没有幸福。油头粉面而思想平庸的贵族青年只能使她恶心，她要求更强烈的刺激，追寻更疯狂的欢乐。她羡慕那个被判了死刑的贵族青年，觉得他的那种感受是千金难买的。她希望成为第二个玛嘉锐特皇后，能够把判处死刑的情夫的头颅买下来放在膝盖上送往墓地。只有这一类的强烈刺激才能使她感到欢乐。于连的高傲和对于死亡的无畏的议论引起了她的注意，觉得能够跟一个下等人搞一场风流韵事，也算换换口味。出于这种动机，她约于连来幽会。接到幽会的情书，于连感到的不是幸福，他怀疑这是圈套。赴约之前，他先把玛特儿的情书寄给朋友，准备一旦自己落入玛特儿布置的陷阱，便让朋友立即公布信件，为自己恢复名誉。赴约时，于连发现这并不是圈套，但表达了热情之后，得到的却是蔑视，这就大大伤害了于连的自尊心。就在这时，他遇到了一位俄国王子柯哈莎夫，柯哈莎夫交给他五十几封从小说上抄下来的情书，让他回去对玛特儿表现出一种高傲的冷淡，同时将这些情书寄给一个同玛特儿相识的女人，而且处处做出追求这个女人的姿态。于连照办了，每天向一个元帅夫人寄出一封从小说上抄来的情书。这个办法果然生了效。玛特儿忌妒得发了疯，含着眼泪跪倒在于连的脚下。于连在总结自己这个胜利时，感叹地说："使她恐惧。要能使敌人畏惧我，他就会服从我。那么她也就不敢轻视我了。""使她恐惧！"他骄傲地重复说，"这儿我已在降服一个魔鬼，正因为是一个魔鬼，所以必须降服！"作者在叙述于连和玛特儿的关系时还引用了这样一段话："一个英国的旅行家叙说他怎样和一只老虎亲密地生活在一起的故事。他饲养它，常常抚摸它，但是在他桌子上总是预备好一把装上了子弹的手枪。"这就是一个极端利己主义者同他的爱人之间的关系。这里哪还有过去莎士比亚鼓吹的那种崇高温柔的爱情呢？没有。于连这样对付玛特儿，已不同于对德·瑞那夫人。他对德·瑞那夫人的爱情开始于捍卫自己受了伤害的自尊心，而对玛特儿，高傲的自尊变成了一个征服情人的大炮，一个手段，一种策略。他的目的很明确："做玛特儿的丈夫是有许多好处的。"果然，在玛特儿做了他的妻子后，他获得了田产和贵族头衔，并且进入了军队，打开了走向将军的大门。大家看，在人文主义者认为最纯真的情感领域也被权术所占领了。文艺复兴时期，有个理论家叫马基雅维里，他就认为一个人为了达到自己的目的，应当完全摒弃道德，运用权术，采取背信弃义的手段。因为"目的总是证明手段的正确"。为了达到目的，不惜任何手段，这就是于连生活中的一个重要信条。

就在于连飞黄腾达之际，德·瑞那夫人受神父的指使写信告发了于连的恶劣行径。一纸书信打碎了于连的美梦，怒从心头起，恶向胆边生，他向着自己的爱人连开两枪，这是于连极端利己主义灵魂的大暴露。表明了他的生活信条即马基雅维里所说的"为了达到目的，应当摒弃道德"。

书中，于连之死被描写得非常之悲壮。遭枪击的德·瑞那夫人不仅不恨于连，反而到狱中向他忏悔，并表示愿意跪在皇帝脚下去请求赦免于连。玛特儿也以于连夫人的身份四处奔走活动赦免于连；而于连在法庭上表现了坚强不屈，怒斥法庭的伪善，直言哇列诺等无耻之徒无权审判他。他不要求任何赦免。死后，玛特儿全身缟素，把他的头放在自己的膝盖上一直送到墓地。这种描写，一方面表现了作者对封建统治者的愤懑，另一方面表现和申明了作者的一种世界观。司汤达直言不讳地承认自己是“个人主义者”。他不承认世界上任何人有什么除了个人利益以外的高尚动机。从这个思想出发，他认为，世界好比一根竹竿，每个人都要顺着竹竿往上爬，已经爬到上面的人为了保住自己的位置，必须用脚把下面的人踢下去。于连，不过是被他们踢下来的一个。于连不比德·拉·木尔、哇列诺坏，他是一个牺牲品，一个有才华、有意志的牺牲品，因此值得歌颂。司汤达比别人更早地用艺术形象表现了恶的历史作用，看到了以德·瑞那市长、哇列诺为典型的资本主义社会的腐朽和没落。于连如果获胜也同样会以贪婪来增殖财富。所谓仁爱是不存在的。从对历史观察的深度上说，司汤达比莎士比亚要深刻，他抓住了历史发展的杠杆，并且毫无掩饰地把它展示在人们面前。也许正是由于这一点，司汤达没有获得同代人的承认却为后代所推崇。于连在本质上是属于 20 世纪西方观念的产儿，只不过早产了。

卡门：为了一天的自由，宁肯烧毁一座城市

与司汤达同等的渎神主义者是梅里美（1803—1870）。他根本不信仰基督，并且永远用揶揄的口吻描写神职人员，用非道德化的自由主义观点审视人生。以《卡门》（即《嘉尔曼》）和《高龙巴》而为中国读者熟知的这位作家生于法国的一个艺术之家，十八岁时有幸结识司汤达，二十一岁发表《克拉拉·加苏尔戏剧集》，以对教会和贵族的揶揄而名噪文坛。想把梅里美硬归入现实主义或浪漫主义是困难的。他严格大胆地表现事实，费尽心机地把自己的感情囚禁在对事实的冷峻叙述中，而从不喜

梅里美以小说《卡门》而风靡世界。他说，对波希米人说来，自由就是一切，他们为了少坐一天牢，宁肯放火烧掉一座城市。

歌剧《卡门》剧照

欢做激情洋溢的抒情描写或发一通精巧的怪论。他反对对他的作品做象征性解释（在这方面，现代美国作家海明威似步梅的后尘），讥讽别人把《堂吉诃德》视为象征性作品。但另一方面，他对异国情调、地方色彩、野蛮风习热爱到了心醉神迷的程度，没有这些，他就无法摇动自己的笔。而这恰恰是浪漫主义的典型特征。

我们说他属于恶魔派，不仅由于他对宗教所持的态度，而且他对于强力、死亡和凶猛燃烧的热情具有极大的爱好。他反对多愁善感、温柔细腻、卢梭式的伤感和矫情，而渴望表现一种更加凶猛、热情的性格，一种原始人所具有的野蛮的强烈欲望，一些激动人心、骇人听闻的事件，以白刀子进红刀子出作为结局的故事。

对波希米人说来，自由就是一切，他们为了少坐一天牢，宁肯放火烧掉一座城市。

（梅里美：《卡门》，人民文学出版社，1980年版。以下引文皆出于此版本）

因此，当唐·何塞以丈夫身份试图干预卡门同一位富商调情时，卡门对他说：

自从你做了我的丈夫以后，我就不如你做我情夫的那时爱你了。我不愿意给人家纠缠，尤其不要人家指挥我。我要的是自由，爱干什么就干什么。你得注意不要逼人太甚。如果我对你感到讨厌，我会找另一条好汉来对付你，就像你当初对付独眼龙一样。

唐·何塞为了卡门，由一个颇有升迁希望的警察沦为强盗、杀人犯和流浪汉，然而卡门又另寻新欢了。绝望的唐·何塞把卡门从她的新情人的怀抱里领进树林：

“我的卡门，你还是愿意跟着我走的，是吗？”

"跟着你走向死亡，我愿意，但是不愿意跟你一起生活。……作为我的罗姆（即丈夫），你有权利杀死你的罗密（即妻子）。但是卡门永远是自由的；她生为加里人，死为加里鬼。"

当唐·何塞拔出刀子的时候，卡门不仅没有求饶，反而把唐·何塞送给她的定情戒指丢在地上大声喊："不！不！不！"

这个靠玩弄巫术、行窃和出卖色相生活的女人身上闪耀着一种恶魔的美，这种对个人自由的追求无情地烧毁着追恋着她的人，同时也烧毁着她自己。人们冷静地批评这个不道德的野蛮女人，同时又忘情地欣赏她的美丽、热情甚至放荡。因为有些人内心也禁锢着一团情欲，它像是压在灰烬之下的火星，而卡门却像一根燃烧的火柴点燃了它们，读者在卡门身上观照到了自己内心那带锁链的恶魔，于是感到一种宣泄的快感。一旦沉静下来，又获得一种关于"自由的极致便是毁灭"的警世意味。这也许是《卡门》至今仍拥有众多读者和观众的重要原因之一吧！

五、"世纪病"和波德莱尔

西方19世纪文学中有个流行词，叫"世纪病"。事实上，这种世纪病延续至今。它有深刻的社会、哲理和情感内涵，差不多可以说是了解整个西方近现代人的心灵之钥。

那么，什么是所谓"世纪病"呢？

我想从中国侗族的一个古老风习说起。这个民族的女孩子，在十六岁的时候，长辈们都要为她们举行一次标志其成熟的仪式：把她推入泥塘，让她靠自己的力量连滚带爬地上岸，然后独自向着茫茫的山野走去。我在一部电影里有幸看到这样的场面，当时非常激动：这个浑身沾满泥浆的少女，当她孤独地向着荒原走去时，她在想些什么？过去她依附于父母的羽翼之下，她成熟了，渴望独立，如今终于实现了。父亲的鞭影将不在她的头上晃动，但母亲温暖的怀抱也不再属于她。在那陌生的野兽出没的人生旅途上，等待着她的是什么？是幸福的憧憬，还是灾难的陷阱？是爱情的欢乐，还是野兽的吞噬？看到满目荒芜的山野、形单影只地向前走去时，会不会有一种凄凉的孤独感袭上心头？前面等待你的是什么？是开花的草地、心爱的男人，还是凄风暴雨、豺狼虫豸？当那刚刚脱离母亲怀抱的娇嫩心灵惨遭袭击而又四顾无助时，孤独的恐惧是否会使你感到浓重的忧郁？所有关于成年的憧憬都如海市蜃楼般破灭了，面对这黑黝黝的世界你会不会惘然地提出这个问题：人活着有什么意思？把这无谓的生命结束掉吧！

所有这些心态，恰与西方 19 世纪末的贵族青年们相通。想一想：文艺复兴以来，他们是以何等狂喜的心情迎接个体独立意识的苏醒啊！那是节日般的盛典，人的黎明。但并没过多久，从莎士比亚起，忧郁病就开始袭入心头，哈姆雷特是第一个患者。令人窒息的没落贵族的社会环境，封建的和资产阶级的种种丑欲的迸发，人与人之间的性格碰撞，欲望的无限追求与生命短暂的矛盾冲突……对于刚刚醒来的一颗颗娇嫩的心灵来说，都能使它们血流不止。在这种不幸的境遇中，智识者分外感到孤独，对于这种孤独的反抗，构成了整个浪漫主义运动的心理动因（罗素：《西方哲学史》，商务印书馆，1982 年版），也是这一运动最能打动人心的隐秘原因。几乎每一个浪漫主义者，包括拜伦这样的恶魔诗人，都染有孤独、忧郁和厌世的思想。孤独、忧郁和厌世，是所有浪漫诗人的通病，只是程度不同而已。

绝对的厌世不能构成病。炉火纯青的道士、教徒和五内俱灰的佛祖都不是病者。真正的“世纪病”患者恰在渴望与厌弃的冲突之间。

维特：渴望与厌弃之间的斗争

清晨我从睡梦中醒来，伸出双臂去拥抱她，结果抱了一个空。夜里我做了一个梦，梦见我与她肩靠肩坐在草地上，手握着手，千百次地亲吻；可这幸福而无邪的梦却欺骗了我，我在床上找她不着。唉，我在半醒半睡的迷糊状态中伸出手去四处摸索，摸着摸着终于完全清醒了，两股热泪就从紧迫的心中迸出，我面对着黑暗的未来，绝望地痛哭。

（歌德：《少年维特之烦恼》，人民文学出版社，1982 年版）

维特追求绿蒂时的渴望成了那个时代青年人一切美好追求和抱负不能得到满足的典型表征。维特成了19世纪"世纪病"患者的第一个文学形象。这本小册子不仅震撼了德国，而且风靡欧洲。维特的服装、维特的自杀乃至自杀的方式，都使青年们迷醉，成为他们效法的榜样，一些自杀者总忘不了在倒卧血泊中之前在自己身边摊开一本《维特》。

这是一部深受英国感伤主义文学影响的作品，但实质上却是法国卢梭的德国小兄弟，他像卢梭一样多愁善感，对于自然和人生，一切天真的音响都起共鸣。他以无限温柔的爱，以真情与人共忧共喜。他的敏感脆弱甚于卢梭，有如秋末挂在枝头的枯叶，一阵微风也使他战栗不已。美丽娴静的绿蒂是他情海波涛中的仙岛，是美好追求的彼岸。这种炽烈的情怀，导致他目无所视、耳无所闻，整个人陷入幻觉，以至于不知自己是否还活着：

> 我常两小时、三小时地坐在她身旁，欣赏着她优美的姿态举止，隽永的笑语言谈，所有感官渐渐紧张到了极点，直到眼前发黑，耳朵任何声音都不再听见，喉头就像给谁扼住了似的难受，心儿狂跳着、渴望着使紧张的感官松弛一下，结果反倒使他们更加迷乱。威廉啊，我这时常常不知道我是否还在这个世界上活着！……我看这眼前的悲苦是无休无止，除非进入坟墓。
>
> （《少年维特之烦恼》）

维特就是一个白日梦者，他爱天然，爱自由，爱真性情，爱美丽的幻想。但严酷的现实却是虚伪的上流社会、庸俗的贵族圈子、呆板而窒息的生活。他终于意识到，所谓"自由"不过是画在墙上的一张画，当你向它走去时就会碰得头破血流。当白日梦醒来时，他用一颗子弹解脱了自己。

孤独的本体性：勒内、缪塞和阿道尔夫

维特的孤独和厌世，是由社会造成的，他的自杀表明"社会机理存在着毛病"（马克思语）。而另外一些作家却认为，"世纪病"不仅有社会原因，而且带有某种神秘的或无可改变的本体性。孤独是与生俱来的，人类永远无

法从孤独中拯救自己。

夏多布里昂笔下的勒内（见《基督教真谛》中的中篇小说《勒内》）一如家道败落后独自出家的贾宝玉。法国大革命摧毁了贵族的天堂，他无恨无抗，只是那本来就厌世的思想涂上了一层更加绝望的色彩。他感到“在那许多屋顶下就没有一个知心人”，整个大地“在一切地方，人的自然歌声都是忧郁的”。作为一个欧洲人他隐居于美洲原始森林，在孤独中寄托自己的忧思，“整个世界每个小时都在开掘一个坟墓。”“我孑然一身，时常感到生的烦恼。这种心灵的伤痛，既无定所，又无所不在，觉得无药可医，便萌生弃世之念。”此时他唯一的亲人——姐姐阿曼丽来到他身边，对他关怀无微不至，并让他发了誓永不轻生。当勒内的心情有所好转时，姐姐却突然离去，并立誓削发为尼。在举行入修道院的仪式时，姐姐在昏迷中无意泄露出进修道院的原因在于她对弟弟产生了“罪恶的感情”。乱伦的念头终把她折磨离世。而五内俱伤的勒内接受神父劝告，在密林中做好事以治疗心灵上的伤痛。

夏多布里昂在小说最后提出的这帖治伤的膏药是极普通的基督教宣传。震撼心灵之处不在于此，而在于勒内那种致命的孤独——唯一的亲人，人类在远古时代积淀下来的血缘关系也被彻底斩断了。血缘，这是人类逃避孤独的最后洞穴，由于文明的进步，它崩塌了，留下来的只有缥缈的上帝。《勒内》中的那种绝望的孤独，从社会学的观点看，正是基督教卫道者对于被破坏的“田园诗般的关系”的哀悼与感伤。

法国浪漫派中最有才情的诗人、剧作家缪塞本人就是一个典型的“世纪病”患者。他的自传性小说《一个世纪儿的忏悔》不仅生动地记述了他同女作家乔治·桑的罗曼史，而且塑造了一个对社会不满又无意反抗、面对黑暗现实有几分嘲讽又有几分厌弃、半是自由追求者半是沮丧颓唐的浪子形象。“世纪病”一词即由此小说而得名。主人公沃达夫在爱情生涯中所经受的撕裂肺腑的痛楚是由那个社会造成的。无可挽救的多疑症，是人与人之间（尤其在好友、情人的口蜜腹剑中）的尔虞我诈造成的。人再也找不到依傍了，唯有“孤独”如影随形：

你是谁？

我青年时代的幽灵，
云游四方，你不知疲倦。
告诉我：
为什么当我天涯飘零，
你总悄悄在暗处出现？
你究竟是谁，
为什么这么孤凄？
为什么总来与我分忧？
你怎么能随我走遍南北东西？
你是谁，究竟是谁？
我的兄弟，
我流泪时出现的朋友！

那个阴影回答说：

…………
我将一直跟着你走，
虽然我不能握住你手，
朋友呀，
我就是孤独。

（缪塞：《十二月之夜》，选自《法国浪漫派作品选》，
李恒基译，天津人民出版社，1983 年版）

孤独成了人的一个永远甩不掉的影子。法国作家贡斯当（1767—1830）的《阿道尔夫》沿着缪塞的思路塑造了一个同沃达夫完全不同的性格。阿道尔夫虽然也像沃达夫那样厌倦现实社会，但却没有被激情所吞没。超群的才智和教养使他在这个平庸的社会里感到无聊和苦闷，他几乎不爱什么人，唯一珍视的是个人自由。这种自由是完完全全属于自己的，甚至爱人也是无权问津的。因此，他曾热情追求爱兰诺尔，一旦她想要占有他的时候他却感到

不能忍受。“怎么，她到处盯着我，一天不得自由！”这是一种不同于维特、勒内或沃达夫的悲剧——它不是由于某种外部原因（社会、宗教、他人）造成的，而是性格悲剧——一种对个体自由追求所必然带来的苦果：对于个体来说，社会上任何一个人，包括自己所挚爱的人都是自己的地狱。爱兰诺尔得知将被阿道尔夫抛弃时正在发高烧。死后，阿道尔夫在她的一封信里发现了如下的话：“我有什么罪过？难道爱你，没有你就无法生活算得了罪过？以后当你受到枯索的心肠的伤害，回想起这颗归你支配，靠你的感情滋养，为你冒千难万险而你不屑一顾的心时，你会后悔莫及的。”当阿道尔夫重新被孤寂所缠绕时，他会“后悔”地想到那颗温暖过他的女人的心吗？会的。但真正被这种爱情无所不在地困扰的时候，他还会渴望挣脱吗？依然会的。

贡斯当像

从维特到阿道尔夫，他们所患的“世纪病”各有不同，但作者似乎都意在鼓动他的读者设法摆脱，生命中的善给这些作品抹上了玫瑰色。而法国的波德莱尔不同，他是“世纪病”患者中的病入膏肓者，他笔下的“世纪病”连同他自己都带有浓重的黑色悲观主义色彩，他把这种病不是看作侵入健康肌体的病毒，而是看作人类的本质，并认为所谓美，就在这种病态之中。

《阿道尔夫》书影

波德莱尔：在欲海中沉自身之船

这是一个令人心灵震颤的名字。

他死于放荡和鸦片，兰波尊他为“最初的洞察者，诗人中的王者，真正的神（上帝）”。

他“洞察”到了什么呢？整个世界是一具腐尸，而自己就是匍匐在这具腐尸上的蛆虫。

自从《圣经》指出人类具有“原始罪恶”起，西方人就希

诗人波德莱尔。兰波尊他为"最初的洞察者，诗人中的王者，真正的神（上帝）"。

图涤罪。启蒙思想的闪电划破夜空之后，人类凭着理性的骄傲摆脱了原罪感，深信人类可以依靠自己的力量达到至善至美。但丁以降的大诗人（从莎士比亚、拜伦到雨果）在鞭挞和诅咒人类的污浊时，都是以居高临下的姿态傲讽这个世界，并且毫不怀疑人类会有一个美好的彼岸。而波德莱尔不同：他如实地把自己看作一条蛆虫，他坦率地承认自己恋着世界的腐恶。他喜爱女人的红唇和肉体，迷恋死亡的恐怖，迷恋忧郁的黄昏，迷恋跳舞的骷髅，迷恋吸食鸦片造成的幻觉。纯真的坦率与邪恶的放荡结合在一起，使他的诗具有一种令人战栗的特色。

从高空中俯瞰世界同把自己沉入世界的底层去体察，结果是不同的。波德莱尔是一条把自己沉入欲海中的船。因此，他比在天空的观察者对心灵的浊流看得真切，他津津有味、细致入微地抒写丑恶，从丑恶和病态的土壤中培植艺术花朵。这些总名曰《恶之花》的诗，揭开理性的帷幕，戳穿"人类高贵"的谎言，给文艺复兴时代鼓吹的人的尊严感以沉重的打击。人们从波德莱尔的作品里仿佛第一次看到在自己的心灵深处存在着一个各种欲望沸腾的海洋，即使自命为最高贵的人也不免脸红。这就是《恶之花》使法国人心灵战栗的根本原因。

对于人类中的丑欲，最好的办法是视而不见。这样，"万物之灵"就可以永远保持骄傲和自信。然而波德莱尔却执拗地让人们窥视内心里的臭沟，并且告诉他："这就是你自己。"他根本否定启蒙之光，认为那不过是人类为了自慰而制造的光环。"18 世纪流行着虚伪的道德观，由此产生的美的概念也是虚伪的。当时人们以为在自然中看到的，是一切善和可能善的基础、根源与原型。其实，否定原始罪恶的存在，是一个十分错误的伦理观，而他们却对此视而不见，所以 18 世纪是一个普遍盲目的时代。"（波德莱尔：《面脂颂》）波德莱尔的出现，意味着一个天真的时代走向终结。西方的历史之船正驶出启蒙思想的湖泊，驶向一个陌生的、茫茫莫辨的海洋。

因此，波德莱尔和雨果在一起，成为19世纪法国两位比肩而立的大诗人。就其国际影响而言，“波德莱尔是光荣的顶点”（瓦雷里：《波德莱尔的位置》）。

夏尔·皮埃尔·波德莱尔（1821—1867），1821年生于巴黎。童年丧父的惨痛、母亲性格的乖张、继父奥皮克上校的专横，都曾在这个敏感的孩子心灵上留下创伤。但最深刻的影响还是来自那个颓靡之风盛行的时代。由1789年的革命所点燃的热情经过几度复辟与反复辟的斗争几乎全部耗净，华美的约言被道德沦丧的污水涂抹成了荒唐可笑的讽刺图画，共和国仿佛还没有长成就开始衰老了：

> 由罗马人传过来的浴血洗澡，
> …………
> 也难重温他迟钝的尸体，
> 那里，流着忘川的绿水，
> 却没有血液。
>
> （《恶之花·忧郁与理想·忧郁》，钱春绮译，
> 人民文学出版社，1991年版。以下引文皆出于此版本）

当波德莱尔学会睁开眼睛看世界的时候，眼前就是犯罪的黄昏、牢房般的大地，“‘希望’就像一只蝙蝠 / 用怯懦的翅膀不断拍打牢墙，/ 又向朽烂的天花板撞去……”

因此，波德莱尔的第一个美学发现就是忧郁之美。这种忧郁美不同于中世纪贵族的那种“高贵的忧郁”（如莎士比亚《威尼斯商人》中的安东尼奥）。它不是在华丽客厅里踱着方步慨叹生命之短暂、蔷薇之枯萎；也不是用天使的丽目俯察人世的风云无常、世态炎凉。它是对世界本体的一种凄凉的绝望：

> 雨月，整个城市使它感到气恼，

它从瓮中把大量阴暗的寒冷
洒向附近墓地的苍白的亡魂，
把一片死气罩住多雾的市郊。
我的猫在方砖地上寻找垫草，
不停地摇着它那生疮的瘦身，
老诗人的魂在落水管里升沉，
像怕冷的幽灵似的发出哀号。

大钟在悲鸣，
冒着烟气的柴薪，
用假声伴奏伤风的钟摆之声，
这时，
在一个患浮肿的老妇人
死后留下的发臭的扑克牌里，
红心侍从和黑桃皇后在一起
闷闷地交谈他俩过去的爱情。

（《恶之花·忧郁与理想·忧郁》）

中世纪骑士、贵族的“忧郁”是高贵的、优雅的，是优裕生活中的感情奢侈品。而波德莱尔笔下的忧郁是低贱的、卑微的，是19世纪中叶西方世界的本体。它是用“亡魂”“死气”“病猫”“幽灵”“老妇”和“发臭的扑克牌”等形象表现出来的。一系列生动传神的比喻传达出一种浓灰色的压抑感，全诗结尾的“红心侍从与黑桃皇后……”也是一种凄凉的幽默。

如前所述，骑士、贵族们的忧郁是一种感情生活中的奢侈品，它没有多少深度和力度；即或莎士比亚笔下的“哈姆雷特式的忧郁”也会在艺术作品中获得某些缓解（哈姆雷特最终杀死了象征邪恶的克劳狄斯）。波德莱尔的忧郁是一种绝顶的忧郁，无可逃遁，甚至无法减轻。这种忧郁的极度沉重会激发起一阵阵无比强烈的反抗，而这种反抗又充满着绝望：

这时，那些大钟突然暴跳如雷，
向长空发出一阵恐怖的咆哮，
像那些无家可归的游魂野鬼，
那样顽固执拗，
开始放声哀号。
—— 一长列的柩车，
没有鼓乐伴送，
在我的灵魂里缓缓前进；
“希望”失败而哭泣，
残酷暴虐的“苦痛”，
把黑旗插在我低垂的脑壳上。

（《恶之花·忧郁与理想·忧郁》）

人类铸造自己的文明，归根结底是为灵魂寻找安乐之乡。当“希望”都化为“绝望”之时，灵魂便成了无家可归的“游魂野鬼”，“苦痛”把自己胜利的旗帜插在人们低垂的脑壳上，使他们的灵魂永受折磨。

在1848年革命的热浪里，诗人曾感到解脱忧郁的希望，他那苍白的两颊涌上病态的红晕。他用被硝烟熏黑的手指在街垒旁散发革命传单，还握着枪神经质地喊着：“打死奥皮克将军（他的继父，七月王朝属下的反动军官）！”革命激情催生了歌颂魔鬼撒旦的诗篇《献给撒旦的连祷》。但随着起义的失败，巴黎天空的铅灰色更加沉重，诗人也陷入更绝望的忧郁。

诗人还从神秘的自然怀抱里寻找灵魂的归宿：

自然是一座神殿，
那里有活的柱子
不时发出一些含糊不清的语音；
行人经过该处，
穿过象征的森林，
森林露出亲切的眼光对人注视。

仿佛远远传来一些悠长的回音，
互相混成幽昧而深邃的统一体，
像黑夜又像光明一样茫无边际，
芳香、色彩、音响全在互相感应。

有些芳香新鲜得像儿童肌肤一样，
柔和得像双簧管，绿油油像牧场，
——另外一些，腐朽、丰富、得意扬扬。

具有一种无限物的扩展力量，
仿佛琥珀、麝香、安息香和乳香，
在歌唱着精神和感官的热狂。

（《恶之花·忧郁与理想·感应》）

这首诗把整个大自然看作有思想、有感觉、具有无限神秘性的生命。诗人的全部不可言说的意欲都在自然界里找到它的对应物。人与自然之间的神秘感应正是象征主义诗歌的精神所在。波德莱尔的这首诗，因此而成为经典。

然而，诗人忧郁的解说（或宣泄）更多地依赖于“感官的热狂”，女人的红唇和肉体成了灵魂的源泉。

这是一个充满肉体诱惑的堕落年代，巴黎尤其如此。波德莱尔十八岁的时候，由于拒绝揭发一个同学而被路易大帝中学开除了，失去了学习机会。又在继父家庭中得不到温暖的波德莱尔于次年便跌入一个诨名为“斜眼”的犹太妓女萨拉的掌股之中。萨拉以自己淫荡的肉体、特别是那双微斜的美目唤醒了十九岁少年的情欲，同时用漂亮的牙齿咬碎了一颗纯粹的爱心。萨拉成了丑恶世界的本体象征，而波德莱尔认为自己同她一样丑恶：

我躺在一个犹太丑女身旁，
就像一具尸体紧靠另一具尸体。

（《恶之花·忧郁与理想·三十四》）

为了从放荡的生活中拯救自己的儿子，继父奥皮克强迫波德莱尔离开巴黎，随船去印度旅行。但半年以后，波德莱尔重返巴黎。1842 年，他得以继承先父遗产七万五千法郎，开始过奢侈的生活，狂热地追求号称“黑维纳斯（Venus noire）”的让娜·迪瓦尔（Jeanne Duval）。

让娜·迪瓦尔成了他的诗歌灵感的源泉和独特美学观念的象征。让娜·迪瓦尔肉体的每一部分都能给他以狂放的激情，肉体诱惑与艺术追求交融在一起。试问哪一个诗人在女人的长发里发现了如下美丽的神秘世界：

哦，垂到脖子上的浓密的头发！
哦，环形的鬈发！哦，慵懒的清香！
狂喜啊！
我要像挥动手帕一样将头发摇荡，
为了在今晚让沉睡在发中的回忆
充满这阴暗的卧房！

无精打采的亚洲，
炎热的非洲，
遥遥远隔而几乎消逝的万邦，
都活在你的深处，
芬芳的丛林！
像别人的精神飘在乐曲之上，
爱人啊，我的精神在你的发香上荡漾。

我要去到那充满生气的树木和人
都在炎热之下长久昏厥的地方；
结实的发辫啊，
请做载我的海浪！

乌木色的海，
在你的内部藏有
风帆、桨手、旌旗、桅杆的美梦之乡：

一个喧嚣的海港，
可以让我的灵魂
大量地酣饮芳香、色彩和音响；
那儿有驶过金光波纹的航船
伸开巨大的臂膀，
要拥抱那永远漂着暑气的晴天的荣光。

我要把我爱陶醉的头钻进
这座包容另一海洋的黑发的大海；
…………
你不是我梦中的绿洲？
不是我悠然从其中饮我回忆之酒的葫芦？

（《恶之花·忧郁与理想·头发》）

对让娜·迪瓦尔的肉体之爱唤醒了积淀在诗人心灵深渊中的“种族无意识”——整个大自然就是一位壮丽的充满诱惑的女巨人：

我从容地游遍她的壮丽的肉体；
我爬到她双膝的大坡上面休憩，
有时，在夏天，当那不健康的太阳
使她越过郊野疲倦地躺下身来，
…………
仿佛山脚下和平的小村庄一样。

（《恶之花·忧郁与理想·女巨人》）

对女人肉体的强烈爱好，使波德莱尔似乎发现了人的生命秘密，他希图透过社会苍白、虚伪的厚幕去寻找更富于活力的美：

我把医院美女，
那些粥粥群雌，
留给伽瓦尔尼，
萎黄病的诗家，
因为我不能在苍白的蔷薇花里
找到符合我的鲜红的理想的花。

我这深渊似的深心所渴慕的人，
是麦克白夫人，
大胆犯罪的灵魂，
在狂风季节盛开的埃斯库罗斯之梦；

或是你，伟大的夜，
米开朗基罗之女，
你把你那适合巨人之嘴的双乳
用一种奇怪的姿势安静地抚弄。

（《恶之花·忧郁与理想·理想》）

“黑维纳斯”是个性欲强烈的魔女，波德莱尔并不能使她满足。她同使女之间的同性恋给波德莱尔带来强烈的痛苦。当一个男子在他所热恋又不能全部得到手的女人面前，他会对女人表现出狼一样强烈的憎恨和狗对主人样的怯懦。于是，不仅让娜·迪瓦尔变成了迷人而可怕的怪物，一切美丽的女人都成了他在艺术中的施虐对象。在对女人的肉欲上，爱与恨、欢喜与厌弃奇妙地混合在一起。只有一点是确切的，那就是疯狂。有一次在他拜访一位渴慕的女演员而未能得见时，竟然留下一首描写女尸被奸的诗（《恶之花·被杀害的女人》）。

他忘情地歌唱同性恋者（《恶之花·累斯博斯》），嘶喊着："发出狂风般的嘈杂而鼎沸的叫嚷。疯狂的幽灵，向你们的欲望走去吧！"（《恶之花·被诅咒的女人》）

波德莱尔认为，只有回避丑恶、不敢正视丑恶才会产生有害作品，而不存在敢于描写丑恶而成为不道德的作品。他说："经过艺术的表现，可怕的东西成为美的东西，痛苦被赋予韵律和节奏，使心灵充满泰然自若的快感。""艺术的陶醉掩蔽了恐怖的深渊，因为天才能在坟墓旁边演出喜剧。"(《美学探奇》)诗人是如此地热衷于描绘病态和死亡，他在一封信中写道："让我在爱情中休息——可是，不行——爱情是不会让我休息的。——天真和善良是会厌恶的。——如果你要使我欢喜，恢复我的情欲，那就残酷吧，欺骗吧，放荡吧，荒淫吧，偷窃吧！如果你不愿如此，我就要毫不发怒地痛打你。因为我是冷嘲的代表者，我的病是绝对治不好的。"

这一篇充满邪恶和堕落的话语是19世纪中叶末叶西方社会现实的镜子，人们从波德莱尔的诗歌中看到社会加给灵魂的毒害，要比从其他诗人那里看到的更多。但从这篇话语里我们也依稀看到了他的眼睛里闪着晶莹的泪光。这是一个全身浸满毒汁的人，然而他还有一颗渴望善良的心。他是一个不甘堕落的堕落者。

他曾高喊着：

——向天边奔去吧，
时间迟了，快跑，
至少要抓住一道斜阳的光线！

他还写过充满善良激情的玫瑰诗篇：

我的回忆之母，
情人中的情人，
你赢得我的全部喜悦！
全部敬意！

请你回想那些抚爱的优美温存，
那炉边的快慰，
那些黄昏的魅力，
我的回忆之母，
情人中的情人！

被熊熊的炭火照亮的那些黄昏，
罩着蔷薇色雾气的阳台的傍晚，
你的乳房多温暖！
你的心多温存！
我们常常做些永难磨灭的交谈，
被熊熊的炭火照亮的那些黄昏。

在暖和的傍晚，
夕阳多么美丽！
宇宙多么深奥！
爱心多么坚强！
最敬爱的女王，
当我俯身向你，
我好像闻到你的血液的芳香。
在暖和的傍晚，
夕阳多么美丽！

黑夜拉上像墙壁一样的厚幕，
我的眼睛在暗中窥探你的双瞳，
我酣饮你的气息，
哦，甘美，哦，毒素！
你的双足在我亲切的掌中入梦。
黑夜拉上像墙壁一样的厚幕。

《恶之花》在西方文学史上最早否定了启蒙之光，认为那不过是人们聊以自慰的光环。

…………

那些无穷的亲吻，
那些盟誓、芬芳，
可会从那不可测的深渊里复生，
就像从海底深处出浴后的太阳，
恢复它的青春，
又向空中上升？
——哦，无穷的亲吻！
哦，盟誓！哦，芬芳！

（《恶之花·忧郁与理想·阳台》）

1867 年 8 月，在极度纵欲和极度痛苦中耗尽了自己全部生命的波德莱尔像孩子一样蜷缩在母亲的怀抱里，安详地闭上了那双睿智的眼睛，时年四十六。

19 世纪，法国的浪漫派，自夏多布里昂始，经拉马丁、缪塞、雨果，创造了一个辉煌的时代，以至于波德莱尔渴望成名时，只能给自己提出这样的命题："做一个大诗人，却不是做拉马丁，也不做雨果，也不是做缪塞。"在一个群星灿烂的时代，要显示自身的光辉是格外困难的；只有一种选择：你能够发出与整个星群迥异的光彩。

波德莱尔做到了。

当时最有影响的诗人是雨果。这个巨人以异乎寻常的生命力和澎湃的激情，持续创作长达六十年之久。仅诗歌而言，他所涉猎的范围之广，韵律的繁复，意象的奇丽，情感的充盈，格调之高昂，都足以压倒一切敌手。但是，波德莱尔在雨果的诗中发现了不足：哲学由于过分鲜明而显得肤浅，一些未经深思熟虑而相互矛盾的思想使它变得嘈杂、轻率、简单和模糊不清。那种急切地用韵律语言表述自己思想和激情的企图，构成整个一代浪漫派诗人（包括英国的拜伦、雪莱）、浪漫派运动的弱点。瓦雷里说："历史、科学、教训等，用灵魂的语言去陈述并不更好。教训诗、历史诗或伦理诗，虽则因那些最伟大的诗人而名垂久远，却把推理的或经验的知识之论据，和内心的创造以及情绪的力量混合在一起。”

波德莱尔决心创造一种区别于“教训诗、历史诗或伦理诗”的“纯粹诗”。他受同时代的美国作家爱伦·坡影响，要创造一种只表现“内心的创造和情绪的力量”的诗。波德莱尔说：“他们（指雨果等浪漫主义作家）从外在中寻找浪漫主义，而只有从内在中才可能发现它。”

致力于表现“内心的创造”和“情绪的力量”，这是领会波德莱尔的艺术价值的全部奥秘所在。在波德莱尔看来，凡用理性语言清晰表达出来的美都是虚浮的，“美是这样一种东西：既带有热忱，也含着愁思。……一个女人面容……一个美好迷人的头颅——我指的是女人的头颅——呈现出迷离的梦境，能够满足感官，同时也引起一番惶惑；它或者暗示忧郁、疲倦、厌腻，或者喊醒对生命的热烈向往；于是原欲与绝望、苦闷、怨恨融合为一了。”或者如他在诗《感应》中所描写的诗人同大自然之间的感应，都是神秘的、迷离的，不可能用清晰、准确的语言加以表述的。

人们有一天会厌弃那些带有鸦片气味的颓废的诗歌，但诗人在对西方世界的探索上确比他的同时代人更深入灵魂。他勇敢地把自己的船沉入情欲的深渊，开掘了一个人们不敢正视的艺术世界。就20世纪的许多现代派诗人来说，波德莱尔是一位勇敢而有毒性的探索者。

第六章　金钱时代的心灵体系

追求金钱是人类
最后一项可耻秘密。

——［美］魏斯曼《金钱与人生》

当我们阅读浪漫派作家的作品时，觉得眼花缭乱的天空中到处飘扬着的只是两个同样的字：自由。如果你由此认为，19世纪的西方人整日所思欲的就是这个神圣而虚幻的字眼，错了。在那个世纪里现实生活中的大多数人所追求、所渴望、所珍爱或所憎恶的是另外两个字：金钱。一般说来，只有某些家财万贯的贵族和站在思想高峰上的知识者才把自由视为一切，资产者和一般小市民则埋头于财富的创造和竞争，他们把情感自由当作不重要的享受，金钱视为支配一切的上帝——不管他是否喜欢这个上帝。

马克思在《资本论》中写道："人的心是很奇怪的东西，特别是当人们把心放在钱袋里的时候……"（《马克思恩格斯全集》，第23卷）最早揭示金钱这种"奇妙"作用的是古希腊悲剧作家索福克勒斯（见《安提戈涅》）。资产阶级产生后，金钱的作用更显其重要，首先发现这一点的艺术家是17世纪初的莎士比亚。《雅典的泰门》中的"黄金咒"是对资本主义货币本质的最杰出的描绘。这种描绘多少带有漫画式。莫里哀的《悭吝人》在对金钱的揭示方面没有高出《雅典的泰门》。两部作品只是分别从慷慨与吝啬两极来显示同一主题，即对金钱的贪婪是一种卑下的品质。这种看法多少带有贵族气味，与衣单食少的平民没有太大的关系。18世纪启蒙学者狄德罗写的对话体小说《拉摩的侄儿》值得我们注意。书中的主人公——拉摩的侄儿是一位富有艺术才华的青年，贫穷使他心灵扭曲，变成了厚颜无耻的食客、卑鄙的谄媚者和欺骗者。但这是一种带有悟性的卑鄙。他对美味的贪婪多少带有某些合理的因素和正义性：

有多少次，我自言自语道：拉摩，巴黎有上万张丰盛的餐桌，每桌十五到二十人进餐。这么多席位，竟然没有一个是给你预备的，你怎么搞的！有许多钱袋，金币胀得鼓鼓的，不时从左右流淌出来，可是没有一个金币落到你的手里，你怎么搞的！你难道就愚蠢到这个地步吗？难道你就不会像别人那样阿谀奉承吗？难道你就不会像别人那样撒谎、起誓、发愿、作伪誓，许下诺言，然后也可以履行诺言也可以违背诺言吗？难道你就不会像别人那样四只脚在地上爬行吗？……有一大帮恶棍，他们给我当跟班都不配，却家财万贯。我穿着粗布大衣，他们却丝绒裹身，拄着黄金包头、乌鸦喙状的手杖，手指上戴着戒指，刻着亚里士多德或柏拉图的名字。可是这些人从前是些什么玩意儿？大部分是穷得要命的蹩脚乐师。可今天，他们成了贵族大老爷了。

（《拉摩的侄儿》，见《法国中篇小说选》，上册，
袁树仁译，人民文学出版社，1998 年版）

狄德罗承认这个无赖“洞察深刻”“有那么多正确的思想”。难道你能够否认这种卑琐的追求同法国大革命旗帜上所写的“平等”没有某种直接的联系吗？拉摩的侄儿坦率地承认金钱对他的魔力：

金钱，金钱，金钱就是一切。其余的事情，没有金钱，便毫无价值。所以，我不让我的孩子头脑里塞满美妙的格言，他应该把这些全忘光，否则就只能当个乞丐。

至少可以说，《拉摩的侄儿》比《雅典的泰门》揭示了更多的关于金钱的真理：历史是靠人们对于财富的追求来推动的，在资本主义时代尤其如此。较之浪漫派对“个体自由”的追求，这种贪欲无疑是一种“卑贱意识”。但正是这种“最卑贱的”力量成了历史发展的杠杆，最终打败了封建势力，瓦

解了神学，并把一切温情脉脉的关系异化为金钱关系。金钱以魔鬼般的神力创造的社会图画，迫使人们不能不正视它。“人们终于不得不用冷静的眼光来看他们的生活地位，他们的相互关系。”（《共产党宣言》）冷静务实的资产阶级精神成为时代精神，最富于幻想的浪漫主义作家，一部分人转向内心，一部分人则怀着巨大的痛苦重新考察社会现实，一个意味着追求功利的名词开始被人们接受，这就是“现实主义”。

F. 杰姆逊博士认为，现实主义文学的产生与金钱的作用之间有着十分密切的关系：“金钱是一种新的历史经验，一种新的社会形式，它产生了一种独特的压力和焦虑，引出了新的灾难和欢乐，在资本主义市场经济获得充分发展以前，还没有任何东西可以与它产生的作用相比。我希望大家不要把金钱作为文学的某种新的主题，而要把它作为一切新的故事、新的关系和新的叙述形式的来源，也就是我们所说的现实主义的来源。只有当金钱及其所表示的新的社会关系减弱时，现实主义才能逐渐减弱。”（摘自《后现代主义与文化理论》，陕西师范大学出版社，1987 年版）

浪漫主义与现实主义之间的边界是一个“模糊边界”，把一个作家归类是一件困难而不必要的事情。但作为两种不同的创作原则和方法，加以适当的分析还是必要的。现实主义文学是对那种全然无视现实任情感流荡的浪漫主义文学的反拨。在他们叙述的故事里，浪漫主义的幻想和温情常常是主人公不幸的主观根源，而金钱和权力是构成不幸的社会根源。如最典型的现实主义作品《包法利夫人》（［法］福楼拜著）中的爱玛是因为中了夏多布里昂和拉马丁作品的毒，为追求那种幽秘的爱情而跌入泥坑，死于债台高筑。但如果把现实主义文学说成是“向社会举起的一面镜子”，那是不确切的。文学不仅是对现实的消极反映，而且是对社会现实的反抗。一个追逐各种时髦思潮和表层热点的作家，不过是浅薄的鹦鹉。他们的学舌作品将随着潮流的东逝而消失得无影无踪。他们不是现实主义，而是伪现实主义。真正的艺术家必然不屈服于社会的庸俗的流行观念和被权威保护的现实。他们同这样的现实角力，殚精竭虑地探索社会表层之下那些最隐蔽因而也是最强有力的因素。这种力量是相对稳定的、模糊不清的，它一旦被作家艺术家揭示出来，就能在人的内心唤醒一股如雄狮般的力量，引起社会性的“轰动效应”。这种力量，在人的内心深处、深不可测的渊底躁动着，当天才的闪电照亮深渊的时候，它就会欢腾起来，使读者（或观众）感到一种淋漓酣畅、如瀑布宣泄般的快感。

现实主义文学在一个中心点上与浪漫派一脉相承：那就是他们所关注的依然是人的心灵自由的问题。现实主义文学比浪漫主义更重视人的心灵与外部世界的碰撞与和谐。他们像外科医生解剖人体那样，科学而细致地考察和剖析人的内心宇宙与外部环境、种族历史、文化氛围的相互关系；理性、情感和意志的关系；个性、气质乃至深层意识的运行规律；像人体解剖图那样描绘出完整而多样的内心世界体系。由于作家个人主体性的影响，每个人所描绘出的体系各有千秋，表现手法也迥然有异。统观起来，则是一幅极其广阔、丰富、深邃的内心图画——金钱时代人类心灵的全景式、流动式的展开。

一、创作主体的矛盾心态和民族风格

任何一个时代的主体世界都不可能是孤立的、自生的。它不能不受制于历史的和空间的种种外部因素，而某些外部因素又是主体在社会实践过程中对外部世界的改造。主体性创造了自己的枷锁，然后再打破它，心灵世界的发展史就是如此。

制约和影响金钱时代心灵系统的外部因素主要是由以下四维造成的：

时间维，即种族的和个人的历史。从远古时代起每一时期的文化都像压扁在一幅画里，深藏于金钱时代人的内心，用现代术语叫作“文化心理积淀”。

空间维有三个：

资本主义的经济基础和阶级关系。资本主义取代封建关系对人的影响，最主要的就是如马克思所说，以对物的依赖性为基础的人的独立性取代了对人的依赖关系。这种关系对于处在不同阶级地位的人来说又是互不相同的。

民族。包括不同民族、国家的不同习俗语言与自然环境。

文化。首先是哲学和社会科学，包括观念论、唯灵论、折中主义、实证主义和空想社会主义学说。其次，由于资本主义开拓的世界性市场，使文学成为世界性文学，异国文学的影响，对本国文学而言，也是一种外部因素。

处于上述四维中的欧美作家，从宏观上看，大略有以下三组矛盾心态：

矛盾心态一：对贵族社会的鞭挞与眷恋。现实主义作家大多是封建专制和官方教会的凶猛敌人，但当面对着的丑欲横流的资本主义现实时，一种对于夕阳的留恋油然而生，逝去的一切几乎都被夕阳残照镶嵌上金色的边框。这种眷恋之情在开初还不强烈，随着资本主义现实中各种矛盾的激化，道德脓疮的溃烂，中世纪的田园诗般的关系就越发变得朦胧而美丽。这一点在巴尔扎克的作品中表现得最为突出，在狄更斯、萨克雷和哈代的作品中我们也可以感受到这种眷恋。西方的艺术家们从来只是抨击教会，只有很少的人宣布自己根本否定上帝的存在。而对情欲横流的世界，人们越发感到上帝之不可缺少。然而此时的“上帝”已不同于中世纪的上帝。它改变了自己的形象。在小说和诗歌中更多地表现为对于自然界的超自然崇拜（泛神论）和清教主义式的对勤勉、克己、助人等优良品格的提倡。这种现象在英国文学中表现得特别突出。俄国是一个封建农奴制与资本主义杂交的国家，从普希金到列夫·托尔斯泰、陀思妥耶夫斯基，也清晰地表现出这样一种宗教情结。

矛盾心态二：对金钱的双重意识。对于那些富于启蒙精神的作家，从资本主义秩序建立的第一天起，他们就诅咒这个现实。这种情形有点像悲剧中的俄狄浦斯王，他们坚决地、义无反顾地缉拿制造罪恶现实的元凶，却不知冥冥中的命运之神正是假启蒙思想之火创造了这人间炼狱。他们大声疾呼：“不，这不是我所要的！”但在他们潜意识里又感受到自己内心的黑暗底层同丑恶现实的隐秘联系，因此他们对现实的贬斥，犹如哈姆雷特训斥他那堕落的母亲。不管怎么说，他们是那个时代的儿子。当巴尔扎克创造出无与伦比的揭露金钱罪恶的史诗时，他本人正陷入金钱的诱惑而无力自拔。正是奢侈的享受使他债台高筑，而又是债台高筑迫使他像牛一般地拼命创作。F. 杰姆逊认为，巴尔扎克的工作状态，就是典型的实业家的工作状态。他的生命是在欲望的燃烧中消耗殆尽的。

矛盾心态三：对被压迫者的圣母情结。当资产阶级宣布它的《人权宣言》时，就埋下了一个难以克服的矛盾，即同受它剥削的无产者之间的矛盾。现实主义作家们都有圣母般的心灵，他们在追求个性解放的同时，认为整个人类都应该过人的生活，因此，下层人民的苦难就越来越多地进入了他们的视野。

圣母情结的特征是怜悯与拯救，从巴尔扎克的《农民》到雨果的《悲惨世界》，从狄更斯的《艰难时世》到哈代的《德伯家的苔丝》，从普希金的《上尉的女儿》到列夫·托尔斯泰的《复活》，都表现出了广阔的人道主义的心灵。他们把世界的苦难背负在自己身上，但却反对下层人民为解脱苦难而使用革命暴力。他们喜欢描绘恭顺、忠厚、勤劳的下层形象，唤起人们的同情，但又明确地反对任何形式的暴力，包括劳动人民为解放自身而发动的革命。革命是一种“恶”，在这种“恶”的面前，许多文学巨匠变成了侏儒。

对于金钱社会的反抗，改变了传统的家庭小说的叙事模式，金钱成为或隐或现的主线，在不同的国家和民族那里还具有不同的风格。总的来说，充满热情、躁动不安和宁静高雅、温厚深沉这两条不同的情感河流是相激相荡的。在英国，拜伦死后，好像大海平静了，维多利亚女皇时代的表现繁荣、强盛和清教主义的理性有形无形地控制或影响着作家们，从狄更斯笔下的城市到哈代作品中的威塞克斯乡村，都笼罩着仁慈对于邪恶的充满机智与讽刺性的谴责，在对下层穷人的深切同情中浸透着越来越多的对于幸福前景的绝望与感伤；从家庭小说的杰作《傲慢与偏见》到勃朗特的《简·爱》，都在告诉人们追求幸福时，适当的节制是必不可少的，理性是欢乐的伴侣。萨克雷的《名利场》是少有的辛辣作品，其中“黑良心”的美丽女子蓓基富于青春活力，但作者对她的态度显然是贬抑，而他想赞美的人物爱米丽亚却显得苍白贫血。英国人的风雅、机智和文质彬彬的传统，直到20世纪初才被戴维·赫伯特·劳伦斯所打破。只要想一想英国的传统精神，就不难理解《查泰莱夫人的情人》何以被禁达五十年之久。在法国的情形就不相同。高卢人的血液似乎永远在燃烧，法国的作家总是在寻找和表现那种躁动不安的激情：从司汤达、梅里美、巴尔扎克到福楼拜、左拉。国内的起义、动乱和对外战争的失败，给法国蒙上一层灰色，但染上灰色情绪的莫泊桑等人的作品也还渗透着各种情欲的渴望和波动。在20世纪初的罗曼·罗兰那里，我们看到为恢复理性统治所作的努力，但当时的时代气氛使他的努力已带有堂吉诃德的味道了。同英法两国相比，俄国文学步履沉重，像混浊而宽阔的伏尔加河。封建的军事专制的农奴社会，加上资本主义咄咄

法国实验派小说家左拉(1840—1902)

俄罗斯文学之父、俄国"黄金时代"第一诗人普希金。

逼人的发展，使俄国作家处于两难境地，心灵压上了沉甸甸的十字架。从普希金的《叶甫盖尼·奥涅金》开始，俄国的知识分子就意识到自己在灾难现实面前的软弱无力。"多余人"的主题以凝重而伟大的悲哀格调奏响了。从彼得大帝时代就崇尚法国古典主义的俄国，现在把法国式的浪漫的个人主义视为不值一哂的纨绔作风。因为俄国的苦难太深重了，每个有良心的作家都在反抗农奴专制的同时又力图避免俄国陷入资本主义泥潭。他们不能不为"谁之罪"和"怎么办"两大磁石所吸引。即使深受法国文学影响的屠格涅夫也不能不为"木木"而感伤；果戈理的喜剧天才被浸在悲哀的泪水之中，"爱和受难相伴相随"成了俄罗斯文学的性格，列夫·托尔斯泰和费·陀思妥耶夫斯基把它推向了欧洲现实主义文学的勃朗峰。与俄罗斯性格完全形成鲜明对照的是美国。在那里，无论是深刻的文学还是肤浅的文学都流溢着强烈乐观的生命欲。爱伦·坡、康拉德、麦尔维尔显得奇诡突梯，但说不上悲观。杰克·伦敦的后期作品显示出暗灰色的阴郁，他终于自杀了。马克·吐温是这一时期最杰出的代表。而德莱塞却是最能体现19世纪美国人文化心理的作家，他深知像美国这样一个没有传统文化的民族，就没有那么多道德上的悲哀。德莱塞作品中的人物不能理解金钱与人性发展之间的对立。"没有金钱便没有一切"是最明白不过的真理，除此之外还有什么呢？因此他们成了后现代派的先驱。

二、鲁滨孙：金钱是怎样高奏凯歌的

鲁滨孙：一种新的价值观念

这是西方无数航海冒险故事中的一个。主人公鲁滨孙出航，不是像海盗般去劫掠金银，也不是如伊阿宋那样靠冒险博取荣誉，也不似唐璜去寻求女人或刺激。他远航非洲的目标很实际：给他兴旺的巴西种植园再买回一些奴隶。由于触礁，他独自一个人幸免于难，滞留在了一个荒无人烟的小岛上。

他不指望像当时流行的传奇小说那样出现奇迹，但也不像脆弱的诗人有那么多绝望和感伤。除了每天朗读《圣经》感谢上帝对他的拯救外，大量的时间都在扎扎实实地干活。他在遇难的破船上发现一些钱币，尽管他知道这些钱在荒岛上一无用处，但他仍然细心地把它们全部搬上岸，严密保管。小说仔细描绘他把破船上的货物搬上岸一一清点，列出清单。这些商品在这个荒岛上也是没有多大意义的，但他心里还是很欢喜："我手头样样齐备，看到我所有的货物安放得如此井井有条……我心中不禁大喜。"也把自己落难的小岛视同自己的财产，亲手建造棚舍，制作粗陋炊具，打猎觅食，种植庄稼，努力驯服大自然并能让它为自己服务。他无心像卢梭那样欣赏自然界的美丽，而是努力使自己的环境同自己远离了的英国社会更加相近。在一次战争中，他俘虏了一个土人，给他取名"星期五"，让他充当自己的仆人，实际上就是奴隶。在岛上生活了二十八年之后，他终于有机会返国，其时，他的巴西种植园安然无恙，自己已成了富翁。他在别人的劝告之下结了婚。他的婚姻观念同浪漫主义者相反，是从典型的实用观点出发的，认为结婚对他既没有什么不利之处，也不会使他感到有什么满意，如此而已。他的三个子女的诞生和妻子的去世都没有使他过分激动；他和其他人的关系也都几乎完全是受经济动机支配的。书中唯一的一次激动是他回国后他的忠实代理人向他报告了他有很多钱："我顿时面如死灰，心里非常难受，若不是他老人家连忙跑去给我拿来一点儿提神酒，我相信这场突如其来的惊喜，一定会使我精神失常，当场死去。"

英国作家笛福（约 1660—1731）所写的《鲁滨孙漂流记》，同其他航海故事有许多类似之处，但它的魅力却深刻得多：它表现了一种过去的文学作品中所没有表现过的人生价值观念，即人活着，应该为增殖个人的物质财富而勤勉工作，应该善于经营、敢于冒险、具有开拓精神。鲁滨孙也信宗教，但他信清教主义，即人应该忠于世俗的职务，才能获得上帝的拯救。这种职务就是"伟大的商务"。马克思·韦伯认为：勤勉、认真、机敏、精心谋划、科学管理，以节省的原则获得最多的财富，这就是资本主义精神。

这种人生价值观念与古典的流行观念不同。无论是荷马笔下的阿喀琉斯、

鲁滨孙，资产阶级精神的艺术产儿。

但丁笔下的自己、高乃依悲剧中的英雄，他们的人生追求大体说来都是荣誉和爱情。而鲁滨孙的追求是财富及其体现者——金钱。古典式的追求体现着马克思指出的人性发展的第一阶段，即人身依附的必要；不仅爱情的追求依附于所爱的对象，荣誉的追求也是以渴望其他人的承认为前提，有人赞美的荣誉。而鲁滨孙的追求则体现为物的满足，物背后的人际关系被掩盖了。他需要“星期五”，但并不依赖于他。他祈祷上帝是因为上帝帮了他的忙，而不是他从属于上帝，他有充实的坚定的内心导向，而不必依附于任何外在的力量。古典式的英雄由于依附性，他们的价值观念中总带有某种献身精神的意味（为爱人、为朋友、为父母、为民族、为国家），而鲁滨孙则是明确的单一的利己主义。古典式英雄求取人生价值的对象是社会、是人际关系；而鲁滨孙求取人生价值的对象是自然，是在开拓自然过程中形成的人际关系。

鲁滨孙精神是英国清教主义的发展，是18世纪自由贸易的精神产生和人格化体现，也是在自然科学迅速发展所开辟的新天地鼓舞下，人们开拓自然、占有自然的艺术表现。正是这种鲁滨孙式的资本主义精神，被先进的科学技术和管理方法所武装，像魔法师般地把生产一日千里地向前推进，从而最终战胜了封建贵族的统治。正是鲁滨孙这种单枪匹马向未来世界开拓的精神，使英国在19世纪成为幅员最广阔的“日不落”国家，建立起一个庞大的海外帝国。

鲁滨孙的冒险精神与求实精神是诗意葱茏的。然而，人们也不难看出他的性格中有悲惨的一面。我指的不仅是鲁滨孙贩卖奴隶、开拓殖民地的血腥事业（这种血腥味同英国绅士们的白手套之间有一种令人作呕的不协调）在小说中被淡化了，而且鲁滨孙作为一个人，完全物化了。他是一个单维的人，感情枯竭，想象力衰微，所有温情脉脉的关系在他那里全都变成了经济关系，包括爱情和家庭，唯一能激动他的感情的只有金钱。这个悲惨的一面在英国的小说中没有获得充分的展开，却在法国的司汤达、巴尔扎克作品中艺术地、赤裸裸地揭示出来了。

物化：人性发展的必然阶段

马克思主义的唯物史观历来把人的劳动实践中自我创造的过程、社会发展的自然历史过程和现实的人的发展过程相统一。马克思在揭示社会发展的必然规律的同时，也预见了人的发展的必然过程。他在《政治经济学批判》中认为，与社会发展形态相同步，人的感性素质也在不断发展变化。他把这种发展变化划分为三个阶段（见本书第四章）。

马克思认为，从必然走向自由要经过一个“对物的依赖基础上的独立性”阶段。人类挣脱人身依附的欲望，归根结底是由于商品经济的广泛发展，在价值规律作用下，人们“完全埋头于财富的创造与和平的竞争”（马克思：《路易·波拿巴的雾月十八日》，《马克思恩格斯选集》，第1卷）。在摆脱了人身依附之后，人并没有获得完全的自由，而是得到了一种“对物的依赖基础上的独立性”。在商品经济充分发展的阶段，这种依赖是无可避免的。也就是说，只要承认商品经济是社会发展的必然阶段，人的物化就是无可逃遁的。因此，他说：“第二阶段（指对物的依赖阶段）是第三阶段（指自由人阶段）的必要准备。”人类只有通过这条不太干净的巷道才能走向自由、和谐的共产主义社会。

鲁滨孙的出现，正是这种历史的必然性的表现。他是历史的英雄；又是人的悲剧。

资产阶级的历史行为是二元对立的，当鲁滨孙们创造着巨大的物质文明时，资产阶级阶段的另一极——启蒙学者和杰出的艺术家们正在创造着新的精神文明。他们像历史火车头赖以前进的双轨，但就每条轨道而言，它并不认为自己和另一条轨道有什么相干，它们各自认为自己是沿着自己的意愿而向前延伸。鲁滨孙们并不理解资产阶级革命对他们意味着什么，在革命的风暴中他们殚精竭虑的是保护自己的每一枚金币，为此可以拥护也可以叛卖革命。《鲁滨孙漂流记》的作者笛福，本身就是一个鲁滨孙式的商人，虽然也曾为资产阶级革命做过某些宣传，但他总是不忘经商，并且看不出辉格党人与托利党人的区别，谁在台上他拥护谁："不管是哪个党执政或是改组政府，都不过是伪装、装模作样和丑恶的虚伪而已。"而另一条轨道，那些启蒙学者和艺术家又是蔑视企业家和商人的，在他们的作品中商人往往作为被讽刺的角色出现，少数的商人侥幸充当了正面角色也往往是由于他们慷慨大方、乐善好施、仁慈为怀——而这并不是商人精神的本质。

约翰·班扬在监狱里写了一部题为《天路历程》的小说，梦想耶稣会把他的灵魂接入天国。

维多利亚：名利场和玫瑰梦

马克思·韦伯说过：一切传统主义的特征，"在对商人所下的一个古老的断语中有过总结：'商人从来得不到上帝的欢心'。他（指商人）可能并没有犯罪，却不会合上帝的心意。"

早在《鲁滨孙漂流记》诞生之前，一个名叫约翰·班扬（1628—1688）的人相信上帝到了发狂的地步。他在监狱里写了一部题名为《天路历程》的书。书中的"基督徒"和"忠诚"两位朝圣者路过"名利市场"："在这座名利场，出售一切货物：房屋、土地、买卖、荣誉、头衔、国土、王国、色欲；各种欢乐及享受，如妓女、鸨母、妻子、丈夫、儿子、主人、仆役、生命、鲜血、身体、灵魂、金银、珍珠、宝石，一切等等。"当"基督徒"和"忠诚"不为"名利场"上出售的世俗假货所诱惑时，竟遭到诬告而被捕。经过"合法审判"，"忠诚"被判火刑，他的身躯被火焰吞噬。这时耶稣的一辆四轮马车自天而降，把他的灵魂接入天国。

这部书的写作是在英国资产阶级革命以后，它第一次以上帝的名义宣布了对于把一切神圣事物都变为"商品"的反抗，也就是对人的商品化的反抗。这种象征性的描写带有很强的概括性，表明了上帝是不喜欢商业精神的。

然而上帝必定抵挡不了商品化的历史进程，就在班扬写《天路历程》时，他因反对"国教"而锒铛入狱。到了19

世纪中叶，威廉·梅克皮斯·萨克雷（William Makepeace Thackeray，1811—1863）又以《名利场》为题写了一部妙语连珠的小说，不过班扬笔下的“基督徒”已经不见了，“忠诚”则变成了一个可笑的形象。在小说刊行第一版时，作者给它加的副题名是“英国社会的钢笔和铅笔素描画”。这幅画是英国上层社会普遍拍卖良心的鲜活写照。良心、荣誉都被押到“名利市场”上变成了商品。为了得到金钱和幸福，可以毫不犹豫地作践他人。金钱使好人变成魔鬼，所谓“黑良心”的女子利蓓加曾道出如下真理：“……如果我有五千镑收入的话，我想我是会成为好人的。”萨克雷评述说：“谁不知道利蓓加的想法是对的。——造成了她和一个诚实女子之间区别的不过是个钱财问题。”萨克雷在写给母亲的一封信中说：“我想创造一群不相信世界上有上帝的人（那只是一句伪善的黑话），一群贪婪而装腔作势的人，他们多半十分自负，心安理得地自以为有高人一等的美德。”从《天路历程》到《名利场》相隔近二百年，在这二百年中，商业精神打败了基督精神，金钱取代了上帝。《名利场》产生的背景是19世纪有名的“维多利亚时代”，英国以“日不落”而自炫于世界。但这个时代（1832—1901）的小说家却不屑于为它唱赞歌，只要读一读狄更斯、G. 爱略特、梅瑞狄斯和哈代的作品，你就会获得一幅与《名利场》相似的社会讽刺图画。

萨克雷（1811—1863）

英剧《傲慢与偏见》中的伊丽莎白和达西。

然而，这些作品在揭露讽刺上层社会的虚伪贪婪、表达自己对下层穷人的深切同情时，总掩饰不住对往昔那种贵族的田园情趣与温情的留恋。这种对于夕阳的留恋成为英国人反抗物化的主要诗情。如果有一位敢于蔑视世俗金钱的平民女子（如《傲慢与偏见》中的伊丽莎白）则必有

萨克雷的《名利场》中的插图，均为萨克雷亲笔所绘。
左图：利蓓加拿着斯丹恩勋爵送的支票，十分得意，去银行兑换。
右上图：克劳莱小姐的知疼知热的亲戚本家。
右下图：乔瑟夫先生的心给缠住了。

一个同样蔑视世俗金钱的贵族（如《傲慢与偏见》中的达西）与她心心相印。《名利场》中破了产的善良姑娘爱米丽亚虽遭公公拒绝、丈夫背弃，但终有一个貌不出众的贵族都宾处处搭救，最后二人成为伉俪。被英国人视为与列夫·托尔斯泰的《战争与和平》相媲美的巨著《米德尔马契》（G. 爱略特，1871—1872 年出版），其女主人公多萝西娅，怀着一种献身的热情同比她大三十岁的学者卡苏朋结婚。但卡苏朋实际上是个心胸狭小的庸人，临死前立下遗嘱，如果多萝西娅敢于同贫寒的青年威尔结婚就将丧失财产继承权。结果这份遗嘱从反面促成了多萝西娅与威尔的婚事。多萝西娅毅然放弃了财产，选择了爱情。作者在描写多萝西娅时，经常使用“崇高的品质”“可爱的充满信任的庄严矜持”之类的词汇。当她真诚地帮助利德盖特医生时，利德盖特称她具有“圣母玛利亚的宽广胸怀”。

在这些超越金钱、反抗物化的英国人中间，有一个形象带有脱颖而出的新鲜气息，那就是《简·爱》（夏洛蒂·勃朗特著，1847年）的女主人公。她直到今天依然魅力不减。这个相貌平平、一无所有的女人，不同于多萝西娅（《米德尔马契》）或爱米丽亚（《名利场》），她忠于自己甚于忠于上帝；她忠于自己的感情、自己的理智、自己的尊严，绝不为世俗和金钱所诱惑。“如果自尊心和环境需要，我可以一个人生活。我不必出卖灵魂去换取幸福。”当她令人无法置信地获得一大笔财产，成为一个富人时，却同坐在一堆废墟瓦砾上、一无所有、双目失明的罗切斯特结婚了——不是出于怜悯，而是真诚的爱情：

我现在已经结婚十年了。我知道同我在世界上最爱的人一起生活，并且完全为他生活是怎么回事。我认为自己极其幸福——幸福到言语都无法形容。因为我完全是我丈夫的生命，正如他完全是我的生命一样。

在这样伟大的爱情面前，整个金钱世界都显得黯淡无光了。这种爱情的理想性质是不言而喻的，但一百多年来，无数纯情的女子依然从简·爱那里汲取生活的勇气和力量。

《傲慢与偏见》插图。一位蔑视世俗金钱的女子伊丽莎白和同样蔑视世俗金钱的贵族达西，经历一些摩擦、误会而终成眷属。她的母亲则是一个充满喜剧色彩的可爱形象。

司汤达：啊！这就是美丽的法兰西

韦伯引证的话中说："上帝是不喜爱商人的。"我们还可以补充一句：多数的启蒙学者和激进的民主派也是不喜欢商人的。

曾经是拿破仑的热情崇拜者、意大利烧炭党人的同谋——司汤达，不仅不喜欢商人，甚至不喜欢一般意义上的企业家。他在一本小册子里公开谴责圣西门为工业企业家辩护。他说：

我愿意相信：名正言顺地各赚十万金币的一千名工业家替法国增强了"财力"；但是这些老爷们是根据自己的特殊利益来为大众谋福利的。他们都是我所尊敬的正直而诚实的人们，我很高兴看到他们当了市长或议员；因为担心破产使他们养成了开动脑筋的习惯，而且他们对打算盘都很内行。但是在他们的行为中，我总难于发现什么"可赞赏的"东西。他们有什么要比一个医生、一个律师或是一个建筑师更值得我赞赏呢？

……正当博利瓦解放美洲或是帕里舰长（英国航海家——本书作者注）航近北极之际，我的邻人却因制造印花布发了一千万大财，那就算他和他的子孙们有运气。但不久以来，他办了一张报纸，天天在报上向我宣传应该把他们当作人类的恩人来赞赏，这可真叫我无可奈何了。

工业家贷款给政府，常常迫使政府作出合理的预算和滥用税收。从这一点看，工业家对大众福利就说不上有什么好处了；因为把他们的贷款用来帮助土耳其人或是帮助希腊人，这对他们来说都是一样。我在维勒曼先生最近的著作中找到下面一段短短的对话。对话双方是土耳其人占领君士坦丁堡后从那里逃跑的拉斯加里和年轻的美迪契：

"那是怎么回事！"美迪契说，"当时住在你们城郊的热那亚人不是你们的同盟军，不是和你们做买卖的人吗？"

"他们出卖了我们，"倒霉的希腊人回答道，"他们有什么必要忠于我们呢？他们和土耳其人也一样可以做买卖。只有无私的勇敢才有可能拯救我们。"

银行家，做银钱买卖的人需要有一定程度的自由。……但是一朝有利可图，银行家就不顾一切了。至于我们，我们心中不会这样健忘：人们就是靠二十家做大买卖的企业的慷慨贷款，才收买了里埃果（西班牙爱国志士——本书作者注）并把他吊死。此刻，当我写这篇文章的时候，不正是因为工业界发现埃及总督确有偿付能力，就赶紧为他在马赛建造船只吗？工业家们是作为法国公民而运用他们的自由的，他们可以随心所欲地支配他们的资金；这就很好；但是为什么要我来加以“赞赏”呢？而更可笑之至的，是要我用爱自由的名义来加“赞赏”！

（司汤达：《论反对工业家的一个新阴谋》，
转摘自《外国文学评论选》，上册，
湖南人民出版社，1982 年版）

司汤达说得很清楚：资本家关心的是财富，而他关心的是自由。这种自由不是“贸易自由”，而是“人的自由”。一个关心的是物质财富的积累，一个关心的是人类心灵的发展。这是资产阶级发展历史上的二元对立，资产阶级和资产阶级思想家的对立。历史选择了企业家，而不是司汤达。对于司汤达来说，资本主义的新秩序犹如捆绑着普罗米修斯的绳索。恩格斯对当时的法国作出如下的描绘：“当法国革命把这个理性的社会和这个理性的国家实现了的时候，新制度就表明，不论它较之旧制度如何合理，却绝不是绝对合乎理性的。理性的国家完全破产了。……富有和贫穷的对立并没有在普遍的幸福中得到解决，反而由于沟通这种对立的行会特权和其他特权的废除，由于缓和这种对立的教会慈善设施的取消而更加尖锐化了；工业在资本主义基础上的迅速发展，使劳动群众的贫穷和困苦成了社会的生存条件。犯罪的次数一年比一年增加。如果说，以前在光天化日之下肆无忌惮地干出来的封建罪恶虽然没有消灭，但终究已经暂时被迫收敛了，那么，以前只是暗中偷着干的资产阶级罪恶却更加猖獗了。商业日益变成欺诈。革命的箴言‘博爱’在竞争的诡计和嫉妒中获得了实现。贿赂代替了暴力压迫，金钱代替了刀剑，成为社会权力的第一杠杆。初夜权从封建领主手中转到了资产阶级工厂主的手中。卖淫增加到了前所未闻的程度。婚姻本身和以前一样仍然是法律承认的卖淫的形式，是卖淫的官方的外衣，并且还以不胜枚举的通奸作为补充。总之，和启蒙学者的华美约言比起来，由‘理性的胜利’建立起来的社会制

度和政治制度竟是一幅令人极度失望的讽刺画。”（恩格斯：《反杜林论》，《马克思恩格斯选集》，第3卷）

在司汤达的长篇小说《红与白》中，主人公露骨地对葛朗台夫人说：“七月王朝以后，银行就成为国家元首，资产阶级代替了圣日耳曼区（即封建贵族聚居区，封建贵族统治的象征——本书作者注），银行界又是资产阶级中的贵族，政府很需要交易所，内阁不能拆毁交易所，交易所却能拆毁内阁。”吕西安·娄凡与之交谈的葛朗台夫人则正是一笔肮脏交易中的交易品：金融资本家老吕西安准备在政府发生危机时把葛朗台先生抬上部长宝座，交换条件是葛朗台夫人必须充当他儿子吕西安·娄凡的情妇，以便使吕西安·娄凡通过葛朗台夫人控制葛朗台先生，并且最后取而代之。这个由金融资本家决定谁当部长的政府中，充满了营私舞弊，贪污腐化，镇压工人，盘剥农民。当吕西安看到由于资本主义发展而导致法国农村的一片荒凉破败、令人心酸的景象时，不禁慨叹说：“这就是美丽的法兰西！”

对于行将逝去的贵族社会，现实主义作家们普遍表现出一种“黄昏之恋”，但他们毕竟无情地为它们举行了“最后的葬礼”，形象地揭示了它走向死亡的历史必然性，在法国，完成这一艺术使命的不是司汤达，而是另一位巨人——巴尔扎克。巴尔扎克以整整一部辉煌的文学大厦——《人间喜剧》，描绘了“金钱”（资本主义的表征）取代“门第”（贵族社会的表征）的历史过程。关于这一点，几乎所有的外国文学教科书都有论述，这里就不再重复了。

果戈理（1809—1852）：俄国自然派的奠基人。他创作的喜剧《钦差大臣》和长篇小说《死魂灵》享有广泛的世界声誉，但他自己却认为这些作品应该烧掉。作家自己不了解自己的价值，这样的例子各国都有。

在俄国：对“活尸”的艺术解剖

如前所述，俄国比之英法，资本主义发展较晚，但封建农奴制的反动性和腐朽性表现得特别明显。对这具行将就木之“活尸”的艺术解剖也显得特别深刻。

俄国自然派（现实主义）奠基人果戈理的第一部震惊沙皇社会的作品《钦差大臣》，就是一部“完备的关于俄国官僚的病理学解剖教程”（赫尔岑语）。他的代表作《死魂灵》可视为一个象征。“死魂灵”指的是死亡了的奴隶。其实奴隶的死亡即是农奴主贵族的死亡——他们是依赖奴隶而生存的。通过乞乞科夫购买死魂灵的过程，果戈理活灵活现地描绘了五个地主的形象，他用“分明的笑和不分明的泪”告诉我们，俄国地主贵族已经走到自己生命的尽头、到处散发着腐烂的尸体的气味。暴发户乞乞科夫代表资本原始积累时期的市侩，他聚敛财富的手段带有象征意味（即购买已经死掉的奴隶，到救济局去骗取钱财），它表明新生的资产阶级是靠吸取封建贵族这具活尸里的最后一滴血液繁衍起来的。

对“活尸”心态作出卓越描绘的还有冈察洛夫的《奥勃洛摩夫》。这个贵族在小说开头时身穿一件睡衣，到死去时还是穿着睡衣，他的主要时光都在床上，甚至睡觉做梦也梦见睡觉。他并不像果戈理笔下的地主们那样穷凶极恶或厚颜无耻，我们甚至应该说他是善良的，温柔得“像一只鸽子”。但最主要之点是，作为人的那种生命和创造意识已经丧失净尽了。他的女友奥尔加曾想用自己的爱情将他激活，奥勃洛摩夫也确曾想重新进入五光十色的忙碌的现实生活，但一想到恋爱就要结婚，结婚就要两个人一起生活，就会有很多麻烦事，他就恐惧了，终于拒绝了奥尔加的爱情，在睡觉中打发了自己最后几年的日子。

列夫·尼古拉耶维奇·托尔斯泰是俄国作家中最富于贵族气味的。然而，却是他，比别人更为痛切地感到了自己所隶属的阶级的死亡。所谓

《死魂灵》插图。暴发户乞乞科夫用收购“死魂灵”的办法聚敛财富，表明新生的资产阶级是靠吸取封建贵族这具“活尸”里的最后一点儿血液而繁衍自己的。

圣·彼得堡，沙皇俄国的心脏，作家和艺术家的摇篮。

“阿尔扎马斯的恐怖”体验显示了这位伯爵内心潜意识中的恐惧。《安娜·卡列尼娜》中吉提这一纯洁的贵族少女的恐惧是一种典型的列夫·托尔斯泰式的恐惧。凡是安娜出现之处，吉提就显得黯淡无光。她的失败，不在于她的相貌或风度不如安娜，相反，她比安娜年轻得多，她曾是舞会上最迷人的少女，但是她只缺少一样东西，即洋溢在安娜身上的那种压抑不住的生气。作为一个训练有素的贵族女子，她的生命意识被剥蚀得犹如微弱烛光。因此，眼睁睁地看着自己的情人渥伦斯基像狗一样拜倒在安娜的裙裾之下。安娜的这种“魔鬼般的力量”几乎是不可抗拒的。列文作为一个贵族地主，他衷心地爱着吉提，就像爱自己的庄园一样，然而，一见到安娜的肖像就禁不住心荡神驰。列文这种心态一下子就被吉提察觉了，她痛哭起来。她虽然没有失去列文，但读者分明感觉到，时代已不再属于她，作为一朵历史的花，她的秋天已经到来了。

如果说，在吉提身上，列夫·托尔斯泰倾注了对于贵族阶级的无限柔情的话，那么在卡列宁这一形象上却强烈地表现了他对贵族官僚的憎恨。

人们在讲到列夫·托尔斯泰对沙皇社会的无情批判时，常举《复活》为例，认为在托翁最后的这部作品中对沙皇制度鞭挞最烈。这种说法值得商榷。在《复活》中，作者用了许多篇幅描绘监狱的黑暗、法庭的昏愦、农民的饥饿与官方教会的伪善。然而，所有这一切，犹如一篇关于社会腐败现象的“报告文学”，并且多少带有漫画意味。我以为，列夫·托尔斯泰对沙皇制度最严厉的判决在于对卡列宁这一形象的揭示上。

列夫·托尔斯泰并没有着意去渲染卡列宁如何镇压人民、如何贪赃枉法、腐化堕落。不，卡列宁可能是相当廉正、奉公守法的，在私生活上是严肃的，他不像奥布浪斯基（安娜的哥哥）那样乱搞女人，他甚至可以说是一个忠实尽职的丈夫。然而，这样一个被上流社会公认为“最优秀、最杰出”的无可挑剔的佼佼者，恰恰是一个生命意识丧失净尽的人。卡列宁的特点是，他以个人生命意识的全部失落而扬扬自得，认为能够按照社会所允许的规范一丝不苟地生活是他优于其他人的主要之点。这种深入骨髓的观念，使他怯于承认他也会有同普通人所有的诸如忌妒之类的情感。

当安娜与渥伦斯基当着他的面在社交界公然表示亲热时，他曾感到痛苦。应该说这种痛苦或者叫忌妒是一种正常人的情感，但卡列宁却以承认自己有这种情感为耻。他认为自己是一个高尚的基督徒，对于基督徒来说，忌妒之类的情感是卑下的，即使当妻子同别的男人亲热时自己也“不可能”产生类似的情感。他认为需要给自己内心的不愉快找出一个真正的（实际是虚伪的）动机。经过一番思索，他终于找到了，那就是“眼看着另一个基督徒在堕落而没有去拯救她”，因此他才“痛苦”的。于是他决定“正式同她谈一谈”。这种谈话，如果卡列宁如实地把安娜同渥伦斯基亲热时自己的痛苦细细告诉她，或者采取某些同这种痛苦相应的过激行为，都可能把妻子继续留在自己身边，因为此时的安娜常被背叛丈夫和儿子的罪感所纠缠，当一起生活了十年之久的丈夫倾泻出内心的瀑布时，她不可能不受到震撼而重新考虑自己的抉择。然而卡列宁认为表达情感是可耻的，他按照当时社会的道德规范决定：

我要充分说明下面几点：第一，说明舆论和礼仪的重要；第二，说明结婚的宗教意义；第三，如果必要，暗示我们的儿子可能遭遇的灾难；第四，暗示她自己可能遭受的不幸。

《安娜·卡列尼娜》使列夫·托尔斯泰跃上19世纪西方文学的勃朗峰，它所具有的那种永恒的魅力，至今没有获得充分的揭示。

（《安娜·卡列尼娜》，人民文学出版社，
1956年版。以下引文皆出于此版本）

多么像是这位大省长的一个报告提纲啊！什么都有，唯独没有一个丈夫对妻子的爱和爱之失落的痛苦。然而，当这个提纲在头脑里形成之后，他把手指关节按得噼啪作响了——这是他对自己满意的表示。他认为自己最杰出之处就是在任何难题面前，都能用社会所允许的（或时髦的）理论、宗教规范和道德准则作出解释。他所关心的不是对方，甚至也不是自己主体心灵的意欲，而是社会对“自我”的评价，这种评价就是他自己。所以思虑良久的这场谈话，一开场就很糟糕。卡列宁字斟句酌地提醒安娜：“每个人都注意到了你的举止是不很得当的。”

“他并不在乎，”她（安娜）想，“但是别人注意到这个，这才使他不安了。”

应该说明的是，任何一个人的好恶与举止，其起支配作用的都是内心深处的情感因素。把任何个体行为都纳入社会规范的这种思维定式，并不意味着他没有主体意欲。恰恰相反，他用这种“合理合法”的外壳来包裹一颗既不敢同外界抗争又企图攫取一切的卑怯灵魂。这种思维定式往往使一个人能够爬上当时社会所允许的高位，取得一切别人得不到的利益，而在个人心灵上还可以得到自我欺骗式的满足——“我得到了一切，同时我又是高尚的”。当安娜请求丈夫允许她离婚而同渥伦斯基结合时，卡列宁内心的欲望很明确：“如何才能去掉由于她的堕落而溅在他身上的污泥，而继续沿着他自己的活跃的、光明正大的、有益的生活道路前进。”这种考虑应该说也是可以理解的。但一触到“怎么做”时，令人厌恶的那种思维定式又来了。他开始寻找“历史的根据”——过去那些有身份的名人是如何处理这类事情的，即中国古人所说的“法前人”，按照前人的踪迹走。

“达立耶洛夫决斗了……”卡列宁首先想到了决斗，这并不是因为他好勇斗狠，恰恰相反，“这正因为他生来就是一个胆怯的人，而他自己也十分明白这一点的缘故。阿历克赛·亚历山德罗维奇一想起手枪对准自己的情景就毛骨悚然，所以他生平从来不曾使用过任何武器，这种恐怖心理在他年轻时候常常使他想起决斗，设想他将不能不把生命置于危险境地的那种情景。”明明是怯懦和贪生怕死使他不敢效法达立耶洛夫，但他却绝不乐于承认这一点（一个杰出的人物是不可能怕死的，而自己正是这种杰出的人物！）。于是他开始想到历史上的另一些名人，他们认为决斗是一种野蛮行为，何况“我的朋友们不会让我决斗——不会让一个俄国所不可缺少的政治家的生命遭到危险，这一点我不是事先就知道的吗？结果会怎样呢？事先明明知道绝不会有真正的危险，结果就成了好像我只是以这样的挑战来沽名钓誉似的”。这样，放弃决斗方案不是出于怕死，而是考虑到“国家的利益”。如果提出决斗，将是“沽名钓誉”，放弃决斗才是高尚的。一颗卑怯的灵魂就这样被自己掩盖了。在对历史上各类人的选择做了思考之后，卡列宁决定不同意离婚。不离婚就意味着安娜与渥伦斯基的关系不合法，会被整个上流社会诟骂。卡列宁心里完全明白这一残忍的后果，但他却对自己说：“只有这么办，我才依照宗教行事。”“这么办我就没有抛弃我的妻子，却给予她悔悟的机会，而且纵然这是叫我难受的，我还是要为她悔悟和拯救她而尽我的一份儿力量。”想到这些，“他就觉得非常高兴”。当安娜接到卡列宁拒绝离婚的信时，安娜意识到这一结局比任何其他结局都要可怕：

“他是对的，他是对的！”她说，“自然，他总是对的；他是基督教徒，他宽大得很！是的，卑鄙恶浊的东西！除了我谁也不了解这个，而且谁也不会了解，而我又不能明说出来。他们说他是那样富于宗教心，那样道德高尚，那样正直，那样聪明；但是他们没有看见我所看到的东西。他们不知道八年来他是怎样摧残了我的生命，摧残了活在我身体内的一切的东西——他甚至一次都没有想过我是一个需要爱情的、活的女人。他们不知道他是怎样动不动就伤害我，而自己却扬扬得意。我不是尽力，尽我的全力去给我的生活找寻出一点意义来吗？我不是努力去爱他，而当我实在不能爱我的丈夫的时候就努力去爱我的儿子吗？但是时候到来了，我知道了我不能再欺骗自己，我是活人，罪不在我，上帝生就我这样个人，我要爱情，我要生活。”

作者还深刻指出，这种所谓完全按照自己所存在的那个社会的理性规范去生活，不仅是使自我变得空洞无物，而且这是一种渗入骨髓的虚伪，一种如鱼得水式的虚伪，一种没意识到自己是虚伪的虚伪。同这种人生活在一起，如同把自己置身于生命的绞肉机里，他会把你的血肉和生命一点儿一点儿地绞碎。对此有切肤之痛的安娜带着眼泪喊道：“不论怎样，我都要冲破他想用来把我网住的那张虚伪的蜘蛛网，随便什么都比欺骗和虚伪好。”

安娜以死抗争，用自己的血肉之躯向这张虚伪和欺骗的蜘蛛网冲去。她虽然失败了，但一个完全失去了生命的空壳是终将被抛弃的。从卡列宁这个沙皇制度下“最优秀的人物”身上，我们看到了封建贵族社会灭亡的历史必然性。

三、英雄性格应是冷酷和机敏，最无用的是温情

巴尔扎克：贪欲是历史的大力神

19 世纪前夜（1799 年）在拉伯雷的故乡都尔降生了一个婴儿。他是历史为“美丽的法兰西”准备的书记官，他以整个一部辉煌的文学大厦——《人间喜剧》描绘了 19 世纪上半叶的法兰西社会。他的名字叫奥诺雷·德·巴尔扎克（1799—1850）。

一部有名的文学史中是这样描绘巴尔扎克的：

巴尔扎克是个中等身材的人，体格魁梧，双肩开阔，晚年有点肥胖。他的颈脖健壮、厚实，白皙有如女性，是他值得骄傲的地方。头发又黑又粗，粗得像马的鬃毛；那双眼睛像一对黑宝石那样闪闪发光——那是驯狮者的眼睛，这种眼睛能透过房屋的墙壁看见里面发生的一切，能透过人的肌体，洞

察人的肺腑，像阅读一本打开的书。他的整个仪表显示出一个劳苦不息的西西弗斯的形象。

（勃兰兑斯：《十九世纪文学主流》，第五分册，
李宗杰译，人民文学出版社，1982 年版）

巴尔扎克的父亲是个农民，早年进城，因为善于经营而发迹，成为资产阶级。母亲生活的信条是“财产于今就是一切”。巴尔扎克背叛了他们为自己安排的律师道路。醉心于文学创作。起初写过悲剧，失败了。后来写过一系列神怪小说，默默无闻。开办印刷厂，铸造铅字，弄得负债累累。1829 年，《朱安党人》的出版开始给他带来好名声。从此开始了《人间喜剧》的创作。巴黎的生活养成了巴尔扎克的奢侈。为了满足各种享乐的强烈欲望，使他经常囊空如洗。由于债台高筑，也由于激情喷涌，巴尔扎克每天工作十四小时以上，不得不用浓黑的咖啡来兴奋自己的神经。奋斗到五十岁的时候，他就像一头被刺中的西班牙公牛，猝然倒地。有人说：“巴尔扎克活在五万杯黑咖啡上，也死在五万杯黑咖啡上。”

关于《人间喜剧》的评价可谓俯拾皆是。这座文学大厦，以九十多部（篇）相互连接的作品，两千四百多个人物，描绘了一幅 19 世纪上半叶法国的城市、农村、巴黎、外省、军队、民间的广阔图画。人们通常喜欢引用恩格斯的如下评价：“他在《人间喜剧》里给我们提供了一部法国‘社会’，特

巴尔扎克，《人间喜剧》文学大厦的构建者。他活在五万杯咖啡上，也死在五万杯咖啡上。

别是巴黎‘上流社会’的卓越的现实主义历史。”这一评价需要附加若干解释：恩格斯的这一评价是相对于巴尔扎克同时代的其他作品所反映的现实程度而言，而不能理解为“《人间喜剧》就是一部法国19世纪上半叶的历史”。作为一个保皇党人和深受空想社会主义影响的人，他不可能对资产阶级上升时期的历史作出公正的描述，不可能揭示出资产阶级最终取代封建政权的经济动力。他在这方面所提供的东西绝不比那本薄薄的《鲁滨孙漂流记》更多。把《人间喜剧》当作“历史教科书”，把其中的故事当作资本主义腐朽现象的展览橱窗，不知应该说是抬高了，还是贬低了这座文学大厦的历史地位。

然而，如果我们转换一个角度，转到人性发展与历史发展相关的角度，我们就会惊奇地发现《人间喜剧》无与伦比的价值：当人性发展到马克思所指出的第二阶段——“以对物的依赖性为基础的独立性”阶段，巴尔扎克最先在广阔的领域里赤裸裸地揭示了资本主义商品经济及商品等价物——金钱对于人的压迫，并由此造成的心灵畸变。他揭示了这一时代的一个许多人不愿正视的真理：历史是靠卑劣的情欲来推动的。他是性恶论者。在他看来，人类社会不过是个人情欲的角斗场，所有理性、道德、法规都不过是角斗场上的角斗“法则”或遮羞布，而情欲是历史的大力神，它决然不顾一切法则，甚至推倒角斗场的围墙而朝着自己意志的方向奔突。较之那些把善良意志和爱视为历史之神的人，巴尔扎克显得粗俗、鄙陋、缺乏教养，然而他毕竟掌握了资本主义时代的最大秘密。“对各色各样的贪婪作了透彻的研究”（《马克思恩格斯全集》，第23卷）。正是从这个意义上，我们可以把雨果的两句诗奉献在《人间喜剧》的纪念碑前：

他从根部来描绘一棵树，
描绘草木互相残杀的生死斗争。

著名评论家丹纳在他的《巴尔扎克论》中写道：“金钱问题是他最得意的题目……他的系统化能力和对人类丑处的明目张胆的偏爱创造了金钱和买卖的史诗。”这部“史诗”是那样地不同于荷马、维吉尔和但丁，它的主人公不是上帝，不是骑士，而是被商品激活了的恶魔的情欲。在这一点上，也许《失乐园》与它相近，因为弥尔顿主观上并不想让撒旦充当主角，而在实际上是这个魔鬼支配了全书。

历史以榨干情感为代价换取进步

尽管巴尔扎克本人对贵族的风采、骑士的热忱、市民的伤感一往情深，但他清醒地毫不留情地揭示出它们的苍白。所有这些，在金钱激起的情欲面前都是可笑又可怜的。在古典主义时期，守财奴阿巴贡（莫里哀剧作《悭吝人》的主人公）是可笑的，而今日的守财奴却变成了英雄。老葛朗台（见《欧也妮·葛朗台》）听到他兄弟破产自杀侄儿闻讯痛哭时，他说：“这个年轻人（指他的侄儿查理）是个无用之辈，在他心里的是死人，不是钱。”一个人说了这样的话，你还能嘲笑他什么呢？这句话是一把刀，它把人性和同情齐根割断了。为了一枚五块钱的法郎他能发起冲天暴怒，有如风驰电掣；当他妻子以天主的名义求他不要吵闹时，他说：“让魔鬼捉了你的天主去！”而当他历数自己的财产时，简直像在黄金的巨流中游泳，每一枚金币都像可爱的恋人使他产生那种中世纪骑士才有的诗情。对于这样的人你能笑得出吗？他们推动着历史前进，在他们面前只能感到惊悚，就像在恺撒大帝面前一样。

朋友所作的1846年的巴尔扎克速写肖像。那一时期，他写作时喜欢穿教士袍。

老葛朗台的侄儿查理也不是一个孱包，他继承了伯父的品质，并且像鲁滨孙那样远涉重洋，在印度、非洲、南美闯荡七年之久。不过，巴尔扎克笔下的“鲁滨孙”同笛福的不同。笛福的鲁滨孙身上那种清教主义的勤勉、海外冒险的诗意被略去了。鲁滨孙性格的核心：以聚敛财富为生活轴心的“经济人”形象，却被巴尔扎克用解剖刀划开了胸膛。查理在印度、非洲、南美冒险时，贩卖过黑人、中国人和儿童，“一天到晚为利益打算的结果，心变冷了，收缩了，干枯了。”“在婚姻中谈爱情是做梦”，他“只想为财产而结婚”。因此，冒着牺牲名誉、财产和生命而爱着他的欧也妮，对他来讲，只不过是“生意上供给他六千法郎的一个债主”。尽管当年他一贫如洗时曾海誓山盟，如今把六千法郎连本带利地偿还，关系也就“两清”了。《鲁滨孙漂流记》里已经揭示出，资产阶级把人与人之间的关系简化到了最低限度，感情没有任何价值。而巴尔扎克却赤裸裸地揭出了它的悲剧实质：善良的渴望感情满足的欧也妮在查理的背叛行为打击下，“她在世等于出家，天生的贤妻良母，却既无丈夫，又无儿女，又无家庭”。父亲和情人留给她的只是“受苦与死亡”。这是一出“没有毒药、没有尖刀、没有流血的平凡的悲剧”。历史正是以榨干人们的感情为代价来换取社会的进步的。谁最先完成感情的物化，谁就成为时代的英雄。《纽沁根银行》中的纽沁根就是这样一位英雄。当他意识到大学生拉斯蒂涅同自己的妻子偷情时，漠然置之。但当拉斯蒂涅试图通过但斐纳的“枕边情”来控制纽沁根银行时，大学生遭到了惨败。对于纽沁根来说，每一个法郎都比妻子重要，拉斯蒂涅不仅不能通过但斐纳来使用纽沁根的钱财，反而要靠自己去赌博来供养自己的情妇。纽沁根凭借着这种对于情感的“伟大的冷漠”，在冷酷的金钱争夺战中成了波旁王朝末日举足轻重的银行家：

杜米埃的一幅漫画，题为《给每一个有资金可挥霍的人》，讽刺“把金钱视为上帝的社会”。杜米埃的漫画与巴尔扎克的小说一样，对当时的法国社会进行猛烈抨击。

> 这是一场金钱世界的战争。银行家就是征服者。他牺牲了大量的人命去达到无人能够识破的目的；他的大兵就是无数的个人利益。他要制定战略，布置陷阱，投入兵力，夺取城市。

这是一场比中世纪的战争更为惊心动魄的战争，它不仅是资产阶级对封建贵族的争斗，而且是资产阶级内部的倾轧，无数人在这场争夺中破产、潦倒、跌入穷人的队伍。而纽沁根赢得胜利的原因就在于“从1815年的和平时期开始，纽沁根就明白了我们迟至今日才明白的事情：金钱只有到了其多无比的程度才具有强大的力量”。

就是这样，在金钱这个上帝的统治下，女儿把父亲的最后一文钱也榨干以后就像对待一块橘子皮那样把他丢弃在肮脏的阴沟里（《高老头》）。妻子为了保住已得的荣华，强迫丈夫承认自己不是丈夫而是冒名顶替的骗子(《夏倍上校》）。荡妇华莱丽把自己的肉体当作磁石，还没把一个情夫的钱吸光就勾住另一个（《贝姨》）……“在煊红的光亮下，无数扬眉怒目、狰狞可怖的人形被强烈地烘托出来，比真的面貌还要有神气、有活力、有生气。在这人群里蠕动着一片肮脏的人形甲虫、爬行的土灰虫、丑恶的蜈蚣、有毒的蜘蛛，它们生长在腐败的物质里，到处爬、钻、咬、啃。在这些东西上面，则是一片光怪陆离的幻景，由金钱、科学、艺术、光荣和权力所缔造成功的梦境，一场广阔无垠，惊心动魄的噩梦。”（丹纳《巴尔扎克论》，转摘自《外国文学评论选》，上册，湖南人民出版社，1982年版）

拉斯蒂涅：社会把天真青年改造成为英雄

那个时代的青年人并没意识到这一点。他们个个都像《红与黑》中的于连那样，以为社会给人们提供了公正的竞争机会，每个人凭借着个人的才华和坚强的意志就可以飞黄腾达。只有在经历了无数的人生挫折之后，才懂得人生并不是百米赛跑，每个人沿着自己的跑道奔跑，互不干扰，最后的胜利自有一个公正的秒表昭示于众。《幻灭》中的科学家大卫不甘心堕入金钱的争夺战，他品德高尚、心地纯正、才学具备，结果处处遭人暗算，终于被投入监狱。把大卫逼入绝境的，不是单个的个人，而是一张无处不在的网。而织就这张网的经纬线就是那闪闪发光的金钱。任何希图保住自己的纯情不受玷污的人都在劫难逃。

拉斯蒂涅与大卫不同，他没有被毁灭，而被社会造就成为时代的英雄。

拉斯蒂涅在《高老头》中首次登场时，是个从乡下到巴黎来读法律的大学生。他一家七口人年收入只有三千法郎，却从中挤出一千二百法郎供他读书。

《高老头》中的两个重要人物：面条商高老头与江洋大盗伏脱冷。从高老头的悲惨遭遇中我们看到了家庭和血缘关系的解裂，而伏脱冷所给予我们的启示，远比这更多，更深刻。

作为家境贫寒而不得不用功的青年，从小就懂得父母的期望。他立志寒窗苦读，有朝一日登上巴黎大法官的宝座以报答父母及妹妹们的恩泽。然而，巴黎繁华的街区、热闹的剧场、搔首弄姿的贵族妇女、辐辏的车马……使这个青年“刚学会欣赏，跟着就眼红了”。

为了进入上流社会，他从老姑母那里顺藤摸瓜居然找到了一个八竿子打不着的亲戚——贵族聚居区的群伦之首特·鲍赛昂夫人，并居然拿到了一张舞会的请帖。在舞会上，他结识了“纯血种的牝马”“身腰浑圆而并不肥胖”的迷人女子雷斯多伯爵夫人。当伯爵夫人听他自报是鲍赛昂夫人的表弟时，立即向他发出了邀请。然而，当他以为贵族社会的大门已经向他洞开时，又意想不到吃了雷斯多伯爵的“闭门羹”：那是在他于无意间表示自己认识高老头——一个落魄的穷面条商的时候，主人非常有礼貌地让他滚蛋了。

百思不得其解的拉斯蒂涅不得不向表姐鲍赛昂夫人请教。夫人此时正为情人阿瞿达侯爵将为二十万法郎的陪嫁娶一个暴发户的女儿而苦恼，对表弟不禁有同病相怜之感，便率直地告诉他：高老头并非雷斯多夫人的情夫，而是她的父亲。雷斯多伯爵为了七十万法郎的陪嫁娶了面条商的女儿，却不愿认这个岳父，只有向他索取钱财时才对他微笑。他向他提起这个平民的岳父，无异于揭他的疮疤，所以，“雷斯多伯爵家的大门对你永远关闭了”。鲍赛昂夫人说。门第，像一根魔术棒，拉斯蒂涅挥舞了一下“鲍赛昂夫人的表弟”的贵族身份，立即大门洞开，又挥了一下“认识高老头”的身份，大门又都关闭了。门第的这种神奇力量，正是贵族社会的典型特征。

“但另一扇门还开着”，鲍赛昂夫人说。雷斯多夫人的妹妹但斐纳嫁给银行家纽沁根。作为新兴资产阶级，纽沁根有钱，但他的夫人却进不了贵族聚居区。“我可以接见她一两次。”鲍赛昂夫人说，为此，让她把“一路上的灰土舐个干净也是愿意的”，“你能爱她就爱她，要不就利用她一下也好。”暴发户用二十万法郎要抢走贵族夫人的情夫，而贵族夫人则指使其表弟向另一个暴发户（纽沁根）偷窃他的妻子，这是当时贵族同资产阶级之间不大不小的一场争夺战。鲍赛昂夫人说：

只能把男男女女当作驿马，把它们骑得精疲力尽，到了站上丢下来；这样你就能达到欲望的最高峰。

（巴尔扎克：《高老头》，傅雷译，人民文学出版社，
1963年版。以下引文皆出于此版本）

鲍赛昂夫人给年轻善良的大学生上了第一课，告诉他支配社会的两根魔术棒：门第和金钱，而获取其中任何一种都需要把别人当作“驿马”。

拉斯蒂涅接受了表姐的建议，他当时的如意算盘是：自己控制住但斐纳，而但斐纳又可控制纽沁根，自己也就成了纽沁根银行的头号主人了。但他万没想到，纽沁根对于戴绿帽子并不在乎，却连一个法郎的铜钱也紧紧抓在自己手里，闹得拉斯蒂涅为了替但斐纳还债，不得不经常出入赌场，赌输了躲在家里不敢出门。万般无奈，编造出动听的理由写信回家去榨取已经非常贫寒的父母和妹妹。但这只是杯水车薪，无济于事。在拉斯蒂涅陷入困境时，他人生道路上的第二个教师出现了，这就是江洋大盗伏脱冷，一个指关节上长着茶红色鬈毛的家伙。他直截了当地说：“照你现在这个派头，你知道你需要什么？一百万家财，而且要快。”靠寒窗苦读当个法官是决然拿不到一百万的，那么怎么办呢？伏脱冷给他出了个主意：泰伊番小姐是被百万富翁的父亲赶出家门的，她的哥哥将继承父亲的全部财产。伏脱冷让拉斯蒂涅去追求泰伊番小姐，“只要请她到饭馆吃顿包子，看场滑稽戏，她就会感激不尽”，而伏脱冷去把她的哥哥杀掉，遗产的继承权自然落在泰伊番小姐手里，那时候，拉斯蒂涅将遗产的百分之二十——二十万法郎给伏脱冷。他要购买奴隶，到南美洲做大庄园主。伏脱冷说：

你是个追求百万家财的猎人，得用陷阱，用鸟笛，用哨子去猎取。

拉斯蒂涅听得浑身发冷，而伏脱冷说：

人生就是这么回事，跟厨房一样腥臭。要捞油水不能怕弄脏手，只消事后洗干净；今日所谓道德，不过是这一点。

处境尴尬的拉斯蒂涅不知怎么，竟然慢慢地同泰伊番小姐接近起来了。由于有人告密，伏脱冷被捕，这项计划中断了。几乎与此同时拉斯蒂涅住的伏盖公寓发生了一件不幸的事——高老头生命垂危，过去轮番上门向高老头榨取钱财的两个女儿，眼见把父亲已经榨取干净，便像对待一块橘子皮，弃置路边，谁也不管了。死前的高老头忽然大彻大悟：

唉！倘若我有钱，倘若我留着家私，没有把财产给她们，她们就会来，会用她们的亲吻来舐我的脸！我可以住在一所公馆里，有漂亮的屋子，有我的仆人，生着火；她们都要哭作一团，还有她们的丈夫，她们的孩子。这一切我都可以到手。现在可什么都没有。钱能买到一切，买到女儿。啊！我的钱到哪儿去了？……做父亲的应该永远有钱，应该拉紧儿女的缰绳，像对付狡猾的马一样。

高老头将死时，因无钱准备下葬，拉斯蒂涅去找雷斯多夫人，夫人不见，派仆役出来说："夫人悲痛得不得了，不能见客。"又去找但斐纳，送进一张纸条："请卖掉你的一两件首饰，使你父亲的葬礼办得体面些。"纸条落在纽沁根手里，他不动声色地将它投入火炉。

在埋葬高老头的同时，拉斯蒂涅埋葬了自己的最后一滴眼泪，面对着上流社会的区域气概非凡地说了句：

现在咱们俩来拼一拼吧！

到此，《高老头》一书结束，到了《纽沁根银行》中，拉斯蒂涅已经通过纽沁根太太的关系爬上去，成为银行家纽沁根搞投机活动的得力助手。后来在《幻灭》里，拉斯蒂涅已成为男爵，做了有四万法郎收入的特·比芝丹夫妇的邻居，众人都认为他们的地位已经接近宫廷贵族。在《不知道自己是演员的演员》里，他又晋升为伯爵，还当上了政府的部长，俨然是一个高贵而又无耻的政治家了。

拉斯蒂涅的“人生三课”，生动地揭示了金钱社会怎样造就自己的英雄。这种英雄的主要品质就是把别人当作“驿马”，用“陷阱”和“鸟笛”去猎取财富；对这些英雄来说，最无用的则是温情和眼泪。

欲望燃烧我们，又毁灭我们

《人间喜剧》这部金钱欲望的史诗，其悲剧意义在于：“对欲望的追求就是走向死亡。”在《驴皮记》中，年轻的主人公由于无力摆脱贫穷企图自杀时，却从一个老古董商人手里接收到一张野驴的皮。这张驴皮钢刺不进，火烧不着，可以满足它的持有者的每一种愿望。不过愿望满足一次，驴皮就缩小一些；驴皮最后缩得无影无踪，持有驴皮人的生命也就完结了。这张驴皮是人对于欲望的无休止的追求的悲剧性象征。欲望的满足不是阿拉丁神灯，只要摩擦它，总会产生奇迹。“欲望燃烧我们，权力毁灭我们。”所谓权力，就是存在于主观之外的专横，不仅包含有形的国家权力、法律，最本质的是金钱。就像《驴皮记》中那肥胖的银行家泰伊番所说：“金钱就是权力。”“没有为百万富翁准备的断头台，也没有为百万富翁准备的刽子手。”这就是说，人们追求着金钱，最终又被金钱所毁灭；金钱是生命

《驴皮记》插图：
拉法埃尔·瓦仑丹

的意义，又是死亡的基因。正像阿喀琉斯，战场是他的荣誉所在，又是他生命的坟场；又像安东尼奥，克莉奥佩特拉使他的生命燃烧，又把他送向死亡。人们明知欲望的追求将导致死亡，仍然被欲望所支配而情不自禁地向死亡扑去，这是一种悲剧的死亡。巴尔扎克笔下的金钱英雄们是古希腊、罗马英雄的悲剧性生命的延续，而现代的尼采又是巴尔扎克精神的延续。

四、金钱与爱情：关于通奸故事的模式

作为对封建权势和金钱浊流的反抗，19世纪的批判现实主义作家们塑造了许多不受羁于物质而追求高尚爱情和人文理想的纯情女人形象。较早的有《傲慢与偏见》中的伊丽莎白和《简·爱》中的简·爱，而后有俄国屠格涅夫笔下的叶琳娜（《前夜》）。影响最大的是北欧作家易卜生的《娜拉》（又名《玩偶之家》）。这位毅然摆脱庸俗丈夫、离家独自出走的妻子成了妇女解放的光辉榜样。《娜拉》则成为著名的“妇女解放宣言”。俄国激进民主主义者车尔尼雪夫斯基的《怎么办？》中革命妇女薇拉可视为出走后的娜拉，尽管本书写在《娜拉》之前。这些形象尽管从今天的角度看来显得缺少深度，但由于对纯洁、平等的两性关系的追求一直是女性内心最顽强的情结，这类女性形象（特别是简·爱）依然闪耀着诱人的光彩，并且改头换面地出现于当代所谓“女强人”的文学系列中。

挪威作家易卜生：西方近代最重要的戏剧大师之一。他的《娜拉》向世人表明：摆脱庸俗男人的羁绊，是女性获得独立解放的必要条件。

纵览19世纪的文学之河，上述纯情或高洁的女人形象毕竟占少数。大量的作品喜爱写“通奸”的故事。在这里，我使用“通奸”一词并不带有笼统的贬义，只是用以指合法婚姻外的两性结合。正像上章中引述乔治·桑的观点所云，在婚姻不自由的时代，通奸可能是高洁的也可能是卑污的。关于通奸的故事，在作家笔下显示的意义也是多样的。

第一种：作为某种社会历史变动的象征。如《人间喜剧》中的鲍赛昂夫人。

她是巴黎贵族聚居区的群伦之首，一个没有贵族头衔的夫人，如蒙允准进入她的府邸，即使把“一路上的灰土舐个干净也是愿意的”，然而她竟然每次都被她的情人所遗弃（见《高老头》和《弃妇》）。这不是因为情感原因，而是在同暴发户家庭的女儿的争夺中败北。在告别巴黎的盛大宴会上，鲍赛昂夫人华贵昂然的外表与苦涩悲哀的内心都表现出贵族社会已成夕阳残照，取而代之的是一个金钱征服一切的王国。奥地利心理现实主义作家茨威格的《一个女人一生中的二十四小时》也可视为一种象征：一位品行端庄、举止高贵的夫人，生平唯一的一次失节是为了用性爱拯救陷

屠格涅夫《猎人笔记》《罗亭》

屠格涅夫《罗亭》插图

车尔尼雪夫斯基：一位在监狱和流放地度过了二十四个年头儿的革命者。人们无法想象，一个囚徒可以在《怎么办？》中描绘如此乐观的乌托邦境界。

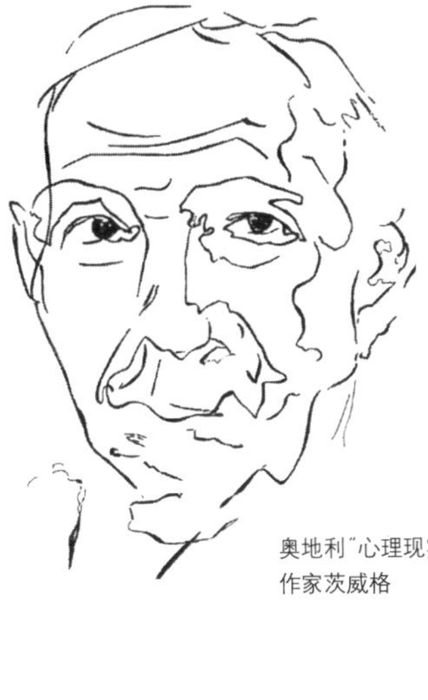
奥地利“心理现实主义”作家茨威格

法国现实主义大师福楼拜（1821—1880）和《包法利夫人》。

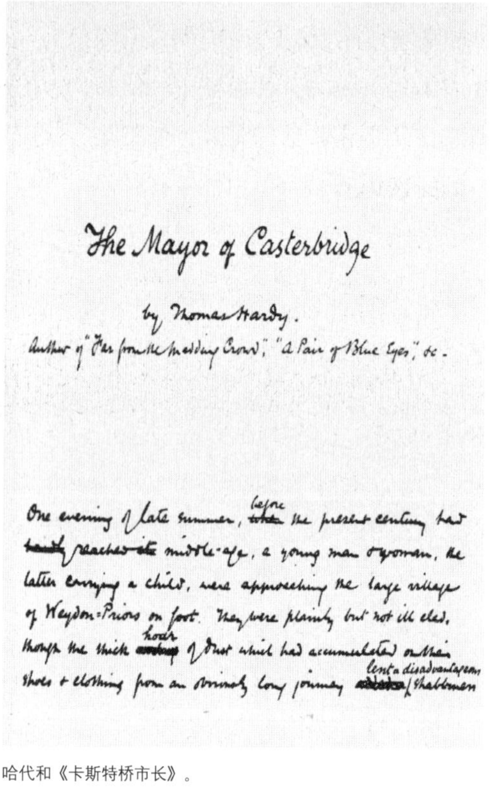
The Mayor of Casterbridge

by Thomas Hardy.

Author of "Far from the Madding Crowd", "A Pair of Blue Eyes", &c.

One evening of late summer, before the present century had reached its middle-age, a young man & woman, the latter carrying a child, were approaching the large village of Weydon-Priors on foot. They were plainly but not ill clad, though the thick hoar of dust which had accumulated on their shoes & clothing from an obviously long journey lent a disadvantageous shabbiness

哈代和《卡斯特桥市长》。

入赌窟无法自拔的青年。她的极其动人的献身行为是圣母情结企图战胜金钱魔力的顽强努力。青年重返赌窟，意味着整个社会已经无可挽救。这种悲观主义越来越深地控制了茨威格，1942 年他同爱妻一起打开煤气自杀了。

第二种，上层社会妇女突破传统家庭的桎梏，寻找纯真爱情而又惨遭不幸。在这方面，写得最好的两部作品是法国福楼拜的《包法利夫人》和俄国列夫·托尔斯泰的《安娜·卡列尼娜》。两位女主人公出身虽不相同，但都受过贵族式的教育，一个在家里，一个在修道院。她们都具有纯洁的气质和对于爱情的热烈追求，不幸的是上帝给她们都安排了一个平庸浅薄的丈夫，在背弃丈夫勇敢地追求爱情时，又被她们所钟爱的对象所厌弃，终于两个人都自杀了：一个服毒，一个卧轨。《安娜·卡列尼娜》由于在内心世界的揭示上所取得的卓越成就使它高出《包法利夫人》一筹。

第三种，出身卑微的美丽女子被诱奸或沦为娼妓的故事。如英国哈代的《德伯家的苔丝》，法国小仲马的《茶花女》，左拉的《娜娜》和列夫·托尔斯泰的《复活》。英国的苔丝姑娘和俄国的卡秋莎（《复活》）同样贫穷，同样美丽，同样善良，亚雷·德伯对苔丝带有明显的强奸性质，而聂赫留朵夫则是诱奸。两个人被弃时的绝望都是书中最震撼人心的部分：卡秋莎在雨夜里发疯地追赶那永远不回头的列车（里面坐着悠闲的聂赫留朵夫）；苔丝在荒原上埋葬了自己的私生子同时也埋葬了自己的名誉，两个纯洁少女都成了“不正经的女人”。生活又赐给了她们各自一个“好的男人”：大学生

小仲马是大仲马的私生子。当小仲马的《茶花女》获得巨大成功时，大仲马对他表示祝贺说：“你是我一生中最杰出的作品！”

法国实验派小说家左拉（1840—1902）

歌剧《茶花女》剧照

莫泊桑小说中经常出现的划船游客

克莱和忏悔了的聂赫留朵夫。但是，那个时代即使最好的男人也只允许自己放荡而要求女人必须保持贞节。克莱在新婚之夜听了苔丝失节的往事后把她抛弃在新房里独自走了。卡秋莎显得比苔丝聪明一些，她清楚地看到聂赫留朵夫想给她的并不是爱情而是想用她来救赎他自己。她拒绝了虚幻的诱惑。苔丝在绝望中杀死了给自己带来全部不幸的流氓亚雷，卡秋莎却跟随苦役犯到西伯利亚过流放生活。哈代在结尾中灌注了自己对整个社会的无比愤恨和悲哀，而列夫·托尔斯泰则给我们编织了依靠基督徒使心灵复活的图画。《茶花女》与《娜娜》的女主人公同是娼妓，一个高雅些，一个粗鄙些；一个有过纯洁的爱情追求，一个几乎没有。但她们都是男人的玩物，被欺凌和侮辱的对象，当他们的肉体和姿色被男人们消耗净尽后，就像用旧了的器物一样被扔进垃圾堆。他们的死亡具有同样的凄苦。

大仲马（1802—1870）：法国最杰出的通俗小说作家，代表作《三个火枪手》和《基督山伯爵》。

在金钱社会里，被欺侮的妇女是最悲惨的。她们除了自己的肉体以外一无所有。她们用以报答或报复男人的手段也只有自己的肉体。这种报复在有些作品中达到了《美狄亚》式的震撼心灵的效果。其中一个令人难忘的故事发生于俄国作家费·陀思妥耶夫斯基所写的《白痴》中，女主人公菲里波芙娜把自己的卖身钱十万卢布丢进火炉，让那个无耻的出卖自己的男人火中取票。

这是人类所能做的最丑恶的交易。体面的将军、欧化的绅士、道貌岸然的官僚、粗鄙贪婪的商人，像在交易所里争夺一件拍卖的商品那样，决定着美丽而不幸的女人菲里波芙娜归于谁。菲里波芙娜在年仅十六岁、蓓蕾初绽时就被欧化绅士托茨基粗暴地占有了。为了取得一笔丰厚的陪嫁，托茨基决定把玩腻了的姘妇转让给将军叶潘钦的贴身秘书伊伏波金，换取将军的长女。老而无耻的将军认为如此这般，既可同佳婿托茨基合股开发企业牟取暴利，又可以暗中享有秘书的娇妻，何乐而不为之。其间罗果静中途插入，直言不讳愿出高价购买这位美女。于是，受尽侮辱损害的“拍卖品”菲里波芙娜在生日那天，乘丑类云集之际当众揭丑：“他（指罗果静）把我拍卖了：从一万八千起忽然加到四万，以后又加到十万。……"所有见不得人的事：拍卖、争夺、淫乐……全都淋漓尽致地被揭露出来。然后，菲里波芙娜对着她曾寄以善望的伊伏波金说："罗果静说，你为了三个卢布，就能爬到瓦西里也夫斯基岛上去，难道果真是这样吗？"罗果静在旁插言道："他会爬的！"菲里波芙娜高声宣布说："甘尼亚（伊伏波金），我想最后一次看一看你的灵魂，你折磨我整整三个月了；现在该轮到我折磨你了。你看这包东西，里面有十万卢布。我现在要把它扔到壁炉里去，扔到火里去，当着大家的面，让大家做证人！等到火把纸包周围都烧到了的时候，你就伸手到壁炉里去，但是不许戴手套，要光着手，把袖子卷起来，从火里取出那个纸包！如果你取出来，就是你的，十万卢布全是你的！……我要欣赏你的心灵，看你怎样把手伸到火里去取我的钱。"面对着熊熊火堆中眼看就要化为灰烬的十万卢布，这是一场何等严酷的灵魂拷问哪！卑污的伊伏波金的心像被菲里波芙娜用锯子锯开了，"一丝憨笑掠过他那苍白像纸的面孔……他两眼死死地盯住那就要变成灰烬的纸包"，终于当场晕厥过去，其他人面色苍白双腿发抖，不住地画着十字。面对晕倒了的"丈夫"，菲里波芙娜从火里钳出十万卢布放在他身边说："归你了。"她是在场唯一的冷静者。善良的梅什金公爵在丑恶现实的强刺激下真的变成了"白痴"。罗果静也成了精神病患者。金钱像一个威力无比的魔鬼，把人的心灵扭曲并撕得粉碎。

在以上三种类型的通奸故事中，通奸都被视为反人性的社会逼迫，是一种社会病。而处于通奸故事中的女主人公大都是美丽而不幸的。她们的不幸集中表现为她们所钟爱、所依赖的男人厌弃了她们，或者本来就是玩弄她们。但还有一类通奸故事与上述完全不同：女主人公没有那么强烈的贞操观念，也没有那么强烈的对纯洁爱情的追求，在她们心目里，令人眼花缭乱的商品与"爱情"是等价物。这是一种与中世纪或文艺复兴时期的爱情观念不同的新观念。美国德莱塞所著《嘉莉妹妹》的主人公就是如此。当她由于贫穷而走投无路时，杜洛埃就显得有些可爱，因为杜洛埃能够给她提供较好的生活条件，她就同他同居了。而后遇到了经理赫斯渥，这是一个比杜洛埃更阔绰的人物，因而也就显得比杜洛埃更可爱些。当经理赫斯渥裹胁她私奔时，她没有想到这是一种羞耻，只觉得有些害怕。她很生赫斯渥的气，不想走，但

德莱塞（1871—1945）：美国现实主义小说家。F. 杰姆逊博士认为，他的《嘉莉妹妹》是最伟大的现实主义作品，它显示了一种真正美国式的金钱观念，这种观念对于今天的中国人来说，已经不陌生了。

当到了纽约看到那些漂亮的新式住房、而赫斯渥对她又十分殷勤时，她也就变得愉快了。显然，使嘉莉动情的是时装、大饭店和戏场、一流演员……赫斯渥不过是一个符号，他代表这一切，能够使嘉莉获得这一切，因此嘉莉爱他。当年轻富有的埃姆搀扶嘉莉走进豪华的秀莱饭店时，嘉莉心想：“富有钱财真是了不起的事情。”

但埃姆却是另一种人。他对嘉莉说：“我不想发财。”这句话曾使嘉莉惊讶，也引起过她的崇敬，但这种崇敬也只不过停留几个小时便消逝了。

赫斯渥倒霉，贫穷开始重新威胁着嘉莉，于是她很自然地觉得赫斯渥有些可厌了。她看不起一个不会搞钱的男人，看不起一个为节省几角钱而处心积虑的穷汉：

这些凄惨的琐事侵蚀着嘉莉的心，使她的生活变了色，使她的灵魂受着煎熬。啊，这个人变得真厉害！一天到晚，一天到晚，他只坐在家里看报。他对世事仿佛已毫无兴趣。有一个时候，天晴气朗，他就在十一点到四点之间出去四五个钟点。她除了以痛心的轻视，冷眼旁观之外，就别无办法。

（德莱塞：《嘉莉妹妹》，裘柱常、石灵译，
上海译文出版社，1980年版）

在西方，要有华贵的服装才有人格。嘉莉同赫斯渥的最终破裂就是因为赫斯渥的寒酸相恰好被嘉莉的女友凡斯太太看到了。嘉莉对赫斯渥说的最后一句话是：“滚出去！找工作。”嘉莉靠自己的努力成为名演员，有了她所想要的一切，而赫斯渥由于无能，饿死在路边。当他的尸首被埋葬的时候，嘉莉已把他完全忘记了。

F.杰姆逊博士认为《嘉莉妹妹》是美国最伟大的现实主义作品，也就是说它高于马克·吐温或杰克·伦敦的那些惊人之作。其惊人处就在于他给你讲的是一个新的故事：嘉莉妹妹虽然也像苔丝那样“失去了贞操”，但她没有为此感到不幸，更没有为此把自己或别人折腾得死去活来；她也不同于巴尔扎克笔下那个专用色相勾引男人的华莱丽（《贝姨》），她爱杜洛埃、赫斯渥都是真心的，她只是希望过一种更好的生活才抛弃他们。这种生活在金

钱社会里正是许多人都在追求的。《圣经·约翰福音书》中，有人问耶稣是否应该用石头打死犯奸淫的妇女。耶稣说，谁是没有罪的，谁就可以第一个用石头打她。终于谁都没敢用石头打她。德莱塞在小说结尾处议及嘉莉所走过的路，然后同样问道：谁敢拿第一块石头打她呢?

作者同样以严峻的现实主义态度指出，嘉莉得到了她曾想得到的一切，但她并不幸福：

啊，嘉莉，嘉莉！人心盲目的挣扎！它喊着前进，前进，美走到哪里，它就追到哪里。不管是静悄悄的旷野上的寂寞的羊铃声，或者田园美景的闪光，或者过路人眼中透露的灵光，她心里会懂得，而且有反应，要追上去。直到走酸了脚，希望仿佛消失了的时候，才会产生心痛和焦虑。那么，你要知道你是不会餍足、不会满意的。坐在你窗边的摇椅里梦想，你将永远独个儿渴望下去。坐在你窗边的摇椅里，你将梦想你永远不会感得的幸福。

（《嘉莉妹妹》）

五、对尊严失落的强反应和弱反应

在金钱成为上帝的时代里，西方艺术家们感受到的最大痛苦是人类尊严被异化为金钱或权力的奴婢。有的作品塑造强有力地捍卫个体尊严或人类尊严的斗士，如于连·索黑尔（司汤达：《红与黑》）、简·爱（夏洛蒂·勃朗特：《简·爱》）、牛虻（伏尼契：《牛虻》）、约翰·克利斯朵夫（罗曼·罗兰：《约翰·克利斯朵夫》）、汤姆·索耶（马克·吐温：《汤姆·索耶历险记》）、英沙罗夫（屠格涅夫：《前夜》）、娜拉（易卜生：《娜拉》）、薇拉（车尔尼雪夫斯基：《怎么办？》）、巴威尔和“母亲”（高尔基：《母亲》）。这些作品对金钱与权力的压迫作出反应，大多带有某种浪漫主义色彩。而另外更多的作品则描写在这种压力面前的“弱反应”。这些作品中的人物有如一大群蠕动着的“灰色动物”。这些卑怯的灵魂，他们不具备上述人物那种超凡脱俗的圣洁气质，也不似为金钱而猛烈燃烧的贪婪者。他们既没有前者的正直、善良，也没有后者的冷酷和狡黠。他们的主要特征是自私而又卑怯。

《简·爱》：女人的尊严与爱

在文学史上，有许多经典名著将要永垂不朽，但能够像《简·爱》这样深深地进入人们的灵魂，影响着人们的精神世界，甚至对某些人来讲，影响了他们一生的作品并不很多。

《简·爱》的作者是夏洛蒂·勃朗特，她有四个妹妹一个哥哥，其中有三位成了作家：夏洛蒂、艾米莉和安妮。其中夏洛蒂的《简·爱》和艾米莉的《呼啸山庄》，都已经成为世界文学史上的经典。在一个家庭里，三个姊妹同时成为作家，而且影响很大，在世界文学史上还找不到第二个例子。

夏洛蒂·勃朗特的父亲是一位牧师，他手里虽然也有一张剑桥大学的毕业证书，但是由于贫困，由于中年丧妻，也由于自身的性格，他没有成为一个很好的父亲。在这个贫穷的、下等的家庭里，夏洛蒂·勃朗特和她的姊妹们，过的是一种贫穷的而且缺少家庭温暖的生活——很早母亲就去世了，而父亲多病，性格乖戾，很少能够给他们温暖，对他们的教育也不够，在夏洛蒂很小的时候，就连同她的两个妹妹被父亲送进了寄宿学校。看过《简·爱》的人，大体上就可以知道，夏洛蒂和她的妹妹们在寄宿学校里过的是怎样一种贫困的、没有温暖的、经常受到惩罚和嘲弄甚至于打骂的生活。在寄宿学校里所过的这段生活和她们染上的肺病，使她们都活得比较短，夏洛蒂只活了三十九岁，艾米莉死的时候比她还要小得多。

勃朗特三姐妹。其中在文学史上享有盛名的是《简·爱》的作者夏洛蒂和《呼啸山庄》的作者艾米莉。

夏洛蒂的个子长得比较矮小，五官搭配的不是很好——眼睛很大，鼻子也很大，嘴稍微有一点儿弯曲，给人的整体印象是一个比较古板的女人。我们现在看到的她的画像，在某种程度上美化了她的容貌。作为一个女人，长得不美，构成了她灵魂深处的自卑。她家里贫穷，从小失去了母爱，父爱也很少，再加上自己身材矮小，容貌不美，这些因素构成了夏洛蒂内心深处的自卑情结。

她的妹妹艾米莉（《呼啸山庄》的作者）和夏洛蒂有很多相似之处——比如说她们都不太相信有人会爱上自己，她们甚至于由此而推广到不太相信人类有那种所谓普遍的爱，她们从小就喜欢把自己全部的情感都倾注到小动物身上。

但是这姊妹俩的性格又不太相同，夏洛蒂·勃朗特显得更加温柔，更加清纯，更加喜欢追求一些圣洁的东西，追求一些美好的东西。她也曾经非常之热烈地爱恋过自己的一个教师赫

《简·爱》阐释了这样一个主题：人的价值＝尊严与爱，当然，付之实现的时候，常常离不开金钱的帮助。

《呼啸山庄》的作者艾米莉内心有一些残暴的阴影。反映在小说里就是希斯克里夫这个残暴的复仇者的形象。

格，给他写过一些非常之热情的，我们甚至可以说是求爱的信，但是教师给他回了一封信以后，就再也不给她回信了。在夏洛蒂的一生中，这是一个很大的感情上的打击。但是她并没有因此停止对温暖和爱情的追求，尽管她常常觉得人们不会那样去爱她。也许就是这样一种灵魂深处的很深的自卑，反映在她的性格上就是一种非常敏感的自尊，以自尊作为她内心深处的自卑的补偿。她描写的简·爱，也是一个不美的、矮小的女人，但是她有着极其强烈的自尊心。她坚定不移地去追求一种光明的、圣洁的、美好的生活。

艾米莉的生活景况和容貌大体上都和夏洛蒂差不多，但是她的性格和她的姐姐不一样。她也非常爱小动物，但有时候又会表现得很残忍。比如有一次，一只她很喜欢的小狗，不听她的话，几次非要跑到床上去，她就抓着小狗的脖子，把它揪到外面狠命地打，几乎要把眼睛打瞎。周围的人看了之后都非常吃惊，这么一个矮小的女孩子竟然能够这样残暴地去打一只小动物。在盖斯凯尔夫人写的艾米莉传里，说艾米莉死后，这只小狗是所有的人和动物当中最悲伤的一个，从它的主人死后，就从来没有快乐过。艾米莉内心的这样一些残暴的东西，也是对她自卑心理的补偿，只是与夏洛蒂不同的另外一种形态的补偿，这种补偿反映在她的文学作品里，就是《呼啸山庄》里希斯克里夫那个残暴的复仇者。当然复仇并没有带来快乐，而是更加深沉的痛。

在《简·爱》的开头：简·爱看到了一本英国禽鸟史的书，她觉得很好玩儿，就一个人躲在窗帘后头看，看得非常入神。这时候，被她的表兄，就是她舅妈的孩子——一个十四五岁的、肥胖的、很有力气的、野蛮的男孩子——发现了，就一把抢过她的书，说你没有权利看我的书，这段话是这样说的：

你没有资格拿我们家的书，你是个靠人养活的，妈妈说过：你没钱，你父亲一文也没留给你。你本该去要饭，不该在这儿跟我们这样上等人的孩子一起过活，跟我们吃一样的饭，穿花妈妈的钱买来的衣服。……滚！站到门口去，别站在镜子和窗子跟前。

这段话意味着什么呢，意味着那种没有钱就没有尊严可谈的观念，在当时的社会是多么普遍。就像里德这样一个十四五岁的孩子，在他头脑里也是根深蒂固的。他觉得简·爱跟他们不一样，他还骂简·爱是耗子，是偷吃别人东西的耗子。他之所以这样蔑视、这样鄙视简·爱，没有别的理由，就是因为简·爱没有钱，她的父亲一分钱也没有留给她。她没有权利来花里德母亲的钱，她应该去要饭，她没有资格过上等人的生活。

到了寄宿学校以后，这样一种观念就显得更现实了。因为寄宿学校都是那种没有钱的穷孩子或者是根本没有父母的孤儿，所以他们是社会上被人鄙视的一群。一些老师鄙视他们，那些主教，那些学校的负责人更鄙视他们，随便地加以处罚。简·爱只是由于不留神把一个写字的石板掉到了地上，校长就罚她站在一个高高的凳子上示众，还吩咐所有的学生不许和她说话，这对一个孩子的尊严是一种无情的践踏。没有钱就谈不上尊严，直到现在在西方也依然是一种很流行的观念。

如果很有钱，是不是就一定能够获得人们的尊敬而拥有了人所具有的尊严呢？小说里所写的庄园主罗切斯特是一个很有钱的人，他在法国巴黎认识了一个女演员的女儿塞莉纳，她是一个迷人的美女，他开始也认为这个美女不会喜欢上他，因为罗切斯特自认为是一个丑八怪——他的皮肤很黑，脸上的线条显得过于僵硬。但是他有钱，这个美女就赞美他，说“你有体育家的身材和气度，所以我非常的爱你”，罗切斯特也相信了，给这个美女在高级的酒店里租了房间，给她配备了马车、仆役，给她买了许许多多的钻石和高级的衣服。他以为他得到了这个美女的爱，但是有一天他回来的时候，无意中听到了塞莉纳和另外一个男人在谈论他，“你以为我会喜欢

《简·爱》的作者夏洛蒂·勃朗特

那个丑八怪吗？”这件事给罗切斯特精神上很深的刺激，他原以为只要有钱人家就都会尊重他，事实上并不是这样。像塞莉纳这样的人，就是为了要罗切斯特的钱，当面说许多好话，实际上根本就瞧不起他。有一些很有钱的人，他们以为他们得到了一切，其实完全不是这样。

尊严究竟怎么样才能够获得？尊严本身不是一个孤立的东西，它是靠在人和人的关系中，获得了别人的肯定才能拥有。马克思讲：

人首先是把自己反映在别一个人身上，一个名叫彼得的人所以会把自己当作一个人来看，只是因为他把一个名叫保罗的人看作自己的同种。

也就是说，一个人只有在另外一个人身上才能获得对自己的肯定。

简·爱在舅妈家里，在寄宿学校里，没有得到这种对于她自身尊严的肯定。虽然在寄宿学校里有一些老师，比如说谭波尔，对她很好，但是这种好从某种意义上来说是一种怜爱，它没有一种对于人的自尊上的肯定。简·爱真正获得这种对于人的自尊的肯定，是到了罗切斯特的庄园后，在和罗切斯特的交往当中，才感到自己的尊严，才逐步的获得并且展开和升华。

他们两个人的邂逅是非常有意思的，那是因为罗切斯特的马车出了事，他自己也受了一些伤，简·爱帮了他的忙。两个人在山里有一段对话，这段对话对于简·爱至关重要。当时两个人都还不太清楚对方是谁，但是简·爱从罗切斯特坐的马车和他的装束完全可以看得出来他是一个贵族，一个有钱人。谈话的时候，罗切斯特问简·爱：“你觉得我漂亮吗？”简·爱当时脱口而出：“不，先生。”这个话当时对罗切斯特的震动是很大的，罗切斯特就进一步追问她：“你觉得我什么地方不好看？”简·爱意识到了自己说的话有点不礼貌，所以她又对罗切斯特道歉，作了一番解释：

先生，我太直率了，请你原谅。我本来应当说，问到外貌问题是很不容易当场就随口作出回答的，应当说，每个人有每个人的审美观，说美并不重要，或者诸如此类的话。

简·爱的这两个回答，对罗切斯特关于简·爱的认识很重要。罗切斯特有一个伤口，就是法国的美女塞莉纳当面吹捧他、赞美他，而背后骂他丑八怪。可今天他遇到的这个其貌不扬的、平民模样的女孩子，当面跟他讲，说他不漂亮。这样的直率和真诚，一下子把简·爱在罗切斯特心中的地位抬高了。因为在当时的英国，家庭教师也就是高级仆人，她和主人是两个阶层。罗切斯特通过当时的谈话，已经知道了简·爱就是家里新聘请的家庭教师，而简·爱直截了当地说他并不漂亮，这样的直率和诚实，使罗切斯特从精神上把简·爱由仆人的地位上抬高了，他知道他面对的不是一个普普通通的“下等人”。简·爱身上有塞莉纳所没有的直率和真诚，而这种真诚又是他常常找不到的。简·爱接下来的道歉又使罗切斯特感觉到，眼前这个女人不仅仅诚实，还有教养，能够善解人意，不愿意伤害人。两句对话，使罗切斯特把她看作了一个可以和自己在精神上平等交谈的人。

后来，罗切斯特的一段话，又使得简·爱把罗切斯特看作了和自己平等的人，罗切斯特非常坦白地向她讲述了自己私生活当中的隐秘，特别是关于他和塞莉纳的那段生活。作为一个主人，一个上等人，他能够坦诚地把自己内心的隐秘告诉一个家庭教师——在当时的观念里是一个下等人，这件事使简·爱在精神上把罗切斯特不再看作是一个高于自己的主人。

这两段话使得他们两个处在平等的地位，相互尊重，相互理解，也就因此从对方那里取得了一种人的尊严感的满足，在这样的基础上，两个人产生了爱情。

但是事情到这里并没有结束，人的这种平等的意识，不是很容易取得的。从理性上来讲，罗切斯特把简·爱看作是一个和自己平等的人，但是在内心深处，作为一个男人，他在某些方面仍然认为女人是男人的附着物：直到他向简·爱求婚的时候，都没有告诉简·爱他是一个有妻子的人。结果事情在他们准备正式结婚的时候由律师提出来了，简·爱觉得自己必须要离开。她这样讲：

我自己在乎我自己，越孤单，越无亲无友，越无人依靠，越是要尊重自己，我要遵从上帝颁发世人认可的法律，我要坚守住我在清醒时而不是像现在这样疯狂时所接受的原则，法律和原则并不是为了用在没有诱惑的时候，它们正是要用在现在这样肉体和灵魂都起来反对他们的严肃不苟的时候，既然它们是毫不通融的，那它们就不容违反，原定的想法，已下的决心使我眼前唯一必须坚持的东西，我要牢牢守住这个立场。

这是简·爱告诉罗切斯特她必须离开的理由，但是从内心讲，更深一层的东西是简·爱意识到自己受到了欺骗，她的自尊心受到了戏弄。关于这一点，简·爱在知道了罗切斯特有妻子后，她回到房间，脱下了婚纱，说：

唉，它再也不能去求助他了，因为忠诚已遭破坏，信任已经丧失了，对我来说，罗切斯特已不再是过去的他，因为他原来不像我过去所想象的那样，我不想把他看成邪恶，我不愿意说他欺骗了我，不过，他在我心中已失去了正直不欺的属性，因此我必须离开他，这一点我看得很清楚。

简·爱在这样一种非常强大的爱情力量包围之下，在美好、富裕的生活诱惑之下，她依然要坚持自己作为个人的尊严，这是简·爱最具有精神魅力的地方。

书写到此，作者对于人的尊严的探索已经结束？没有。简·爱在离开了罗切斯特以后，她遇见了她的表兄约翰，作为一个虔诚的基督徒，他在简·爱面前展现了一种新的关于人的尊严的境界。这种境界，简·爱在寄宿学校的一个同学海伦那里已经感觉到了。这种尊严是超越了人的，是一种和神结合而产生的一种尊严感。这是一种在西方的宗教中相当普遍的、为人们所追求的精神境界。他们抛弃了人间的一切享受，在精神上同上帝结合，从而获得了道德上的满足。他们认为自己作为人，最高的境界就是如此——把一切都牺牲，把一切奉献给上帝。

约翰就是这样来劝说简·爱，让她放弃一切，让她作为自己的妻子一起到非洲去做传教士，在那里传布福音。但是，简·爱拒绝了，她拒绝了这样一种神的尊严的境界，为什么呢？因为她觉得她是一个凡人，她还要享受人间的爱情。她和约翰之间有一种很亲密的友情，但是没有爱。她内心还是想着罗切斯特，她对罗切斯特还充满了热烈的爱情。约翰给她指的这样一个澄澈清明的很高的境界同她对罗切斯特的爱之间产生了激烈的搏斗。作为 19 世纪青年女子的典型，简·爱对未来充满了乐观主义的情绪，所以简·爱说：“我能够冲开疑云，找到光明的路。”在她拒绝了约翰的要求后，小说设计了一个很光明的结尾——虽然罗切斯特的庄园毁了，他自己也成了一个残废，但我们看到，正是这样一个条件，使简·爱不再在尊严与爱之间矛盾，而同时获得满足——她在和罗切斯特结婚的时候是有尊严的，同时也是有爱的。

小说告诉我们，人的最美好的生活是人的尊严加爱，小说的结局给女主人公安排的就是这样一种生活。小说设计了一个过于圆满的结局，这种圆满本身标志着肤浅，但是我们依然尊重作者对这种美好生活的理想——就是尊严加爱。

《简·爱》在艺术上最突出的特点在于它的叙述方式。以第一人称叙述的小说在《简·爱》之前已有很多，但是在这部小说的第一人称叙述中，由于带有比较强的自传色彩，显得非常真实。作者对读者非常真诚，非常坦白，像一个非常亲密的朋友在向我们讲她的心事，讲她的肺腑之言。正是这种真诚，构成了这部小说的永久性魅力。小说里对人的内心活动有很细致的描写，这种描写丰富了我们对于人类内心世界的认识，常常使我们感动不已。例如，简·爱和罗切斯特已经准备结婚了，

在文学史上，像《简·爱》这样对女性读者的心灵产生重大影响的作品并不很多。

简·爱已经穿上了婚纱，走到了教堂，在这种情况下，忽然律师站出来说罗切斯特先生没有权利结婚，并且提出了证人——他那发疯妻子的弟弟，他尽管畏畏缩缩，还是把实情说了出来。罗切斯特在教堂也坦白地承认了自己确实有这样一个妻子，并且带人们去看。

在小说写到这一过程的时候，没有写"我"——也就是简·爱——自己内心的感受，这个真实不真实呢？如果很粗略地考虑，也许会觉得不大真实。我们经常看到这样的电影，一个人要和另一个人结婚的时候，发现另外一个人背叛了她（他）不能结婚了，这时候她（他）有可能受到很强烈的打击就昏倒了，或者是当场痛哭流涕，从教堂里跑开等等，但《简·爱》里都没有。在这样一个过程中，简·爱都是亲历者，但是她却像麻木了一样。我觉得这是非常真实的。恰恰是由于简·爱对罗切斯特爱得非常之深，而且对他非常相信，所以她在听着这所有的事情的时候，她都觉得是在讲别的人，而不是讲她的丈夫罗切斯特，她觉得是在讲一个和自己没有关系的故事一样。在这样的一个强大的震撼面前，她的表现是麻木的。到了什么时候她才开始清醒，开始感到痛苦了呢？是她自己回到了房间，脱下了婚纱，穿上了自己结婚之前的那件旧衣服，忽然觉得好像一个简·爱消失了——那是一个梦幻中的穿着婚纱的简·爱，现在自己又回到了现实——原来自己还是那个穿着旧衣服的普通的家庭教师。这时候，小说里描写她开始感到了痛楚，才有了我们刚才提到的那段她意识到的"忠诚已经不存在了"。这时候还只是一个感觉，到了下决心要走，和罗切斯特谈理由的时候，她又没有说这些话，而是我们提到的那段关于法律、关于人生道德原则的话，那段话使我们觉得简·爱是非常理性的。在讲完这样一段话，下决心走了以后，在路上，小说又描写简·爱内心的那种巨大的痛苦。甚至于她到了约翰那里，在他的指导下自己有了一种皈依基督的愿望。在日落的时候她站在小山上，想着自己将要走向一个皈依上帝的道路，内心里感到一种幸福时，小说里写道："当我内心里感到幸福时，我却发现我的眼睛里充满了泪水。"

俗语云，"痛定思痛"，人在真正沉重的打击面前是感觉不到痛的，而这种痛是在后来，是随着时间的推移，才显示出它的深切性。在这些章节中，小说的作者以一种女性的细腻，为我们揭示了人的内心世界中很深刻的体验。

这样的描写使得小说的价值超越了它的故事框架，它提供给我们的人的心理活动的体验，直到今天依然会引起很多读者，特别是女性读者的共鸣，这一点是不奇怪的。

狄更斯、杰克·伦敦、马克·吐温、莫泊桑和陀思妥耶夫斯基

英国现实主义文学大师狄更斯

英国小说巨匠狄更斯是揭露拜金主义的能手。小说《马丁·朱述尔维特》通过马丁在美国的生活，深刻地揭露金钱如何异化了人与人的和谐关系，它使兄弟不和、父子反目、朋友互相残杀。在《尼古拉斯·尼克尔贝》中，尼克尔贝的叔叔因为吝惜金钱把侄儿送去给人看门，把侄女嫁与高利贷者，虐待自己的儿子，最后因为失掉金钱和儿子便上吊而死。

然而，正像所有的英国小说一样，狄更斯喜欢一个“好人得好报”的结局，相比之下，法国作家面对人形动物的现实勇气要大得多。莫泊桑（1850—1893）的《漂亮朋友》的主人公杜洛阿，事实上是一个“男妓”，凭借自己的肉体满足女人的肉欲，然后再踏着她们的身体和名誉爬上更高的阶梯。这样做与其说需要机智毋宁说更需要厚颜无耻。《羊脂球》中代表最高道德水准的是那个和普鲁士军官睡了一夜的妓女，而资产者夫妇、修女、“民主党人”要比羊脂球卑鄙无耻若干倍。向别人借了项链以求在舞会上大出风头的玛蒂尔德（莫泊桑：《项链》），为此几乎付出了自己的全部青春。在金钱世界里，妇女的价值是靠身上的饰物来称重的。饰物丢失了，意味着青春的生命的失落，而可悲的是这条闪光的钻石项链还是假的。对虚伪的表面价值的追求，使

短篇小说圣手莫泊桑：以《羊脂球》轰动法国文坛，长篇小说《一生》《俊友》《我们的心》也颇有名，死于精神分裂症。

狄更斯（1812—1870）：英国最卓越的现实主义小说家，他的《匹克威克外传》和《大卫·科波菲尔》最具英国式的温和、幽默色彩，代表作《双城记》极富戏剧性和抒情性，动人而又令人感伤。

人失去真实的生命价值，这就是《项链》的悲剧意义所在。

与法国、英国的现实主义作家相比，“金元帝国”里的作家们似乎没有那么深沉的悲哀，因为那里的人们没有背负过十字架。没有中世纪的文化传统，也就没有对于夕阳的留恋与感伤。无论惠特曼还是讽刺大师马克·吐温，他们的作品都充满了一种健康的乐观主义精神。他们豪爽地剥光了人们虚伪的自尊，露出丑陋的本来面目。马克·吐温营造了一个作为中世纪美德象征的“赫德莱堡”，这里的居民一向以自己的诚实和正直而自傲，是谁“剥去了它那世代光荣的最后一块遮羞布”？是什么东西使那十九户“首要公民”一个个像面对肥肉的狗一样两眼直勾、垂涎三尺、向肉的主人百般献媚？是一袋号称“计重一百六十磅零四盎司”的金元！这篇名叫《败坏了赫德莱堡的人》的小说结尾说：“经州议会通过”，在他们过去的格言中删去了一个字，即把“请勿让我们受诱惑”改为“请让我们受诱惑”。

狄更斯的《大卫·科波菲尔》及其插图。这部小说诙谐夸张，妙趣横生，是一幅十分鲜活的英国 19 世纪的风情画卷。

同美国相比，19 世纪的俄罗斯是一个资本主义还没有获得充分发展的国家，整个大地到处流淌着封建军事农奴制的污水。但那些最敏感的作家们已经意识到正在弥漫开来的金钱浊雾正在毒化人们的灵魂。

最令人战栗的是费·陀思妥耶夫斯基（1821—1881）的作品。高尔基认为他是一个足以与莎士比亚媲美的天才。金钱欲对人类心灵的残害，在他的笔下获得了最充分的、惨不忍睹的表现。

俄国最有才华的作家们，大都出身于贵族，他们是坐在舒服和高雅的客厅里观察俄罗斯的苦难的。唯有陀思妥耶夫斯基，他本人就是在苦海里浮沉的受难者。客厅里的悲天悯人者自有其超越现实的优点（文学需要某种超越），但他们却无法洞察苦海深层的沉积物。金钱，对于穷人意味着什么，只有陀

马克·吐温（1835—1910）：著名作家和幽默的演说家，他出身寒微，因写作而富有，他的幽默风格辛辣而乐观。代表作：《哈克贝里·费恩历险记》，在中国，他的《百万英镑》为更多的人所熟知。

马克·吐温的小说《哈克贝里·费恩历险记》插图

思妥耶夫斯基懂得。他的处女作的篇名就叫《穷人》。

《穷人》的主人公马卡尔·杰符什金是一个生活于彼得堡底层的普通小职员，整天伏案缮写，过着贫穷的、灰色的生活，“我孤零零的一个人，好像是在世界上睡觉，而不是活着”。睡着的人比活着的人要幸福，然而一个比他更贫穷的小姑娘把他喊醒了，当他把这个孤苦伶仃的少女从恶毒的女地主家中拯救出来以后，一种庄严而神圣的爱在他心中升起了，自我的人格意识渐渐苏醒。然而，自我意识和自尊心一开始就是社会的产物，“自我”只有在“他我”中才能得到证实。正如费尔巴哈所说：“自我意识只有在一个别的自我意识中才获得它的满足。”马克思说得更具体：“人首先是把自己反映在别一个人身上。一个名叫彼得的人所以会把自己当作一个人来看，只是因为他把一个名叫保罗的人看作自己的同种。”（以上引文参见吕俊华著《自尊论》，上海文化出版社，1988年版）当杰符什金渴望这种自尊在周围的人中获得承认时，得到的却是相反，因为他没有大衣，没有靴子，他寒酸透顶。在那个社会里，人的价值在于他有什么，而不在于他是什么。而杰符什金恰恰是一无所有。一种渴望获得别人承认的强烈自尊感，化成一种战战兢兢地唯恐别人蔑视自己的病态敏感。他整日担惊受怕，惶惑不宁，不是因为挨饿受冻，而是因为别人注视他的目光。他的生命不在他自身的肉体里，而是在别人的目光里。他总觉得周围有千百双不怀好意的眼睛盯着他，千百个恶毒的舌头在嘲笑他。他的觉醒的自尊意识，化为强烈的自卑的创伤。为了医治自卑的创伤，他不能不在虚幻中换取满足。当他冒着严寒在彼得堡街头走来走去时，心中宽慰地想："当初希腊的哲人就是不穿靴子走路的。"于是他不穿靴子不是因为贫穷，而是因为效仿希腊哲人；他和希腊哲人具有同等的人格，他有资格傲视那些穿着漂亮靴子的富人们了。这种医治自卑创伤的办法，中国人是熟悉的，它被称为"阿Q"式的"精神胜利法"。他在写给瓦连卡的信中，甚至表示自己喜爱这种寒酸的生活，以此自乐。杰符什金身上这种顺从忍耐以及在涉及瓦连卡的苦难时对社会表现出的激愤，他做人尊严的自觉和自卑的恐惧，对现实的卑怯和无畏构成了一个矛盾而复杂的性格。导致这种灵魂破碎的根本力量，就是金钱。

马克·吐温：《汤姆·索亚历险记》

陀思妥耶夫斯基说过："人是个秘密。如果您毕生去猜它，您就会猜中的，那样您就会说，我不曾虚度时光。我对此很有兴趣，因为我想做一个人。"他还认为，认识人的关键是"双重人格"。他的"双重人格"论同德国霍夫曼（见本书第五章）有直接联系，但霍夫曼作品中那种神秘的异化力量在陀氏笔下

陀思妥耶夫斯基（1821—1881）：人类灵魂的拷问者，西方现代派文学的鼻祖之一。

陀思妥耶夫斯基和他的小说《被欺凌与被侮辱的》中译本。

变成了并不神秘的严酷的现实。他的“双重人格”理论最有力的艺术实践是长篇小说《罪与罚》（1866年）。

《罪与罚》的主人公拉斯柯尼科夫，同《穷人》中的杰符什金一样是个一贫如洗、走投无路的人，住在棺材似的小屋里，债台高筑。但他是个年轻的大学生，有头脑，爱思考，过人的才华与贫贱的生活如此不协调，使他成了一个白日梦者，整天像发寒热病似地生活于幻觉与现实的撞击之间。他不甘于像杰符什金那样卑贱地活着。他认为世界上有两类人：“平凡”的和“不平凡”的。前者循规蹈矩，卑贱如虱（即杰符什金们）；后者才配称作“人”，他们是天生的破坏者，“为着实现自己的理想，他们甚至有必要踏过尸体和血泪”。他扪心自问：“我同大家一样是只虱子呢，还是一个人？我能越过，还是不能越过？我敢于俯身去拾取权力呢，还是不敢？我是只会发抖的畜生呢，还是我有权利？”这种思想很像《红与黑》中的于连，但拉斯柯尼科夫有太多的温情（他常把身上仅存的几分钱施舍给穷人），太少于连那种钢铁般的冷酷和坚毅，他像哈姆雷特一样陷于"空谈的痛苦"。在耻于空谈的冲动下，他终于扬起斧头杀了一个放高利贷的老太婆和她无辜的妹妹。他杀害她们，不是为了金钱，而是为了实践自己的"理论"，"想做人类的恩人"，考验自己付诸行动的勇气。在整个犯罪的过程中，他既没有强烈的愤恨，也没有恐惧。行凶前，脑子里老是梦游似的出现非洲的棕榈树和沙漠中的驼队、潺潺的蔚蓝色的溪水……老太婆被杀死后，面对着破碎的脑壳，他平静地收拾一切。理智催促他赶快离开现场，但却仍然磨蹭着，直到有人上楼，危险来临才匆忙逃走。回到公寓又险些把自己作案之事告知看门人，幸亏他当时不在……整个作案过程都是精心谋划的，然而却又像梦游般地完成；有缜密的理论思考作为作案的指导，而作案本身又是纯然的盲目的感情冲动。到了第二天，那种无法理解的冷静突然失去了。"他突然感到一阵昏晕"，"丧失了一切能力，连记忆力也丧失了，连简单的思考力也没有了"。警察局传讯时，他两腿瑟瑟发抖，当别人谈起昨天老太婆被杀的事情时，他竟然吓得晕倒过去了。按照拉斯柯尼科夫的"怪论"，"真正的统治者"是铜铸的，即使杀了成千上万的人也无所顾忌，不会在心理上有什么改变。但是，在他自己杀人之后，却觉得"他仿佛拿了一把剪刀，把自己跟一切人和一切往事截然剪断了"。"难道我杀死了老太婆吗？我杀死的是我自己，不是老太婆！我就这样一下子毁了自己，永远毁了！"最为致命的是，他原来认为自己杀恶人也是为了造福人类，这根道德支柱崩塌了，他发现自己的内心与恶毒的老太婆没什么两样，它也是卑污的：

我杀人，并不是为了养活母亲。——那是瞎话！我杀人也不是为了取得财富和权力以后成为人类的恩主，那也是瞎话！我只不过是杀人罢了。我杀人是为了我自己，为了我自己一个人：至于将来我能不能成为别人的恩主，还是一辈子像蜘蛛似的，把所有的人捕捉到网里，从大家身上敲骨吸髓，到那时候，这对我来说反正一样！

当拉斯柯尼科夫诅咒恶霸地主斯维里加洛夫"无耻之尤"时，斯维里加洛夫冷冷地回答说："我们是一丘之貉。"然而拉斯柯尼科夫与他还是不同的，在他的卑污狂乱的心灵后面还隐藏着一颗追求纯洁的心。在索尼娅的劝告下，他决心投案自首。使他“复活”的是索尼娅之爱，即对上帝之爱，这种爱使他甘于受难。爱和受难使他破碎而卑污的灵魂得到超度，获得了栖息之所。

卢那察尔斯基说，陀思妥耶夫斯基是洞察人类心灵的大师，“他所有的中篇和长篇小说，都是一道倾泻他的亲身感受的火热的河流。这是他的灵魂奥秘的连续的独白。这是披肝沥胆的热烈的渴望”。（《论文学》，人民文学出版社）

对金钱的追逐，被金钱所异化，这是人类史在前期的最后一个时代，人类终将跨过这个可耻的阶段而走向一个美好的未来。在那个时代，人才能真正称之为人。应该承认，我们距离那个时代还遥远，我们还没有跨出人类最后一个泥潭。

六、列夫·托尔斯泰：心灵的辩证法

内心系统的隐秘动因是情感

如本章第一节所述，现实主义作家营造的心灵世界，从外部因素来考察有四维：历史、经济关系、文化、民族。生活在 19 世纪欧美的人，每颗灵魂都在上述的四维坐标系中占一个位置，他们不能不受到这四维的制约和影响，正视并且探索这种影响恰好构成现实主义区别于浪漫主义的主要特色。但是，更重要的在于：每个个体都并不甘于四维坐标系中的位置，他（她）在接受客观世界各种影响的同时又在反抗它。个体生命意识同客观世界之间相互渗透又相互碰撞构成了现实主义心灵银河体系的奇辉。在现实主义作家看来，完全不承认现实对心灵约束的人是单维的人，他们完全隐遁于自我内心生活中，尽管长于幻想但并没有光彩（如“奥勃洛莫夫性格”“罗亭性格”）。另一方面，完全按照四维关系约束的理性秩序去生活而没有生命冲动的人，更是徒具人的外壳而已。列夫·托尔斯泰的《战争与和平》中，彼埃尔和娜塔莎是两个理性脆弱的人，他（她）常为内心模糊的欲望所支配而跟着感觉陷入泥坑：彼埃尔为海伦的美色所诱和娜塔莎追随阿尔库特出逃都是如此。

但照列夫·托尔斯泰看来，他们比那一对夫妇：别尔格和薇拉——他们从来不逾矩，甚至从来不激动——要生活得有光彩得多。这种光彩来源于主体同社会的冲突，理性与情感的角力，他们总在追求一种美好的意境。在关键时刻需要为某种善的目的而牺牲自己时，彼埃尔和娜塔莎都会毫不犹豫，而别尔格与薇拉只会过一种平庸、卑琐、自私的生活。前者虽有弱点，但他们是活生生的“人”，而后者由于失掉主体意识而失去了人的生命。

我们在本章第二节已经谈到，安娜·卡列尼娜打败吉提的主要优势在于她内心丰盈的生命意识。这种魅力在渥伦斯基与她第一次邂逅时就把彼得堡的风流公子渥伦斯基攫住了：

凭着社交界中人的眼力，瞥了一瞥这位妇人的风姿，渥伦斯基就辨别出她是属于上流社会的。他道了声歉，就走进车厢去，但是感到他非得再看她一眼不可。这并不是因为她非常美丽，也不是因为她全部姿态上所显露出来的端丽和温雅，而是因为在她走过他身边时她那迷人的脸上的表情带着几分特别的柔情蜜意。当他回过头来看的时候，她也掉过头来了。她那双在浓密的睫毛下面显得阴暗了的闪耀着的灰色眼睛亲切而注意地盯在他的脸上，好像她在辨认他一样，随后又立刻转向走过的人群，像是在寻找什么人似的。在那短促的一瞥中，渥伦斯基已经注意到了有一股被压抑的生气在她的脸上流露，在她那亮晶晶的眼睛和把她的朱唇弄弯曲了的轻微的笑容之间掠过。仿佛有一种过剩的生命力洋溢在她的全身心，违反她的意志，时而在她的眼

长篇史诗《战争与和平》在西方文学史上的地位有如中国文学史上的《红楼梦》。其后的许多作家试图重现它的恢宏，但尚未有人获得成功。

《战争与和平》插图：月光下的娜塔莎

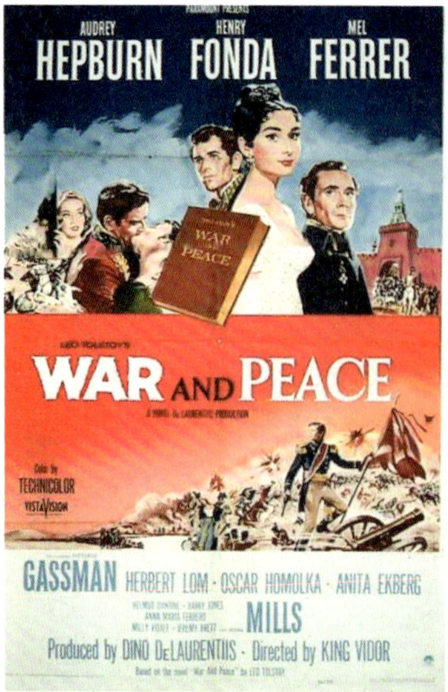

著名影星奥黛丽·赫本在影片《战争与和平》中饰演娜塔莎。由俄罗斯著名导演和演员拜达尔丘克执导的同名影片气势更加恢宏。这类史诗型影片现在已不多见。

小说《战争与和平》的插图：彼埃尔、安德烈和娜塔莎

睛的闪光里，时而在她的微笑中显现出来。她故意地竭力隐藏住她眼睛里的光辉，但它却违反她的意志在隐约可辨的微笑里闪烁着。

（《安娜·卡列尼娜》，周扬译，
人民文学出版社，1956年版）

这段肖像描写可以说概括了安娜全部的性格冲突和悲剧性命运。所有关于安娜的故事都只能在那“被压抑的生气”中得到解释。如果没有这种“生气”，（如《战争与和平》中的薇拉、玛丽亚，《安娜·卡列尼娜》中的吉提）则如置于墙上的饰物或博物馆里的古瓶；如果这种“生气”没有被压抑，（如《安娜·卡列尼娜》中的风流女人培脱西）也不足以吸引渥伦斯基。安娜的魅力来自她内心世界的搏斗——封建理性与自由情感的搏斗，高贵的教养使她时时把内心的冲动隐匿起来，但与渥伦斯基的邂逅，这种冲动燃烧起来了，她内心的理性不允许她燃烧，但越是压抑，它反而燃烧得更加明亮了。出于同样的“一见钟情”的神秘冲动，渥伦斯基立即从安娜的眼睛窥到了她的心灵。她的内心搏斗把渥伦斯基迷住了。因为正是在这种搏斗里，人的生命冲动才会迸射出动人的光辉。英国作家高尔斯华绥注意到了安娜的困境不是在于外界的歧视，“我不是妒忌，而是不满足。”对情感生活（包括对渥伦斯基、对儿子和对整个社会的爱）的不满足，是安娜生命力的奥秘所在，也是她致死的内在动因。

列夫·托尔斯泰说，艺术即情感。作为一个“定义”，它是不全面的。但这位巨匠确实发现了艺术魅力之隐秘动因。当他违背自己的这一观念，试图在他的作品中进行理念说教（这种说教充塞在他的许多作品中）时，往往使作品黯淡无光甚至惹人生厌。如《安娜·卡列尼娜》的最后几节、《复活》后半段的玛丝洛娃和聂赫留朵夫，等等。

情感世界是一条无序的河流

罗素说：“情感的联结很少能够和外界的秩序相符合，它使我们用自身状态做镜子去看宇宙，忽而光明，忽而黑暗，全视反映的心态而定。”（《哲学大纲》）列夫·托尔斯泰在作家中间是最早意识到这种无序性并杰出地予以表现的。他在青年时代的第一部作品——《童年》的一开篇就描写了这种情感河流的偶然性和无序性：尼考连卡睡得正甜，被家庭教师打苍蝇的声音吵醒了，死苍蝇恰好落在他的头上。这是多么不愉快呀！“就算是我小吧！”尼考连卡不只因为甜梦被吵醒了，更重要的是他觉得卡尔勒故意欺侮他，因为他小，“为什么他不在伏洛佳床边去打苍蝇呢？”问题本身多少有点专横——卡尔勒在他床边打苍蝇是因为苍蝇落在了他的床边，然而一种内在的不愉快，使得他感到自己的逻辑是强有力的，他为自己的逻辑所折服，愈加相信卡尔勒是故意折磨他，因为他“小”“他明明知道他弄醒了我，惊骇了我，但他装作好像没有注意到……”从十岁孩童心灵里刚刚萌发出来的自尊意识是多么倔强啊，于是一切表象都在他的眼睛里发出了变异：平常那么好的老头儿（卡尔勒）变得极其讨厌，连同他戴的压发帽、穗子——“都是多么讨厌哦！”卡尔勒呢？当然不知道尼考连卡内心的神圣的愤怒。他用善良的声音呼喊尼考连卡起床。尼考连卡装睡不理他。于是卡尔勒开始搔他的脚后跟。尼考连卡内心依然很愤怒，但又禁不住要笑出声来，他满眼泪水，不知是哭出来的还是笑出来的。他竭力要维持住自己内心的“神圣的愤怒”，但钻心的痒痒使

列夫·托尔斯泰在他的第一部中篇小说《童年》中就显示了洞察人类心灵的惊人才华。他善于从心灵活动的瞬间发现永恒。

列夫·托尔斯泰在农民中间

他又在笑，“卡尔勒！”他神经几乎错乱了，眼泪汪汪地叫着。卡尔勒看着他的泪，诧异了，然而善良的老头儿怎么也没想到自己是“罪魁祸首”。于是问他是不是做了什么噩梦……尼考连卡望着卡尔勒那“善良的德国人的脸”，听他竭力在猜测是什么噩梦的那些关切的话语，他突然意识到，这个老头儿是多么善良啊！甚至他的压发帽、帽上的穗子都变得好看多了。想起对他的诅咒，心里不禁觉得难为情，于是眼泪流得更多了。为了不使卡尔勒难过，尼考连卡开始撒谎，说他梦见妈妈死了。卡尔勒是那么相信他，柔声细语地安慰他，这样，尼考连卡流的泪更多了。“我似乎觉得我真做了那个可怕的梦，而流泪不是由于先前的原因了。”（《童年、少年、青年》，文化生活出版社，1955 年版）请看，这一段细节中有多少戏剧性的“转折”：

1. 从自尊受辱的感觉到被爱时的心境（自爱到爱人）；

2. 从讨厌卡尔勒连同他的帽子到喜欢卡尔勒连同他的帽子；

3. 从编造梦境到相信真的做了梦（幻想与真实的混淆）。

整个心理流动过程充满了偶然性，然而这些偶然性又是善良而敏感的童心的必然反映。它是富于个性的，又是极其真实的。

车尔尼雪夫斯基高度评价青年列夫·托尔斯泰的自传三部曲。指出他具有洞察人类心灵隐秘进程的惊人的能力，“……托尔斯泰伯爵最感兴趣的是心理过程本身，它的形式，它的规律，用特定的术语来说，就是心灵的辩证法。”“人类心灵的知识是他的才华的基本力量。”（《俄国作家批评家论列夫·托尔斯泰》，中国社会科学出版社，1982 年版）

研究列夫·托尔斯泰的专家 B. 斯塔索夫指出，是列夫·托尔斯泰发现了人类内心进程的无序性：

在我看来，在人物“语言”中没有比“内心独白”再难写的了。与其余的一切文字比较，作家们在“内心独白”中更其虚饰、更多杜撰。由于程式性、规范性和“纯理论性”而失去了真实。几乎所有作家（包括屠格涅夫、陀思妥耶夫斯基、果戈理、普希金、格列鲍也陀夫）都把内心独白写得完全有条有理、正确连贯，修饰得顺顺当当、极其逻辑……可是难道我们自己是这样思索的吗？完全不是。迄今为止，我只发现了一个唯一的例外，那就是

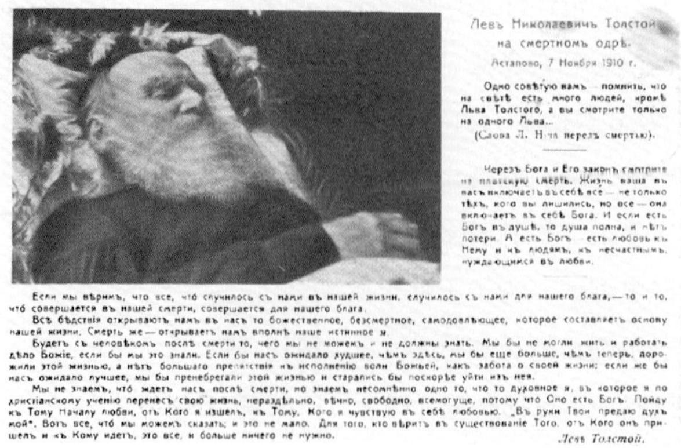

俄罗斯文学的太阳于1910年陨落，托尔斯泰的辞世，不仅震撼了文学界，而且震撼了整个沙皇俄国。

列夫·托尔斯泰伯爵。只有他在长篇小说和戏剧中写出了真正的内心独白，恰恰是带着种种不规格性、随机性、间断和跳跃。

（转摘自人民大学复印报刊资料《外国文学研究》，1981年2月）

列夫·托尔斯泰在揭示内心意识流动方面最为卓越的例子就是对安娜自杀前的意识流描写：

现在死的念头不再那么可怕和那么鲜明了，死似乎也并非不可避免的了。她现在责备自己竟然落到这么低声下气的地步。“我恳求他饶恕我。我向他屈服了。我认了错。为什么？难道没有他我就过不下去了吗？”撇开没有他她怎么活下去的问题，她开始看招牌。“公司和百货商店……牙科医生……是的，我要全跟杜丽讲了。她是不喜欢渥伦斯基的。这是又丢人又痛苦的，但是我要全告诉她。她爱我，我会听她的话的。我不向他让步；我不能让他教训我……菲力波夫，面包店。据说他们把面团送到彼得堡。莫斯科的水那么好。噢，米辛基的泉水，还有薄烤饼！”她回想起，好久好久以前，她只有十七岁的时候，她和她姑母一路朝拜过三一修道院。“我们坐马车去。那时候还没有铁路。难道那个长着两只红红的手的姑娘，真是我吗？那时有多少在我看来是高不可攀的，以后却变得微不足道了，而那时有过的东西现在却永远得不到手了！那时我能想得到我会落到这样可耻的地步吗？接到我的信他会多么得意和高兴啊！但是我会给他点颜色看看的……油漆味多么难闻啊！他们为什么老是油漆和建筑？时装店和帽庄……”

（《安娜·卡列尼娜》，周扬译，人民文学出版社，1956年版）

在这一段中，我们看到如下特点：

第一，内心活动的过程不是连贯的、逻辑的，而是有着间断、跳跃和随机性；

第二，不是纯然的理性思维，而是感觉（油漆味……）、表象记忆（骑马……）、感情（悔恨、羞愧、恐惧，分裂为痛苦与活下去的期望）、想象（渥伦斯基看信的情景）、思索、意志（我不会向他让步）组成的多层次、多序列的复杂图景；

第三，上述多因素不是并行不悖，而是交互作用、互相影响，主线是对生的依恋和死亡意志相激相荡；

第四，时程性：百货公司、牙科医生、菲力波夫、面包店……犹如内心世界的外界坐标，标志出内心河流的时程。

托尔斯泰写出上述的意识流动过程，比詹姆斯提出“意识流”概念要早七年。

内心世界是多层次的立体系统

托尔斯泰不仅洞悉内心世界流动的隐秘过程，而且意识到这种流动的意识是多层次的。表情与内心、表层意识与内层意识、内层意识与深层意识之间交互作用，形成意识活动的四度空间。例如，列文第一次向吉提求婚前后，吉提内心活动的变化：

在饭后，一直到晚会开始，吉提感觉着一种近乎青年人初临战场的感觉。她的心脏猛烈地跳动，她的思路飘忽不定了。

她感觉到他们两人第一次会见的这个晚上将会是她的一生的决定点。她心里尽在想象他们，有时各自分开，有时两人一起。当她默想过去的时候，她带着快乐，带着柔情逗留在她和列文的关系的回忆里。幼年时代和列文同她死了的哥哥的友情的回忆，给予了她和列文的关系一种特殊的诗的魅力。她确信他爱她，这种爱情是使她觉得荣幸和欢喜的。她想起列文就感到愉快。在她想到渥伦斯基的回忆里，却始终掺杂着一些局促不安的成分，虽然他温文尔雅到了极点；到底好像有点什么虚伪的地方——不是在渥伦斯基，他是

非常单纯和可爱的，而是在她自己；然而她对于列文却觉得自己是完全直爽和坦白。但是在另一方面，她一想到将来她和渥伦斯基在一起，灿烂的幸福的远景就立刻展在她的眼前；和列文在一起，未来却似乎蒙上了一层迷雾。

当她走上楼去穿晚礼服，照着镜子的时候，她快乐地注意到了这是她的一个最得意的日子，而且她具有为了应付迫在眼前的事情她所需要的全部力量。她意识到她外表的平静和她动作的从容优雅。

在七点半钟，她刚走下客厅，仆人就报道，“康斯坦丁·德米特里奇·列文。”公爵夫人还在她自己的房间里，公爵也还没有进来。“果然这样。”吉提想，全身的血液似乎都涌到她心上来了。当她照镜子的时候，她被自己脸色的苍白所惊骇了。

那一瞬间，她深信不疑他是故意早来，在她还是独自一个人的时候来向她求婚。到这时整个的事情才第一次向她显现出来不同的完全新的意义。到这时她才觉察到问题不只是影响她——和谁她才会幸福，她爱谁——而且那一瞬间她还得伤害一个她所喜欢的男子，而且是残酷地伤害他……为什么呢？因为他，这可爱的人爱她，恋着她。但是没有法子想，事情不得不那样，事情一定要那样。

“我的天！我真要亲口对他说吗？”她想，“我对他说什么呢？难道我能告诉他我不爱他吗？那是谎话。我对他说什么好呢？说我爱上别的人吗？不，那是不行的！我要跑开，我要跑开。”

她已经到了门口，当她听见他的脚步声的时候。“不！这是不诚实的。我有什么好怕的？我并没有做错事。要怎样就怎样吧，我要说真话。而且和他，不会感到不安的。他来了！”她自言自语，看见了他的强壮的、羞怯的身姿，和他那双紧盯着她的闪耀的眼睛。她直对他的脸看着。像是在求他饶恕，她把手伸给他。

（《安娜·卡列尼娜》，人民文学出版社，1956年版）

对于列文进来前后的这一段时间里，吉提的瞬间心理活动可简列为下表：

		列文到来前	仆役通报	列文走进后
外表		从容、优雅、镇静	脸色霎时苍白	求列文饶恕的目光
	表层	喜悦	惊恐、想逃	镇静
	内层	对渥（前景灿烂） 对列文（迷雾感）	痛苦	决心拒绝列文 求婚
	深层	对列文的愉快感 和渥的局促感		

对这两个爱她的男子，吉提在理性层面上（表层）分不清谁优谁劣，她觉得他们都是很好的。但在情感上总觉得渥伦斯基更富有男性的魅力，这种魅力使吉提感到同渥伦斯基在一起生活会是幸福的、灿烂的，而同笨拙、羞怯的列文在一起，却没有这种诱惑力。正是这种感觉支配吉提拒绝了列文，而期待着与渥伦斯基的结合。但这少女的意识的深层隐约地还有一些自己也说不清的感觉：和列文在一起是宁静而愉快的，渥伦斯基却使她感到局促。前者使她在拒绝列文前一度从深层升到内层，因此她感到痛苦，但同渥伦斯基在一起的局促感始终隐遁在内心深渊里。直到渥伦斯基抛弃她以后，吉提才弄明白这种局促感意味着什么：渥伦斯基对她的爱及她对他的爱都未达到灵犀相通的地步，他们之间还有隔膜，而她同列文的爱情却恰好相反。

作为 19 世纪现实主义文学的“勃朗峰”，列夫·托尔斯泰对人类心灵的艺术揭示起码有以下意义：

第一，推进了人类对于自身的认识。不仅是在家庭、爱情、友谊等日常生活的范畴，而且在对祖国、人民、战争等方面的心理活动的奥秘，列夫·托尔斯泰都有杰出的贡献。他揭示的许多心理活动过程具有惊人的准确性和深刻性，至今仍是心理科学家们兴味盎然的研究课题；

第二，改变了小说的结构形式，即由闭锁式（有头有尾）变成开放式，风格上的散文化进一步扩大了小说表现生活的能力；

第三，开创了表现人物内心世界的多种艺术手法，如动态的肖像描写、环境描写、人物的瞬间心理揭示、独特的“内心独白”等等。

第七章　20世纪初：荒原和荒原狼

一堆破碎的偶像，
承受着太阳的鞭打。

——[英]艾略特《荒原》

西方历史跨入20世纪的门槛时，正是资本主义发展跌入低谷的阶段，最重要的事件是帝国主义之间的世界性战争（第一次世界大战）和社会主义苏联的诞生。西方文学史上的第三种文学——无产阶级和社会主义文学的崛起，开辟了世界文学的新纪元。关于这部分文学，我们不拟在本书中讨论。就资产阶级文学范畴所展现的心灵历史而言，则是"近代人"的死亡和"现代人"的诞生。所谓"近代人"就是资产阶级近代精神的人格化；"现代人"则是资产阶级现代精神的人格化。

如果说，"中世纪人"的死亡与"近代人"诞生的里程碑是《神曲》的话，"近代人"与"现代人"之间的里程碑则是艾略特（1888—1965）的长诗《荒原》。然而，为了理解这一变化过程的来龙去脉，我们还需从20世纪初的一位法国作家说起。

一、"最后的骑士"和他的沮丧

从但丁的《神曲》开始，经过文艺复兴和启蒙运动而树立起来的"近代人"形象，其主要特征在于由资产阶级启蒙文化所提供的那些东西，即由"神本位"向"人本位"复归，在于坚信理性的力量，在于坚信人能够认识和把握这个世界，并使其不断走向进步。这种乐观的信念不仅贯穿于文艺复兴和启蒙运动，即使在19世纪上、中叶，现实主义作家们在揭露社会的黑暗与丑恶时，读者也可以在这些黑暗与丑恶之上，隐约看到一个手执正义之鞭的审判官，一个代表光明与美的尊神，这个尊神就是近代人的“理性王国”的化身，即法国大革命中提出的“自由、平等、博爱”的人道主义理想。对丑恶势力鞭挞愈烈，人们对光明与美的追求愈强。到了19世纪末、20世纪初，这种近代人的理想日益黯淡无光，越来越多的思想家和艺术家怀疑它不过是一个幻影。法国作家、“欧洲的良心”罗曼·罗兰作为这种近代理想的讴歌者，他是赤诚的、也是最后的一位骑士。

罗曼·罗兰（1866—1944）生于法国克拉姆西小城。父亲是位公证人，母亲性格忧郁富于幻想。他从父亲那里秉承了对真理和正义的热爱，从母亲那里汲取了对宗教和音乐的激情。这两种激情使他对丑恶污浊的现实感到格外难以忍受，同时又为它编织了缥缈仙界以保持心灵自由。罗曼·罗兰诞生的时代，是欧洲资本主义发展的低谷，资本家残酷剥削的血腥本质及其造成的所有矛盾和弊端都充分暴露，贫困、饥饿和死亡威胁着劳动者和小有产者，“人与人的战争”不仅愈演愈烈，而且向着“国与国的战争”发展，一场比远古时代、比中世纪更加“现代化”也更加残酷的大规模战争一触即发，人类所做的一切构建文明的努力仿佛都是为更加野蛮的屠杀做准备。再没有比这种景象使信奉“自由、平等、博爱”理想的人感到羞耻和绝望的了。帝国主义一手造成的人与人的互相仇恨和屠杀，使西方思想家们意识到人并不比动物有多少高明之处。这种绝望导致知识界的灰色情绪比任何时候都要浓重。如果读一下俄国作家阿·托尔斯泰所写的《苦难的历程·两姊妹》最初几章，就可以知道当时欧洲的思想文化艺术界处在一种何等颓唐和绝望之中：在飘荡着灰黄色浊雾的咖啡馆里，流淌着肮脏臭水的街道上，在穷愁潦倒的贵族沙龙里，在酒馆、在妓院……留着长发的学者和艺术家们被巨大的现实所压倒，借酒浇愁，在女人和毒品中寻找麻醉，在神秘而朦胧的彼岸世界中寻找安慰。

罗曼·罗兰

整个社会犹如：

正当朝天空慢慢铺展着黄昏
好似病人麻醉在手术桌上；
…………
黄色的雾在窗玻璃上
擦着它的背，
黄色的烟在窗玻璃上
擦着它的嘴，
把它的舌头舐进黄昏的角落，
…………

（艾略特：《阿尔弗瑞德普鲁弗洛克的情歌》，查良铮译，《外国现代派作品选》，上海文艺出版社，1980年版）

黄昏感、末日感笼罩着西方，它直接导致理性主义的崩溃。叔本华的悲观主义、神秘主义，尼采的“上帝死了”的震撼心灵的呼喊和弗洛伊德对心灵潜意识黑暗王国的揭示，有如滔滔巨流吞没着思想文化界，特别是“柏格森热”对罗曼·罗兰有深刻影响：

……在1900年，铁镐几下子就劈开了曾经保证过科学和政治秩序的理性主义决定论的垣墙，当时，人们——很难设想山洪暴发，来势多么凶猛；它以数十条支流，沿着所有的斜坡奔泻而下，汇合成为神秘主义的巨流——这个字，这呼声，同时响遍四方，在最不相同的党派中也都众口一词。

（罗曼·罗兰：《贝济》）

法国哲学家柏格森认为，理性不过是个外壳，真正强大的、支配人的行为的是隐遁于内心的“生命意识”；认识它不是靠科学的逻辑的方法，只能靠人的“直觉”。因此，柏格森主义又称“直觉主义”。柏格森把艺术家们领进了一个新的天地、未知的世界。这个陌生的领域，对于在资产阶级理性主义末路上徘徊的艺术家来说，具有极大的吸引力。它同罗曼·罗兰对于宗教和音乐的激情一拍即合。罗曼·罗兰早年即三次感到“灵光”降临，约翰·克利斯朵夫的艺术形象也是在一次神秘的生命感应中突然在晚霞中呈现的。约翰·克利斯朵夫的“生命意识”在母胎中就已经孕育，而从降生那刻起就在体内躁动了：

……在这混沌的梦境中，有友好的目光对他微笑，有欢乐的热流从母体与饱含乳汁的乳房中流遍他全身，有他内部的精力在那里积聚，巨大无比，无知无觉，还有沸腾的海洋在婴儿的微躯中汹汹作响。谁要能看透孩子的生命，就能看到湮埋在阴影中的世界，看到正在组织中的星云，方在酝酿的宇宙。儿童的生命是无限的，它是一切……

（罗曼·罗兰：《约翰·克利斯朵夫》，
傅雷译，人民文学出版社，1957 年版）

柏格森的“生命意识”是一个庞大而模糊的概念。在 20 世纪初，它同颓废享乐主义和宗教避世主义结合而成为一种深刻的悲观主义。但罗曼·罗兰却在柏格森主义旗帜下寻找拯救欧洲的“生命的太阳”，并以柏格森主义反对颓废享乐的物质主义。在谈到创作《约翰·克利斯朵夫》的初衷时，他说：

我们周围的空气是沉闷的，古老的欧洲在重压和腐烂的空气中麻木了，一种卑鄙的物质主义重重地压在思想上面……世界在它的谨慎的和卑劣的利己主义中窒息而死。世界要窒息了，打开窗子吧！让新鲜的空气吹进来，让我们呼吸英雄的气息！

（罗曼·罗兰：《贝多芬传》）

在罗曼·罗兰看来，“生命的太阳”高悬于 18 世纪，体现于贝多芬的音乐中，它就是法国大革命旗帜上所写的“自由、平等、博爱”。罗曼·罗兰在 20 世纪初所写的戏剧作品中，大部分是以法国大革命的历史和人物为题材。他写的三部传记（《贝多芬传》《米开朗琪罗传》《托尔斯泰传》）并不是由于材料翔实或评价中肯而享有盛誉，而是洋溢于其中的对自由、平等、博爱的热烈追求。在《约翰·克利斯朵夫》中，主人公对20世纪初的现代派艺术采取一概否定的态度，把它们同庸俗作品混在一起加以猛烈抨击。

他抨击那些“半明半暗”“忽隐忽现”“飘忽无定”的作品，声称这些作品“苍白、麻木、贫血、憔悴”，像“小灯”“萤火虫”，并且设问道：

难道法国没有太阳了吗？

还说：

……要是没有太阳，艺术家的使命不就是创造太阳吗？

罗曼·罗兰怀着巨大的热情写作《约翰·克利斯朵夫》，就是为了给20世纪初的欧洲“创造太阳”，而他的太阳就是贝多芬，就是18世纪大革命的精神。事情竟然这样地奇怪：柏格森主义所抨击的目标是高扬于法国大革命中的理性精神，但柏格森的热心鼓吹者罗曼·罗兰却在柏格森主义的旗帜下召回了18世纪的亡灵。柏格森力图摧破理性外壳，让那些非理性的“生命流”迸溢出来，而罗曼·罗兰却把柏格森的“生命意识”变成外壳，装进了理性内容，并用以抨击那些真正表现“生命意识”的“半明半暗”的作品。如果说罗曼·罗兰故意为之，显然不确，但从他的作品中所看到的这种矛盾毕竟是事实。

罗曼·罗兰承认非理性世界具有强大的力量，但又认为人的使命就在于同它的破坏性格斗。约翰·克利斯朵夫的一生有如交响乐的四个乐章——如作者所说，其主调就是理智与情欲的搏斗。这一搏斗到第九卷（《燃烧的荆棘》）中达到白热化。由于挚友奥里维的死去，约翰·克利斯朵夫倍感绝望和孤独，对理念的追求变得黯淡了：

理智是一颗冷酷的太阳，它放射光明，可是教人眼花，看不见东西。在这种没有水分与阴影的光明底下，心灵会褪色，血会干枯的。

而克利斯朵夫当时觉得最无意义的便是理智。这颗太阳只能替他照出深渊的内壁，而不能指示一条出路，甚至也不能使他看出深渊的深度。

（罗曼·罗兰：《约翰·克利斯朵夫》，傅雷译，
人民文学出版社，1957年版。以下引文皆出于此版本）

作者还说：

每个人心里有一颗隐秘的灵魂，有些盲目的力，有些妖魔鬼怪，平时都被封锁起来的。自有人类以来，所有的努力都是用理性与宗教筑成一条堤岸，防御这个内心的海洋。但暴风雨来的时候（内心越充实的人，越容易受暴风雨控制），堤岸崩溃了，妖魔猖獗了，跟那些被同类的妖魔掀动起来的别的灵魂相击相撞……它们投入彼此的怀抱，紧紧地搂着。我们也说不出那是恨是爱，还是互相毁灭的疯狂……——总而言之，所谓情欲是灵魂做了俘虏。

上述两段对于理智的贬损和对“盲目的力”的描绘都带有明显的“柏格森色彩”。就在这种“盲目的力”的支配下，约翰·克利斯朵夫同好友的妻子阿娜发生了奸情。这种奸情带有兽性。阿娜说：“一个人爱的时候就想毁灭他所爱的人，使谁也没法侵占。”“一个人爱的时候并不慈悲。”这种野蛮的热情是无法抵御的：

她的眼睛——他从来没机会看清楚的陌生的眼睛——盯在他身上：暗蓝的巨大的瞳子，严峻而火辣辣的目光，悄悄地抱着一股顽强的热情在那里搜索他的内心。……阴沉的眼睛里有股野性……

同自己救命恩人的妻子通奸，使克利斯朵夫羞愧不已。他胸中如火如荼的激流是用“爱情这个字眼还不足以形容”的。他终于明白了：

一朝面对着震撼世界的力量（指情欲的狂涛——本书作者注），他的骄傲，人类的骄傲，都是没用的。没有一个人能完全自主。非警惕不可。要是你睡着了，那股力就会溜进我们胸中把我们带走……带到哪样的深渊里去呢？带到泉源枯竭的地方……

女仆的"铺灰"诡计，使他们的秘密大白于天下，邻里们放肆的羞辱导致阿娜自杀。克利斯朵夫逃进了深山，皈依了上帝，在大自然的怀抱里解脱了情欲的纠缠，获得了灵魂的再生。全书结束时，克利斯朵夫成了圣者，他肩膀上坐着耶稣，涉足彼岸。这时早祷的钟声响了，无数的钟声一下子都惊醒了。约翰·克利斯朵夫并不知道自己肩膀上的孩子是谁：

咱们到了，唉！你多重啊！孩子，你究竟是谁呢？

孩子回答说：

我是即将到来的日子。

罗曼·罗兰认为依靠宗教的博爱，可以战胜堕落的情欲，拯救人的灵魂。约翰·克利斯朵夫——罗曼·罗兰笔下的拯救欧洲的英雄——始于18世纪大革命的自由、平等，而终于中世纪基督的博爱。罗曼·罗兰是一位忠诚而纯洁的人道主义战士，他生于巴黎公社时代，却无视无产阶级革命的曙光。他背对着"社员墙"，而把热烈的目光投向资产阶级的光荣往昔。他像一位站在20世纪门槛上的堂吉诃德，他的瘦马和锈矛已无法清除现代的妖魔鬼怪。他是一位可敬的骑士，但又是最后的骑士。

罗曼·罗兰寄希望于"即将到来的日子"。颇具讽刺意味的是，这部巨著问世之日正是第一次世界大战爆发之时。肮脏的帝国主义瓜分殖民地的战争，把整个欧洲投入灾难之中，无数人被驱赶到前线，遭到屠杀，而后方的人忍饥挨饿。在法国，小麦涨价三倍，日用品涨价一倍，而薪水毫无增加。圣徒克利斯朵夫肩上坐着的不是耶稣，而是灾难。这种局面无异于给了这位善良的作家一记耳光，它宣布罗曼·罗兰以法国大革命时代的英雄拯救欧洲的愿望破产。这种结局，他似乎感觉到了，在《卷十初版序》中写道：

我写下了快要消灭的一代的悲剧。我毫无隐蔽的暴露了它的缺陷与德性，它的沉重的悲哀，它的混混沌沌的骄傲，它的英勇的努力，和为了重新缔造一个世界、一种道德、一种美学、一种信仰、一个新的人类而感到的沮丧。——这便是我们过去的历史。

罗曼·罗兰对创造新世界感到的沮丧，是差不多整整一代文学家（转向无产阶级的作家除外）的普遍的沮丧。它标志着支撑整个19世纪文学大厦的那种乐观的理性支柱崩塌了。高度发展的理性如果遭逢危机，会使人跌入更深的绝望。当人们自以为登上极乐仙境之时，却猛然发现眼前出现的是悬崖和深渊，那种悲哀是可以令人发疯的。20世纪上半叶，发疯或自杀的作家特别多：斯特林堡的《鬼魂奏鸣曲》写于疯癫状态；杰克·伦敦像他的主人公马丁·伊登那样自己结束了自己，只是采用了服毒自杀的方式；意识流巨匠伍尔夫投了河；海明威用枪打碎自己脑袋；奥地利的茨威格则使用了煤气；“苏维埃最有才华”的诗人马雅可夫斯基也用的是手枪，叶赛宁步其后尘……他们的心灵如脆弱的芦苇，没有风时还颤抖不停，待寒风骤起，便一个个结束了自己的生命，更多的作家陷入悲观主义的深渊。以柏格森为代表的非理性主义思潮以滔滔之势席卷思想文化界。尽管罗曼·罗兰在隐遁十年之后仍在原来的基地上战斗，但18世纪的理性精神终究从主流地位上被推下来了。

二、从两极向理性精神告别

在罗曼·罗兰写作《约翰·克利斯朵夫》的时代，他并不孤独，同他一起为行将崩溃的理性王国而战斗的还有一大批杰出的现实主义作家：法国的法郎士、巴比塞；英国的哈代、高尔斯华绥；美国的马克·吐温、欧·

英国现代派诗人叶芝（1865—1939）在青年时代承袭唯美主义，写的诗温丽多姿而缺乏深度。

亨利以及东、北欧的安徒生、易卜生。他不过是他们中间对那即将逝去的理想最热情、坚持最久的一个。与这批“征服现实”的战斗者同时代的另一些作家做了另外一种选择。早在19世纪就有人开始同近代理性精神告别了。法国诗人兰波（1854—1891）面对人欲横流、道德沦丧的世界，无比怀念那个死于鸦片的诗人波德莱尔。事实上正是波德莱尔和美国作家爱伦·坡开辟了被称为“现代主义”的文学流派，开始了西方人对理性精神的讨伐。1886年9月，不很出名的诗人让·莫雷阿在巴黎《费加罗报》上提出“象征主义”这个称谓，由此开始了现代主义的文学运动。象征诗派是现代主义文学中生命历史最长的一个流派，它突破理性精神的坚硬外壳向着人的内心深渊驶航，探索被理性桎梏着的非理性王国。沿着这条航线向前的还有象征主义在小说戏剧领域中的表现——“表现主义”文学以及“意识流”文学等。

上述流派的共同特点是反叛由科学、工业发展引起的注重物质世界的思潮，控诉资本主义工业化对人的心灵造成的扭曲和伤害。而本世纪崛起的“未来主义”却高歌“机器文明”和“科学进步”。但在这两面大旗之下未来主义者唱出的歌充满非理性的狂热和破坏欲。他们实际上是从另一极向近代理性精神发起了猛烈进攻。战后出现的达达主义、超现实主义在纲领上与未来派不同，但在气质上庶几相近。

一切生命均从腐败开始：叶芝和庞德

诺贝尔文学奖获得者、英国诗人叶芝说过：“一切生命均从腐败开始。”现实主义文学鞭挞腐败，弘扬理性，而现代主义却冷静地肯定腐败的必然性，把这视为生活中不可或缺的一部分。腐败就是生命的本身。波德莱尔的诗集《恶之花》的题目本身就包含着对腐恶的肯定。法国象征派诗人魏尔伦称自己的一部诗集“是容纳我所能表达的一切‘恶劣’情感的阴沟和‘粪池’”。庞德把自叙诗题为“艾·庞德关于选择自己的坟地之歌”。

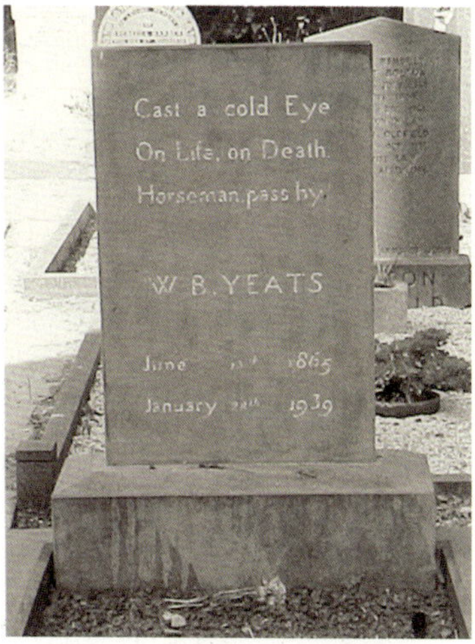

后期象征主义诗人叶芝和他的墓碑

象征派新审美观念的形成有一个过程，前期象征派着力于意象的探索，直到意象派形成，在艾略特、叶芝和庞德时代，这种与文艺复兴时代迥然相异的美学观念才变得日益鲜明和丰满。叶芝早期诗作承袭19世纪的唯美主义，喜欢写一些温丽多姿而没有深度的诗，如：“假如我有天堂的绣花布……/我愿把它铺在你足下；/然而我很穷困，有的只是梦；/我已经把我的梦铺在你足下；/请轻轻地走，因为你踩着的是我的梦。”这类诗同19世纪的感伤浪漫主义相去无几。后期审美观念发生很大变化，如：“一个上了年纪的老人是件渺不足道的东西，/一件挂在杆子上的褴褛的外衣。”又如：“我将怎么对付这种荒谬——/心啊，烦恼的心啊——这种讽刺画，/衰朽的年龄捆在我身上/像捆在狗尾巴上一般？”——一个蜚声欧美的大诗人把自己比作吓鸟儿的破衣衫、狗尾巴，同

法国后期象征主义诗人马拉美

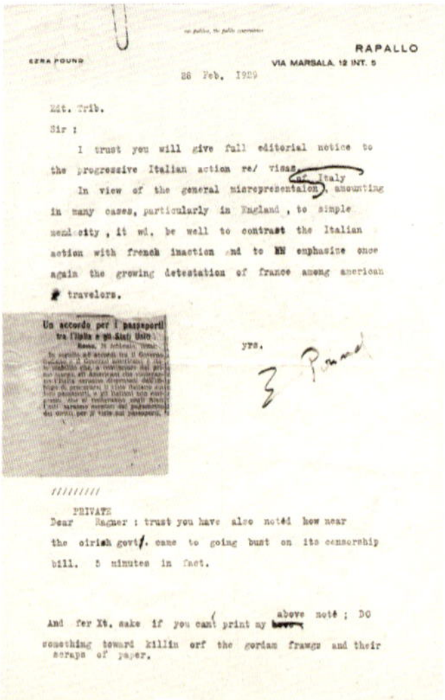

EZRA POUND

RAPALLO
VIA MARSALA, 12 INT. 5

26 Feb. 1929

Edt. Trib.

Sir :

I trust you will give full editorial notice to the progressive Italian action re/ visas of Italy.

In view of the general misrepresentaion, amounting in many cases, particularly in England , to simple mendacity , it wd. be well to contrast the Italian action with french inaction and to emphasize once again the growing detestation of france among american travelors.

Un accordo per i passaporti tra l'Italia e gli Stati Uniti

yrs.

E Pound

//////////

PRIVATE
Dear Ragner : trust you have also noted how near the oirish govt. came to going bust on its censorship bill. 5 minutes in fact.

And for Xt. sake if you can't print my above note ; DO something toward killin orf the gordam frawgs and their scraps of paper.

庞德的信件

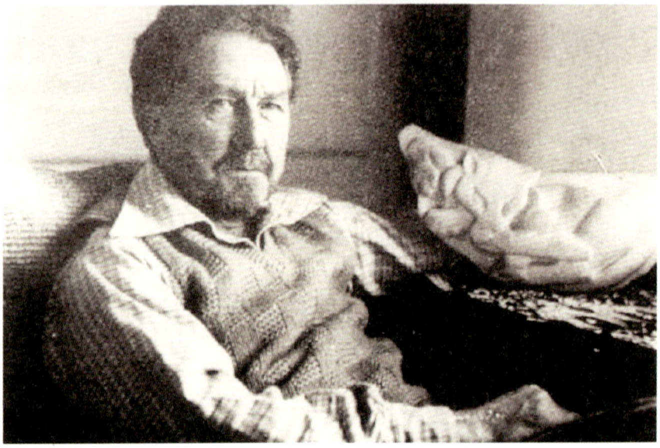

艾兹拉·庞德（1885—1972）。他在《一个意象派者所提出的几条禁例》中提出诗要具体，避免抽象；要精练，不用废字。他认为意象是瞬间的感情与理智的综合体。

前期的绣花布、梦相比，这不是一个简单的比喻上的不同，它反映了审美理想的区别。叶芝讲过："寻找那样的意象，构成狂人和处女，构成狮子和婴儿，还有街头的娼妓。……承认那五种东西，它们使缪斯唱吟。"讲到他诗歌中那些巧妙的意象来源时，他说："一堆废物或一街垃圾 / 旧小壶、老瓶子和一只破罐子 / 旧熨斗，老骨头、旧破布和管钱柜的 / 疯女人。既然我的梯子已不存在了，/ 我必须躺在所有的梯子开始处 / 在心之臭破布、骨片店里。"读起来丑恶可怕，然而比那些美丽、空灵的诗文更接近社会现实。既然一切生命均从腐败开始，艺术创作的梯脚自然只是"心之臭破布、骨片店"。

美国意象派诗人庞德在 1919 写的自叙诗《休·赛尔温·莫伯利》中，意识到自己追求的"崇高"与时代不合拍：

为时三年，同自己的时代不合拍，
他力图恢复已死的诗歌艺术，
想保持旧意义上的"崇高"。
这从开始就是个错误——

为了即将逝去的近代文明，人们消磨了太多的时光：

无数的人死了，
其中有最优秀的，
为了掉尽牙齿的老娼妇，
为了拙劣的文明，

美丽的嘴边微笑的魅力，
锐眼，都已经埋进地里。

为了几百个残破的铜像，
为了几千本磨损的书籍。

在另一首诗里，他对美国“近代人”的象征——诗人惠特曼如是说：

惠特曼，我跟你订个合同——
够久了，过去我一直憎恶你。
一个有顽固父亲的孩子，
现在我已长大成人，
走向你，
我已能够独立地交朋友。
是你，
砍倒了新森林，
现在是雕刻的时候了。
我们有共同的树液与树根——
让我们相互之间进行交易。

庞德公开申明了自己要摆脱惠特曼而独立，并且宣布新时代需要的审美观念：

这个时代需要一个形象，
来表现它加速变化的怪相，
需要的是适合于现代的舞台，
而不是雅典式的优美模样；
…………
相比起来，
一堆谎言要比经典的诠释更强。

这是向近代诗歌审美观念实行叛逆的宣言，是审美理想走向沉落的文学反映。

弗洛伊德：潜意识与性革命

弗洛伊德漫画像

人类在蒙昧时代是非理性的。理性的形成和发展是人类进入文明时代的标志，是人类区别于动物的根本之点。西方在近代科学与启蒙思想的携手合作下创造了“理性王国”，这是人类文明史上的里程碑。但与此相伴而来的是对非理性的压抑和失落。近代科学所提供的理性是单一的，而人作为个体却是多样的，单一化与多样化的冲突不可避免。理性企图把人变成“单维人”，而非理性的无限的、多变的欲望则要冲破它。现代主义赋予自己的任务就是冲破理性的坚硬外壳，寻找失落了的具有无限丰富的个体。

人类认识自己的历史是由外向内、由抽象到具体的过程。人由认识外界进而认识自己，由认识自己的肌肤进而认识自己的心灵，由认识清醒的意识进而开始露出对无意识和潜意识的兴趣。

对于无意识和潜意识的探索，文艺家要比心理学家早得多。莎士比亚谈论“无意识”（见《哈姆雷特》）时，心理学作为独立学科尚未诞生。然而，当19世纪末弗洛伊德提出他的精神分析学说时，对文艺界所引起的震撼依然是非常巨大的。可以说，有了弗洛伊德，才有了现代主义文学。

弗洛伊德的“人格结构理论”把人的心灵视为一个多层次之间相互作用的动力系统：

超我：实行道德原则；

自我：实行唯实原则；

本我：实行唯乐原则。

这是一个动力系统，能量多储于本我之中。就意识的层次而言，本我相当于潜意识，它的活动规律完全不遵守理性的逻辑的法则。弗洛伊德从对梦的分析中得出潜意识活动的三法则谓之原本性思维法则：

第一，不受时间、空间之限制，任何事情都可以跳跃时空而发生联系；

第二，思维方向在情感和欲望的支配下进行，不遵守逻辑法则；

第三，常以“浓缩”“转移”“象征”等作用表示。

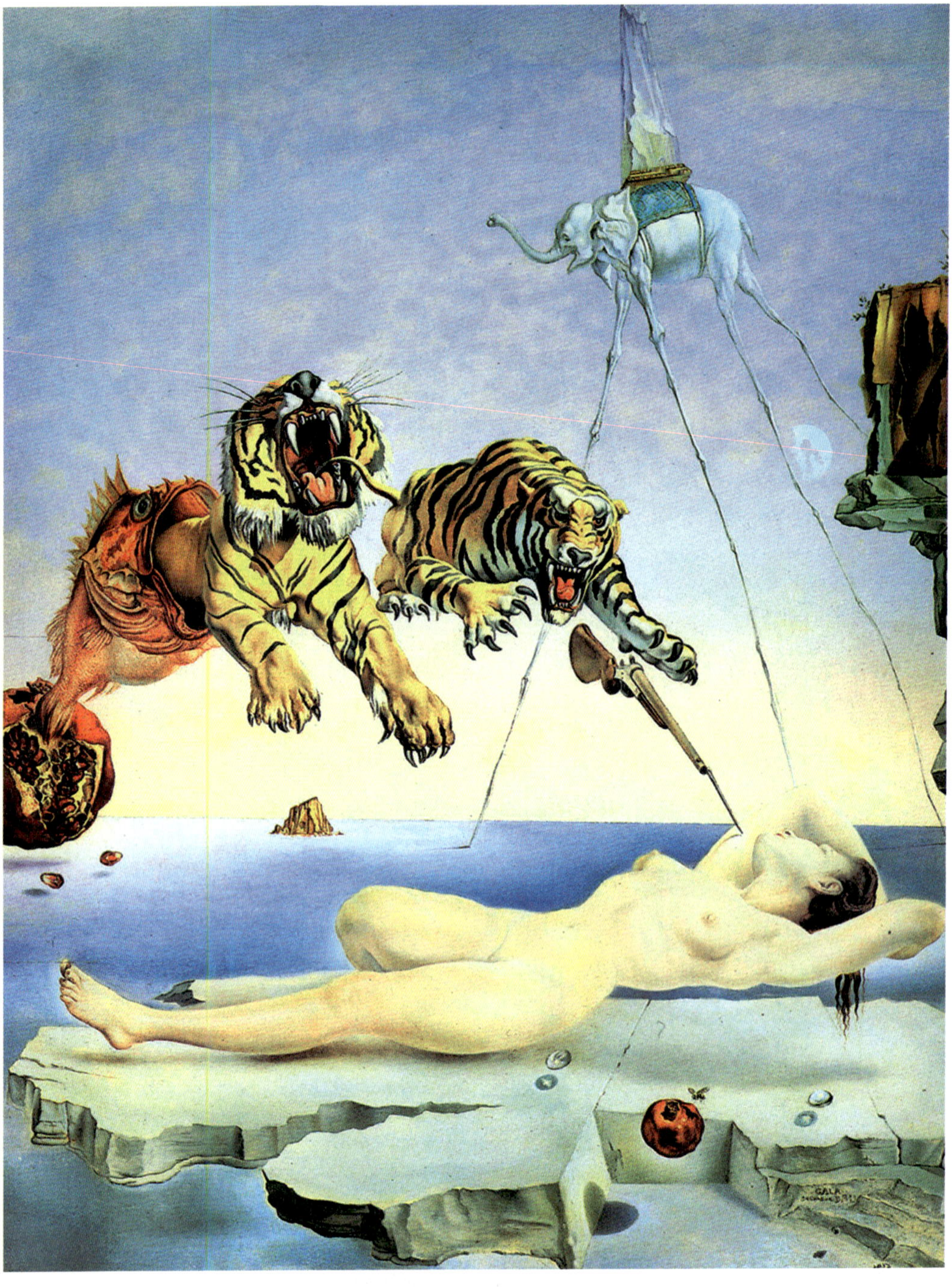

弗洛伊德的潜意识理论在诸多领域中引起爆炸性的连锁反应。图为西班牙画家达利所绘《由一只蜜蜂围绕石榴或者苹果造成的醒前一秒钟的梦》。

弗洛伊德还认为，人的潜意识区是一口黑暗的充满欲望骚动的沸腾的大锅，其中起重大作用的能量是性本能。人的任何被压制的欲望都是由泛性欲产生，包括艺术创作都是性本能的宣泄与升华。弗氏的泛性论具有明显的荒谬性。在后期他自己曾有所补充和修正，他的弟子荣格和阿德勒对他的泛性论也有严厉的批评。但无疑，弗洛伊德建立了一个关于人类心理结构的新模型。几乎任何一个现代主义流派都不能否认弗氏理论从根本上摧毁了“近代人”的模型，为他们开拓了一个新的心理世界，甚至现实主义文学也不能不承认它对自身的影响。超现实主义流派的领袖布勒东公开宣布自己是弗洛伊德的崇拜者，要用解放性的“魔鬼——肉欲——潜意识”的概念对抗压制性的“上帝——灵修——意识”的概念；未来主义者则热衷于表现潜意识中那种强烈的破坏欲；意识流派小说家们笔下的人物几乎都失去了清醒理智和道德荣辱观念，内心深处充满莫名的喧哗与骚动，一任模糊的、黑暗的堕落和欲望所支配。

弗洛伊德和儿子们

20 世纪初在英国取得突出成就的意识流小说，广泛地探索了人的错综复杂、流动不已的内心世界。在詹姆斯·乔伊斯手中，“意识流”达到高峰，他的《尤利西斯》被视为意识流的经典作品；女作家弗吉妮亚·伍尔夫也是一位别具特色的意识流大师；此外，美国的福克纳（《喧哗与骚动》）、法国的普鲁斯特（《追忆似水年华》），也都是意识流派的劲旅。意识流的意义远远超过方法上的革新，它发现了西方的“现代人”。他们的作品所塑造的“人”同“近代人”完全不同。

弗洛伊德的泛性论、荣格的“集体无意识”和阿德勒的“自卑与超越”等探索生命潜动力的理论，对文学创作也产生了广泛影响。应当指出，对于

福克纳（1897—1962）曾说：“家乡那块邮票般小小的地方倒也值得一写，只怕一辈子也写不完。”他的大部分作品与家乡生活有密切关系。

《喧哗与骚动》是福克纳的代表作，小说通过一些神经不正常的人物，书写了美国南方贵族家庭的没落以及传统价值观念的破产。福克纳病逝于牛津镇。他曾于 1949 年获诺贝尔文学奖。

潜动力的兴趣并非自弗氏始。在18世纪的杰作《拉摩的侄儿》中，著名的战斗唯物主义者狄德罗揭露主人公的潜意识时说：

如果那小蛮子（即孩子）自行其是，如果他始终愚昧不化，同时集三十岁汉子的狂暴情欲和襁褓幼儿的无理性于一身，他就会掐死他老子，和他娘上床睡觉。

这可以视为“俄狄浦斯情结”的最早表述。卢梭的《忏悔录》中关于童年时代的性欲记述和他同华伦夫人之间那种奇异关系多少也带有“弗洛伊德色彩”。湖畔派诗人华兹华斯已经提出了无意识与理智的冲突，司汤达关于性欲失调的研究和对性爱激情的理解都隐含着后来被弗洛伊德称为“伊的”（Id）的那个东西。陀思妥耶夫斯基和诺瓦利斯对于“死亡”的探索，爱伦·坡、波德莱尔对“恐怖”的诱惑力和艺术家们普遍对于“梦”的兴趣（内尔瓦尔认为“梦是人的第二生活”）都表明弗洛伊德理论的产生不是没有文化渊源的。

尽管弗洛伊德本人不承认他要对“性解放”负责，但他的理论诱发了人们对性心理的强烈兴趣，导致了家庭的解体，这终究是事实。艾略特的《荒原》借用《金枝》的研究成果，认为圣杯喻女性，骑士的剑喻男性，骑士寻找圣杯暗喻男女媾合。全诗犹如那淹死腓尼基水手的欲海，人们只有皈依基督，才能获得拯救。用现实主义手法写现代心理小说的D.H.劳伦

福克纳

“意识流”小说的代表性作家弗吉妮亚·伍尔夫（1882—1941），她的最重要的作品是《到灯塔去》《达罗卫夫人》和《墙上的斑点》。她在小说理论的探索上也颇有建树。意识流小说的巨匠多有某种精神分裂症候，伍尔夫于1941年投河而死。

普鲁斯特（1871—1922）是意识流小说的先驱。他的《追忆似水年华》把“消逝的时光”与“重现的时光”交织在一起，将人物的主观意识、印象、感觉乃至潜意识融为一体，拓展了小说的表现空间和表现手段。

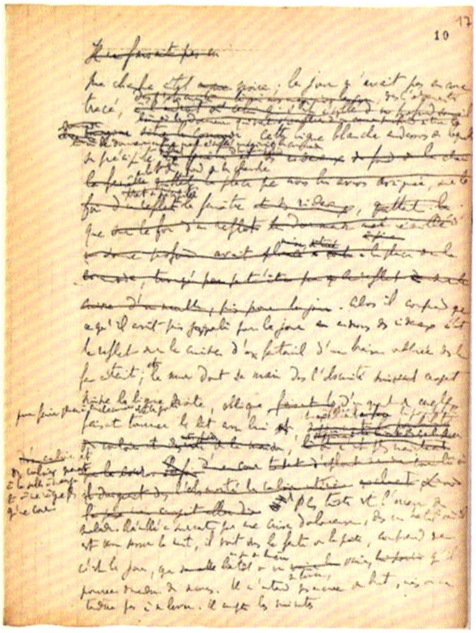

1955 年，《查泰莱夫人的情人》被改编为电影，在纽约上映。

劳伦斯（1885—1930）：英国现代小说家。他是煤矿工人的儿子。成名作是短篇小说《白孔雀》。长篇小说有《儿子与情人》《虹》《恋爱中的女人》。最引人注目的作品是《查泰莱夫人的情人》，该书曾在英国长期被查禁。

劳伦斯的情人露易丝

劳伦斯为自己的小说《虹》所作的护封。此书1915年出版时，被视为色情文学而遭查禁。

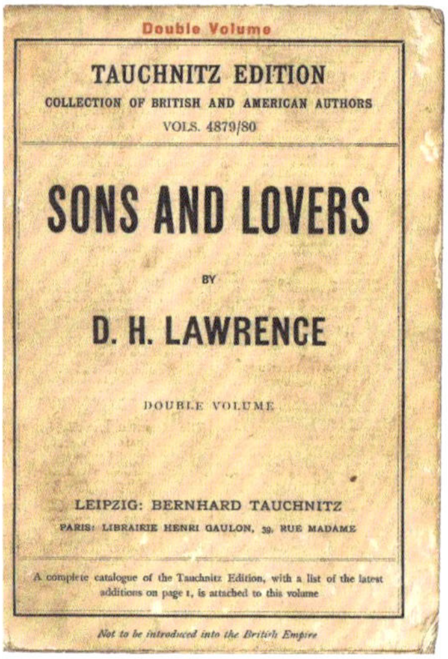

劳伦斯的小说《儿子与情人》

斯则是弗洛伊德泛性论的最坚决的理论支持者和艺术实践者，他的主要作品都是以此为核心的。早在1913年出版的《儿子与情人》中，儿子保罗就是一个被“俄狄浦斯情结”所纠缠的病人，他同母亲之间那种类似异性恋爱的奇特关系完全同弗氏理论吻合。《虹》和《恋爱中的妇女》通过描述各种不同人物对性关系的实践的探索，表现了作者的性爱观：人的欲望和本能并非罪恶，压抑这种欲望和本能才是罪恶，人有权利找自然和谐的性关系，实现性的彻底解放。在1920年和1921年发表的两本心理学小册子（《精神分析与无意识》和《关于无意识的随想》）中，他进一步阐述了自己的思想。后期作品《查泰莱夫人的情人》（1928年）以丧失性能力的查泰莱爵士象征失去生命力的英国统治阶级，以查泰莱夫人的情人——工人梅勒及其生活于其中的生机盎然的森林象征英国生命力之所在；查泰莱夫人正是与梅勒之间的性结合使她重获新生。把尖锐的社会矛盾归结为“性”，并用性解放来解决社会矛盾，这种观念反映了西方社会无可挽救的没落和文化上的贫困。该书以诗的语言多次描写性生活的过程，因此被英国当局查禁。在现代主义作品中性描写极为流行，遭到不少严肃作家的反对，例如表现主义大师卡夫卡认为，靠性描写成不了大师。他和海明威都不在自己的作品中对性行为作细节描写。

对人的潜意识中黑暗王国的揭示，是西方审美理想的沉落。这种沉落同20世纪上半叶的社会危机相适应，它无情地揭破了现实主义文学尚保存着的那些罩在“近代人”头上的神圣灵光。从对内心世界的揭示上说，现代主义比现实主义更为真实。从审美的角度说，它开辟了新的视角，满足了新的审美需要，也是有重要贡献的。

未来主义：破坏欲与恐怖感

1908 年诞生的未来派，最先敏锐地意识到科学技术的飞跃发展将导致时间与空间概念的革命。它的首倡者意大利人马里内蒂在《未来主义的创立和宣言》（1909 年）中宣布：

“时间和空间已于昨天死亡。”

他们的宣言和诗篇出色地表现了现代科学技术的伟大力量。但这种力量并未导致诗人对于人类理性力量的坚信，恰恰相反，却鼓荡起一种盲目的疯狂的非理性热情。《未来主义的创立和宣言》中热烈歌颂汽车：

我们走到那三只大口喷着热气的野兽（指汽车——本书作者注）身旁，亲热地拍打它们滚烫的胸脯。我在自己的汽车里躺下，俨然是一具尸体摆在棺木里，但是我很快苏醒过来，驾驶盘像断头台上的利刀对准我的肚皮。

一股疯狂的劲头猛冲上来，驱使我们在像河床一样坑坑洼洼的塌陷的街道上奔跑穿行，我们无法控制自己了。……

我高喊：野兽只凭嗅觉就行了，嗅觉，嗅觉！

…………

让我们从理智的可憎的外壳里钻出来吧，像种子那样充满自豪地跳进大风

荒诞派剧作家尤奈斯库的作品《椅子》剧照

马里内蒂（1876—1944）：意大利作家、文艺理论家和批评家，未来主义创始人。他的剧本《他们来了》展现夸大的、违反理性的舞台形象和人的梦幻般的、惊恐的感觉。

旋转着的巨大嘴巴里去吧！……我们甘愿被陌生吞噬，并不是由于绝望，而只是为了填平愚昧无知的深渊。

我刚说完这些话，自己猛然原地转起圈子来，就像想咬住自己的尾巴的狗那样带着一股疯狂的兴奋团团转，原来我突然碰上了两个骑自行车的人……我摔进了一条水沟里……

啊！慈母般的水沟里几乎尽是泥浆！可爱的工厂的废水沟呀！我贪婪地品尝你那含有养料的泥土，想起我的苏丹奶妈的神圣的黑乳房……

（转摘自《未来主义、超现实主义、魔幻现实主义》，
中国社会科学出版社，1987 年版）

再也没有哪个流派像未来主义那样坚决地要与过去的一切诀别：

那么来吧，手指熏焦了的快乐的纵火者们！来吧！来吧！……干起来吧！你们点燃图书馆的书架！……你们把河水引来淹没博物馆！……啊！看着那些自命不凡的古画被撕破了，褪色了，在水面上随波逐流地漂浮，是多么地

超现实主义诗人群体。他们的头脑浮在云端里，双脚却陷在泥泞的现实里。

在 20 世纪最初的年代里，俄国涌现出一批卓越的现代主义诗人，这个时期被称为“白银时代”，阿赫马托娃是其中的佼佼者。

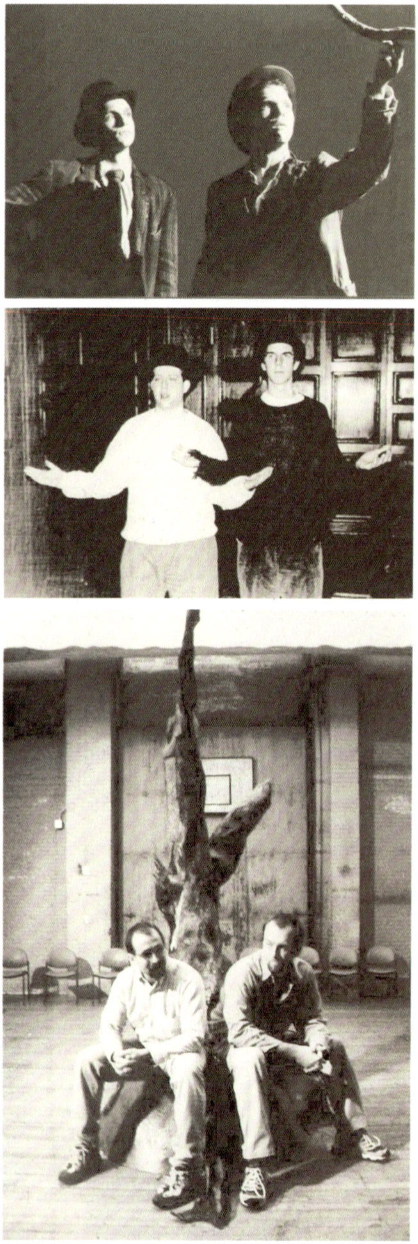

贝克特的名剧《等待戈多》

开心……你们举起镢头、斧子、铁锤，毫不手软地捣毁那些受人尊敬的城堡吧！

（转摘自《未来主义、超现实主义、魔幻现实主义》）

但是，在这种疯狂的虚无主义热情背后，我们还是发现了绝望和空虚。帕拉采斯基的《我是谁》中自述心灵的三要素是“疯狂”“忧愁”和“悲哀”。被马里内蒂视为最优秀的未来主义剧作的《黄与黑》（基蒂著）就是借人物的直觉和幻象来表现第一次世界大战中的奥国士兵的恐怖的，这一剧作的副标题就是“内心的恐怖”。

这种恐怖感恰恰来源于他们自己拼命歌唱的物质世界。如前所引，他们在歌唱先进技术的产物——汽车时，带有一种绞刑架上的囚犯歌颂绞架的变态心理。马里内蒂最先利用戏剧形式表现了人被物化、被物所统治的恐怖心理。他的剧本《他们来了》，是未来主义派在创作方面的最高成果。异化的主题在这里获得了崭新的艺术表现：全剧没有完整的情节，没有戏剧冲突，只有三句台词和一句谁也听不懂的胡言乱语。戏剧开幕时，台上有一张异常高大的安乐椅，安乐椅两边摆开八张座椅。总管说：“他们来了，赶紧准备。”仆人们立即忙乱起来，把八张座椅围绕安乐椅摆成马蹄形。而后是紧张而长久的等待。总管又上：“新的命令。他们非常困乏……赶紧准备一批枕头、凳子……”仆人们又忙乱起来，搬动安乐椅和八张座椅，安置枕头、凳子……总管又气喘吁吁地上：“新的命令，他们饿了，准备开饭。”于是仆人们又忙忙碌碌重新摆动椅子，布置餐桌，座椅两腿跷起来靠在餐桌上，表示“保留座位”，又是紧张而长久的等待……仆人们立即把餐桌恢复到幕启时的位置。把安乐椅放在通向花园的门前面；八张座椅尾随安乐椅一字长蛇阵地摆开，形成一条对角线穿过舞台。仆人们熄灭吊灯。这时：

一盏瞧不见的聚光灯，把安乐椅和八张座椅的影子照射在地板上。随着聚光灯的移动，这些影子也分明变得越来越长，朝着通向花园的门移动。

仆人们龟缩在舞台的一个角落里，浑身颤抖，极其痛苦地等待着安乐椅和座椅缓慢地走出客厅。

（转摘自《外国现代派作品选》，第 1 册，
上海文艺出版社，1980 年版）

钢笔速写贝克特肖像

全剧的"眼睛"是"他们来了"。"他们"是谁？不知道，总归是一种决定场上人们命运的一种凶险莫辨的力量。只要一说"他们来了"，人们便一阵紧张的忙碌，不知什么样的命运将要临头。这里的"他们"经过三次叠加，已经取得了象征性的意义。然而"他们"终于没有来，在一句谁也听不懂的如"咒语"般的台词之后，所有的椅子都取得了生命，骄横地不可一世地走向花园。被他们颐指气使的仆人们龟缩在一起，浑身颤抖。物（椅子）支配着人、统治着人的现实如此真实地出现在舞台上，使观众也禁不住同仆人一起战栗。如果读一下 20 世纪 60 年代的荒诞派剧作家尤奈斯库的《椅子》便不难意识到马里内蒂这一短剧影响之久远。贝克特的名剧《等待戈多》中的"戈多"也与马里内蒂的"他们"之间存在某种联系：它们都是一种外在的决定人们命运的力量。但"他们"威胁着人们的生存，"戈多"却是无法生存的人们企望的"救星"。"戈多"始终没有到来，而"他们"却幽灵似地填充在"物"（椅子）的空间里。

三、《荒原》：死亡的象征

从 19 世纪中叶的波德莱尔、爱伦·坡开始，西方艺术家对近代资产阶级

艾略特（1888—1965）是位学者型诗人。他毕业于哈佛大学，和中国人文学者吴宓是同学，而且同宗大师白壁德。他在理念上鼓吹古典主义，他的创作却属于现代主义。这种看似矛盾的现象，其实是统一的。

理性精神的怀疑，历经20世纪初的后期象征主义、意象派、表现主义、达达主义、超现实主义和未来主义等流派的冲击，到第一次世界大战爆发时形成了一个高潮。战争的灾难无疑是对近代理性精神的致命一击，加速了“近代人”的衰亡。1922年问世的长诗《荒原》，即是对战后欧洲社会图景的象征主义描绘，也是近代理性主义危机的集中表现。它在艺术上所达到的成就，使它成为现代主义诗歌的里程碑。

把但丁的《神曲》和艾略特的《荒原》加以比较，是颇有意味的。两部作品都产生于历史发生转折和动荡的时期，都具有恢宏的史诗气度和神秘的宗教意识；他们都试图描绘出他们所处的时代图景并为人们指出拯救自己的道路。但《神曲》给人们提供的世界图景是严整而明晰的：地狱（九重）、炼狱（七重）、天堂（九重），每个人都可依据自身的情况在这个图影中找到自己的准确位置或拯救自己的方式。这种世界观念的严整性和明晰性，决定了它在艺术形式上的严整和明晰。全诗一百曲，除序诗外，每篇三十三曲，全部用三行连环体写成。形式上的“三”是世界本原的“三位一体”（圣父、圣子、圣灵）的投射。内容和形式上的这种高度适应性，使这首史诗达到了几乎无法比拟的完美程度。而《荒原》的情形却似乎完全相反，它所提供的世界图景是模糊而混乱的，人们从中无法探寻出世界运行的图景。这种模糊和混乱是近代理性在西方走向衰落的标记。全诗使用的晦涩、混乱的语言结构也恰好同这种世界图景相适应。《神曲》的字面意义是善有善报、恶有恶报，《荒原》却是恶欲横流，善良死灭；《神曲》表现出对“恶”的强力意识，《荒原》却是软弱无力；《神曲》引导人们走向“乐园”耶路撒冷，而《荒原》却让人的灵魂感到无家可归；《神曲》追求个人完美，《荒原》追求的是死亡意识。两者都以基督教为皈依，但《神曲》充满乐观精神，《荒原》却渲染浓厚的灰色意识。

当社会出现信仰上的“断裂带”时，往往产生“荒原文学”。在西方历史上，最典型的荒原期是4世纪、5世纪——古罗马行将灭亡时期和17世纪初——即所谓“巴洛克时期”，还有就是19世纪末20世纪初——资本主义发展的低谷和第一次世界大战。精神上的荒原期未必是文学的衰颓，而常常是相反。荒原期的文学所揭示的心灵是破碎的，氛围是悲观的，思想是神秘的，结构是突梯的，语言是诡谲的。从总体上说带有精神病人的那种心理变态。

《荒原》同《神曲》一样，大量使用神话，但《神曲》多用古希腊荷马时代以后，即人类开始进入“本体论时代”的材料，这些材料反映人类童年时代的个体意识觉醒和对宇宙规律的最初思考。这种思考本身就意味着人对自然的分离。而《荒原》引用的多属“神话时代”，即蒙昧时期的神话。这一时期的人与自然尚存“脐带联系”，人和自然交混为一，个体意识有如胚胎，躁动于大自然的母腹之中，人和自然都显得更加混沌和无秩序。艾略特认为第一次世界大战造成的物质废墟和精神废墟犹如使人们返回了那个比希腊文明更早的神话时代。那个时代的世界图景在两本著作中得到了生动的描绘，这就是魏士登女士所著的《从祭仪到神话》和弗雷泽所著的《金枝》。在这两部著作中，作者大量记述了原始时代灾难流行导致山野荒芜、植物不再生长、动物几近灭绝、妇女神秘地失去生育能力的传说。在初民们的理解，那一定是主繁殖的神（如渔王）患了病或被害了（耶稣也是主繁殖的神，《金枝》中有关于他被害的传说）。只有少年英雄出现，

长诗《荒原》是西方文学中的划时代作品，现代派诗歌的里程碑。

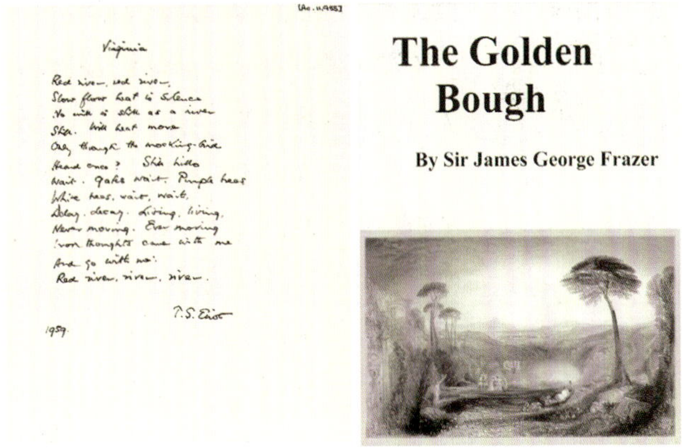

弗雷泽的《金枝》，记载了原始时代灾难流行的种种传说，可以同《荒原》对照来读。

手执利剑去寻找圣杯，才能治愈渔王的病，使荒原复苏。这里的利剑喻男性，圣杯喻女性（纸牌中的“黑桃”和“红桃”分别从利剑和圣杯转化而来）。寻找圣杯的故事又源于人们对于宇宙间一切生命本源的最初觉悟，只是用神话的形式来表现了。人类进入文明时代经常以“荒原”作为象征喻人类精神的被毁灭。《圣经》中《以西结书》有对以色列人因崇拜异教偶像，上帝耶和华命令将家园变为废墟的记载。古罗马灭亡前，罗马城五次遭焚，“神圣之都”化为废墟，是上帝对荒淫的罗马人的惩罚。荒原于是成了人类犯罪结下的恶果。到了文艺复兴末期，莎士比亚在《哈姆雷特》中，把人世间比喻为“荒芜的花园，到处长满恶毒的莠草”，使荒原成为邪恶势力的象征。在《李尔王》里，疯了的李尔王流落于荒原之上，荒原具有宇宙本体的意义。所以，20 世纪初，艾略特以荒原喻死亡不算是发明，但他在极其广阔的历史跨度上展开荒原的精神内涵，使得荒原成为物质世界与精神世界毁灭的象征性符号。

这是一首需要用“智力”来阅读的诗，像但丁的《神曲》一样，充盈着各种典故，而且晦涩、朦胧、“混乱”。然而，一旦突破这些“障碍”，一股强大的情感激流就会淹没你的身心。

全诗的“题词”就画龙点睛地提到“死亡”这个主题：

是的，我自己亲眼看见古米的西比儿（译注：女先知）吊在一个笼子里。孩子们在问她，“西比儿，你要什么”的时候，她回答说，“我要死。”

（赵萝蕤译，见《外国现代派作品选》，上海文艺出版社，1980 年版。以下引文皆出于此版本）

第一节《死者葬仪》的最初几行表现了一种同近代理性精神绝不相容的情绪：

四月是最残忍的一个月，
荒地上长着丁香，
把回忆和欲望掺和在一起，

又让春雨催促那些迟钝的根芽。

文艺复兴以来，春天（四月）历来是生命与希望的象征，莎士比亚的喜剧被称之为“春天的戏剧”“绿色的戏剧”。浪漫派雪莱的名句：“冬天到了，春天还会远吗？”其中的春天也是希望和胜利的象征。但在艾略特看来，春天是残忍的，其残忍就在于把“回忆”和“欲望”掺和在一起。回忆已经逝去，欲望又只能导致人们犯罪和死亡（“欲望”毁灭人）。它用春雨去催促那些迟钝的根芽生长，而生长的结局又将是痛苦的死亡。因此，还不如冬天：

冬天使我们温暖，
大地给助人遗忘的雪覆盖着，
又叫枯干的球根提供少许生命。

冬天的好处就在于不死不活，不知道是死、不知道是活。冬雪成为蜗居的洞穴，它帮助人们忘掉一切。老话说“哀莫大于心死”。这里艾略特却说：“乐莫大于心死。”心死了，就没有了欲望，也就没有了痛苦。

但实际上诗人饱含着痛苦。他回忆起那象征纯洁的“爱尔兰小孩儿”和象征春天的“风信子女郎”。但这女郎在走出风信子花园时头发湿漉漉的——她失掉了自己的贞洁。面对被玷污了的女郎，诗人说：

……我说不出话，
眼睛看不见，
我既不是活的，
也未曾死，
我什么都不知道，
望着光亮的中心看时，
是一片寂静。
荒凉而空虚是那大海。

情欲吞没了纯洁，使精神世界变得一片荒凉。基督教的“先知”以西结突然奉神旨出现了：所有灾难都是信奉异教偶像的结果。上帝必将惩罚你们：“在你们一切住处，城邑要变为荒场，丘坛必然凄凉，使你们的祭坛荒废，将你们的偶像打碎，你们的偶像被砍倒，你们的工作被毁灭。”（《旧约·以西结书》第六章第六节）

古代以色列人由于改信异教偶像所导致的灾难在20世纪初重新降临了。但这偶像不是古希腊或古罗马诸神，而是近代资产阶级精神。这种精神导致了人类的灾难，特别是第一次世界大战的灾难。这种灾难远过于古代的以色列人的苦难，它使得枯死的树没有遮阴，礁石间没有流水的声音，连《以赛亚书》中的“大石阴影下的歇乏之地”也没有了，只看见：

一堆破碎的偶像，
忍受着太阳的鞭打。

把太阳光线比喻为“鞭子”，可谓奇崛。往日的理想破碎了，依然还要承受鞭挞之苦。整个荒原没有了水，没有了生命。按照《从祭仪到神话》，那是主繁殖的渔王患了重病，急需少年英雄出发去寻找圣杯，以便医治渔王，使大地复苏。但，现代的英雄在哪里？

并无实体的城，
在冬日破晓时的黄雾下，
一群人鱼贯地流过伦敦桥，
人数是那么多，
我没想到死亡毁坏了这许多人。
叹息，短促而稀少，
吐了出来……

人们浑浑噩噩地走向地狱，伦敦的教堂响着沉重的钟声，谈论着：

去年你种在你花园里的尸首，
它发芽了吗？
今年会开花吗？

“狗熊星”在传说中是使尼罗河两岸肥沃的，但人们说：“叫这狗熊星走远吧！”因为“它是人们的朋友”。它会用自己的爪子把死了的尸首重新挖掘出来。对于这些分不清生活与死亡，并且成串地向着死亡深渊走去的人，你能指望他们去寻找圣杯，以求大地复苏吗？诗人用波德莱尔《恶之花》的序诗结束了第一节：

《荒原》插图

你！虚伪的读者！——
我的同类——
我的兄弟！

第二节以《对弈》为题，通过贵妇人的无聊生活与酒吧间庸俗小市民的对话，继续深化“虽生犹死”的主题。本节第一句就引用了《安东尼和克莉奥佩特拉》（莎士比亚）的话：

她所坐的椅子，
像发亮的宝座
…………

使人想起那个色欲旺盛终致毁灭的埃及女花蛇。房间里陈设的描绘也带有浓重的情欲气息：

小瓶里，
暗藏着她那些奇异的合成香料——
膏状，粉状或液体的——
使感觉局促不安，迷惘，
被淹没在香味里。

“镶板的房顶”又令人联想到委身于伊尼亚斯的女王狄多（见维吉尔《伊尼德》），她也为自己的情欲付出了生命的代价。

在情欲的大海之上飞翔着一只纯洁的夜莺，那是被狂暴的国王强奸并杀害了的翡绿眉拉（奥维德：《变形记》），她是纯洁而不幸的，整个世界参与了对她的迫害，而她的哀歌也只有唱给“脏耳朵听”。生活在这个污浊环境里的贵妇人百无聊赖，只有在用刷子梳理长发时，“散成了火星似的小点子/亮成词句，然后又转而为野蛮的沉寂。”无聊压迫着她，使她恐惧：

“今晚上我精神很坏。
是的，坏。陪着我。
跟我说话。
为什么总不说话。说啊。”

要用不停地说话来证实自己尚有一息，然而又无话可说：

“你在想什么？
想什么？什么？
我从来不知道你在想什么。想。”
我想我们是在老鼠窝里，
在那里死人连自己的
尸骨都丢得精光。
“这是什么声音？”

风在门下面。

“这又是什么声音?

风在做什么? ”

没有，没有什么。

“你，

你什么都不知道?

什么都没看见?

什么都不记得? ”

我记得

那些珍珠是他的眼睛。

…………

“我现在该做些什么?

我该做些什么?

……我们明天该做些什么?

我们究竟该做些什么? ”

《荒原》封面

“偶像”的破碎导致生活理想的失落，精神世界茫无所归，剩下的只是情欲，于是等待着奸夫的到来：“等着那一个敲门的声音。”

在下等酒吧里，几个庸俗女子在谈论色情。丽儿的丈夫退伍快回来了，可丽儿在丈夫入伍期间打了五次胎，刚满三十一岁就老了，“你应该把牙拔了，换副好的，让丈夫看了痛快。”可丽儿“有的是男人”。言谈之间插入店老板五次催促：“请快些，时间到了。”多次反复使这句简单的言辞有了象征意义。结尾的“明儿见，明儿见，明天见……”见之于《哈姆雷特》中奥菲利娅死亡前向世界告别的台词。因此“时间到了”就自然地同死亡连在了一起。

在第三节《火诫》中，失去理性支持的人们堕入情欲之海的情景在更广泛的天幕上展开了，那在夏夜泰晤士河畔野合的“仙女”及“老板们的后代”、野合处留下的香烟头和面包纸以及老鼠沾湿的肚皮爬过的草地，同希腊神话中偷看裸体的月亮女神的阿格坦恩，同斐迪南王子（莎士比亚《暴风雨》）“在死水里垂钓我那国王的兄弟的沉舟”交混在一起。

"究由何而燃烧？
为情欲之火，
为愤恨之火，
为色情之火；
为投生，暮年，死亡，
忧愁，哀伤，痛苦，
懊闷，绝望而燃烧。"

（《见于翻译中的佛教》，转摘自赵萝蕤译注《荒原》，
见《外国现代派作品选》）

第四节《水里的死亡》和第五节《雷霆的话》，指出淹死在情欲大海中的"腓尼基水手"（"珍珠是他的眼睛"）们，只有皈依上帝才能从死亡救赎自己。《神曲》中指出的救赎之路也是皈依上帝，但它具有强烈的追求个人完美的色彩；而《荒原》却实实在在地告诫近代人要砸碎一切偶像返回远古的神话时代。《神曲》是"进步"的，《荒原》是"倒退"的，这样评价似嫌过于简单化。在由机器和电气（乃至当今的计算机）所造成的科学时代，资本主义制度加上科学的无孔不入，造成物质主义盛行，人们匍匐于五光十色的物质商品面前，成了金钱这一商品等价物的奴隶。为了反抗这种物质主义，需要找回自己的超于物质经验的精神生活，没有这种精神生活，人将堕落而为非人、而为禽兽。这种对于超验世界的寻找，就是走在你身边的"那一个"（"that"，即耶稣）。当代西方迫于物质世界的压迫、迫于陷于"网络"之中而成为"操作对象"的尴尬，普遍出现一种"返回神话"的趋势，他们在重新寻找"上帝"。当然，这个"上帝"已不同于中世纪的上帝了。

四、《荒原狼》：近代人的精神裂变

踯躅在战后"荒原"上的人们都有选择的，约翰·克利斯朵夫选择了"征服"——为逝去的理想作堂吉诃德式的奋斗；卡夫卡的人物取"蜗牛反应"（见

后一章）；而另外一些人却徘徊在两者之间，在这类人物身上最能窥视出“人”在转型时所经历的精神痛苦和裂变。

德裔作家赫尔曼·黑塞（1877—1962）在获得诺贝尔文学奖（1946 年）时，得到的评价是“由于他那些灵思盎然的作品——它们一方面具有高度的创新与深刻的洞见，一方面具有古典的人道理想与高尚风格”。一方面是“创新”——现代主义，一方面是“古典”——古典人道主义。这一评价本身就揭示了黑塞是个横跨两个时代、充满各种矛盾的艺术家。他的作品《荒原狼》（1927 年）为我们理解“近代人”向“现代人”转型时那种无可归依、矛盾惶遽的心态提供了一个极妙的象征性符号。

黑塞肖像

20 世纪 50 年代末，美国的一个摇滚乐队用“荒原狼”命名，使得《荒原狼》一书的作者名噪全美。其实，1946 年赫尔曼·黑塞就获得了诺贝尔文学奖，但却鲜为人知。一些学者断言他的小说是难以为多数人接受的，但到 20 世纪 60 年代美国出现了“黑塞热”，十年之内，黑塞作品在美国售出八百万册。这股热流，由美国又蔓延到世界各地，遍及日本、东南亚、拉丁美洲和西欧，在苏联和东欧也有了他的作品译本。到 1975 年，他的作品已被译为四十九种语言。黑塞在谈到自己的作品时说：“在我的成长发展过程中，我从未逃避过时代的问题，也从未像我的政治评论家们所说的那样，在象牙之塔里生活过——但是，我所关心的问题中，第一位和最迫切的，从来不是国家、社会或者教会，而是个别的人，个性、一次性的、不可划一的个体。”

当我们研究黑塞及其作品时，时常想起另一个令人崇敬的名字，那就是前面已经谈到的罗曼·罗兰。这两位获得诺贝尔文学奖的巨匠，分属于欧战中的两个敌对国——德国与法国，但他们是如此酷似、又如此不同：他们同生于具有浓厚宗教色彩的家庭，同样接受了大自然的洗礼，并且酷爱音乐（特别是对贝多芬和莫扎特，罗曼·罗兰更偏爱贝多芬，而黑塞崇拜后者）。罗曼·罗兰把音乐视为“尘世间的上帝”，黑塞则说，从九岁生日时父母送了

青年时代的黑塞

他一把小提琴起，“这把浅褐色的小提琴伴随我走过所有的旅途，经历了许多岁月。从这一天起，我有了一个僻静处，一个内心的故乡，一个世外桃源。从此，无数的激情、欢乐、苦闷都聚集在这里。”罗曼·罗兰笔下的约翰·克利斯朵夫曾试图用艺术来“拯救欧洲”；而黑塞在第一次世界大战期间，他曾写信给一位部长，表示深信该部长只要听一小时音乐，便能回到真正的现实中来，并“成为执政者中诅咒这场十分不幸的战争的第一人”。但两个人的音乐美学观念又截然不同，罗曼·罗兰用古典音乐来反对现代“堕落的艺术”，即20世纪初的流行音乐，而黑塞却在崇拜古典音乐的同时，认为现代流行音乐中包含着伟大的诚实与正直。

黑塞与罗曼·罗兰都是人道主义者。在第一次世界大战的前后，罗曼·罗兰为反对这场不义之战奔走呼号，领衔发表《精神独立宣言》，而黑塞出于对德国法西斯的厌恶，竟毅然放弃了德国的国籍，成为瑞士公民。他为此遭到民族沙文主义者的围攻。与他采取类似行动的还有一个德国作家——托马斯·曼，他加入了美国国籍。一战后的一段时间里，罗曼·罗兰一度沉迷于印度的甘地主义，而黑塞也对东方哲学，包括印度和中国古代哲学产生了浓厚的兴趣和崇拜意向。

在这两位作家的作品中都洋溢着浪漫主义的热情和批判现实主义精神，然而，他们又是那样的不同。黑塞对于大自然的迷恋和对城市文明的厌恶表明他是欧洲湖畔派的后继者，因而被称为“浪漫主义的最后骑士”；而罗曼·罗兰却更热爱历史，热爱1789年的法国，他是雨果的兄弟，“自由、平等、博爱”是他的灵魂和旗帜。这在20世纪的西方看来，未免带有堂吉诃德的味道，他笔下的约翰·克利斯朵夫就是20世纪的瘦脸爵爷。而黑塞却怀着深沉的感伤咀嚼着人生的苦难，思索着破碎的哲理，因而更接近哈姆雷特。约翰·克利斯朵夫与“荒原狼”哈立就是20世纪的堂吉诃德与哈姆雷特。罗曼·罗兰笔下的人物总是处于理智与情欲的搏斗之中，他讴歌理性，把非理性视同靡菲斯特，而黑塞却对人的价值产生根本性怀疑。在西方文化史上罗曼·罗兰属于19世纪，黑塞却属于20世纪。到了20世纪的下半叶，罗曼·罗兰几乎已被忘却时，欧洲却出现“黑塞热”，正好说明这一点。

《荒原狼》作于1927年。全书带有强烈的德国式的思辨色彩，在艺术手法上又可看出黑塞与19世纪以写魔幻见长的霍夫曼之间的师承关系。本书第一主人公哈立·哈勒是个四十八岁的知识分子；他瞧不起自己生活的20世纪20年代社会，正像约翰·克利斯朵夫蔑视他的生存空间一样，他为此感到孤独：

如果说世俗的人们是对的，如果说那咖啡馆的音乐、那大众化的消遣、那为蝇头微利而满足的美国人是正确的话，那么我就是错误的，我就是发疯，我的确就是如我经常自称的那样，是一只荒原狼，是在一个陌生而无法理解的世界里的一只迷途的野兽，是再也找不到家乡、空气和食物的野兽。

（黑塞：《荒原狼》，李世隆译，漓江出版社，2001年版。
以下引文皆出于此版本）

哈立也像约翰·克利斯朵夫一样希图在这污浊的世界上寻找“上帝”：

而又是谁在自己生命的废墟上寻求缥缈无常的意义，忍受着表面愚蠢的傻事，假装疯狂地生活，而暗地里却在最后的迷惘混乱中希望得到上帝的启示和接近上帝？

然而，哈立与约翰·克利斯朵夫不同，当约翰·克利斯朵夫背着耶稣渡向彼岸时，哈立却找不到自己的上帝：

啊，要在我们所过的这种生活中找到这样金色的上帝足迹是困难的。在如此满足现状、如此中产阶级化、如此缺少精神的时代，面对着这种建筑、这种商业交易、这种政治、这样的人群，发现上帝的足迹是多么困难啊！在这样的一个世界中，我怎么可能不变成一只荒原狼，一个粗野的隐士呢！

哈立在他生活的世界上找不到上帝，也不似约翰·克利斯朵夫那样去同整个社会战斗（见《节场》），而是决定五十岁时自杀以对抗这个社会。但到了狂欢节，哈立突然面对他一直逃避的现实：爵士乐、妓女、同性恋者、医药、文化，并从中发现了新的“意义”：

我从一家舞厅门前经过，从里面传出强烈的爵士音乐，热气腾腾，放浪形骸。我停了一会儿，尽管我讨厌这种音乐，可它对我总有一股暗暗的吸引力。对爵士乐我是反感的，可是它与当前流行的其他所有学究式的音乐比较起来还是要好上十倍。它以其欢乐而粗犷的野性深深地触动着我的本能，散发出质朴诚实的情欲。

我站了片刻，侧耳倾听那感情奔放、血淋淋、赤裸裸的刺耳音乐，如饥似渴地嗅寻着大厅的气氛。那乐曲的抒情部分包含着过分的伤感和甜蜜，甜蜜的外表掩饰不了伤感的内心，那粗犷部分则是狂野无常和充满活力的，然而两部分却自然而和谐地结合在一起，构成了一个整体。这是没落的音乐，王朝末期的罗马一定有过类似的音乐。跟巴赫、莫扎特的作品和真正的音乐相比，它只不过是胡闹而已——然而，一旦与真正的文化相比较，它则完全是我们自己的艺术，我们自己的思想，我们自己的所谓文化。这个音乐的优点就在于它体现了伟大的诚实与正直，体现了令人喜爱而毫不虚伪的黑人的禀性和欢乐天真的情绪。它既有某种黑人的特点又有某种美国人的特点。在我们欧洲人看来，美国人尽管强大，却是像孩童般活泼、天真。欧洲也会变得如此吗？是否已经走上了这条道路？我们这些旧欧洲、旧时代纯正的音乐和纯正的文艺的鉴赏家和崇拜者，难道只不过是明天就会遭人遗忘和嘲笑的复杂的神经官能症患者中少数几个愚蠢者？难道我们称之为“文化”、称之为智慧、称之为灵魂、称之为美、称之为神圣的东西，仅仅是早已死亡的幽灵，只有我们这几个傻瓜才认为是纯正的而活生生的？也许这些从来就不是纯正而活生生的东西？也许我们这些傻瓜所为之奋斗的东西本来就是幻象？

每一代人都有自己的音乐，哈立徘徊于莫扎特与爵士乐之间，表明黑塞思想的矛盾和过渡性，与约翰·克利斯朵夫对待“颓废派”艺术的态度是很不相同的。哈立甚至憎恨那种“有文化教养的人”，并且他知道自己也同他们一样虚伪：

黑塞作品《荒原狼》的不同版本

我注视着这位有修养的人那充满学者风度的脸，觉得这一幕实际上很可笑，但是又像一条饥肠辘辘的狗那样享受着这一点温暖，一点爱，一点尊敬。荒原狼哈立感动地怪笑了一下，唾液流进了干燥的喉咙，感情又一次折服了他的意志。于是我马上撒谎说，我是因为研究一个课题临时来到此地的，而且感到有点不舒服，不然我早已去看望他了。他热情地邀请我今晚就去他家做客，我感激地接受了他的邀请，并且请他代向他的夫人问好。我不停地说话和微笑，我的面颊肌肉由于久未做过此类动作而发疼了。……我究竟是怎样一个古怪的、变形的、虚伪的家伙啊！两分钟前，我还对这整个该死的世界恨得咬牙切齿，而现在，刚刚听到一声召唤，刚刚听到一位可敬的老实人的亲切问候，就感动了，就急不可待地诺诺连声，就像一头猪崽似的在那享受到的一点点善意、尊重和亲热中摇头摆尾，来回滚动。

于是，哈立在绝望中，在魔幻制造的狂欢气氛里放荡自己，同他所憎恶的世界融为一体了：

在这狂欢之夜和我跳过舞的所有女人，我使她们激动、她们也使我激动的所有女人，我追求过的所有女人，我紧紧拥抱过的所有女人，我的爱的目光追随过的所有女人，都融化在一起变成了一个女人，这就是现在在我怀抱中的这个如花怒放的女人。

在魔幻中，他杀死了所爱的女人，杀死了自己。

约翰·克利斯朵夫是双重性格的人物，而哈立却是由许多被打碎的碎片组成的。他在魔术戏中被棋手分解了：

黑塞的水彩钢笔画作品

那种会给你带来不幸的错误观点，即人是一个持续的统一体，您已经是熟知的了。您同时也知道，人是由很多灵魂、很多自我组成的。把表面统一的个性分解为许多形象，被认为是发狂，科学界为此发明了精神分裂症这一名称。当然，没有引导，没有某种次序和分类，多样性是不能控制的，科学只有在这一点上才是正确的。相反，科学的错误也就在于它相信自我分解只能变成一个一次的、固定的和终身不变的次序。科学上的这一错误带来了令人不快的后果。这一错误的价值只在于，国家雇用的教师和辅导员可以简化自己的工作、省去自己的思考和试验。由于这一错误，结果使许多不可救药的疯子被当作“正常人”，被当作对社会有很高价值的人，相反有些天才却被当作疯子。

黑塞把人生看作一种随意性的游戏，人可以把自己的各种碎片随意加以组合，构成一个小世界，而后又可以把棋盘一抹，重新混合，于是又出现另一个世界。人可以变成像狗般驯顺，转瞬又可以露出狼的牙齿，抓住肥白的羊羔和家兔，“把它们的皮撕得粉碎，把肉扯出来，狞笑着咀嚼新鲜的肉，眯缝着充满兽欲的眼睛，醉心地饮着温热的血浆”。它的悲剧意味在于：人可以是任何东西，其结果是，人什么也不是。黑塞及其作品中的悲观气息反映了失去理想与信仰而感到灵魂无可归依的惶遽状态。

然而黑塞还是一个理想主义者。在荒原狼哈立的内心还保留着一个美好的小天地，虽然这个天地很小，但它存在着：

我知道自己现在就是那个漂亮的血气方刚的小伙子，刚才我看到他是那样热情地冲向爱情之门。我现在正在充分经历、发展我的那一小部分，我的本质和生活的十分之一、千分之一得到满足的那一小部分。它不受我其他形象的影响，不受思想家的干扰，不受荒原狼的折磨，并且不因诗人、幻想家和道德家而退缩。是的，我现在除了是热恋者外，别的什么也不是，我呼吸的除了爱情的幸福与痛苦外，别的什么也没有。伊姆加德教会我跳舞，伊达教会我接吻，最美丽的爱玛是第一个在秋夜的榆树下让我吻她略带褐色的乳房、让我喝上一杯快乐酒的女人。

如果把哈立进入魔鬼世界同浮士德做一比较，也是颇为有趣的：浮士德与魔鬼是一个对立斗争的过程，每斗争一次，精神就获得一次升华；而哈立则本身就有一半是魔鬼。他与赫尔米娜之订约，是将她杀死。他这样做了，并满以为他自己也会因此而被刺死，没想到最严厉的惩罚却是让他永生。——生活意味着最大的折磨和痛苦，而死亡意味着解脱。这就是黑塞的悲观主义。然而黑塞却又像尼采那样愿意重新开始这种人生的游戏：

十万个形象的棋子都在我的口袋里，震惊地猜测到了这件事的含义，愿意再一次开始这个游戏，再次去品尝它们的痛苦，再次因其荒诞不经而颤抖战栗，反复地去穿越、经历我内心的地狱。

他还说：

我一定会把形象游戏演得更好些，我一定能学会笑。巴伯罗在等待我，莫扎特在等待我。

哈立始终没有完全从逝去的梦境（莫扎特）中分裂出来。但他同时又在沮丧地向着新的、他所不熟悉的深渊——现代生活走去。这个人物的典型意义也许就在于此。

五、语言反叛逻辑的艺术奇观

一旦灵魂开口言说，
啊！那么灵魂自己就不再言说！

（席勒诗，转摘自《语言与神话》，三联书店，1988 年版）

被马克思称为“时代传声筒”的席勒，其诗歌与戏剧的特色是鲜明和直露。然而，他却又分明意识到了灵魂的“不可言说性”，道出了语言的窘境：

语言王国不足以表现灵魂王国，灵魂一旦言说时，就发现没有与它相对应的语言系统。这个意思很像中国《老子》所云：“道可道，非常道；名可名，非常名。”或《庄子》云：“道不可言，言而非也。”或禅宗所说“开口便错”。也就是说语言在表达上的有限性，还有更深刻的东西是语言所无法表达的。这种“更深刻”的东西带有神秘性，确实是无法言说的，然而又并非完全不存在，弗洛伊德关于潜意识的证明就是一例。这种姑且称之为“灵魂”的东西，同语言之间存在间离，甚至对立。“灵魂”一旦试图表达自己时，就发现语言对自己的背叛。

西方各民族的文字大都属于印欧语系。远在古希腊文明繁荣以前，原始初民的语言文字都是同神话思维相联系的，这种语言文字的特征是隐喻和直观。随着文明的发展，拼音文字逐步使用，它对形成西方人的重逻辑、思辨和抽象思维的文化特征起了重要的作用和影响。语言进入逻辑王国，科学和理性主宰一切，也主宰着语言文字的体系，逻辑法则统治了语言王国。伽达默尔在《真理与方法》中说：“19 世纪人文学的发展及其逻辑的自我反思整个地是受自然科学模式支配的。”与科学、理性、逻辑有所间离或背弃的文化，如神话、宗教、艺术变得无家可归，人类心灵深处那些模糊不清、带有神秘性的东西变得无从表达，于是就有了席勒如上的慨叹。

逻辑语言对于心灵的抑制，在 19 世纪末和 20 世纪初，由于叔本华的神秘主义、弗洛伊德的潜意识学说、尼采的“酒神意识”和柏格森的直觉主义的出现而变得更加突出。这些文化思潮把长期压抑在内心深处的非理性冲动唤醒，并把它提到极其重要的地位。当它们企图喷涌而出时，“语言”成了巨大的障碍。现代主义的哲学家和艺术家与老子、庄子不同，老、庄“满足”于道和名的不可言说性，并喜欢保持这种“只可意会不可言传”的神秘色彩；而西方人则企图掀起一场革命，打破逻辑法则对语言王国的专横统治，争取心灵的自由呼吸。在这一背景下，一场语言革命开始了。这场革命的终极目的是争取心灵的全面解放。

法国哲学家柏格森。他认为，直觉比理性更加重要。

20 世纪西方哲学成为“语言哲学”时代。一方面，以罗素等人为代表的英、美理想语言学派要不断地巩固、加强、提高、扩大语言的逻辑功能，以求达到概念的确定性、表达的明晰性、意义的可证实性；另一方面，人文学派的语言哲学则竭力弱化、淡化以至于消解语言的逻辑功能，恢复“先于逻辑时代”那种与神话思维相对应的语言功能，即语词的多义性、表达的隐喻性和意义的可增生性，从而使语言成为“存在”的家园。这两个对立的发展方向，恰恰反映了人类心灵解放对语言的两极要求。前者是传统的“理性批判”或“知识批判”的继续和发展，而后者则是向“人类文化哲学”的转向。它对文学的影响是极其强大的，它点燃了语言反叛逻辑的冲动，整个现代主义文学几乎无不是这种反叛的表现，由此构成的艺术奇观又反转过来影响着语言哲学的发展。由“分析哲学”转向人文学派的美国哲学家理查·罗蒂竟然宣称：“我认为，在今日英美国家，哲学就其主要的文化功能而言已经被文学批评所取代。”

象征主义：把雄辩捉来施以绞刑

19世纪上半叶的浪漫主义运动，从语言的角度也是对古典主义语言体系的冲击。新古典主义对语言的要求是严整、典雅和朴素，而浪漫派诗人则主张诗体，引入市俗俚语和追求华丽、奇诡。但从另一方面看，浪漫派主张直抒胸臆，使用明喻，遵从自然法则。我们可以一句众所周知的诗为例：

> 冬天来了，春天还会远吗？
>
> （雪莱：《西风颂》）

这句诗使用的是象征手法，象征客体（冬天、春天）和象征主体（社会的黑暗与光明）都是一目了然的。他所用的逻辑（冬天过去，必是春天）则是自然界运行的逻辑，诗本身的力量来自对自然规律的不可抵抗性的坚信。我们再看另一句诗则不同：

> 四月是最残忍的一个月，
>
> …………

冬天使我们温暖……

（艾略特：《荒原》）

春天(四月)本是万物复苏的季节,但诗人说是“残忍”的。而万物枯死的“冬天”倒变成了“温暖的”。这里的“四月”（春天）和“冬天”也是一种象征客体，但象征主体并不像雪莱诗中那样明晰，而且同自然界的逻辑相悖。

在传统教科书中被划入“积极浪漫派”的诗人（如拜伦、雨果、济慈、席勒……）的作品大都带有雪莱诗的这种明晰性和内在的逻辑力量。它们的局限之处在于，社会活动远比自然运动（物理、化学运动）要复杂、高级，人的内心宇宙运动又比社会活动更复杂（恩格斯：《自然辩证法》）。以自然界运动规律喻社会的、人的活动，往往把复杂问题简单化。例如，冬去春来是自然界的必然规律，但在艾略特眼中，对现实社会来说“冬”去“春”却未必来。“春天”可能是“最残忍的”。雪莱式诗歌的明朗和乐观气质，在当代西方诗人看来未免失之浅薄。

湖畔派诗人力图寻找新的语言体系：

自然寓于我们的生命，
我们的生命是自然的婚服，
…………
必须从灵魂本身迸发出去，
一个甜美有力的声音，
自呼诞生，
系一切甜美的音响的生命与元素！

他们认为“意象”与“情感”应自然地“和合”于心智之中，“主体”与明喻，该尽量互相溶释。但事实上都似乎难于达到。叶永濂先生说，读中国山水诗，“意与境偕”，如浪里白条张顺纵身入水，了无痕迹。而西方的山水诗，“意”总是要脱离“象”而突出自己，如华兹华斯的名篇《汀潭寺》，写归隐，用了五个“隐”字，结果反而不“隐”了，这类诗犹如“李逵洑水”，总要把诗人自己的头从自然的河流里伸出来。

19 世纪末 20 世纪初兴起的象征派和意象派力图创造新的语言体系。艾略特从时代的变化提出诗歌语言必须革命："我们的文明社会有高度的变化性和复杂性，能在一个高尚的敏感的人身上产生不同的复杂效果。诗人的手法必须更为广涵、更为暗讽、更为间接，以便使语言来切实表达他的意思。"

马拉美（1842—1898）从欣赏的角度反对 19 世纪浪漫派诗歌的明晰性："对诗中的事物加以确定的名称,会使读者失去读诗所得乐趣的四分之三。事物当存于暗示之中。诗必须永远是个谜。"因此象征派诗人明确提出反对雪莱那种直抒胸臆如大浪滔滔般的诗，提出"把雄辩捉来施以绞刑"。诗人应该像"玫瑰花香一样去感知思想"。他们认为：

马拉美

一首诗该是可触知的，无言的
像一枚滚圆的水果
哑的
像拇指感觉到的旧奖牌
沉默的
像长满了青苔的窗台上
被袖磨损的石块——
一首诗该是没有字眼的
像鸟群翱翔
一首诗该静止在时间中
像月亮上升
像月亮一枝枝地解开
被夜色纠缠的树丛
像月亮把冬季抛于脑后
将记忆留在心头
一首诗该静止在时间中

像月亮上升
一首诗应求相等
而不求真
忧伤的全部的历史——一个空寂的门口和一片枫叶
爱——相依的草叶和海上的两道光
一首诗不该意指什么
而该是什么。

（麦克里希《诗之艺术》，
转摘自美国傅孝先《西洋文学散论》）

因此，他们特别重视形象思维，刻意捕捉和创造新的意象。例如，写雾的轻柔与神秘：

雾走来，
小小的猫脚。
它坐着，
纵览海港与城市。
沉默地弯着腰，
然后向前移动。

（桑堡：《雾》）

写夜晚的路灯：

我走过的每一盏路灯，
像一面虔信宿命的鼓似的敲着。

（艾略特：《大风夜狂想曲》）

其中把光比成声，似乎不伦不类，但《列子·黄帝篇》云："眼如耳，耳如鼻，鼻如口，无不同也，心同形释。"培根说："音声之摇曳与光在水面的浮动完全相同，那不仅是比喻，而且是大自然在不同事物上印下的相同印迹。”当然，这种艺术通感是有条件的。“一阵响亮的香味迎着父亲的鼻子叫唤。”未免显得滑稽，但也有它的新奇之处，不能决然否定。

美国傅孝先先生在《现代诗的本质和源流》中，还用感叹时光飞逝的两首诗对比说明象征派与它以前的浪漫诗歌之不同：

一首是莎士比亚的：

当我看到时间残酷的手
摧毁了埋葬的年代底丰富而骄傲的价格；
当有时候我看见高耸的楼塔倾圮
黄铜变成死亡的愤怒之永恒的奴隶；
……废墟令我如此沉思，时间将把我的爱人攫去。
这种想法简直是一种死亡，
使我无法不为恐将失去的爱而悲泣。

一首是麦克里希的《你，安诸·马维尔》：

而这儿脸朝着地上，在阳光下面
而这儿在地球转向正午的高潮时
感觉到夜不断地来临
不断地升起
而感觉到黄昏底泥土的苍凉
爬上波状的东方，以及
巨大的、不断上爬的阴影，
慢慢地
在那些下面的土地上扩张
而奇怪在厄格巴登树丛
一叶叶地接受奇异的黄昏
黑暗的泛滥在它们膝畔

耸临波斯的山岳改变
而如今卡曼夏的大门只有空虚的黑暗与枯草
而现在穿过暮色少数
迟归的旅人正向西行去
而巴格达的暮色转深，横跨静寂的河流上的桥梁消失
黄昏的边缘穿过阿拉伯
不断加宽，悄悄来袭
而在派迈那的街上
车辙深深地嵌入荒废的石板中
而黎巴嫩消失了，克里地岛被风吹越过云端高处
而西西里上空的空气
仍然闪耀着朝陆地飞来的海鸥
而朦胧的船身上的帆片
出现后又渐渐隐灭
而西班牙与非洲的海岸下沉
镀金的砂砾与黄昏
一齐消泯，横越大地的
低黯苍白的光芒不再出现
海上那长久的光芒也已不见
而这儿于阳光中脸朝着下方
感觉到夜底暗影
何等匆促和隐秘地袭来……

马拉美作品

傅先生在解释这两首诗的区别时指出，前者是有逻辑的：大前提——被时间毁去的一切都令我感伤；小前提——我所爱的人也是被毁者；结论——所以我不禁感伤垂泪。这很典型地说明传统诗的结构：全诗往往以一则简单合理叙述（“因为……所以”或“当……于是……”之类）为基本骨干，加上意象之使用来证明它。而现代诗则不同，《你，安诸·马维尔》具有反逻辑的倾向，它不像莎翁那样把因果关系交代得清清楚楚，思想脉络也不很分明，

全诗找不出一个完整的逻辑叙述。此外，莎诗具有极大的明晰性，劈头就写“时间残酷的手……”意图一目了然，而麦诗要隐晦得多，带有极大的暗示性。诗省略主语，每节开头都用“而”，把所有意象连成一条河流。全诗以“而”始，以六个圆点作结，又形象地暗示出时光的无头无尾、涌流不绝。诗的晦涩带来阅读上的困难，但正是这种耐人寻味的张力使读者在花费心智之后所得要比莎诗多得多。莎诗由明晰而单一，麦诗由晦涩而多义。

麦克里希的这首诗在象征派或意象派诗歌中，并不算晦涩的。对于隐晦的追求，来源于对生命原始意识的追求。他们要寻找的是沉积于生命意识底层、被逻辑所压抑的“原始语言”，“这种语言和音乐及梦有非常密切的关系”。叶芝深信这种“原始语言”的存在，并认为要靠一种“神赋能量”去唤醒。因此，象征派诗歌多喜欢使用远古或中世纪的意象，并同现代生活意象无逻辑地编织在一起，悲伤而神秘。而意象派都不喜欢柔软、温情的词句，他们追求“硬”而“冷”的意象，如庞德的《在一个地铁车站》：

人群中这些面孔幽灵一般显现；
湿漉漉的黑色枝条上的许多花瓣。

需要补充说明的是，无论象征派还是意象派，他们都不是有组织的诗派，只不过是按照一些写作原则予以大体归类，其中各个诗人都有各自不同的风格，同一个诗人的作品也可能有不同的风格，总之，诗人从来不是根据某一种规范来写作的。

超现实主义：让语词在直觉下重新组合

超现实主义自命为“从达达主义的左耳朵里生出来的”。达达主义的产生就是对语言逻辑的挑战：他们把裁纸刀随便插入一本德法辞典，在插入的那页上随便找了一个词“达达”作为自己的名称。这种随意性很典型地反映了达达主义和超现实主义对语言的态度。他们认为，发现词与词之间的“高电压”是语言革命的钥匙。所谓语词之间的“电压”，即指语词相互间的“距离”，

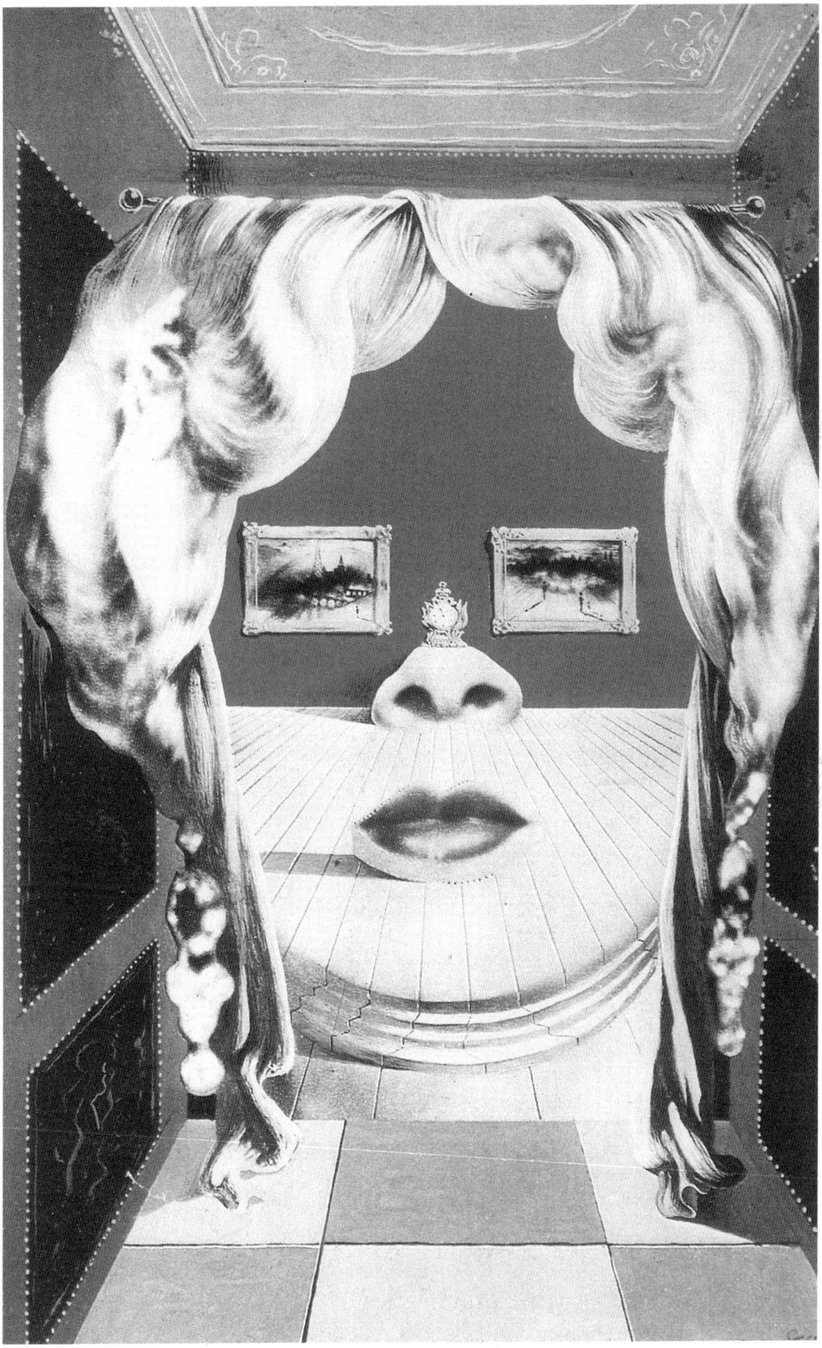
超现实主义不仅是一个文学流派，而且遍及各种艺术领域。这幅油画题为《超现实公寓》（西班牙达利绘），可以同超现实主义诗歌对照欣赏，相互启悟。

犹如电场中的两点，距离越远，电压越高。也就是说，两个语词之间差别越大，越没有联系，它们之间的“电压”越高。

寻找“高电压”语词组合的办法之一是“下意识书写”。超现实主义领袖布勒东谈《磁场》的诞生时说：“一天晚上，在我睡着之前，忽然听到一句相当古怪的话。这句话十分清晰，每个字都听得清清楚楚，但是和任何声音都毫不相像，也不带丝毫我在那一时期有意识地参与的事件的痕迹。我觉得这句话很执着，我敢说它在敲打着窗玻璃。我模模糊糊地感觉到这一点。当我打算继续睡觉时，这句话的有机性吸引了我。事实上这句话使我感到惊讶，可惜我至今未能完全记住，大约是这么句话：‘有个人被窗子一切为二。’但是这句话没有任何模棱两可之处，伴随它的还有一个隐隐约约的视觉形象：一个正在行走的人被一扇与其身体相垂直的窗子拦腰切断。毫无疑问这是一个俯身在窗户上的人的一个简单的直身动作。但是窗子却跟着人移动。我意识到我要和一类罕见的形象打交道，我想要把它们放入我的诗歌创作的素材中去。我刚一承认它的地位，它又被一连串几乎不间断的句子所取代。它们同样使我感到惊讶，这一切是如此毫无理性，我觉得我到那时为止所具有的自我控制能力都是虚假的，我从那时起只想到要结束我思想上无休止的自我矛盾状况。”

这种下意识的联想使书中充满大胆和生动的想象、奇妙而又使人不安的联想和出乎意料的巧妙而诙谐的比喻：

我们是水滴的囚徒，我们永远都只是动物。我们在无声的城市里奔跑，令人喜悦的海报和我们再也没有关系。这些强烈的、脆弱的激情和这些欢乐的、枯燥无味的跳跃有什么用呢？我们从此只知道死去的明星；我们彼此相望；我们高兴地叹息。我们的嘴巴比干涸了的河滩还要干燥；我们的目光毫无目的、毫无希望地转动着。只剩下这些咖啡馆，我们在这里聚首，喝清凉饮料和掺水的白酒。这儿桌子上的灰尘比人行道上的还要多，我们夜间的死气沉沉的影子就落在那些人行道上。

布勒东把下意识书写视为轰击传统语言王国的大炮：“……有几年之久，

我把彻底清扫文学这座马厩的希望寄托在如疾风骤雨般传扬开来的下意识书写上，在这方面，把一切闸门完全打开将始终是超现实主义的具有深远意义的思想。”

出于对下意识的崇拜，超现实主义者企图从“梦”与“疯”中获取灵感。为此他们对电影艺术产生了浓厚兴趣，因为银幕可以复制梦境，可以按照下意识联想去拼接各种毫无联系的画面，也就是说，电影可以通过视觉方面造成的撞击，使观众在漆黑的电影院里经历一段超现实主义的时间和空间。为了制造梦境，他们还曾一度热衷于催眠术，希望借助于这种魔法达到绝对的真实——超现实境界。但这一新奇的实践很快走向反面：有些人陷入其中不能自拔，做出了冲动性精神病患者的举动。例如，有些人进入催眠状态后，为头脑里的幻觉所驱使，竟然想在衣帽架上上吊自杀。还有一次，半睡半醒的戴斯诺斯在花园里紧追艾吕雅不放，手中挥舞着明晃晃的钢刀！于是，为了自身的安全和起码的健全理智，超现实主义者不得不终止了催眠术的实践。

法国超现实主义诗人群体

布勒东等在终止了下意识书写后，又热衷于语词之间的“强力结合”，即把风马牛不相及的语词强拼在一起，以产生“高电压”的火花。布勒东把这种张力拼接的高电压火花分为七类：一、矛盾的意象，如：“我爱海面上的你 / 当它是绿色时红得像蛋”。二、有意不言的意象，如：“沿墙摆满了衰朽的管弦乐队 / 它们沉重的耳朵冲着亮光 / 为了交织着霹雳的一丝爱抚站岗”。三、出现后失去方向的意象。四、表现幻觉特性的意象，如：“当太阳只不过是一滴汗 / 一声钟 / 这红色的珍珠洒下一根垂直的针”。五、将抽象具体化的意象，如：“一只手表里凝结的永恒”，“一张处女护照里的生命”。六、否定物质自然特性的意象，如：“地球像橘子一样蓝”。七、引人发噱的意象，如："像酸泡菜已被吃光了的腊肠一样傻"。（转摘自《未来主义、超现实主义、魔幻现实主义》，中国社会科学出版社，1988年版）

超现实主义者，纯然无意识的文字拼接虽然可以得到一些新奇的意象，但大部分都是莫名其妙的东西。为了使这些混乱的东西多少获得某些意义，他们又不得不依靠某些理性和逻辑，这种矛盾使超现实主义终难以为继。作为一个流派它于20世纪60年代走向消亡，但它对语言革命所起的作用影响深远。20世纪60年代在法国崛起的新小说派，可视为超现实主义的发展。

乔伊斯的《尤利西斯》至今褒贬不一，心理分析大师荣格在读完该书后，写了一封既像赞扬又像揶揄的信。信中说，作品的最后一章"真是心理学的精华。我想，只有魔鬼的祖母才会把一个女人的心理琢磨得这么透"。

意识流：语言的线性结构和场结构

超现实主义对语言革命的贡献侧重于打碎原有逻辑结构。在建立新的语言结构方面，意识流作出了更大的贡献。如果我们把原来的语言结构称之为线性结构，则新的语言结构恰好是一种"场结构"。

在内宇宙和外宇宙的关系上，传统语言遵循心理学中的"反射弧"原理，即外部冲突通过感觉器官（视、听、味、嗅、触等）传至神经中枢，神经中枢经过加工整理，而后通过各种器官（包括说话），作出反应性动作。反应性动作和外部环境碰撞，产生新的外部冲突，再通过感觉器官传至神经中枢……如此循环往复。本书前面所叙述的那些大师，如莎士比亚、巴尔扎克、列夫·托尔斯泰的作品中，语言结构大体上都呈上述线性因果关系。但意识流派则不同。在他们的作品中，外部宇宙是无关紧要的，意识的流动源自生命意识的内部，而不是客观世界的反映。他们有时也写到外部动因，但却不存在上述的线性因果关系，如伍尔夫的短篇《墙上的斑点》。书中人物的思想流动是由于墙上的"斑点"引起的，一旦引发，便与"斑点"脱离关系，间或再回到"斑点"上也是无意识的，其中并不存在逻辑的必然性。

在内宇宙描写上，传统语言结构也是线性的（列夫·托尔斯泰例外），即有清晰的前因后果，一浪推动一浪。例如《红与黑》中于连参加暴发户哇列诺家的宴会时的一段内心独白：

啊！污秽的财富啊，你将会得到的！只能在这样的境况下和这样的伴侣里，你才能享受它！也许你将来会获得两万法郎的位置，可是当你大吃大嚼的时候，你须阻止可怜的囚徒歌唱。你从那些可怜的口粮里，剥削来的金钱，用来宴饮宾客……拿破仑啊！在你的时代里，是怎样的善良。人们从战场的危险里才能取得富贵，而不从贫贱人的痛苦里卑污地去从事掠夺！

这段内心独白的逻辑结构如下：

命题：波旁王朝时的贫民寄养所所长的财富是污秽的。

正证：因为他是从囚徒的口粮中刮来的，宴饮宾客时还禁止囚徒歌唱。

反证：拿破仑时代只从战场上用生命换取，而不从事卑污的掠夺。

结论是不言自明的：应该推翻波旁王朝，重建拿破仑时代。

我们再看意识流派小说则不存在这种线性逻辑。例如《尤利西斯》（詹姆斯·乔伊斯，1922 年）中写毛莱睡意蒙眬时的意识流动：“①一刻钟以后在这个早得很的时刻；②中国人该起身梳理他们的发辫了；③ a. 修女们又该打起早祷的钟声来了，b. 她们倒不会有人打扰她们的睡眠，c. 除了一两个晚间还做祷告的古怪牧师以外；④ a. 隔壁那个闹钟鸡一叫就会大闹起来，b. 试试看我还睡得着睡不着，c. 一二三四五；⑤ a. 他们创造出来的星星一样的花朵，b. 龙巴街上的糊墙纸要好看得多，c. 他给我的裙子是那个样儿的。”

乔伊斯（1882—1941）：20 世纪最伟大的英文作家之一。父亲是税吏，母亲生了十五个孩子。乔伊斯一生颠沛流离、经济拮据。他的心血之作《尤利西斯》在出版上曾多次受挫，他一生中最大的幸福是曾经拥有美丽的诺拉，称她是“世界上最美、最单纯的灵魂”。

这段意识流的结构如下图。

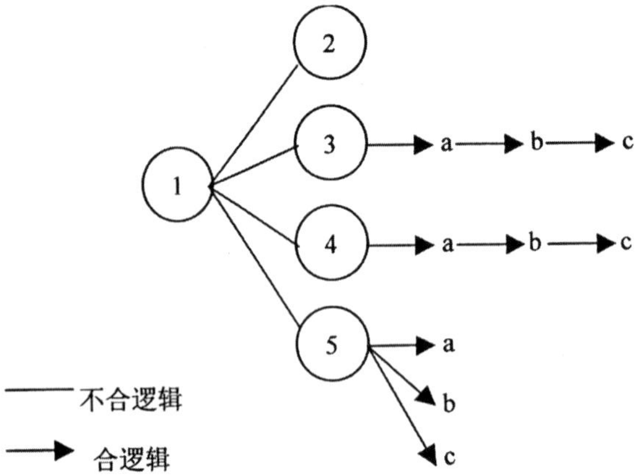

整个意识流动过程从“钟声”这个起点出发呈发散型结构。其中有线性逻辑，也有无逻辑，综合构成一个平面场。

在时间和空间的关系上，传统语言结构完全遵循牛顿的时间与空间概念，倒叙部分都有清楚的时间交代。而意识流派的语言结构遵循的是柏格森的“心理时间”，牛顿时间完全被打成碎片，按心理活动予以重新组合，时空混杂成为意识流小说或创作手法的主要特征。

语言节奏：短促和绵延的

从以上的简要叙述可以看出，三派（象征派、超现实主义派和意识流派）的共同追求是把传统语言中的逻辑结构“悬搁”起来，让压在逻辑下面的“生命意识”得以喷涌。同这一革命性要求相适应，在词素方面引入许多市俗俚语，包括“污言秽语”，以表现潜意识王国的黑暗与污秽。在语言节奏上向两极发展：短促的和绵延的。未来主义认为机械时代的一切都应该体现机械式的节奏，他们的诗常使用短句，甚至由一个孤立的词构成，犹如汽锤连击、马达飞转、电报拍发或机枪扫射式的感觉。如马里内蒂的诗：

战斗

重量＋气味

正午 3/4 笛子 呻吟 暑天 咚咚 警报 咳嗽

破裂 噼啪 前进 丁零零 背包 枪支 马蹄 钉子

大炮 马鬃 轮子 辎重 犹太人 煎饼 面包－油

歌谣 小商店 臭气 光辉 脓 恶臭 肉桂 雷

涨潮 退潮 胡椒 格斗 污垢 旋风 橘树－花

印花贫困 骰子 象棋 牌 茉莉＋蔻仁＋玫瑰

阿拉伯花纹 镶嵌 兽尸 螯刺 恶劣

机关枪＝石子＋浪＋群蛙 丁丁 背包 机枪 大炮 铁屑

空气＝弹丸＋熔岩＋ 300 恶臭＋ 50 香气

…………

人们模糊地感到这是一场战斗，双方厮杀激烈，全诗仿佛笼罩在机关枪连射的节奏里。

语言节奏的另一极，则是绵延。突出表现在意识流小说中，有时标点符号被摒弃了，所有语词混而成为一条绵延不断的河流，即不知从何始、也不知到何终，中间没有休止符，也没有加强符，有的只有绵延不绝的流动。

所有这些尝试都由于推到极端而显出自身的窘迫与滑稽，当它寻找到自己的适当位置时，便清晰地显示出它在语言革命中的巨大价值。一个新的语言体系诞生了，尽管它还不完整，然而它终究展示了一个新的人文世界，对于传统文学来说它是陌生的，而对于“人”来说它是熟悉的：一个本来就深藏在人内心的世界被揭示出来了。人们开始怀着惊奇注视着它，而后终于意识到它就是自己的一部分。

第八章　人的异化与文学的反抗

一个上帝诞生，
别的上帝死亡；
我们又有了现在，
尽管它不如过去，
谬误也在交替更迭，
唯独翅趄没有降临。

——［葡萄牙］桑蒂斯

西方现代主义文学在第二次世界大战前后掀起了第二个浪潮。这一时期的重大事件是，20世纪30年代资本主义的经济危机卷土重来，法西斯势力的恶性膨胀，第二次世界大战的爆发，欧亚许多社会主义国家的诞生和亚非拉民族解放运动的高涨。这一时期，整个资本主义世界和资产阶级传统精神有进一步土崩瓦解之势。在此背景下，出现了存在主义文学、荒诞派戏剧等。就主题而言，它们依然是20世纪初"荒原"和"荒原狼"思想的直接继承，但由于存在主义哲学思潮的影响，他们对西方世界的荒诞感更加强化，并视整个世界人类都是荒诞的。他们对人与自然、人与社会、人与人、人与自身关系中的全面异化和心灵畸变有更加深入的广泛的揭示。西方人的孤独感、灾难感、陌生感、无聊感得到更加细致入微的表现。他们怀疑生存的意义，对一切都无能为力，宣扬一种宇宙悲观主义。由于社会主义和民族正义力量在第二次世界大战前后所显示的改造世界的决定性作用，在战争中后期和战后文学中又或多或少地减弱了现代派的灰色阴霾，软弱、悲观和宿命色彩有所淡化，带有孤独色彩的反抗力量有所增加，到20世纪六七十年代，这种趋势就更明显了。

关于异化的哲学理论，不是本书讨论的内容。就文学作品而言，从莎士比亚时代开始就关心“人变成非人”的问题（如《李尔王》），这在17、18、19世纪的西方文学作品中有大量的、深刻的艺术揭示。但这种揭示往往是局部的、具体的，如《李尔王》揭露了权力怎样导致“父放逐女，女杀死父，兄弟仇杀，姐妹相残”，而巴尔扎克杰出地表现了金钱导致人性的变异，等等。从总体上讲，自由资本主义时代的文学作品中对于异化的揭露远不如现代派那样全面、尖锐。在人对自然的关系上，现代派作品表现了物质世界对人的压迫和报复，人怎样变成了动物、变成无生命的桌椅板凳；在人和社会的关系上，现代派从“个性自由”出发全面探讨社会结构（包括当代的“操作主义”）对人性的压抑，以局外人、流亡者、精神贵族或刑事犯的身份向西方社会的一切价值观念：宗教信仰、伦理观念、自由主义教育、商业文明、审美观和性道德发动全面攻击；在人与人的关系上，现代派认为“存在先于本质”，把个人意识看作宇宙和人生的中心，因此人与人之间不可避免地发生碰撞、冲突，“他人就是地狱”（萨特：《间隔》），永生无法从这地狱中解脱；在人和自我的关系上，他们崇尚本能和下意识，而这种本能和下意识又是神秘朦胧不可捉摸的。现代派对异化的揭示，由于没有触及产生异化的经济动因，看不到消灭异化的现实道路，因此，依然带有沉重的悲观色彩。他们寻找自我的努力进一步拓展开了人类心灵中那些没有开垦的处女地，为人们提供了一个广阔、深邃和充满各种神秘骚动的内心宇宙。所有这些，构成了20世纪上半叶西方“现代人”的心灵困惑。杰出地、全面地表现这种困惑的第一位大师级的作家便是奥地利人弗朗兹·卡夫卡（1883—1924）。

一、卡夫卡：人怎样变成虫

英国诗人奥登说：“如果要举出一个作家，他与我们时代的关系最近似但丁、莎士比亚、歌德与他们时代的关系，那么，卡夫卡是首先令人想到的名字。”卡夫卡确乎堪称20世纪上半叶的精神代表。正是他最先表现了“现

卡夫卡

卡夫卡于1883年生于布拉格，因此常令我们联想到另外一位作家——米兰·昆德拉。

代人的困惑”，并且在艺术上作出了令人瞠目的杰出创造。

卡夫卡：内向直觉型

卡夫卡1883年生于布拉格，其父是白手起家的批发商、一个暴发户，对卡夫卡实行横暴的家长式统治，“专制有如暴君”，“他只会用武力、吵闹、发脾气来对付一个孩子”，动辄用“把你踩成肉泥”相威胁，甚至大冷天把小卡夫卡“从被窝里拖到阳台上罚站”，使卡夫卡每一想到就感到痛苦。1919年（三十六岁）他写“致父亲”，说其父具有“一切暴君所具有的神秘莫测的特征”。卡夫卡爱文学如生命。1901年入布拉格大学修文学，但他父亲希望他成为自己的法律助手，迫其改学法律，他只能业余从事写作。他不愿接受父亲的培养模式，“您雕塑家的手与我这块料之间是那样的格格不入”，但又感到父亲是强大的，每看到父亲强壮的身影便感到畏惧：“我又瘦又弱又憔悴；您又宽又高又强壮。”那“谩骂、威吓、讽刺、狞笑”的作风对儿子“从不失灵”。使卡夫卡从小丧失自信、优柔寡断、悲观忧郁。这种压抑对卡夫卡的性格和创作有深刻的影响。

除了小暴君，还有大暴君。当时正值第一次世界大战前后，帝国主义野蛮本性恶劣膨胀，卡夫卡生活时的哈布斯堡王朝是欧洲一霸，也是欧洲封建势力最后盘踞的一个死角。恩格斯曾指出：“在家长的大棒保护下的封建主义、宗法制度和奴颜婢膝的庸俗气味，在任何国家都不像在奥地利那样完整无损。”由此可以想见处于奥匈帝国与横暴父亲这大、小两个暴君统治下的卡夫卡，心灵受到何等压抑和摧残。正像当时的许多作家那样，卡夫卡看不到光明前途：“我们称为路者，不过是踌躇而已。”

卡夫卡的性格本来就属于“内向直觉型”，外界的横暴使其更加内向，而内向型又使他对外界更加畏惧。他说：

我知道，生活上要求于我的东西，我什么也没有带来，跟我与生俱来的仅仅是人类普遍的弱点。我把这种弱点当作我们时代的消极面有力地吸收了进来。

（肖尔：《从格里尔帕策到卡夫卡》）

“弱”就成了这位天才作家的特点。

在父亲面前，他觉得自己弱，“您又觉得，一切都在‘反’您，其实这只不过是您的强大和我的弱小所造成的必然后果。”

在社会面前，他感到层层障碍不可克服。他在自己的札记里写道：

在巴尔扎克手杖上镌刻着：

我在粉碎一切障碍；

在我的手杖上镌刻着：

一切障碍都在粉碎我。

共同的是“一切”。

这种恐惧感使他像蜗牛似的惧怕生活。他向往爱情和友谊，有过两个女朋友，有过性关系，订过三次婚，但都解除了，始终没有缔造家庭。他四十一岁时患肺病死去。

西德的文艺批评家龚特尔·安德尔斯作出了如下概括：“作为犹太人，他

卡夫卡从小就是个腼腆敏感的孩子。

在基督徒当中不是自己人；作为不入帮会的犹太人，他在犹太人中不是自己人；作为说德语的人，他在捷克人当中不是自己人；作为波希米亚人，他不完全属于奥地利人；作为第二保险公司的职员，他不完全属于资产者；作为资产者的儿子，他又不完全属于劳动者。但，他也不是公务员，因为他觉得自己是作家。但就作家来说，他也不是，因为他把精力花在家庭方面。而在‘自己的家庭里，我比陌生人还要陌生’。”所以他的好朋友称他为“无家可归的异乡人”。我们看他就像遗落在海滩上的一只蚌。命运之足踩过去分裂成无数个“碎我”，这种自我的破碎正是现代主义观念中的“现代人”的特征。

卡夫卡的父亲

处于客观和主观层层力量的挤压之下，这颗扭曲的灵魂只有靠艺术来释放自己的压抑。这种释放过程与别人不同的是充满恐惧感。他说：

创作乃是一种甜蜜的报偿。但是什么的报偿呢？这一夜我像上了儿童启蒙课似的明白了：是替魔鬼效劳的报偿，是这种不惜屈尊与黑暗势力为伍的行为的报偿，是这种给被缚精灵松绑以还其本性的举动的报偿……也许还有另一种写作，但我只知道这一种。每逢夜深人静，恐惧袭来，使我不能入睡时，我经历的就是这一种。……并以此为乐，而且越搞名堂越繁多，于是就有了一整套的沾沾自喜的体系了。

（见人民大学复印报刊资料《外国文学研究》，1986年8月）

对于“内向直觉型”，心理学家荣格做过如下描绘：“……通常直觉型都是停留于知觉；知觉是他的主要方面……直觉的加强会使一个人突出地远离有形的现实，甚至可能变成一个使他的亲近的人们感到完全莫名其妙的人。如果是艺术家，他就会在他的艺术中显示不平凡的、稀奇的感情。这些事情

卡夫卡去世处及墓碑

以闪光般的充沛性包含着有意义的和平庸的、秀丽可爱的和奇形怪状的、荒诞的和庄严的两方面内容。”荣格这里讲内向直觉型人的突出特征：远离有形的现实，或者说以穿透力穿过表层透视出一个五光十色、奇形怪状的世界。

卡夫卡自己说：“没有思想，只有云雾。”然而他无时不在研究周围的世界，不是凭借逻辑，而是更多依赖直觉。直观加想象，是神话思维的特征。卡夫卡创作的小说具有神话艺术特征，全部小说构成了现代神话体系。

人和命运：远古时代的主题重新奏响

有谁能忘记把正直的俄狄浦斯诱上杀父娶母的邪恶道路上去的那种神秘而可怕的力量呢？甚至连天神之父宙斯都无法逃脱冥冥之中被称为“命运”的力量：他无法从普罗米修斯口中获得自己将被推翻的秘密。奥维德的《变形记》，记载了许多人（或神）被某种外部力量所支配而变为动植物的故事。从西方一些哲学家的观点看来，这就是异化。人同异化自身的力量做斗争，从自己意识到自身成为人的时候就开始了，它同人的自我意识具有同等的年龄。“命运”吞噬人和人的悲剧性反抗，构成了希腊神话的一个不朽主题。

经过两千多年的挣扎和奋斗，经过在漫长而痛苦的歧路上的探索，到18世纪，西方人认为自己凭借着理性的力量已经可以摆脱命运的支配而走向自由，但到20世纪初，仿佛从云端一下子跌入深渊，已经从人们记忆中快要消失的远古时代的神话主题重新奏响，而且带着远比古代人更加浓重的悲哀和绝望。如果说艾略特的《荒原》给我们描绘了一幅仿佛返回远古洪荒时代的世界图景的话，卡夫卡则为我们提供了许多在荒野上流落的人们的故事，只是俄狄浦斯式的悲壮英雄不见了，主人公大多是一些可怜而卑琐的人物。

卡夫卡说，他“没有思想，只有云雾”。

卡夫卡第一篇产生影响的小说《判决》就是不可理喻的。一个做父亲的人怎能对儿子的事业和幸福抱有如此强烈的嫉恨以致命令他去死呢？如果我们从中国传统的“尊尊、亲亲”的伦理关系中暂时解脱出来，瞩目于西方世界中权力与财富争夺最激烈的战场（如宫廷）上的父子关系，或者更开阔一些，瞩目于两代人之间的关系，你就会惊异地发现卡夫卡的真实性：父子相残的意识潜藏在许多人的心灵深处，如野兽般企图撕裂对方，正如古希腊旧神谱系中那个吞掉亲生子女的克洛诺斯一样。难道我们没有听见过这样的故事吗？年轻人成长了，老一代不能不把财产和权力交给他们时，自己就像那个隐遁在暗室里的“父亲”一样，不能容忍年轻一代的异端和胜利，把儿子的女友视为“妖精”：“因为她撩起了裙子……这样地，这样地，这样地撩起了裙子，你就和她接近……”；儿子竟然敢如此“放肆”地在父亲面前表现自己成功的喜悦，并且漫不经心地违抗父亲的话，这难道能够容忍吗？“父亲”尽管牙齿都已掉光，衰弱不堪，但依然比儿子高明、高尚！因此他有权大喊：

我现在判你去投河淹死！

（《卡夫卡短篇小说选》，外国文学出版社，1987年版）

卡夫卡的画

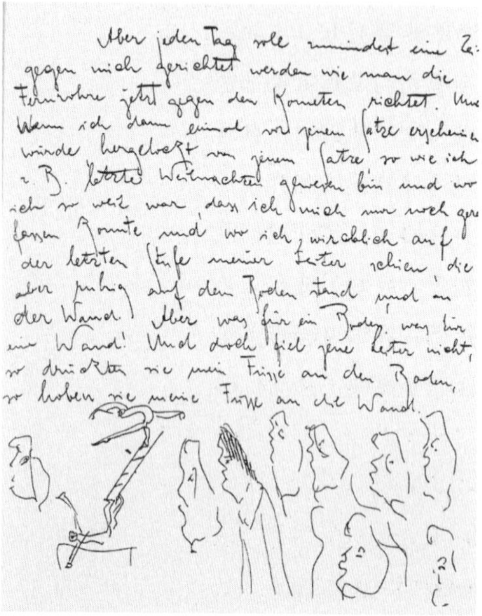

Aber jeden Tag soll zumindest eine Zeile gegen mich gerichtet werden wie man die Fernrohre jetzt gegen den Kometen richtet. Und wenn ich dann einmal vor jenem Satze erscheinen würde hergelockt von jenem Satze so wie ich z. B. letzte Weihnachten gewesen bin und wo ich so weit war, dass ich mich nur noch gerade fassen konnte und wo ich wirklich auf der letzten Stufe meiner Leiter schien, die aber ruhig auf dem Boden stand und an der Wand. Aber was für ein Boden, was für eine Wand! Und doch fiel jene Leiter nicht, so drückten sie meine Füße an den Boden, so hoben sie meine Füße an die Wand.

卡夫卡的手迹

年轻一代是毫无价值的，一有违抗立即处死，而且在判决儿子之死时，还要宣布罪过都在于儿子。在这里，“父亲”成为专制暴政的象征，这是奥匈帝国的写照。

而作为儿子，格奥尔格在父亲的判决面前所表现出的顺从，更是不可理喻的。他不仅接受了父亲的判决，顺从父亲蛮横的旨意，而且似乎还是甘心情愿的：

> 他快步跃出大门，穿过马路，向河边跑去。他已经像饿极了的人抓住食物一样紧紧地抓住了桥上的栏杆。他悬空吊着，就像一个优秀体操运动员，在他年轻的时候，他父母曾因他有此特长而引为自豪。他那双越来越无力的手还抓着栏杆不放，他从栏杆中间看到驶来了一辆公共汽车，它的噪音可以很容易盖过他落水的声音。于是，他低声喊道：“亲爱的父母亲，我可一直是爱着你们的。”说完他就松手让自己落下水去。
>
> （《卡夫卡短篇小说选》）

中国古话有“君要臣死，臣不得不死；父要子亡，子不得不亡”。可怕之处在于，这种对于“尊者”的顺从心理已从道德信条化为无意识，从“不得不”变为心甘情愿的服从，深入骨髓的“原父意识”使人在走向断头台时还要“谢主隆恩”。

在卡夫卡看来，这种惨不忍睹的顺从心理还有着更深一层的隐蔽的原因。如果说《判决》中的格奥尔格还是执行父命的话，《在流放地》

中的军官却是“自己”走进杀人机器的，没有任何外界的强迫因素，而仅是喜欢试验一种“优美”的死亡方式。这究竟为什么？长篇小说《诉讼》给出了这样的回答：莫名其妙被捕的K，“像一条狗似的”被杀害了，然而又似乎是心甘情愿的：K认为自己是有罪的。

被判死的人像狗一样地死了，活着也像狗一样受着某种神秘的外在力量的驱使。《地洞》写了一个孤独的生活在洞穴里的小动物，整天为自己的安全提心吊胆，生怕外界敌人前来袭击，因此拼命劳碌营造自己的洞穴，同时它又知道：“作为地洞的主人，我能有足够的力量对付任何来犯者吗？我作为这样一个既宏大又脆弱的建筑物的主人，面对任何比较认真的进攻，我深知自己恰恰是没有防御能力的。”“老光棍儿”布鲁姆费尔德的境遇似乎比这个小动物好一点儿（见《老光棍布鲁姆费尔德》），他是一个不受重用的老职员，在公司里，工作日益繁重，但经理却不给他增加实习生。他每次上班时都要同经理谈这件事，但也得不到解决，手下现有的人又懒又笨，弄得他终日烦恼不堪。唯一的安慰是他有一个属于自己的安静、整洁的房间，那是他自己的世界，完全属于自己的。但有一天他发现这唯一的生存空间也被侵犯了——房间里突然出现两个蹦跳的小球。他似乎可以把它们捉到，但又捉不到，小球总在他背后蹦，他猛地转身，但球儿同他一样灵巧。他上床，心想猛地一躺把球压碎，但球儿又灵巧地蹦到床下。夜里仿佛老有人敲门，整夜睡不着，他起来想对策，打开衣物箱，把球儿关在里边。以后会怎样？小球的烦恼是否终结了？这篇小说没有写完，但一个颇有意味的象征物已经构成：“小球”就是一只无形的手，它捉弄着孤独的老光棍儿，像影子似的摆脱不掉，弄得你心烦意乱，也许会因此而发疯或者自杀。朱自清先生在他的名篇《荷塘月色》中说，他“喜欢群居，也喜欢独处”；在另一篇作品中又说，当一个人不得独处，而不断被孩子的吵闹声侵扰时，他曾想“自杀”。现代社会里，人不断“占有自然”，反过来又不断被“自然”所占有。“鸡犬之声相闻，老死不相往来”的田园生活被毁了，网络式的社会结构把人变成被巨大社会机器所操纵的“操作物”，它无情地剥夺人们仅有的属于自己的微小空间，使人的孤独的灵魂失去最后的栖息之地。各种各样摆脱不掉的“关系”造成各种烦扰，犹如蹦跳的小球如影随形地纠缠着你，直到死亡。

殉身者怎样沦落为无人理睬的戏子

一碗饭给三个饥饿者共食，最先放下筷子的人总是受人尊敬的。本书在第二章开头转引《泰绮丝》中描绘的苦行僧，直到今日也依然能引起人们的某种敬意，归根结底，在物质尚不充裕的社会里，节衣缩食总是对别人有好处。那些宁肯饿死而把仅有的食物让给别人的殉身者，简直可以看作社会崇高精神的化身。从广泛的意义上说，任何一个社会都需要这种殉身精神作为支柱。殉身精神的泯灭就意味着人都变成了狼和羊，社会变为狼吃羊的社会。

卡夫卡的《饥饿艺术家》描写了一个以表演长时间忍饥挨饿为本领的艺术家，他的惊人之处就在于可以饿四十天以上。他经常四处去表演自己的这种高超本领，不是为了挣钱，不是迫不得已，不像艺术作品中描写的那种以摧残自身获取微薄收入的杂技演员。他是出于一种荣誉，他以自己忍饥挨饿本领之大为荣。有时候，在表演过程中，看守笼子的人故意离开以便使他有机会悄悄吞入一些食物。这时他不但不感谢看笼人，反而觉得受到了羞辱，感到非常痛苦。因为他们不相信他的能力：

他的艺术的荣誉感禁止他吃东西。……有时就有这样的夜班看守，他们看得很松，故意远远地聚在一个角落里，专心致志地打起牌来。很明显，他们是有意要留给他一个空隙，让他得以稍稍吃点儿东西；他们以为他会从某个秘密的地方拿出贮藏的食物来。这样的看守是最使饥饿艺术家痛苦的了。他们使他变得忧郁消沉；使他的饥饿表演异常困难；有时他强打精神，尽其体力之所能，就在他们值班期间，不断地唱着歌，以便向这些人表明，他们怀疑他偷吃东西是多么冤枉。

（《卡夫卡短篇小说选》，外国文学出版社，1987 年版）

一直饿到第四十天，他由两个女护士抬着，绕场一周，接受鲜花。但他并不愉快，因为他还可以饿得更久。

然而，他的悲剧来了。人们终于对饥饿表演不感兴趣了。饥饿艺术家的黄金时代结束了。艺术家本人不甘心，同一个马戏团签约，表演时，经理把他的笼子放在外圈一个人们观看猛兽必经的通道上。饥饿艺术家感到自己重新显身手的时候到了，但人们来马戏团全是为了看猛兽表演，偶尔向他的笼子看一眼，不知他是个什么动物，瘦骨伶仃和人本身没有两样，毫无特色。人流从他身边挤过去，只把他看作通道上的一个障碍，没有人愿意多看他一眼。饥饿艺术家打起精神决心创造纪录，但负责更换牌子（牌子上记录他饥饿表演的天数）的人失去了兴趣，不再去更换他挨饿的天数，因此，饥饿艺术家的才华无从被人知晓，连他自己也不知饿了多少天。终于，有一天，人们在笼子里腐臭的草堆中发现了他——已经奄奄一息。人们准备给他进食的时候，为了艺术家的荣誉他依然拒绝。人们便把他同腐草一起埋葬了。

整篇作品都用愉快的笔调写成，似乎是一篇讽刺主人公的作品，但又难掩深沉的悲哀。饥饿艺术家是一个殉身者，犹如中世纪的苦行僧。他的表演是荒唐可笑的，但可笑之中包含着一种对信念的执着追求，一种超人的毅力，一种可敬的高于肉体的殉身精神。高尚的信念沦落为戏子——一个无人理睬的戏子，这首先不是艺术家的悲哀而是社会的悲哀。猛兽给人的感官刺激是一种肉体享受追求，这种追求排挤、湮没了饥饿艺术家的表演价值，它象征着人不如动物，人的审美理想已经沉落。饥饿艺术家在冷落中的死亡，意味着一个高尚时代的终结，由人的动物本能统治的时代的开始。

《变形记》：审美情感的移入与间离

关于《变形记》的评论文章已经连篇累牍，本书作者不拟重复，只想从审美接受的角度揭示这部作品震撼心灵的内在秘密。

卡夫卡的《变形记》与古罗马的一部名著同名，即奥维德的《变形记》。这本身就意味着作者认为人类经过几年的奋斗，并没有使自己从动物中升华出来，人们所创造的升华条件反过来变成束缚人自身的绳索。用《浮士德》中魔鬼的预言来说，是“比畜生还要畜生”。不同之处是，奥维德的《变形记》是双向的，人（神）可以变成动植物，动植物又可变为人（神）。统观全书虽有悲苦，但还有着人与自然浑然一体的自由感（天人合一）。卡夫卡

卡夫卡的《变形记》

古罗马奥维德的同名名著《变形记》

的同名作品却是单向的：主人公格里高尔变成了虫，不可能再变为人，只有人的倒退而没有人的升华，因此显得更加悲哀。近代西方对人的困境的揭示早已有之，但《变形记》为人们提供了一个具有高度概括性的形象符号，以惊人的荒诞框架和惊人的细节真实再现了人的异化主题，作者不像巴尔扎克那样鲜明地指出造成人类沦落的社会条件，而只是深入探索被异化的内心感受。而这些感受的普遍性和真实性诱导读者进入主人公的虫体世界，读后仿佛自己也变成虫了。

德国费肖尔父子认为，审美过程是“移情”过程，并把这一过程解析为，“前向情感”“后随情感”“移入情感”三级（详见朱光潜著《西方美学史》，人民文学出版社）。

依费氏父子的观点，我们试着对《变形记》做一分析。

人居然变成了虫，这同人们的生活常识相悖谬，因此造成接受的困难。如果不克服这个困难，读者终认为故事是虚假的，就不可能发生“移情”的审美过程。

一个平庸的作家如果要在自己的作品中写他的主人公变成了“虫”，必先费很多笔调渲染奇诡、神秘的环境（惊雷、浓雾、乌云密布、火光闪闪……），而后写他在变成虫的过程中种种奇异的感觉和变虫后的惊恐，以致晕厥……总之，写一个惊奇的事实，必须用种种令人惊奇的因素和后果来加以烘托。而卡夫卡的《变形记》竟然写得如此平淡：

> 一天早晨，格里高尔·萨姆沙从不安的睡梦中醒来，发现自己躺在床上变成了一只巨大的甲虫。

平淡得就像在讲一件人们习以为常的事。作者这种平淡的语气，同人们的习惯性心理反应之间产生了距离。这种距离使读者产生了疑惑，也就是作家的镇静态度使读者感到疑惑。这种疑惑构成“前向情感”，引导读者跟着作者向前走。反之，如果依照前面“平庸作家”的写法，作品与读者的习惯性心理（也许来源于众多诸如此类的作品）之间有距离，没有“陌生感”，尽管你笔下吞云吐雾，读者只会索然无味，甚至不能卒读。

按照习惯性逻辑，一个人发现自己变成了大甲虫，他该是何等惊恐？他可能会大叫、会挣扎、会晕厥。如果照此写下去，读者依然会站在局外人的角度，冷眼旁观。而在卡夫卡的作品里，这些都没有发生。格里高尔发现自己变成虫时，他并没有惊恐，因为他怀疑这是个梦。作为一个终日辛劳的小职员，他多么需要睡眠哪。这种把意想不到、突然发生的事疑为梦境，是一般读者都易于接受的。此时，读者心态已从疑惑转入与格里高尔的心态暗合。这种暗合是情感移入的先导。想起床，起不来，以为只是太累了……读到此，读者的心境开始从疑惑转为萌发对这个小职员的怜悯和同情……一个未意识到自己不幸的不幸者往往会博得更多的同情。此时，虽然书中的格里高尔还未意识到自己真的变成虫，而读者的心境却先于他体味这种情感。此时“前向情感”已转向“后随情感”。

快7点了，母亲催他起床去上班，他要回答母亲的呼喊，却发不出人的声音，只会吱吱叫。这个现象仍未引起格里高尔注意自己变成虫的事实，因为他被一种可怕的焦虑淹没了：万一赶不上火车，耽误了老板的事，自己被革职怎么办？年老的父母和年幼的妹妹何以为生？这种心态对一个小职员来说，非常真实。……此时的读者被震撼了：人在变成非人之后，不是为自身的幸福和命运痛苦，而是焦虑他变成虫给他人带来的后果。待经理派秘书来催他去火车站而发现他已变成虫时，吓得从楼梯上滚下去了。这件事加深了格里高尔的焦虑：丢职似已无疑。而读者的情感开始同他产生如是感觉时，表明他已经不自觉地接受了“人变成虫”这一荒诞的框架。并已开始为变成虫的格里高尔而悲哀了。对于上述三阶段，可简单列表如下：

	Ⅰ 前向情感	Ⅱ 后随情感	Ⅲ 移入情感
审美对象（作品）	镇 静	疑为梦中	焦 虑
审美主体（读者）	疑 惑	心理暗合	同情与悲哀

审美主体与对象之间的“三阶段”是间离→暗合→间离。但后一个间离与前一个不同，第一个间离表明审美主体的情感尚未移入，后一个间离是移入后在“合一”（读者对主人公的同情）的基础上的“间离”。如果只有间离→暗合，而没有第二个“间离”，作者只能让读者的心境随同主人公的命运而沉浮，而不可能获得更多的东西。第二个“间离”是现代派作家特别重视的。审美过程既有“移入”，又有“跳出”。

这种“移情”过程是反复发生、不断深入的。在格里高尔意识到自己已变成虫并因此而使家庭陷入窘境时，读者起初关心的是“怎么办”，这是在同情基础上生发的一个疑问（前向情感），读到格里高尔悄悄爬到父母门边偷听家里经济情况时，读者发生进一步的同情（后随情感）。他因为没有办法帮助家庭解脱困厄而陷入无法自拔的痛苦，在这种情况下，他只能苦中作乐：

在大白天，考虑到父母的脸面，他不愿趴在窗子上让人家看见，可是他在几平方米的地板上没什么好爬的，漫漫的长夜里他也不能始终安静地躺着不动，此外他很快就失去了对于食物的任何兴趣，因此，为了锻炼身体，他养成了在墙壁和天花板上纵横交错地爬来爬去的习惯。他特别喜欢倒挂在天花板上，这比躺在地板上强多了，呼吸起来也轻松多了，而且身体也可以轻轻地晃来晃去。倒悬的滋味使他乐而忘形，他忘乎所以地松了腿，直挺挺地掉在地板上，可是如今他对自己身体的控制能力比以前大有进步，所以即使摔得这么重，也没有受到损害。

这又是一段震撼心灵的描写。但同样有“间离”：主人公苦中有乐，而读者心中酸辣苦咸都有，唯独没有乐。主人公的“乐”给读者更深沉的“悲”。

卡夫卡作品如此荒诞，但又能使读者接受，其根本原因在于荒诞框架中有惊人的真实，卢卡契说：“卡夫卡作品整体上的悖谬与荒诞是以细节描写的现实主义基础为前提的。”这种真实性特别突出地表现在细节上。格里高尔的父母和妹妹对他由最初的关切到终于厌弃的过程极其细致真切。一个为家庭生计奔波而变成虫的人最后被全家人所厌恶，这一过程是冷酷无情的，又是合情合理的（相形之下，巴尔扎克笔下的两个女儿对高老头的厌弃就未写出上述过程）。结尾写格里高尔自我消灭的愉快和家里人的轻松心情都真实可信。人的异化导致人的自我价值的失落，除了自我消灭，没有别的生路，因此死亡是愉快的。

二、荒诞与选择

在卡夫卡的作品中我们可以看到对现代人的困境的哲学思索，但他喜欢使用神话的框架。卡夫卡之后，出现一种以此为主题的“哲理文学”，即存在主义文学。作为一种思潮，存在主义应追溯到丹麦哲学家克尔凯郭尔，德国哲学家胡塞尔、雅斯贝尔斯、海德格尔。但以文学形式宣示存在主义哲学却是第二次世界大战前后的萨特、加缪和西蒙娜·波伏娃。这三位名家在中国已为文化界所熟知，有关存在主义哲学的评说汗牛充栋，本节只准备从心理分析的角度对几部代表性文学作品做一些描述。

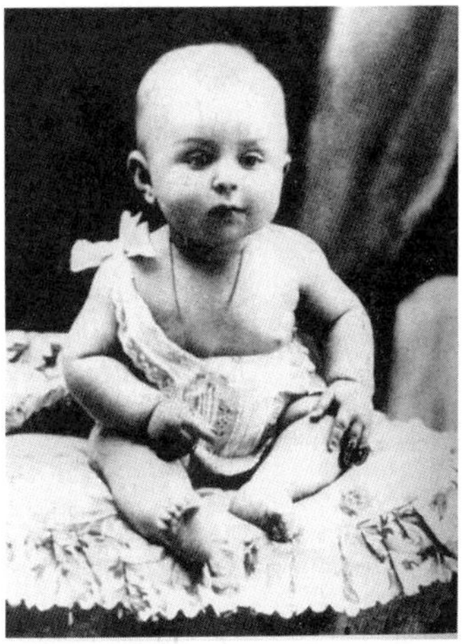

萨特（1905—1980）：法国作家、哲学家，存在主义文学的倡导者与实践者。1964年瑞典文学院决定授予他诺贝尔文学奖，他谢绝了这一荣誉。

《恶心》：对于荒诞的感觉描绘

对于西方现代社会中的荒诞性，在20世纪上半叶许多哲学家都曾加以论述，这不是萨特的发现。但萨特寻找到一种恰当的描绘形式：感觉。年轻的萨特认为，逻辑体系是无法说明世界的，只能依靠感觉、混乱的意念、“精神病理学的方法”。这种说法有其独特之处：“感觉到的东西未必理解它。”对西方大量迷乱、无法理解的现象试图作出理性的阐述，往往失之简单、肤浅，莫如把它直接诉诸感觉。存在主义者生活的时代，用加缪的话说“是屠杀、不义和暴力”的时代。种种迷惘，无法解答。人的许多强烈的感觉体验，说不清楚；许多论述世界荒诞性的哲学著作，无人问津。而1938年萨特的小说《恶心》一下子引起了人们的注意，其道理便在于此。

《恶心》的主人公洛根丁，是一个历史学家。他的性格怎样？这无关紧要。作者无非是通过他把人的一种情绪具体化。这种情绪就叫“恶心”。

这种感觉怎么发生的，洛根丁也搞不清。迈尔西爱逼他去孟加拉（让他监视博塔尔），他应该接受。但“呆住了，一句话也说不出来”。迈尔西爱胡子上的香水味钻进了他的鼻子。“然后，突然间，我从六年的酣睡中觉醒过来”，“我觉得那个雕像讨厌而且呆笨，我深深感到厌倦。我无法理解我为什么会在印度支那？我在那里干什么？为什么我和这些人谈话？为什么我的身上穿得这么可笑？”“多年来这份热情淹没了我，冲着我向前走，现在我觉到内心空虚。可是这还不是最糟的。最糟的是在我的面前有一个体积庞大而乏味的观念，带着一种冷漠的态度安顿下来。我不十分知道这是什么，可是我不能够正视它，因为它太使我感到恶心。”

这就是洛根丁的“觉醒”——对待世界的态度从“热情”变为“恶心”，作者没有指出内在原因，仿佛是“忽然间”一个问题、一把胡子、一阵香味。这种描绘从心理学角度有其真实性：人的情绪有时会突然变坏，从“兴高采烈”跌到“毫无意思”，但读者不满足，希望知道偶然中的必然。但萨特认为不能指出，譬如是因为让他监视别人。“我对高棉人反感……”，这样一写就浅薄了。照萨特看来，这是一种“本体情绪”，不是外界刺激产生的，是人的本体存在。

这种“庞大而乏味的观念”一旦安顿下来，就使洛根丁眼里的一切都发生了变形。他在布城图书馆研究历史，经常遇到一个自学者奥义耶·普，这人过来同他打招呼。他觉得人家很陌生，“简直不像一个脸，然后是他的手，他的手像一条肥大的白色的虫握在我的手里。我马上把他的手松开，他的臂膀软绵绵地垂下来。”

奥义耶·普的胳膊是《恶心》里出现的第一个使他厌恶的形象，特点是白而软的虫。什么虫？蛆虫。在以后的叙述里，几乎任何使他恶心的形象都具有白、软、黏、滑和蠕动的特征，他反复重复这些形容词，引起读者对那种厕所里的动物的联想，从而引起生理上的恶心。

这种感觉使洛根丁对白天感到恶心，因为到处是“白”的：“寒冷的阳光染白了窗玻璃上的灰尘。天空是苍白色的，混杂着白色。”对这种“白”他感到恐惧，阳光也是“苍白色，它在我的桌子上展开四条暗淡而空虚的反光”。烟斗上原有一层金色漆，但在阳光照耀下，漆似乎被剥掉了，“只在一块木头上剩下一条长长的白色光线”。他喜欢布满乌云的天空，可今天没有，搞得他赖以生存的咖啡馆在阳光下变成了光芒四射的白眼睛。“我点亮了桌子上的灯，也许它的光线能够击败日光。事实并非如此……我熄了灯，我立起身来。墙上有一个白色的洞，那是镜子。这是一个陷阱。我知道我会落到陷阱里去的。我落下去了。镜上出现了一个灰色的东西。我走近去，我注视着它，我再也不能走开去了。”

他恐惧地发现不认识自己的脸，不明白这张脸有什么意义。“只有红头发像跳动的火焰”。他的视线向下滑，滑到额头、脸颊上……“当然，这里有鼻子……变成了一个庞大的白色光晕，它消失在亮光中”。

我的视线慢慢地，不耐烦地落下来，落到额头上，落到脸颊上，它并没有遇到什么结实的东西，它搁浅了。当然，这里有鼻子，有眼睛，有嘴巴，可是这一切都没有意义，甚至连人类的表情也没有。而安妮和韦莲纳却认为我有活人的神气；很可能是因为我过分看惯了自己的容貌，所以看不出来。我小时候，我的伯母贝约瓦对我说过：“如果你朝镜子里看得时间过久，你就会看见一只猴子。”我大概看得更久了些，我看见的已经远远在猴子之下，到达了植物界的边缘，和腔肠动物在同一水平上了。这是活着的东西，我并不否认，可是安妮所想到的不是这个生命。我看见的是轻微的颤动，我看见平淡无味的肉在开花，而且无可奈何地跳动着。那双眼睛，在这么距离看来，尤其令人感觉可怕。那是玻璃似的、柔软的、盲的、有红边的眼睛，简直像鱼鳞一样。

我使尽全力紧挨着瓷质的窗台，我把面孔凑近镜子，一直碰到镜面。眼睛、鼻子和嘴巴都消失了，一切属于人的东西都不存在。仿佛害热病而肿胀的嘴唇两旁，各有一些褐色的皱纹，那是鼹鼠洞的裂缝。一层细丝白绒毛沿着脸颊的高大斜坡铺下来，两根毛从鼻孔里伸出来，这是一幅立体的地质学地形图。不过不管怎样，我对这个月球世界是熟悉的。我不能够说我认出了这些细微的地方，

萨特在他五十岁的时候曾同波伏娃一起访问中国。

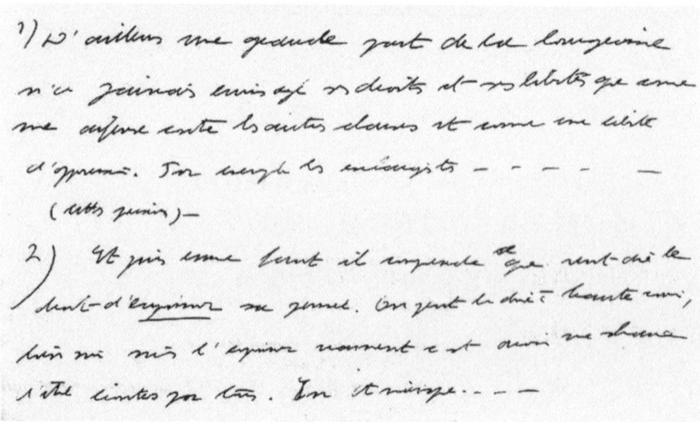

萨特手迹

实际上是我对这个整体有一种已经见过的印象，这种印象使我昏昏欲睡，我慢慢地进入睡乡。

我很想恢复自我，脱离这种状态；只要一种强烈和敏锐的感觉就能使我到达目的地。我拿左手贴着我的脸颊，我扯我的皮肤，我做鬼脸。我的整个半边脸都变扁了，左边嘴角扭歪，鼓起来，露出一只牙齿，眼窝张开来，露出一个白球和一团粉红色的带血的肉。然而这并不是我所寻求的：这一切并不强烈，并不新鲜，这仍然是柔和的、轻松的、已经见过的！我睁着眼睛睡觉，我的脸已经胀大起来，在镜子里胀大起来，变成了一个庞大的白色光晕，它消失在亮光中……

（转摘自柳鸣九编选《萨特研究》，中国社会科学出版社，1981年版）

在这个到处感到恶心而又无法逃遁的世界上，什么都使他恐惧，喝啤酒的杯子都使他害怕，“不管怎样，我感到不安，半个钟头以来我避免望着这杯啤酒。我看上面，看下面，看右面，看左面，我就是不愿意看见它。我也知道得很清楚，所有在我身边的这些单身汉一点儿也不能帮助我，因为已经太晚了，我再也不能够逃到他们当中躲避了。……我慢慢滑进水底，向害怕滑去。”

这已近似于鲁迅笔下的狂人，看见什么都害怕，以为每个人都要吃人，而洛根丁感到啤酒都构成了对他生存的威胁。洛根丁是“西方狂人”。

然而有不具备威胁的，就是地下的烂纸：

我很喜欢捡起栗子、破布，尤其是废纸。我觉得最愉快的就是把它们捡起，握在我的手里；甚至差点儿我就会把它们放进我的嘴里像孩子们所做的那样。有时我拿着纸张的一角，把大概沾上了粪污的华贵的厚纸掀起来，安妮就气愤得要命。在夏天，或者在初秋时分，在公园里有许多被阳光晒焦了的破报纸，干燥而脆薄得像枯叶一样，黄得使人以为是被苦酸浸过的。另一些纸张在冬天被踏烂粉碎、弄污，回到土地里去了。还有一些纸张是全新的，甚至是光滑的，全白，跳动着，像天鹅似的停在那里，可是泥土已经粘着它们的下面了。它们绞扭着，挣扎着，从泥泞里脱身出来，可是又在不远的地面上落下去，再也挣扎不起来了。所有这些纸张都是值得捡起的。有时我只是轻轻地抚摸它们，凑得很近地望着它们；有时我把它们撕碎，倾听它们的悠长的破裂声；如果它们很湿，我就用火烧它们——这倒不是一件容易做到的事。然后，我在墙上或者树干上揩干净我的沾满泥泞的手掌。

（转摘自《萨特研究》）

但是，有一天突然不行了，当他看见一个军官从一张烂纸上跨过去，而这页纸的下边埋藏在泥泞里时，他体会到：“接触这块柔软而新鲜的泥团的快乐。”但是，一瞬间看到“听写：白猫头鹰”，一个白字使他呆住了：“两手空着，我再也不自由了。”

还有音乐，一个黑人女歌手的歌唱使他能暂时忘掉恶心的感觉。他很想把那些美丽的音符留在自己的手里，但它们都像蝌蚪一样从指缝滑过去。他很清楚把它们留在自己的手掌中，他们马上就会死去。

没有办法。洛根丁走了，离开了布城。

以上只是《恶心》中的一部分，由此可体验一下这部书的特色。

这部书为什么当时大受欢迎？因为它反映了当时人们的社会情绪。1938年正是帝国主义战争已经打响，希特勒、墨索里尼到处肆虐，战争的威胁、经济危机造成的失业……使许多人陷于悲观失望之中，《恶心》相当出色地表现了这些人的情绪和对这个混乱世界的迷惘。由于作者只诉诸直觉而缺少对造成混乱的原因的社会学揭示，又失之肤浅。想一想当时世界上各种力量的反对法西斯主义的蓬勃斗争，就会感到这本书反映的不过是一部分找不到出路的资产阶级、小资产阶级知识分子的狭隘感受。随着战争的发展，作家对这个世界的罪恶有了更深切、更广阔的认识。二十六年之后，1964年他在接受《世界报》记者的采访时说："我看到不少儿童饥饿而死。面对一个垂死的孩子，我的《恶心》真是无足轻重了。"

这部作品写厌恶感的突出特色是"变态心理"：①找到原始意象（蛆虫）；②同阳光、房间、街道、朋友、胳膊、墙上的镜子、白纸、白字相互联系（联觉现象），形成整个社会是一条"蛆虫"；③写黏滞感：酒杯、石子、门把手；④写死物变活，而活人在世界压迫下变死。从这部作品中我们看到，不写变态心理很难突出世界的荒诞。犹如鲁迅的《狂人日记》，看起来狂人是疯子，其实他最清醒：他看清世界是"人吃人"的。周围人把狂人看成疯子是因为他们自己疯了。同样，洛根丁看来是狂人，其实是一种"觉醒"。

《局外人》：对于荒诞的写实描绘

《局外人》是加缪的成名作，发表于《恶心》之后四年（1942年），也是当时大受欢迎的作品。

如果说《恶心》只是描绘一种感觉，《局外人》却是写实主义的。他用的是朴实而精练的文笔，绝少用形容词，加缪因此而被视为古典主义大手笔。

主人公莫尔索，令我们想起变成虫的格里高尔。他也是个小职员，但生活态度与格里高尔不同。格里高尔最大的生活乐趣是挣钱养家，看父母的笑容，幻想送妹妹上音乐学院。莫尔索比他冷淡得多，他养不起母亲，把她送进养老院，一年没去看过（嫌坐长途汽车麻烦）。小说一开始就是冷漠的："母亲今天死了，也许是昨天死的，我不清楚。我收到养老院一封电报，电文是

‘母死，明日葬，专此通知’。从电报上看不出什么来，很可能昨天已经死了。”到了养老院，莫尔索也没哭。院长说打开棺材让他瞻仰遗容，他说不必了；守灵时因为太累，他睡着了；送葬时天太热，老希望早结束；第二天就跟女朋友玛丽去游泳、看滑稽电影，一块儿睡觉。从我们的观念来看，这个人铁石心肠，对谁都冷漠，也不该对自己的母亲这样。这种看法是对的。但是，我们要把他同格里高尔联系起来看，同西方社会当时的情况联系起来看，我们不会忘记格里高尔一生为父母、妹妹劳碌而最后“众叛亲离”，遭到家人的打、骂、鄙视和厌弃的遭遇。他的遭遇揭露了一个事实，即恩格斯所说：“维护家庭的纽带并不是家庭的爱而是隐藏在财产关系之后的私人利益。”我们设想格里高尔如果转世，他还会对父母、妹妹如从前一般吗？还会为他们去奔忙劳碌吗？按中国的传统还应该！但西方不同，格里高尔的死亡，就是情感的死亡，就是埋葬一切温情脉脉的家庭关系。莫尔索犹如格里高尔转世（《局外人》发表于《变形记》之后二十八年，而书中又说主人公莫尔索二十八岁。也就是说莫尔索生于格里高尔死去的那一年——这是一个有趣的偶合），他不愿意再为

1957 年加缪获诺贝尔文学奖，当时他和他的夫人正在伽利玛出版社的花园里。

母亲奔忙，他要割断和任何人的情感，“无所谓”“这不怪我”是他的口头语。他和玛丽睡觉，玛丽要跟他结婚，他想想说：“可以。”玛丽问，你爱我不爱，他说：“不爱。”在他心目中没有“爱”这个字眼，他不爱任何人，对这个世界来说，他是一个“局外人”。

但莫尔索也有优点，他不侵害别人。他不想钻营（他拒绝升迁），而且希望做一个“真实”的人，不欺骗不虚伪。母亲去世，他觉得人老了总要死，所以没有眼泪，不想装假。对女朋友不爱就说不爱，所以加缪说：“莫尔索远非麻木不仁，他怀有一种执着而深沉的激情，对于绝对和真实的激情。”

然而这一点却为社会所不容。他帮一个朋友打架，对方一个阿拉伯人亮出了刀子，情急之中，莫尔索连开五枪把阿拉伯人打死了，因此被逮捕。

案件的情节很快弄清楚了，单凭这件事，莫尔索不至于被判死刑，但检察官要求审查莫尔索的动机，一下子追到他对母亲去世的态度上，检察俨然以一副捍卫伦理纲常的态度，指责莫尔索不只不爱母亲，而且在精神上虐杀了自己的母亲：“这样的人不可能没有杀人动机。”

为莫尔索辩护的律师要求莫尔索向他说明真相。莫尔索说：“觉得母亲老了，人老总要死的。”律师吓得脸煞白：“到法庭绝不能说这句话。”律师说：“我准备这样辩护，就说当时在养老院送葬前后你竭力压抑住自己的正常情感，可以不？”莫尔索想了想说：“不可以。”因为不是那么回事。到了法庭上，莫尔索依然采取淡然的态度，对检察官的指控、律师的辩护一概没兴趣，兴趣在于有那么多人出庭来旁听审讯。他仔细观察这些人的面孔，觉得自己引起这么多人的注目很高兴。以致法官问他为什么开枪时，他没头没脑地说：“因为天很热”，因此被判了死刑；问他有何话说，他想不出来。死前，神父让他忏悔，被他赶出去了，他觉得无话可说。临刑前一天夜里，他忽然感到一种强烈的想重新生活的欲望，但一切已经无可挽回了。“为了作一个好的结束，为了避免感觉自己太孤单，我只要想我受刑的那一天，一定有很多人来看，对我发出咒骂的呼声，就行了。”

主题很明确，资产阶级国家造出了莫尔索这样冷淡的人，却又虚伪地打起捍卫伦理纲常的旗号把他送上断头台。莫尔索是一个牺牲品，资产阶级用它的血来装点自己的博爱旗帜。萨特说：“《局外人》是荒诞的证明，是对资产阶级法律的抨击。”萨特认为，《局外人》的主题是“荒诞的证明”。小说的可贵之处在于，在人们普遍认为不荒诞的环境中发现了荒诞。母亲死了要哭，对跟你睡觉的女人要说“我爱你”，在法庭上要为自己辩护，临死前要向神父做忏悔……所有这些都是正常不过的事。然而，莫尔索不，他是一个处于自然状态的人，他希望按照最自然的（也就是最正常的、非做作的）方式处理生活，结果却同整个社会发生了对立。对于这种对立，他早有感觉。他总感到某种说不清的不安，他的口头禅是“无所谓”和“这不怪我”。母亲太老了，死去时他不想哭就没哭，对跟他睡觉的女人他不爱就说不爱。他不喜欢说假话，他就反对律师作有利于他的辩护。一个按照自然状态真实地生活着的人其结果变为社会的敌人而剥夺了生存的权利，这就是荒诞。这种荒诞源于人类社会。加缪说：“荒诞不在人，也不在世界，而在于两者的共存。”在以《论荒诞》为副题的哲学论文《西西弗斯的神话》中，加缪提出，荒诞感首先表现为对某种生存状态的怀疑：“起床、公共汽车、四小时办公室或工厂里的工作，吃饭、公共汽车、四个小时工作，吃饭……”一旦人们对此提出了“为什么”就悟到了荒诞。拒绝这种“总是一个节奏”的生活就是对荒诞的反抗。如果莫尔索能够接受社会上约定俗成的一切，他就不会死去，因为“一个能用歪理来解释的世界，还是一个熟悉的世界。但是在一个突然被剥夺了幻觉和光明的宇宙中，人就感到自己是局外人。这种流放无可救药，因为人被剥夺了对故乡的回忆和对乐土的希望。这种人和生活的分离，演员和布景的分离，正是荒诞感”。加缪所说的，归根结底是人的个性自由与社会规范之间的冲突。莫尔索为实现人的自然状态的生活而同社会规范对立并因此而献出了生命，加缪认为，从这个意义上说，他是当代人类的基督，他是为人类而受难。加缪哲学的可取之处在于他以人的自由存在为理由向西方现代社会质疑，特别抨击它的虚伪的法律，促人深思，激励人们进一步探索个体与社会、自由与理性的矛盾冲突。加缪由于对

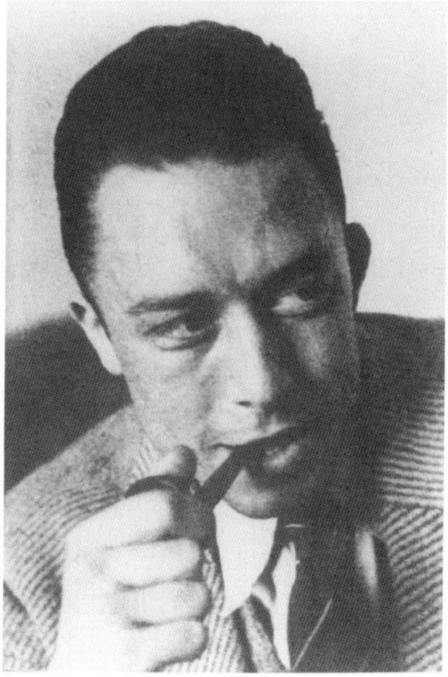

加缪在奥兰

理性秩序采取决然否定的态度，这就导致他对整个人类社会的绝望。莫尔索那种全然凭感觉毫无道德观念和社会责任感的生活方式，是以极端个人主义的态度反对资本主义制度，加缪同时又反对无产阶级专政，这就毫不奇怪了。对纪律、社会规范的绝对个人自由，是存在主义哲学的重要特征。以发现社会的“荒诞”为使命的哲学在这一点上暴露了它自身的“荒诞”。

《间隔》：对于荒诞的哲理揭示

“小说是哲学的艺术证明”，存在主义者如是说。从这个意义上讲，环境剧《间隔》（1945年）和《恶心》《局外人》没有什么不同，它们都是存在主义哲学的“艺术证明”。但《恶心》《局外人》更接近生活本身，带有不同程度的写实色彩。而《间隔》却以精心构建的环境与人物的冲突，极富逻辑性地向前递进，演绎般地推出结论，以精辟的警句为全剧画龙点睛。因此，我们可以说《间隔》更富于哲学论文的特色。

《间隔》的故事发生于“地狱”之中，但这是不同于但丁《神曲》中的地狱：没有血雨火沙，没有烧人锅和烤人架，而是一个“第二帝国时期风格的大客厅”。生活于其中的三个鬼魂：逃兵加尔森、色情狂艾丝黛尔和同性恋者伊内丝。加尔森总觉得生活于阳世的同事们还在议论他当逃兵被枪毙的事，他觉得应该向他们解释自己并不是一个怯懦者；他希望找到强有力的论据说服他们，因此需要隔离默想（不作声）。但是不行，色情狂艾丝黛尔来向他调情，艾丝黛尔是摔死自己同情夫彼瑞尔生下的孩子、逼疯彼瑞尔后被赶入地狱的。她内心受着彼瑞尔的煎熬感到无法忍受，因此想借同加尔森调情而忘掉可怕的罪孽。但同性恋者伊内丝插入艾丝黛尔与加尔森之间。伊内丝在阳世与佛罗伦丝搞同性恋，导致佛罗伦丝的丈夫自杀，佛罗伦丝良心受责打开煤气将伊内丝和自己杀死。伊内丝为了躲避佛罗伦丝的折磨，便去追求艾丝黛尔，并用洞察的目光看透加尔森是个胆小鬼。加尔森本来想独自默想，因而讨厌艾丝黛尔的纠缠，但因忍受不了伊内丝冷酷的目光而准备接受艾丝黛尔的调情。伊内丝为了得到艾丝黛尔，大骂加尔森，弄得加尔森不得不放开艾丝黛尔而向伊内丝解释自己并不是胆小鬼。艾丝黛尔眼看到手的好事被伊内丝搅散了，不禁大怒，唾骂伊内丝，并且更加起劲地追求加尔森。加尔森感到难以忍受，冲出地狱之门……想不到，顷刻间他自己又回来了。因为他无处可去，他必须向伊内丝解释自己不是胆小鬼。伊内丝毫不留情地揭穿他，而艾丝黛尔却向着加尔森大唱赞歌，声明自己认为加尔森不仅不胆小而且是个“英雄”。但加尔森却似乎回到了地狱之上的人间，他的同事们还在唾骂他，他感到六神无主。欲火中烧的艾丝黛尔觉得事情都坏在伊内丝身上，便用刀子捅进伊内丝的心脏，伊内丝吃惊地说：“你疯了？想捅死我？可我已经死了呀！”“刀子没用了，毒药也没用了，咱们永远在一起了！”就这样，三个痛苦的灵魂有如回旋的木马，互相追逐。加尔森叹息道：“原来这就是地狱。我万万没有想到……你们的印象中，地狱里该有硫磺，有熊熊的火堆，有用来烙人的铁条……啊，真是天大的笑话！何必用铁条，他人就是地狱！”（参见《间隔》中译本，译文略有不同，载《萨特研究》，李恒基译，中国社会科学出版社，1981 年版）

萨特的存在主义名剧《间隔》剧照

“他人就是地狱”就是《间隔》的哲学主题：三个鬼魂，每一个都是孤立的个体。他们各自有过去的罪过，又有卑劣的要求。他们之间存在着难以调和的矛盾，因此相互间既有欲望又要互相戒备、提防，唯恐对方洞悉自己，

《间隔》中有一句名言："他人就是地狱。"

必须把自己包裹起来，他们必须“永远在一起”，但又有着不可逾越的鸿沟。

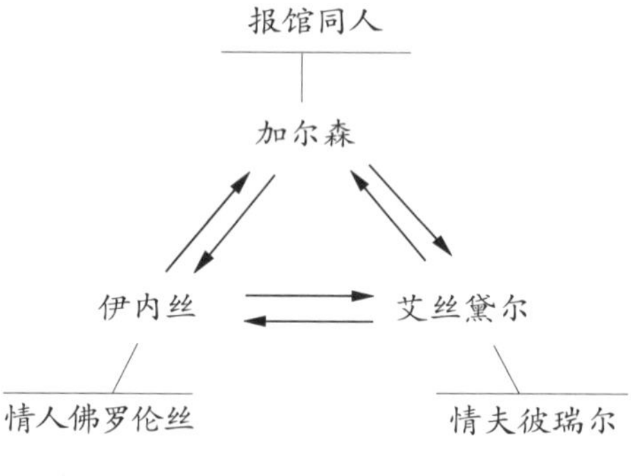

《间隔》与《局外人》相同，都是揭露社会的荒诞性，但一个是正题，一个是反题。《局外人》以个体的自然状态的合理性抗议社会，而《间隔》却指出个体自然状态中的“恶”造成社会的荒诞。这是存在主义哲学中相互矛盾而又相互补充的两个方面。也是萨特与加缪终于分道扬镳的一个重要思想原因。萨特的谬误在于把“他人就是地狱”视为人类的本体现象。而读者有权利从另外的角度去解读它，把这种人际关系如实地看作是当时法国社会的现实反映，看作是私有制经济土壤上长出的毒花。而且以消灭私有制为使命的社会主义事业将最终消灭这种丑恶的人际关系。萨特在其晚年曾明确表示，他是西方资本主义制度的敌人。在他的谈话《七十岁自画像》中说：“我可以说明这个社会是不道德的，这不是为了人，而是为了利润而建立的，因此，就应该彻底改变它。”同时，《间隔》可以视为对西方资本主义制度下某种人际关系的具有高度概括性的缩影。它还表明萨特的“选择自由”是有道德标准的。他反对“卑劣”的选择，赞扬高尚的选择（如《苍蝇》中的俄瑞斯忒斯）。对人类命运的关切和强烈的道德感，使他到晚年时曾对自己的过去有许多深刻的自省：“战前，我把自己看作一个个人，完全看不到我个人的存在与我所处的社会之间的关系。”他否定“失望”“苦闷”等存在主义观点。“认为希望是人的组成部分”，人类的活动都在追求一个未来的目标，主张用集体的力量改造社会。“我不相信我个人和我一己的思想能改变世界，但我看到了努力向前的社会力量，我觉得自己是在他们之间的。”

三、海明威：当代的西西弗斯

存在主义认为世界是荒诞的，人对于荒诞的反抗，犹如神话中的西西弗斯推石上山一样——推上去它还要滚下来，是“无望而无用的工作”。但加缪又不赞成妥协，而认为人类的伟大就在于永不停止这种反抗。他赞赏下山时的西西弗斯。“我看到这个人下山，朝着他不知尽头的痛苦，脚步沉重而均匀。”“造成他的痛苦的明智同时也造就了他的胜利。”他敢于正视那块巨石，敢于再把它推上山顶。这是他在下山途中表现出来的精神。这种精神是对命运的蔑视和反抗，所以，“征服顶峰的斗争本身，足以充实人的心灵，应该设想西西弗斯是幸福的。”

劳作不息的西西弗斯

加缪对西西弗斯这种绝望与奋斗的相融

的描绘，很容易让人联想到西方的一位现代作家，他就是欧内斯特·海明威（1899—1961）。

海明威：现代荒原上的角斗士

海明威

世界上还没有第二个作家用角斗、拳击、打球的习惯用语来谈论写作："我开始写作并没有大叫大嚷，可是我超过了屠格涅夫先生。接着我严格训练自己，又超过了莫泊桑先生。我和司汤达先生打了两回平局，我自己觉得在第二回合里我占了上风。可是谁也没法拖我到拳击场上去和斯泰先生比个高低，除非我疯了，或是我的水平还在不断提高。""多数新作家，像詹姆斯、琼斯和欧文·肖，都只有一本好书。他们走不远，不过他们像俱乐部里拳击好手，会胜过你，打得你晕头转向，砰的一下揍你眼睛，叫你眼里冒花，看不清东西。他们能坚持，靠在绳上息一息，靠一本书的名声过他们以后的日子。""我不想在书里搞'无安打'的比赛，我或是让它十二比零得胜，或是让它二十比十一。"他在同儿子谈话时冲着想象中的作家梅勒挥了一拳，然后说，"又来了一个陀思妥耶夫斯基跟我较量，跟陀思妥耶夫斯基先生谁也打不上三个回合……"（《海明威研究》，中国社会科学出版社，1980年版）。海明威喜爱看拳击，看角斗，打猎，钓鱼，喝酒，而他主要的拳击对象是语言。他时常写得很艰难、很慢，《战地春梦》的结尾修改三十九遍，就像一个被对方打得眼冒金星摇摇欲倒但终于战胜了对方的拳击家。他有时也写得很快，一天写三个短篇（《杀人者》《今天是礼拜五》《十个印第安人》），不吃不喝，让自己的脑子"疯疯癫癫地松开来"。一天写掉七支铅笔。"等你写完一本书，知道吗，你就死了。"他常常写得疲惫不堪，但还坚持这种搏斗："小说家得打满九局，即使这样会送掉他的命。"

正像人们所知道的那样，作为一名写字台旁的角斗士，他取得了辉煌的胜利：在他的晚年，人们以为他的才华已经枯竭之时，他打出了漂亮的一击——《老人与海》，获得了1954年的诺贝尔文学奖。得奖评语是：“由于他对小说艺术之精湛——这点在其近著《老人与海》中表露无遗——同时也由于他对当代文体之影响。”

然而，海明威不仅是写字台旁的角斗士，他也是20世纪欧洲舞台上一个出色的人生角斗士。面对世界的荒诞与邪恶，他不像卡夫卡那样一味作出顺应性反应，也不似萨特早期作品那样厌恶生活，甚至他也不同于被加缪自认是西西弗斯的莫尔索（《局外人》）。他发现了世界是由暴力与邪恶统治着，但却勇敢地生活；他明知自己在走向死亡，却能无畏地迎接死。他是20世纪的阿喀琉斯，只是剔除了孩子似的纯真；他是一位堂吉诃德式的勇士，但没有17世纪那种献身的精神。他曾在战斗中身中二百三十七片

海明威不仅是写字台旁的角斗士，他也是20世纪欧洲舞台上一个出色的人生角斗士。

乞力马扎罗山上的雪

弹片，但本质上始终是一个个人主义者。他对世界的看法渗透着黑色的悲观，但绝不冷漠。他对一位密友说，他非常爱他的儿子，“爱上了三大洲，爱上了一些飞机与船，爱大海，爱他的姐妹，爱他前后的几个妻子，爱生也爱死，爱早晨、中午、黄昏和黑夜，爱荣誉、床第、拳击、游泳、垒球、射击、钓鱼以及读书、写作，也爱所有的优秀影片。”（丽莲·洛斯：《海明威肖像》，见《海明威研究》，中国社会科学出版社，1980 年版）他绝不畏惧死亡，自幼喜欢冒险。在第一次世界大战期间，他在意大利战场上身负重伤，还在重机枪扫射的火网下把另一个重伤员背到包扎所；他是无畏的猎手和渔夫，经常出没于野兽成群的丛林和莽原；他还是拳击的爱好者、狂热的酒徒，满胸胸毛、身材魁梧的汉子；在第二次世界大战期间驾艇巡逻，时达两年。有一次汽车失事他身受重伤，头上缝了五十七针。这个满胸胸毛的男性，一生遭受十几次脑震荡，其中最严重的一次是在飞机上，由于机舱着火，门被夹住，海明威用头把门撞开，在内罗毕养伤时读到了关于自己的“讣告”。甚至连他的自杀也比其他一些作家带有更加令人惊骇的色彩：他不像伍尔夫那样去投河，也不像茨威格那样打开煤气，而是把一只镶银的猎枪口放在嘴里，两个扳机一齐扣动，打碎了大半个脑袋。如果用弗洛伊德的语言来评价，海明威的两种本能：力比多与撒南多，即生命与死亡的本能，都非常强大。

海明威以他的满胸胸毛而自豪。

绅士淑女们很难喜爱海明威的作品，这不仅因为他的肢体——几乎斩伐了所有美丽动人的形容词，使语言简明得像不长树叶的枯枝，而且因为他描绘的世界过于冷酷，使神经不够坚强的人难以卒读，好莱坞在制作根据海明威作品改编的影片时，总要加入大量的柔情蜜意，就像中国观众近来看到的《乞力马扎罗的雪》，哈里的爱情几乎成了主题，而小说中却只有十几个字。小说中象征死亡的豹尸、秃鹫、鬣狗都没有去着意表现。在小说结尾处已经停止呼吸的哈里，在电影里却睁着一双炯炯放光的眼睛坐了起来。电影界公认，海明威的小说形式最接近电影，然而根据海明威作品改编的电影却离海明威甚远。从电影上了解海明威是容易受骗的。在西方，海明威电影比海明威小说的拥护者要多几倍，这是因为人们希望欺骗自己。然而正如菲利普·扬所说："我们一方面可以说海明威反映和创造的世界有严重缺陷。这是一个糟糕透顶的世界，我们理应反对。但是在另一方面，我们又难以证明这不是我们生息的世界。"

少年时代：邪恶的发现

海明威 1899 年生于芝加哥郊外的橡胶园，父亲是一位有教养的医生，一个清教徒。母亲是瓦格纳型的人物，会唱、会画，希望把小海明威培养成大提琴家。然而，这对海明威并不意味着幸福。当一位青年问他"一个作家最好的早期训练是什么"时，他的回答是出乎意料的："不愉快的童年。"海明威童年时曾离家出走过。在具有自传色彩的《两代父子》中我们还看到，幼小的尼克曾用猎枪对着父亲瞄准，"一枪就可以送他见阎王"。这种要杀死父亲的狂怒起源于一件很小的事情：由于他不愿穿父亲的一件旧衬衫而遭到了鞭打。这种变态心理也许出于癫狂症（有学者证明海明威患有癫狂症），也许是长期家庭压抑的积累，而旧衬衫一事不过是导火线。弗洛伊德没有来得及使用尼克的故事论证他的"俄狄浦斯情结"（儿子具有杀父娶母的潜意识）理论。

然而海明威的父亲终究不像卡夫卡在《致父亲》中所描绘的那样一味专横强暴。《两代父子》中长大了的尼克是以柔情来怀念死去的父亲的，因为他是一个钓鱼和打猎的好手，尼克不仅从他那里学了打猎、钓鱼的技巧，而且学得了勇敢和热情。父亲常带他去印第安人聚居的地方出诊，印第安人放浪不羁的生活方式给他留下深刻印象。他在他们中间获得了最初的性体验，染上了仇杀的疯狂热情，这段生活体验成了他最初一部作品集《在我们的时代里》（1924 年）的重要源泉。当他把这部书奉献给父亲时，却招来了恼怒。他妹妹在《海明威家》一书中写道，她父亲是"如此恼怒于他儿子把基督教教养抛得一干二净……他写信给恩耐斯特，告诉他，没有一个绅士会在医生的诊疗室以外谈性病的"。然而，体面的清教徒式的父亲没有意识到，儿子的这种气质正是他本人的杰作。海明威没有像卡夫卡那样屈服于父亲的恼怒，这就决定了他以后对于社会邪恶所作出的反应也不同于卡夫卡。如果卡夫卡的作品被称之为“弱反应”，海明威就与之相反，应称为“强反应”。

其实，父亲的恼怒是缺乏见地的。20 世纪 20 年代是美国“性解放”旋风起于青萍之末的时代，海明威较之他同龄的时髦分子，在性描写方面走得并不远，他晚年甚至表示过，一个好作家是不会去描述性生活的（乔治·普林浦敦：《海明威访问记》，见《海明威研究》）。写性不是海明威的特色。他的作品价值在于他从写作生涯的一开始就试图回答对于世界的总看法。他的第一部引人注目的作品集题名为《在我们的时代里》就是反讽来自祈祷书的一句话“主啊，给我们的时代以和平吧！”人们从书中看到的主要是人与自然、人与人、生与死的格斗，处处充满了暴力、邪恶、混乱与孤独，恰恰没有和平。

海明威成为美国《生活》杂志的封面人物。

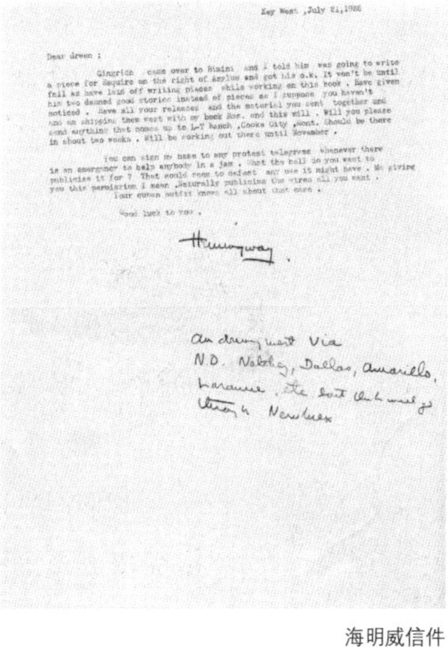
Key West ,July 21,1936

Dear Green :

Gingrich came over to Bimini and I told him was going to write a piece for Esquire on the right of Asylum and got his o.k. It won't be until fall as have laid off writing pieces while working on this book . Have given him two damned good stories instead of pieces as I suppose you haven't noticed . Have all your releases and the material you sent together and am shipping them west with my book Mss. and this will . Will you please send anything that comes up to L-T Ranch ,Cooke City ,Mont. Should be there in about two weeks . Will be working out there until November .

You can sign my name to any protest telegrams whenever there is an emergency to help anybody in a jam . What the hell do you want to publicise it for ? That would seem to defeat any use it might have . Me giving you this permission I mean .Naturally publicise the wires all you want . Your cuban outfit knows all about that ...

Good luck to you .

Hemingway .

海明威信件

《印第安人营地》是收在《在我们的时代里》的一篇颇有意味的故事。小尼克随同父亲去印第安人的帐篷里行医。一个印第安妇女难产。父亲不得不在没有麻醉药品的情况下用大折刀为她剖腹，并且希望小尼克“见习”一下。但尼克不敢正视生命降临的痛苦，妇女的尖叫让他受不了。正当医生为他的手术成功而得意时，却发现产妇的丈夫自杀了，他是由于忍受不了妻子临盆时那种痛苦而自杀的：剃刀割开了喉管，鲜血直冒，流成一大摊。此时，父亲却不希望儿子看到这一幕惨景，命令说：“快把尼克带出棚屋去，乔治。”还说：“这次我真不该带你来，尼克，真是糟透了——拖你来从头看到底。”

这是野蛮的现实，同时又是富于寓意的神话：人类降临世界的过程是充满痛苦的，而解脱痛苦的途径是自我毁灭。这是一个生与死的轮回：人必需生→生是痛苦→逃避痛苦的办法是死→死的同时，又是一个新的婴儿生→生是痛苦……这是形象的叔本华哲学，又是著名的哈姆雷特命题。哈姆雷特透过人生的玫瑰纱幕骤然看到人生的邪恶与痛苦时，曾想到自杀。他是一个思想家，而印第安产妇的丈夫却是行动家，父亲不希望孩子看到自杀的情景，因为自杀是违背教义的。然而，小说中医生形象的模特儿——海明威的父亲，却正是自杀身亡的。死后，母亲把他自杀用的枪传给儿子。这是一个不祥的预兆：海明威也是用猎枪自杀的。

医生不敢让小尼克看到印第安人的自杀，是因为在潜意识他也想自杀，但作为基督徒他不能承认这一点。当儿子问他："死，难不难？爸爸？"他回答说："不，我想死是很容易的吧。尼克，要看情况。"

如果说《印第安人营地》带有某种寓意的、神秘的色彩，《杀人者》则是血淋淋的现实图画：在一个小饭馆里，两手戴白手套的杀手公然声称他们将要去杀害拳击手奥利·安德瑞森。尼克得知后，跑去告知奥利。后者并不逃走，平静地等待死亡。跟尼克一块干活儿的乔治把这件事看得很平常，因为他见得太多了。但尼克受不了：

"我要离开这个城镇了。"尼克说。

"好呀。"乔治说，"这是一桩值得干的好事情。"

"他（指奥利）这样等在屋子里，同时知道自己眼看就要碰上什么事。简直叫人不忍心想象。这太他妈的可怕了。"

"嗯，"乔治说，"你还是别想这件事为好。"

尽管早在哈姆雷特时代，莎士比亚就已发现了邪恶，并声称"这是一个冷酷的世界"（见《哈姆雷特》第五幕）。巴尔扎克也让拉斯蒂涅"埋葬了年轻人的最后几滴眼泪"（见《高老头》）。但从莎士比亚到巴尔扎克的几乎一切作家，都渗透着对温情的眷恋，而海明威不然。他几乎剥光了现代科学文明给西方世界装点上的花花绿绿，还原给读者一个赤裸裸的野蛮而混乱的世界，并且语调平静和冷峻，像是告诉人们："我们生活的社会就是这样，有什么可奇怪的呢？"相形之下，哈姆雷特见了邪恶就要自杀，李尔王的发疯，拉斯蒂涅的眼泪几乎都变成了幼稚和天真、孩子似的大惊小怪。

不错，海明威在他颇有影响的两部早期的长篇小说中都写了爱情，但不是爱情的颂歌，也不是缠绵的挽歌，而是冷峻地抒写爱情的死亡。在《太阳照常升起》（1926年）中，巴恩斯与勃莱特相爱，但战争使巴恩斯失去了性爱能力，使勃莱特失去女性的柔情，变成一个戴着男人帽子、跷着二郎腿在酒吧间里大灌威士忌的“男人”。作为旧式浪漫主义骑士爱情象征的科恩受到嘲讽，失去了男性的自尊。而真正的英雄只有一个，即十九岁的斗牛士罗梅罗。这一群美国流亡青年的两性混杂令人眼花缭乱，帝国主义之间的战争毁掉了一切文明，撕破了一切面具，使人都退回到了远古的杂婚制时代。爱情和宗教已经绝灭，人们各自按自己的道德准则去生活。可悲的是，远古时代的神话中，男人还是雄武有力的，而20世纪却失去了这种男子气概，失去了作为生命力象征的性爱能力。

《太阳照常升起》：生命死了，爱情还活着

如果说短篇小说集《在我们的时代里》使海明威初露锋芒的话，《太阳照常升起》和《永别了，武器》则使这位作家名震欧美，成为世界性作家。前一部作品的扉页上写着这样一句话：

> 你们都是迷惘的一代。
>
> ——引自和格特露德·斯坦的一次谈话

当一代青年怀着某种神圣的狂热，在“圣战”中耗尽自己的精力乃至生命之后却失望地发现这一切都是毫无意义的时候，绝望的病就会像瘟疫一样蔓延开来。只要想一想中国“文革”之后出现的“伤痕文学”，就多少可以理解20世纪20年代风行欧美的文学潮流——“迷惘的一代”，只是后者的悲观主义色彩和对人生的反思要深重得多。怀着正义的冲动投入第一次世界大战的欧美青年，在经历了战场上的残酷厮杀与死亡的恐怖之后，侥幸从枪林弹雨中活过来的人惊悚地发现所有这一切不过是历史对他们这一代人的残忍的捉弄，心灵的伤害远比肉体的伤害更为深重。理想的失落导致心灵的迷惘，20世纪20年代的青年已经没有了但丁时代的幸福。当但丁于人生中途陷入迷惘之时，自有维吉尔和贝亚德接引他游地狱、炼狱而入天堂，海明威们却只

着迷于打猎的海明威总是不空手而归，图为他和他的第三任太太玛莎打猎归来。

有听任豹（淫邪）、狮（野心）和狼（贪婪）的撕掳了。俄国十月革命的火光曾使许多欧洲的艺术家（如罗曼·罗兰）受到鼓舞，把消灭法西斯制度视为人类的希望，但“迷惘的一代”却宁愿从人类的生命本体去寻找灾难的根源，因此而陷入了更深的绝望。他们试图消极遁世，在纸醉金迷中麻痹自己，在极富刺激性的活动中亢奋自己，在放荡不羁的生涯中娱乐自己，但是隐藏于内心的道德感和正义追求并未完全泯灭，使他们即使在浓烈的酒精浸透脑髓之时，依然保持着痛苦的清醒。在麻痹与亢奋过去之后，是更加沉重的无邪与绝望。

《太阳照常升起》的主人公们是一群手头富裕的浪荡子。从战场的死神手里逃出来，死亡的阴影还在后面跟着。他们从来没有为钱犯过愁，他们喝最好的酒，住最高级的旅馆，酗酒、赌博、嫖娼、打架、钓鱼、游泳……可谓愿意干什么都可以。按照马斯洛所说的人生五个层次的需要，他们似乎都有了，如果说没有，那是自己不需要。什么都有，又好像什么都没有。最主要的是——“上帝没有了”：

……我为自己祈祷的时候，我发觉自己昏昏欲睡，所以我就祈求这几场斗牛会是很精彩的，这次节期（指狂欢节——本书作者注）很出色，保佑我们能钓几次鱼。我琢磨着还有什么别的事要祈祷的，想起了我需要点钱，所以我祈求能发一笔大财……有点害臊，为自己是一个糟糕透顶的天主教徒而懊悔。

（《太阳照常升起》，上海译文出版社，1984年版。
以下引文皆出于此版本）

书中的女主人公勃莱特一点儿也不比巴恩斯强：

“我同宗教气氛是格格不入的，”勃莱特说，“我的脸型长得不对头。”

所有的这些话都不是出于喜剧性的油滑，而是以认真、严肃的口吻写出的，因此带有深刻的悲剧性。他们像黑塞所描写的“荒原狼”，有充分的自由，但却茫然不知所往。

悲剧的根由似乎在于性。战争毁掉了主人公巴恩斯的性能力，使他同勃莱特相爱而不能结合。勃莱特热烈地爱着巴恩斯，但同时她又坦率地承认她是一个“坏女人”，她需要性生活。象征着生命的性结合成为不可能，而爱情却还燃烧着，这实在是一种难熬的痛苦：

勃莱特脸色苍白，通亮的灯火照出她脖子的修长线条。街道又暗下来了，我吻她。我们的嘴唇紧紧贴在一起，接着她转过身去，紧靠在车座的一角，离我尽量远些。她低着头。

“别碰我，”她说，“请你别碰我。”

“怎么啦？”

“我受不了。”

“啊，勃莱特。”

“别这样。你应该明白。我只是受不了。啊，亲爱的，请你谅解！”

“你难道不爱我？”

“不爱你？你一碰我，我的整个身体简直就成了果子冻。”

“难道我们就无能为力了？”

她直起身来。我用一只胳臂搂住她，她背靠在我的身上，我们俩十分安详。她正用她那惯常的神情盯着我的眼睛，使人纳闷，她是否真正在用自己的眼睛观看。似乎等到世界上别人的眼睛都停止了注视，她那双眼睛还会一直看个不止。她是那样看着我，仿佛世界上没有一样东西她不是用这种眼神看的，可是实际上，有很多东西她都不敢正视。

"那么我们只能到此为止了。"我说。

"不知道，"她说，"我不愿意再受折磨了。"

"那么我们还是分手的好。"

"可是，亲爱的，我看不到你可不行。你并不完全明白。"

…………

生命死了，爱情却还存在。勃莱特说："我认为这是人间地狱般的痛苦。"

我睡不着，只顾躺着寻思，心猿意马。接着我无法控制自己，开始想起勃莱特，其他的一切念头就都消逝了。我思念着勃莱特，我的思路不再零乱，开始好像顺着柔滑的水波前进了。这时，我突然哭泣起来。过了一会儿，感到好过些，躺在床上倾听沉重的电车在门前经过，沿街驶去，然后我进入了梦乡。

难忍的痛苦折磨着可怜的灵魂。美丽的勃莱特剪掉了金色的长发，戴着男式毡帽，整天喝酒，酒醉之后就同自己并不热爱的男人嬉戏、调情、接吻、睡觉。巴恩斯则试图在荒凉的山野里磨掉那强烈的欲望。然而他们不能不相遇。巴恩斯不能不眼睁睁地看着勃莱特被拥在另一个男人的怀抱里。

这是一种怎样的痛苦！——自己心爱的女人就在隔壁，仅仅隔着一层薄薄的墙，她是你的生命和希望，你清楚地听见或想象到她同另一个人说笑、接吻，这一切都历历在目，关上灯也没有用！更重要的是你确信她爱你，正是因为爱你而又不能同你结合，正是这种痛苦使她无法解脱，才去同她不爱的人说笑、接吻、睡觉！用什么样的语言才能把这种痛彻肺腑、撕裂人心的感受表达出来？如果想正面写，可以说即使搜索枯肠，寻找到一百个比喻、一千个联想，也很难把这种感受传达出来，因为这是人类所能感受到的最强烈的痛苦之一。海明威不是这类笨拙的作家，他在描写此时此刻巴恩斯的心境时，几乎一个和痛苦相类似的字眼都没有：

她进屋时，他醒过来，两人说着话儿。我听到他们的笑声。我关灯想入睡。没有必要再看书了。我闭上眼睛已经没有旋转的感觉了。

在没有意识到勃莱特进入迈克房间之前，由于白兰地的强刺激，使他一闭眼就天旋地转，但勃莱特走进迈克房间，这是一个更强烈的刺激，酒精不起作用了，天也不旋地也不转了，头脑变得意外清醒！这种清醒使他能格外清楚地听到隔壁两人的说笑，关上灯使自己处于黑暗之中也无济于事，因此他一下子变得急躁起来：

但是我睡不着。没有理由因为在暗处你看问题就该和在亮处看问题不同。真见鬼，毫无理由！

有一次我把这事好好思量了一番，于是整整六个月，我关了电灯就睡不着觉。这又是一个精彩的一闪念。反正凡是女人都见鬼去。你，勃莱特·阿施利也见鬼去。

在现实生活中遇到痛苦时，便从形而下逃入形而上，从现实的世界逃入空灵世界，这是许多知识分子用以解脱自己的办法。巴恩斯试图这样做，他把爱人同别人一起睡觉这件事转化为一个哲学问题："在暗处看问题和在亮处没有不同"，甚至意识到这是一个"精彩的一闪念"。但可怜的巴恩斯没有办法使自己在哲学世界里舒服地待上三秒钟，现实世界又把他痛苦的灵魂枷回来了。"反正凡是女人都见鬼去，你勃莱特·阿施利也见鬼去。"这句话说得决绝，但读者清楚地感受到了决绝背后的呻吟和绝望。

接下来又是躲闪，他想女人的不值钱，想账单，想享乐与代价之间的关系——又是形而上的思考。……但是没有用，头脑又回到了现实：

然而，我真希望迈克对科恩的态度不要太刻薄。迈克喝醉了不安分。勃莱特喝醉了安分。比尔喝醉了安分。科恩从来不喝醉。迈克喝得一过量就惹人讨厌。我喜欢看他伤害科恩。但是我又希望他不要那样做，因为事后会使我厌恶自己。这就是道德：事后会引起你厌恶自己。不，那该是不道德的行为。这是种笼统的见解。

科恩是勃莱特的另一个追求者。他喜欢看迈克伤害科恩，但道德感又希望迈克不要这样做——这种矛盾心理仅是表层。可悲之处是巴恩斯并没有想到无论迈克或科恩都是他的情敌，他应该像一个勇敢的骑士那样捍卫自己的爱情。没有，他没有这样想，他已经习惯于不这样想，因为他没有资格去这样想，他只能期求另两个情人之间打一通！无论这种邪恶的期望或苍白的道德背后都掩藏着一颗自卑的灵魂！这种自卑中又含着多少辛酸！

怎么躲闪都无济于事，形而上救不了巴恩斯，账单救不了巴恩斯，对勃莱特、对一切女人的贬抑心理也没有用，那深藏在心底的爱情又如泉水般涌出来了：

瞎说，我耳边响起了勃莱特说的这句话。瞎说！

这是一个可爱女人的口头语，娇嗔之态栩栩如生。巴恩斯试图从这个温暖的回忆中拔出脚：从“瞎说”想到英国人的思维方式，由英国想到爱斯基摩语，想到切罗基语……这一切又都白费。重新打开灯看书……

……直到天快亮时我才睡着。

幸好圣福明节开始了。这是东方传统观念无法理喻的节日。她的全部精神体现在那面在蓝色天空中飘动的红色横幅上：

美酒万岁。

整个七天七夜，人们手执古代人使用的皮酒袋，饕餮纵饮，浸泡在酩酊之中。狂欢节最富刺激的项目就是斗牛。不只是在斗牛场上看犍牛或马匹怎么被公牛角挑出肠子，血流满地，还有当大群公牛被赶出牛栏在街道上狂奔时，喝醉了酒的男人在公牛的前面吼叫奔跑。然后一群群倒在地上，牛群从人们的身体上踏过去，几十人被送进医院，披着黑衫的寡妇在丈夫的尸体面前号哭——这都是节日不可缺少的项目。对于那些赫赫有名的斗牛士，人们怀着狂热的崇拜花几十个比塞塔的大价钱买一张门票，为的是看他们的惨亡，当有斗牛士不肯贴近公牛时，他们就诟骂着向他们的英雄抛掷坐垫、面包片和瓜果。东方人自从进入文明时代，就倡导“君子远庖厨”，中国也有“斗牛”“抵羊”“斗鸡”之类，但都是坐在看台看动物之间相斗，绝无危险的。而西方人却喜欢直视痛苦的现实，领受悲剧性的激情。巴恩斯的朋友比尔把狂欢节说成是“一场妙不可言的噩梦”。

勃莱特似乎找到了自己的爱情和希望：她迷上了十九岁的斗牛士罗梅罗。罗梅罗是《太阳照常升起》中唯一的英雄，这不仅因为他“长得很帅”，而且他对自己的事业和生活充满了挚爱和自信，他把“斗牛”这种恐怖转化成为优美的艺术：

一个回合的末了，他们又面面相觑。罗梅罗面带笑容。公牛又要来较量一番，于是罗梅罗的斗篷重又迎风张开，这一次是朝另一个方向的。每次他让牛极近地擦过身边，以至于人、牛和在牛面前鼓着风旋转着的斗篷成为一组轮廓鲜明的群像。动作是那么缓慢，那么有节制，好像他在把牛轻轻摇动，哄它入睡似的。

在斗牛中有所谓公牛地带和斗牛士地带。斗牛士只要处在自己的地带里，就比较安全。每当他进入公牛地带，就处于极大的危险之中，斗牛士们常使用各种障眼法使观

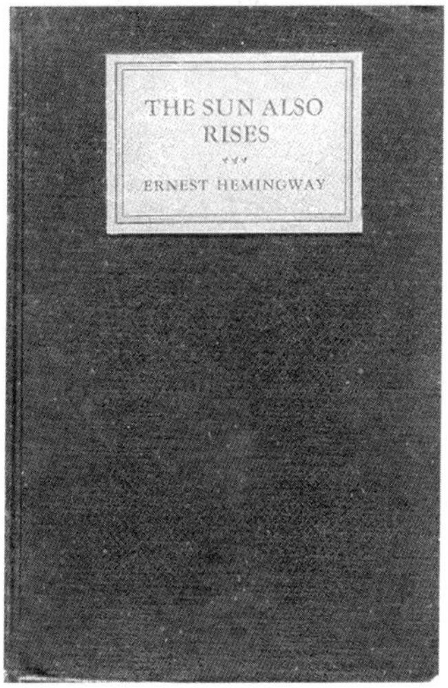

《太阳照常升起》封面

众误认为他在公牛地带，但内行的观众一眼就会识破，接着便毫不客气地把坐垫、面包、瓜果向他丢过去，这个斗牛士就声誉扫地了。十九岁的罗梅罗差不多总是带着镇静、从容的笑容把自己着着实实地置于公牛地带，仿佛公牛随时可以挑死这个可爱的孩子。在巨大危险面前的镇静自若，给观众带来巨大的悲剧性的刺激和对于英雄的狂热崇拜。正是这种精神把勃莱特迷住了。

作为罗梅罗“斗牛士精神”的对立物是科恩对勃莱特的爱。科恩尽管是一位当过冠军的拳击手，但就如同他那个被揍扁了的鼻子一样，是一个颓败的象征。这位具有中世纪骑士风的青年，把《紫红色的国度》（威廉·亨利·赫德森著）中那些玫瑰色的爱情故事当作理想来追求，在他充满柔情的心灵里把勃莱特当作圣母来崇拜。当巴恩斯如实地指出勃莱特曾经两次把自己嫁给一个不爱的人时，科恩竟然恼怒地迫他收回这些话。玫瑰色的迷狂使得科恩在勃莱特同他“逢场作戏”地睡了一夜之后，竟然神魂颠倒地以为勃莱特永远属于他了。他在她面前卑微得像条狗，但这种绵而无力的中世纪式的爱情只能使勃莱特对他更加厌恶。她渴望的是一种“力”。这种力不属于扁鼻子的拳击冠军而属于神采焕发的青年斗牛士。当勃莱特甩掉穷追不舍的科恩、甩掉同自己订了婚的迈克、甩掉自己深爱着的巴恩斯而扑进出身低贱的斗牛士怀抱中时，拳击冠军终于疯狂了，他几乎要宰掉罗梅罗：

据说那时斗牛士坐在床上。他已经被（科恩）击倒约莫十五次，但还是不肯罢休。勃莱特按住了他，不让他站起来。他很虚弱，但是勃莱特按不住他，他站起来了。

面对这挨了重重的十五击依然倔强地站立着的斗牛士，科恩突然意识到：自己可以把他打死，而却永远无法使他屈服。这种想法使科恩自己软下来了。

于是斗牛的小伙好歹摇摇晃晃地向他走去。科恩退后靠在墙上。

“这么说你不想揍我了？”

“对，”科恩说，“我不好意思了。”

于是斗牛士用足全身力气往科恩脸上狠揍一拳，然后坐倒在地上。勃莱特说他爬不起来了。科恩想扶他起来，搀他到床上。他说科恩如果要扶他，他就要打死他，还说什么如果科恩今天上午不离开这里，他无论如何要置他于死地。科恩哭了……

当带着满脸伤痕的罗梅罗依然按照原来安排好的日程出现在斗牛场中央时，科恩已经悄悄地离开了此地。科恩的败北，象征着一种古典式的爱情观念的死亡，象征着由《紫红色的国度》为代表的那种玫瑰色的浪漫故事已经失去了往昔的魅力，化为一片毫无血色的苍白。罗梅罗则是原始的野蛮的粗犷的力量之神，是早在蒙昧时代自然赋予人的那种朝气蓬勃的生命。这种生命在属于贵族阶层的科恩、迈克和巴恩斯身上都被文明给阉割掉了。它只在没有受过文明教育的斗牛士的身上活着。

然而，勃莱特在同罗梅罗共同生活了一个多月之后，还是迫使他离开了自己。“他才十九岁”，她不忍心毁了这个前程远大的角斗士。这似乎是一个充足的理由。但在这充足的理由背后是否还隐藏着不满足？一个文化水平低下的斗牛士能否满足一个具有现代复杂心灵的文明女性的全部欲求？现代意识像一口填不满的深井，勃莱特注定要永远痛苦，于是，就像故事的开头一样，勃莱特又回到了巴恩斯的身边。

那么，如果没有这场罪恶的战争，或巴恩斯没有丧失性爱能力。他和勃莱特是否就会获得美满的爱情呢？作者在小说的结尾处，描写两个人坐在汽车里有一段意味深长的对话：

“唉，杰克，”勃莱特说，“我们要能在一起该多好。”

前面，有个穿着卡其制服的骑警在指挥交通。他举起警棍。车子突然慢下来，使勃莱特紧偎在我身上。

“是啊，”我说，“这么想想不也很好吗？”

马克·斯华尔卡教授对这一结尾作了如下解释：

"美妙"是个浪漫字眼，在这里意味着"愚蠢地考虑绝无可能发生的事"。而不是"现在不会发生的事"。这个解释的信号来自交通警，他在勃莱特和巴恩斯的回答之间指挥着来往车辆。身着卡其制服，手握障碍性警棍。他象征着战争以及制造战争的社会，因为他有力量命令情人的汽车停下，又能剥夺他们正常的性别角色。正像巴恩斯所看到的那样，对于他们这代人来说，爱情已经死去。甚至没有伤残，他也不会是个男人，勃莱特也无法让自己的头发留长些。

（转引自《海明威研究》，中国社会科学出版社）

勃莱特同巴恩斯的相遇—分别—再相遇，象征着一个历史圆圈。罗梅罗不过是无边黑暗中稍纵即逝的光束，出现又消失，一切都回到老样子。两个人都无法摆脱这个圆圈，无法摆脱命运给他们安排的相爱而不能结合的痛苦。这个命运的圆圈早在《圣经》中就把它描绘出来了。海明威把它们写在了本书的扉页上：

一代过去，一代又来，地却永远长存。日头出来，日头落下，急归所出之地。风往南刮，又向北转，不住的旋转，而且返回转行原道。江河都往海里流，海却不满。江河从何处流，仍归还何处。

——《传道书》

本书的书名即《圣经》中"日头出来"，海明威只是改用了现代英语的拼法，写作《The Sun Also Rises》。有人把这段引语及标题作乐观主义的解释，恐怕是不符合该书原意的。

硬汉性格：世界不是为弱者准备的

从美国的西部片到《神探亨特》，都已是中国青年非常熟悉的了。许多人可以相当准确地把握美国式的"硬汉风格"。它的主要特征与其说是勇敢，不如说是冷酷。他们极少微笑，更没有眼泪。它斩断一切温情，特别是对女性的温情。中世纪骑士对女人的谦卑态度是为美国式硬汉所不齿的。他们需要姣好的女人，就像需要一把左轮手枪，甚至为了手枪可以轻易甩掉任何一个漂亮的情妇。从这个意义上说，现代式的美国硬汉是一个没有女人的男人世界。营造这个世界的最早、也最有艺术水平的大师是海明威。他是“硬汉文学”“硬汉电影”的重要源泉之一。

当巴尔扎克声称他笔下的拉斯蒂涅“埋葬了青年人的最后一滴眼泪”时，作者是在呼唤人们的眼泪，呼唤被埋葬的温情。而从反法西斯战争的死人堆里爬出来的海明威确乎埋葬了他的眼泪。前述《太阳照常升起》中的罗梅罗与科恩对比，显示了作者的这样一个坚定不移的信念：世界不是为弱者准备的。在《弗朗西斯·麦康伯短促的幸福生活》中，他继续形象地、冷酷地表现这一思想：当麦康伯在面对狮子的一刹那表现出怯懦时，他的妻子竟公然在夜晚走进一个下等人的帐篷——因为这个下等人在危急时刻果断地瞄准狮子并打碎了它的脑袋。在非洲的荒野上，等级和金钱的魅力像幽灵般消逝了，取代这一切的是勇气。勇气决定一切——这不是返回了斯巴达时代吗？然而这又不是斯巴达时代：“他挺有钱，而且还会更有钱；他知道，她现在不会离开他了。这是他真正知道的几件事情中的一件。”而妻子呢，从来是

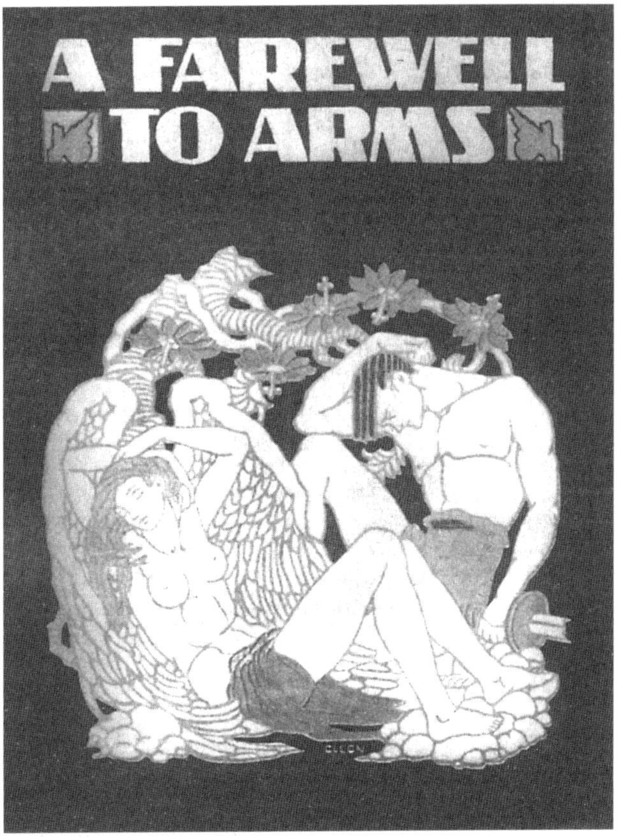

海明威于 1929 年出版《永别了，武器》，图为该书封面，出版后好评如潮，1932 年改编为电影。

同别人胡搞，因为知道他“宽宏大量”，作者诙谐地说：

他宽宏大量，如果说，这不是他的致命的弱点，那么，似乎就是他最大的优点了。

（《海明威短篇小说全集》，鹿金译，
上海译文出版社，1995 年版）

明确地说，中世纪，“宽忍”是最大的优点，而在现代，它是致命的弱点，是怯懦的代名词，因为这是一个充满邪恶的时代。

正因为如此，当勇气回到了麦康伯身上，他勇敢地杀死了野牛并为此感到幸福时，那女人意识到了自身的危险，果断地举起枪对准了自己的丈夫，结束了他那短促的幸福感。

当玛格丽特企图掩盖自己的罪恶时，猎人威尔逊看穿了这一切：

“干得真漂亮。”他用平淡的声调说，“……你干吗不下毒呢？在英国她们是这么干的。”

（《海明威短篇小说全集》）

在海明威看来，真正的英雄不是那些胜利在望时的勇敢者，而是明知前面是失败而依然挺起胸膛无畏地走向死亡的人，即西西弗斯式的英雄。这一思想到海明威晚年愈益获得辉煌的表现。就连一向对海明威存有成见的另一个诺贝尔文学奖得主威廉·福克纳（《喧哗与骚动》的作者）也盛赞《老人与海》是“最精彩的中短篇作品”，并说：“赞美上帝，但愿创造、爱、怜悯海明威和我的那种力量——不论那是什么——约束住海明威，别让他再改动这篇作品。”

正像《太阳照常升起》一样，《老人与海》也带有浓重的宿命色彩。茫茫莫辨的大海涌动着一种神秘的力量，它把老渔夫诱入远离陆地的海洋深处，让他捕到大鱼又失去大鱼，让大鱼在同老人搏斗时又让鲨鱼吃掉自己，让鲨鱼在吃掉大鱼的同时又被老人所杀死，这一切都是在冥冥之中注定了的。然而震撼心灵的力量却在于老人在强大的宿命力量的压力下所表现出来的风度。老人与大鱼的搏斗，展示了这样的思想："不在于谁弄死谁，而在于搏斗本身是庄严而美丽的。"他终于抓到了一条最大的鱼，但拖回的过程，鲨鱼把大鱼几乎撕光了，他只带了光秃秃的鱼骨架回来，那补缀满面粉袋的帆"像一面失败的旗帜"，然而老人的全部行动证明了一个辉煌的真理：

人可以被毁灭，
却不能被战胜。

《老人与海》，海明威因此书获诺贝尔文学奖。

这种明知命运必然如此而又不甘如此的反抗精神，使我们想起了推石上山的"天神的无产者"（加缪语）——西西弗斯。西西弗斯明知把巨石推上山顶，它还将滚落下去，每一次劳苦都是为下一次劳动准备条件，然而他朝着不知尽头的痛苦，迈着均匀而沉重的脚步走下山去……加缪在《西西弗斯的神话——论荒诞》中所阐释的西西弗斯形象，包含着资产阶级对于未来的深刻的悲观心理，同时又洋溢着人类永不休歇的战斗精神。历史并不像加缪所描绘的那样在原地循环，具有西西弗斯式战斗精神的无产者必将冲破牢笼走向一个新的天地，这是从加缪到海明威都无法了解的。

四、战后十年：用笑声和痛苦保持距离

人们身处在痛苦之中，未必是最痛苦的时刻。"痛定思痛"，从第二次世界大战中走出来的西方人，在战后的最初十年里，体验到了远比战争中更强烈的痛苦。法国人面对凋敝的经济、废墟般的城市，再一次品味着当亡国

奴的屈辱；英国的“日不落”帝国走向崩溃，“国有化政策”破产，经济危机频仍，民众陷于更深的贫困；在第二次世界大战中发了横财的美国在国内推行麦卡锡主义，不仅迫害共产党人，而且迫害民主人士，“忠诚宣誓”到处推行，联邦调查局的特务无孔不入；美国充当国际宪兵，到处发动战争，仅在朝鲜和越南死亡的美国士兵就超过了它在第二次世界大战中阵亡的人数；原子弹促进了第二次世界大战的终结，但却在人们头上展开了经久不散的“核恐怖”阴云，核军备竞赛使人们经常地处于死亡的恐怖和忧虑之中。所有这些，在战后的十年，即1945年到1955年前后显得更加突出。它进一步加深了人们的痛苦。如果说，战前现代主义者们还能正视苦难、挖掘邪恶的话，此时已达到不敢碰触的地步。

《安娜·卡列尼娜》中有个领口开得很低的风流女人叫培脱西，她劝告安娜说：“你知道，同一件事情可以从悲剧方面去看而变为一种痛苦，也可以单纯地甚至快活地去看。也许你太偏于从悲剧的方面去看事情了。”这段很有点相对主义哲学味道的议论可以帮助我们区别战前与战后的现代派。当我们读《荒原》时，劈头的题词西比儿（先知）就说：“我要死。”从波德莱尔、斯特林堡一直到战前的萨特、加缪、海明威，几乎都是以严肃的态度对待世界的荒诞的（只有卡夫卡或算例外）。他们一股劲儿地挖掘世界的荒诞，带着绝望的神情把它显示给读者（观众）。战后的现代派（后现代或极度现代）面对的几乎是战前所表现过的主题，但他们转换了一个视角，用荒诞派剧作家尤奈斯库的话说：“人生是荒诞的，认真严肃地对待它显得荒谬可笑。”从新的角度审视荒诞，并寻找新的形式表现荒谬，就成为战后十年中现代派的共同特点。

最可怕的是有思想

据说有这样一个科学试验：一群金鱼在水池里乱游，将其中的两条鱼的神经中枢切除，再放入水池，这两条鱼变得出奇的勇敢，无所畏惧，因此成为群鱼的首领。

贝克特在20世纪50年代写成的荒诞派名剧《等待戈多》中说：“最可

怕的是有思想。”还说：“我们说了半个世纪的废话。”

后一句话是对前现代主义的否定。现代主义是有思想的人，特别追求对人类深层意识的探索。这种对深层意识的追求有四个思维模式对现代派影响最大：即黑格尔或马克思的辩证法（现象—本质）；弗洛伊德的潜意识理论；存在主义；索绪尔符号学（所指—能指）。现代主义对人的内心世界的开掘着重于“恶”。精神分析学说提醒我们，有一种无意识活动谓之“反应形成”，即一个人对某事物爱之其烈就可能以憎恨它的形态表现出来，现代主义对“恶”的展现乃至赞美，其内心深处却是对“善”的绝望的热爱。当尼采狂呼“上帝已死”时，他的内心不是欢乐而是痛苦，这种痛苦蕴涵着对上帝的热爱。因此，现代主义顽强地向着人类心灵深处的污浊掘进时，内心却在呼喊善良。

20世纪五六十年代以后，情况发生了变化。这种变化典型地体现在阿瑟·密勒在《英雄》中的一句话：“人人都有苦恼，不同的是我试着把苦恼带回家中，教它唱歌。”

西方的精神分析学说中，对于这种反应也有个说法，叫“理智化”。即：一个感情很容易冲动的人，面临一种更大的刺激时，有时反而表现得无所谓、冷漠或嘲讽。这种情况不同于中国的“以理化情”，而是无可奈何。由于情感的频繁发作，有时会突然感到疲惫、软弱而准备屈从于现实，在这一前提之下，他（她）会用嘲讽、冷漠、自慰来宽慰自己求得解脱，用一种愉快的姿态接受本来是很厌恶的东西。由于在这种形式解脱背后有无能、焦灼，所以人的心态形成多重复杂结构。

反映战后西方这一心态变化的典型事例是关于“性”的观念。现代人通常把性解放运动归结于弗洛伊德，这是不很公正的。弗洛伊德认为人的潜意识能量集中于性（后期还提出“死亡意识”），并认为现代文明造成了对这种原欲本能的压抑，导致精神病。但弗洛伊德同时认为，放纵性本能是罪恶的。“俄狄浦斯情结”的提法本身就带有原罪色彩，因此他认为对性欲予以适当的压抑和疏导是必要的。他并没有笼统的否定理性、道德的必要性，现代主义作品中的乱伦者、同性恋者，都带有某种绝望的负罪色彩。

但20世纪五六十年代的情况大不相同。斯金纳提出的行为主义彻底反对传统的人文主义关于人应自我控制的理想。艾尔弗雷德·金赛提出了两篇统计性著作：《人类男性的性行为》（1948年）和《人类女性的性行为》（1953年），完全从生物学的观点把“性”作为“行为”——不是作为感情，仅是一种肉体的活动——加以精密的统计和考察。他调查了一万八千个男人，提出九类性发泄根源。尽管报告声称它只是告诉读者“人们在做什么，而不回答应该做什么”，事实上它表明：性的乐趣是一种自然的好事，一种不损害别人的享乐形式（被称为“自由”或“发泄”），都证明自己合乎道理，使人们在这方面徒增苦恼的是传统的道德和宗教观念，也包括弗洛伊德理论中渗透的负罪意识。当人们把“性”不再看作是某些受意识（思想）制约的行为，而只看作是一种健康的、肉体的自然需要时，人们就不会有那么多苦恼了。20世纪五六十年代“性解放”的旋风就是在这种新观念影响下风靡欧美的。

戴维·里斯曼认为，这种观念变化，标志着社会发展的一个转折。他认为，人类行为的支配因素经历如下变化：“传统引导”“内心引导”和“他人引导”。资本主义的充分发展，结束了中世纪那种按照某种统一的权威性传统生活的历史（那个时代的人认为，如果行为违背了传统，就是一种羞耻和犯罪），开始“内心引导”的阶段。现代主义者是反传统的，但他们的内心依然有各自的信仰、理想，他们依照这种“内心”的航标行事。20世纪50年代以后，这种“内心引导”也开始崩溃了。人们倾向于反对“深刻的思想”，反对艾略特式的“晦涩”，反对前面提到的那些“深层模式”，企图“消解”它（后结构主义），追求一种肤浅的、更逼近自然人的“粗俗”的艺术。这种追求，使得战后的文学出现了新的特点。有的学者主张称之为“后现代主义”，我国有学者认为“后现代”提法不确，应称“极度现代”。

彻底垮掉而又充满信心的人们

最敏感的是年轻人。在20世纪40年代末50年代初，欧美先后出现了“愤怒的一代”（英国）、“回归的一代”（法国）和“垮掉的一代”（美国）。他们的共同特点是对现在世界的绝望，其中影响最深的是“垮掉的一代”。

谈“垮掉的一代”应该追溯到第一次世界大战后的“迷惘的一代”。作为年轻一代的情绪的代表者，它们之间有着清晰的承袭关系：它们都出色地表达了理想与追求全部死亡时的绝望和疯狂，但又有很大的不同。“迷惘的一代”（如海明威《太阳照常升起》中的青年）也疯狂，但掩不住深沉的痛苦和悲伤，就像巴恩斯那样坚强的男子汉，在极度享乐之后回到房里还独自掩面痛哭，更何况勃莱特。这种痛苦和悲伤是对一个永远不能追回的美好的生命的渴念，它是神圣的。而“垮掉的一代”却是彻底地、毫不留情地嘲弄这种痛苦和悲伤，用疯狂的、兴奋的号叫把这种痛苦踩得粉碎。当这种痛苦企图泛起时，他们就吸毒、酗酒和沉入性疯狂，用极度的放荡赶走痛苦，然后他们就大声号叫道：“我们活得多开心哪！”

艾伦·金斯堡（1926—1996）：美国“垮掉的一代”的代表性诗人，他的《嚎叫》在20世纪50年代风靡美国。图为金斯堡于1967年出席伦敦海德公园一次嬉皮士聚会。嬉皮士们见到警察，都递上花朵说：“我们爱你们。”

“垮掉的一代”是面对一个充满压抑和混乱的时代而自己又深感无能为力的一种颓废的疯狂。它产生于在战争创伤尚未平复、美国国内充满经济混乱的20世纪40年代末，活跃于麦卡锡主义大肆镇压民主人士的美国，是美国佬在侵朝战争中被击得狼狈不堪、手中挥舞着原子弹又不敢投放的时代，这一时代后来被历史学家称为美国历史上“耻辱的十年”。一群年轻人聚集在旧金山的一家书店里，经常朗诵自己的作品。他们中间有小说家杰克·凯鲁亚克（1922—1969）、诗人艾伦·金斯堡（1926—1997）等，他们自称是“彻底垮掉而又充满信心的流浪汉和无业游民”。金斯堡的长诗《嚎叫》为这些人画了像：

我看到这一代精英毁于疯狂，
他们饥饿，歇斯底里，赤裸着身子，

在黎明时拖着沉重的身躯，
穿过黑人区街巷、寻找疯狂地吸毒机会。
…………
他们在低级旅馆内吞火，
或在天堂巷饮松节油，死；
或者夜夜让躯壳经受炼狱火烧，
都为的是追求梦幻，毒品，醒着的噩梦，
酒精，性，无穷的寻欢作乐。

（转摘自《外国现代派作品选》，上海文艺出版社，1984年版。以下引文皆出于此版本）

凯鲁亚克把"垮掉"解释为"爵士音乐的节拍和宗教境界"。所谓"宗教境界"就是吸毒后产生的浪漫幻境。在这种幻境中：

说啊，说啊，嘶喊，呕吐，喃喃低语着：
事实、往事、轶事，眼珠被踢，
电刺激疗法，监狱，战争。
七天七夜，全身浸入回忆，双目炯炯吐出这一切，
就像把犹太教圣坛上的祭肉扔在马路边。
而后，他们
在爱达荷大街上闲荡，寻找过去能看见幻境的印第安天使，真的印第安天使。

凯鲁亚克的小说《在路上》是"垮掉的一代"的代表作。书中的主要人物是一批年轻的流浪汉。他们没有工作，是因为他们不愿意为这个社会工作，不愿意过那种"上学、找工作、建立家庭"的循规蹈矩式的生活。他们有才华，精力横溢，但全部消耗在开着一辆破汽车，在公路上狂奔。他们嘲弄警察，把一个褴褛的骗子称为"基督"，亵渎社会上的一切，在酗酒和吸毒中寻找麻醉，在男女混杂的性生活中追求快乐。书中的"我"想和路西尔结婚，

但又禁不住玛丽露的诱惑同她搂搂抱抱，于是路西尔就跟着另一个男人狄恩到汽车里调情去了。喝醉酒以后，“我”又是和一个叫玛娜的姑娘睡在一起。他们的口头禅是“及时行乐”。从社会文明的角度看，他们是“彻底垮掉”了的，已经堕落到无可救药的地步。但是，他们却认为：

咱们大家都必须承认一切东西都很美好，在这个世界上什么事都不用操心，事实上咱们也应该知道，咱们要是能心中有数，理解自己确确实实对什么都不操心，这对我说来又有多么重大的意义。

凯鲁亚克的《在路上》

《在路上》不仅描绘了一种消极反抗美国社会的生活方式，而且宣扬了一种新的价值观念，尼采的“酒神精神”成为他们的上帝。

然而他们的内心依然是痛苦的、空虚的。旅行到达终点时，“我”猛然感到“一眼可以看到一切的空虚无聊而显得颇为可悲了”。一个真正快乐的人无须宣布“我是快乐的”。一个口头上不断宣称自己“快乐”、并唯恐别人不相信而喋喋不休时，实际上，他的内心是痛苦至深的。

荒诞剧：再没有比不幸更可笑的了

文学革命往往是思想在先，文体革命在后。如在 18 世纪启蒙主义先把自己装在古典主义艺术形式的壳子里（如伏尔泰），直到 19 世纪初，才对古典主义艺术形式发动攻击。20 世纪的例子则是存在主义：在萨特、加缪的多数作品中，存在主义作为一种现代思潮，它把自己装在传统的文学形式里，用高度清晰、逻辑严谨的说理去表达人与世界的荒诞。卡夫卡是为西方世界本体的荒诞性寻找合适艺术外衣的第一个人。第二次世界大战后的“荒诞文学”（特别是荒诞派戏剧），为荒诞的世界创造了一整套完全不同于传统戏剧的模式，因此，它成为战后最有影响的文学流派之一。

1950年，巴黎上演了尤金·尤奈斯库（1912—1994）的《秃头歌女》，引起戏剧界大哗。它的荒谬性在于：第一，文不对题：剧名叫《秃头歌女》，全剧根本没有这么个人物，也没有谈到她的事，只是消防队长下场时突兀地问了一句：“倒忘了，那秃头歌女呢？”第二，时空倒错：舞台上的钟，一会儿敲七下，一会儿敲三下，一会儿半下也不敲；第三，夫妻不识：一对老年人互不相识，攀谈中发现他们坐同一趟火车，住同一条街，同一幢楼，同室而居，同床而卧，还生有一个女儿——原来他们是夫妻，但仆人进来说，马丁先生的孩子左眼是红的，而马丁夫人的孩子右眼是红的——他们不是夫妻；第四，视听混乱：听见门铃响，开门却无人；第五，人兽结婚：消防队长给大家讲了一个牛犊吞下玻璃碴儿又生了个母牛，而后又同人结了婚的故事；第六，语言断裂：场上人讲话无逻辑、不连贯，人们相互间对话常失去内在联系；第七，情节散乱：无传统戏剧中的那种戏剧冲突，更无“展开”“高潮”“解决”的传统形式，找不出情节的发展序列；第八，历史循环：戏剧结尾时，马丁夫妇一成不变地念另一对夫妇在本戏开场时的台词，戏仿佛又回到了开场处。这出戏对以莎士比亚、莫里哀、易卜生为代表的传统戏剧模式实行全面的反叛，使它成为荒诞派戏剧的开端。

1951年，尤奈斯库又创作了被称为典型“悲闹剧”的《椅子》。这出戏在艺术构思上同20世纪初未来派的《椅子》有某些相似之处，但未来派的《椅子》着重渲染“物压迫人”的恐慌，而尤奈斯库的《椅子》不同。它描写一个生活在四面环水的住宅中的老年夫妇，老头儿打算向世人宣布他在一生中所发现的人生奥秘。为此，他不停地搬来许多椅子迎接各种客人的到来，摆一把椅子，表示到了一个客人。老夫妇分别向一个“美女”和一个“照相师”调情。戏剧过半时，椅子摆满了舞台。老头儿特请的代他宣布人生奥秘的演说家到来后，夫妇双双高喊“皇帝万岁”，跳水自杀。谁也没想到，这位演说家偏偏是个哑巴，当他改用书面形式表达奥秘时，涂写出来的又是一堆乱七八糟语言不清的文字。作者说：“这出戏的主题不是老人的奥秘，不是人生的挫折，不是两个老人道德的混乱，而是椅子本身。也就是说，缺少了人，缺少了上帝，缺少了物质，是说世界的非现实性，形而上学的空洞无物。我的主题是虚无。”

尤奈斯库1959年的作品《犀牛》，是一个人变成动物的故事。同卡夫卡的《变形记》异曲同工，都是表现异化主题。两个戏的主人公都是小公务员。《变形记》具体而细微地揭示了一个人如何变成甲虫的过程以及变为甲虫后生活在人的包围之中的悲哀；《犀牛》却是整个世界，所有的人变成了动物（犀牛），而《犀牛》则只声称是一种“传染病”，显得更加带有形而上的色彩；《变形记》基调是悲伤、压抑，而《犀牛》却是闹剧，闹中有悲，闹中有焦虑。

爱尔兰作家塞缪尔·贝克特（1906—1989）是荒诞派中成就最高的作家。他的作品比尤奈斯库“闹”的成分要少，“悲”的意味更深。那个身子已入土半截、犹在寻找首饰、精心化妆的老妇（《啊，美好的日子》），那徘徊在枯树下，等待“戈多”的老人（《等待戈多》），都使人感到凄凉。弗拉季米尔和爱斯特拉冈（《等待戈多》），自称“咱们就是全人类”，在这荒凉世界上仅存的两个老人的灵魂也是不相通的，一个人处在形而下（总是想把脚从靴子里解放出来），一个处在形而上（念《圣经》，思考人生），相互说话时总是“打岔”，得不到对方的回应，就像对方不存在。为了证实对方和自身的存在，他们不能不说话，但又苦于无话可说，于是对骂，苦于无事可做，于是“上吊玩玩”，当波卓锁着“幸运儿”上来时，四个人抢骨头，像四堆活动的垃圾在台上爬，所有这些细节和剧中的对话都具有深刻的象征意味。尤奈斯库擅长于从总体构思上勾勒人生的荒诞，但未免失之粗疏，贝克特却能在细处落墨，他对西方世界的荒诞感、灾难感、孤独感的展示显得深入骨髓。由于《等待戈多》等作品，贝克特于1969年获诺贝尔文学奖。

“悲闹剧”：一种新的艺术形式

贝克特在他的《结局》中让主人公从垃圾里伸出头来说：“没有什么比不幸更可笑了。”

从传统观念看，“不幸”与“可笑”是两个截然不同的范畴，与“不幸”

相联系的是“痛苦”“怜悯”“憎恨”“哀伤”等语词系列。前者用悲剧、正剧的艺术形式予以表现，后者则属于喜剧、闹剧的内容。

马克思在《黑格尔法哲学批判·导言》中揭示了历史的“悲剧”与“喜剧”的区别。“当旧制度还是有史以来就存在的世界权力，自由反而是个别人偶然产生的思想的时候，换句话说，当旧制度本身还相信而且也应当相信自己的合理性的时候，它的历史是悲剧性的。当旧制度作为现存的世界制度同新生的世界进行斗争的时候，旧制度犯的就不是个人的谬误，而是世界性的历史谬误。因而旧制度的灭亡也是悲剧性的。”“相反地，现代德国制度是一个时代错误，它骇人听闻地违反了公理，它向全世界表明旧制度毫不中用；它只是想象自己具有自信，并且要求世界也这样想象。如果它真的相信自己的本质，难道它还会用另外一个本质的假象来把自己的本质掩盖起来，并求助于伪善和诡辩吗？现代的旧制度不过是真正的主角已经死去的那种世界制度的丑角。历史不断前进，经过许多阶段才把陈旧的生活形式送进坟墓。世界历史形式的最后一个阶段就是喜剧。”（马克思：《黑格尔法哲学批判·导言》，《马克思恩格斯选集》，第1卷，人民出版社，1972年版）

也就是说，“悲剧”在于一种历史力量行将被毁灭而主观上仍认为自己具有合理性；喜剧则是一种历史力量已不相信自己具有存在的合理性但求助于另一种假象（伪善、诡辩）来掩盖自己。西方文学中的“悲剧”“喜剧”就其本质来说也是如此。悲剧的主人公引起的审美效果往往是怜悯和崇仰；喜剧主人公引起的感受则是鄙视、嘲笑。但从公元前古希腊“喜剧之父”阿里斯托芬的作品中就带有悲喜剧交融的特点。文艺复兴后期问世的《堂吉诃德》又一次打破了悲喜剧的界限，塑造了一个既荒诞可笑又令人崇仰的人物。20世纪初的现代派大师卡夫卡杰出地把悲喜剧交融在一起。不过塞万提斯作品中那种令人崇拜的精神在卡夫卡的作品中已经不见了，取而代之的是一种绝望的痛苦。这种极端的痛苦、恐怖和极端的可笑、滑稽交融在一起，构成卡夫卡的特殊风格。这种风格在第二次世界大战后被大大地发展了。作为一种复杂的美学结构，它几乎成为第二次世界大战后所有现代主义（或曰“后现代”）的一个共有的特色。

五、POST：后现代的心灵迷宫

大约从 20 世纪 60 年代起，西方社会这个“躺在手术台上的病人”（艾略特语）仿佛被注入了强心剂。这种现象的出现，固有赖于资本主义在体制方面的调整，更起作用的是第三次技术革命。这剂强心针使西方似乎重新变得生气勃勃。在从前属于科学幻想小说题材的东西一个个变成现实。特别是宇航事业的奇迹，使人们又惊喜又迷惑，生命科学中关于脱氧核糖核酸的发现开阔了人工合成人的可能性，新的能源（核能、太阳能）的发现与利用，和计算机技术的巨大发展，迅速地改变着人们的物质生活环境，改变着时间和空间的观念，人们再一次兴奋地获得了文艺复兴时代的体验：人是无所不能的，人应该在时空的新程序中重新考虑对人类、地球和宇宙的认识。

M. 弗兰克把西方社会历史划分为三个阶段：“前现代”时期、“现代”时期和“后现代”时期。“前现代”系指 18 世纪启蒙运动以前的社会；“现代”始于启蒙运动，止于 20 世纪 50 年代左右；而“后现代”则大略指 20 世纪 60 年代以来的社会。“前现代”社会的统治建立在“神性”基础上；“现代”社会的“上帝”则是启蒙运动倡导的“理性”；而“后现代社会为自己的生存辩护，将其合法化的理由和手段是科学”。科学成为社会的“上帝”。

科学为人类带来巨大物质财富和精神文明，但“任何一种‘上帝’，无论是宗教的、理性的还是科学的‘上帝’，其本质都是‘统治’，都是把人置于其监护之下，每一种上帝都毫无例外地压制着、贬斥着人的主体性和个性”。（H. 布鲁门贝尔格：《世界的可读性》，法兰克福 1981 年版）

弗兰克和布鲁门贝尔格的理论存在着一个致命的弱点，即忽略了“现代”和“后现代”的共同本质——它们都是“资本社会”。资本主义的商品经济依然是吞噬人性、使人“异化”的根本动因。无可否认的是，现代科学技术作为一种特殊“商品”，确使西方社会出现了许多有别于 19 世纪的新特征，20 世纪 60 年代以后的文学也产生了新的形式和新的质。

人沦为“社会网络”的操作对象

早在19世纪上半叶，人就沦为“社会网络”的操作对象。玛丽·雪莱写过如下的故事：弗朗肯士坦博士超出了通常的研究和实验范围，创造了一个有生命的怪物，这个怪物又转过来杀气腾腾地反对它的创造者。在西方世界里，在科学技术不断给人们创造丰裕空间的同时，弗朗肯士坦创造的怪物也分明地出现了。这不仅表现为现代化武器（原子弹、氢弹）的致命威胁和对环境的污染，更重要的是“人”可能被技术所吞噬。资本主义的雇佣关系和现代化科学的固有特性把整个西方世界联成一个巨大无比的网络系统，人不再是单个儿的人，而是整个网络中的一个因子，一个和机器人在智慧方面相差无几的“小零件”。因而，人成了巨大网络系统中的一个操作对象。作为这个网络系统中的人，重要的不是个体的自由。鼓吹行为主义的领袖斯金纳发表了《超越自由和尊严》，弗罗姆写了《逃避自由》，重要的是自己和他人的关系，是“角色”意识，“我们的成员几乎总是做他们要做的事情——做他们喜欢做的事情——但我们要保证他们确实要做对他们自己和社会都是最好的事情。他们的行为是决定了的，然而他们是自由的。”

最后一句的前半截“他们的行为是决定了的”，是符合事实的；而后半截“他们是自由的”，不确。按照魏斯曼的说法，这是一个“他人引导”的社会……我们现在不再是小企业为基础的时代，而是大企业相互合作的时代。现在要做一个好的企业家并不是要成为“enterpreneur”（实业家），并不是要不断地创新、发明、富于开拓精神，而是要成为一个组织中有效的一员，要对自己的企业忠诚，要具有科层制精神状况，或者说具有唯技术人员精神。这当然是一个较新的概念。“他人引导”的实质是整一性，你不能与别人有任何差别，只要存在差异，你不仅在社会上感到不舒服，甚至可能被解雇掉。

“他人引导”的观念在今天的发达国家里几乎是无所不在。每一个人，从总统到普通工作人员，都有“雇员”意识，都要在某种程度上接受“他人引导”，以得知自己做什么事和怎么做事。这个网络侵入你的家庭，支配你穿什么服装，喝什么饮料和到哪里去旅游。超越于这个网络的思想是无用的，徒然引起人们的痛苦。当你试图反抗这个“他人引导”的巨大网络时，你就会感到自己是多么软弱无力和微不足道。西方马克思主义的著名学者马尔库塞在《单向度的人》中，揭示了人在资本主义条件下被科学技术所异化的惊人事实，但人们安于此或无力变更它。再没有别的时候，人们更深切地意识到科学技术给人们带来种种福利时自己付出何等代价。举例说，远古时代，人们面对一棵树，他“如实”地认为这棵树同他自己一样具有灵魂，它会思考，有爱心，人置身于森林之间时而感到森林要吞噬自己，时而又觉得处于温暖的爱抚之中，“物我一体”使他们逃避孤独，没有现代人的“荒原”感。进入科学主宰的时代以后，科学帮助人们认识到，树木是没有灵魂的，它是属 × × 科的植物，它的干可用来盖屋，它的果实中含有多种维生素，它的叶具有光合作用，它在总体上具有什么什么美可供观赏……总之，树变成了有用之物，变成了我可以利用的对象。马丁·布伯在他的名著《我与你》中，把人生的二重性归结为两种关系：“我—它”，指那些把一切存在者视为我经验、利用的对象，是“我”满足我之利益、需要和欲求的工具；“我—你”，则指那些非功利的（包括个人高尚功利，如爱的需要）的关系，即“物我一体”的境界。在西方世界中，科学技术的进步把人与自然、人与他人的关系都变成“我—它”关系，即功利关系，凡是被科学技术牢牢地占领的地方，人们再也找不到“物我一体”的“我—你”体验，而陷入孤独、无聊和恐惧。解脱之法，在中国依赖天然的“亲子之爱”，在西方则是上帝。而无论东方或西方，寻求“我—你”关系还有一条途径就是艺术。在优秀的艺术中，人和自然的关系重新变成“物我一体”。当你置身于变幻不定的灯光下，在激动人心的乐鼓声中，完完全全沉湎于狂热的迪斯科舞步当中时，你会感到，你同周围的一切关系都改变了：摇曳不定的靠背椅，像眼睛般闪着神秘光辉的饮料杯，还有那一明一灭的整个空间，都变成了生命，随你在飞速地旋转。类似吸大麻时产生的幻觉一样，你重新体验了对整个物质世界的超越，进入了另外的一个境界。后现代艺术不再追求深刻，而是追求肤浅，追求使他们逃离沦为“操作对象”的艺术，这种艺术的使命即像大麻一样，帮助人们制造令人兴奋的幻境和神秘主义的快感。

"新小说派"：物象的精细性和人的恍惚性

操作主义对人的威胁首先被法国的一些小说家意识到了。他们自称新小说派，并认为，传统小说以"人"为中心，掩盖了世界的本来面貌。客观世界是"物的世界"，应该用对物的描写取代对人的描写。因此，在新小说派的作品中，除纳塔丽·萨洛特致力于精微的内心下意识描写外，其他人大多强调对外界物与人的语言、动作情景做客观记录。在他们的作品中，物象的描写具有精细性，甚至流于烦琐，而人物丧失了一切权利，仅仅是一个视觉，带有浓重的模糊性和恍惚性。例如新小说派的代表作家阿兰·罗伯—格里耶的处女作《橡皮》，写一个掌握重要秘密的杜邦教授被杀，内政部长派密探瓦拉斯去现场侦破。按照一般侦探故事的写法，当然应描写瓦拉斯如何细心调查、周密布置，并同暗杀集团展开搏斗……但读者在《橡皮》中全然看不到这些，只看到瓦拉斯在不断地问路、与行人闲扯、去商店买东西、到餐馆吃饭，待他潜入杜邦书房，准备缉拿再来窃取文件的恐怖分子时，却误杀了回来取文件的杜邦——原来杜邦上次受刺未死，这次反而被杀了。格里耶的另一部小说《在迷宫里》的主人公，也带有这种精神恍惚的特性：小说主人公是一个士兵，他在大雪纷飞的城市里迷了路，小说写他经过的街道、房屋、咖啡店，但却不写他的思想活动，读者觉得他只是个毫无思想、不可理解的梦游者，后来偶然被机枪击中，死了。

这种对心灵世界迷宫般的恍惚性的揭示，是新小说派的重要贡献。传统小说只描写清晰的内心活动，意识流派则企图把潜意识通过艺术描写清晰地揭示给读者。新小说派用自己的作品告诉读者：对人的内心世界的清晰揭示是不可能的，也是不必要的。这种观念使我们联想到当代数学、物理学的革命，即由概率论、相对论和"测不准"理论所勾勒出来的新的世界图景，偶然性和机会重新引人注目，"现在实际上的世界，在这种或那种意义上被偶然看到的世界所代替"。新技术革命的迅猛发展，使新小说派对人持悲观态度。他们认为人正在被新技术所淹没，变得一钱不值，人不可能主宰这个世界，不可能有作为，而被一系列的"偶然"和"机会"主宰着自身的命运。这种应该否定的悲观主义中所包含的真理因素则是对心灵世界的"不确定性"

的确认，这种确认是现代物理成果在心灵领域的折射，它加深了人们对自身的认识：人在某一时刻，既是自己又不是自己。人只有在“不是什么”上有确定性，而在“是什么”的问题上，是不确定的。

在威尼斯电影节上获大奖的《去年在马里安巴》，是根据格里耶的电影小说改编的，它具有浓重的不确定性。当男人M果断地向女主人公A说“去年我们曾在此幽会，并且你曾答应今年此时跟我走”时，女主人公A认为M是疯了，她断然否定有此事。但随着M出示的证据（照片）和对幽会细节的回叙，她开始变得恍惚，断然否定的事像一个焦点很虚的镜头逐渐调整得清晰起来，最后竟然准备离开她的丈夫X，在一个夜里和M私奔。

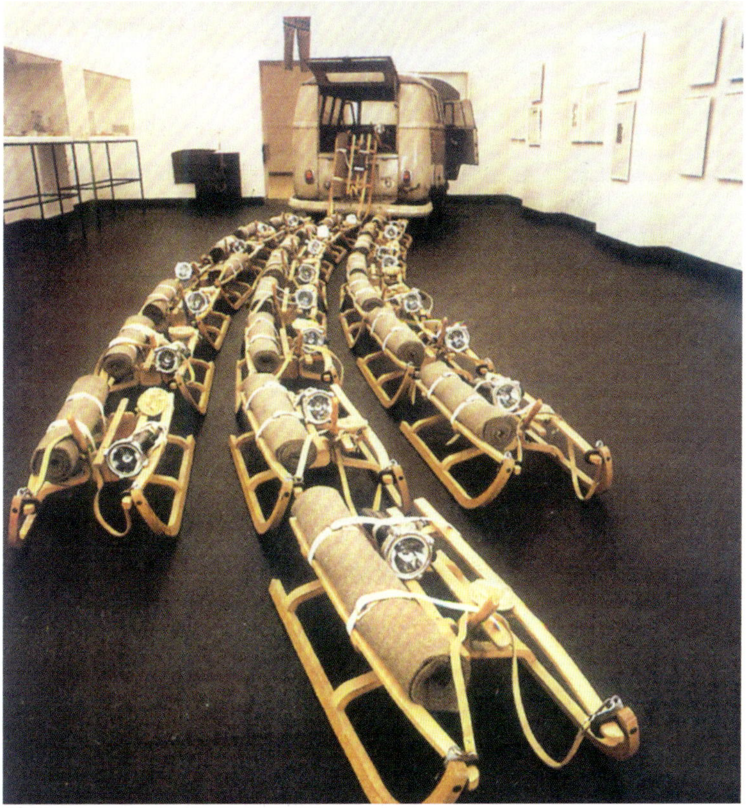

新小说派关于“物”与“人”的理念在美术作品中显得更为直观。上图：《预言者》（马塔作，1954年）。下图：波依斯装置艺术作品（1969年）。

格里耶的电影小说《去年在马里安巴》中，几乎所有的情节都具有不确定性。格里耶认为，如果给出了确定的答案，就是作品的失败。下图为格里耶。

但她带着整理好的手提箱站在大厅里的时候似乎又在等待她的丈夫，M 西装整齐也不像出远门的样子……整个影片按传统眼光来看疑点很多：M 与 A 去年是否在马里温泉幽会？他们有无一年后私奔的约言？影片中出现的两个幽会的照片是真的还是 A 的幻觉？她爱不爱男人 M？她是想同他私奔还是等她丈夫？M 为何而来？他是否真想约 A 私奔？……所有这些都是无答案的。照作者看来，有了答案即是作品的失败。他的意图就在于这种不确定性。观众撇开这些问题才能够感受到影片所提供的那种性爱情感的模糊性。这种情感在特定条件下常把幻觉变为真实，把真实变为幻觉，此前还没有别的影片如此充分地显示性爱生活中这种朦胧的特色。格式塔美学中的一个原理提示我们：传统小说都试图把人的内心描绘得明确，包括意识流小说也试图把潜意识用语言描绘清楚，这种做法犹如画三角形时，把三个边都画出来，如图 1。

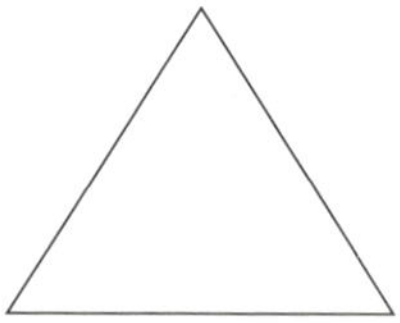

图 1

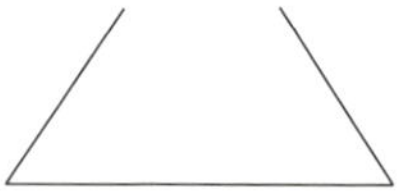

图 2

而新小说派则只画出一部分，如图 2。

如果这种短缺恰到好处，读者就会用自己的想象力使之完整：

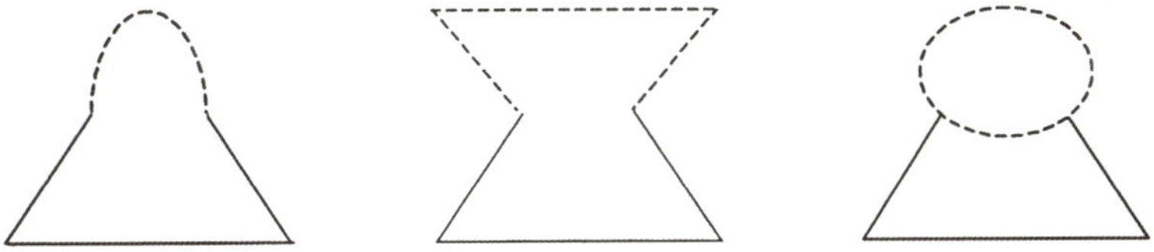

这种不确定性给读者（观众）带来的审美享受是多样的。新小说派由于过分模糊，使它在十几年内就走向衰落了，但在小说描写上的这种“恍惚性”却被后来的艺术家广泛采用，他们在确定的框架中增添不确定的细节，为人们带来乐趣。

作为象征的海洛因和性

巴勒斯在《毒品贩子》中对现代社会人与人的关系有独特的揭示。在他看来，毒品贩子和吸毒者的关系中隐藏着现代社会一切关系的模式。

如果说新小说派揭示了人的存在的不确定性，那么，20世纪六七十年代崛起的“黑色幽默”则进一步探讨了在巨大的操作系统中人与人的纽带关系。

黑色幽默可视为荒诞剧的继续，又称“荒诞小说”“绝望的喜剧”“绞刑架下的幽默”。美国学者奥尔德曼说，黑色幽默是一种“把痛苦与欢乐、异想天开的事实与平静得不相称的反应、残忍与柔情并列在一起的喜剧。它要求同它认识到的绝望保持一定的距离；它似乎能以丑角的冷漠对待意外、倒退和暴行”。但黑色幽默又与荒诞派戏剧不同，它是后工业社会的产物，热衷于表现科学技术在现实生活中的作用，特别是人在科学技术这个“上帝”统治下所受的精神压迫。

早在20世纪40年代，萨特就有“他人

威廉·巴勒斯

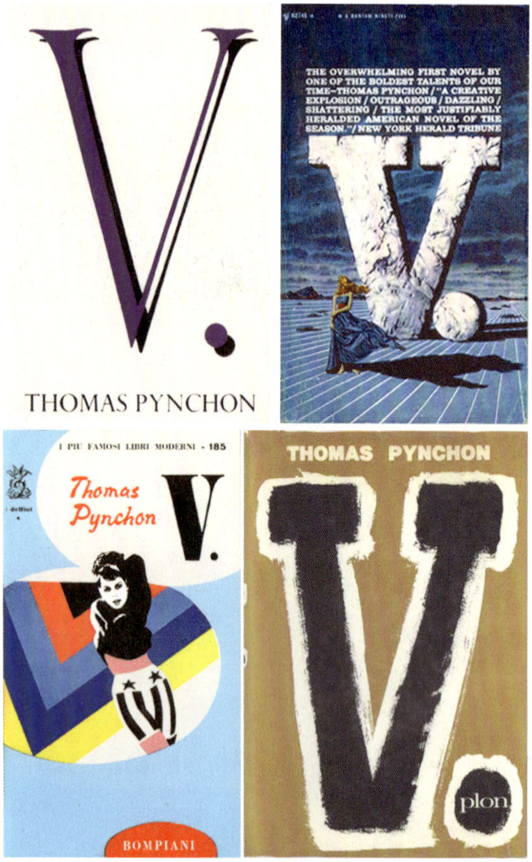

托马斯·品钦的小说《V》中，V是女性宁静的化身，一个由计算机精密系统构成的人物，她绝不多愁善感，却能依靠性的魅力吸引所有男性。

就是地狱”的名言。黑色幽默作家更侧重于这种“互为地狱”关系中的“相互依赖，相互控制”，这种关系恰是一个巨大的计算机操作系统中每个元件之间的关系。威廉·巴勒斯在《毒品贩子》中把嗜毒者与毒品推销者的关系视为一切社会关系的模式。他说：“毒品不是一种刺激，而是一种生活方式。”受制者（嗜毒者）和控制者（毒品推销者）相辅相成。而人体成为权力赌博的场所，这种赌博又在海洛因造成的平静感中求得解决。在《赤裸的午餐》里，巴勒斯把吸海洛因的“瘾”政治化为一切瘾癖的模型——政府对于权力的“瘾”，人对于残酷行为的“瘾”以及人对异性的“瘾”。海洛因成为“在生活中死亡，在死亡中生活”的象征。

性关系，也成为社会网络关系的象征。如前所述，20世纪60年代以来，那种田园浪漫式的爱情已遭到极大贬弃。在黑色幽默派作家看来，就连人的性本能也物质化了。托马斯·品钦所作的《V》中，V本人是女性宁静的化身。一个男人狂喜地梦见她变成了一架年轻的机器：“虽然七十六岁了，但皮肤仍像某些新型塑料表面一样闪闪发光。那双玻璃做的双眼现在则包含有用银电极把其连到视神经上的光电管……甚至可能包含有一个坐落于聚乙烯做的奇异的鞘里压力换能器的复杂系统，所有这些都通向一根银导线，与她脑壳里的计算机的精确记录器相连。”这个女人绝不多愁善感，依靠性的魅力她吸引了所有男性的推进力。回报这些力量的方式是：作为母亲她抛弃婴儿；作为女保护人她腐蚀她的托庇者；作为情妇她谋死亲夫；作为女扮男装的牧师不是祝福而是诅咒别人。在品钦的小说里，男女双方都随时把对方作为自己泄欲的工具，彼此之间既不需要温柔，也不需要爱情。男女双方都醉心于自我保护。他们寻求的是盔甲而不是亲昵合一，性欲在巴勒斯的小说里被描绘为魔鬼细菌，即病毒之神，它用“约翰尼·燕”引诱搞同性恋的陌生男子。约翰尼·燕是一个中性的神，来自金星的最后一段下水道，主管不成功的性。巴勒斯小说里的蹂躏者甚至不是人，而是人的变异体。这种性关系不是性爱，而是性仇恨。它不再是生命的表征，而是走向死亡的象征。《万有引力之虹》中，一个美国军官的情欲同现代科学技术成果 V—2 火箭之间发生了神秘的联系，性欲成了死亡的原因，死亡成了情欲的影子。“在生活中死亡，在死亡中生活”的主题在这部书中再次获得出色的表现。

黑色幽默派作家托马斯·品钦（生于 1937 年），代表作品是长篇小说《V》《万有引力之虹》和《拍卖第四十九批》。图为小说《万有引力之虹》封面。

在现实主义作品《飞越杜鹃巢》中（改编为影片，译名为《飞越疯人院》），把美国社会喻为“疯人院”，但“酋长”仍可飞越、远遁他乡。而在黑色幽默作家看来，这个社会是无可逃遁的。在约瑟夫·海勒写的《第二十二条军规》中，空军投弹手尤索夫厌恶战争企图退役，因此装疯。“第二十二条军规”规定：“一切精神失常的人都可以不完成规定的任务，立即遣送回国。”但“第二十二条军规”同时又规定：“任何人只要提出自己的精神不正常，就证明他的精神正常，仍然不准回国。”尤索夫无论走到何处，他都被捆绑

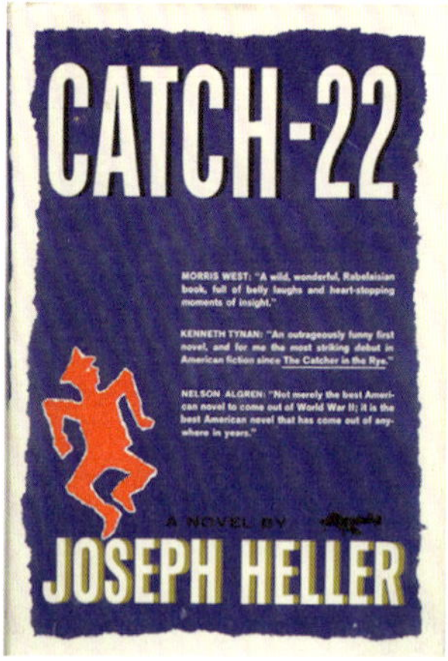

约瑟夫·海勒和他的《第二十二条军规》

在“第二十二条军规”的怪圈之内。“第二十二条军”成为一种象征，即操纵着整个西方的巨大的社会网络背后那只无形的神秘的手。后现代社会的“上帝”不是科学技术，而是这双“无所不在的手”，是它使人失去自己的主体性和个性自由。

为了摆脱这双“无所不在的手”，使被挤压的心灵获得自由，人们重新开始寻找上帝。

戈多：一个微茫的希望

西方人对于荒诞的揭示，归根结底是“关系”问题，即人与自然、人与社会、人与人、人与自身的“关系”出了毛病。这种毛病，归根结底是个体和他周围世界之间异化成为一种互相利用、互相倾轧的功利关系。现代宗教哲学家布伯（1878—1965）把这种异化解释为“我—你”关系变成了“我—它”关系。他说：“在我们的世界中，第一个‘你’注定要演变成‘它’，此乃我们命运中不堪忍受的拂郁。”（《我与你》，三联书店，1986年版）现代主义与后现代主义对于荒诞的揭露，其底层意识就是寻找失落了的“我—你”关系。当尼采痛苦地呼喊“是我们杀死了上帝”时，他已经在打着灯笼四处寻找上帝了。只是20世纪所要寻找的上帝不同于中世纪的上帝，而是一种人与周围（自然、社会、他人）之间的亲密和谐，一种超验的爱的高峰体验。

这种重新寻找上帝的努力，构成20世纪50年代以来西方文化的重要特色。第一部具有象征意味的作品就是上节中提到的《等待戈多》。剧作揭示了人类生存的一个基本状态，就是“等待”——对某种不存在的东西的希冀。身处困境的人类（爱斯特拉冈与弗拉季米尔）每天在枯树下等待的“戈多”是谁？作者说“不知道”。观众们合理地把“戈多”视为人类的希望，一个新的上帝。弗拉季米尔说：“我们的一切都寄托在他（戈多）身上，没有他，我们就完了。”全剧终了时，小孩报告说，戈多不来了。有人据此称该剧为“黑色悲观主义”，但我们如果将它与尼采关于“上帝死了”的断言相比，应该说《等待戈多》还给人们留下一线微茫的希望，起码它没有宣布“戈多死了”，只是尚未到来而已。这一线希望，有如复活节的钟声，带有某种鼓舞人心的性质。所以在该剧上演的一段时间里，人们常在街头上听到如下的对话：

甲：你在干什么？

乙：我在等待戈多。

塞林格的《麦田里的守望者》中，十六岁的男主人公的堕落不是由于本性的邪恶，而是因为不能接受没有爱的生活。从某种意义上说，他是人类的基督。

美国作家塞林格的《麦田里的守望者》（1951年）被视为与“垮掉的一代”相近的作品。主人公是个十六岁的中学生，他第四次被学校开除后，来到纽约，寻找他所信赖的一位教师和一个理想中的少女。然而，他绝望地发现，他仰慕的教师是个同性恋者，少女也可能同其他男人有不正当关系，他的幻想破灭了，精神垮掉了，于是他酗酒、逛夜总会、找妓女，但他堕落的原因是不能容忍现实存在的丑恶，不能接受没有爱的生活。他并没有完全陷入绝望，他希望当一个“麦田守望者”，以便救护那些随时可能从悬岩上摔下去的孩子们。从这个意义上说，这个少年

（霍尔登）是人类的基督。作者寄希望于污浊世界中对纯洁的追求，从本质上看，是盼望上帝重临。

索尔·贝娄：20世纪的“浮士德”

被称为美国当代文学发言人的诺贝尔文学奖得主、犹太人索尔·贝娄（1915—2005）是一位最富于善良人性的作家。从他早期的作品中，我们就看到他对丰裕社会中精神贫困现象的关注。《雨王亨德森》（1959年）的主人公是位百万富翁，但却不知“我是谁”：

索尔·贝娄荣获诺贝尔文学奖时，对他的评价是“对当代文化富于人性的理解和精妙的分析”。（左为索尔·贝娄）

我是谁？一个家财万贯的流浪汉，一个被驱逐到世上的粗暴之徒，一个离开了自己祖先移居异国的逃亡者，一个心里老叫唤着“我要，我要”的家伙——他绝望地拉小提琴，为的是追求死者的声音，他必须冲破心灵的沉寂。

（《雨王亨德森》，蓝仁哲、陈蜀之译，重庆出版社，1985年版。以下引文皆出于此版本）

在他追求第二个妻子的时候，心里喊着“我要”；可是当同她结婚后，并未觉得满足，心里仍然喊着“我要”。他拥有三百万家产，还是不可抑制地喊“我要”，无论是使蛮力干活还是拉小提琴，都难以平复“我要”的呼声。他开始养猪，把华丽的客厅改建成猪圈，穿戴猪皮帽子、猪皮靴子、猪皮手套，慢慢地他的身体也有了猪的特征：

我悄悄地独自反省，伸手摸了摸面颊骨，他们像树干上长的蘑菇那样隆起，这些蘑菇要掰开的话，里面像猪油一般地白。我把手指头伸向自己的眼睫毛，猪的睫毛只长在上眼睑，我却有一些长在下眼睑，但是稀疏而又短秃。……我摸摸自己的颚骨和大鼻子，却没有勇气往下面的部分瞧。腿部，腹部——五脏六腑一大堆，躯干——一个肥大的圆筒。我仿佛不哼哈就连呼吸都成问题。

“猪毁了我。”亨德森意识到这一点，逃离家庭奔赴非洲。为了给非洲居民清除蛙害，他采取了炸碉堡的方式，用炸药炸死了青蛙，也炸塌了水池，带来一场水灾。但亨德森并未就此停止自己的探索：

有的人以生存为满足。有的人却追求变化。满足于生存的人官运亨通，追求变化的人遭尽厄运，总是心烦意乱。求变化的人往往向生存的人提供解释或说明理由，而单是生存的人所处的状况却启迪别人寻找原因。我真希望每个人都理解我的这个想法。……如果我真够敏锐的话，我应该承认，求变化的呼声正响在我耳边。够了！够了！求变化！求生存！打破心灵的沉睡！醒来吧，美国！

“求变化”和贯穿全书的十三个“我要”，反映了身处丰裕社会的西方知识分子的无餍追求，这是浮士德精神在20世纪下半叶的复归。

正像浮士德一样，亨德森在探索中体验到“我要”的实质是“他要”，即他人的需要、社会的需要：

我体内有个声音说我要！我要？但它应当对我说她要，他要，他们要。而且是“爱”使现实成为真正的现实，“恨”只会使现实受到歪曲。

“爱使现实成为真正的现实。”这一思想贯穿于索尔·贝娄的其他作品。《赛姆勒先生的行星》（1970年）揭露了人道主义在美国的危机，但全书渗透着对善良人性的深切怀念。在他看来，世界虽然险恶，但人和人依然应该编织起爱的纽带。1975年发表的《洪堡的礼物》，通过两个诗人的遭遇，进一步揭示了丰裕社会的精神危机。它在充满金钱、舒适、生意经、性感、纷乱的事件和变幻急促的背景下，描写了成功的诗人西特林如何在挥金如土、骄奢淫逸的生活中使精神陷入昏睡，再也写不出新的作品。他体味到物质上

索尔·贝娄的《赛姆勒先生的行星》揭露了人道主义在美国的危机，全书渗透着对善良人性的深切怀念。

成功的美国，在文学上是不可能成功的。与此同时，几乎所有同他有关的人都企图把手伸进他的钱包：年轻的情妇需要享受，离婚的前妻索取巨额赡养费，受雇的律师希望捞取尽可能多的佣金，地痞流氓和文化骗子也抓住他不放，法官则准备对他施以惩罚。西特林终于失去了名声给他带来的一切，失去情妇，失去钱财，流落在西班牙。此时，他才充分理解到诗人洪堡何以疯狂致死。纯洁而富于人道精神的洪堡曾渴望用柏拉图的美的观念改造“实用主义”的美国，但他遭到惨败，在穷愁潦倒中疯狂致死。洪堡之死象征着“善良与爱”在物质主义重压下的死亡。但西特林在最困难时，意外地获得了洪堡留给他的礼物——电影剧本提纲。它象征着“善良与爱”没有随着洪堡之死而消泯，洪堡的精神在生前和死后都温暖、荫庇着这个世界。“洪堡的精神”与其说是美国的现实，莫如说是作者的愿望。这种愿望中包含着对金钱社会的否定和对一个更为美好的社会的模糊召唤。1976年授予索尔·贝娄诺贝尔文学奖时，对他的评语是“对当代文化富于人性的理解和精妙的分析”。

杜拉斯：西方女人的东方情人

自从发现在东方有一个遥远而神秘的世界之后，东方就成了西方魂牵梦系的情人。东方新娘的面纱、旗袍和小脚都足以激起宙斯后代们的无边情欲。这种情欲中还混合着对土地和财富的占有欲望，这是许多艺术家所不了解的。

进入20世纪60年代，世界的力量对比在起变化。法国和美国在越南的相继失败，阿拉伯独立势力的崛起，加上非洲轰轰烈烈的反殖民运动，导致第三世界的形成。东方不再甘于为西方宙斯们当“妾”。在文学艺术中间，出现了东方男人对西方女人的占有。出生在越南西贡的法国女人玛格丽特·杜拉斯，其本人的境遇具有政治上的象征意味：在她出生的年代，每一个法国人都是越南人的皇帝，但她仅是一介教师。她的职责是讲授数学。杜拉斯七岁时，父亲去世，家庭几乎沦为赤贫。杜拉斯最初的性感受是从一个中国男孩儿柔软的生殖器上获得的。她的第一个情人是中国富商的儿子。作为一个生活无着的白种女人，杜拉斯的母亲不能不半闭起眼睛，允许十五岁的女儿同中国男子交往，并且让她像妓女那样向自己的情人索取性交的报偿。但出于种族上的骄傲，她断然拒绝承认他们的合法关系。面对东方时，西方人的高傲和霸气是根深蒂固的。杜拉斯不可能像对西方男子那样表现出自己对东方情人的崇拜，而中国富商的儿子也带着近百年屈辱历史所形成的种族自卑和保守，认为这个法国女孩儿不可能真正爱他，她的家庭也不可能接受自己。因此，在做爱时也夹带着愤怒、仇恨和哭泣：

玛格丽特·杜拉斯（1914—1996）：法国人，却出生在越南，父母都是小学教师，在殖民地度过的童年时代对她的创作有深刻影响。

他把她的连衫裙扯下来，丢到一边去，他把她白布三角裤拉下，就这样把她赤身抱到床上。然后，他转过身去，退到床的另一边，哭起来了。

…………

肌肤有一种五色缤纷的温馨。肉体。那身体是瘦瘦的，绵软无力，没有肌肉，或许他有病初愈，正在调养中，他没有胡髭，缺乏男性的刚劲，人很柔弱，看来经受不起那种使人痛苦的折辱。她没有看他的脸，她没有看他。她不去看他。她触摸他。她抚弄那柔软的生殖器，抚摩那柔软的皮肤，摩挲那黄金一样的色彩，不曾认知的新奇。他呻吟着，他在哭泣。他沉浸在一种糟透了的爱情之中。

（《情人》，王道乾等译，上海文艺出版社，1997 年版。以下引文皆出于此版本）

杜拉斯的家人既觊觎中国富商的钱财，又对其充满鄙视：

我的两个哥哥根本不和他说话。在他们眼中，他就好像是看不见的，好像他这个人密度不够，他们看不见，看不清，也听不出。这是因为他有求于我，在原则上，我不应该爱他，我和他在一起是为了他的钱，我也不可能爱他，那是不可能的，他或许可能承担我的一切，但这种爱情不会有结果。因为他是一个中国人，不是白人。

左上图：杜拉斯以描写法国殖民时期白人的遭遇为主要内容的《抵挡太平洋的堤坝》而一举成名。电影剧本《广岛之恋》使之誉满世界。在她七十岁的时候写出了小说《情人》，因此，获龚古尔文学奖。

右上图：身着安南服装的杜拉斯（右），摄于1928年左右。

下图：电影《广岛之恋》剧照。

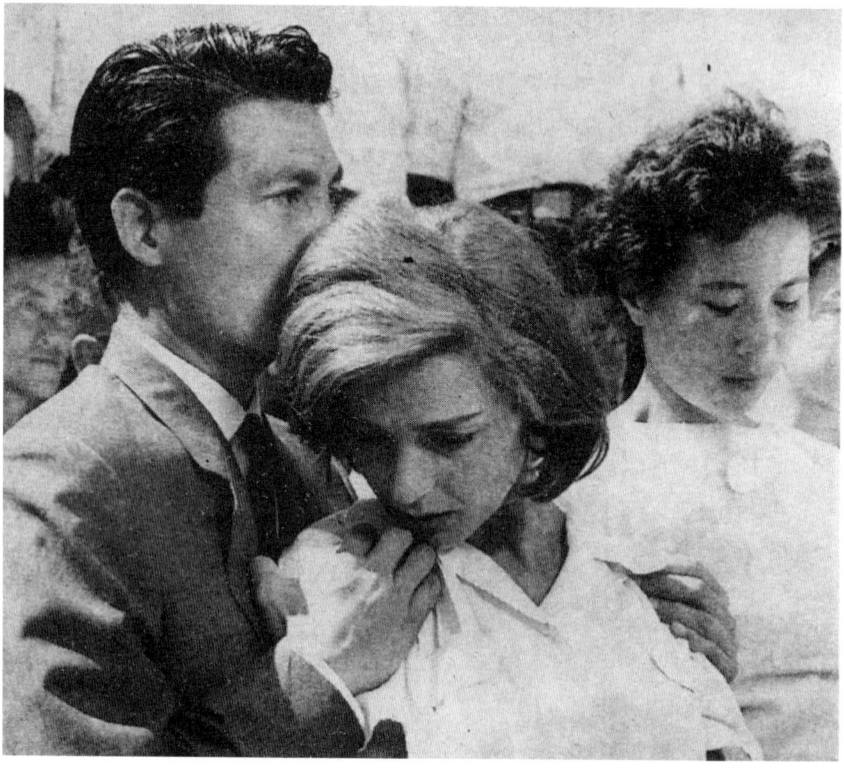

在杜拉斯的《广岛之恋》中，我们同样看到这种对东方人的矛盾心态。这部由阿伦·雷乃导演的经典影片中，女主人公在广岛邂逅日本建筑师并与其肉体交欢时，一段旧情顽强地闯入：尽管德国人践踏着自己的国土，法兰西女郎依然如火如荼地爱上了一个年轻的德国士兵。同这段旧情相比，广岛之恋更像一次短暂的性欲喷发。她在与日本情人分手时说："我会忘掉你的，我已经忘掉你。"

无论中国情人还是日本情人，都不会开花结果，但"忘掉"又很难。

在杜拉斯同她的中国情人沉湎于情欲的交欢前不久，刚从欧洲游历归来的大学者梁启超先生乐观地呼吁，中国的男人应该迎娶"泰西新娘"，通过中西文化的"结婚"，孕育新世纪的"宁馨儿"。《情人》中的故事似乎是对梁启超童话寓言的戏谑式回应。她的象征意义在于：文化上的交流是不可避免的，而"百年好合"式的婚姻却不可能。

作家的卓越才能在于对生活细节的发现和描写，并从中开掘出形而上的意味。杜拉斯的最好的小说大都以20世纪的重大政治事件作为背景，但她关注的却是"细节"。正是在这些细节的描写与开掘中显露出她才华的光芒。在《情人》中，她写到十五岁半的法国女孩儿所戴的那顶平檐男帽：

买这样一顶帽子，怎么解释呢？在那个时期，在殖民地，女人、少女都不戴这种男式呢帽。这种呢帽，本地女人也不戴。事情大概是这样的，为了取笑好玩，我拿它戴上试了一试，就这样，我还在商人那面镜子里照了一照，我发现，在男人戴的帽子下，形体上那种讨厌的纤弱柔细，童年时期带来的缺陷，就换了一个模样。那种来自本性的原形，命中注定的资质也退去不见了。正好相反，它变成这样一个女人有拂人意的选择，一种很有个性的选择。

服饰，永远是一个时代的情感表征。一个穿着纱裙的女人却选择了一顶男式平檐帽。这不仅标志着当时贵族优雅文化的反叛，而且显露出对男性粗野、奔放性格的垂涎，其中涌动着性的渴望。当她同那个男人上床时所表现出的迫不及待，是毫不奇怪的。在那顶男帽上已经显露端倪。

放纵与酗酒摧毁了杜拉斯年轻姣好的面容。但她在不停的写作中留住了自己的青春。在七十岁的时候，她因小说《情人》获龚古尔文学奖。

上帝 = 人本主义的复归?

以索尔·贝娄等人为代表的对善良与爱的呼唤，是同文化界人本主义心理学的崛起互为因果的。以马斯洛、弗洛姆等人为代表的人本主义心理学，试图从根本上修正弗洛伊德等人建立的“人”的模型。他们提出：

1. 人的本性是善的，至少是中性的；恶是派生的。

2. 人有高于动物的心理潜能，而创造潜能的发挥是人的最高需要，是人的自我实现。

3. 人的高级需要包括爱的需要和社会的需要，因此人的自我满足和利他主义是一致的。

当代西方，越来越多的人把兴趣从弗洛伊德转向马斯洛。这种变化反映出西方社会心理的趋向。我们依然以最为敏感的性问题为例：弗洛伊德和20世纪50年代金西对性的看法之共同处在于把性爱视为生物性原欲。而20世纪70年代以后，出现否定“性解放”、追求以性欲为基础的精神之爱和牺牲精神，从家庭解体走向珍视家庭的相对稳定性。早在艾滋病流行以前，就出现许多文学艺术作品揭露性混乱和婚外恋给人们带来的不幸，影片《致命的诱惑》就是一例。《母女情深》和《克莱默夫妇》则细腻地表现了两代人之间的深情。这两部影片在西方引起的巨大反响也从一个侧面说明性解放风暴过后人们对稳定家庭的思念。一度成为美国畅销书之一的《爱情的故事》，令我们想起莎士比亚笔下那些纯洁的少男少女，他（她）们把爱情视为超越金钱和权力的神圣情感。为了爱，两个人宁愿一贫如洗、相濡以沫，至死不渝。在20世纪上半叶的现代主义鼎盛期，爱情之树被吹倒了，只留下树根（性），而在近十年、二十年，这棵树重新长出躯干和枝叶，并且绿意葱茏。

有人预言人本主义将取代现代主义而成为西方文化的主流。另一些人则对此持悲观态度，因为以私有制为经济基础的社会不可能消灭人的私有欲念，不可能消除人性恶的核心——极端利己主义。人本心理学依然是以“自我实现”为核心，它把“利他主义”包括在“自我实现”之内，使他们的理论带有不可调和的矛盾。“戈多”在哪里？他何时到来？依然是一个茫然的问题。葡萄牙的一位诗人写道：

一个上帝诞生，
别的上帝死亡；
我们又有了现在，
尽管它不如过去；
谬误也在交替更迭，
唯独真理没有降临。

盲目的科学，
把无用的土地耕耘；
疯狂的信仰，
使世间充满了神明。
一个上帝只是一个神秘的新词，
莫寻觅，莫皈依。

好莱坞电影作为一种大众传媒，常被学者视为思想肤浅的产物，但恰恰在这些“肤浅”的制作中透露出某些人类尚存的健康的欲望。

“莫寻觅，莫皈依”，依然在寻觅，在皈依。雨王亨德森为了革掉自己身上的猪气，曾不惜冒生命危险与狮子同穴，他从非洲带回的幼狮象征着一种在任何可怕的现实面前毫不退缩、勇往直前的精神。

符号学的创立者之一卡西尔认为，人与动物的区别在于动物只能被动地接受直接给予的“现实”，而人却能发展、运用各种“符号”创造理想世界。人的根本特征在于不断地创造。内心中轰鸣着“我要，我要”的人注定要在炼狱中寻觅、摸索，注定要走许多弯路，忍受许多痛苦和折磨。然而，他们是西方社会中的“狮子”；满足于西方社会现状的人，则是舒适的“猪”。

心灵的炼狱是漫长而痛苦的。走出炼狱之门在哪里？ 对于现代派和后现代派的艺术家来说它是一个不解之谜。

结束语：走向“耶路撒冷”

这是一个满天星斗、凉风习习的夜晚。像一个饱经风霜的旅人，我终于完成了从遥远的古希腊到现当代的艰难跋涉。当我写完本书的最后一章，偶然从堆积如山的书案上抬起疲惫而沉重的头颅时，惊奇地发现：在那遥远的暗蓝色的苍穹尽头，隐然出现了一座犹如但丁在《神曲》中所描绘的炼狱山。在它的入口处有两扇奇大无比的黑色拱门，门上清晰地镌刻着古希腊的箴言：

认识你自己。

这是一座心灵的炼狱。守在黑拱门门口的是盲诗人荷马、古希腊的三位悲剧诗人和罗马诗圣维吉尔。向上望去，我依次看到各个时代的文学大师：但丁、莎士比亚、歌德、拜伦……立于炼狱山较高处向着隐没于云雾之中的山顶攀缘的则是卡夫卡、贝克特和索尔·贝娄。每个载入史册的作家和诗人都在山坡上有自己的位置，而在他们周围又布满了由他们精心创造的众多艺术形象。这些形象标志出西方人的心灵在每一历史阶段所达到的高度和他们所忍受的历史痛苦的深度。这座苍郁的炼狱山上所有蠕动着的人们，都像西西弗斯一般以巨大而深沉的勇气、百折不回而又徒劳无用地寻找着炼狱的出口。从古希腊到现代，西方人在两三千年所经历的心灵历程从来没有如此清晰地浮现在我的眼前。面对着夜空中这浮雕般的神奇意象，我的耳边轰响着悲壮的、难以言喻的音乐，潮水般的狂喜和辛酸一齐涌上心头：普罗米修斯的子孙后代啊！你们还要忍受多少苦难、经历多少折磨才能走出这心灵的炼狱、到达自由而快乐的耶路撒冷呢？

人类的历史是从必然王国走向自由王国的历史。人类的极境是实现“建立在个人全面发展和他们共同的社会生产能力成为他们的社会财富这一基础上的自由个性”。（《马克思恩格斯全集》，第46卷，上册，第104页）这种“自由”，不是资产阶级鼓吹的“愿意干什么就干什么”，而是对必然的认识和对世界的改造，是社会需要自觉地成为个人需要，理性融于情感的至高境界。达到这一极境需要付出异常艰辛的努力，走过极为漫长的路程。按照马克思的看法，大致需经历如下的历史阶段：

人的依赖关系（起初完全是自然发生的），是最初的社会形态，在这种形态下，人的生产能力只是在狭窄的范围内和孤立的地点上发展着。以物的依赖性为基础的人的独立性，是第二大形态，在这种形态下，才形成普遍的社会物质变换，全面的关系，多方面的需求以及全面的能力的体系。建立在个人全面发展和他们共同的社会生产能力成为他们的社会财富这一基础上的自由个性，是第三个阶段。第二阶段为第三阶段创造条件。

（《马克思恩格斯全集》，第46卷）

文学的最高宗旨是实现人的精神与审美的自由、发展和解放。作为社会现实的形象反映，文学不可能不显示马克思所揭示的这一历程和人类在其不同历史阶段的处境。但作为审美意识形态的文学，它不是镜子般地反映人们的不自由和争取自由的斗争，而是不自由态的自由补偿。也就是说，受着社会与精神的种种羁绊的人们，可以在文学营造的审美世界里获得某种自由感。前者是文学中的现实主义因素；后者则含有浪漫主义因素。在具体的文学作品中，两种因素常是相互渗透、交互作用的，这就使得马克思所揭示的上述规律在文学中显得有些扑朔迷离；由于民族、地域、生活方式等方面的不同，更增加了它们的复杂性和多样性。个体的自由欲望和自然、社会之间，情感自由与理性节制之间，经常处于两极对峙状态，并在冲撞之中谋求暂时的和解。因此，在西方文学的发展历程中，人们追求心灵的自由的轨迹，曾多次出现如下的循环：即“冲击—失败—和解”。“冲击”即对个体自由的向往和对现实束缚的冲击；“失败”即对现实反抗的失败；“和解”即个体对现实的妥协：或赞美现实关系的合理性，或隐遁于田园山川、神秘彼岸。“冲击”阶段的文学主流为高昂的浪漫主义；“失败”阶段更侧重于对束缚个体的各种关系的写实性展示；“和解”阶段的文学如果是肯定现实关系的则表现为古典主义或自然主义，如果是消极避世的则表现为消极浪漫主义。纵观整个西方文学发展的宏阔历程，可以看到如上的三次大的历史性循环。兹列简表如下：

	冲　击	失　败	和解（妥协）
史诗时代：公元前十几世纪到公元14世纪初	古希腊艺术中的神和英雄们	古希腊悲剧中的主角和荷马史诗	古罗马史诗和中世纪基督教文学
戏剧时代：14世纪初到18世纪初	文艺复兴（彼特拉克、薄伽丘、拉伯雷等）	莎士比亚的悲剧、塞万提斯作品、巴洛克文学	新古典主义文学
散文时代：18世纪初到20世纪中	启蒙文学、浪漫主义运动	19世纪批判现实主义文学	自然主义文学、现代派和后现代派

需要说明的是，上表所列仅是指出西方文学中追求心灵自由的主线轨迹，它并不排斥各阶段之间的交错和各时期文学流派的纷繁。

下面，再对三次历史循环之间的联系和各自的文学特征做一些简要的阐述。

史诗时代：阿喀琉斯的脚后跟及其他

卢梭说：“人是生而自由的，却无处不在枷锁之中。”这句话在法国大革命时期起了巨大的革命作用，但前半句却经不起历史学家的考诘。倒是黑格尔说得对：“无知者是不自由的。”处于蒙昧时代的原始初民只能屈从于自然，无自由可言。只是当人尚未把自己同自然界分离时，他们同其他动物一样并无不自由的感受。只有在人的独立于自然界的主体意识产生以后才感受到受制于自然界的痛苦和人对人的依赖（马克思所指出的第一历史阶段）的不自由感。这种痛苦和不自由感的产生就意味着人类争取自由的开始。

马克思说：“任何神话都是用想象和借助想象以征服自然力，支配自然力，把自然力加以形象化。”从这个意义上阐释，古希腊的神话和英雄传说就是人类用自己奇丽的想象力编织出来的第一个自由理想王国。神话创造者一旦把自然力（风雨雷电等）赋予了诸神，也就意味着赋予了自己；诸神所代表的情欲就是自己的情欲；众英雄对自然力（大海、猛兽……）的制伏就是自己对自然力的制伏。总之，想象中的神就是自己，就是心灵中的自由幻象。他们像普罗米修斯一样，意识到自己被自然和社会的重重锁链捆绑着，但他们像普罗米修斯一样，宣称要同一切专制横暴（以宙斯为代表）斗争到底。神话创造者在普罗米修斯这一艺术形象上寄寓了远古希腊人争取自由的浪漫主义激情。马克思称普罗米修斯为“哲学日历上最高尚的圣者和殉道者”。

希腊神话的价值不仅在于它描绘了远古人的自由理想，而且在于它形象地揭示了这种自由理想必然失败的历史命运。这种揭示构成古希腊神话的悲剧内涵，也是它的写实主义成分。正直、善良的俄狄浦斯终究没有逃脱“杀父娶母”的厄运，表明人类还没有可能逃避冥冥之中各种自然力对自己的支配。

古希腊智者的可贵处还在于，他们较早地发现人类不仅受制于自然，而且受制于自身，受制于自身的文化。作为一种个体本位文化，希腊神话中崇尚个人的冒险精神，赞美对于个人荣誉的追求，肯定人的原欲的合理性，但也清楚地感觉到这种个体本位主义与民族集体利益的冲突。集希腊神话之大成的荷马史诗《伊利亚特》，塑造了“代表希腊民族精神”的具有完整性格的英雄阿喀琉斯，在他身上表现了希腊人追求个体自由的勇敢精神，也表现了这种个体本位文化的致命弱点。

整个史诗就是围绕阿喀琉斯由于自尊心受辱而激起的暴风般的愤怒展开的。他完全不顾希腊联军利益的自由放任使自己的民族在特洛伊军队面前连连受挫，伤亡惨重，而他全然无动于衷，只有在他的密友帕特洛克罗斯被杀死后他才愤而出战。

显然，这种完全不顾民族集体利益的个人自由放任引起了古希腊智者们的深重忧虑。他们把这种忧虑巧妙地编织在艺术形象的创造里。“阿喀琉斯的脚后跟”成为“致命弱点”的隐喻。希腊神话中许多英雄，如夺取金羊毛的伊阿宋，立十二大功的赫拉克勒斯，都死于个体欲望的无节制。贯串于整个希腊神话的这种对于个体原欲的悲剧意识，是希腊神话之卓绝所在。西方原始初民在神话里构建了第一个自由世界，同时又清醒地宣布了它必然灭亡的历史命运。它使现代人感悟到，自由不是个体原欲的随意性扩张，它不能摆脱自然和社会生产水平的制约，不能摆脱集体而独立。不顾社会条件的自由追求，必然给社会和自身同时带来灾难。

"阿喀琉斯的脚后跟"确是一个不祥的预言。它不仅预言了阿喀琉斯的死亡，而且预言了希腊国家的灭亡。古希腊的灭亡，原因是多方面的，但同这一民族文化上的致命弱点——过分追求个人的荣誉和享乐——有着不可分割的联系。颇有意味的是：阿喀琉斯亡于特洛伊王子帕里斯之手，而希腊则亡于自称特洛伊后代的古罗马人之手。

这不只是军事上的较量，而且是文化上的较量。罗马诗圣维吉尔的史诗《伊尼德》向我们揭示了古罗马文化的一个重要特征：国家利益高于一切，个人的爱情和幸福必须服从国家利益，公民为国家牺牲是最值得赞美的。这种观念铸就的民族凝聚力是古罗马强盛的重要原因。但它同时标志着西方对个体自由的第一次追求已演奏到三部曲的第三部，即以承认现实封建关系的神圣性质，使个体自由沦为封建君主制的奴婢。到了中世纪，由于基督文化的流布，个体被完全否定，教父圣·奥古斯丁的《忏悔录》宣扬肉身的可鄙和受虐的幸福，给人们描绘了一个以否定个体而达到天人和解和诗意葱茏的世界。古罗马的古典主义文学和基督教文学为个体自由与社会环境求得和解提供了两种模式。

上述的第一历史循环，大体上发生于马克思所揭示的人类历史第一阶段，即人对人的依赖阶段，它包括原始公社的家长制、奴隶制社会和封建社会。在这一历史阶段，由于生产水平的低下和生产方式的局限，人对人的各种依赖关系是不可避免的，个人只能作为"类"的一分子存在，因此个体自由的意识是微弱的，并且不可避免地要遭到客观环境的摧残。这就是第一个历史循环终以消极的"和解"而告终的社会经济原因。

这一时期的文学是人类童年时代的文学，带有童年的幼稚和天真。人们对于自由理想的第一次追求、失败的痛苦，献身的崇高，和解的幸福都是富于诗意和激情的。这一时期的代表性作品，从《伊利亚特》《奥德赛》《伊尼德》直到但丁的《神曲》，都取史诗形式，因此可称为"史诗时代"。

戏剧时代：拉伯雷的自由观及其历史命运

从 14 世纪初文艺复兴始到 18 世纪初古典主义终结，是西方文学史上第二个对自由追求的历史循环。

“文化上的每一个进步，都使人类向自由迈进了一步。”（恩格斯：《反杜林论》)由于资本主义关系的崛起，科学技术上的伟大发现，生产的突飞猛进，极大地刺激了人们发财致富、掌握自然的强烈欲望。经历了中世纪的长眠之后，个体意识觉醒了的人文主义者，穿着古希腊的服装演出了有声有色的文艺复兴的戏剧。这一“人类历史上前所未有的伟大的进步的变革”，是从意大利人但丁开始，继之而起的是彼特拉克与薄伽丘，到 16 世纪法国文化巨人拉伯雷时代，对于自由的追求达到了高潮。他在自己创作的长篇小说《巨人传》中，写下了这样一句话：“顺从你的意欲而行。”在这部脍炙人口的名著里，他热烈地歌颂了“畅饮知识、畅饮真理、畅饮爱情”的巨人，表现了人类征服世界、掌握自己命运的乐观精神。作品中还生动地描绘了一个自由理想的社会——德廉美修道院。修道院只有一条院规：“你想干什么，就干什么。”作者对于德廉美修道院的描绘，不仅大胆地肯定人对世俗享乐要求的合理性，而且进一步认为，人应当把个人的意愿当作指导行动的唯一准则。这种思想同天主教鼓吹的神权至上和禁欲主义针锋相对，鲜明地体现了资产阶级追求个性自由的强烈愿望，因此成为当时人文主义者的一面战斗旗帜。从薄伽丘、乔叟、莫尔、马洛直到莎士比亚早期的诗和喜剧，广泛探讨了人的原欲升华为美的情感的丰富而细腻的审美感受，洋溢着自由和美的玫瑰色彩。

但生活本身并不是玫瑰色的，与拉伯雷大体同时代的人文学者、散文家蒙田就唱出了低音。他清醒地看到，人类对于自然界的掌握还非常有限，“人类是低能的”，因而人类想在必然中获得自由为时尚早。而更严重的问题在于人的自私本能，必然导致人与人的互相倾轧与屠杀。蒙田所揭露的“自私本能”，实际上是在年深日久的私有制基础上构建起来的私有观念与习惯势力。在私有制没有消灭以前，私有观念是不可能消灭的。在拉伯雷、蒙田所生活的 16 世纪，资本的原始积累正以极端野蛮、极端血腥的方式进行着，农村封建贵族对于农奴的压榨与迫害也是骇人听闻的。封建贵族之间的战争频仍。……所有这些，都是人文主义者的玫瑰雾所掩盖不住的。莎士比亚终究是一个伟大的敢于直面人生的智才。在他的《李尔王》《哈姆雷特》《奥赛罗》《麦克白》和《雅典的泰门》等悲剧作品中，为我们描绘了一幅“父亲放逐女儿，女儿逼疯父亲，姐姐杀死妹妹，弟弟陷害哥哥，亲人成陌路，挚友变仇敌，君不君，臣不臣，父不父，子不子”的人伦大崩溃的图画。封建伦理关系的崩溃是封建中世纪向资本主义新世纪转换的深刻标记，是本文引述马克思主义走向自由之第一历史阶段向第二历史阶段转换的标记。无疑，这是历史的进步，是自由的扩展，但它绝不是玫瑰色的，上层社会的丑欲以更加露骨的方式宣泄出来。莎翁悲剧所描绘的可怕图画正是“你愿意干什么，就干什么”的必然结果。莎士比亚从早期的喜剧转向中期的悲剧典型地揭示了西方文学史上争取个体自由第二回合中从追求到失败的过程。李尔王流落荒原时仰天长啸的：“人不过是可怜的双足动物！”揭示了人文主义者感到失败时的怆然心态。

仿佛整个欧洲又返回了罗马帝国末期那种混乱而无能的局面。与这一社会局面相对应的是巴洛克文学。这种文学表现了人们的心态失衡，构思诡谲，语词华丽。巴洛克文学还表现了社会的混乱和心态的混乱，在客观上呼唤秩序。

秩序就意味着对个体自由的某种约束。罗马末期的欧洲，以完全否定个体价值的基督秩序来控制局面。而17世纪的欧洲是近代文明已露曙光的时代，全靠基督教义实现稳定已成为不可能。人们渴望依靠自身的力量，靠自己的理性，建立新秩序。既然牛顿能以极简洁的公式昭示自然界的秩序，那么，人们也应该能够找到一种清晰的社会秩序。当法国的路易十三、十四以封建贵族和资产阶级之间的“调停人”身份重振法兰西雄风时，很多人都以为他们像牛顿一样，而他们所建立的秩序就是唯一合理的秩序。因此路易十四获得一个美称——“太阳王”。其实，他所建立的秩序基本上是封建秩序，只是由于当时封建贵族已经老态龙钟，不得不依赖资产阶级作为龙头拐杖，而又不得不对暴发户们做某些让步而已。它是马克思所指出的“人依赖人”的历史阶段之鼎盛期，也是它在西欧的终结。

鼎盛的王朝创造了鼎盛的文学。法国的新古典主义文学以古罗马为先师，不仅创造了严整的文学形式而且表现了庄严的封建人伦文化。这使它区别于基督文化而同中国封建时代的主流文学接近。以其代表作高乃依的《熙德》为例，其文化主题可谐谑地归结为“爱情诚可贵，家族价更高，若为国家故，两者皆可抛”。——它承认个人幸福的合理性（与基督教不同），但又认为个人幸福（爱情）必须服从封建家族、民族和封建王朝的利益，爱情必须接受政治和道德的调节。当时的社会统治意识认为，这种调节是完全必要的，是道德崇高的表现。但随着资产阶级力量日益强大，对个体自由的扩张欲重新崛起，这种“理想秩序”重新变得不堪忍受。到了莫里哀时代，他已经在自己喜剧中放肆地嘲弄这种秩序的矫饰和虚伪了。莫里哀代表了新古典主义成就的高峰，同时又是对它的亵渎。

这第二个“冲击→失败→和解”，与第一个循环之显著区别在于有了资本主义关系的崛起和科学理性的发现，使人们对个体自由的追求获得了坚实的物质基础和一定的思想基础，即使在失败之后也不可能完全退回到中世纪那种对个体决然否定的境界中去了。这是历史的进步。但人们也清晰地看到，建立在资本主义关系之上的“个体自由”，实质上是一种带有更强烈血腥味的私欲。莎士比亚比别人更早地意识到了这一点，在《雅典的泰门》中，他杰出地描绘了即将到来的“对物的依赖基础上的独立性”意味着什么。从这个意义上说，新古典主义文学是历史的第一阶段为捍卫自身的“田园诗般”的关系所进行的最后一搏。从文艺复兴崛起到新古典主义衰落，这四百年是马克思所指出的“人依赖人”与“人对物的依赖基础上的独立性”两大历史阶段的交接点，充满社会经济、政治、文化以及社会习惯的冲突，反映在文学上则充满各种戏剧性。这一时期成就最为辉煌的体裁也是戏剧，故称戏剧时代。

散文时代：
“他人就是地狱”与“自己成为自己的地狱”

1789 年开始的法国大革命，开辟了欧洲的新时代，从此，在欧洲最先进的地区，“人依赖人”的社会秩序结束了，“对物的依赖性为基础的独立性”开始确立。《人权宣言》对于个人权利的尊重和弘扬，康德、费希特、黑格尔高扬精神力量的哲学，鼓荡起个性解放的热流，五彩缤纷的情感汇成一股自我崇拜、自我怜爱、自我表现的诗潮，展开了极其灿烂的情感星空。在这一浪漫主义运动中激进民主主义者被封建贵族统治者惊呼为“恶魔”。他们的反对专制、讴歌自由的诗有如云雀翱翔于欧洲上空。他们都是个人主义者，但同时又视自己为耶稣，把人类的苦难背负在自己的肩上，有些诗人（如拜伦、裴多菲）甚至把自己的生命献给了争取自由的伟大事业。19世纪最初几十年兴起的浪漫运动，就其文化内涵而言，是西方人为争取个性自由而进行的第三次冲击。德国诗人诺瓦利斯宣布说：“我们已不再生活于一个被普遍接受的观念形态所控制的时代。”

然而，正像歌德的《浮士德》中的艺术之子欧福良，因飞得过高而过早陨逝一样，浪漫运动竟流星似的在发出刺眼的光芒之后立即变得灰暗起来。人们惊讶而失望地发现，启蒙学者所许诺的“自由、平等、博爱”的理想国，在大革命后并未变成现实。从封建的依赖关系中尚未完全解脱的人们迅即跌入对物的依赖关系中，金钱取代上帝和国王成了新的支配力量。“资产阶级撕下了罩在家庭关系上的温情脉脉的面纱，把这种关系变成了纯粹的金钱关系。”“把人的尊严变成了交换价值。”（马克思、恩格斯：《共产党宣言》）莎士比亚在《雅典的泰门》中所揭示的那种黄金的魔力，而后在巴尔扎克、福楼拜、左拉、萨克雷、高尔斯华绥、马克·吐温、杰克·伦敦等现实主义作家的笔下得到更为广泛、更为细致地展开。在金钱的支配下，整个社会掀起了“一切人反对一切人的战争”，个人贪欲成了推动历史前进的大力神，同时又是造成道德沦丧及一切灾祸的万恶之源。正像拜伦在《曼弗雷德》中所揭示的，对个体欲望的无餍追求将导致“自己成为自己的地狱”。到了20世纪初，资本主义社会的固有矛盾进一步激化，“一切人反对一切人的战争”演化为“国对国的战争”。许多资产阶级学者和艺术家陷入了更深的绝望和颓唐，西方现代派文学就是这种病态的审美反映。对自由的追求似乎走上了绝路，因为自由变成自由的枷锁，每个人的自由都意味着对别人的禁锢。“他人就是地狱。”私欲成为人类不可更易的本性，人生成为无可逃遁的地狱，孤独感、灾难感、无聊、寂寞……人被物异化的痛苦在现代作品中获得了生动、奇谲的艺术表现。在他们的作品中，心灵的自由解放已成为不可实现的乌托邦。西方人对于个性自由的第三次冲击被现代派宣布死刑：人类将永远走不出心灵的炼狱。但从马克思主义的观点看来，这种状况并不是永恒的，它是一定历史范畴的现象，是资产阶级私有财产制度的必然产物，它将随着私有制的消灭而逐步被消灭。

当代西方文学正在出现“和解”趋势。后现代派不似现代派那样执着于挖掘心灵的地狱，而主张“用笑声和痛苦保持距离”，“变深刻为肤浅”，呼唤新的上帝和善良人性。但现实生活和心灵中的地狱都并未拆除，这些作品难免渗透着悲观和绝望。

西方文学中追求个体自由的“冲击→失败→和解”的第三个循环较之前两个循环有许多重要区别，它所面临的束缚自由的“敌人”不同。前两个循环主要是从原始公社的家长制到奴隶制和封建关系，而第三个循环面对的主要是“物—金钱”；前两个循环展开的场景多限于宫廷贵族，而第三个循环则展开了包括劳动人民在内的广阔场景；第一个循环关注较多的是人与外部世界的关系；第二个循环增加了理性与情欲的冲突等人性内容；到第三个循环则更加深入地展开了人自身内部的诸多矛盾，包括潜意识层面，因此，它关于“自由”的内涵也就丰富得多、深刻得多了。由于金钱的浸染，在第一、第二循环中所表现出的那种追求崇高理想的诗意大为黯淡。尽管其间也产生过优美的诗歌，编造过诗境，就其主调而言是美学意义上的散文范畴；就体裁而言，最突出的成就也在小说方面，故称散文时代。

纵观西方文学的漫长历程，人们可以认识到，真正的自由境界绝不是随心所欲的自由放任，也不是对现存秩序的忍从逃遁，而是人与自然、人与社会、理性与非理性、个人与集体、个人与他人、个人内心诸因素的和谐统一，是集体普遍性制约和个性潜能多方面发展的高度一致。而现当代的西方资本主义国家还远没有达到上述自由极境。值得注意的是十月革命前后崛起的无产阶级文学，它虽然还处在初创阶段，却已经塑造出一系列与历史上的英雄形象大相异趣的新人形象，并且生动地展示了各种灵魂向旧时代告别的艰辛和痛苦。这些痛苦的灵魂，由于被时代的理想光芒所照耀，使作品具有一种资产阶级现当代文学所没有的史诗意味和崇高格调。它们是否预示着文学上新的史诗时代的到来？它不会是古代史诗时代的简单重复，而是在历史的更高的阶梯上的再现。人们只有在否定现存的资本主义秩序的斗争中才能走向心灵炼狱的出口，到达“耶路撒冷”——自由和美的王国。

后 记

本书原题为《西方文学：心灵的历史》，于1990年由清华大学出版社出版。当时，我在后记中写道："本书是近十年我在清华讲授和研究西方文学的鄙陋所得。从一个新的视角重新描述整个西方文学发展的历史，远不是一个人力所能及的。但执拗的冲动往往把人逼入险境。十年含辛，所得区区，行将面世，不觉汗颜。敢于将拙著面世的勇气实来自我那些充满热情的学生。他们是我生存意义之重要所在。"

从初版到现在，十二年过去了。其间再版两次，1997年北京的"风入松"书店曾将此书列入畅销书排行榜。作为一本学术书籍，能在当前的图书市场上占有一席之地，令我感慨。我收到过三十余封来信，写信人大都是大学里的青年教师和学生，他们对本书的热情对我是很大的激励，使我相信此书尚有存在的价值。

我曾想借此次出版对本书作较大的修改，但我克制了这种冲动。今天，我对一些问题的看法可能比十二年前更成熟，但却未必更有启示性。人文学者的学问不一定是与时俱进的，尤其是在年迈以后。这是许多人文学者难以避免的悲剧。

本书在写作过程中得到过许多同志的关怀和教诲。此次出版图文本是李陀先生的建议，他的支持和鼓励对本书的出版起了重要作用。刘辉同志是一位精明能干很有水平的编辑，她对本书的修订与扩充提出了许多好的意见，本书的书名也是出自她的建议。我的研究生司若付出大量时间对全书做了仔细的校订，黄振萍老师、何玲等同学精心搜罗、遴选有关图片，使全书大为增色。一切为此书付出过心血的朋友都令我难以忘怀，愿借此机会一并表示我的谢忱。

2002年3月于清华园

参考书目举例

《马克思恩格斯全集》（关于文艺与美学部分），中共中央马恩列斯著作编译局编译，人民出版社。

《西方哲学史》，［英］罗素著，何兆武、李约瑟译，商务印书馆，1982 年版。

《判断力批判》，［德］康德著，宗白华、韦卓民译，商务印书馆，1985 年版。

《美学》，［德］黑格尔著，朱光潜译，商务印书馆，1979 年版。

《新科学》，维柯著，朱光潜译，人民文学出版社，1987 年版。

《艺术哲学》，［法］丹纳著，傅雷译，人民文学出版社，1983 年版。

《西方美学史》，朱光潜著，人民文学出版社，1982 年版。

《西方近代心理学史》，高觉敷主编，人民教育出版社，1982 年版。

《现代西方心理学主要派别》，杨清著，辽宁人民出版社，1982 年版。

《金枝》，弗雷泽著，徐育新等译，中国民间文艺出版社，1987 年版。

《人论》，恩・卡西尔著，甘阳译，上海译文出版社，1985 年版。

《人的潜能和价值》，［美］马斯洛等著，林方编译，华夏出版社，1987 年版。

《情感与形式》，［美］苏珊・朗格著，刘大基等译，中国社会科学出版社，1986 年版。

《俄国形式主义文论选》，方珊编译，三联书店，1989 年版。

《古希腊三大悲剧家研究》，陈洪文、水建馥选编，中国社会科学出版社，1986 年版。

《莎士比亚评论汇编》，杨周翰编选，中国社会科学出版社，1981 年版。

《十九世纪文学主流》，［丹麦］勃兰兑斯著，李宗杰等译，人民文学出版社，1982—1984 年版。

《欧洲文学史》，杨周翰、吴达元、赵萝蕤主编，人民文学出版社，1982 年版。

《诺贝尔文学奖全集》，陈映真据瑞典学院编纂本编辑修订，远景出版事业公司，1981 年版。

《西方文艺思潮论丛》，柳鸣九主编，中国社会科学出版社，1981 年版。

《法国现当代文学研究丛刊》，（含《萨特研究》《新小说派研究》等）柳鸣九、罗新璋主编，中国社会科学出版社。

《托尔斯泰研究论文集》，上海译文出版社编，上海译文出版社，1982 年版。

《西方现代派文学研究》，陈焜，北京大学出版社，1981 年版。

《外国现代派作品选》，袁可嘉等编选，上海文艺出版社，1981 年版。

《后现代主义与文化理论》，［美］弗・杰姆逊著，唐小兵译，陕西师范大学出版社，1986 年版。

《管锥编》，钱锺书著，中华书局，1979 年版。

《谈艺录》，钱锺书著，中华书局，1984 年版。

《中国大百科全书・外国文学》，冯至等编，中国大百科全书出版社，1982 年版。